Dante • Göttliche Komödie

Dante Alighieri

DIE GÖTTLICHE KOMÖDIE

Nacherzählt von

Kilian Nauhaus

Verlag Dohr Köln

Bibliografische Information der Deutschen Nationalbibliothek

Die Deutsche Nationalbibliothek verzeichnet diese Publikation in der Deutschen Nationalbibliografie; detaillierte bibliografische Daten sind im Internet über http://dnb.d-nb.de abrufbar.

2., durchgesehene Auflage 2014

www.dohr.de • info@dohr.de

Lektorat: Christoph Dohr
Zeichnung auf Buchdeckel: Dorothea Nauhaus
Layout und Satz: Christian Vitalis
Gesamtherstellung: Verlag Dohr Köln

ISBN 978-3-86846-107-7

Gedruckt auf säure- und chlorfreiem, alterungsbeständigem Papier.

Vorwort

Dieses Buch bietet die vollständige *Göttliche Komödie* von Dante Alighieri (1265–1321) in Form einer flüssig lesbaren, nacherzählenden Prosafassung.

Die *Göttliche Komödie,* eines der bedeutendsten Werke der Weltliteratur, gilt gemeinhin als schwierige Lektüre, die nicht ohne teilweise umfangreiche Erläuterungen zu verstehen ist. Die hier vorgelegte Fassung ist aus dem Bedürfnis heraus entstanden, einen neuen, leichteren Zugang zu diesem Werk zu eröffnen. Sie ist so gestaltet, dass sie, anders als die zahlreich vorhandenen Übersetzungen und Nachdichtungen, keines Kommentar- und Anmerkungsteils bedarf, sondern immer aus sich selbst heraus verständlich ist, also wie ein Roman gelesen werden kann.

Die *Göttliche Komödie* steht am Anfang der italienischen Literatur und bezeichnet zugleich deren bis heute unübertroffenen Höhepunkt. Im Original ist sie eine Verserzählung. Dante schildert darin auf der Grundlage der christlichen Jenseitsmythen mit großartiger Sprachkraft und in eindrucksvollen Bildern eine mystische Reise durch die drei Jenseitsreiche Hölle, Fegefeuer und Paradies, die er, wie er erzählt, in der Lebensmitte unternommen hat. Im Jenseits begegnet er zahlreichen Seelen, die dort für ihre irdischen Taten bestraft oder belohnt oder – im Fegefeuer – einem Läuterungsprozess unterzogen werden. Als sein Führer durch Hölle und Fegefeuer tritt der römische Dichter Vergil auf. Durch den Himmel wird Dante von seiner frühverstorbenen Jugendliebe Beatrice geleitet.

Dichtung und Realität gehen in diesem Werk eine einzigartige Verbindung ein. Dante verankert seine Jenseitsreise exakt in der Zeitgeschichte und in seiner eigenen Biographie. Inmitten der unter- und überirdischen Erscheinungen treten zahlreiche historische Gestalten auf.

Wie kein anderes Werk vermittelt die *Göttliche Komödie* dem Leser das Weltbild ihrer Zeit, freilich geformt und interpretiert durch die Schöpferkraft eines großen Dichters, sodass sie auch umgekehrt stark auf die Weltsicht der Zeitgenossen eingewirkt hat. Namentlich die Vorstellungen, die sich das späte Mittelalter von der Hölle machte, hat sie maßgeblich mitgeprägt. In Dantes Erzählung eingebettet sind zahllose Betrachtungen über theologische, philosophische, literarische, historische und andere Themen, was das Werk über seinen singulären künstlerischen Rang hinaus zu einem einzigartigen Kompendium christlich-mittelalterlichen Geistes macht.

Da sich die geistige Welt des vorhumanistischen Zeitalters von der unseren fundamental unterscheidet, bleibt es nicht aus, dass uns manche Szenen und Passagen heute auch befremdlich oder abseitig anmuten. Der Leser wird jedoch auch dann fündig werden, wenn er in den Seelenlandschaften der *Komödie* noch mehr sucht als Zeugnisse des Zeitgeists einer vergangenen Epoche. Denn vor allem geht es darin, ähnlich wie in Homers Epen, Shakespeares Dramen oder Goethes *Faust,* um die zeitlosen großen Fragen, mit denen sich jede Generation und jeder einzelne Mensch immer wieder neu konfrontiert sieht: Was ist gelingendes, was scheiterndes Leben? Was sind und wie erleben wir Gut und Böse, Schuld und Sühne, Glück und Leid? Wie verhalten sich Trieb und Willensfreiheit zueinander, wie Individuum und Gesellschaft? Was ist Liebe? Was ist der Sinn des Lebens? Was hat es mit Gott und der Welt auf sich, mit Leben und Tod, mit Zeit und Ewigkeit? Die Leidenschaft, mit der Dante an diese Urfragen herangeht und dem Wesentlichen menschlicher Existenz auf den Grund zu kommen sucht, ergreift uns auch nach sieben Jahrhunderten noch unmittelbar.

Wer die *Göttliche Komödie* kennenlernen will, kann normalerweise nicht umhin, den Text und einen mehr oder weniger umfangreichen Kommentarteil parallel durchzuarbeiten. Denn zum einen erschließt sich Dantes Sprache nicht leicht; viele Textstellen sind für uns nicht ohne Weiteres verständlich. Zum anderen erwähnt Dante zahlreiche

Ereignisse der Zeitgeschichte und eine Fülle von Gestalten sowohl aus der Mythologie als auch aus seiner Zeit und früheren Epochen, die uns heute zum großen Teil unbekannt sind. Auch für das Verständnis seiner Betrachtungen über theologische, philosophische, naturwissenschaftliche und dergleichen Themen fehlen uns oft die Voraussetzungen. Der Leser ist also gezwungen, zwischen der Aufnahme von Literatur und von Information ständig umzuschalten. Das ist nicht jedermanns Sache, und so ist die Hemmschwelle hoch, sich überhaupt an die Lektüre dieses Werks zu wagen, zumal für Leser, die auf Übersetzungen angewiesen sind und für die daher der Genuss von Dantes Sprachkunst als wesentlicher Reiz wegfällt.

Die vorliegende Fassung kann und will mit den vielen – meist reich kommentierten – deutschen Übertragungen der *Göttlichen Komödie*, die, in Versen wie in Prosa, im Lauf der Jahrhunderte erschienen sind, nicht konkurrieren, denn sie folgt einem anderen Ansatz. Zwar wird der Inhalt des Werks auch in dieser Version in allen Einzelheiten genau wiedergegeben, meist Vers für Vers, auch sie hält sich also eng an das Original. Um eine lebendige und jederzeit verständliche Erzählung zu schaffen, wurde mit Dantes Text jedoch freier umgegangen, als es bei einer reinen Übersetzung möglich ist. Das bedeutet erstens, dass er oft eher sinngemäß wiedergegeben als wortgetreu übertragen, bei Bedarf auch ausführlicher umschrieben wird. Gelegentlich erwies es sich auch als sinnvoll, die Reihenfolge von Sätzen oder Passagen zu ändern. Zweitens werden alle Zusatzinformationen, die für das Verständnis unentbehrlich sind, also Angaben über historische und mythische Personen und Ereignisse, Verdeutlichungen theologischer oder philosophischer Aussagen, zeitliche Einordnungen, geographische und topographische Informationen und dergleichen mehr, in den Text eingeschmolzen, und zwar so, dass sie sich zwanglos in das Geschehen einfügen. Kurz: Alles, was bei einer Übersetzung Gegenstand von Anmerkungen und Kommentaren wäre, wird hier zu einem Teil der Erzählung, Information mithin zu Literatur. Dantes Text wird dadurch, grob geschätzt, um etwa ein Fünftel erweitert.

Damit das Konzept aufgehen konnte, war es erforderlich, die Identität von Hauptperson und Erzähler aufzugeben, denn es wäre in vielen Fällen unsinnig gewesen, die für das Verständnis nötigen

Zusätze und Erläuterungen Dante selbst in den Mund zu legen. Es wird deshalb nicht wie im Original in der ersten, sondern in der dritten Person erzählt, womit aus dem literarischen Ich „Dante" wird. Die Zusatzinformationen fallen dadurch meistens dem auktorialen Erzähler zu, der durch den Wechsel der Erzählperspektive entstanden ist.

Passagen, die von den Kommentatoren unterschiedlich gedeutet werden, werden in der Regel so nacherzählt, dass der am plausibelsten erscheinende Sinn wiedergegeben wird, das heißt, es fiel meist eine Entscheidung für eine der möglichen Auslegungen. Von diesem Grundsatz wird dann abgewichen, wenn es wahrscheinlich oder offensichtlich scheint, dass Dante selbst Mehrdeutigkeit oder eine geheimnisvolle Wirkung beabsichtigt hat.

Die Untergliederung der drei Teile des Werks folgt – unter Ersetzung des Wortes *canto,* „Gesang", durch das Wort „Kapitel" und unter Hinzufügung von stichwortartigen Inhaltsangaben in Form von Untertiteln – dem Original. Informationen über Dantes Leben und Werk sowie über die Geschichte der deutschen Übersetzungen der *Göttlichen Komödie,* eine Zeittafel und ein Namenregister komplettieren den Band.

Dieses Buch ist weder das Werk eines Romanisten noch das eines Dante-Fachmanns, sondern die Arbeit eines Lesers, der für die Lektüre der *Göttlichen Komödie* selbst auf Übersetzungshilfen und Kommentare angewiesen ist, den jedoch bei tieferem Eintauchen in Dantes Werk und Geisteswelt die Leidenschaft derart packte, dass er seine Begeisterung weitergeben möchte. Wenn es dazu beitragen könnte, die Hürden und Hemmschwellen, die den Zugang zu Dantes unvergleichlichem Werk erschweren, abzubauen und den im deutschsprachigen Raum recht kleinen Kreis von Kennern und Liebhabern der *Göttlichen Komödie* etwas zu erweitern, hätte es seinen Zweck erfüllt.

Hölle

1. Kapitel

Der dunkle Wald – Die drei Tiere – Vergil – Der Reiseplan

Dies ist die Geschichte von der Pilgerreise durch die Reiche des Jenseits, auf die der Dichter Dante Alighieri nach seinem eigenen Zeugnis um seines Seelenheils willen geführt wurde, als er im fünfunddreißigsten Lebensjahr war. Er hat diese Reise in herrlichen Versen beschrieben, und wir folgen hier seinem Bericht.

Er stand also in der Lebensmitte, so erzählt er, da geschah es ihm, dass ihn eine tiefe Müdigkeit befiel, sodass er vom rechten Weg abkam und sich verirrte. Als er wieder zu sich kam, befand er sich in einem finsteren Wald, ohne dass er klar hätte sagen können, wie er da hineingeraten war.

Der Wald, in einem Tal gelegen, war dicht bewachsen, wild und unwegsam. Dante wurde von einem Grauen gepackt, das von Todesangst kaum zu unterscheiden war. Noch als er Jahre später mit der Niederschrift seines Gedichts begann, überfiel ihn bei der Erinnerung an diesen Wald der gleiche Schauder wie damals unvermindert wieder, sodass es ihn einige Überwindung kostete, davon zu erzählen. Aber wenn er seine Reise schildern wollte, auf der ihm so Gutes widerfahren war, musste sein Bericht auch die verstörenden Erlebnisse einschließen.

Eine volle Nacht irrte Dante durch die Finsternis. Angst und Beklemmung ließen ihn die ganze Zeit nicht los. Aber schließlich lichtete sich der Wald, vor ihm tat sich eine Bergeshöhe auf, und gleichzeitig kündete sich der Aufgang der Sonne an und mit ihm der neue Tag, der Karfreitag des heiligen Jubeljahres 1300. Dante blickte auf und sah, dass das Licht schon den Gipfel vergoldete. Wem die Sonne den Weg bescheint, dachte er da, der kann nicht fehlgehen! Und seine Brust weitete sich wieder ein wenig.

Als er endlich ins Freie gelangt war, warf er noch einmal einen Blick zurück in das finstere Tal. Unvorstellbar, dachte er, dass jemals irgendein Mensch da lebend herausgekommen sein könnte! Er fühlte sich wie ein Schwimmer, der nach verzweifeltem Kampf mit dem Meer, um Atem ringend, mit letzter Kraft den Strand erreicht hat und noch einmal aufs Wasser zurücksieht, dem er glücklich entronnen ist.

Nachdem er sich etwas ausgeruht hatte, machte er sich auf den Weg durch die öde Gegend, um den Berg zu besteigen. Es ging steil nach oben.

Da lief ihm plötzlich, fast am Fuß des Berges, ein Tier in den Weg. Es war eine Pardelkatze, ein flinkes Geschöpf, leichtfüßig und mit geflecktem Fell. Dante versuchte ihr auszuweichen, aber sie sprang immer dorthin, wo er sich gerade hinwendete, zwang ihn immer wieder zum Umkehren und versperrte ihm überall den Aufstieg.

Inzwischen stieg wie damals, als Gott es zum ersten Mal Frühling hatte werden lassen auf der Erde, im Zeichen des Widders die Sonne empor, und der schöne Morgen und das junge Jahr wirkten so stärkend auf Dantes Gemüt, dass er zunächst gelassen blieb und sich von dem Tier nicht allzu sehr schrecken ließ. Aber auf einmal sprang auch noch ein hungriger Löwe auf ihn zu, mit hoch erhobenem Kopf und so stürmisch, dass fast die Luft bebte, und gleichzeitig erschien eine Wölfin mit mageren Gliedern vor seinen Augen, der eine maßlose Gier anzusehen war. Da war es wieder vorbei mit seinem Gleichmut, und Entsetzen packte ihn. Am meisten versetzte ihn die Wölfin in Angst.

So wie ungute Neigungen den Menschen den Weg zum Heil verbauen können, wenn sie ihnen erliegen, so verstellten nun also die Tiere Dante den Aufstieg auf den ersehnten Berg, und seine Hoffnung, ihn in Angriff nehmen zu können, schwand dahin. Er war fassungslos, das schon so sicher geglaubte Gut derart plötzlich zwischen seinen Fingern zerrinnen zu sehen.

Die Wölfin kam auf ihn zu. Er wich zurück, sie folgte, und so trieb ihn das Tier allmählich unaufhaltsam dem finsteren Wald wieder zu, in den kein Sonnenstrahl dringt und dem er gerade entkommen war. Dort, erwartete er, würde er nun gänzlich zugrunde gehen müssen.

Da stand plötzlich, wie aus dem Nichts aufgetaucht, eine menschliche Gestalt vor ihm. Dante hatte das Gefühl, jemanden vor sich zu haben, der seinen Mund seit langem nicht mehr zum Reden aufgetan hatte. Als er den Fremden sah, rief er ihm zu:

„Erbarm dich über mich, wer du auch bist, ob nun ein richtiger Mensch oder nur ein Schatten!"

Der andere antwortete:

„Ein Mensch bin ich zwar nicht mehr, aber ich war einmal einer. Meine Eltern waren Lombarden, sie waren in Mantua zu Hause. Dort wurde ich geboren, noch zur Zeit Julius Cäsars, und lebte dann unter der Regierung des guten Kaisers Augustus in Rom. Damals betete man noch zu den alten Göttern, den falschen und trügerischen. Ich war ein Dichter. Mein Lied singt von dem Helden Äneas, dem Sohn des Anchises, der nach der Zerstörung seiner stolzen Heimatstadt Troja in unser Land kam.

Aber was ist mit dir? Warum weichst du ins Grauen und Dunkel zurück und steigst nicht hinauf auf den beglückenden Berg, von dem doch alle Freude ausgeht?"

Da erwiderte Dante ehrfürchtig:

„Also bist du der berühmte Vergil, dem die Worte zu Gebote standen wie keinem zweiten?"

Der lateinische Dichter Vergil, dessen Schatten Dante hier in der Wildnis erschienen war, hatte vor mehr als dreizehn Jahrhunderten gelebt. Neunzehn Jahre vor der Geburt des Heilands war er gestorben. Sein berühmtestes Werk, das Versepos „Äneis", erzählt von der sagenhaften Irrfahrt des trojanischen Helden Äneas und von der Eroberung des Latium, des italienischen Kernlandes, mit der diese Reise schließlich ihr Ziel gefunden hatte. Dort hatten dann die Nachkommen des Äneas, so erzählten die Alten, die Stadt Rom gegründet.

„O du, dem alle Dichter nacheifern", fuhr Dante fort, als er Vergil erkannt hatte, „dann möge mir jetzt meine Liebe zu deiner Dichtung zugute kommen! Du musst nämlich wissen, dass ich dein Buch gründlich studiert habe und du mein großes Vorbild bist. Den schönen Stil, der mich berühmt gemacht hat, habe ich mir von dir abgeschaut. Du großer, weiser Mann, bitte rette mich vor dem wilden Tier dort! Es hat mich zur Flucht gezwungen. Meine Adern zittern und mein Puls rast bei seinem Anblick."

Und er weinte. Da sagte Vergil:

„Wenn du hier herauskommen willst, musst du einen anderen Weg gehen. Denn diese bösartige Wölfin, die dich derart in Angst versetzt, lässt niemanden in Ruhe seine Straße ziehen. Sie stellt sich jedem in den Weg, der es versucht, und tötet ihn. Sie ist unersättlich. Nach jedem Fraß hat sie nur noch größeren Hunger, und von vielen anderen Tieren lässt sie sich begatten.

Das wird auch noch eine Zeitlang so weitergehen. Aber eines Tages wird ein Jagdhund kommen und sie zur Strecke bringen. Dessen Geburt wird unter ganz besonderen Zeichen stehen, und er wird nicht Länder und Gold raffen, sondern voller Weisheit, Liebe und Tugend sein. Er wird Italien erlösen, unser armes, geschundenes Land, für das zu Äneas' Zeiten Helden wie die Jungfrau Camilla, wie Euryalus, Turnus und Nisus ihr Leben gelassen haben, und er wird die Wölfin von Ort zu Ort hetzen, bis sie wieder zur Hölle fährt, wo der Neid sie einst losgelassen hat.

Ich denke nun, es wird für dich am besten sein", fuhr Vergil nach dieser geheimnisvollen Prophezeiung vom Ende der Herrschaft des Geizes und der Habgier und vom bevorstehenden Wiedererblühen Italiens fort, „wenn du dich meiner Leitung anvertraust. Ich will dir sagen, was dich dabei erwartet. Unser Weg wird uns zunächst zum Land der ewigen Verdammnis führen. Dort wirst du heulende Verzweiflung hören und die gepeinigten Seelen von Gestorbenen sehen, die vergeblich danach schreien, den zweiten, endgültigen Tod sterben zu dürfen. Dann werde ich dich zum Fegefeuer geleiten, jenem Ort, wo die Seelen zwar auch leiden, aber trotzdem zuversichtlich sind, weil sie hoffen dürfen, irgendwann ins Paradies einzugehen. Wenn du schließlich noch in dieses letzte, höchste Reich aufsteigen willst, ins Reich der Seligkeit, werde ich wieder gehen und dich der Obhut einer anderen Seele überlassen, einer würdigeren, als ich es bin, denn ich darf dich dorthin nicht führen. Der Herrscher, der da regiert, erlaubt mir den Eintritt nicht, denn ich habe, wenn auch unwissend, gegen seine Gesetze gehandelt. Sein Herrschaftsgebiet ist zwar überall, aber da oben wohnt und waltet er, da sind seine Stadt und sein Thron. Ach, wie glücklich sind die, die er auserwählt, dort zu wohnen!"

Als Dante das hörte, rief er:

„Mein Dichter, so soll es sein! Bei meinem Gott, von dem du als Lebender nichts wusstest: Bitte lass uns diese Reise machen, so wie du es mir vorgeschlagen hast, damit ich der Wölfin entkomme und noch schlimmeres Unheil von mir abgewendet wird! Zeig mir das Land der Verdammten und den Läuterungsort!“

Da brach Vergil auf, und Dante folgte ihm.

2. Kapitel

Dantes Bedenken – Die drei himmlischen Frauen

Als Dante sich später anschickte, von seiner Pilgerfahrt zu erzählen, war er sicher, dass seine Erinnerung untrüglich sei und alles genau bewahrt habe, sodass sein Bericht die Dinge so wiedergeben würde, wie sie sich wirklich zugetragen hatten. Doch rief er die Musen und seinen Genius um Hilfe an und bat sie, dass sie ihm bei seinem Dichten beistehen möchten.

Es war inzwischen Abend geworden. ‚Alles, was sich auf der Erde regt‘, dachte Dante, ‚kommt nun nach den Mühen des Tages zur Ruhe, nur ich soll mich auf einen derart schweren Weg machen!‘ Und er bekam es mit der Angst zu tun, sodass er noch einmal stehenblieb und zu Vergil sagte:

„Du Dichter, bevor du mich auf diese schwierige Wanderung führst, solltest du doch lieber erst noch einmal prüfen, ob ich ihr auch gewachsen bin. Du hast in deinem Epos davon erzählt, dass Äneas zu den Schatten reiste, als er noch lebte. Diese Reise hatte einen gewichtigen Grund, denn wie du berichtet hast, erfuhr Äneas in der Unterwelt von seinem Vater, dass er durch höchsten Ratschluss dazu ausersehen war, zum Ahnherrn des römischen Reiches und der ewigen Stadt Rom zu werden, wo nun der Thron des Stellvertreters Christi steht. Durch seine Wanderung zu den Toten wurde also die Eroberung des Landes vorbereitet und damit der Weg für den Nachfolger Petri geebnet, und kein vernünftiger Mensch wird bestreiten, dass das diese göttliche Auszeichnung wert war. Später wurde der Apostel Paulus auserwählt, zum Himmel zu reisen, wie er an die Gemeinde in Korinth schreibt. Der Grund für diese Fahrt war unser Seelenheil, denn Paulus empfing dort Stärkung im Glauben und konnte also von da an mit noch größerer Überzeugungskraft das Evangelium verkünden. Aber ich? Mit welcher Begründung und mit wessen Vollmacht sollte ich eine solche Wanderung antreten? Ich bin kein Äneas und kein Paulus! Weder ich selbst noch sonst jemand kann ernsthaft der Meinung sein, dass ich einer solchen Ehre würdig wäre. Es wäre vermessen von mir, diese Reise zu wagen! Ich drücke mich nur unvollkommen aus, aber du bist ja ein weiser Mann und verstehst, was ich meine."

Dante, der Vergils Plan zunächst so begeistert aufgenommen hatte, war also im Begriff, das Vorhaben schon wieder aufzugeben, so schwer wogen die Bedenken, die ihm gekommen waren.

„Ich glaube", sagte darauf Vergil, „ich verstehe es in der Tat ganz gut: Dich hat schlichtweg die Verzagtheit überfallen, die den Menschen so oft davon abhält, ein Werk frisch anzugehen. Dir geht es wie einem Tier, das wegen eines eingebildeten Hindernisses plötzlich scheut.

Damit du wieder Mut fasst, will ich dir erzählen, welchem Umstand du unsere Begegnung überhaupt zu verdanken hast. Ich bin nämlich nur deinetwegen auf die Erde heraufgekommen. Im ersten Kreis der Unterwelt, wo ich seit dem Tod meines Leibes wohne, erschien mir eine himmlische Frau von großer Schönheit. Sie rief nach mir, und ich bat sie, mir ihre Befehle mitzuteilen. Daraufhin sprach sie mich mit einer Stimme, die sanft wie die eines Engels war, folgendermaßen an, wobei ihre Augen heller leuchteten als die Sterne:

‚Du edler Geist aus Mantua, dessen Ruhm auf Erden noch immer fortdauert und dauern wird, solange die Erde besteht! Ich komme zu dir, um dich um Hilfe zu bitten. Es geht um einen Freund von mir, dem das Glück nicht immer hold ist. Er hat sich in der Wildnis verirrt, und auf dem Weg, der ihn herausführen sollte, hat er sich solchen Hindernissen gegenübergesehen, dass er aus Furcht wieder umgekehrt ist. Nach dem, was ich im Himmel erfuhr, muss ich fast fürchten, dass er schon zu weit in die Irre gegangen ist und ich mit meinem Rettungsversuch zu spät komme. Deshalb bitte ich dich inständig: Eile zu ihm, rede mit ihm und hilf ihm heraus, damit ich beruhigt sein kann! Ich werde dafür auch meinem Herrn gegenüber oft lobend von dir sprechen. Ich heiße Beatrice, und einzig die Liebe trieb mich hierher. Wie ich mich an den lichten Ort zurücksehne, von dem ich komme!'"

Beatrice war eine junge Frau aus Dantes Heimatstadt Florenz gewesen, die er in seiner Jugend leidenschaftlich und ehrfurchtsvoll geliebt und nach ihrem frühen Tod im Gedicht verherrlicht hatte.

„Als sie zu Ende geredet hatte", fuhr Vergil fort, „antwortete ich:

‚Du edle Frau, du strahlst eine so außerordentliche Kraft aus, dass allein schon ihretwegen das Menschengeschlecht alles aufwiegt, was sonst unter dem Mond und auf Erden ist. Es macht mich derart glücklich, dir gehorchen zu dürfen, und mein Bedürfnis, deinen Willen unverzüglich zu erfüllen, ist so stark, dass ich sogar noch nach sofortiger Ausführung deiner Befehle das Gefühl haben werde, nicht rasch genug gehandelt zu haben. Es ist also kein weiteres Wort mehr nötig. Aber sag mir doch noch eines: Wieso hattest du keine Angst, hierher herabzusteigen von dem Ort, zu dem du so gern zurückkehren möchtest?'

‚Da du es so genau wissen willst', antwortete sie mir darauf, ‚sage ich's dir in Kürze: Wir müssen uns nur vor dem fürchten, was uns schaden kann. Was keine Macht über uns hat, dem können wir ohne Angst begegnen, und Gott hat es in seiner Gnade so gefügt, dass das Elend der Unterwelt mir nichts zuleide tut und ihr Feuer mich nicht versengt.'

Und dann erzählte sie mir noch:

‚Es war die heilige Jungfrau, die vom Himmel aus die Not meines Freundes wahrgenommen hat. Er tat ihr so leid, dass sie zunächst in der Höhe um Gnade bat und erwirkte, dass das harte Urteil, das dort bereits gegen ihn gefällt worden war, entschärft wurde. Dann ermunterte sie die selige Lucia, sich seiner anzunehmen. Lucia, die Hartherzigkeit verabscheut, eilte daraufhin zu mir. Ich saß an meinem Platz mit Rahel zusammen, der Frau des Erzvaters Jakob, als ich sie herbeikommen sah. Lucia rief mich beim Namen, nannte mich ›wahres Gotteslob‹ und eröffnete mir dann, dass mein Freund verzweifelt mit dem Tod kämpfe, wie ein Schwimmer, den der Meeresstrudel hinabzuziehen droht. Er habe mich doch so geliebt und um meinetwillen so Besonderes geleistet! Ob ich ihm nicht helfen wolle? Da sprang ich auf, stürmte vom Himmel herab, so schnell wie wohl noch nie irgendein Mensch seinem Glück nachgejagt oder vor seinem Unglück geflohen ist, und kam zu dir. Und nun vertraue ich deinem Wort, das dich ebenso ehrt wie die, die es gehört haben.'

Als Beatrice so zu mir gesprochen hatte", schloss Vergil, „wandte sie sich ab, und in ihren leuchtenden Augen sah ich Tränen. Da eilte ich zu dir, so geschwind ich konnte, und wie sie es gewünscht hat, führte ich dich von dem Tier weg, das dir den kurzen Weg zu dem schönen Berg versperrte. Also was ist? Was zauderst du nun immer noch und bist verzagt? Ermanne dich! Bedenke doch: Drei selige Frauen haben sich im höchsten Himmel für dich eingesetzt, und auch ich verheiße dir lauter Heil und Segen!"

Wie Blümchen sich aufrichten und ihre Kelche sich wieder öffnen, wenn der Nachtfrost der Sonne weicht, so fühlte Dante da neuen Mut in sich einströmen, und er sagte:

„Wie mitfühlend ist es von ihr, dass sie sich so hilfreich meiner angenommen hat, und von dir, du edler Mann, dass du sofort ihrer Bitte gefolgt bist! Deine Erzählung hat mich ins Herz getroffen. Ich bin nun wieder ganz entschlossen, die Reise anzutreten. Was du willst, will ich auch. Sei du mein Führer, mein Herr und Meister!"

Und damit machten sie sich auf. Dante hielt sich hinter Vergil, und sie betraten einen abschüssigen, schwierig zu begehenden Weg.

3. Kapitel

Das Höllentor – Die Vorhölle – Die Tatenlosen – Der Acheron – Charon – Das Erdbeben

Die Wanderer kamen an ein Tor, über dem, in dunkler Farbe geschrieben, die folgende Inschrift angebracht war:

> „Hier geht es zur Stadt der Schmerzen,
> hier geht es zur ewigen Pein,
> hier geht es zum Volk der Verdammten.
> Um der Gerechtigkeit willen schuf der Höchste diesen Ort. Er schuf ihn mit der Allmacht des Vaters, der Weisheit des Sohnes und der Liebe des Geistes.
> Unvergänglich ist diese Stätte, so wie auch vor ihr nichts erschaffen wurde, das nicht ewig bestünde.
> Wer hier eintritt, der gebe alle Hoffnung auf."

Als Dante diese Zeilen gelesen hatte, sagte er zu Vergil:

„Meister, was für gnadenlose Worte sind das!"

Vergil merkte Dantes Beklommenheit und antwortete:

„Hier sollte man gegen Verzagtheit und Furchtsamkeit gewappnet sein. Wir haben das Land der Schmerzen erreicht, von dem ich dir erzählt habe. Hier hausen die Menschen, die das Licht der Erkenntnis verloren haben."

Dann legte er seine Hand besänftigend auf die seines Schützlings, blickte ihn freundlich an, um ihm Mut zu machen, und führte ihn hinein in jenes verborgene Reich.

Da drang ein Weinen und Schreien an Dantes Ohr, dass es ihm die Tränen in die Augen trieb. Kein Stern erhellte die Düsternis. Gellende Rufe hallten durch die Luft, dumpfe Klage in verschiedenen Sprachen war zu hören, Schreien und Heulen und ein Klatschen wie von Händen. All diese Geräusche schwollen an und ab; wie im Sturm der Sandwirbel durch die Wüste fegt, so schwirrte das Gedröhn und Geschrei dort unentwegt im Strudel durch die ewige Nacht. Sie waren im Vorhof der Hölle.

Dante spürte ein tiefes Grauen und fragte:

„Meister, was sind das für entsetzliche Geräusche, was für Menschen sind das, die der Schmerz offenbar völlig beherrscht?“

Vergil antwortete:

„Hier sind die jämmerlichen Seelen derjenigen Menschen untergebracht, die auf der Erde zwar nichts Schändliches, aber auch nichts Lobenswertes vollbracht haben. Sie sind hier in der Vorhölle denjenigen Engeln beigesellt, die damals, als zu Urzeiten im Himmel unter der Führung Luzifers einige Engel gegen Gott aufbegehrten, weder zu den Aufrührern noch zu Gott hielten und sich selbst genug waren. Die Himmel wollen rein bleiben, deshalb ist dort für diese Leidenschaftslosen kein Platz. Aber auch in die tiefere Hölle, zu den Verdammten und den hinabgestürzten, nun zu Teufeln gewordenen aufrührerischen Engeln, sollen die Untätigen nicht hinein, denn die dort unten könnten sich angesichts solcher Erbärmlichkeit aufgewertet fühlen.“

Dante fragte:

„Was haben die Seelen hier denn zu erdulden, dass sie so schrecklich wehklagen?“

„Ich will dir's ganz kurz erklären“, sagte Vergil. „Ihre Existenz ist wertlos und kläglich, und auf den Tod der Seele dürfen sie nicht hoffen. Auf der Erde gedenkt man ihrer nicht mehr. Himmlische Gnade bleibt ihnen versagt, und selbst die Hölle würdigt sie nicht ihrer furchtbaren Gerechtigkeit. So beneiden sie jedes andere Los. Sprechen wir nicht mehr von ihnen! Sieh sie dir an und geh weiter.“

Dante schaute in die Richtung, aus der die Geräusche kamen, und sah eine Fahne, die sich mit großer Geschwindigkeit unentwegt im Kreise drehte. Wie einen langen Schweif zog sie eine unüberschaubare Menge von Seelen hinter sich her; Dante konnte kaum glauben, dass auf Erden überhaupt schon so viele Menschen gelebt hatten und gestorben waren. Er hatte bereits einige von ihnen erkannt, als er unter ihnen auch den Schatten des wenige Jahre zuvor verstorbenen ehemaligen Papstes Cölestin des Fünften bemerkte, der sich seiner Aufgabe nicht gestellt und noch zu Lebzeiten aus Feigheit auf sein heiliges Amt als Stellvertreter Christi verzichtet hatte, womit er dem verderblichen Wirken seines Nachfolgers den Weg freigemacht hatte, Bonifaz des Achten, der jetzt regierte. Da war sich Dante sicher, dass er tatsächlich die von Vergil beschriebenen lauen Seelen vor sich hatte, die Gott ebenso zuwider waren wie seinen Feinden und schon auf Erden nie wirklich lebendig gewesen waren. Dass er den Papst Cölestin in der Vorhölle gesehen hatte, deutete er später in seiner Erzählung lediglich an. Der Nennung seines Namens würdigte er ihn ebenso wenig wie irgendeine andere der gleichgültigen Seelen dort. Sie waren alle nackt und wurden von Stechfliegen- und Wespenschwärmen geplagt, sodass ihr Blut, mit Tränen vermischt, ihnen vom Gesicht den Körper hinunterrann bis auf die Füße, wo es die Würmer vertilgten.

Als Dante nun in die weitere Umgebung spähte, entdeckte er einen breiten Strom und an seinem Ufer eine Menschenmenge. Er sagte zu Vergil:

„Meister, soweit ich das bei dem schwachen Licht erkennen kann, wollen diese Seelen alle so schnell wie möglich ans andere Ufer. Würdest du mir sagen, wer sie sind und welche Bestimmung sie dorthin treibt?"

Vergil antwortete knapp:

„Das wirst du schon noch erfahren, wenn wir unten am Acheron angekommen sind!"

Dante war betreten und schlug die Augen nieder. Er fürchtete, seinem Führer mit seinen Fragen lästig zu werden. Wortlos ging er neben ihm hinunter zum Fluss.

Dort sahen sie ein Boot über das Wasser auf sich zukommen. Ein alter weißhaariger Mann saß rudernd darin. Seine Wangen waren dicht behaart, und um seine Augen loderten Feuerflammen. Er rief:

„Ihr verdammten Seelen, wehe über euch! Hofft nicht, jemals den Himmel zu sehen! Ich setze euch über zum Land jenseits des Stroms, da ist ewige Finsternis, da sind Feuer und Eis. Doch du da am Strand, du Lebendiger, verschwinde von hier, geh weg von den Toten!"

Da Dante stehen blieb, rief ihm der Alte zu:

„Du sollst von einem anderen Ufer aus deine Reise antreten und ein anderes Wasser überqueren, mit einem leichteren Schiff!"

Charon, so hieß der Fährmann, meinte damit die Überfahrt zum Berg der Läuterung, dem Ort, der auch Fegefeuer genannt wird und wo die Seelen der Geretteten nach ihrem Tod zunächst hinkommen, um dort für den Himmel reif gemacht zu werden.

Da griff Vergil ein und sagte:

„Charon, beruhige dich und lass ihn! Man will es dort so, wo man das, was man will, auch kann, also hör auf dich zu beschweren."

Da verstummte der Greis.

Als aber die nackten, matten Menschenseelen die schrecklichen Worte hörten, die er ihnen zugerufen hatte, wurden sie blass. Heulen und Zähneklappern packte sie. Sie verfluchten Gott, ihre Eltern und das ganze menschliche Geschlecht, sie verwünschten den Ort und die Stunde, den Samen, dem sie entstammten, und ihre Geburt. Weinend strömten sie zum Ufer, um den Weg zu gehen, der allen bereitet ist, die Gott nicht fürchten.

Als Charon mit seinem Boot an der Landungsstelle ankam, trieb er sie zusammen und befahl ihnen einzusteigen. Wie im Herbst ein Blatt nach dem anderen vom Baum fällt, bis die Zweige kahl sind, so sprangen die Verdammten auf den Wink des Alten mit den glühenden Augen nacheinander in sein Boot, dem Falken gleich, der dem Pfiff seines Herrn folgt. Wer sich zu viel Zeit ließ, nach dem schlug er mit seinem Ruder. Dann stieß er ab, und noch ehe sie am anderen Ufer angekommen waren, bildete sich diesseits, wo die beiden Wanderer noch standen, schon eine neue Schar von Seelen, die hinüber wollten.

Nun wandte sich Vergil, wieder in freundlichem Ton, zu seinem Schützling und erklärte ihm:

„Mein Sohn, hier kommen von überall her die Seelen zusammen, auf denen bei ihrem Tod der Zorn Gottes lastete, weil sie nicht bußfertig waren. Die Seelen hier sind, wenn auch weinend und klagend, sofort zur Überfahrt bereit, denn die göttliche Gerechtigkeit verwandelt ihre Furcht in Verlangen. Es kommt aber niemals vor, dass einer, der in Gottes Gnade steht, an diesen Ort kommt. Wenn also Charon bei deinem Anblick so erzürnt war und dich wieder fortschicken wollte, so müsstest du nun eigentlich verstanden haben, was du einmal für deine Seele erwarten darfst."

Kaum hatte Vergil geendet, als Dante spürte, wie ein heftiges Beben den Boden erschütterte. Er erschrak derart, dass ihm der Angstschweiß immer wieder erneut auf die Stirne trat, wenn ihn später die Erinnerung daran heimsuchte. Die Hölle sandte aus der Tiefe ihren Atem, ein Sturm brach los, rote Blitze erhellten das düstere Land, und Dante fiel in eine tiefe Ohnmacht.

4. Kapitel

Der erste Kreis der Hölle – Die Ungetauften – Über Christi Höllenfahrt – Die Burg der Dichter, Helden und Weisen des Altertums

Ein gewaltiger Donnerschlag riss Dante aus der Bewusstlosigkeit, sodass er jäh hochfuhr. Als er wieder Herr seiner Sinne war, stand er auf. Er spähte in der Dunkelheit umher, um herauszufinden, wo er war, und stellte fest, dass sie sich nicht mehr am Ufer des Acheron befanden, sondern am Rand eines ungeheuren Abgrunds, aus dem der Widerhall von endlosem Schmerzensgeschrei heraufdrang. Dante versuchte in die Tiefe zu blicken, aber es gelang ihm nicht, die Dunkelheit und den Nebel mit seinen Augen zu durchdringen und irgendwelche Einzelheiten zu unterscheiden.

Vergil sagte zu Dante:

„In dieses finstere Reich steigen wir nun hinab. Ich gehe voran, folge du mir."

Dabei wurde er totenblass. Dante bemerkte, wie seinem Führer das Blut aus dem Gesicht wich, und erwiderte:

„Woher soll ich die Kühnheit dazu nehmen, wenn sogar dich das Grauen packt? Bisher hast du mir doch immer Mut zugesprochen!"

Vergil entgegnete:

„Was du an mir bemerkst, ist nicht Angst, sondern Mitleid. Der Gedanke an die Not derer, die dort unten leiden, lässt mich blass werden. Aber wir müssen aufbrechen! Der Weg ist lang."

Und damit stieg er in den Abgrund hinab, und Dante folgte ihm.

In die Felsenwände des Höllenkraters sind sieben ringförmige Terrassen eingelassen, die stufenartig absteigend aufeinanderfolgen und konzentrisch angeordnet sind. Da sich der Abgrund nach unten hin trichterförmig verjüngt, wird der Umfang dieser Terrassen immer geringer, je weiter man hinabsteigt. Die Ausmaße des Ganzen sind gewaltig. Noch die unterste Ringterrasse hat an ihrer innersten, engsten Stelle einen Umfang von vielen Meilen.

Die oberste dieser Terrassen erreichten Dante und Vergil nun. Sie bildet den sogenannten Limbus, den ersten der insgesamt neun Höllenkreise, die auf die sieben Terrassen und den tiefsten Grund des Höllentrichters verteilt sind.

Hier im ersten Kreis der Hölle war kein lautes Schreien zu hören, nur Seufzer erfüllten die Luft. Sie kamen von den vielen Seelen, die hier waren, kleinen Kindern ebenso wie Frauen und Männern, denn diese Seelen waren voller Schwermut, wenn sie auch keine körperliche Pein litten.

Vergil sagte:

„Willst du nicht wissen, was es mit denen auf sich hat, die du hier siehst? Ich will dir's sagen, ehe wir weitergehen. Die hier wohnen, haben im Leben zwar keine verdammenswerte Schuld auf sich geladen. Zur Erlangung des Heils reichen ihre Verdienste aber nicht aus, denn sie haben die Taufe nicht empfangen, die allein den Weg zu dem Glauben eröffnet, dem du anhängst."

Was Vergil da sagte, betraf zum einen die Kinder, die nach dem Erscheinen des Heilands gelebt hatten und ohne Taufe gestorben waren. Dante erfuhr nun aber auch, wie es sich mit den Männern und Frauen in diesem Höllenkreis verhielt.

„Diese Menschen lebten vor der Zeit des Christentums", sagte Vergil. „Auch ich gehöre zu ihnen. Wir sind nicht wegen irgendeiner Sünde hierher verbannt worden. Kein Makel ist an uns als der, dass wir den wahren Herrn nicht verehrten. Darum sind wir hier, ohne Hoffnung, aber in ewiger Sehnsucht."

Dante schnitt es ins Herz, das zu hören, denn er sah, dass es vortreffliche Menschen waren, die in diesem Schwebezustand verharren mussten. Ihm kam jedoch die Aussage im Glaubensbekenntnis in den Sinn, wonach Christus zwischen seiner Kreuzigung und seiner Auferstehung zur Hölle niedergefahren war, und er dachte an die von manchen Theologen vertretene Lehre, der Heiland habe das getan, um die Seelen der Erzväter und der Israeliten des Alten Bundes aus der Unterwelt zu befreien, die zu Lebzeiten an sein Kommen geglaubt hatten, eine Lehre, über deren Wahrheitsgehalt er ohnehin gern Gewissheit gehabt hätte. Da Vergil, als Christus am Kreuz gestorben war, bereits seit einem halben Jahrhundert tot war, musste er zum Zeitpunkt von Christi Höllenfahrt bereits ein Bewohner der Unterwelt und damit Augenzeuge des Geschehens gewesen sein. Dante fragte ihn also:

„Mein Herr und Meister, ist denn noch niemals jemand, ob nun durch eigenes Verdienst oder durch fremde Hilfe, hier herausgekommen und zur Seligkeit gelangt?"

Vergil begriff den Hintersinn von Dantes Frage und gab Auskunft:

„Als ich erst kurze Zeit hier wohnte, stieg ein Gewaltiger zu uns herab, der mit dem Zeichen des Sieges gekrönt war, und holte viele Schatten aus dem ersten Kreis heraus. Darunter waren Adam und dessen Sohn Abel, dann Noah, des weiteren Mose, der im Gehorsam gegen Gott dem Volk die Gebote gegeben hat, der König David, die Erzväter Abraham, Isaak und Jakob, auch dessen Söhne und seine Liebste, Rahel, um die er so lange gedient hat, und etliche mehr. Sie alle nahm er mit sich in die Seligkeit. Doch vorher, musst du wissen, ist noch keiner von hier errettet worden."

Während Vergil so sprach, gingen die beiden weiter, indem sie sich ihren Weg durch die dicht gedrängte Schar der Seelen bahnten wie durch einen Wald. Sie waren noch nicht weit vom oberen Rand des Kraters entfernt, als Dante einen hellen Feuerschein wahrnahm, der im Halbrund die Finsternis erleuchtete. Die Stelle war zwar noch etwas entfernt, aber ihm begann bereits deutlich zu werden, dass es offenbar ganz besonders verdienstvolle Menschen waren, deren Wohnstatt da im dunklen Land derart hervorstechend gekennzeichnet war.

„Du Meister in der Kunst und in der Wissenschaft", sagte er zu Vergil, „wer sind die, die da wohnen, dass sie auf solche Weise gewürdigt werden?"

Vergil antwortete:

„Es sind Menschen, die sich auf Erden solche Verdienste erworben haben, dass auch der Himmel ihnen besondere Gnade erweist."

Da hörte Dante plötzlich eine Stimme, die rief:

„Preis sei dem unvergleichlichen Dichter! Sein Schatten, der von uns gegangen war, kehrt wieder zurück!"

Dante blickte in die Richtung, aus der die Stimme gekommen war, und sah vier große Schatten auf sich und Vergil zukommen. Keine Gefühlsregung zeigte sich in ihren Gesichtern, sie blickten weder froh noch traurig. Vergil stellte sie Dante mit folgenden Worten vor:

„Dieser hier, der das Schwert in den Händen hält und den drei anderen vorangeht, ist der König der Dichter, Homer. Der zweite ist der Satiriker Horaz, die beiden übrigen sind Ovid und Lukan. Sie haben mich eben mit einem besonderen Ehrentitel willkommen geheißen, aber jeder von ihnen verdient diese Anrede ebenso wie ich."

Die vier so Bezeichneten und Vergil begrüßten sich und unterhielten sich ein wenig, wobei sie sich um Homer scharten, dessen Lied das der anderen übertrifft, so wie der Adler die anderen Vögel überflügelt. Dann wandten sie sich mit einer einladenden Geste zu Dante, wobei Vergil lächelte, und erwiesen dem Gast die hohe Auszeichnung, ihn als sechsten gleichen Ranges in ihrer Gemeinschaft aufzunehmen.

Nun wanderten sie zusammen dem Lichtschein entgegen, der ihre Wohnung bezeichnete. An die Gespräche, die sie dabei führten, dachte Dante später mit Freude zurück und bewahrte sie gern im Herzen, ohne sie in seinem Bericht wiedergeben zu wollen. Als sie bei dem halbrunden Feuer angekommen waren, standen sie vor einer mächtigen Burganlage. Ein klarer Bach umfloss die Festung schützend, den die Dichter, als wäre es festes Land, trockenen Fußes durchschritten. Die Burg war von einem siebenfachen Mauerring umgeben, durch dessen sieben Tore sie der Weg ins Innere führte.

Dort sah Dante edle Menschenseelen auf frischen grünen Wiesen umhergehen. Sie strahlten große Würde aus. Ihre Augen blickten ruhig und gelassen. Sie sprachen wenig, und ihre Stimmen waren sanft. Die Dichter erstiegen von der Seite aus eine lichte Anhöhe, von wo sie alles gut überblicken konnten, und Dante erfuhr, was für große Geister da vor ihm auf den grünen Matten wandelten. Immer fand er es erhebend, wenn er später daran zurückdachte. Er sah Elektra, die Tochter des Atlas, die zur Urmutter des Trojanervolkes geworden war, mit den Ihren, unter denen er Hektor und Äneas erkannte. Bewaffnet und mit Adlerblick ging Julius Cäsar einher. Dante sah die Herrscherin der Volsker, Camilla, mit der Amazonenkönigin Penthesilea. Als er zur anderen Seite blickte, saß dort der König Latinus, um dessen Reich Äneas gekämpft hatte, mit seiner Tochter Lavinia beisammen. Dante sah auch den Lucius Junius Brutus, der ein halbes Jahrtausend vor Christus zum ersten Konsul der jungen römischen Republik geworden war, nachdem er den letzten etruskischen König Tarquinius vertrieben hatte, und einige edle Römerinnen: so Lucretia, deren Schicksal den Sturz des Tarquinius ausgelöst hatte, Cäsars Tochter Julia, die mit Pompejus verheiratet gewesen war, Marzia, die Frau des Staatsmannes Cato des Jüngeren, und Cornelia, die Mutter der als „Gracchen" bekannten beiden Volkstribunen.

Unter diesen vielen edlen Gestalten, denen zur Seligkeit nur der wahre Glaube fehlte, war auch einer, der erst vor wenig mehr als hundert Jahren gestorben war, also in christlicher Zeit gelebt hatte. Freilich stand er abseits und war ohne Gefährten. Das war der Sultan Saladin, der große Gegenspieler der Kreuzfahrer, der zwar Jerusalem erobert, die Christen in der Stadt aber geschont hatte.

Etwas weiter oben sah Dante große Philosophen und andere Denker und Weise beieinander. In ihrer Mitte, von allen geehrt und bewundert, saß ihr Meister, Aristoteles. Neben ihm standen Sokrates und Platon. Dante sah Demokrit, der gemeint hatte, alles Sein entstehe durch Zufall. Er sah die Weisen Diogenes, Anaxagoras, Thales, Empedokles, Heraklit und Zenon, den Pflanzenkenner Dioskorides und die Sänger Orpheus und Linus, er sah Cicero und Seneca, den Sittenlehrer, die Mathematiker Euklid und Ptolemäus und die großen Ärzte Hippokrates und Galen. Und noch zwei weitere Muslime sah er: den persischen Arzt und Philosophen Avicenna und den arabischen Gelehrten Averroes, der die Werke des Aristoteles kommentiert hatte.

In seiner Erzählung merkt Dante später an, ihm sei durchaus bewusst, dass diese Schilderung seine Eindrücke auf der Burg nur sehr flüchtig wiedergebe, aber das große Thema treibe ihn weiter.

Die beiden Wanderer trennten sich von den vier anderen Dichtern, und auf einem Weg, den sie zuvor noch nicht beschritten hatten, führte Vergil seinen Schützling von diesem reinen Ort der Stille dahin, wo die Luft bebt und kein Licht leuchtet.

5. Kapitel

Minos – Der zweite Kreis – Die Liebessünder – Francesca von Rimini

So kamen sie zur zweiten Ringterrasse hinab, die zwar an Umfang geringer ist als die erste, aber reicher an Jammer und Schmerz. Hier beginnt nach Vorhölle und Limbus die Hölle im eigentlichen Sinn, wo die Seelen für ihre Sünden bestraft werden. Am Eingang steht der schreckliche Höllenrichter Minos, der in sagenhafter Vorzeit einmal König von Kreta gewesen und jetzt ein fürchterlich knurrender Teufel war. Jeder, der hier ankommt, wird seinem Gericht unterzogen.

Viele Sünder standen vor Minos und warteten darauf, ihm ihre Missetaten zu bekennen. Wer seine Schuld gestanden hatte, dem zeigte er gleich die Kennzahl des ihm gebührenden Höllenkreises an, indem er sich seinen Schweif entsprechend oft um den Leib schlug, und wies ihm so seine künftige Wohnstatt zu, denn er kennt sich mit den Sünden aus. Wer sein Urteil empfangen hatte, verschwand in der Tiefe.

Als Minos Dante kommen sah, unterbrach er die Ausübung seines Amtes und rief ihm zu:

„Was willst du hier am Ort der Schmerzen? Meinst du, du kommst hier einfach so hinein? Du scheinst deinem Führer ja blind zu vertrauen! Das breite Tor da oben zu durchqueren ist keine Kunst, aber glaub nur nicht, dass es so leicht weitergeht!“

Da nahm Vergil das Wort und sagte zu Minos das gleiche, was er zuvor am Acheron schon zu Charon gesagt hatte:

„Schrei nur nicht so und mach ihm den Weg frei! Man will es dort so, wo man das, was man will, auch kann, also hör auf dich zu beschweren."

Auf diese Worte hin gab auch Minos Ruhe, und die beiden Dichter betraten das Reich der Schmerzen und der Tränen.

Im zweiten Kreis war es völlig dunkel. Es heulte und krachte, wie wenn auf aufgewühltem Meer die Wellen gegeneinander schlagen. Ein gewaltiger Sturm brauste und trieb viele Seelen durch die Luft. Sie wurden nach oben und unten, rechts und links gewirbelt; es sah aus, wie wenn im Winter die Stare in breiten Schwärmen durch die Luft schwirren und dabei immer wieder die Richtung wechseln. Wenn die Seelen gegen die Felstrümmer geschleudert wurden, die ihren Höllenkreis begrenzen, so schrieen sie und jammerten und verfluchten Gottes Macht.

Auf diese Weise werden die Menschen bestraft, die im Leben nicht ihrer Vernunft, sondern ihrer Lust gefolgt sind und Sünden des Fleisches begangen haben. Willenlos, wie sie auf Erden gewesen sind, müssen sie sich auch hier treiben lassen, ohne dass Erlösung oder auch nur Linderung zu hoffen wären.

Dante sah eine Gruppe von Seelen durch die Luft auf sich zukommen. Sie bildeten eine lange Reihe und klagten wie Kraniche. Er fragte seinen Führer:

„Wer sind denn diese Schatten, die der Wind da zu uns treibt?"

Vergil antwortete:

„Die da an der Spitze des Zuges ist Semiramis. Sie war eine mächtige Kaiserin und herrschte nach dem Tod ihres Gatten Ninus über ein Reich, in dem viele Völker lebten und zahlreiche Sprachen gesprochen wurden. Jetzt regiert dort der Sultan. Semiramis begehrte so leidenschaftlich ihren eigenen Sohn, dass sie ein Gesetz erließ, das die Blutschande erlaubte. Die zweite ist Dido. Sie nahm sich aus Liebeskummer um Äneas selbst das Leben, obwohl sie ihrem Ehemann Sichäus ewige Treue über das Grab hinaus geschworen hatte. Ihr folgt die unersättliche Kleopatra. Dort siehst du Helena, derentwegen vor Troja zehn Jahre Krieg geführt wurde, und Paris, der sie entführte. Der da ist der Held Achill, der am Ende mit niemandem mehr kämpfte als mit seinem Verlangen nach Polyxena, der Tochter des Feindes. Und der hier ist Tristan, den die Liebesleidenschaft dazu verleitet hat, seinem Herrn die Treue zu brechen."

Noch zahllose andere Seelen, denen die Liebe den Tod gebracht hatte, zeigte und benannte Vergil. Als Dante die Namen all der Frauen aus alter Zeit und der vielen edlen Männer hörte, verlor er fast die Besinnung vor Mitleid.

Zwei Schatten weckten sein besonderes Interesse. Dante deutete auf die beiden und sagte zu Vergil:

„Wie gern würde ich mit dem Paar dort sprechen, das so leicht im Wind dahintreibt!"

Vergil antwortete:

„Warte, bis sie etwas herangekommen sind, und dann beschwöre sie bei der Liebe, die sie leitet, so werden sie zu dir kommen."

Als der Sturm die beiden in die Nähe getragen hatte, tat Dante, wie Vergil ihm geraten hatte, und bat:

„Ihr armen Seelen, wenn es euch erlaubt ist, so kommt zu uns und sprecht mit uns!"

Und unwiderstehlich angezogen löste sich das Paar aus dem Schwarm und kam herbei durch die böse Luft, so wie ein Taubenpaar nicht anders kann als dem Drang zu folgen, der es zum Nest treibt. Dann begann eine der beiden Seelen Dante anzusprechen.

„Ein Lebender!" rief sie. „Was bist du für ein barmherziger und gütiger Mann, dass du uns, die wir die Welt mit unserem Blut gefärbt haben, hier in der ewigen Nacht besuchst und Mitleid mit unserem Elend hast! Wie wollten wir Fürbitte halten für dein Heil beim Herrn der Welt, wenn er uns nur gnädig zugeneigt wäre! Wir wollen deiner Bitte nachkommen und mit dir reden, solange der Sturm uns in Ruhe lässt. Ich will dir erzählen, was du wissen willst, und wenn du uns etwas sagen möchtest, wollen wir es hören.

Meine Heimatstadt liegt am Meer", fuhr die Seele fort, „nicht weit von der Mündung des Po. Die Liebe entzündet edle Gemüter rasch, und so verliebte sich der, der mich hier begleitet, heftig in meinen schönen Leib, den ich nun auf eine Weise verloren habe, dass ich heute noch darüber weine. Die Liebe erspart keinem, der geliebt wird, wiederzulieben, und so packte sie wegen seiner Schönheit auch mich, mit solcher Gewalt, dass sie auch im Tod nicht erloschen ist. Die Liebe war es endlich, die uns gemeinsam den Tod brachte. Aber der uns tötete, wird das dereinst in der tiefsten Hölle büßen, dort, wo Kain den Mord an seinem Bruder sühnt."

Es war die Seele der Francesca von Rimini, und ihr Begleiter war ihr Geliebter Paolo Malatesta. Francesca, eine Tochter des Herrschers von Ravenna, war mit Gianciotto Malatesta verheiratet gewesen, dessen Familie in Rimini regierte, einem groben, hässlichen Mann. Aber Paolo, Gianciottos schöner und edler Bruder, hatte sich in seine Schwägerin verliebt und Gegenliebe gefunden. Als Gianciotto die beiden miteinander überrascht hatte, hatte er die Gattin und den Bruder ermordet. Weil ihr jähes, gewaltsames Ende ihnen keine Zeit gelassen hatte, ihre Sünden zu bereuen, waren sie der Verdammnis anheimgefallen.

Als Francesca zu Ende geredet hatte, senkte Dante die Augen und schwieg so lange, dass Vergil ihn schließlich fragte:

„Was hast du?"

Erst nach einer Weile antwortete Dante:

„Die Armen! Dass ein so süßes Sinnen und Sehnen sie ins Verderben stürzen musste!"

Und zu dem Liebespaar gewandt, fuhr er fort:

„Ach Francesca, dein Leid treibt mir die Tränen in die Augen. Aber sag mir noch eins: Wenn ihr euch zunächst insgeheim nacheinander verzehrt habt, wie habt ihr denn dann schließlich gemerkt, dass der andere auch verliebt ist?"

Francesca antwortete:

„Es gibt kein größeres Leid als die Erinnerung an vergangenes Glück, wenn man im Elend ist. Dein Führer da weiß, wovon ich rede. Aber weil du mich so eindringlich fragst, will ich dir erzählen, wie es war, als wir zueinander fanden, auch wenn ich nur unter Tränen sprechen kann. Eines Tages, wir waren allein und dachten an nichts Böses, lasen wir, um uns die Zeit zu vertreiben, miteinander in der

Erzählung vom Ritter Lanzelot, wie er in Liebesnöte gerät. Mehr als einmal mussten wir zwischendurch unterbrechen. Immer wieder schauten wir vom Buch auf, und wenn unsere Augen sich fanden, wich uns das Blut aus dem Gesicht. Aber wirklich überwältigt wurden wir von einer einzigen Stelle. Als wir lasen, wie die begehrte Frau Lanzelot anlächelt und das ersehnte Zeichen endlich zum Kuss zwischen den beiden führt, da küsste mich dieser Mann hier, der nie von mir getrennt sein wird, auf den Mund, wobei er am ganzen Körper bebte. Das Buch und sein Verfasser hatten das fertiggebracht, was in der Erzählung der Kuppler Galehaut macht.

An dem Tag lasen wir nicht mehr weiter."

Während Francesca redete, schluchzte ihr Geliebter so, dass Dante glaubte, sterben zu müssen vor überströmendem Mitleid. Ihm schwanden die Sinne, und wie ein Toter sank er zu Boden.

6. Kapitel

Der dritte Kreis – Zerberus – Die Schlemmer – Ciacco – Der Parteienzwist in Florenz

Als Dante aus der Ohnmacht erwachte, in die er aus Erschütterung über das Schicksal des Paares gefallen war, fand er sich mit Vergil auf der nächsten Ringterrasse wieder. Dort stürmten neue Eindrücke auf ihn ein. Wieder sah er überall Qualen und gepeinigte Seelen, wohin er auch blickte.

Im dritten Kreis der Hölle fällt unaufhörlich eiskalter, starker Regen durch die Dunkelheit herab, ewig in gleicher Weise, schmutzig und stinkend und vermischt mit Hagelkörnern und Schnee, und weicht die Erde auf. Überall, wohin Dante schaute, sah er Seelen, die verzweifelt versuchten, wenigstens eine Körperseite vor dem peitschenden Niederschlag zu schützen, aber da sie sie ihm dabei die andere Seite aussetzen mussten, wälzten sie sich ständig im Schlamm hin und her. Dabei heulten sie wie Hunde. Der dritte Kreis wird von dem wilden, gefräßigen Höllenhund Zerberus bewacht, einem dreiköpfigen Scheusal mit fettigem schwarzem Fell, blutunterlaufenen Augen, geschwollenem Bauch und scharfen Krallen. Zerberus stürzte sich immer wieder auf die Schatten, und wen er packte, dem schlug er die Klauen in den Leib, riss ihm die Haut ab und zerfetzte ihn. Sein Gebell war so ohrenbetäubend, dass die armen Seelen sich wünschten, taub zu sein. Wer im Morast versank, dem kläffte er aus seinen drei Kehlen wütend hinterher.

Als Zerberus die beiden Wanderer sah, zitterte er vor Wut an allen Gliedern, riss seine Mäuler auf und fletschte die Zähne. Da bückte sich Vergil, ergriff mit beiden Händen Erde vom Boden, soviel er fassen konnte, und warf sie dem Ungeheuer in die Rachen. Und wie bei einem gewöhnlichen Hund, der nach Fressen bellt und, sobald er es bekommen hat, nur noch stumm daran würgt und schluckt, verstummte das Gebell aus den drei grässlichen Mäulern.

Die Wanderer gingen über die vom Regen geplagten, im Schlamm liegenden Leiber hin, die wie alle abgeschiedenen Seelen Menschenkörpern glichen und doch nichtige Schatten waren. Plötzlich richtete sich einer von ihnen auf, als sie an ihm vorbeigingen, und rief Dante zu:

„He, du da, du Höllenreisender! Erkennst du mich nicht? Ich war doch da oben noch nicht weg, als du schon da warst!“

„Nein, ich glaube, ich habe dich noch nie gesehen“, erwiderte Dante. „Das kann aber auch an deiner Angst liegen; vielleicht hat sie dich so verändert, dass ich dich nicht erkenne. Aber sag mir doch, wer du bist und wieso du hier solche erbärmlichen Plagen erleiden musst! Härtere Strafen lassen sich vielleicht denken, aber kaum eine so widerwärtige.“

Der Schatten antwortete:

„Ich bin wie du aus Florenz, dieser Stadt, die vor Bösartigkeit fast platzt. Ich liebte es behaglich im Leben. Ciacco, das Schwein, nannten mich die Leute. Wie alle anderen Seelen, die du hier siehst, büße ich für die Sünde der Gefräßigkeit, indem ich bis zur Erschöpfung von diesem Regen drangsaliert werde.“

Dann schwieg er, und Dante sagte:

„Ach Ciacco, dein Kummer tut mir sehr leid. Ich kann die Tränen kaum zurückhalten."

Und dann sprach er seinen Landsmann auf den Parteienzwist an, der damals Florenz beherrschte. In Italien hatte es im jüngst vergangenen Jahrhundert lange blutige Auseinandersetzungen zwischen zwei feindlichen Parteien gegeben. Ursprünglich hatte ihr Hass das große Ringen zwischen Kaiser und Papst um die Vorherrschaft in der Welt gespiegelt: Die einen, die Ghibellinen, waren kaiserlich gesinnt, die anderen, Guelfen genannt, päpstlich. Doch hatten sich Machtgier und Hass auch zunehmend verselbständigt und die Parteienkämpfe mit der Frage nach Kaiser oder Papst oft nicht mehr viel zu schaffen. Was Florenz betrifft, so hatten dort zwar im Jahr nach Dantes Geburt die Guelfen – zu denen auch Dantes Familie gehörte – endgültig gesiegt, aber die Stadt war nicht zur Ruhe gekommen, und neue Fronten hatten sich aufgetan.

Dante fragte Ciacco also:

„Weißt du vielleicht, wie es in unserer zerstrittenen Stadt mit den Bürgerfehden weitergehen wird? Gibt es denn gar keine Rechtschaffenen mehr in Florenz? Und was hat diesen Parteienhader überhaupt so anfachen können?"

Da konnte Ciacco Auskunft geben. Er antwortete:

„Der lange Zwist zwischen den Familien der Stadt wird schon bald wieder zu Blutvergießen führen. Zunächst wird die von den Zugewanderten geführte Partei die anderen schmählich vertreiben. Aber noch ehe drei Jahre um sind, wird sich das Blatt schon wieder wenden, weil ein gewisser Mann, der jetzt noch schwankt, mit wem er es halten soll, sich endgültig auf die Seite der zuvor Unterlegenen schlagen wird. Die werden ihrerseits die Sieger von damals unterdrücken, ungerührt von ihrer Verzweiflung und Wut, und lange an der Macht bleiben. Sicher, es gibt schon noch ein paar wenige Gerechte in unserer Stadt, aber keiner hört auf sie. Dünkel, Missgunst und Habgier haben die Herzen der Leute vergiftet."

So lautete Ciaccos traurige Prognose. Tatsächlich sollten wenige Wochen nach Dantes Jenseitsreise in Florenz blutige Kämpfe ausbrechen. Zunächst sollten die sogenannten „Weißen" siegen, die unter der Führung der vom Land zugewanderten Familie Cerchi stehende Partei, später aber, unterstützt von Papst Bonifaz, würde die Gegenpartei die Oberhand gewinnen, die „Schwarzen" mit der Familie Donati an der Spitze, und die Weißen, zu denen sich auch Dante hielt, sollten Verfolgung und Verbannung erleiden.

Dante wollte noch etwas anderes wissen. Er bat:

„Bitte tu mir den Gefallen und beantworte mir noch eine Frage. Ich würde auf meiner Reise gern einige unserer großen Mitbürger aufsuchen, die sich in den Wirren des letzten Jahrhunderts so um unsere Stadt verdient gemacht haben und bestrebt waren, das Rechte zu tun, zum Beispiel Farinata, Tegghiaio, Iacopo Rusticucci, Arrigo und Mosca. Weißt du vielleicht, was nach ihrem Tod aus ihnen geworden ist? Ich möchte unbedingt wissen, ob sie in die Seligkeit eingegangen sind oder in die Hölle mussten."

Ciacco antwortete:

„Die du genannt hast, sind in noch größerer Dunkelheit als ich. Verschiedene schwere Sünden haben sie in die Tiefen der Hölle hinuntergedrückt. Du kannst sie nicht verfehlen, wenn du weit genug hinabsteigst.

Aber auch ich habe eine Bitte: Wenn du wieder droben bist auf der lieben Erde, so erzähl doch den Menschen dort von mir, damit die Erinnerung an mich nicht ganz ausgelöscht wird! Und damit schweige ich und antworte dir auch auf nichts mehr."

Kaum hatte er zu Ende gesprochen, verdrehten sich seine Augen. Er richtete den Blick noch kurz auf Dante, dann sank sein Kopf vornüber, und er fiel hinab zu den anderen Seelen, die da lagen.

Vergil sagte:

„Der wird erst wieder erwachen, wenn die himmlische Posaune den unerbittlichen Richter ankündigt. Dann werden alle zu ihren dunklen Gräbern zurückkehren, sie werden ihre Fleischesgestalt wieder annehmen und das donnernde Urteil hören, dessen Widerhall ewig ist."

Die beiden gingen langsam über das schmutzige Gemenge aus Regenwasser und Seelenschatten. Da Vergil das Jüngste Gericht erwähnt hatte, kamen sie auf das Leben nach dem Ende der Zeit zu sprechen.

„Meister", sagte Dante, „wenn der große Richterspruch ergangen sein wird, wird dann wohl die Pein größer oder geringer, die die Seelen in der Hölle erleiden müssen, oder bleibt sie in ihrer Stärke unverändert?"

Vergil erwiderte:

„Du hast doch Aristoteles gelesen! Also erinnere dich, was er lehrt: Je vollkommener ein Wesen ist, umso stärker spürt es sowohl Lust als auch Schmerz. Das gilt auch für die Verdammten. Die können zwar natürlich keine wirkliche Vollkommenheit erreichen, aber es wird ihnen am Jüngsten Tag doch etwas zu ihrem Sein hinzugefügt, indem sie nämlich die Fleischlichkeit wiederbekommen."

Die beiden Wanderer schritten den Kreis weiter ab und sprachen dabei noch über manches, wovon Dante in seiner Erzählung schweigt. Als sie zum Innenrand der Terrasse gingen, wo es weiter hinabgeht, sahen sie dort den Wächter des vierten Kreises stehen, Plutus, den Dämon des Reichtums, der Habgier und des Geizes.

7. Kapitel

Plutus – Der vierte Kreis – Geizige und Verschwender – Fortuna – Der fünfte Kreis – Der Styx – Zornige und Träge

Plutus blähte sich auf und schrie den Wanderern mit heiserer Stimme Drohungen entgegen:

„Pape Satan, pape Satan aleppe!", so begann er in einer unverständlichen Sprache den Herrn der Unterwelt zu beschwören.

Aber der weise Vergil, der Plutus offenbar verstand, beruhigte Dante:

„Lass dich nicht verunsichern! Der mag mächtig sein, aber nicht mächtig genug, um uns am Abstieg zu hindern."

Und er rief Plutus zu:

„Verfluchter Wolf, gib Ruhe und friss dich selbst, wenn du vor Wut nicht weißt, wohin mit dir! Denn wir steigen nicht einfach grundlos hinunter. Man will es dort droben so, wo damals schon der Erzengel Michael die Empörung der Engel bestraft hat!"

Kaum hatte Vergil das gesagt, fiel das Scheusal zu Boden, so wie ein volles, windgeschwelltes Schiffssegel plötzlich in sich zusammenfällt, wenn der Mast bricht.

Nun stiegen die beiden zum vierten Kreis hinab. Je mehr Dante von dem schrecklichen Abgrund erfasste, der alles Böse der Welt umschließt, umso verstörender wirkte die Vielfalt an außergewöhnlichen Qualen und Strafen auf ihn, die Gottes Gerechtigkeit dort zusammengedrängt hat. Warum laden wir nur so schwere Schuld auf uns, dachte er, dass sie uns ins Verderben stürzt?

Im vierten Kreis sah er besonders viele Seelen. Sie wurden in zwei Halbkreisen umhergetrieben, sodass es aussah wie beim Rundtanz. Die beiden Gruppen drehten sich in der Finsternis mit lautem Geschrei aufeinander zu, wobei alle angestrengt schwere Lasten vor sich her wälzten. Wenn sie zusammenstießen, drehten sie sich um, schrieen sich nach rückwärts hin an – „was hältst du's fest?" riefen die einen, „was verschleuderst du's?" die anderen – und schoben ihre wertlose Bürde in die Gegenrichtung. Waren sie an den entgegengesetzten Punkten der Halbkreise angekommen, prallten sie erneut zusammen, wandten sich wieder um, wiederholten ihre Beschimpfungen und drehten sich zu neuem Streit aufeinander zu. Dante fühlte sich an die Straße von Messina erinnert, wo die Wellen der beiden Meere, die dort aufeinandertreffen, im Strudel der Charybdis immer wieder gegeneinander gewirbelt werden.

Es zerriss ihm fast das Herz, als er dieses Spektakel sah, und er fragte Vergil:

„Mein Meister, was sind denn das für Leute? Und die dort, in der Gruppe links von uns, die mit den Tonsuren, waren das alles Geistliche?"

Vergil antwortete:

„Die, die du hier siehst, waren im Leben so verblendet, dass ihnen das rechte Maß beim Haushalten fehlte. Du hörst ja, wie sie zetern, wenn sie an den Enden der Halbkreise anlangen und sich ihre entgegengesetzten Laster vorwerfen, für die sie hier sind. Die links mit den Glatzen sind in der Tat Priester. Auch Päpste und Kardinäle sind darunter, denn bei denen pflegen Geiz und Habgier jedes Maß zu sprengen."

„Meister", sagte Dante, „müsste ich nicht einige von ihnen erkennen?"

Aber Vergil erwiderte:

„Vergebliche Hoffnung! Dadurch, dass diese Menschen im irdischen Leben ohne wahre Erkenntnis geblieben sind, wurden ihre Seelen so beschmutzt, dass sie hier vollkommen unkenntlich sind. Ewig müssen sie nun miteinander streiten und aufeinanderprallen, bis sie aus den Gräbern auferstehen, die da mit geschlossener Faust, die dort mit kahlem Kopf. Die einen waren zügellos im Raffen, die anderen im Verschwenden, so haben beide ihr Heil verspielt. Sei's drum, ich will darüber nicht noch schöne Worte verlieren.

Du siehst, mein Sohn", fuhr er dann fort, „die Güter, die Fortuna anvertraut sind, sind nicht mehr als ein kurzer Jux. Unentwegt raufen die Menschen um sie, aber alles vergangene und gegenwärtige Gold der Welt könnte diesen armen Seelen hier doch nicht den ersehnten Frieden bringen."

Da fragte Dante:

„Mein Meister, wer ist denn diese Fortuna, von der du gerade gesprochen hast? Wieso hält sie denn die Güter der Welt in ihren Klauen?"

„Was seid ihr Menschen doch dumm und unwissend, zu eurem Schaden!", antwortete Vergil. „Also lass dir Folgendes sagen: Als der Höchste in seiner grenzenlosen Weisheit die Himmelssphären erschuf, setzte er für jede von ihnen spezielle Führer ein, Engelswesen, die dafür zu sorgen haben, dass alles einander beleuchtet und das Licht sich überall gleichmäßig verteilt. Und ebenso schuf er auch eine oberste Verwalterin für das, was auf der Erde glänzt. Das ist Fortuna. Ihre Aufgabe besteht darin, die eitlen Reichtümer der Welt, wenn es an der Zeit ist, von einem Volk zum nächsten wandern zu lassen oder von einer Familie zur anderen. Es ist nutzlos, wenn die Menschen Vorsorge dagegen treffen wollen. Völker herrschen oder werden versklavt nach ihrem Belieben. Sie ist unberechenbar wie die Schlange im Gras. Niemand kann vorhersehen, was sie tun wird. Wie die Engel in den Himmeln, so hat sie in ihrem Bereich unbeschränkte Vollmacht zu planen, zu richten und zu herrschen. Stillstand ist ihr verhasst. Sie folgt ihrem Auftrag, schnell zu handeln, und sorgt dadurch ständig für Veränderung. Deshalb fluchen die Menschen über sie und reden schlecht von ihr, sogar die, die ihr eigentlich dankbar sein müssten. Doch das stört sie nicht, sie hört gar nicht hin. Wie die Engel dreht sie unbekümmert ihr Rad und freut sich an ihrer Seligkeit.

Aber wir müssen weiter hinunter, zu noch größerem Leid! Wir können wirklich nicht so oft stehenbleiben. Draußen beginnen die Sterne schon wieder zu sinken, die bei meinem Aufbruch am Himmel aufgestiegen sind."

Die beiden durchquerten nun die Ringterrasse nach innen hin und stiegen dann einen steilen Weg hinab, wobei sie dem Lauf eines Wassers von schwärzlicher Farbe folgten, das unterhalb der vierten Terrasse aus der schroffen Felswand entspringt und sich brodelnd auf die darunterliegende Terrasse ergießt, wobei es einen Graben formt. Es staut sich schließlich zu einem Sumpf, dem Styx, der den fünften Höllenkreis bildet.

Als sie dort angekommen waren, sah Dante im Morast nackte, schlammverschmierte Menschen mit wutverzerrten Gesichtern, die sich gegenseitig schlugen und traten, mit ihren Köpfen und Leibern stießen und sogar mit den Zähnen Fleischfetzen aus den Körpern rissen. Vergil erklärte seinem Schützling:

„Mein Sohn, die sich hier so bekämpfen, haben sich im Leben der Sünde des Zorns schuldig gemacht, und wie du siehst, sind sie auch hier nicht Herr über ihre Leidenschaft. Aber unter der Oberfläche des Sumpfes, unsichtbar für uns, sind noch andere Seelen. Du siehst, wie von ihren Seufzern überall die Blasen aufsteigen. Das sind die Trägen, die Missmutigen. Unten im Sumpf bekennen sie, dass sie sich oben auf der Erde nicht an der heiteren Sonne und nicht an milden Lüften gefreut haben, sondern verdrossen durch die schöne Welt gegangen sind, und sie beklagen, dass sie es jetzt im Schlamm so dunkel haben, wie es damals in ihrem Gemüt war. Sie können nur gurgelnde Laute von sich geben, denn klare Worte lassen sich da, wo sie sind, nicht sprechen."

Vergil und Dante gingen im großen Bogen um den Styx herum und sahen dabei auf die dort büßenden Seelen, denen der Schlamm den Mund verschmierte, sodass sie ihn schlucken mussten. Auf der anderen Seite begrenzten die Felsabhänge, auf denen sie hinabgestiegen waren, den Weg der beiden Wanderer. Nach einer Weile standen sie vor einem Turm.

8. Kapitel

Phlegyas – Filippo Argenti – Am Tor der Stadt Dis

Die beiden hatten den Turm schon eine ganze Weile vorher entdeckt, denn während sie gegangen waren, waren dort zwei Flammen aufgeleuchtet und hatten seine Spitze erhellt. Dieses Signal wurde nun durch ein drittes Licht beantwortet, das schwach in der Ferne zu sehen war.

Dante fragte seinen Führer, dem er alles Wissen der Welt zutraute:

„Was bedeutet denn das? Was hat es mit diesen Flammenzeichen auf sich? Und wer sendet sie aus?"

Vergil antwortete:

„Das, was diese Lichter ankündigen, wirst du gleich über den Sumpf kommen sehen. Die Dünste, die aus dem Morast aufsteigen, erschweren nur etwas die Sicht."

Und schon sah Dante einen kleinen Kahn, der pfeilschnell übers trübe Wasser auf sie zukam. Ein Mann saß am Ruder und schrie Dante entgegen:

„Ha, du verdammte Seele, jetzt hab ich dich!"

„Phlegyas!", rief Vergil, „Phlegyas, diesmal irrst du dich! Wir sind keine Beute für dich, du sollst uns nur über diesen Pfuhl bringen!"

Der Ruderer konnte nur mühsam seine Wut bändigen, als er sich so betrogen sah. Phlegyas hatte als Lebender in blinder Raserei den Tempel des Apollo in Delphi in Brand gesteckt, weil der Gott seine Tochter verführt hatte. Nun war er als Dämon des Zorns dort, wo die Zornigen büßen, als Fährmann auf dem Styx.

Vergil stieg hinunter in das Boot und forderte Dante auf, das Gleiche zu tun. Erst als Dante eingestiegen war, schien es beladen zu sein. Phlegyas legte ab, und der Kahn schnitt tiefer ins Wasser ein als bei jedem anderen Insassen, den er vorher getragen hatte.

Als sie so über das tote Gewässer fuhren, tauchte plötzlich eine Gestalt aus dem Schlamm auf und rief Dante zu:

„Wer bist denn du, dass du hierher kommst, bevor deine Zeit um ist?“

Dante antwortete:

„Ich bin zwar gekommen, aber bleiben werde ich hier nicht. Aber wer bist du? Du siehst so schmutzig aus!“

Der andere wollte seinen Namen nicht nennen und sagte:

„Du siehst ja: Ich bin einer, der weint.“

Da rief Dante:

„Du verfluchter Geist, dann heul weiter und bleib, wo du bist! Ich habe dich längst erkannt, obwohl du so verdreckt bist.“

Und auch Vergil behandelte den Schlammbewohner hart. Als der versuchte, sich am Boot festzukrallen, stieß er ihn mit den Worten fort:

„Weg mit dir zu den anderen Hunden dort unten!“

Dann umarmte er seinen Schützling, küsste ihn auf die Stirn und sagte:

„Was für eine edle Empörung hat dich gepackt! Gesegnet sei die Mutter, die dich zur Welt gebracht hat! An dem da war im Leben nichts Gutes, aufgeblasen war er und selbstgefällig, und er weiß nur zu gut, mit welchen Gefühlen man oben an ihn zurückdenkt. Deshalb lässt der Zorn auch seinen Schatten nicht los. So geht es manchen: Im Leben spielen sie sich wie Könige auf, hier enden sie dann wie die Schweine im Schlamm, und auf der Erde erinnert man sich nur mit Verachtung an sie.“

Der da aus dem Morast aufgetaucht war, war der Schatten des Florentiners Filippo Adimari. Er war ein reicher und gewalttätiger Edelmann gewesen, Parteigänger der Schwarzen und Dantes Feind. Weil er den Dünkel so weit getrieben hatte, die Hufe seiner Pferde mit Silber zu beschlagen, hatte man ihn auch Argenti genannt, das heißt Silber.

„Meister", sagte Dante, „wenn ich sehen könnte, wie der hier in diesem Dreck untergeht, noch ehe wir drüben anlangen – es wäre mir ein Fest!"

Vergil antwortete:

„Ein guter Wunsch! Noch bevor wir am anderen Ufer sind, soll er erfüllt werden."

Und schon sah Dante, wie die anderen Seelen im Schlamm sich johlend auf Filippo stürzten und ihn so zurichteten, dass Dante Gott noch Jahre später für diese Genugtuung dankte. Filippo Argenti aber schlug sich vor Wut die eigenen Zähne in den Leib.

Nachdem sie Filippo verlassen hatten, drangen von der anderen Seite her Schmerzensschreie an Dantes Ohr, und er spähte nach vorn, um die Ursache zu ergründen.

Vergil erklärte ihm:

„Mein Lieber, wir nähern uns nun der Stadt Dis mit ihren schwer geplagten Einwohnern. Sie wird von einer großen Schar von Teufeln bewacht."

Und Dante sagte:

„Ja, Meister, ich sehe da drinnen schon die Türme im Tal. Sie sehen wie Moscheen aus und sind rot wie von Feuer."

„Ihre rote Färbung", sagte Vergil, „kommt von dem ewigen Höllenfeuer, das sie durchglüht."

Die Stadt Dis umfasst die unteren Regionen der Hölle. Sie hat ihren Namen vom Fürsten der Unterwelt, so wie die Alten ihn nannten, dem Dis Pater, der auch Pluto oder Hades heißt. Die Stadt wird von einer Ringmauer umschlossen, um die sich die Wasser des Styx als Festungsgraben ziehen.

Das Boot fuhr in weitem Bogen an der eisengrauen Mauer entlang. Endlich erreichten sie das Stadttor, wo Phlegyas anlegte und die beiden aussteigen hieß.

Aber als sie an Land waren und auf das Tor zugehen wollten, sahen sie sich einer gewaltigen Menge von Teufeln gegenüber, die ihnen den Eingang versperrten und wütend riefen:

„Wer wagt es, durch das Totenreich zu reisen, ohne tot zu sein?"

Vergil machte den Teufeln Zeichen, als ob er vertraulich mit ihnen reden wollte, worauf sie sich etwas beruhigten. Aber dann sagten sie zu Dantes Entsetzen Folgendes zu Vergil:

„Gut, dann komm du allein hinein! Dein Begleiter hier, der die Stirn hatte, lebend bis hier herunter zu kommen, soll sich davonmachen. Soll er doch zusehen, wie er seinen irren Weg wieder zurückfindet! Du, der du ihn durch die Finsternis hergebracht hast, bleibst jedenfalls hier."

Als Dante diesen schrecklichen Vorschlag hörte, fürchtete er, er werde nie wieder nach Hause kommen, und flehte Vergil an:

„Ach, mein lieber Führer, du hast mich die ganze Zeit beschützt und mir nun schon in mancher Gefahr beigestanden: Bitte verlass mich nur nicht in dieser entsetzlichen Lage! Wenn man uns nicht einlassen will, dann lass uns eben beide umkehren! Wir werden uns ja schnell zurückfinden."

Aber Vergil, der Dante nun bereits so weit geleitet hatte, dachte nicht im mindesten ans Aufgeben und antwortete:

„Hab nur keine Angst! Keiner kann uns hindern, diesen Weg zu gehen, denn der Höchste selbst will es. Bleib nur hier und warte auf mich. Sei doch nicht so verzagt, fass wieder Mut und schöpfe neue Hoffnung! Ich werde dich hier unten gewiss nicht im Stich lassen."

Und der väterliche Mann ließ Dante mit seiner Bangigkeit allein und ging auf die Teufel zu. Was sie miteinander verhandelten, konnte Dante nicht hören, aber schon nach kurzer Zeit musste er sehen, dass die Unterredung offenbar abgebrochen worden war, denn die Teufel drehten sich um, liefen in die Stadt zurück und schlugen das Tor vor Vergil zu.

Der ging zögernd zu seinem Schützling zurück. Er blickte zu Boden, und sein gewohntes Selbstvertrauen schien erschüttert zu sein. Er atmete tief aus und stieß hervor:

„Ich kann mir schon denken, welche Macht mir den Eingang zur Schmerzensstadt versperren will!"

Dann wandte er sich zu Dante und sagte:

„Erschrick nur nicht, weil du mich ein wenig verstimmt siehst. Das werden wir ja sehen, wer hier den Sieg davonträgt! Es ist mir gleich, wen sie alles aufbieten, um das Tor zu verteidigen. Das haben sie am oberen Eingang, wo du die düstere Inschrift gelesen hast, auch schon einmal versucht, damals, als der Gewaltige kam, der dann die Seelen des Alten Bundes rettete. Aber schon damals war alle Gegenwehr umsonst. Der Riegel ist dort seitdem zerbrochen und der Zutritt frei. Zu uns wird jetzt ein starker Helfer kommen. Der braucht hier keinen Führer. Er ist schon unterwegs; durch das obere Tor ist er gekommen und steigt nun von Ring zu Ring zu uns hinab. Der wird uns das Stadttor öffnen."

9. Kapitel

Die drei Furien – Der Himmelsbote – Eintritt in die Stadt – Der sechste Kreis – Die Ketzer

Vergil hatte sich bei dieser Rede zusammengenommen und versucht, zumindest äußerlich die Fassung zu bewahren, um seinen Schützling nicht zusätzlich zu verunsichern, denn er hatte bemerkt, dass Dante blass geworden war, als er ihn erfolglos hatte umkehren sehen. Nun stand der Meister still und lauschte aufmerksam in das mit den Augen kaum zu durchdringende Dunkel hinein.

„Wir müssen den Kampf unbedingt bestehen!", sagte er, fuhr dann zögernd fort: „Wenn nicht ...", unterbrach sich aber sofort: „Wenn einem eine derartige Hilfe in Aussicht steht ..." und seufzte schließlich: „Wie lange das dauert, bis er endlich da ist!"

Dante registrierte aufmerksam, dass Vergil in dieser stockenden Rede den Zweifel, den er fast hätte aufkommen lassen, noch im Keim durch mutmachende Worte selbst wieder zu ersticken versuchte. Er bekam es nun erst recht mit der Angst zu tun, denn mit einem Mal überfiel ihn die Befürchtung, Vergils abgebrochener Satz „wenn nicht…“ könnte noch etwas anderes bedeuten als nur die Sorge, sich gegen die Teufel nicht durchsetzen zu können, nämlich dass sein Führer vielleicht des weiteren Weges gar nicht kundig sei. Freilich vermied er es, diese Besorgnis allzu direkt zu äußern, und formulierte sie so:

„Kommt es denn überhaupt jemals vor, dass ein Bewohner des ersten Kreises zum Grund der Hölle hinabsteigt?“

Aber Vergil beruhigte ihn:

„Oft geschieht das natürlich nicht, aber ich selbst bin diesen Weg schon einmal gegangen. Es war bald nach meinem Eintritt in die Unterwelt, da beschwor mich die Zauberin Erichtho, eine Seele aus der tiefsten Region der Hölle ans Licht heraufzuholen, um die Lebenden vor der ewigen Verdammnis zu warnen, und so stieg ich bis ganz nach unten hinab, dorthin, wo der Himmel am fernsten ist und der Verräter Judas büßt. Also beruhige dich, ich kenne den Weg genau.

Ohne Kampf kommt man in diese Stadt nun einmal nicht hinein. Auch der Sumpf, der sich um die gesamte Stadtmauer zieht und so widerlichen Gestank verbreitet, dient dazu, Eindringlinge fernzuhalten.“

Was Vergil sonst noch sagte, entging Dantes Aufmerksamkeit, denn plötzlich erschienen auf den rotglühenden Zinnen des Torturms drei schreckliche Frauengestalten. Sie trieften von Blut. Giftgrüne Wasserschlangen umwanden ihre Leiber, und auch anstelle der Haare ringelten sich Nattern und Vipern um ihre Schläfen. Es waren die Erinnyen oder Furien, Rachegöttinnen, die, wie die Alten erzählten, der Proserpina dienen, der Königin der Unterwelt. Vergil erkannte sie sofort und rief:

„Da, sieh nur, das sind die Erinnyen! Die da ganz links ist Megära. Die dort rechts steht und heult, ist Alekto, und in der Mitte steht Tisiphone.“

Weiter kam Vergil nicht. Die drei Weiber schlugen sich selbst, zerrissen sich mit ihren Krallen die Brüste, zeigten auf Dante und schrieen dabei so laut, dass der sich ängstlich an seinen Beschützer drängte.

„Medusa soll kommen!", riefen sie. „Wer die sieht, der wird zu Stein! Wir hätten uns damals an Theseus rächen sollen, als er so frech in die Unterwelt eindrang, dann würde es kein Lebender mehr wagen herzukommen!"

Und sie schickten sich an, Dante das Haupt entgegenzuhalten, das der Held Perseus einst der Medusa abgeschlagen hatte, einer der drei Gorgonen, der Töchter des Meeresgottes Phorkys.

„Wende dein Gesicht ab und schließ die Augen!", rief Vergil, fasste seinen Schützling um den Leib und drehte ihn weg. „Wenn du der Gorgo ins Gesicht siehst, ist es aus mit deiner Heimkehr!"

Und als genügte es nicht, dass Dante seine Augen mit den Händen bedeckte, legte Vergil seine eigenen Hände noch darüber. Möge, so mahnt Dante, als er dies erzählt, der kluge Leser die Lehre enträtseln und beherzigen, die in der Beschreibung dieser Szene verborgen liegt!

Plötzlich hallte krachender Donner über das trübe Wasser. Auf beiden Seiten erbebten die Ufer. Es war, wie wenn aus unterschiedlich erhitzten Luftschichten plötzlich ein Sturm aufkommt, der in den Wald hineinfährt und die Äste abknickt und zerbricht, auf dem Feld den Staub hoch aufwirbelt und die wilden Tiere ebenso wie die Hirten in die Flucht treibt. Vergil nahm die Hände von Dantes Gesicht und sagte:

„Nun schau aufmerksam dort hinten hin, wo der Nebel über dem Sumpf am dichtesten ist!"

Und Dante sah zurück zum Morast. Zahllose Seelen versuchten sich dort in Sicherheit zu bringen, so wie Frösche schnell in den Teich hüpfen und sich ängstlich an den Grund drücken, wenn sich eine Schlange nähert. Denn es kam einer auf dem Styx herabgewandelt. Trockenen Fußes ging er über das Wasser, und keine Bedrängnis schien er zu spüren als den übelriechenden Dunst, den er von sich abzuhalten suchte, indem er ab und zu die linke Hand vor seinem Gesicht bewegte.

Dante merkte wohl, dass der Ankömmling vom Himmel gesandt war. Unsicher wandte er sich Vergil zu, worauf der ihm durch Zeichen zu verstehen gab, er solle sich stumm vor dem Boten verneigen. Als der Engel angekommen war, schritt er mit verächtlicher Miene zum Tor und berührte es mit einer schlanken Gerte. Da sprang es wie von selbst auf.

„Ihr Verdammten, vom Himmel Verstoßenen", redete er dann die Teufel an, „was maßt ihr euch an? Warum versucht ihr, euch gegen einen Willen zu stemmen, gegen dessen Vollstreckung doch niemand etwas ausrichten kann? Ihr musstet doch schon öfter euren Widerstand schwer büßen! Warum diese sinnlose Auflehnung gegen das Schicksal? Denkt daran, wie es eurem Zerberus ging, als er Herkules daran hindern wollte, in die Unterwelt einzudringen! Er trägt immer noch am Kinn und am Hals die Spuren von der Kette mit sich herum, die der Held ihm damals anlegte."

Und der Engel kehrte um, ging wortlos an Vergil und Dante vorbei und machte sich auf den Rückweg. Sein ganzes Gebaren zeigte, dass er sich um Wichtigeres zu bekümmern hatte als um die Sorgen derer hier unten.

Niemand hinderte nun mehr die beiden Wanderer am Eintritt. Unbehelligt von Teufeln und Furien passierten sie das Tor und befanden sich damit im obersten Teil der Stadt Dis, dem sechsten Kreis der Hölle, der mit der Stadtmauer und dem Styx, also dem fünften Kreis, auf der gleichen Ringterrasse liegt.

Als Dante, der sehr gespannt gewesen war, wie es im Inneren der Stadt wohl aussehen mochte, sich nun umsah, blickte er überall auf weites Feld. Auf dem Gelände verstreut standen viele Sarkophage. Es sah so ähnlich aus wie auf dem Friedhof der Elysischen Felder bei Arles am Rhône-Delta oder auf dem antiken Gräberfeld bei Pola in Istrien am Golf von Quarnaro, an Italiens Grenze, aber doch viel schrecklicher als dort, denn zwischen den Gräbern brannte es, sodass die Särge von Feuer durchglüht waren wie das Eisen, das der Schmied bearbeitet. Die Deckel waren alle geöffnet. Aus dem Inneren der Sarkophage war gellendes Geschrei wie von Gefolterten zu hören.

Dante fragte:

„Meister, was sind denn das für Leute, die hier eingesargt sind und so furchtbar schreien?"

„Das sind Ketzer", erwiderte Vergil, „Begründer falscher Lehren und ihr sektiererischer Anhang. Diese Gräber sind voller, als es den Anschein hat, denn es liegen immer mehrere Gleichgesinnte in so einem Sarkophag. Die Feuer brennen unterschiedlich heiß, je nach der Verwerflichkeit der Irrlehre."

Damit wandte er sich nach rechts, und sie gingen auf einem schmalen Weg am Rand des Gräberfelds weiter, entlang der Innenseite der Stadtmauer.

10. Kapitel

Die Epikureer – Farinata – Cavalcante Cavalcanti – Kaiser Friedrich der Zweite

Vergil ging voran, und Dante folgte ihm.

„Du tapferer Mann, der du mich hier durch die Hölle führst", sagte Dante, „ich würde so gern die Menschen sehen und sprechen, die hier in diesen Sarkophagen liegen. Ob das wohl möglich ist? Die Deckel sind ja alle gelüftet, und nirgends ist ein Wächter zu sehen."

Vergil antwortete zunächst nicht direkt, sondern sagte:

„Diese Gräber werden erst am Jüngsten Tag verschlossen. Wenn das letzte Gericht kommt, werden sich diese Seelen hier, wie die Seelen aller Toten, wieder mit ihren Körpern vereinigen, die sie auf der Erde zurückgelassen haben, und im Tale Josaphat bei Jerusalem ihr endgültiges Urteil empfangen. Dann werden sie zurückkehren, und die Deckel werden sich für immer über den Särgen schließen.

Was deinen Wunsch betrifft", fuhr er dann fort, „so kann er dir gleich erfüllt werden – und übrigens auch der, den du nur heimlich hegst. Denn in dieser Abteilung des Gräberfeldes liegt mit seiner Gefolgschaft Epikur, der gelehrt hat, dass mit dem Leib auch die Seele stirbt."

Vergil hatte durchschaut, dass Dante vor allem den Schatten des großen Farinata sprechen wollte, der ein Anhänger der Lehre Epikurs gewesen war und dessen Seele deshalb hier zu finden sein würde. Den Wunsch, die Seelen bedeutender Landsleute vergangener Jahrzehnte und vor allem die des Farinata zu sehen, hatte Dante ja bereits im dritten Kreis, wo die Schlemmer bestraft werden, gegenüber dem Florentiner Ciacco geäußert. Farinata, aus der mächtigen Familie der Uberti stammend, hatte als Führer der kaiserlich gesinnten Ghibellinen zeitweise über Florenz geherrscht, war aber mit seiner Partei von den Guelfen gestürzt und aus seiner Vaterstadt vertrieben worden. Daraufhin war er mit seinen Anhängern gegen die Guelfen zu Felde gezogen und hatte sie in der Schlacht bei Montaperti an der Arbia besiegt. Als aber seine Mitstreiter nun aus Rache Florenz hatten zerstören wollen, hatte Farinata sich als einziger diesem Plan entgegengestellt, sich gegen seine Freunde durchgesetzt und dadurch die Stadt gerettet. Farinata war im Jahr vor Dantes Geburt gestorben. Als nach seinem Tod die Guelfen wieder an die Macht gekommen waren, hatten sie ihm seinen Edelmut schlecht gedankt: Anstatt sein Andenken zu ehren, hatten sie aus Hass gegen die Ghibellinen seine Nachkommen aus Florenz verbannt und ihr ererbtes Vermögen eingezogen.

Dante war etwas beschämt, weil Vergil seine Gedanken erraten hatte, und sagte zu ihm:

„Mein guter Führer, ich habe meinen Wunsch nur deshalb nicht direkt ausgesprochen, damit ich dir nicht zu geschwätzig erscheine. Ich weiß doch, dass dir das zuwider ist."

Plötzlich hörte er aus einem der Särge heraus folgende Worte:

„Du Toskaner, der du hier lebendig durch die Stadt des Feuers gehst und so respektvoll mit deinem Begleiter sprichst! Wenn du magst, komm zu mir und bleib ein wenig. An deiner Mundart erkenne ich, dass du aus meiner edlen Heimatstadt kommst, der ich wohl zu lästig gefallen bin."

Dante war zusammengeschreckt, als so unvermutet eine menschliche Stimme aus dem Sarkophag ertönte, und schmiegte sich enger an Vergil, worauf der sagte:

„Was hast du? Sieh dich um! Das ist Farinata! Er hat sich in seinem Sarg aufgerichtet, du kannst ihn vom Gürtel an ganz sehen!"

Dante drehte sich um und starrte auf den Sarkophag. Darin stand aufrecht ein Mann und reckte stolz Brust und Stirn, als habe er für die ganze Hölle nur Verachtung übrig. Vergil schob seinen Schützling mit aufmunternden Gesten vorsichtig durch die brennenden Gräberreihen zu dem Sarg hinüber und gab ihm noch den Rat mit:

„Jetzt überleg dir gut, was du sagst!"

Als Dante vor dem Sarkophag stand, warf ihm Farinata einen flüchtigen Blick zu und fragte dann herablassend:

„Aus welcher Familie bist du?"

Dante, voller Hochachtung vor dem großen Mann, gab ihm erschöpfend Auskunft. Farinata hob ein wenig die Brauen und sagte:

„Dann waren deine Vorfahren unsere Feinde! Schon meinen Ahnen haben sie nur Hass entgegengebracht, und später ebenso mir und meinen Mitstreitern. Zweimal habe ich sie davongejagt."

„Nun", erwiderte Dante, „das mag sein, doch gelang ihnen beide Male das Kunststück, nach Florenz zurückzukehren – anders als Euren Leuten!"

Da erschien plötzlich neben Farinata ein weiterer Schatten. Er war bis zum Kinn zu sehen; offenbar hatte er sich auf die Knie erhoben. Er blickte auf den unerwarteten Gast und schaute sich um, als hoffte er noch jemand anderen zu sehen, der vielleicht gemeinsam mit Dante gekommen sein könnte. Als er außer Vergil weiter niemanden entdeckte, brach er in Schluchzen aus und fragte:

„Wenn deine hohe Geisteskraft dich befähigte, in diesen finsteren Kerker vorzudringen, warum ist denn mein Sohn dann nicht bei dir? Wo ist er?"

„Ich bin nicht aus eigener Kraft hier", erwiderte Dante. „Den Ihr da hinten stehen und warten seht, der hat mich hergeführt. Vielleicht hat Euer Guido ihn ja nicht gebührend geehrt."

Dante hatte bereits erkannt, wen er vor sich hatte, und konnte deshalb seinem Gegenüber auf seine Frage so treffend antworten. Aus den Worten des Mannes und aus der Tatsache, dass er bei den Epikureern büßte, hatte Dante geschlossen, dass er vor Cavalcante Cavalcanti stand, dem Vater seines Freundes, des Dichters und Sängers Guido Cavalcanti. Mit seiner letzten Bemerkung spielte Dante darauf an, dass Guido ein Freigeist wie sein Vater war, dem es wider die Natur gewesen wäre, sich einem Lehrer wie Vergil unterzuordnen.

Kaum hatte Dante gesprochen, fuhr Cavalcante empor und rief:

„Was sagst du? Er *hat* ihn nicht geehrt? Heißt das, dass er tot ist? Dass seine Augen das Licht nicht mehr sehen?"

Und als Dante nur einen Augenblick zu lange mit der Antwort zögerte, sank Cavalcante zurück und ließ sich nicht mehr blicken.

Während dieses Gesprächs war Farinata unverwandt stehengeblieben und hatte keine Miene verzogen. Nun, nach Cavalcantes Verschwinden, setzte er das Gespräch mit Dante, als wäre nichts geschehen, genau an der Stelle fort, an der sie unterbrochen worden waren, und sagte:

„Dass den Meinen das Kunststück nicht gelang, nach der Vertreibung in unsere Vaterstadt zurückzukehren, quält mich mehr als dieses Feuer. Doch der Mond wird sich keine fünfzig Mal mehr ründen, dann wirst auch du begriffen haben, wie schwer diese Kunst ist."

Nachdem ihm bereits im dritten Kreis von Ciacco angedeutet worden war, dass ihm Schweres bevorstand, wurde Dante nun also zum zweiten Mal in vagen Worten mit seinem zukünftigen Schicksal konfrontiert. Wirklich würde er Florenz verlassen müssen, und nur wenig mehr als vier Jahre nach seiner Jenseitsreise sollten die letzten Versuche einer Einigung zwischen Schwarzen und Weißen scheitern, womit die Endgültigkeit seiner Verbannung besiegelt sein würde.

„Aber sag mir doch, so wahr du auf die liebe Erde zurückkehren willst", fuhr Farinata fort, „warum verfolgt das Volk von Florenz meine Familie nur so erbittert? Warum belegen die Räte der Stadt meine Kinder mit so grausamen Richt- und Bannsprüchen?"

Dante erwiderte:

„Ich vermute, sie denken dabei an das schreckliche Gemetzel bei Montaperti. Das Wasser der Arbia färbte sich damals rot vom Blut."

Farinata schüttelte seufzend den Kopf und sagte:

„Ich habe damals ja nun nicht allein gekämpft, und außerdem hatte ich gute Gründe, in diese Schlacht zu ziehen. Allein gekämpft habe ich erst danach: Als nämlich nach unserem Sieg alle meine Mitstreiter Florenz dem Erdboden gleichmachen wollten, da war ich der einzige, der dagegenhielt."

Dante wechselte den Gesprächsgegenstand. Er sagte:

„Bei dem Frieden, den ich Eurem Geschlecht wünsche, bitte ich Euch, erklärt mir doch etwas, das mir nicht ganz klar ist. Die Schatten der Toten können offenbar vorhersehen, was die Zukunft bringen wird. Ich habe aber den Eindruck, dass sich im Gegensatz dazu Geschehnisse, die sich gerade jetzt ereignen, Eurer Wahrnehmung entziehen. Ist das tatsächlich so?"

Farinata antwortete:

„Ja. Es ist wie mit jemandem, der schlechte Augen hat und deshalb weitsichtig ist. Wir können nur die Ereignisse ausmachen, die weit genug entfernt sind. Dafür reicht das Licht noch aus, das der Höchste aussendet. Je näher die Dinge an der Gegenwart liegen, umso undeutlicher nehmen wir sie wahr, und wenn sie sich jetzt im Augenblick begeben, bleiben sie für uns völlig unsichtbar. Von dem, was gerade in der Welt vor sich geht, erfahren wir nur, wenn uns jemand davon berichtet. Aber auch unsere prophetische Gabe wird zugrunde gehen, denn am Jüngsten Tag wird der Fortgang der Dinge sein Ende finden, und es wird keine Zukunft mehr geben."

Da bat Dante schuldbewusst:

„Bitte sagt doch Eurem Leidensgenossen, der vorhin wieder in den Feuersarg zurückgesunken ist, dass sein Sohn noch lebt! Ich war so überrascht, dass er von dessen Schicksal keine Kenntnis hatte, dass ich nicht gleich die richtigen Worte fand. Nach dem, was Ihr mir jetzt erklärt habt, begreife ich, wieso er nach seinem Sohn fragte."

Da Vergil schon zum Aufbruch drängte, stellte Dante Farinata nun noch rasch die Frage, wer denn sonst noch mit ihm gemeinsam begraben sei, und bekam zur Antwort, dass er mit sehr vielen Seelen dort liege. Nur zwei von ihnen wollte er nennen. Zum einen war das der große Kaiser Friedrich der Zweite, mit dem die Stauferherrschaft im Reich ihren Höhepunkt gefunden hatte, der aber ein Freigeist und Freund der Ungläubigen gewesen war. Er war fünfzehn Jahre vor Dantes Geburt gestorben. Der andere, den Farinata als Leidensgenossen nannte, war der Kardinal Ottaviano degli Ubaldini, Bischof von Bologna, ein Freund des Kaisers, von dem es hieß, er habe über sich selbst gesagt, dass er seine Seele an die Ghibellinen verloren habe, und ketzerischerweise hinzugefügt: „... wenn es denn überhaupt eine Seele gibt."

Dann ließ sich Farinata wieder in seinen Sarg sinken, und Dante ging zurück zu Vergil. Er grübelte Farinatas Worten über seine Zukunft nach, die ihm offensichtlich Unheil verhießen. Im Weitergehen fragte Vergil:

„Was bedrückt dich denn so?"

Dante erzählte ihm, was er von Farinata gehört hatte. Darauf sagte Vergil:

„Präge dir ein, was du an Dunklem gehört hast! Aber das sollst du wissen", und er hob einen Finger: „Wenn du erst vor der Frau, deren schöne Augen alles sehen, stehen und sie in ihrem strahlenden Glanz schauen wirst, so wirst du von ihr auch erfahren, wie deine Lebensreise weitergeht."

Dann wandte er sich nach links und betrat einen Weg, der von der Innenseite der Mauer zum inneren Rand der Ringterrasse führt. Dante folgte ihm. Je weiter sie kamen, umso stärker machte sich ein widerwärtiger Gestank bemerkbar, der aus dem Abgrund heraufdrang.

11. Kapitel

Das Grab des Papstes Anastasius – Die Einteilung der unteren Hölle

Die beiden erreichten den Innenrand, von dem der Hang, mit gewaltigen Felstrümmern bedeckt, steil nach unten abfiel, wo noch grausamere Qualen zu sehen sein würden. Der Gestank, der aus der Tiefe kam, war jedoch so unerträglich, dass sie zunächst ein Stück zurückwichen und Zuflucht hinter dem Deckel eines großen Sarkophages suchten. Dante las die Aufschrift und erfuhr, dass es sich um das Grab des Papstes Anastasius des Zweiten handelte, der gegen Ende des fünften Jahrhunderts regiert und sich von dem Diakon Photin aus Thessaloniki zur Ketzerei hatte verführen lassen.

Vergil sagte:

„Wir sollten uns mit dem Abstieg noch etwas Zeit lassen, damit wir uns allmählich an den abscheulichen Geruch gewöhnen. Dann werden wir ihn nachher gar nicht mehr merken."

Darauf erwiderte Dante:

„Lass dir doch irgendetwas einfallen, womit wir die Wartezeit sinnvoll nutzen können!"

„Daran habe ich bereits selbst gedacht, mein Söhnchen!", bemerkte Vergil. „Damit du nachher besser verstehst, was du siehst, will ich dir jetzt erklären, wie die Höllenkreise eingeteilt sind, die wir nun noch besuchen werden.

Vor uns liegen, untereinander angeordnet, noch drei Kreise. Sie sind wiederum kleiner als die weiter oben, die wir schon gesehen haben, und ebenfalls voller verdammter Seelen. Hier unten werden Sünden bestraft, die aus Bosheit begangen werden, denn Bosheit ist dem Himmel besonders verhasst, weil sie ganz bewusst darauf abzielt, dem Nächsten zu schaden.

Bosheitssünden können durch Gewalt oder durch Betrug begangen werden. Die Gewalttäter werden im siebenten Kreis bestraft, dem ersten der drei Kreise, die wir noch vor uns haben. Dieser Kreis ist in drei Abteilungen untergliedert, da man Gewalt gegen drei Ziele richten kann: zum einen gegen den Nächsten und seinen Besitz, dann gegen sich selbst und seine Habe und schließlich gegen Gott und die von ihm geschaffene Natur. Das will ich dir genauer erklären.

Dem Nächsten kann Gewalt angetan werden, indem er getötet oder verwundet wird, seiner Habe durch Zerstörung, Brandstiftung oder Raub. Deshalb büßen im ersten Ring des siebenten Kreises in verschiedenen Abteilungen Mörder und andere Gewalttätige, Räuber, Plünderer und dergleichen.

Auch gegen sich selbst und das, was einem gehört, kann man die Hand erheben. Im zweiten Ring leiden deshalb die Selbstmörder und die, die ihr eigenes Gut selbstzerstörerisch verschleuderten, zum Beispiel im Spiel, sodass sie durch eigene Schuld ins Elend gerieten.

Schließlich kann sich Gewalt auch gegen Gott richten. Das geschieht, indem man ihn leugnet, ihm flucht oder sich gegen die Natur und damit gegen die Güte des Schöpfers vergeht. Im dritten, engsten Ring des siebenten Kreises werden daher die Gottesleugner und Gotteslästerer bestraft, aber auch die, die widernatürliche Unzucht getrieben oder sich der Wucherei schuldig gemacht haben.

Was den Betrug betrifft, so ist er eine derart schwere Sünde, dass er auch auf dem rohesten Gewissen drückend lasten muss. Von keinem anderen Wesen als vom Menschen wird er begangen. Gott verabscheut den Betrug mehr als alles andere, denn er ist ein Missbrauch der dem Menschen verliehenen Geistesgaben. Die Betrüger werden darum am härtesten bestraft und büßen in der untersten Tiefe der Hölle. Es gibt aber zwei Arten von Betrug: Er kann sich gegen Menschen richten, mit denen der Betrüger in keinem engeren Verhältnis steht, oder gegen solche, die ihm besonders nahe stehen und ihm deshalb vorbehaltlos vertrauen. Die erstgenannte Art des Betruges ist lediglich eine Sünde gegen das Gebot der Nächstenliebe, das jedem Menschen gegenüber gilt. Sie wird im achten Kreis bestraft. Deshalb wirst du dort Heuchler, Schmeichler, Zauberer, Fälscher und Diebe sehen, Leute, die sich des Ämterkaufs schuldig gemacht haben, Kuppler, betrügerische Händler und dergleichen Gesindel mehr. Betrügt man aber die Menschen, die einem am nächsten stehen, so ist das Verrat. Man sündigt damit nicht nur gegen die naturgegebene Nächstenliebe im allgemeinen, sondern auch gegen das besondere Gebot der Treue, zu der solch eine enge Bindung verpflichtet. Die Verräter sind deshalb die schlimmsten Sünder überhaupt. Sie büßen im neunten Kreis, dem tiefsten, engsten Bereich der Hölle, wo Luzifer seinen Sitz hat. Dort, am Mittelpunkt der Welt, fallen sie der ewigen Vernichtung anheim."

Dante sagte:

„Meister, man kann deinen Gedankengängen sehr gut folgen. Ich weiß nun genau, wie die tiefen Kreise der Hölle eingeteilt sind und durch welche Sünden sich ihre Bewohner voneinander unterscheiden. Aber sag mir doch bitte, was ist denn mit denen, die wir schon gesehen haben, mit denen im Sumpf, im Sturm und im Regen und mit denen, die zusammenstoßen und sich dabei beschimpfen? Wenn sie auch unter dem Zorn Gottes stehen, wieso müssen sie dann nicht im Feuer der Höllenstadt büßen? Und wenn Gott ihnen nicht zürnt: warum sind sie dann überhaupt in der Hölle?"

Vergil antwortete:

„Was ist denn das für eine Frage? Du bist doch sonst nicht so begriffsstutzig! Oder warst du eben lediglich mit deinen Gedanken nicht ganz bei der Sache? Erinnere dich doch bitte einmal daran, was Aristoteles in seiner ‚Ethik' sagt! Er unterscheidet dort drei Veranlagungen, die dem Himmel verhasst sind: die Unbeherrschtheit, die Bosheit und die Grausamkeit. Jedoch beurteilt Gott Sünden, die aus Mangel an Beherrschung begangen wurden, vergleichsweise am mildesten. Nun bedenke das und vergegenwärtige dir, was für Sünder dort oben büßen, dann müsste dir klar werden, weshalb Gottes Zorn sie weniger hart trifft als die hier unten bestraften Seelen und warum sie von ihnen getrennt untergebracht sind."

Da sagte Dante:

„Wie die Sonne auf jemanden, der im Dunkeln war, so wirken deine Worte auf mich. Es ist mir eine derartige Freude, dir zuzuhören, dass ich mich sogar über meine Unwissenheit freue, weil sie Anlass für deine Erläuterungen gibt. Bitte erklär mir doch noch eines. Du hast vorhin unter den Sünden, mit denen Gottes Güte beleidigt wird, auch den Wucher genannt. Das verstehe ich nicht."

„In verschiedenen philosophischen Schriften findet sich die Lehre", erwiderte Vergil, „wonach die Natur in ihrem Wirken dem Geist und der Kunst Gottes folgt. Und wenn du die ‚Physik' von Aristoteles liest, so kommst du bereits nach wenigen Seiten an die Stelle, wo er schreibt, dass der Mensch mit seiner Arbeit seinerseits der Natur folgt, soweit es ihm möglich ist, sodass menschliches Schaffen sozusagen als Gottes Enkelkind bezeichnet werden kann. Wie auf den ersten Seiten der heiligen Schrift zu lesen ist, soll der Mensch aus diesen beiden, aus der Natur und aus seiner eigenen Arbeit, seine Nahrung gewinnen und sich Güter erwerben und sie mehren. Wer jedoch Wucher treibt, der missachtet dieses Gebot, denn er nutzt zur Bestreitung seines Lebensunterhalts und zur Vergrößerung seines Besitzes weder die Natur noch seine Fähigkeit zur Arbeit, die beide von Gott kommen, und beleidigt also den Schöpfer in seiner Güte.

Aber nun lass uns weitergehen! Der Morgen naht. Das Sternbild der Fische steigt draußen schon am Horizont empor, der Große Wagen sinkt nach Nordwesten hin, und in zwei Stunden wird mit dem Widder die Sonne aufgehen. Dort ist die Stelle, wo wir hinunter müssen."

12. Kapitel

Der Minotaurus – Abstieg zum siebenten Kreis – Über das Erdbeben bei Christi Tod – Der erste Ring des siebenten Kreises – Der Blutstrom – Die Zentauren – Tyrannen, Mörder und Räuber

Die Wanderer standen nun am Rand der Terrasse und blickten auf die zerklüftete Felslandschaft hinab. Der abschüssige Hang und die zahlreichen Gesteinsbrocken, die ihn vom Gipfel bis hinunter zum Tal bedeckten, erinnerten Dante an einen kaum passierbaren Bergsturz bei Trient, wo vor Zeiten, verursacht durch einen Erdstoß oder mangelnde Festigkeit des Bodens, die Felsen geborsten und gewaltige Trümmer in die Etsch gestürzt waren.

An der Abstiegsstelle versperrte ein grässliches Zwitterwesen aus Mensch und Tier den beiden den Weg, der Minotaurus. Er war seinerzeit aus der Vereinigung der Pasiphae, der Frau des kretischen Königs Minos, mit einem Stier hervorgegangen und hatte sich im Labyrinth zu Kreta von Menschenopfern ernährt. Mit Rat und Hilfe von Ariadne, der Tochter des Minos und der Pasiphae, war es dem Helden Theseus, dem Herrscher von Athen, gelungen, das Ungeheuer zu töten. Nun bewachte es den Abstieg zum siebenten Höllenkreis, in dem die Gewalttäter büßen.

Als der Minotaurus die beiden Wanderer kommen sah, schlug er sich vor Wut die Zähne in den Leib. Vergil rief ihm zu:

„Mach dich fort, du Scheusal! Verwechselst du meinen Begleiter vielleicht mit dem König von Athen, der dich erschlagen hat? Meinem Gefährten hier hat nicht deine Schwester eingeflüstert, was er machen soll! Er ist vielmehr gekommen, um die Qualen der Hölle zu sehen."

Als der Minotaurus an sein jämmerliches Ende auf der Erde erinnert wurde, tobte und raste er hin- und herspringend wie ein Stier, der den Todesstreich empfangen und seine Fesseln zerrissen hat. Genau das hatte Vergil beabsichtigt und rief nun seinem Schützling zu:

„Schnell, geh durch! Solange er mit seiner Wut beschäftigt ist, kümmert er sich nicht um uns!"

Der Abstieg war sehr beschwerlich. Immer wieder löste sich unter Dantes Füßen Gesteinsschutt vom Boden, auf dem sonst nie Menschen aus Fleisch und Blut unterwegs sind.

Dante war in Gedanken versunken. Nach einer Weile sagte Vergil zu ihm:

„Du überlegst vielleicht, wie dieser Felssturz entstanden sein könnte, den der Minotaurus bewacht. Wie ich dir ja erzählt habe, bin ich auf Befehl der Zauberin Erichtho schon einmal hier in die Tiefe hinabgestiegen. Damals lag der Berg noch nicht in Trümmern. Aber einige Jahre später erbebte die Hölle plötzlich bis auf den Grund. Wenn ich mich recht erinnere, war das wenige Stunden, bevor der Gewaltige oben in den ersten Kreis kam und dem Höllenfürsten so viele Seelen entführte. Das Beben wirkte auf mich wie ein ungeheurer Liebesschauer, so als würde die ganze Welt mit unwiderstehlicher Gewalt von der Macht der Liebe ergriffen. Manche Weisen lehren ja tatsächlich, dass mit der Liebe immer auch das Chaos siege, denn die Welt werde durch Gegensatz und Widerstreit der Elemente erhalten. Damals jedenfalls, beim Großen Erdbeben, stürzte dieser Berg zusammen, wie auch andere Felsen in der Hölle.

Aber jetzt schau hinunter ins Tal."

Unter den beiden Wanderern lag der siebente Kreis der Hölle. Die Ringterrasse, auf der seine drei Abteilungen liegen, ist die sechste, da ja die fünfte Terrasse zwei Höllenkreise umfasst.

„Da unten", fuhr Vergil fort, „siehst du einen Strom aus kochendem Blut. Dort werden die gesotten, die ihrem Nächsten oder seinem Besitz Gewalt angetan haben."

Wirklich sah Dante einen breiten Graben unter sich, der sich rings um das ganze Tal herumzog und voll war mit siedendem Blut. Es war der erste, äußerste der drei Ringe des siebenten Kreises. ‚O blinde Gier, rasender Zorn!', dachte Dante. ‚Erst hetzt ihr uns im irdischen Leben gewaltig auf, und dann, in der Ewigkeit, führt ihr uns an einen so schrecklichen Ort!'

Das Flussufer, das sich am unteren Rand der Steilwand hinzog, war von zahlreichen Zentauren bevölkert, Mischwesen aus Mensch und Pferd, die dort hin und her liefen. Sie waren mit Pfeil und Bogen bewaffnet, wie sie es von der Erde gewohnt waren. Als sie Vergil und Dante herabkommen sahen, blieben sie stehen. Drei von ihnen lösten sich aus der Gruppe, die Bögen samt bereits ausgewählten Pfeilen im Anschlag, und einer der drei rief den beiden Wanderern von weitem zu:

„Halt! Wohin müsst ihr, zu welcher Strafe seid ihr verurteilt? Bleibt stehen, wo ihr seid, und antwortet von dort, oder ich schieße!"

Vergil dachte gar nicht daran, den Abstieg zu unterbrechen, und rief zurück:

„Wir antworten erst, wenn wir unten bei euch sind, und auch dann werden wir ausschließlich mit Chiron sprechen! Denk daran, dass du dir mit deiner leichten Erregbarkeit schon früher ziemlich geschadet hast!"

Und indem er Dante kurz antippte, erklärte er ihm:

„Das ist Nessus, der wegen der schönen Deianira starb und sich noch sterbend rächte. Der mittlere, der den Blick nach unten gesenkt hat, ist Chiron, der große Lehrer des Achill. Der dritte ist der jähzornige Pholus."

Der Zentaur Nessus hatte Deianira, die Frau des Herkules, entführen wollen und war daraufhin von ihm mit einem Giftpfeil getötet worden. Im Sterben hatte Nessus Deianira den heimtückischen Rat gegeben, sein mit seinem Blut getränktes Gewand an sich zu nehmen und ihrem Mann als Liebeszauber zu geben, wenn der sich je einer anderen Frau zuwenden sollte. Als Herkules ihr dann tatsächlich untreu geworden war, hatte sie ihn das Gewand anziehen lassen, worauf Herkules wegen des darin enthaltenen vergifteten Bluts gestorben war. Chiron hingegen war auf Erden nicht nur ein berühmter Erzieher gewesen, durch dessen Schule Achill und Herkules gegangen waren, sondern auch ein großer Arzt und Lehrer des Äskulap. Pholus schließlich hatte auf einer Hochzeit, zu der er geladen war, der Braut Gewalt antun wollen, wodurch sich ein blutiger Kampf zwischen den Zentauren und dem gastgebenden Volk der Lapithen entsponnen hatte.

„Die Zentauren sind hier zu Tausenden als Aufseher eingesetzt", fuhr Vergil fort. „Sie schießen auf jede Seele, die sich höher aus dem kochenden Blut erhebt, als es ihr nach der Schwere ihrer Schuld erlaubt ist."

Als Vergil und Dante den Zentauren näherkamen, strich sich Chiron mit einer Pfeilkerbe den Bart zurück, um seinen großen Mund freizulegen, und sagte zu seinen Gefährten:

„Seht mal, bei dem von den beiden, der weiter hinten geht, bewegen sich die Steine unter den Füßen! Das ist bei toten Seelen nicht so!"

Vergil war inzwischen fast unten angekommen. Als er sich auf der Höhe von Chirons Brust befand, wo der Menschen- in den Pferdeleib überging, sprach er ihn an und sagte:

„Ja, er ist ein Lebender, und er ist nicht zum Vergnügen hier, sondern weil er keine andere Wahl hat, als seinen Weg durch dieses finstere Land zu nehmen. Meine Aufgabe ist es, ihn zu begleiten, denn sonst wäre er hier völlig auf sich allein gestellt. Eine Frau vom Himmel hat mich mit diesem besonderen Amt betraut. Wir sind also nicht wegen irgendwelcher Räubereien oder Gewalttaten hierher verdammt worden. Und nun bitte ich dich bei der Macht, die mich auf diesem Weg schützt: Gib uns einen von deinen Leuten zum Geleit an die Seite! Er soll uns zu einer seichten Stelle führen, wo ich gut ans andere Ufer waten kann, und dort meinen Gefährten, der ja nicht wie ein Geist durch die Luft fliegen kann, auf den Rücken nehmen."

Da wandte sich Chiron nach rechts zu Nessus und sagte zu ihm:

„Kehr um und führ du die beiden! Und wenn ihr auf einen anderen Trupp stoßt, dann befiehl ihm, euch auszuweichen."

Daraufhin machte sich Nessus mit den beiden Dichtern auf den Weg. Er erwies sich als zuverlässiger Führer. Sie gingen am Ufer des Blutstroms entlang, aus dem laute Schreie drangen. Die Sünder, an denen sie zuerst vorbeikamen, steckten bis zu den Augenbrauen im Blut. Nessus erklärte:

„Das sind Tyrannen, die gemordet und geraubt haben und nun ihre Sünden bejammern. Hier seht ihr Alexander, den gewalttätigen Herrscher von Pherä in Thessalien, und Dionys von Syrakus, der Sizilien so lange grausam unterdrückt hat. Der dort, von dem nur die Stirn mit dem schwarzen Haar zu sehen ist, ist Ezzelino da Romano, der so schrecklich Treviso und Padua knechtete, und der Blonde daneben ist Obizzo von Este, der Tyrann von Ferrara. Das Gerücht, dass Obizzo von seinem missratenen Sohn Azzo umgebracht wurde, stimmt übrigens!"

Dante wandte sich mit zweifelnder Miene an Vergil, aber der bemerkte nur:

„Wenn Nessus das sagt, musst du mich nicht mehr fragen."

Der Fluss wurde allmählich etwas flacher. Die Seelen, die sie nun im Weitergehen sahen, standen noch bis zum Hals im Blut. Nessus blieb stehen. Er zeigte auf einen Sünder, der sich dort etwas abseits von den anderen befand, und sagte:

„Der Kopf da gehört Guido von Monfort, der vor fast dreißig Jahren in Viterbo in der Kirche den Grafen Heinrich von Cornwall ermordet hat. Heinrichs blutendes Herz wird noch heute in London verehrt."

Dann gingen sie wieder weiter. Die Stromtiefe wurde immer geringer. Sie sahen nun Seelen, denen das Blut noch bis zur Körpermitte ging. Es waren Räuber und andere Gewalttäter, von denen Dante einige kannte, ohne dass sie ihm wert schienen, in seiner Erzählung genannt zu werden. Schließlich wurde der Spiegel so flach, dass die

Büßenden nur noch bis zu den Knöcheln im kochenden Blut standen. Hier nahm Nessus Dante auf den Rücken und erklärte ihm:

„Du musst wissen, dass der siedende Fluss auf der anderen Seite wieder tiefer wird. Geht man dort zurück, gelangt man schließlich wieder zu der Stelle, wo die Tyrannen büßen. Unter denen, die da bestraft werden, ist übrigens auch der schreckliche Hunnenkönig Attila, außerdem Pyrrhus, der Herrscher von Epirus, der die Römer mit Krieg überzog, und Sextus, der Feind Cäsars. Und auch die Straßenräuber Rinier von Corneto und Rinier Pazzo, die noch zu deiner Zeit in Italien ihr Unwesen getrieben haben, stehen dort drüben heulend im Blut."

Nachdem Nessus die beiden auf die andere Seite geleitet und Dante abgesetzt hatte, kehrte er um, überquerte die Furt wieder in der Gegenrichtung und ging zu seinen Gefährten zurück.

13. Kapitel

Der zweite Ring des siebenten Kreises – Der Wald der Selbstmörder – Die Harpyien – Petrus de Vinea – Die Gewalttäter gegen ihr eigenes Gut – Der florentinische Selbstmörder

Die beiden Dichter setzten ihre Wanderung fort und sahen sich schon nach kurzer Zeit – Nessus war inzwischen noch nicht einmal wieder am anderen Ufer angekommen – in völlig veränderter Landschaft. Ein sonderbarer Wald umgab nun die beiden. Dichtes Gestrüpp wucherte, stärker noch als in der Maremma, wie Dante fand, jenem rauen, von wilden Tieren bewohnten Landstrich an der toskanischen Küste. Nirgends war ein Pfad zu sehen, der den Weg durch das Gehölz bezeichnet hätte. Das Laub an den Sträuchern war von schwärzlicher Farbe, die Äste waren knorrig und krumm, und statt Früchten trugen die Zweige giftige Dornen.

Im Gezweig nisteten abstoßende Mischwesen, die zwar Federn, breite Flügel und Krallen wie große Vögel hatten, aber menschliche Hälse und Köpfe. Sie stießen seltsame Klagelaute aus. Das waren die

Harpyien. Auf der Erde hatten diese Geschöpfe auf den Strophadeninseln im Ionischen Meer gesiedelt. Dort waren sie in schweren Streit mit den Trojanern geraten, als die nach der Zerstörung ihrer Stadt auf ihrer Reise nach Westen unter der Führung des Äneas auf den Inseln Rast gemacht hatten. Die Vogelwesen hatten den ungebetenen Gästen schließlich das Essen verunreinigt, ihnen weitere schwere Bedrängnisse vorausgesagt und sie vertrieben.

Vergil sagte zu Dante:

„Wir sind nun im zweiten Ring des siebenten Höllenkreises. Er reicht bis da hinten, wo die schreckliche Sandwüste beginnt. Sieh dir alles genau an! Du wirst Dinge erleben, die du mir nicht glauben würdest, wenn ich sie dir lediglich erzählte."

In das Gekrächz der Harpyien mischten sich menschliche Klagerufe. Sie schienen aus allen Richtungen zu kommen. Dante blieb verwundert stehen und sah sich nach der Quelle der Wehelaute um, konnte aber nirgends irgend jemanden entdecken. Es schien nicht anders möglich, als dass sich Menschen im Gesträuch vor ihnen versteckt hatten. Vergil erriet offenbar, dass Dante das vermutete, denn er forderte ihn auf:

„Brich doch einmal einen Zweig ab! Dann wirst du merken, dass du dich irrst."

Dante tat, wie Vergil gesagt hatte, und knickte von einem großen Strauch einen kleinen Zweig ab. Da schrie der Strauch:

„Warum zerbrichst und zerreißt du mich? Kennst du denn überhaupt kein Mitleid? In diesen Sträuchern verbergen sich verwandelte Menschenseelen! Aber selbst wenn wir Schlangen gewesen wären, solltest du behutsamer mit uns umgehen!"

Die Worte kamen aus dem Stumpf, der dort entstanden war, wo Dante den Zweig abgebrochen hatte, und gleichzeitig mit ihnen sprudelte dunkles Blut heraus. Es war, wie wenn man einen noch grünen Zweig an einem Ende anzündet: dann tropft und dampft es wegen der Feuchtigkeit, die das frische Holz enthält, mit zischendem Geräusch aus dem anderen Ende heraus.

Entsetzt ließ Dante den Zweig fallen. Vergil sagte zu dem Strauch:

„Verzeih, dass ich meinen Begleiter dazu verleitet habe, dich zu verletzen! Er hätte sonst nicht geglaubt, dass diese Sträucher Menschenseelen sind. In meinem Epos, das er gut kennt, habe ich zwar eine ganz ähnliche Begebenheit geschildert. Aber erst der eigene Augenschein konnte ihn davon überzeugen, dass so etwas wirklich möglich ist."

Vergil spielte mit dem, was er sagte, auf eine Stelle aus seiner „Äneis" an: Als nämlich Äneas, so ist dort zu lesen, einige Zweige von einem Strauch auf dem Grab des trojanischen Prinzen Polydoros abbricht, beginnt der Strauch zu bluten, und aus der Tiefe ertönt klagend die Stimme des Toten.

„Wenn mein Begleiter vorher gewusst hätte, was sich in den Sträuchern verbirgt", fuhr Vergil fort, „hätte er sich nicht an dir vergriffen. Aber erzähl ihm doch, wer du warst! Dann kann er wieder gutmachen, was er dir angetan hat. Denn er bleibt nicht hier in der Unterwelt, sondern wird zur Erde zurückkehren, und dort kann er dann von dir berichten und damit deine Ehre wiederherstellen."

Der Stamm antwortete:

„Das klingt wirklich allzu verlockend, da kann ich nicht widerstehen. Also habt ein wenig Geduld und hört mir zu.

Ich war der engste Vertraute des Kaisers Friedrich. Ich hatte die beiden Schlüssel zu seinem Herzen. So sanft konnte ich es auf- und zuschließen, dass er kaum jemand anderem seine Geheimnisse anvertraute. Mein Amt im Dienst des Herrschers war mir wichtiger als mein Schlaf und meine Gesundheit. Aber der Neid, die Geißel und das Verderben aller Fürstenhöfe, war auch in der Umgebung des Kaisers allgegenwärtig. Keiner gönnte mir seine Nähe. Es gelang meinen Feinden, ihn glauben zu machen, ich hätte Verrat gegen ihn geübt, ich fiel in Ungnade und erlebte schlimme Heimsuchungen. Schließlich glaubte ich der Schmach und Verachtung nur entfliehen zu können, indem ich meinem Leben ein Ende setzte, und so übte ich Unrecht gegen mich selbst, wo ich doch sonst immer bestrebt war, das Rechte zu tun."

Der hier seine Geschichte erzählte, war Petrus de Vinea, der Kanzler des Stauferkaisers Friedrich des Zweiten. Als der Kaiser seinen vormaligen Günstling hatte blenden und einkerkern lassen, hatte sich der Unglückliche in der Gefangenschaft das Leben genommen.

„Ich schwöre aber bei den Wurzeln dieses Strauches, in den ich nun gebannt bin", fuhr Petrus de Vinea fort, „dass die Anschuldigungen gegen mich falsch waren und ich meinem edlen Herrn immer treu gewesen bin! Wenn wirklich einer von euch auf die Erde zurückkehren kann, so möge er das dort den Menschen sagen, damit mein guter Ruf wiederhergestellt wird! Er ist durch die Lügen, die man über mich verbreitet hat, immer noch schwer beschädigt."

Da der Strauch nun schwieg, sagte Vergil zu Dante:

„Du solltest die Zeit nutzen und ihn nach allem befragen, was du sonst noch von ihm wissen willst."

Aber Dante erwiderte:

„Ich bin so erschüttert, dass ich kaum sprechen kann. Bitte frag du ihn nach den Dingen, von denen du meinst, dass sie wichtig für mich sind."

Da richtete Vergil das Wort wieder an die Seele des Kanzlers:

„Mein Begleiter hier wird deinen Wunsch erfüllen und den Menschen auf der Erde die Wahrheit über dich erzählen. Aber sag du uns doch bitte noch, wie es zugeht, dass die Seelen hier in diese Pflanzen gebannt werden, und ob sie sich jemals wieder aus dieser Verbindung lösen können!"

Der Strauch seufzte stark. Zuerst klang es, wie wenn ein Wind bläst, dann wandelte sich das Brausen in menschliche Worte, und die Wanderer hörten das Folgende:

„Das will ich euch beantworten. Wenn eine Seele gegen sich selbst wütet und sich aus eigenem Entschluss von ihrem Körper losreißt, wird sie vom Totenrichter Minos hierher in den zweiten Ring des siebenten Kreises geschickt. Sie fällt irgendwo auf diesen Waldboden nieder, wo es der Zufall gerade will. Dort keimt sie wie ein Getreidekorn, wächst und wird zum Schössling und schließlich zur großen Pflanze. Wenn dann die Harpyien in ihr nisten und ihr Laub fressen, so erzeugt das Schmerzen, über die die Pflanzen wehklagen, und ihre Jammerlaute dringen durch die Öffnungen, die durch die Verwundungen entstehen, nach außen.

Am Jüngsten Tag werden wir wie alle anderen Seelen wieder zu unseren Körpern zurückkehren, die wir auf der Erde gelassen haben. Aber Leib und Seele werden sich nicht wieder vereinigen, denn was wir einmal weggeworfen haben, erhalten wir nicht zurück. Wir werden dann unsere Leiber hierher schleifen, und jeder Leib wird an der Pflanze aufgehängt werden, in die sich die Seele verwandelt hat, zu der er gehörte und die ihn verschmäht hat."

Dante und Vergil waren gespannt, was Petrus de Vinea noch erzählen würde, da hörten sie plötzlich gewaltigen Lärm, ähnlich dem, den ein Jäger an seinem Sitz hört, wenn der wilde Eber durchs Gehölz bricht, die Hunde dicht hinter ihm. Als die beiden Wanderer nach links blickten, von wo die Geräusche kamen, sahen sie zwei Männer in wildem Lauf durchs Gestrüpp kommen und dabei alles Gezweig niederbrechen, das ihnen im Weg war. Sie waren nackt, und ihre Haut war völlig zerkratzt. Eine Meute von hungrigen schwarzen Hündinnen jagte hinter ihnen her und war ihnen schon dicht auf den Fersen. Der vordere der beiden Flüchtenden schrie:

„Wenn ich doch endgültig sterben könnte!"

Der hintere, dem der Atem ausging, rief seinem schneller laufenden Leidensgenossen zu:

„Bei den Kämpfen am Toppo hättest du so schnell sein sollen wie jetzt, Lano!"

Die beiden Seelen waren Ercolano Maconi aus Siena, genannt Lano, der zwölf Jahre vor Dantes Jenseitsfahrt in der Schlacht bei Pieve am Toppo in der Nähe von Arezzo gefallen war, und Iacopo da Sant'Andrea aus Padua, ein Höfling Kaiser Friedrichs des Zweiten. Beide waren für ihre Vergeudungssucht berüchtigt gewesen und wurden deswegen hier als Gewalttäter gegen ihr eigenes Gut bestraft.

Endlich hatte Iacopo keine Kraft mehr und warf sich in einen Busch, und schon stürzten sich die Hündinnen auf ihn, schlugen ihm die Zähne ins Fleisch, zerrissen ihn und schleppten seine zuckenden Glieder einzeln weg.

Vergil ging mit Dante zu dem Busch, in dem Iacopo vergeblich Schutz gesucht hatte. Der Busch hatte bei dem Angriff der Hundemeute stark gelitten und blutete aus vielen Wunden. Weinend rief er:

„Ach Iacopo, was hast du nun davon gehabt, bei mir Zuflucht zu suchen? Und was kann ich dafür, dass dein Leben verworfen ist?"

Als die beiden Dichter bei dem Busch angekommen waren, fragte ihn Vergil:

„Wer bist denn du, der du so aus deinen Wunden weinst und sprichst?"

Der Busch sagte zunächst:

„Da ihr gerade dazugekommen seid und gesehen habt, wie schändlich man mich zugerichtet hat, bitte ich euch: Sammelt meine abgerissenen Blätter auf und legt sie neben diesen unseligen Strauch! Ich bin", fuhr er dann fort, „aus der Stadt, die ihren alten Schutzpatron Mars gegen Johannes den Täufer eintauschte, sodass der alte Kriegsgott sie aus Rache immer wieder heimsucht. Zum Glück steht wenigstens von Mars' altem Standbild am Ponte Vecchio noch ein Rest. Sonst hätte er sicher längst dafür gesorgt, dass Florenz gänzlich vom Erdboden verschwindet, und der Wiederaufbau nach der Zerstörung durch Attila wäre vergebens gewesen."

Über sich selbst aber sagte die Seele, deren Namen Dante in seiner Erzählung nicht nennt, nur noch einen einzigen Satz:

„Ich bin hier zur Strafe, weil ich mich in meinem eigenen Haus erhängt habe."

14. Kapitel

Der dritte Ring des siebenten Kreises – Die Sandwüste – Die Gewalttäter gegen Gott – Kapaneus – Der Riese im Berg Ida – Der Phlegethon und die anderen Höllenflüsse

Die Seele des Florentiners schwieg. Dante war bewegt von dem, was er gehört hatte, und stark ergriff ihn die Liebe zu seiner Heimatstadt. Er las die verstreuten Blätter vom Boden auf und legte sie neben den Strauch.

Dann gingen die beiden Dichter weiter. Nach einer Weile änderte sich das Landschaftsbild erneut. Der Pflanzenwuchs hörte auf. Vor den Wanderern lag ein Sandmeer, ganz ähnlich der libyschen Wüste, die Cato seinerzeit mit dem Heer des Pompejus durchquert hatte. Das Sandmeer bildet den dritten Ring des siebenten Höllenkreises und damit den innersten Teil der sechsten Ringterrasse. Es wird also vom Wald der Selbstmörder umschlossen, den wiederum der Blutstrom umfließt, in dem die Tyrannen und Mörder büßen.

Die Wanderer blieben am Rand stehen, und wieder sahen sie Schreckliches. Jeder Leser, schreibt Dante an dieser Stelle seiner Erzählung, wird sich vor Gottes Rache fürchten, wenn er dies liest! Auf das Sandmeer gingen unaufhörlich feurige Flocken nieder, langsam und lautlos wie der Schnee im Gebirge bei Windstille. Bevölkert aber war es von vielen nackten Seelen. Sie waren offenbar unterschiedlichen Regeln unterworfen, denn ein Teil von ihnen lief unentwegt zwischen den Flammenflocken umher, andere saßen zusammengekauert auf dem Boden, und wieder andere lagen auf dem Rücken. Die Umherlaufenden bildeten die größte Gruppe, die Liegenden die kleinste. Alle Seelen jammerten vor Schmerzen wegen des herabregnenden Feuers, die auf dem Rücken liegenden besonders heftig.

Im dritten Ring des siebenten Kreises büßen diejenigen Seelen, die zu Lebzeiten gegen Gott und die von ihm erschaffene Natur gehandelt haben. Die drei Gruppen, die Dante unterschieden hatte, waren zum einen Seelen, die im Leben ihren Begierden nach Angehörigen des eigenen Geschlechts nachgegeben hatten – Sodomiter nannte man diese Menschen zu Dantes Zeit, nach der biblischen Sündenstadt Sodom –, zweitens Wucherer und drittens Gotteslästerer. Die Sodomiter müssen ständig umherlaufen, die Wucherer auf dem feurigen Sand sitzenbleiben und die Gotteslästerer sogar liegen, was besonders qualvoll ist.

Unentwegt waren die Seelen damit beschäftigt, die frisch gefallenen Feuerflocken abzuschütteln. Die Flammen kamen aber nicht nur von oben, sondern auch von unten. Denn wie vor Zeiten, als Alexander der Große durchs heiße Indien gezogen war und Feuerflammen auf sein Heer herabgefallen waren, sodass der Boden in Brand geraten war und seine Leute die entstehenden Flammen hatten niedertreten müssen, damit sie nicht um sich griffen, so wurde auch hier von dem niedergehenden Feuer auch noch der Sand entzündet wie Zunder unterm Stahl in der Schmiede.

„Meister", sagte Dante, „du Überwinder aller Hindernisse – wenn man einmal von den Teufeln am Tor absieht, die uns so heftigen Widerstand geleistet haben –, sag mir doch, wer ist denn der Riese, der dort auf dem Boden liegt, trotzig blickt und den Anschein erweckt, als ob ihn die Glut überhaupt nicht kümmert?"

Der Riese hatte aber bereits gemerkt, dass von ihm die Rede war, und schrie:

„Ich bin im Tod genauso standhaft, wie ich im Leben war! Ich werde Jupiter, der mich mit seinem Blitz erschlug, nicht die Genugtuung verschaffen, sich über seine Rache an mir zu freuen! Soll er doch den Feuergott, der ihm den tödlichen Blitz geschmiedet hat, um Hilfe anbetteln und ihm das äußerste abverlangen! Soll er doch wie damals, als die Götter bei Phlegra in Thessalien gegen die Riesen kämpften, Vulkans Gehilfen in der göttlichen Werkstatt unterm Ätna ohne Pause arbeiten lassen, damit sie möglichst viele Pfeile herstellen, mit denen er mich dann beschießen kann! Es wird ihm trotz allem nicht gelingen, mich zu demütigen!"

Da rief Vergil mit derart schneidender Stimme, wie Dante es noch nie von ihm gehört hatte, dem Riesen zu:

„Kapaneus, dass dein Hochmut und deine Raserei gegen die Gottheit dich nicht verlassen, ist eine angemessenere Strafe, als es jede andere Qual sein könnte!"

Und indem er den Ton wieder zurücknahm, sagte er zu Dante:

„Kapaneus war einer der sieben Könige, die in sagenhafter Vorzeit gegen die Stadt Theben zogen, wovon die Alten erzählt haben. Er wagte es, Jupiter zu verhöhnen, und wurde deshalb von ihm mit einem Blitz getötet. Er verachtet Gott offensichtlich immer noch. Aber wie ich ihm schon sagte, ist es für ihn genau die passende Strafe, dass er mit seinen überheblichen Reden nicht aufhören kann.

Nun folge mir weiter! Aber sieh zu, dass du nicht in die Flammen trittst. Am besten hältst du dich immer dicht am Waldrand."

Vergil und Dante setzten sich wieder in Bewegung und gingen schweigend am Rand des Sandmeers entlang, bis ein kleiner Fluss ihren Weg querte, der, aus dem Wald kommend, sich durch den Wüstensand zog. Dante fühlte sich an ein Bächlein erinnert, das bei Viterbo in Umbrien aus der heißen Quelle Bulicame entspringt und wo damals die Huren der Umgegend ihr Badewasser holten.

An die blutrote Farbe des Höllenflüsschens dachte Dante noch viel später mit Schaudern. Sein Bett war von da an, wo es aus dem Wald heraustrat, in Stein gefasst, ebenso die Böschungen auf beiden Seiten. Links und rechts führten Dämme an seinem Ufer entlang, die ebenfalls aus Stein waren. Wegen der Feuchtigkeit, die aus dem Wasser aufstieg, gingen über dem Bach keine Flammenflocken nieder.

Vergil sagte zu Dante:

„Dieser kleine Fluss ist das Bemerkenswerteste von allem, was du bisher gesehen hast, seit wir oben durch das offene Tor in die Vorhölle gekommen sind."

Dante, neugierig geworden, bat ihn, das näher zu erklären, und Vergil begann zu erzählen:

„Mitten im Meer liegt die Insel Kreta und auf ihr der Berg Ida. Kreta ist heute verwüstet und der Ida öde und alt. Im goldenen Zeitalter aber, als die Menschen noch unschuldig waren, gab es auf dem Ida frische Quellen und grüne Bäume. Damals herrschte der König Saturn aus dem göttlichen Geschlecht der Titanen über die Insel. Ihm war prophezeit worden, seine Söhne würden ihn einmal entmachten, und deshalb pflegte er seine Kinder gleich nach ihrer Geburt zu verschlingen. Als seine Frau Rhea wieder einmal ein Kind bekam, floh sie darum auf den Ida und versteckte das Neugeborene in einer Höhle, und damit Saturn es nicht entdeckte, befahl sie ihren Dienern, den Korybanten, sein Geschrei mit Musik und Waffenlärm zu übertönen. Das Kind aber, das so vor der Wut seines Vaters geschützt wurde, war Jupiter, der spätere Herrscher der Götter.

Im Inneren dieses Berges steht aufrecht ein alter Riese. Seinen Rücken hat er Ägypten zugekehrt und seinen Blick nach Rom gerichtet. So wie nun die Tugend der Menschen vom goldenen Zeitalter bis heute immer mehr abnahm, so nimmt auch der Wert des Stoffs, aus dem der Leib des Alten gebildet ist, von oben nach unten ab. Sein Kopf ist aus purem Gold, Brust und Arme sind aus Silber, der Rumpf ist aus Kupfer und die Beine samt dem linken Fuß aus Eisen. Nur der rechte Fuß des Riesen ist aus gebranntem Ton, aber gerade auf den stützt er sich mehr als auf den anderen.

Vom Hals an geht durch den Alten von oben bis unten ein Riss, nur der Kopf ist unversehrt. Aus diesem Riss quellen Tränen. Die fließen hinab, sammeln sich, fressen sich durch den Berg und ergießen sich in die Unterwelt, wo sie die drei Höllenflüsse Acheron, Styx und Phlegethon bilden. Dann fließen sie durch dieses Flussbett hier immer weiter nach unten, bis ihr Lauf schließlich in der tiefsten Tiefe der Hölle endet. Dort münden sie in den vereisten Sumpf Cocytus, den du später noch sehen wirst."

Dante fragte:

„Wenn das Wasser dieses Bachs von der Oberwelt kommt, wieso bekommen wir ihn denn dann erst hier zu Gesicht? Hätte er uns nicht auf unserem Weg längst schon einmal begegnen müssen?"

„Seit wir mit dem Abstieg begonnen haben", antwortete Vergil, „wandern wir immer nach links hin im Kreis nach unten. Der Umfang des Höllenkraters ist aber so groß, dass wir ihn auch jetzt noch nicht ein einziges Mal vollständig umrundet haben, so viel wir auch schon gelaufen sind. Auf jeder Ebene schreiten wir immer nur einen kleinen Teil des Kreises ab. Du brauchst also nicht so erstaunt zu gucken, wenn wir etwas Neues zu Gesicht bekommen."

Dante fragte weiter:

„Gibt es hier nicht noch einen weiteren Fluss, die Lethe? Du hast sie in deiner Erzählung eben gar nicht erwähnt! Außerdem weiß ich nicht, wo der Phlegethon sein soll, den du außer dem Acheron und dem Styx noch genannt hast."

„Es gefällt mir, wie viel du wissen willst!", sagte darauf Vergil. „Aber was den Phlegethon betrifft, so hast du ihn schon gesehen: Es ist der Strom aus kochendem Blut, wo die Tyrannen und Mörder bestraft werden. Die Lethe wirst du nicht hier in der Hölle finden, aber später auf deiner Reise noch sehen. In ihr baden die Seelen der Geretteten, wenn sie ihre Läuterungszeit hinter sich haben und ihre Schuld getilgt ist. Sie reinigen sich dort, bevor sie in die Seligkeit eingehen.

Aber jetzt“, fügte er hinzu, „wollen wir den Waldrand verlassen. Folge mir! Auf dem steinernen Damm können wir sicher weitergehen und sind vor den Flammen geschützt, denn die zergehen über diesem Bach.“

15. Kapitel

Brunetto Latini – Weitere Gelehrte und Geistliche unter den gleichgeschlechtlich Liebenden

Vergil und Dante betraten also einen der beiden Steindämme und begannen, geschützt vor den Feuerflocken, die Sandwüste zu durchqueren. Angesichts des Flusses mit den beiden Dämmen musste Dante an den Flutkanal denken, der Brügge mit der Nordsee verband und zu dessen beiden Seiten Wälle aufgeschüttet worden waren. Auch an die ganz ähnlich angelegten Deiche bei Padua entlang dem Fluss Brenta fühlte er sich erinnert, mit denen die Leute dort ihre Dörfer und Burgen vor den Folgen der Schneeschmelze in den Alpen schützten. Allerdings waren die Dämme hier unten von ihrem Erbauer, wer immer das gewesen sein mochte, weniger hoch und breit gemacht worden als die in Flandern oder an der Brenta.

Der Wald lag schon außer Sichtweite hinter den Wanderern, als ihnen auf dem Sand, neben dem Damm gehend, eine Schar von Seelen entgegenkam, die hier für ihre gleichgeschlechtlichen Begierden büßten. Als sie die beiden Wanderer bemerkten, versuchten sie in der fahlen Dämmerung deren Gesichter auszumachen. Sie spähten angestrengt durch das Zwielicht, wie man es an einem mondlosen Abend tut, und kniffen die Augen zusammen, so wie es ein alter Schneider macht, wenn er das Nadelöhr genau in den Blick bekommen will. Plötzlich packte einer von ihnen Dante am Rocksaum und rief mit dem Ausdruck jähen Erkennens:

„Was für ein Wunder!“

Und er breitete die Arme aus. Dante fasste sein Gegenüber scharf ins Auge und erkannte schließlich hinter den Verbrennungen und Narben, die dessen Gesicht entstellt hatten, die vertrauten Züge seines alten Lehrers Brunetto Latini.

Brunetto, anderthalb Generationen älter als Dante, war einer der bedeutendsten Florentiner Bürger seiner Zeit gewesen. Ursprünglich Rechtsgelehrter, hatte er verschiedene hohe öffentliche Ämter bekleidet und war auch als Schriftsteller hervorgetreten. Berühmt geworden war er durch seine umfassende französischsprachige Enzyklopädie „Trésor“. Er war gestorben, als Dante im dreißigsten Lebensjahr stand.

„Herr Brunetto?“, rief Dante. „Ihr seid hier?“ Und er streckte die Hand nach dem Gesicht seines väterlichen Freundes aus.

„Mein lieber Junge“, sagte Brunetto, „ich hoffe, es ist dir recht, wenn ich die anderen weitergehen lasse und ein Stück mit dir zurückgehe!“

„Ich bitte Euch von ganzem Herzen darum!“, erwiderte Dante. „Wir können uns aber auch ein wenig setzen, wenn Euch das lieber ist – vorausgesetzt, mein Führer dort ist einverstanden.“

„Ach, mein Junge“, sagte Brunetto, „wir hier müssen immer in Bewegung bleiben. Selbst wenn sich jemand von uns nur für kurze Zeit im Stehen ausruht, muss er sich zur Strafe auf den Sand legen, wo er dem Feuer schutzlos ausgeliefert ist. Erst nach hundert Jahren darf er wieder aufstehen. Darum geh du nur weiter. Ich werde dich ein wenig begleiten. Meine jammernden Gefährten hole ich nachher schon wieder ein.“

Dante wäre am liebsten vom Damm hinabgestiegen, um mit seinem Lehrer auf gleicher Höhe zu sein. Da er das aber wegen der Flammen nicht wagte, beugte er sich wenigstens voller Ehrfurcht so weit wie möglich zu ihm hinunter, indem sie weitergingen.

„Welches Schicksal oder welche Bestimmung führt dich denn vor dem Ende deiner Tage hier hinunter?“, fragte Brunetto. „Und wer ist der da, der mit dir unterwegs ist?“

Dante erzählte in Kürze seine Geschichte:

„Bevor meine Zeit um war, habe ich mich mitten aus dem hellen Leben heraus in ein finsteres Tal verirrt. Gestern früh fand ich dort endlich heraus, wurde danach aber wieder in die Dunkelheit zurückgetrieben. Da tauchte plötzlich dieser Mann auf, den Ihr hier seht. Er hat mich in seine Obhut genommen und bringt mich nun nach Haus zurück, auf einem Umweg, der uns hier entlang führt."

Darauf sagte Brunetto:

„Folge du nur immer deinem Stern! Dann kannst du dein Ziel nicht verfehlen und wirst es zu Ruhm und Ehre bringen, wenn ich das damals im lieben Leben richtig eingeschätzt habe. Ich habe dich immer für einen Liebling des Himmels gehalten. Wie hätte ich dich in deinem Tun bestärkt, wenn ich noch länger gelebt hätte! Aber leicht wirst du es nicht haben, denn zwischen sauren Früchten kann nun einmal keine süße Feige gedeihen. Das undankbare, bösartige Volk, das vor so langer Zeit von Fiesole ins Tal hinabgestiegen ist und sich dort im neugegründeten Florenz unter die Römer gemischt hat, wird dir deine Verdienste um die Stadt schlecht vergelten. Das rohe Wesen ihrer Vorfahren hängt ihnen bis heute an, sie haben immer noch etwas vom alten Bergvolk an sich. Es hat schon seinen Grund, dass man sie ‚die Blinden' nannte! Geizig sind sie, neidisch und hochmütig. Sieh zu, dass du dich von ihren Sitten rein hältst! Du wirst die Ehre haben, dass gleich alle beiden Parteien dich auffressen wollen. Aber du kannst ruhig sein, sie werden dich nicht zu fassen kriegen. Diese Bestien aus Fiesole! Eigentlich müssten sie froh sein, dass in ihrem Dreck noch eine Pflanze gedeiht, die den edlen Samen der wenigen Römer weiterträgt, die damals dageblieben sind, als das Gemeine sich auszubreiten begann. Wenn sie solchen Hunger haben, sollten sie sich lieber gegenseitig fressen, anstatt ein so feines Gewächs anzurühren!"

„Ach", sagte Dante, „wie sehr wünschte ich mir, dass Ihr noch am Leben wärt! Euer Bild steht mir immer vor Augen. Mir geht das Herz über, wenn ich mir die väterliche Liebe und Güte vergegenwärtige, mit der Ihr mich unermüdlich darin unterwiesen habt, wie der Mensch sich zur Unsterblichkeit erheben kann. Mein Leben lang werde ich mit großer Dankbarkeit an Euch denken und von Euch erzählen.

Was Ihr mir über meine Zukunft sagt, werde ich ebenso im Gedächtnis bewahren wie die anderen Andeutungen, die mir auf dieser Reise darüber bereits gemacht worden sind, bis mir dann die Frau, die es kann, alles genau erklären wird. Denn dass mir im Leben noch Schweres bevorsteht, höre ich nicht zum ersten Mal. Ihr sollt aber wissen: Solange ich ein gutes Gewissen habe bei dem, was ich tue, sehe ich dem Schicksal gefasst entgegen, das Fortuna für mich vorgesehen hat. Soll sie ruhig ihr Rad drehen, wie sie will! Der Bauer geht ja auch seiner Arbeit nach."

Da wandte sich Vergil, der Dante die ganze Zeit auf dem Wall voranging, über die rechte Schulter hin nach hinten zu seinem Schützling und bemerkte:

„Wer so etwas behält, der hat gut zugehört!"

Dante blieb aber seinem alten Lehrer zugekehrt und fragte ihn im Weitergehen, wer unter seinen Leidensgenossen denn die bekanntesten und bedeutendsten wären. Brunetto antwortete:

„Es gibt einige, von denen ich gern spreche, von anderen schweige ich lieber. Wir haben ja auch nicht unbegrenzt Zeit zum Reden. Aber so viel will ich dir sagen, dass die Gruppe, zu der ich hier gehöre und mit der ich vorhin gekommen bin, aus lauter Geistlichen und anderen Gelehrten besteht. Alle sind sie wegen des gleichen Lasters hier, und alle waren sie bedeutende und berühmte Leute. Einer von ihnen ist zum Beispiel der Grammatiker Priscian, ein anderer Francesco d'Accorso, der Rechtsgelehrte aus Bologna, und wenn du auf etwas besonders Widerliches scharf bist, kannst du dir dort auch unseren alten Bischof Andrea dei Mozzi angucken, den Papst Bonifaz, der niedrigste der Knechte, dann von Florenz nach Vicenza versetzt hat, wo seine fehlgereckten Glieder nun begraben liegen.

Ich würde dir gern noch mehr erzählen, aber es wird jetzt höchste Zeit, dass ich wieder umkehre. Dort hinten, wo der Sand aufgewirbelt wird, kommt uns nämlich schon die nächste Schar von Seelen entgegen, und mit denen irgendwelchen Umgang zu pflegen, ist uns verboten. Ich lege dir noch meinen ‚Trésor' ans Herz. Denn in meinem Werk lebe ich weiter, und mehr will ich nicht."

Und damit wandte sich Brunetto um und lief rasch seinen Leidensgenossen hinterher. Dante blickte ihm nach. Als er seinen väterlichen Freund so schnell laufen sah, kam ihm der sogenannte Palio von Verona in den Sinn. Das war ein Wettrennen, das damals alljährlich in der oberitalienischen Stadt veranstaltet wurde und bei dem es Brauch war, den Sieger mit einem grünen Tuch zu ehren. Dante drängte sich die Vorstellung auf, Brunetto laufe deshalb so schnell, weil er an diesem Wettkampf teilnehme. Doch kam ihm sein alter Lehrer nicht wie ein Verlierer vor, sondern es schien ihm, als sei Brunetto derjenige, der siegen und das grüne Tuch gewinnen würde.

16. Kapitel

Die drei florentinischen Staatsmänner – Klagen über Florenz – Der Abgrund – Beschwörung Geryons

Vergil und Dante gingen weiter. Aus der Ferne war schon das Rauschen des Wasserfalls zu hören, der vom siebenten zum achten Höllenkreis hinunterstürzt. Es klang wie das Gesumm an einem Bienenstock.

Die neue Schar von Sodomitern, die sich durch den aufgewirbelten Sand angekündigt hatte und der Brunetto ausgewichen war, war durch die Flammenflocken nähergekommen. Mit einem Mal lösten sich drei Schatten aus dieser Gruppe, liefen auf den Damm zu, auf dem die beiden Dichter unterwegs waren, und riefen Dante zu:

„He, du! Warte doch einmal! Stammst du nicht aus unserer verfluchten Heimatstadt? Nach deiner Kleidung scheint es so!"

Dante sah ihnen entgegen. Die drei waren voller Brandwunden, vernarbter und frischer. Noch viel später ergriff ihn immer wieder das Mitleid, wenn er daran zurückdachte. Auch Vergil wurde aufmerksam, als er sie rufen hörte, und sagte zu Dante:

„Lass uns stehenbleiben! Denen muss man Respekt erweisen. Wenn du nicht wegen des Feuerregens gezwungen wärst, hier oben zu bleiben, würde es sich eigentlich gehören, dass du ihnen entgegengehst anstatt umgekehrt."

Daraufhin hielt Dante mit Vergil an und sah den dreien entgegen. Sie kamen näher, und als sie am Damm waren, begannen sie eine Art Tanz aufzuführen, da sie ja nicht zum Stillstand kommen durften. Wie Ringkämpfer unmittelbar vor Beginn des Wettkampfs, wenn sie schon entkleidet und eingeölt sind, umeinander herum schleichen, um die beste Stelle zum Angriff auszumachen, so umkreisten die drei sich während des gesamten folgenden Gesprächs gegenseitig. Um Dante ins Gesicht sehen zu können, bewegten sie dabei ihre Hälse immer in entgegengesetzter Richtung zu ihren Füßen.

Einer der drei begann das Gespräch und sagte zu Dante:

„Mir ist klar, dass wir an diesem elenden Ort, an den wir hier verbannt sind, und mit unseren entstellten Leibern verachtenswert wirken. Aber vielleicht kann unsere Berühmtheit dich dazu bewegen, uns trotzdem zu sagen, wer du bist und wieso du hier so sicheren Fußes durch die Hölle gehst, obwohl du offensichtlich noch am Leben bist. Wir waren nämlich von höherem Rang, als du vielleicht denkst, wenn du uns hier so nackt und zerschunden siehst. Der hier vor mir hieß Guido Guerra. Er hat als Politiker und als Feldherr Großes geleistet. Seine Großmutter war die für ihre Rechtschaffenheit bekannte Gualdrada. Der da hinter mir ist Tegghiaio Aldobrandi. Wenn man auf seinen Rat gehört hätte, wäre den Guelfen die schreckliche Niederlage in der Schlacht von Montaperti erspart geblieben. Ich selbst bin Iacopo Rusticucci und wäre vielleicht nicht hier, wenn ich nicht das Unglück gehabt hätte, mit einer so kaltherzigen und hochmütigen Frau verheiratet gewesen zu sein."

Die Namen der drei waren Dante wohlvertraut; zwei von ihnen hatte er ja bereits im dritten Höllenkreis gegenüber Ciacco namentlich erwähnt, als er seinen Wunsch geäußert hatte, auf seiner Reise einige verdiente Florentiner der letzten Jahrzehnte zu sehen. Alle drei hatten sie im jüngst vergangenen Jahrhundert Florenz als Heerführer oder in hohen öffentlichen Ämtern gedient. Dante wäre am liebsten auf seine großen Landsleute zugestürzt, um sie zu umarmen, und vermutlich hätte auch Vergil eine solche Geste seines Schützlings gern gesehen, aber er wagte es wegen des Feuers nicht. So blieb er oben auf dem Wall und antwortete:

„Als Ihr eben auf uns zugekommen seid, hat mein Führer hier mich schon darauf vorbereitet, dass mir eine bedeutende Begegnung bevorsteht. Ich hege durchaus keine Verachtung für Euch, vielmehr finde ich es sehr traurig, so außergewöhnliche Männer in einer solchen Lage zu sehen. Das wird mich noch lange schmerzen.

Ich bin, wie Ihr richtig gesehen habt, gleich Euch aus Florenz. Eure berühmten Namen und die Berichte von Euren Taten habe ich immer mit Zuneigung gehört und ebenso gern anderen von Euren Verdiensten erzählt. Jetzt bin ich auf einer Reise, die mich vom Schlimmen zum Guten führen soll. So hat es mir mein Begleiter versichert. Dazu muss ich erst noch die Hölle bis auf ihren tiefsten Grund durchschreiten."

„Ich wünsche dir ein langes Leben", sagte darauf Iacopo Rusticucci, „und dass nach deinem Tod dein Ruhm dich überdauern möge. Aber erzähl uns doch von Florenz! Gibt es denn überhaupt noch so etwas wie Anstand und Tüchtigkeit in unserer Stadt, oder ist mittlerweile alle Tugend aus ihr verschwunden? Seit kurzem ist nämlich Guglielmo Borsiere bei uns – er geht dort hinten mit unseren Gefährten weiter, mit denen wir eben gekommen sind –, und was er uns erzählt hat, bedrückt uns sehr."

Guglielmo Borsiere war ein Florentiner Edelmann gewesen, der kurz vor Dantes Jenseitsreise gestorben war.

Dante blickte in die Höhe und rief:

„Florenz ist in trauriger Verfassung! Die von auswärts Zugewanderten mit ihrer Jagd nach dem schnellen Geld haben Hochmut und Maßlosigkeit in die Stadt gebracht!"

Als die drei Schatten so in ihren Befürchtungen bestätigt wurden, sahen sie sich nachdenklich und bedeutungsvoll nickend an und sagten dann zu Dante:

„Wenn du den Leuten immer so unverblümt auf ihre Fragen antwortest, kann man dich zu deinem Freimut nur beglückwünschen.

Umso dringender bitten wir dich: Wenn du diesen finsteren Ort verlassen hast, die schönen Sterne wiedersiehst und an diese Reise zurückdenkst, dann erzähl den Menschen dort oben von uns!“

Und ehe Dante irgendetwas erwidern konnte, hatten sie schon den Kreis aufgelöst, den sie für das Gespräch gebildet hatten, und waren wie im Flug verschwunden.

Vergil gab das Zeichen zum Weitergehen, und die beiden setzten ihren Weg fort. Das Rauschen des Wassers wurde immer lauter, sodass man bald kaum noch das eigene Wort verstehen konnte. Endlich waren sie am Ende des Steindamms angekommen und standen am oberen Rand des Abgrunds. Mit so ohrenbetäubendem Getöse, dass Dante um sein Gehör fürchtete, donnerte das blutrote Wasser hinunter in die Tiefe. Dante musste an den gewaltigen Wasserfall bei San Benedetto dell'Alpe denken, wo der Fluss Montone, der in den Apenninen entspringt und später ins Meer mündet, ähnlich jäh einen steil abfallenden, nicht durch Abstufungen gegliederten Fels hinunterstürzt.

Dante trug auf seiner Wanderung einen Strick um die Lenden. Er hatte gehofft, damit die gefleckte Pardelkatze fangen zu können, die sich am Vortag seinem Aufstieg zur Höhe in den Weg gestellt hatte. Diesen Strick nahm er jetzt auf Vergils Geheiß ab, wickelte ihn zu einem Knäuel zusammen und reichte ihn seinem Führer. Vergil nahm ihn, wandte sich ein wenig nach rechts, holte aus und warf das Seil in die Tiefe.

‚Jetzt wird ja wohl gleich etwas passieren‘, dachte Dante. ‚Ohne Grund wirft er den Strick ja sicher nicht hinunter und sieht so gespannt hinterher.‘

Wie vorsichtig muss man sein, wenn man es mit Menschen zu tun hat, die Gedanken lesen können! Als hätte Dante laut gesprochen, sagte Vergil:

„Du hast schon recht, wenn du etwas Besonderes erwartest. Du wirst es gleich sehen. Es kommt aus der Tiefe nach oben.“

Man sollte, so sagt Dante an dieser Stelle seiner Erzählung, lieber keine Dinge erzählen, die zwar wahr seien, aber unglaubhaft wirkten, denn man könne dadurch unverschuldet in den Ruf geraten, ein

Schwindler zu sein. Aber was er nun erlebt habe, müsse er berichten, so unglaublich es klinge, und er schwöre bei seiner „Komödie", die der Leser gerade in der Hand hält, und bei dem dauerhaften Erfolg, den er sich für dieses Werk erhoffe, dass es wahr sei: Eine Gestalt, die selbst auf die stärksten Gemüter furchterregend gewirkt hätte, bewegte sich durch die neblige, dunkle Luft nach oben. Dabei machte sie Schwimmbewegungen, sie reckte sich stoßweise empor und zog die Beine nach. Es sah genau aus wie bei einem Taucher, der wieder an die Oberfläche kommt, etwa nachdem er einen Schiffsanker gelöst hat, der sich an einer Klippe oder irgendeinem anderen Hindernis im Meer verfangen hat.

17. Kapitel

Geryon – Die Wucherer – Flug in die Tiefe

„Sieh nur, da kommt das Ungeheuer mit seinem spitzen Schwanz!", sagte Vergil zu Dante und winkte dem Wesen, am oberen Rand des Abgrunds aufzusetzen. „Es ist stärker als alle Mauern und Waffen, alle Gebirge überwindet es mühelos, und außerdem stinkt es. Die ganze Welt stinkt nach ihm."

Das Geschöpf erreichte den steinernen Rand der Terrasse und landete nicht weit entfernt vom Ende des Steindamms, wo die beiden Dichter standen. Es stützte sich mit dem Oberkörper auf, ließ aber den Schwanz in die Tiefe hängen, wie es im Land der verfressenen Deutschen der Biber macht, wenn er Fische fangen will, oder wie ein Kahn halb im Wasser und halb an Land liegt. Es hatte ein menschliches Gesicht mit einnehmenden und liebenswürdigen Zügen, aber sein Körper sah aus wie der einer Schlange. Er war mit allerlei ineinander verflochtenen und runden Figuren farbig gezeichnet. Kein noch so kunstfertiger Handwerker wäre fähig gewesen, seine Stoffe mit einer derart reichen und kunstvollen Musterung auszustatten, nicht tartarische oder türkische Tuchmacher und nicht die legendäre Weberin Arachne. Wie ein Raubtier hatte das Ungeheuer zwei Tatzen, deren Behaarung bis zu den Achselhöhlen reichte. Sein Schwanz hatte eine giftige Doppelspitze, die sich hin und her bewegte und immer wieder in die Höhe schoss. So war das Untier Mensch und Drache, Löwe und Skorpion in einem.

Das war Geryon, der Dämon des Betrugs. Geryon hatte auf einer Insel tief im Westen gelebt und war von Herkules getötet worden. Später erzählte man sich auch, er sei zu Lebzeiten ein Mensch gewesen, König auf den balearischen Inseln, ein grausamer und unmenschlicher Herrscher, der seine arglosen Gäste freundlich empfing und durch äußerliche Sanftmut täuschte, sie dann aber umbrachte. Jedenfalls war er nun hier zum Pförtner des achten Höllenkreises eingesetzt worden, in dem die Betrüger bestraft werden.

„Wir müssen der Bestie ein wenig entgegenkommen", sagte Vergil, und die beiden Dichter wandten sich nach rechts hinab, wobei sie am äußersten Rand blieben, um vor den Feuerflammen und dem glühenden Sand geschützt zu sein. Nach zehn Schritten waren sie bei Geryon.

Da sah Dante ganz in der Nähe auf dem Sand Menschenseelen sitzen. Vergil sagte zu ihm:

„Die solltest du dir doch noch etwas genauer ansehen, damit du über diesen Höllenkreis vollständig im Bilde bist. Aber mach's kurz! Ich werde inzwischen versuchen, dieses Scheusal hier zu überreden, dass es uns nach unten bringt."

Dante folgte Vergils Aufforderung und ging noch ein paar Schritte am Rand des Abgrunds weiter, bis er bei der Gruppe war, die dort auf dem Sand saß. Auch diese Seelen wurden von der Glut geplagt. Jammernd versuchten sie, sich mit ihren Händen vor den Feuerflocken und vor der Hitze des Bodens zu schützen. Es sah aus, wie wenn Hunde im Sommer mit ihrer Schnauze oder mit den Pfoten Flöhe und Insekten abwehren. Dante musterte sie genau, um zu sehen, ob ihm vielleicht der eine oder andere bekannt vorkam, aber er erkannte niemanden.

Die Seelen, die hier saßen, wurden dafür bestraft, dass sie im Leben Wucher getrieben hatten. Um die Hälse hatten sie alle ihre Geldbeutel hängen, die ihnen auf Erden das höchste Gut gewesen waren, und starrten sie unverwandt an. Die Beutel waren mit den Farben und Wappen ihrer Familien gekennzeichnet. So war zum Beispiel das Wappen der Gianfigliazzi zu sehen, einer reichen florentinischen Familie, von der die Guelfen und später die Schwarzen finanziert worden waren, ein blauer Löwe auf goldenem Grund. Ein anderer Beutel zeigte eine weiße Gans auf rotem Feld. Das war das Wappen der Obriarchi, die auf der Seite der Ghibellinen gestanden hatten.

Einer trug einen weißen Beutel mit einer blauen Sau darauf. Es war der Wucherer Reghinaldo Scrovegni aus Padua. Er fuhr Dante an:

„Was willst du hier unten? Du bist doch noch lebendig, also mach dich fort von hier! Hier sind nur tote Seelen! Der Platz hier links von mir ist schon reserviert für meinen alten Nachbarn Vitiliano, und die Florentiner, die hier mit mir zusammensitzen, schreien mir oft ins Ohr, dass sie sich schon auf ihren Landsmann freuen, den hochedlen Ritter mit den drei Ziegenböcken auf dem Beutel!"

Mit den beiden Wucherern, die noch lebten und deren Kommen er erwartete, meinte er Vitiliano del Dente aus Padua und den Ritter Giovanni di Buiamonti, einen Florentiner Bankier aus der Familie Becchi, deren Wappen drei Ziegenböcke auf goldenem Grund zeigte.

Und wie ein Ochse, der sich die Nase lecken will, streckte Reghinaldo Dante die Zunge heraus.

Da verließ Dante die Seelen der Wucherer wieder. Er fürchtete, schon zu lange fortgeblieben zu sein, und machte, dass er zu Vergil zurückkam. Der war inzwischen schon auf Geryons Rücken gestiegen und rief Dante entgegen:

„Komm! Nimm deinen Mut zusammen und steig auf! Wenn wir noch weiter hinunter wollen, geht das nicht mehr zu Fuß. Am besten setzt du dich nach vorn, damit du dem giftigen Schwanz nicht zu nahe kommst."

Dante begann zu zittern. Ihm war zumute wie einem Fieberkranken, der schon bei der bloßen Vorstellung, in die Kälte zu müssen, blassblaue Fingernägel bekommt und anfängt mit den Zähnen zu klappern. Aber er schämte sich, seine Schwäche zu zeigen, nahm sich zusammen wie ein Diener gegenüber seinem Herrn und stieg auf. Als er vor Vergil auf Geryons Rücken saß und seinen Führer bitten wollte, ihn festzuhalten, versagte ihm vor Angst die Stimme. Aber Vergil, der ihm nun schon in so vielen Gefahren beigestanden hatte, erriet seine Gedanken und umfasste ihn mit seinen Armen. Dann rief er Geryon zu:

„Nun los! Aber denk daran, dass du einen Lebenden trägst. Der ist schwerer als die Seelen, die du sonst gewohnt bist, also flieg in weiten, flachen Bögen!"

Geryon stieß sich vom Rand ab und setzte zunächst etwas zurück. Es sah ganz so aus, wie wenn ein Schiff vom Ufer abstößt. Als er sich so weit vom Terrassenrand entfernt hatte, dass er sich frei bewegen konnte, wendete er und begann langsam kreisend nach unten zu rudern. Er bewegte dabei die Tatzen, zog nach jedem Stoß seinen Schwanz nach und reckte ihn dann wieder, wie sich ein Aal reckt.

Die Reisenden waren nun in der Luft. Nirgends bot sich dem Auge mehr ein fester Anhaltspunkt, weit und breit war nichts zu sehen als das Ungeheuer, auf dem sie saßen. Dante war starr vor Angst. Schlimmer, meinte er, konnte sich auch Phaëton nicht gefühlt haben, der Sohn des Sonnengottes, als er das gewaltige Rossegespann seines Vaters so ungeschickt über die Himmelsbahn gelenkt hatte, dass der Himmel in Brand geraten war – wovon die Milchstraße noch heute zeugt –, und auch nicht Ikarus bei seinem Flug, als er der Sonne zu nahe gekommen war, sodass das Wachs geschmolzen war, mit dem sein Vater seine Flügel befestigt hatte, und er zu spät die Warnung des Vaters hörte.

Der Flug ging hinab, so flach und langsam, dass Dante die Bewegung gar nicht gespürt hätte, wenn ihm nicht der Wind von unten ins Gesicht geblasen hätte. Nach einer Weile begann rechterhand das fürchterliche Rauschen des Wasserfalls heraufzudringen, der unten ins Tal stürzte. Dante beugte sich vorsichtig spähend etwas vor. Da sah er unter sich Feuer und hörte Gejammer wie von Menschen, bekam noch mehr Angst abzustürzen, wich zurück und presste seine Schenkel noch fester an den Leib des Untiers. Dann aber gerieten die Gräben des achten Höllenkreises zusehends deutlicher ins Blickfeld, und wie sie ihnen so im Rundflug näher kamen, bekam Dante überhaupt erst ein Gefühl für die abwärts segelnde Kreisbewegung, die sie die ganze Zeit vollführt hatten. Schließlich setzte Geryon langsam hinabgleitend zur Landung an. Es sah aus wie bei einem Falken, der vom langen Fliegen und von der Jagd genug hat und, bevor er irgendwelche Beute erjagt hätte, ein Stück entfernt von seinem Herrn zu dessen Ärger in zahllosen Drehungen zu Boden schwebt. Geryon setzte am Fuß der Felsenwand auf, ließ die beiden Dichter absteigen und war gleich danach schnell wie ein Pfeil verschwunden.

18. Kapitel

Malebolge – Die ersten beiden Gräben des achten Kreises – Kuppler, Verführer und Schmeichler

Der achte Kreis der Hölle liegt auf der untersten der sieben ringförmigen Terrassen, die in den Höllenkrater eingelassen sind. Er besteht aus eisengrauem Gestein, ebenso wie der ihn umgebende steil aufragende Felsen, an dessen Fuß Dante und Vergil von Geryon abgesetzt worden waren. Die Terrasse ist in zehn konzentrisch angeordnete, durch steinerne Dämme voneinander getrennte rundumlaufende Gräben gegliedert, ähnlich wie manche Burganlagen mehrere Festungsgräben aufweisen, die in immer weiterem Kreis rund um die Burg herum gezogen sind. Und ebenso wie solche Festungsgräben durch Brücken miteinander verbunden sind, so verlaufen auch hier, vom Felsabhang nach innen hin bis zu dem Krater, in dem es zum tiefsten Grund der Hölle hinabgeht und von dem noch die Rede sein wird, quer über die Gräben und Dämme Klippen aus Felsgestein. Nach der Mitte zu fällt das Gelände ab, aber da die Gräben in ihrem Grund auf einer Ebene liegen, werden die Abhänge, die sie begrenzen, zum Krater hin immer flacher.

Der achte Höllenkreis wird auch „Malebolge" genannt, was soviel heißt wie „schlimme Gräben" oder „Gräben der Bösen". In seinen zehn Abteilungen werden, eingeteilt nach der Art ihrer Sünden, die einzelnen Gruppen von Betrügern bestraft.

Nachdem die beiden Dichter von Geryons Rücken abgestiegen waren, wandte sich Vergil nach links. Dante hielt sich hinter ihm. Rechts unter ihnen befand sich der erste Graben. Darin wurden zwei Gruppen von nackten Seelen in entgegengesetzter Richtung aneinander vorbei getrieben, und zwar so, dass die auf der Innenseite in der gleichen Richtung liefen wie Vergil und Dante, wenn auch schneller als diese beiden, während die, die dem Felsabhang und damit den beiden Dichtern näher waren, ihnen entgegenkamen. Dante fiel bei diesem Anblick eine Verkehrsregelung ein, die die Stadtväter Roms unlängst verfügt hatten. Die ewige Stadt wurde im heiligen Jubel- und Ablassjahr 1300 von besonders vielen Pilgern besucht. Um nun der Menschenmassen Herr zu werden, die über den später Engelsbrücke genannten Tiberüberweg zur Engelsburg und weiter zum Petersdom wollten, hatten die Behörden der Stadt die Brücke auf ganzer Länge in zwei Bahnen geteilt. Wer zur Peterskirche wollte, wurde auf die eine Seite gewiesen, wer zurück zur linken Tiberseite strebte, auf den Monte Giordano zu und wieder der Stadt entgegen, hatte auf der anderen Seite zu gehen.

Auf beiden Seiten des Grabens schlugen gehörnte Teufel mit großen Peitschen auf die Schatten ein. Die Seelen liefen, so schnell sie konnten, und versuchten vor den Hieben zu fliehen. Die Sünder in diesem Graben wurden dafür bestraft, dass sie Betrug an der weiblichen Tugend geübt und ihre Opfer dadurch ins Elend gestürzt hatten. Die den beiden Dichtern entgegenkamen, hatten Frauen mit anderen Männern verkuppelt, die auf der anderen Seite hatten selbst Frauen verführt. So wie sie im Leben von ihrer Gier getrieben worden waren, so wurden sie also auch hier gejagt.

Einer der Entgegenkommenden kam Dante bekannt vor. Dante blieb stehen und bat Vergil um Erlaubnis, noch einmal ein Stück zurückgehen zu dürfen, um ihn näher in Augenschein nehmen zu können. Als der Schatten Dante bemerkte, schlug er die Augen nieder in der Hoffnung, nicht erkannt zu werden, aber Dante rief ihm zu:

„Dich kenne ich doch! Du bist doch Venedico Caccianemico, wenn ich nicht irre! Wie kommst du denn zu einer solchen Strafe?“

Venedico Caccianemico war ein Guelfenführer in Bologna gewesen. Er hatte seine Schwester Ghisolabella um politischer Vorteile willen dazu gebracht, dem Marchese von Este zu Willen zu sein, dem Herrscher der Stadt Ferrara, obwohl sie mit einem anderen Mann verheiratet gewesen war.

Venedico antwortete:

„Wenn du mich so direkt ansprichst, muss ich dir wohl antworten, so gern ich mich versteckt hätte. Du rufst alte Erinnerungen in mir wach. Ich weiß nicht, was man auf der Erde über mich erzählt, wahr ist jedenfalls, dass ich meine Schwester mit dem lüsternen Marchese verkuppelt habe. Ich bin übrigens keineswegs der einzige hier unten, der aus Bologna stammt. Du kennst ja meine Landsleute, sie sind ein geldgieriges, käufliches Volk. Inzwischen dürften hier mehr Bologneser zu finden sein als oben in Bologna selbst."

Weiter kam er nicht, denn da schlug ihn ein Teufel mit der Peitsche und rief:

„Mach, dass du fortkommst, du Kuppler! Hier gibt's keine Weiber zu verschachern!"

Nachdem Venedico verschwunden war, lief Dante wieder zu Vergil zurück, der auf ihn gewartet hatte. Sie gingen gemeinsam einige Schritte auf dem Damm weiter und waren bald an einer Felsklippe angelangt, die aus dem Abhang heraustrat und sich nach rechts hin als Brücke über den Graben wölbte. Die bestiegen sie mühelos, und als sie an ihrer höchsten Stelle waren, forderte Vergil seinen Schützling auf:

„Nun stell dich so, dass du die andere Gruppe beobachten kannst, also die, die bisher in der gleichen Richtung gelaufen sind wie wir!"

Dante folgte und drehte sich so, dass er den auf der Innenseite des Grabens Laufenden ins Gesicht sehen konnte. Ehe er seinem Führer eine Frage hätte stellen können, deutete Vergil schon auf einen von ihnen und sagte:

„Sieh mal den großen Mann, der dort kommt! Keine Träne vergießt er in seinem Schmerz, auch hier bewahrt er königliche Haltung. Das ist Jason, der den Kolchern mit Beherztheit und List das Goldene Vlies geraubt hat."

Und Vergil erzählte Dante, wieso Jason hier bei den Verführern büßte. Jason, ein Königssohn, war der Führer der Argonauten gewesen, jener Schar tapferer Männer, die sich zu sagenhafter Zeit auf dem Schiff Argo aufgemacht hatten, um in Kolchis, einem Reich am Schwarzen Meer, das Fell eines wundertätigen goldenen Widders zu rauben, das dort auf Befehl des Königs Aietes von einem Drachen bewacht wurde. Auf ihrer Reise hatten die Argonauten zunächst die Insel Lemnos erreicht. Auf dieser Insel hatte es damals keine Männer mehr gegeben, weil sie alle von den Frauen der Insel umgebracht worden waren – mit einer Ausnahme, denn die Prinzessin Hypsipyle hatte ihren Vater heimlich am Leben gelassen. Während seines Aufenthaltes auf Lemnos hatte Jason Hypsipyle verführt, und als sie schwanger geworden war, hatte er die Insel ohne sie verlassen, anstatt sich ihrer anzunehmen. In Kolchis war dann auch Medea, die Tochter des Königs Aietes, Jasons Verführungskünsten erlegen. Sie hatte ihm sogar gegen ihren eigenen Vater geholfen, das Goldene Vlies zu rauben. Aber auch ihr hatte Jason die Treue gebrochen.

„So wie Jason“, sagte Vergil, „geht es hier allen, die Frauen verführt und betrogen haben. Damit weißt du genug vom ersten Graben dieses Kreises und seinen Bewohnern.“

Die beiden Wanderer gingen die Brücke auf der anderen Seite wieder hinunter und standen nun auf dem Damm, der die ersten beiden Gräben voneinander trennt. Ein beißender Gestank stieg ihnen aus dem zweiten Graben heraus in die Nase. Es roch wie in einer Latrine. Von unten stiegen Dämpfe auf, die die Augen reizten und sich als schimmliger Niederschlag an den Wänden festsetzten. Gestöhn und Geschnaube war zu hören und Geräusche, als schlügen Menschen sich selbst mit der flachen Hand. Um den Graben richtig einsehen zu können, erstiegen die beiden erneut die Felsklippe, die sich wieder als Brücke nach rechts hin fortsetzte. Als Dante von oben in die Mitte des Grabens sah, blickte er in eine Jauchegrube. Es sah genau aus wie in einem irdischen Abort. In den Unrat waren Menschenseelen eingetaucht. Es war der Strafort derjenigen Sünder, die sich auf der Erde durch Schmeichelei Vorteile zu verschaffen versucht hatten.

Einer von ihnen fiel Dante besonders auf. Sein Kopf war so beschmutzt mit Kot, dass nicht mehr zu erkennen war, ob er Haare hatte oder die Tonsur des Priesters trug. Als er bemerkte, dass Dante ihn beobachtete, raunzte er ihm zu:

„Was starrst du denn ausgerechnet mich so an?"

Dante antwortete:

„Weil ich glaube, dass ich dich schon mal mit trockenen Haaren gesehen habe. Du bist doch Alessio Interminei aus Lucca!"

Als der so Angesprochene sich erkannt sah, konnte er nicht mehr ausweichen, haute sich auf den Schädel und sagte:

„Oben konnte ich von der Speichelleckerei nicht genug kriegen, dafür habe ich nun auch hier den ekelhaftesten Überfluss!"

Dann wies Vergil Dante noch auf eine andere Seele hin:

„Beug dich doch noch etwas vor und schau nach da! Siehst du dort die dreckige, struppige Person, die sich mit ihren kotverschmierten Nägeln kratzt und sich ab und zu hinhockt und dann wieder aufsteht? Das ist die Hure Thais aus Athen. Auch sie büßt hier für die maßlos übertriebenen Schmeicheleien, mit denen sie ihre Liebhaber verführt hat.

Aber jetzt haben wir wirklich genug von diesem Graben gesehen!"

19. Kapitel

Der dritte Graben des achten Kreises – Die Simonisten – Papst Nikolaus der Dritte – Dantes Rede gegen die Verweltlichung der Kirche

Nun ging es zu denjenigen, die sich des Ämterschachers schuldig gemacht hatten. Diese Leute verachtete Dante besonders: Kirchliche Ämter kauften oder verkauften sie für Gold und Silber, gleichgültig, ob diejenigen, die sie bekamen, im mindesten die geistlichen und sittlichen Voraussetzungen dafür hatten, sie angemessen auszuüben. Den Ämterschacher nannte man auch Simonie, nach dem Zauberer Simon Magus aus Samaria. Auch er büßt im dritten Graben. Er hatte, wie die heilige Schrift erzählt, gesehen, dass die Apostel Petrus und

Johannes den Gläubigen durch Handauflegung den Heiligen Geist spendeten, und sie daraufhin aufgefordert, ihm diese Fähigkeit gegen Geld zu verkaufen.

Vergil und Dante hatten die Brücke erstiegen, die sich über den dritten Graben wölbt, und blickten von ihrem höchsten Punkt hinunter. Überall waren in das Gestein, am Grund des Grabens ebenso wie an den Wänden, runde Löcher eingelassen. Sie waren alle gleich groß. Genauso groß, dachte Dante, waren die Vertiefungen für die Geistlichen am Rand des Taufbeckens in seiner geliebten Taufkirche San Giovanni in Florenz! Und er erinnerte sich später beim Schreiben daran, dass er dort ein paar Jahre zuvor einmal ein Taufbecken zerschlagen hatte, was ihm den Vorwurf des Religionsfrevels eingetragen hatte. Dabei hatte er lediglich einen Knaben retten wollen, der in dem Becken zu ertrinken drohte.

In den Löchern steckten kopfüber Menschenseelen. Nur ihre Beine ragten heraus. An ihren Fußsohlen liefen von den Fersen bis zu den Zehenspitzen Flammen entlang. Es sah aus, wie wenn mit Fett getränkte Stoffe entzündet werden, denn auch da brennt lediglich die Oberfläche. Die Kniegelenke der Seelen zuckten so wild hin und her, dass es selbst die stärksten Stricke zerrissen hätte, wenn ihre Beine zusammengebunden gewesen wären.

‚Wie groß ist Gottes Kunst', dachte Dante, ‚und wie gerecht verteilt er sie in seiner Weisheit über Himmel, Erde und Hölle!'

„Meister", fragte er seinen Begleiter, „wer ist denn der dort, der sich so besonders heftig bewegt und von einer stärkeren Flamme als die anderen gepeinigt wird?"

„Wenn du willst", erwiderte Vergil, „trage ich dich hinunter, dort drüben auf der anderen Seite, wo der Abhang weniger steil ist. Dann kannst du ihn aus der Nähe selbst befragen."

Dante antwortete:

„Ich ordne mich ganz und gar deinem Willen unter. Was du willst, soll geschehen. Du weißt ja sogar das, was ich nicht einmal offen ausspreche."

Daraufhin liefen sie die Brücke auf der anderen Seite wieder hinunter, und als sie auf dem nächsten Damm standen, nahm Vergil Dante auf seine Hüfte, wandte sich nach links, stieg mit ihm in den engen Graben hinab und setzte ihn erst ab, als sie vor der Seele standen, nach der Dante ihn gefragt hatte.

Dante sprach sie an:

„Du trüber Schatten! Wie ein eingeschlagener Pfahl steckst du hier im Loch, das Obere zuunterst! Wer du auch bist, sprich, wenn du kannst."

Er kam sich vor wie ein Pater, den ein zum Tode verurteilter Meuchelmörder zur letzten Beichte gerufen hat, denn solche Verbrecher bestrafte man damals, indem man sie mit dem Kopf zuerst in ein Erdloch steckte und es dann mit Erde füllte.

Die Antwort, die ihm die Seele aus dem Loch entgegenschrie, war rätselhaft:

„Bist du das schon, Bonifaz, bist du das schon? Dann hat mich die Weissagungsschrift um drei Jahre belogen! Hast du deinen Besitz so schnell satt bekommen, um dessentwillen du die Kirche wie eine schöne Frau dreist erbeutet und ihr dann Gewalt angetan hast?"

Dante war verwirrt und wusste nicht, was er sagen sollte, sodass Vergil ihm riet:

„Sag ihm, dass du nicht der bist, für den er dich hält!"

Dante folgte. Die Seele zuckte heftig mit den Beinen und sagte in weinerlichem Ton:

„Was willst du dann von mir? Bist du so tief hinabgestiegen, nur um etwas über mich zu erfahren? Dann will ich dir Auskunft geben. Ich war auf Erden Oberhaupt der Kirche. Ich stammte aus der Familie Orsini, die nach orso, dem Bären, heißt, und wirklich war ich gierig wie ein Bär und vor allem immer darauf aus, gut für die kleinen Bärenkinder zu sorgen. Alle Reichtümer, die ich kriegen konnte, habe ich mir in die Tasche gestopft. Dafür wurde ich selbst nun hier hineingestopft. Übrigens bin ich nicht der erste in diesem Loch. Unter meinem Kopf stecken schon etliche andere Päpste, die Simonie betrieben haben. Es ist nämlich so, dass nur derjenige, der gerade als letzter hier angekommen ist, mit brennenden Füßen aus dem Loch herausragt. Wenn wieder ein Papst wegen der gleichen Sünde verdammt wird, wird er in das gleiche Loch gesteckt und stößt damit die anderen tiefer in die Gesteinsspalte. So werde auch ich in der Tiefe verschwinden, wenn Bonifaz hier ankommt."

Der Verdammte, den Dante hier vor sich hatte, war Papst Nikolaus der Dritte. Er war dreiundzwanzig Jahre vor Dantes Jenseitsfahrt zum Stellvertreter Christi gewählt worden, hatte drei Jahre lang regiert und in dieser Zeit viele Reichtümer zusammengerafft. Der Nepotismus, die Vetternwirtschaft, hatte in seiner Regierungszeit in der Kirche ein großes Ausmaß angenommen. Als Nikolaus Dantes Stimme gehört hatte, hatte er geglaubt, es sei sein jetzt regierender Nachfolger Bonifaz der Achte, der schon gestorben und in der Hölle angekommen sei, was ihn empört und verwundert hatte, denn Nikolaus wusste, dass Bonifaz eigentlich noch am Leben sein sollte. In der Tat lebte Bonifaz noch und starb erst drei Jahre nach Dantes Höllenfahrt.

„Aber so lange wie ich", fuhr Nikolaus fort, „wird Bonifaz nicht mit brennenden Füßen zuoberst in diesem Loch stecken. Denn nach ihm wird ein noch Schlimmerer die Kirche führen. Er wird aus Frankreich kommen, sich mit Geld der Unterstützung seines Königs versichern und sich so die Papstwürde erschleichen, genau wie es der Hohepriester Jason in Jerusalem tat, als er sein Amt vom König kaufte, wie im Buch der Makkabäer zu lesen ist. Als falscher Hirte, der jedes Gesetz missachtet, wird dieser Papst die Kirche regieren. Wenn seine Zeit um ist, wird er hier die Stelle des Bonifaz einnehmen und uns beide nach unten stoßen."

Damit nun prophezeite Nikolaus das Pontifikat Clemens' des Fünften, der zwei Jahre nach Bonifaz' Tod, also fünf Jahre nach Dantes Jenseitsreise, mit Hilfe König Philipps des Schönen von Frankreich den Stuhl Petri besteigen und ihn dann neun Jahre lang innehaben sollte. Unter Clemens' Herrschaft sollte die Abhängigkeit der Kirche von der französischen Krone ein solches Ausmaß erreichen, dass der Sitz des Papstes von Italien nach Frankreich verlegt werden würde, nach Avignon, womit eine Zeit begann, die als „babylonische Gefangenschaft der Kirche" in die Geschichte eingegangen ist. Clemens würde dem König auch freie Hand lassen, gegen jedes Recht den Orden der Tempelritter aufzuheben, sich seine Reichtümer anzueignen und seine Mitglieder blutig zu verfolgen.

Als Nikolaus geendet hatte, hob Dante zu einer Strafrede an, so schneidend im Ton, dass er später nicht mehr ganz sicher war, ob er damit nicht zu weit gegangen war. Er begann:

„Sag mir doch einmal, Nikolaus, wie viel Geld hat eigentlich unser Herr vom heiligen Petrus verlangt, als er ihm die Schlüsselgewalt über das Himmelreich gab? Du weißt es: Seine einzige Forderung an Petrus lautete ‚Folge mir nach!' Und als nach dem Verrat des Judas ein neuer Apostel dessen Stelle einnehmen sollte und die Wahl auf Matthias fiel, haben Petrus und die anderen Jünger auch kein Gold oder Silber dafür von ihm genommen. Darum bist du hier ganz richtig, deine Strafe ist völlig angemessen. Pass nur gut auf das geraubte Geld auf, mit dem du so verwegen gegen König Karl vorgegangen bist!"

Diese Bemerkung bezog sich auf die Auseinandersetzungen zwischen Nikolaus dem Dritten und dem König von Sizilien, Karl dem Ersten aus dem Hause Anjou, der sich den Papst zum Feind gemacht hatte.

„Ich würde mich am liebsten noch viel härter ausdrücken", fuhr Dante fort. „Das einzige, was mich davon abhält, ist die Ehrfurcht, die ich selbst hier noch dem heiligen Amt schulde, das du im Leben innehattest. Ach, ihr schlechten Hirten! Mit Geiz und Habgier habt ihr die Welt vergiftet. Das Gute habt ihr niedergedrückt und das Böse erhoben. Leute wie euch hatte Johannes vor Augen, als er die ‚Offenbarung' schrieb: Ihr habt die Frau mit den sieben Köpfen und den zehn Hörnern zu der großen Hure gemacht, die über den Wassern sitzt und mit Königen Unzucht treibt. Denn wie soll die Kirche die sieben Sakramente getreu verwalten und die zehn Gebote einhalten, wenn ihr Oberhirte selbst von der Tugend abgewichen ist? Euer Gott ist das Geld. Was unterscheidet euch noch von den Götzendienern? Lediglich dies, dass sie nur *einen* falschen Gott anbeten, während ihr überall niederkniet, wo viel Gold und Silber ist.

Am Anfang hat die Kirche ihren geistlichen Schatz gehütet, drei Jahrhunderte lang, aber dann, mit dem Kaiser Konstantin, kam das Unheil. Sicher, dass er sich zum Christentum bekehren ließ, war nicht von Übel, wohl aber, dass er dann der Kirche weltliche Macht verliehen hat. Ach Konstantin, hättest du der Kirche doch nicht die ewige Stadt und den Westen des Reichs überlassen, als du den Kaiserthron nach Byzanz verlegt hast!"

Nikolaus zuckte während dieser gesamten Rede heftig mit den Fußsohlen, vielleicht aus Wut, vielleicht weil ihn Gewissensbisse plagten.

Vergil hatte seinem Schützling offensichtlich sehr zufrieden zugehört. Nun nahm er ihn wieder in die Arme, hob ihn hoch bis zur Brust und trug ihn zurück zum Damm und von da weiter auf die nächste Brücke. Erst als er deren Mitte erstiegen hatte, setzte er ihn behutsam ab, denn sie war steil und wäre selbst für berggewohnte Tiere schwer zu besteigen gewesen.

Und Dante blickte in den vierten Graben des achten Höllenkreises.

20. Kapitel

Der vierte Graben des achten Kreises – Wahrsager und Zauberer – Manto – Die Entstehung der Stadt Mantua

Von wieder neuen Gottesstrafen, so schreibt Dante an dieser Stelle seiner Erzählung, habe er im nunmehr zwanzigsten Kapitel ihres ersten Teils zu berichten! Er war gespannt gewesen, was im vierten Graben zu sehen sein würde. Als er nun hinunterschaute, sah er in der Talmulde schweigend und weinend Menschenseelen einherschreiten, langsam wie bei einer Prozession, und als er an ihnen hinabblickte, bemerkte er, dass ihnen die Köpfe verkehrt herum auf den Hälsen saßen, sodass sie alle gezwungen waren, rückwärts zu gehen, um nach vorn schauen zu können. Es war der Strafort der Wahrsager und Zauberer. Dante überlegte, ob es wohl auf Erden Fälle geben mochte, in denen sich der Körper eines Kranken, etwa durch eine Lähmung, derartig verrenkte, aber er kannte keinen solchen Fall und hielt es auch für wenig wahrscheinlich, dass es so etwas gab. Der Leser – dem Gott gewähren möge, dass die Lektüre dieses Buches fruchtbringend für seine Seele ist – kann sich denken, wie erschüttert Dante von dem unheimlichen Zerrbild des Menschen war, das er hier vor sich sah! Der groteske Anblick der Tränen, die den Seelen vom Gesicht den Rücken hinunter liefen, bis sie in die Gesäßfalte rannen, trieb ihm selbst das Wasser in die Augen.

Als Vergil sah, wie sein Schützling sich weinend an einen Felsvorsprung lehnte, wies er ihn barsch zurecht:

„Hast du immer noch nichts begriffen? Fromm zu sein bedeutet hier, das Mitleid in sich abzutöten! Was könnte verworfener sein, als am göttlichen Richterspruch herumwerkeln zu wollen? Kopf hoch! Kopf hoch, sage ich! Sieh dir den dort an! Das ist Amphiaraos, einer der sieben Männer, die in sagenhafter Zeit das griechische Theben belagerten. Den erschlug Jupiter mit einem Blitz, sodass sich die Erde auftat und ihn vor aller Augen verschlang, worauf er zur Unterwelt fuhr. Er wollte im Leben weiter voraus sehen, als es den Menschen zugemessen ist, und kann deshalb hier in der Hölle nur noch nach hinten blicken. Der da ist der Seher Tiresias aus Theben, der die schreckliche Wahrheit über den König Ödipus erkannte. Tiresias wurde übrigens einmal in eine Frau verwandelt, nachdem er zwei sich paarende Schlangen mit seiner Rute getrennt hatte, und bekam seine Männlichkeit erst wieder zurück, als er die beiden Tiere erneut berührte. Der da hinter ihm geht, Rücken an Bauch, ist der etruskische Wahrsager Aruns. Der sagte den Sieg Cäsars im Bürgerkrieg gegen Pompejus voraus. Aruns wohnte in den weißen Marmorbergen von Luni im Nordwesten der Toskana, wohin die Bauern von Carrara hinaufgehen, wenn sie Holz brauchen. Er lebte in einer Höhle, von der aus er den Sternenhimmel und das Meer sah.

Siehst du die Frau dort, mit den aufgelösten Haaren, die ihr auf der Rückseite bis auf die Brüste reichen? Das ist die Zauberin Manto, Tiresias' Tochter. Manto wurde in Theben geboren, aber als ihr Vater starb und die Stadt unter die Knechtschaft des Tyrannen Kreon gekommen war, verließ sie ihre Heimat. Sie kam weit herum und wanderte durch viele Länder, aber schließlich ließ sie sich an der Stelle nieder, wo später ich geboren wurde, und deshalb habe ich Lust, dir ein bisschen ausführlicher davon zu erzählen.

Im Norden unseres schönen Italien, am Fuß der Alpen, wo Deutschland endet, südlich von Tirol, liegt der See Benaco, der auch Gardasee genannt wird. Drei Bistümer treffen in seiner Mitte aufeinander, die von Trient, Brescia und Verona. Viele kleine Flüsse bewässern die Gegend um Garda, Val Camonica und Pennino und münden in den See. An der flachsten Uferstelle liegt die schöne Festung Peschiera, die zur Abwehr von Angriffen aus Brescia und Bergamo errichtet wurde. Dort tritt südöstlich aus dem übervollen See der Fluss Mincio heraus, der nach kurzem Lauf durch grüne Wiesen die Poebene erreicht und schließlich bei dem Dorf Governolo in den Po mündet. Dort, wo er in die Poebene eintritt, wird er zum Sumpf. Im Sommer versiegt dort oft das Wasser. An diese Stelle kam Manto auf ihrer Reise, und als sie mitten im Sumpf unbebautes, menschenleeres Land sah, blieb sie mit ihren Dienern dort, denn die Nähe fremder Menschen war ihr verhasst, und verbrachte da ihr Leben und trieb ihre Künste. Nach ihrem Tod zogen allmählich die Leute aus der Umgebung dorthin, weil der Sumpf nach allen Seiten einen guten Schutz gegen Feinde bot. Sie bauten eine Stadt, und weil der Ort von Manto ausgewählt worden war und sie dort begraben liegt, nannten sie sie Mantua, ohne erst ein Orakel zu befragen, wie es sonst üblich ist. Mantua war lange Zeit dicht besiedelt, aber im jüngst vergangenen Jahrhundert haben Graf Alberto von Casalodi, der damalige Herr der Stadt, und sein Ratgeber und Nachfolger Pinamonte viele vornehme Familien in die Verbannung geschickt, sodass die Bevölkerungszahl stark zurückgegangen ist.

So ist Mantua entstanden“, schloss Vergil. „Es sind auch noch andere Geschichten über die Gründung der Stadt im Umlauf, aber die sind alle falsch. Glaub sie bloß nicht, wenn sie dir jemand auftischen will!“

Dante erwiderte:

„Meister, deine Schilderung hat mich derart überzeugt, dass es mich mit Sicherheit vollkommen kalt lassen würde, wenn jemals irgendwer mir die Entstehung Mantuas anders zu erklären versuchen sollte, als du es eben getan hast. Aber nun würde ich mich doch zu gern wieder den Seelen zuwenden, die wir hier unter uns schreiten sehen! Kannst du mir nicht sagen, wer da noch besonders beachtenswert ist?"

Vergil antwortete:

„Siehst du den dort, dem der Bart über die braunen Schultern fällt? Das ist der Wahrsager und Vogeldeuter Eurypylos. Der gab im günstigen Moment zusammen mit dem Seher Kalchas das Zeichen zur Abfahrt der Schiffe, als sich das griechische Heer vor Beginn des Trojanischen Krieges in Aulis versammelte. So viele Streiter zogen damals in den Krieg, dass Griechenland so gut wie leer von Männern war und kaum genug übrigblieben, um neue Kinder zu zeugen. Eurypylos' Name dürfte dir übrigens geläufig sein, denn er kommt auch in meiner ‚Äneis' vor, die du ja bestens kennst. Der Hagere da ist Michael Scotus, der Schotte, der Hofastrologe des Kaisers Friedrich des Zweiten, ein Schwarzkünstler, der sich auf magische Gaukeleien verstand. Dort geht der Sterndeuter Guido Bonatti aus Forlì und da der Magier Asdente aus Parma. Der war eigentlich ein Schuster, und wahrscheinlich wünschte er sich jetzt, er wäre bei seinem Leisten geblieben! Die vielen traurigen Frauen, die dort unten laufen, waren Wahrsagerinnen und Hexen, die ihre weiblichen Handarbeiten gegen die Zauberei mit Kräutern und magischen Bildern eintauschten.

Aber nun komm! Draußen am Horizont taucht schon der Mond bei Sevilla ins Meer, und der Morgen bricht an. Es ist doch gut, dass gestern Vollmond war! So bist du im finsteren Wald nicht völlig verloren gewesen."

Und während Vergil noch redete, gingen die beiden weiter.

21. Kapitel

Der fünfte Graben des achten Kreises – Die Staatsbetrüger im Pech – Die Malebranche

Das Gespräch kam auf andere Dinge, über die sich Dante in seinem Bericht nicht näher auslässt, und so erreichten die beiden Wanderer in angeregter Unterhaltung die nächste Brücke, blieben in der Mitte stehen und schauten in den fünften Graben hinunter. Dort war es ungewöhnlich dunkel, und als Dante näher hinsah, bemerkte er, dass der Graben mit kochendem schwarzem Pech gefüllt war, das klebrig bis an die Uferböschung schwappte. Dante fühlte sich an die große Schiffswerft in Venedig erinnert, das Arsenal, wo man im Winter in einem großen Kessel zähes heißes Pech zu bereiten pflegte, um die leck gewordenen Schiffe damit neu zu bestreichen, sodass man sie wieder würde benutzen können, wenn das Eis schmelzen würde. Das geschäftige Treiben, das dort in der kalten Jahreszeit zu beobachten war, stand ihm lebhaft vor Augen: Der eine hatte damit zu tun, ein neues Schiff zu bauen, ein anderer stopfte die von den vielen Fahrten beschädigten Seiten seines Schiffes mit frischem Werg aus, wieder andere erneuerten Nägel am Bug oder am Heck, fertigten Ruder an, wickelten Taue auf oder flickten die Segel.

Hier kochte das Pech freilich nicht, weil es von Menschen erhitzt worden wäre, sondern auf göttlichen Ratschluss. Dante spähte angestrengt hinunter, konnte aber niemanden in dem siedenden Pech entdecken. Das einzige, was er sah, waren die Blasen, die sich immer wieder auf dem zähen Brei bildeten und dann zerplatzten.

Da packte ihn Vergil plötzlich am Arm und zog ihn mit den Worten „Pass auf!" ein Stück zur Seite. Dante sah sich um – und erschrak bis ins Mark. Aus der Richtung, aus der sie gekommen waren, hüpfte mit großen Sprüngen ein schwarzer Teufel die Brücke hinauf auf sie zu. Er sah gefährlich aus, seine Flügel waren geöffnet, und auf seiner spitzen, hohen Schulter trug er eine Menschenseele, die er an den Fußgelenken festhielt. Dante hatte einerseits den starken Drang, sofort die Flucht zu ergreifen, andererseits starrte er wie gebannt dem Teufel entgegen.

Als der oben auf der Brücke war, rief er nach unten:

„Da, Freunde, hier kriegt ihr wieder einen Ratsherrn aus Lucca! Tunkt ihn nur unter! Ich laufe wieder zurück und hole Nachschub, davon gibt's in Lucca ja genug. Die ganze Stadt ist bestechlich, natürlich außer dem edlen Herrn Bonturo! Wenn man will, dass dort ein Ratsmitglied richtig abstimmt, muss man bloß ein bisschen Geld auf den Tisch legen, und schon wird aus einem Nein ein Ja."

Der Hinweis auf Bonturo war purer Spott, denn gerade der reiche Stadtherr Bonturo Dati war als besonders korrupt bekannt.

Der Teufel warf die Seele von der Brücke hinunter in den Pechsee, kehrte auf der Stelle um und lief den Weg, den er gekommen war, mit atemberaubender Geschwindigkeit wieder zurück, schneller als ein von der Kette gelassener Bluthund losjagt, wenn er einen Dieb verfolgt. Der Ratsherr fiel in die schwarze kochende Brühe und erschien gleich darauf pechverschmiert wieder an der Oberfläche. Aber der fünfte Graben, der Bußort der Staatsbetrüger und korrupten Beamten, wird von einem speziellen Trupp von Teufeln bewacht, den Malebranche, was soviel heißt wie „böse Krallen". Dante hatte sie bisher nicht bemerkt, weil sie sich gerade genau unter der Brücke befanden, doch nun hörte er, wie sie der neuangekommenen Seele zuriefen:

„Mach, dass du wieder untertauchst, wenn du nicht unsere Klauen spüren willst! Dein Kopf ist schließlich nicht das Heilige Antlitz, das bei euch im Dom von Lucca alle sehen wollen! Hier badet sich's ein bisschen anders als im Serchio, eurem Fluss! Du wirst schön unten bleiben und dort dein Tänzchen aufführen! Dafür kannst du hier ganz wie gewohnt im Trüben fischen – falls du was zum Fischen findest!"

Und dabei stießen sie den Ratsherrn mit ihren großen Gabeln ins Pech zurück, so wie Küchenjungen das Fleisch in den Kessel tauchen, damit es im kochenden Wasser bleibt.

Vergil sagte zu Dante:

„Vielleicht solltest du dich jetzt doch lieber mal da unten hinter einem Felsvorsprung verstecken, damit die Teufel dich nicht sehen. Wenn sie mich angreifen, ist das nicht so schlimm. Ich habe so was ja schon mal überstanden und weiß, wie das abläuft, also mach dir keine Sorgen."

Damit ging Vergil die Brücke auf der anderen Seite hinunter, während Dante sich versteckte. Kaum hatte Vergil den Damm zwischen dem fünften und dem sechsten Graben erreicht, wurde seine Unerschrockenheit auch schon auf die Probe gestellt, denn als die Teufel ihn sahen, kamen sie unter dem Brückenbogen hervorgeschossen und wollten sich auf ihn stürzen wie die Hunde auf den Bettler, wobei sie ihn mit ihren Spießen bedrohten. Aber Vergil rief:

„Halt! Bevor ihr mich packt, soll einer von euch vortreten, dem will ich sagen, warum ich hier bin! Ich bin gespannt, ob ihr mich dann immer noch aufspießen wollt."

Die Teufel hielten inne und riefen:

„Malacoda soll gehen!"

Der so Benannte – sein Name bedeutet „böser Schwanz" – war der Anführer der Truppe. Er ging auf Vergil zu und sagte zwar: „Das wird dir nicht viel nützen!", aber immerhin blieben die anderen stehen.

Vergil redete ihn an:

„Meinst du im Ernst, Malacoda, ich hätte es bis hier unten geschafft und alle Hindernisse überwunden, wenn ich nicht göttlichen Beistand hätte? Lass uns in Frieden weiterziehen! Ich bin hier auf himmlischen Befehl und habe jemanden durch dieses wilde Land zu führen, der meinem Schutz anvertraut ist."

Malacoda war offenbar beeindruckt. Er ließ seine Pike sinken und sagte zu seinen Gesellen:

„Den sollten wir in Ruhe lassen!"

Daraufhin wandte sich Vergil in die Richtung, wo Dante sich versteckt hatte, und rief ihm zu:

„Du kannst jetzt wieder zwischen den Felsen an der Brücke auftauchen! Komm zu mir, es besteht keine Gefahr mehr!"

Da verließ Dante sein Versteck und lief schnell zu Vergil. Aber als die Teufel ihn sahen, kamen sie mit so drohenden Gebärden auf ihn zu, dass er fürchtete, sie würden doch nicht friedlich bleiben. Die Situation erinnerte ihn an die Belagerung der zu Pisa gehörenden

Festung Caprona durch florentinische Truppen, die er elf Jahre zuvor miterlebt hatte. Damals war, als die Festung gefallen war, der Besatzung freies Geleit versprochen worden, dann aber waren die besiegten Soldaten von den Siegern derart feindselig empfangen und bedroht worden, dass sie um ihr Leben gefürchtet hatten.

Dante drängte sich dicht an Vergil und starrte die Teufel ängstlich an. Ihre Mienen verhießen nichts Gutes. Sie senkten ihm ihre Hakenspieße entgegen, und einer von ihnen – er hieß Scarmiglione, das heißt „der Zerzauser" – wandte den Kopf zu einem seiner Kumpane und sagte:

„Soll ich ihm mal ein bisschen in den Rücken pieksen?"

Die anderen riefen:

„Ja, gib's ihm!"

Aber da drehte sich Malacoda um, der noch mit Vergil im Gespräch war, und rief:

„Lass ihn in Ruhe, Scarmiglione!"

Dann sagte er zu den beiden Wanderern:

„Hier kommt ihr nicht weiter. Es gab zwar mal hier in der Nähe eine Brücke über den sechsten Graben, aber die ist zusammengebrochen. Gestern, fünf Stunden später als es jetzt ist, war das übrigens tausendzweihundertsechsundsechzig Jahre her. Aber wenn ihr ein Stück auf dem Damm weitergeht, kommt wieder eine Brücke, und auf der könnt ihr dann den nächsten Graben überqueren. Ein paar von meinen Leuten müssen sowieso in diese Richtung, weil sie kontrollieren sollen, dass keine Seelen unerlaubt aus dem Pech auftauchen. Schließt euch ihnen doch an! Sie werden euch nichts tun."

Der Leser möge einen Moment innehalten und sich das folgende klarmachen: Tausendzweihundertsechsundsechzig Jahre vor Dantes Jenseitsfahrt starb Jesus am Karfreitag nachmittag um drei Uhr in seinem vierunddreißigsten Lebensjahr am Kreuz. Wie der Evangelist Matthäus berichtet, ereignete sich dabei das Große Erdbeben, von dem in dieser Erzählung schon an anderer Stelle die Rede war und das als Ursache für die Zerstörung der Brücke zu denken ist, von der Malacoda hier erzählte. Wenn sich dieses Ereignis am Vortag gejährt hatte, fünf Stunden später als es jetzt war, war es nun also zehn Uhr am Karsamstag vormittag.

„Ich brauche zehn Leute!", fuhr Malacoda fort. „Alichino, Calcabrina, Cagnazzo, tretet vor! Barbariccia, du führst die Truppe! Libicocco, du gehst auch mit, und du, Draghignazzo, außerdem Ciriatto mit den Schweinehauern, Graffiacane, Farfarello und der verrückte Rubicante. Passt auf, dass sich niemand aus dem Pech erhebt! Und gebt dabei diesen beiden Wanderern Geleitschutz bis zur intakten Brücke da hinten!"

Die Teufel – ihre Namen bedeuten etwa: Harlekin, Nebeltreter, Misthund, Krausebart, Lustmolch, Drachenbrut, Schweinskerl, Krallenhund, Irrwisch und Feuerteufel – machten Anstalten zum Aufbruch, aber Dante flüsterte Vergil beklommen zu:

„Ach, Meister, ich ahne nichts Gutes! Ich würde viel lieber mit dir allein weitergehen, wenn du den Weg kennst. Auf dieses Geleit würde ich jedenfalls liebend gern verzichten! Siehst du denn nicht, wie drohend sie die Brauen heben und wie sie grinsend die Zähne blecken? Dir entgeht doch sonst nichts!"

Aber Vergil entgegnete:

„Nun sei doch nicht so ängstlich! Lass sie nur grinsen, das gilt nicht uns. Sie lachen nur schadenfroh die Seelen unten im Pech aus."

Die Teufel streckten zum Zeichen, dass sie abmarschbereit waren, alle nacheinander ihrem von Malacoda bestimmten Anführer Barbariccia die Zunge heraus. Dann blies der zum Aufbruch, indem er aus seinem Hintern gewaltig einen fahren ließ, und alle schwenkten auf dem Damm nach links.

22. Kapitel

Am Ufer des Pechsees – Ciampolo aus Navarra – Teufelshatz

Das war nun wirklich eine ungewöhnliche Fanfare, die Barbariccia da hatte ertönen lassen! Dante hatte in seinem Leben schon an verschiedenen militärischen Unternehmungen teilgenommen. Er hatte

Ritter stürmen und abmarschieren sehen, geordnet oder in wilder Flucht. Bei der Schlacht von Campaldino bei Arezzo, an der er elf Jahre zuvor beteiligt gewesen war, hatte er die berittenen Spähtrupps beobachtet. Überraschungsangriffe zu Pferde hatte er erlebt und auch Truppenschauen, Turniere und Zweikämpfe gesehen. Er kannte viele in- und ausländische Zeichen, die bei solchen Kriegshandlungen oder Schaukämpfen üblicherweise als Start- oder Befehlssignale verwendet wurden: Trompetenstöße und Trommelwirbel, Glockentöne, Licht- und Rauchzeichen und dergleichen – aber weder bei Tag noch bei Nacht hatte er jemals erlebt, dass Reiter, Soldaten oder Kriegsschiffe sich auf ein derart merkwürdiges Signal hin in Gang gesetzt hätten, wie es hier die Teufel des fünften Grabens getan hatten!

Die beiden Wanderer schlossen sich den Malebranche an. Dante fühlte sich zwar in ihrer Nähe höchst unbehaglich, aber mit Heiligen kann man nun einmal allenfalls in der Kirche rechnen, in der Hölle ist man eben unter Teufeln wie im Wirtshaus unter Landstreichern. Er beobachtete aufmerksam das siedende Pech, damit ihm nichts entginge, was sich dort etwa tun würde. Ab und zu erschien für wenige Augenblicke der Rücken eines Sünders, der sich auf diese Weise kurze Erleichterung verschaffen wollte; es sah jedes Mal aus, wie wenn im Meer ein Delphin mit geschwungenem Rücken an der Wasseroberfläche auftaucht, um die Schiffe vor Sturm zu warnen.

In einiger Entfernung sah Dante in der Nähe des Ufers eine Schar von Seelen sitzen, die zwar bis zum Hals in dem zähen Brei steckten, aber wenigstens ihr Gesicht an die Luft hielten, so wie die Frösche das Maul draußen haben, wenn sie im Wasser hocken. Als sie die Teufelsbande mit Barbariccia an der Spitze kommen sahen, tauchten sie ihre Köpfe blitzschnell unter. Nur einer von ihnen verschwand nicht schnell genug im Pech, so wie ja auch manche Frösche trotz nahender Gefahr wie gebannt am Ufer hockenbleiben, während alle anderen ins Wasser hüpfen. Und schon war einer der Teufel bei dem Säumigen. Es war Graffiacane; Dante konnte ihnen schon ihre Namen zuordnen, denn er hatte sie sich gemerkt, als Malacoda sie genannt hatte, und immer gut aufgepasst, wenn sie sich gegenseitig riefen.

Graffiacane packte die Seele mit seiner Pike an den pechverschmierten Haaren und zog sie wie einen Fischotter heraus an Land. Dante fuhr der Schreck derart in die Glieder, dass er noch Jahre später schauderte, wenn er daran zurückdachte. Die anderen Teufel johlten, als sie den Sünder so unverhofft ihrer Willkür ausgeliefert sahen, und stachelten ihren Kumpan Rubicante an:

„Rubicante, komm! Gib's ihm! Schlag ihm die Krallen in den Rücken und zieh ihm die Haut ab!"

Dante sagte zu Vergil:

„Der Ärmste! Er ist in die Hände seiner Feinde geraten! Kannst du nicht vielleicht herausbekommen, was es mit ihm auf sich hat?"

Vergil ging daraufhin von der Seite auf den Sünder zu, fragte ihn, wer er sei, und bekam folgendes zur Antwort:

„Ich bin aus dem Königreich Navarra. Mein Vater war ein Verschwender und hat seinen ganzen Besitz verschleudert. Deshalb musste mich meine Mutter als Knecht zu einem fremden Herrn schicken. Später diente ich am Hof des guten Königs Thibaut des Zweiten, aber ich war bestechlich und betrog ihn, und dafür büße ich nun hier."

Während er redete, ging es dem armen Sünder – er hieß übrigens Ciampolo – wie einer Maus, die zwischen die Katzen geraten ist. Er wurde nicht nur von Graffiacane und Rubicante drangsaliert, auch Ciriatto machte Anstalten, ihn mit seinen Schweinehauern aufzuschlitzen, die ihm links und rechts vom Maul abstanden. Aber Barbariccia scheuchte sie alle fort, nahm Ciampolo selbst in den Schwitzkasten und herrschte seine Spießgesellen an:

„Ihr lasst gefälligst die Finger von ihm! Den behalte ich mir vor!"

Und an Vergil gerichtet fuhr er fort:

„Hast du noch irgendwelche Fragen an ihn? Dann beeil dich, bevor ich ihn zerreiße!"

Daraufhin wandte sich Vergil nochmals zu Ciampolo und fragte ihn:

„Sag mal, weißt du, ob unter denen, die hier im Pech kochen müssen, auch Italiener sind?"

Ciampolo antwortete:

„Gerade erst war ich ganz hier in der Nähe mit einem aus Italien zusammen. Wäre ich doch nur da unten bei ihm im Pech geblieben, das ist immer noch eher zu ertragen als die Angst vor den Krallen und den Haken!"

„Jetzt reißt mir allmählich die Geduld!", rief da der Teufel Libicocco. Er ging mit seiner Pike auf Ciampolos Arm los und riss ihm ein Stück davon ab. Auch Draghignazzo drang auf Ciampolo ein und war drauf und dran, ihm mit dem Spieß in die Beine zu stechen, als Barbariccia wieder eingriff und seinen Leuten wütend Einhalt gebot. Vergil nahm einen weiteren Anlauf und forderte den armen Ciampolo, der jammernd seinen verletzten Arm betrachtete, auf:

„Erzähl doch mal von dem Italiener, mit dem du da unten grade gesprochen hast!"

Ciampolo antwortete:

„Das war Fra Gomita, ein Betrüger, wie er im Buche steht. Er war im Leben Richter in Gallura auf Sardinien. Als er einige Feinde seines Herrn in Gewahrsam hatte, ließ er sie heimlich gegen Geld frei, anstatt ihnen den Prozess zu machen. Das ist keineswegs der einzige Fall, in dem er betrogen hat, auch sonst ließ er sich immer gern bestechen und nahm reichlich. Sein bester Kumpel da unten ist Michele Zanche, der war auch so ein korrupter sardischer Beamter, Statthalter in Logodoro. Die beiden schwatzen unentwegt von ihrer Insel. Aber ich traue mich gar nicht weiterzureden. Sieh doch nur, wie der Teufel dort die Zähne fletscht! Ich glaube, er will mir ans Leder."

In der Tat holte nun Farfarello, Blutdurst in den Augen, zum Schlag aus. Aber auch ihn fuhr Barbariccia an:

„Hau ab, du Bestie!"

Der verängstigte Ciampolo atmete tief durch und fuhr fort:

„Wisst ihr was? Ich könnte ein paar Leute aus der Toskana oder aus der Lombardei dazu bringen, hier heraufzukommen. Unser übliches Zeichen ist ein Pfiff. Wenn ich also pfeife, kommen sie. Dazu müsstet ihr allerdings bitte erst einmal etwas zur Seite gehen, sonst trauen die sich gar nicht aus dem Pech. Ich selbst werde mich nicht von der Stelle rühren, das verspreche ich."

Als der Teufel Cagnazzo das hörte, schob er grimmig sein Maul vor, schüttelte den Kopf und sagte:

„Glaubt dem hinterhältigen Kerl kein Wort! Er will uns nur entkommen und sich wieder ins Pech stürzen!"

Aber Ciampolo entgegnete:

„Ich? Hinterhältig? Wenn ich hinterhältig bin, dann allenfalls meinen eigenen Genossen gegenüber! Denn wenn ich die herbeipfeife, sind sie euch ja ausgeliefert."

Diesem Köder konnte der Teufel Alichino nicht widerstehen, und so gab er, weniger vorsichtig als seine Kumpane, Ciampolo zu verstehen, dass sie sich auf seinen Vorschlag einlassen würden. Jedoch warnte er ihn:

„Wenn du uns hereinlegen und dich ins rettende Pech fallen lassen willst, kannst du dich auf was gefasst machen! Noch in der Luft werde ich dich erwischen, wir Teufel haben schließlich Flügel!

Gehen wir also ein bisschen zur Seite", sagte er dann, „da hinunter hinter den Abhang. Was soll schon passieren! Der ist einer, und wir sind zehn."

Und nun war folgendes absonderliche Schauspiel zu sehen. Die Malebranche folgten Alichinos Worten und wandten sich zur Seite, um ein Stück abseits zu gehen, der vorher so misstrauische Cagnazzo an der Spitze. Aber im gleichen Augenblick schloss Ciampolo blitzschnell seine Füße zusammen, riss sich los und setzte zum Kopfsprung in den Pechsee an. Die Teufel heulten auf, als sie sich so hintergangen sahen. Vor allem Alichino packte ein maßloser Zorn, weil er auf Ciampolos List hereingefallen war und auch noch seine Spießgesellen dazu verleitet hatte, ihm zu folgen. Er erhob sich in die Luft und schrie:

„Dich krieg ich noch!"

Aber die Angst hatte Ciampolo derart beflügelt, dass er schneller war. Als Alichino ihn fast erreicht hatte, tauchte Ciampolo bereits unter, und wie der Jagdfalke, dem die Ente ins Wasser entkommen ist, drehte Alichino ab und erhob sich wütend und erschöpft wieder in die Luft.

Der Ärger der Teufel richtete sich nun gegen Alichino. Als Calcabrina Ciampolo im Pechsee verschwinden sah, flog er hinter Alichino her und begann eine Rauferei mit ihm. Alichino wehrte sich, packte seinen Gegner in der Luft und hielt ihn fest, und dabei fielen beide in die schwarze Brühe. Die Hitze brachte sie rasch auf andere Gedanken, aber es erwies sich als gar nicht so einfach, wieder herauszukommen, denn das Pech hatte ihnen die Flügel verklebt.

Die anderen Teufel schüttelten ärgerlich die Köpfe über die beiden Raufbolde. Barbariccia ließ vier von seinen Leuten auf die andere Seite des Grabens fliegen. Dann stiegen sie zu acht, vier auf jeder Seite, rasch die Abhänge hinunter und streckten den beiden Streithähnen, die sich übel verbrannt hatten, ihre Piken entgegen, damit sie sich daran herausziehen konnten.

Vergil und Dante aber nutzten das Durcheinander, um das Weite zu suchen.

23. Kapitel

Verfolgung durch die Malebranche – Der sechste Graben des achten Kreises – Die Heuchler – Die Bologneser Ordensbrüder – Kaiphas

Als sie die Malebranche abgeschüttelt hatten, gingen die beiden Dichter allein weiter auf dem Damm zwischen fünftem und sechstem Graben, schweigend und hintereinander wie die Franziskaner-Minoriten. Dante kam eine Fabel von Äsop in den Sinn, in der ein Frosch eine Maus überlisten und töten will, am Ende aber gemeinsam mit ihr von einem Raubvogel gefressen wird. Genauso war es den Teufeln gegangen, dachte Dante: Sie wollten dem armen Ciampolo übel mitspielen, mussten dann aber im kochenden Pech dessen Schicksal teilen. Und plötzlich kroch ein schrecklicher Gedanke in ihm hoch: Was, wenn die Malebranche ihm und Vergil die Schuld dafür gäben, dass ihre beiden Kumpane in die schwarze Brühe gefallen waren? Schließlich hatte er, Dante, Vergil veranlasst, Ciampolo in ein Gespräch zu verwickeln! Sonst hätte der doch gar nicht die Möglichkeit gehabt, die

Teufel zu überlisten! Bösartig waren diese schrecklichen Geschöpfe ja ohnehin, aber wenn nun auch noch Wut dazukäme? Würden sie sie nicht verfolgen, um sich an ihnen zu rächen?

Bei dieser Vorstellung packte ihn die nackte Panik. Alle Haare sträubten sich ihm. Ängstlich sah er sich um. Jagten sie nicht schon hinter ihnen her wie der Hund hinter dem Hasen?

„Meister", sagte er zu Vergil, „ich habe fürchterliche Angst, dass die Teufel uns auf den Fersen sind. Ich glaube fast, ich höre sie schon hinter uns. Wir müssen uns schleunigst verstecken, bitte hilf!"

Vergil machte ihm zunächst klar, dass er das gar nicht hätte aussprechen müssen. Er sagte:

„Wenn ich ein Spiegel wäre und du vor mich trätest, könnte ich dein Äußeres nicht schneller zeigen, als ich dein inneres Bild in mich aufnehme. Gerade jetzt sind deine Gedanken wieder zwischen meine getreten.

Im übrigen", fuhr er dann fort, „decken sie sich annähernd mit ihnen, weshalb ich beide zu folgendem Beschluss zusammenfasse: Sobald wir eine Stelle erreicht haben, wo das Gefälle nicht mehr allzu steil ist, werden wir hier rechts den Abhang zum sechsten Graben hinuntersteigen, um der Gefahr zu entrinnen."

Doch es blieb keine Zeit mehr. Vergil hatte seinen Plan noch nicht zu Ende entwickelt, da sah Dante die zehnköpfige Horde schon mit weit ausgebreiteten Flügeln auf sich und Vergil zukommen. Sie waren nicht mehr weit entfernt, und es bestand kein Zweifel, dass sie es tatsächlich auf die beiden abgesehen hatten. Vergil reagierte auf der Stelle. Wie eine Mutter, wenn sie in der Nacht plötzlich durch Lärm geweckt wird und bemerkt, dass das Zimmer brennt, sofort ihr Kind an sich reißt, um das sie sich mehr sorgt als um sich selbst, und mit ihm flieht, ohne sich auch nur noch schnell ein Hemd überzuwerfen, so packte er seinen Schützling im gleichen Augenblick, in dem er die Teufel sah, nahm ihn in die Arme und hob ihn sich wie ein Kind vor die Brust, und schneller als das Wasser in die Schaufeln am Mühlrad schießt, sprang er mit ihm über den Grabenrand und ließ sich auf dem Rücken den steinigen Abhang hinunter. Er hätte keine Sekunde zögern dürfen, denn als sie unten angekommen waren und nach oben schauten, sahen sie die Malebranche schon direkt über sich am Rand des Dammes stehen. Aber Gott sei Dank hatten die Teufel nun keine Gewalt mehr über sie, denn die Vorsehung hatte ihnen keine Macht gegeben, das ihnen zugewiesene Gebiet, den fünften Graben des achten Höllenkreises und seine unmittelbare Umgebung, zu verlassen.

So fand sich Dante recht plötzlich auf dem Grund des sechsten Grabens wieder, und schon forderten neue Eindrücke seine Aufmerksamkeit. Weinende Menschenseelen mit geschminkten Gesichtern gingen in diesem Graben umher. Sie waren nicht nackt, sondern trugen goldglänzende Mäntel mit großen, tief vor den Augen herabhängenden Kapuzen, im Schnitt den Gewändern der Cluniazensermönche ähnlich, aber diese Mäntel waren nicht gesponnen oder gewebt, sondern aus äußerlich vergoldetem Blei. Sie waren so schwer, dass die Bleimäntel, in denen Kaiser Friedrich der Zweite Majestätsverbrecher hatte verbrennen lassen, verglichen mit ihnen leicht wie Stroh erschienen wären. Die Seelen kamen mit ihrer drückenden Last kaum vorwärts. Sie schleppten sich alle mit langsamen, schweren Schritten dahin, müde und am Ende ihrer Kräfte. Es waren Menschen, die sich auf Erden der Sünde der Heuchelei schuldig gemacht hatten.

Die beiden Dichter wandten sich nach links, mischten sich in den klagenden Zug und überholten einige Seelen. Nach einer Weile sagte Dante zu Vergil:

„Sieh dich doch bitte einmal unter diesen Leuten um! Ist da nicht vielleicht irgendjemand Berühmtes oder Bekanntes dabei? Oder wenigstens einer, dessen Namen man schon einmal gehört hat?"

Da ertönte hinter ihnen eine Stimme. Unter den Schatten, an denen sie vorbeigelaufen waren, war nämlich einem Dantes toskanische Mundart aufgefallen, und als der nun dessen an Vergil gerichtete Frage hörte, rief er:

„Wartet doch mal! Es könnte sein, dass du bei mir richtig bist!"

Vergil wandte sich zu seinem Schützling und sagte:

„Lass ihn herankommen, und dann geh ein Stück mit ihm!"

Dante blieb stehen, drehte sich um und sah zwei Seelen auf sich zukommen. Man sah ihren angestrengten Gesichtern die Ungeduld an, schnell vorwärtszukommen, aber ihre bleiernen Mäntel und der schmale Weg zwangen sie zur Langsamkeit. Als sie Dante endlich erreicht hatten, blickten sie ihn aus ihren starren Kapuzen schräg an und musterten ihn schweigend. Schließlich raunten sie sich gegenseitig zu:

„Der atmet doch! Ist der etwa lebendig? Aber auch falls die beiden tot sind: Wieso müssen sie dann nicht wie wir Bleikutten tragen?"

Dann wandten sie sich zu Dante und sagten:

„Du bist doch ein Toskaner! Willkommen beim Orden der traurigen Heuchler! Sagst du uns, wer du bist?"

Dante antwortete:

„In der Tat komme ich aus der großen Stadt am schönen Arno, und auch das habt ihr richtig gesehen, dass ich keine tote Seele bin, sondern als Lebender hier durch die Hölle gehe. Aber wer seid ihr? Ihr weint ja vor Schmerzen, und eure glänzenden Mäntel peinigen euch, wie ich sehe!"

Die eine der beiden Seelen entgegnete:

„Ja, die goldfarbenen Mäntel sind aus Blei. Sie sind entsetzlich schwer, man ächzt unter ihnen wie eine Waage unter überladenen Gewichten. Aber zu deiner Frage: Ich heiße Catalano, und der da ist Loderingo. Wir sind aus Bologna und gehörten dort zu den Rittern des Marienordens, die man auch ‚Frati Gaudenti' nennt, die lustigen Brüder. Wir beide bekleideten gemeinsam das Amt des Stadtoberhaupts von Florenz. Eigentlich ist das ja immer nur einer, aber man wählte uns ganz gezielt als Doppelspitze, weil man hoffte, zusammen würden wir im Parteienkampf den Frieden durchsetzen können. Doch anstatt über den Parteien zu stehen, schlugen wir uns beide auf die Seite der Guelfen. Noch heute sieht man um den Gardingo-Turm herum die Ruinen der Ghibellinenpaläste, die wir zerstören ließen."

Dante setzte zur Antwort an und begann „Brüder, eure Sünden ...", aber er unterbrach sich, weil er plötzlich direkt vor sich einen Mann liegen sah, der mit drei in die Erde getriebenen Pflöcken am Boden gekreuzigt worden war. Als der Mann Dante sah, stöhnte er in seinen Bart hinein und verrenkte sich völlig. Catalano erklärte:

„Das ist der, der den Pharisäern gegenüber heuchlerisch behauptet hat, man müsse zum Wohl des Volkes einen Menschen umbringen. Wie du siehst, liegt er nackt quer auf dem Boden und versperrt den Weg. Jeder, der hier lang muss, schleppt sich also über seinen Leib und lässt ihn die ganze Last des Bleimantels spüren. Auf die gleiche Weise wird hier auch sein Schwiegervater bestraft und die übrigen Ratsmitglieder, die mit ihrem Handeln so viel Unheil über die Juden brachten."

Vergil hatte verwundert den Gekreuzigten zu seinen Füßen betrachtet, den Hohepriester Kaiphas, der seinerzeit gemeinsam mit seinem Schwiegervater Hannas den Tod des Heilands betrieben hatte. Dann wandte er sich zu den Ordensbrüdern und fragte:

„Könnt ihr uns nicht einen Rat geben, wie wir am besten aus diesem Graben nach rechts hin wieder herauskommen? Gibt es nicht in der Nähe einen gut begehbaren Ausgang? Wir haben wirklich nicht die geringste Lust, uns wieder von Teufeln den Weg zeigen zu lassen!"

Catalano erwiderte:

„Einen richtigen Übergang gibt es hier nicht. Ganz in der Nähe spannt sich zwar eine Felsbrücke vom Außenring nach innen quer über den gesamten Höllenkreis, aber gerade hier am sechsten Graben ist der Felsen beim Großen Erdbeben völlig zerstört worden und die Brücke unterbrochen. Auf dem Trümmergeröll, das dort überall herumliegt und die Abhänge bedeckt, könnt ihr aber sicher einigermaßen gut hinaufsteigen."

Vergil senkte den Kopf ein wenig und stieß dann hervor:

„Es gibt also auch hier hinten keine Brücke über diesen Graben? Dann hat uns Malacoda also angelogen!"

Worauf Catalano etwas von oben herab bemerkte:

„Ich habe schon in Bologna davon läuten hören, dass der Teufel eine ganze Menge Laster hat und nicht zuletzt ein großer Lügner ist."

Da stieg eine leichte Zornesröte in Vergils Gesicht. Er wandte sich brüsk ab und ging rasch davon, und Dante folgte ihm.

24. Kapitel

Aufstieg aus dem sechsten Graben – Der siebente Graben des achten Kreises – Die Diebe – Vanni Fucci

Man stelle sich vor, ein Bauer, dessen Futtervorräte knapp geworden sind, träte eines Morgens im Februar, wenn die Lüfte schon etwas lauer wehen und die Tage allmählich länger werden, aus der Tür und müsste sehen, dass die Felder über Nacht überraschend weiß geworden sind. Die Angst würde ihn packen, jammernd würde er wieder ins Haus zurückkehren. Wovon soll sein Vieh satt werden, wenn es nicht auf die Weide kann? Was für ein Stein fiele ihm aber vom Herzen, wenn sich herausstellte, dass es sich bei dem vermeintlichen Schnee bloß um Reif handelt! Denn der schmilzt binnen kurzem in der Sonne, und so könnte der Bauer doch noch seinen Stab nehmen und seine Schafe hinausführen. Ein ganz ähnliches Wechselbad der Gefühle machte Dante nach Vergils Wortwechsel mit Catalano durch. Vergil wurmte es sehr, dass er sich von Malacoda so hatte täuschen lassen, außerdem hatte er sich über die dreiste Bemerkung des Ordensbruders geärgert, und so schwieg er eine ganze Weile verbissen, während sie auf dem Grund des sechsten Grabens weitergingen. Dante lief bedrückt und verunsichert hinter Vergil her, voller Sorge, die Stimmung seines Führers könnte sich nachhaltig verfinstert haben. Wie erleichtert war er daher, als sich Vergil ihm endlich wieder mit der Freundlichkeit zuwandte, die er seit ihrer ersten Begegnung von dem Meister gewohnt war!

Sie waren an der Stelle angekommen, von der Malacoda und Catalano gesprochen hatten. In der Tat hatte es hier einmal eine weitere Brücke gegeben, aber auch sie war, entgegen Malacodas Behauptung, eingestürzt. Vergil, vorausschauend wie er war, hatte den Ort im Näherkommen prüfend gemustert. Es war, wie Catalano gesagt hatte: Vom Zusammenbruch der Brücke waren größere Trümmer am Abhang liegengeblieben, da schien das Hinaufklettern allenfalls möglich. Vergil wandte sich also wieder zu Dante, hob ihn auf einen Felsblock, wobei er bereits den nächsten ins Auge fasste, und sagte:

„Halt dich an dem Stein da fest und steig dann vorsichtig nach oben! Aber pass gut auf, dass du immer festen Halt hast!“

Der Aufstieg wäre mit schwerer Ausrüstung gar nicht zu schaffen gewesen. Obwohl Vergil kein Körpergewicht hatte und seinem Schützling half, kamen sie nur mit großer Mühe von Felsbrocken zu Felsbrocken vorwärts. Wenigstens war dieser Felssturz nicht so steil wie die vorigen Abhänge! Andernfalls, meinte Dante, hätte zumindest er die Steigung überhaupt nicht bewältigt. So aber erreichten sie schließlich doch irgendwann den Damm zwischen dem sechsten und dem siebenten Graben.

Dante war völlig außer Atem. Kaum waren sie oben angelangt, setzte er sich erst einmal nieder und rang nach Luft. Aber Vergil sagte unwirsch:

„Reiß dich zusammen! Wer es am liebsten bequem hat und seine Zeit in weichen Federbetten und Kissen verbringt, der wird sich keinen Ruhm gewinnen, und seine Spur auf der Erde wird vergehen wie Rauch und Schaum. Also steh auf und vergiss deine Kurzatmigkeit! Der Geist ist stärker als der Körper, wenn man nur will! Aus jeder Schlacht kann man als Sieger hervorgehen, wenn man sich nicht von der Trägheit des Fleisches herabziehen lässt. Denk daran, was wir noch alles vorhaben! Wenn wir aus der Hölle heraus sind, ist unser Ziel ja noch längst nicht erreicht, denn dann steht uns ein noch viel steilerer Weg bevor. Ich denke, du verstehst mich ganz gut, also raff dich auf!“

Auf diese Standpauke hin sprang Dante auf die Füße, unterdrückte, so gut es ging, seine Atemnot, forderte Vergil seinerseits zum Weitergehen auf und behauptete sogar: „Ich habe Kraft und Mut!“

Über dem siebenten Graben war die Brücke intakt, und die beiden bestiegen sie nun. Sie war schmal und uneben und merklich steiler als die, die sie bisher passiert hatten. Dante hatte sehr mit seiner Luftknappheit zu kämpfen, versuchte das aber vor Vergil zu verbergen und plauderte sogar allerlei, um nur ja nicht kraftlos zu erscheinen.

Als sie die höchste Stelle der Brücke erreicht hatten, antworteten seiner Rede plötzlich erregte menschliche Laute, die aus dem Graben heraus an sein Ohr drangen. Dante horchte auf, verstand aber kein Wort. Ebenso wenig gelang es ihm, vom Brückenrand aus die Tiefe mit seinen Augen zu durchdringen. Deshalb sagte er zu Vergil:

„Meister, könntest du bitte mit mir noch bis zum nächsten Damm weitergehen? Hier oben kann ich weder etwas verstehen noch irgendetwas erkennen."

„Einer so vernünftigen Bitte", sagte Vergil, „komme ich doch gern ohne ein weiteres Wort nach! Meine Antwort besteht deshalb einfach darin, dass ich tue, was du vorgeschlagen hast."

Damit gingen die beiden die Brücke auf der anderen Seite wieder hinunter.

Wo der Brückenkopf in den Damm übergeht, der den siebenten vom achten Graben trennt, blickte Dante in den Graben zurück, den sie gerade überquert hatten. Was er dort sah – und er konnte es nun deutlich sehen –, war so fürchterlich, dass ihm noch nach Jahren das Blut in den Adern gerann, wenn er daran zurückdachte. Eine Unmenge grässlicher Schlangen wimmelte da durcheinander. Selbst wenn man, dachte er, aus der libyschen Wüste, aus Äthiopien und aus Arabien alle Vipern, Nattern, Ottern und sonstigen Giftschlangen zusammenbrächte, die dort ihr Wesen treiben, so wären es doch immer noch nicht so viele gewesen, wie sich hier tummelten. Zwischen diesem Gezücht liefen nackte, verängstigte Menschenseelen umher. Sie waren den Schlangen hilflos ausgeliefert. Es gab kein Schlupfloch, in dem sie sich hätten verkriechen können, und kein Zaubermittel gegen die giftigen Tiere. Es sind die Diebe, die im siebenten Graben bestraft werden.

Beispielsweise wurden die Seelen dergestalt gepeinigt, dass jeweils eine Schlange mit Kopf und Schwanz von links und rechts in den Rücken eines Menschen eindrang, sich von hinten durch seine Lenden fraß, vorn wieder austrat und vor seinem Bauch ihre beiden Enden verknotete, wobei sie mit ihrem Leib die Hände des Opfers auf dem Rücken zusammenpresste, sodass die Seele vollkommen durchbohrt und eingeschnürt war.

Ganz in seiner Nähe beobachtete Dante eine Schlange, die auf einen Mann zuschoss und ihm das Genick durchbohrte. Kaum war das geschehen, entzündete sich das Opfer, stand in kürzester Zeit in hellen Flammen, fiel in sich zusammen und verbrannte zu Asche. Doch unversehens sammelte sich das Aschehäufchen wieder auf und formte sich wieder zu Menschengestalt, und bald hatte der Mann Erscheinung und Wesen genauso wiedergewonnen, wie sie vor dem Angriff der Schlange gewesen waren. Dante musste an die Sage vom Vogel Phönix denken, von dem die Alten erzählen. Der frisst in seinem Leben weder Kräuter noch Getreide, sondern ernährt sich nur von Weihrauch und Gewürztropfen. Alle fünfhundert Jahre verbrennt er sich selbst und stirbt in seinem Nest, das er sich aus duftenden Narden und Myrrhenzweigen gebaut hat, aber dann erhebt er sich wieder in alter Gestalt aus seiner Asche, und der Kreislauf beginnt von neuem.

Der Sünder blickte verwirrt um sich, offenbar mit dem vagen und beklemmenden Gefühl, etwas Schlimmes hinter sich zu haben, so wie ein Fallsüchtiger oder Gelähmter, der, von einem plötzlichen Krampf zu Boden geworfen, aus der Bewusstlosigkeit wieder erwacht. Wie furchtbar, dachte Dante, ist Gott in seiner Macht, wenn er so straft!

Vergil fragte den Mann, wer er wäre. Der antwortete:

„Ich bin der Bastard Vanni Fucci, der ‚das Tier' genannt wurde, denn ich habe nicht wie ein Mensch, sondern wie ein wildes Tier gelebt. Ich stamme aus der Toskana, passenderweise aus Pistoia, und bin noch nicht lange hier in dieser Finsternis."

Vanni Fucci war der uneheliche Sohn eines Edelmanns aus Pistoia und als Anhänger der schwarzen Partei ein Gegner Dantes gewesen. Während der Bürgerkriege in seiner Stadt, deren Bevölkerung als besonders verkommen galt, hatte er sich an allerlei Raubzügen, Plünderungen und anderen Gewalttätigkeiten beteiligt. Als Dante hörte, wen er vor sich hatte, richtete er das Wort an Vergil und bat:

„Sag ihm, er soll noch etwas dableiben! Ich möchte wissen, warum er ausgerechnet hier gelandet ist, denn ich kannte ihn zwar als Schläger und Mörder, aber in diesem Graben werden ja eigentlich die Diebe bestraft."

Der Sünder hörte das und errötete vor Scham, versuchte aber nicht, sich zu verstecken, sondern sah Dante ins Gesicht. Dann sagte er:

„Dass du mich hier in meinem Elend aufgespürt hast und von meiner Schandtat erfährst, ist mir schrecklicher, als es mir mein Tod war. Ich habe aber keine andere Wahl, als dir zu antworten. Also höre: Ich habe aus der Jakobskapelle des Doms von Pistoia die kostbaren Altargeräte gestohlen. Oben auf der Erde sind zwar fälschlicherweise andere wegen dieses Frevels bestraft worden, doch der wahre Schuldige war ich, und deshalb bin ich hier.

Aber auch wenn du dich jetzt über mein Elend freust, freu dich nicht zu früh, selbst wenn du wirklich jemals wieder aus dieser Dunkelheit hier herauskommen solltest! Ich will dir sagen, was die nahe Zukunft bringen wird."

Und Vanni Fucci prophezeite in dunklen Worten, dass Dantes Gesinnungsgenossen Verfolgung und Verbannung bevorstanden.

„Zunächst", sagte er, „wird man zwar die Schwarzen aus Pistoia vertreiben. Doch bald wird sich das Blatt wieder wenden, zuerst in Florenz. Der Kriegsgott wird Nebeldampf und Wolkensturm senden aus dem Magra-Tal, und eine Schlacht wird um Pistoia toben, ehe die Nebel weichen. Am Ende wird's für die Weißen böse ausgehen.

Das erzähle ich dir nur, um dir wehzutun!"

25. Kapitel

Cacus – Verwandlungen zwischen Menschen und Schlangen

Am Schluss seiner Rede streckte Vanni Fucci seine Arme nach oben, wobei er seine beiden Daumen jeweils zwischen Zeige- und Mittelfinger schob. Zu dieser obszönen Geste rief er:

„Da, Gott, das ist für dich!"

Im gleichen Augenblick schnellten zwei Schlangen auf ihn zu. Die eine schnürte ihm den Hals ab, als wollte sie ihn am Weitersprechen hindern, und die zweite wickelte sich fest um seine Arme und verknotete sich davor, sodass er die Hände nicht mehr bewegen konnte. Dante war sehr einverstanden mit dem, was die beiden Schlangen taten.

„Ach Pistoia!", schrieb er später, als er mit seinem Bericht bis hierhin gekommen war, „Pistoia! Warum verbrennt diese Stadt sich nicht endlich selbst zu Asche, dass es ein Ende mit ihr hat? Die Leute dort sind noch schlimmer als ihre Vorfahren, die die Stadt gegründet haben! Ich habe in der ganzen Hölle niemanden gesehen, der hochmütiger gegen Gott gewesen wäre als Vanni Fucci! Noch schlimmer war er als der Riese Kapaneus in der Sandwüste!"

Vanni Fucci, der nun nicht mehr sprechen konnte, rannte davon. Da kam ein wütender Zentaur angelaufen und rief:

„Wo ist der Kerl hin?"

Auf dem Pferderücken des Zentauren tummelte sich eine Unmenge Schlangen; Dante meinte, so viele fänden sich in der gesamten Maremma nicht. Auf den menschlichen Schultern des Zwitterwesens aber saß ein feuerspeiender Drache mit gespreizten Flügeln, dessen Gluthauch so heiß war, dass er jeden Gegner auf der Stelle hätte verbrennen können.

Vergil erklärte:

„Das ist der blutrünstige Cacus, der unter dem Aventin-Hügel hauste, im Süden des heutigen Rom. Er ist nicht mit seinen Artgenossen als Wächter im siebenten Höllenkreis eingesetzt, sondern büßt hier unten bei den Dieben, weil er dem Herkules mit Hinterlist eine große Rinderherde gestohlen hat. Herkules hat ihn dafür mit seiner Keule erschlagen, aber er spürte die Schläge nicht lange, denn schon nach wenigen Hieben war er tot."

Während Vergil noch sprach und der Zentaur weiterlief, erschienen unten im Graben drei weitere Seelen. Die beiden Dichter hatten sie nicht näherkommen sehen und wurden deshalb erst auf sie aufmerksam, als sie von ihnen mit den Worten angerufen wurden:

„Wer seid denn ihr?"

Da unterbrachen die beiden ihr Gespräch und musterten die drei Schatten. Dante kamen sie zunächst nicht bekannt vor, aber während er sie noch prüfend betrachtete, sagte einer von ihnen, indem er sich suchend umsah:

„Wo steckt denn nur wieder dieser Cianfa?"

Da wandte sich Dante zu Vergil und hob den Zeigefinger, wie um zu sagen: Jetzt wird's interessant! Cianfa war nämlich ein Landsmann von Dante gewesen, und auch die Seele, die gerade gesprochen hatte, hatte das in Florentiner Mundart getan; es war Agnello aus der vornehmen Familie der Brunelleschi. Auch bei den anderen beiden Seelen handelte es sich um Florentiner. Alle Genannten büßten hier für ihre Diebereien.

Was nun geschah, klingt so unfassbar, dass Dante selbst später kaum glauben konnte, es wirklich erlebt zu haben, aber er sah es mit eigenen Augen. Der gesuchte Cianfa kam, doch in welcher Gestalt! Als sechsfüßige Schlange erschien der Schicksalsgenosse der drei anderen plötzlich auf dem Plan und stürzte sich auf Agnello. Mit ihrem mittleren Fußpaar umschlang die Bestie seinen Bauch, mit dem vorderen packte sie seine Arme. Mit den Zähnen biss sie in seine beiden Wangen. Dann umklammerte sie mit den beiden Hinterfüßen seine Schenkel, steckte ihm ihren Schwanz zwischen seinen Beinen durch und richtete ihn an seinem Rücken entlang auf, sodass die beiden Geschöpfe fester miteinander verwachsen schienen als Efeu mit einem Baum. Und dann verschmolzen die beiden tatsächlich miteinander, als wären sie aus flüssigem Wachs. Bald war keiner von beiden mehr als der zu erkennen, der er einmal gewesen war. Ihre Farben vermischten sich miteinander, so wie ein Blatt Papier sich allmählich bräunt, wenn man es anzündet, und mit dem allmählichen Vorrücken der Glut nicht mehr weiß, aber auch noch nicht schwarz ist. Die beiden Gefährten sahen den Vorgang mit Entsetzen und schrien:

„O nein, Agnello, was passiert denn da mit dir? Man weiß ja nicht mehr, ob ihr zwei oder einer seid!"

Die beiden Köpfe verwuchsen zu einem einzigen, die Gesichter gingen in einem auf. Aus Agnellos Armen und Cianfas Vorderfüßen wurden zwei neue Arme, aus den Schenkeln, den Beinen, aus Bauch und Rumpf wurden neue Gliedmaßen, die keine Ähnlichkeit mehr mit irgendwelchen bekannten menschlichen oder tierischen Körperteilen hatten, und bald war ein monströses Wesen entstanden, in dem man weder die Schlange noch den Menschen mehr erkennen konnte und das man ebenso gut als zwei oder gar keins hätte bezeichnen können. Langsam entfernte es sich.

Aber schon schoss auf die beiden übrig gebliebenen Seelen eine bläulich-schwarze kleine Schlange zu, blitzschnell wie eine Eidechse, die in der Sommerhitze den Weg überquert. Sie stach einem von ihnen in den Nabel und streckte sich dann vor ihm hin. Der Gestochene – es war der Dieb Buoso – gab keinen Laut von sich, vielmehr stand er wie hypnotisiert da und gähnte, als ob er müde oder krank wäre. Die Schlange und er sahen sich an. Aus ihrem Maul und aus seinem verwundeten Nabel quoll Rauch, die beiden Rauchwolken vermischten sich miteinander. Und jetzt, sagt Dante stolz in seiner Erzählung, kommt eine Geschichte, wie sie vor ihm noch keiner beschrieben hat! Sicher, Lukan berichtet in seiner „Pharsalia", wie die Soldaten Sabellus und Nasidius durch Schlangenbisse ums Leben kamen – der eine löste sich auf und wurde zu Asche, der andere blähte sich auf und platzte –, und in Ovids „Metamorphosen" kann man lesen, wie Kadmos, der Gründer der Stadt Theben, in eine Schlange verwandelt wurde und die Nymphe Arethusa in eine Quelle, aber niemand hatte jemals geschildert, wie zwei Wesen den Stoff, aus dem sie bestehen, austauschen und sich auf diese Weise in das jeweils andere umformen! Genau das aber geschah jetzt, und zwar wie folgt.

Zunächst spaltete sich der Schwanz der Schlange, sodass er wie eine Gabel aussah. Buoso presste seine Füße und Schenkel aneinander, und binnen kurzem wuchsen seine beiden Beine derart zusammen, dass die Fuge zwischen ihnen verschwand und sie ein einziges Gebilde wurden. Der gespaltene Schwanz der Schlange wurde allmählich weicher und nahm die Gestalt der Beine an, die Buoso bis eben gehabt hatte. Umgekehrt verhärteten sich Buosos zusammengewachsene Beine und wurden nach und nach zum Schlangenschwanz. Dann zogen sich seine Arme in die Achselhöhlen zurück und verkürzten sich so, dass sie nicht mehr länger waren als die Vorderfüße der Schlange, während diese sich entsprechend bis auf die Größe menschlicher Arme verlängerten. Die Hinterbeine der Schlange wuchsen zusammen und formten sich zu einem männlichen Glied. Buosos Geschlechtsteil spaltete sich, und aus den beiden Teilen wurden Schlangenbeine. Dann tauschten die beiden ihre Farbe und Behaarung: Buoso wurde blauschwarz und nackt, während sich die Haut der bisherigen Schlange aufhellte und ihr Bart und Haare wuchsen. Sie erhob sich auf zwei Beine, und Buoso fiel auf den Bauch. Und auch ihre Gesichter vertauschten sie, wobei sie sich unentwegt anstarrten. Bei dem zum Mensch Werdenden zog sich die Gesichtssubstanz zu den Schläfen hin, woraus sich ein Überschuss an Gewebe ergab, aus dem sich die Ohren bildeten. Aus dem noch nicht nach hinten gezogenen Stoff formte sich im Gesicht eine Nase, und die Lippen vergrößerten sich. Buoso trieb es die Ohren in den Kopf hinein und die Schnauze nach vorn; es sah aus wie bei einer Schnecke, die die Hörner einzieht. Schließlich spaltete sich seine Zunge, sodass sie nicht mehr zum Sprechen tauglich war, während sich bei dem anderen die gegabelte Zunge schloss. Damit war der Gestaltentausch beendet, und der Rauch, der sie während der gesamten Verwandlung eingehüllt hatte, hörte auf aus den beiden hervorzuquellen. Buoso, der nun zur Schlange geworden war, eilte zischelnd davon, während der andere hinter ihm her spuckte und Worte formte. Dann drehte er ihm seinen neuen Rücken zu und sagte zu dem, der seine Gestalt behalten hatte:

„Soll Buoso nun auf allen vieren kriechen, so wie ich es bisher tun musste!“

So, sagt Dante, spielten sich die Verwandlungen der Sünder im siebenten Graben ab, und der Leser möge ihm verzeihen, falls sie nicht in allen Einzelheiten völlig präzise beschrieben sein sollten! Er hatte etwas Derartiges schließlich vorher noch nie gesehen.

Die beiden nunmehr übrig gebliebenen Schatten suchten rasch das Weite. Dante hatte den, der mit Agnello und Buoso gekommen war, inzwischen erkannt, und auch den, der gerade als Schlange gekommen und als Mensch gegangen war, kannte er. Er war sich nach dem eben Erlebten zwar nicht mehr so ganz sicher, ob er seinen Augen und seinem Verstand noch trauen durfte, aber daran, wer die beiden gewesen waren, bestand kein Zweifel: Der, der als einziger seine Gestalt behalten hatte, war Puccio aus der Familie der Galigai, der auch Sciancato genannt wurde, der Schiefgewachsene, und der, der sich von einer Schlange in einen Menschen verwandelt hatte, war der schieläugige Dieb Francesco Cavalcanti. Der war von den Bewohnern der Ortschaft Gaville, die in der Nähe von Florenz liegt, ermordet worden, und seine Verwandten hatten daraufhin an den Einwohnern blutige Rache geübt.

26. Kapitel

Unmut über Florenz – Der achte Graben des achten Kreises – Die falschen Ratgeber – Odysseus und Diomedes – Die letzte Reise des Odysseus

Mit Schmerzen gedachte Dante seiner Heimatstadt, als er später in der Verbannung seine Erlebnisse niederschrieb. „Florenz, du kannst wirklich zufrieden sein!", so sein bitterer Kommentar. „Was bist du für eine bedeutende Stadt! Dein Ruhm hat sich nicht nur über Meere und Länder ausgebreitet, sondern sogar in der Hölle! Was für eine Scham und Schande, dass ich dort schon allein bei den Dieben fünf meiner Landsleute finden musste! Aber wenn es denn stimmt, dass Morgenträume Wahrträume sind, wird bald schweres Unheil über dich kommen. Die Leute in Prato und mancher anderen toskanischen Stadt würden jedenfalls applaudieren. Nun! dann soll das Unglück aber bald kommen, je eher je besser! Denn je älter ich werde, umso schwerer tragen sich die Lasten."

Die beiden Dichter stiegen da, wo sie hinabgelaufen waren, um den siebenten Graben besser einsehen zu können, wieder hinauf, zurück zu der quer über die Malebolge führenden Felsklippe und damit zur Brücke über den achten Graben hin. Vergil ging voran und zog Dante hinter sich her. Es war der einzig mögliche Weg zwischen den zahlreichen Felsblöcken des Abhangs, aber er war sehr mühsam. Stellenweise mussten sie sich beim Hinaufklettern mit den Händen am Boden abstützen. Endlich waren sie aber auf dem Brückenbogen oben angelangt und schauten hinab.

Im achten Graben des achten Kreises werden die falschen und betrügerischen Ratgeber bestraft. Dante sah ziemlich beklommen hinunter, und als er später bei der Abfassung seines Berichts an diesen Graben zurückdachte, ergriff ihn die gleiche Beklemmung wieder.

Wie sehr, dachte er da, muss gerade der auf der Hut sein, der reiche Geistesgaben besitzt, damit er den rechten Gebrauch davon macht! Und er nahm sich vor, stärker darauf zu achten, dass die Tugend immer die Herrschaft über seinen Geist behielt, damit er sich nicht selbst um das Heil brächte, das sein guter Stern und Gottes Gnade für ihn vorgesehen hatten.

Der Graben war von zahlreichen Flammen erleuchtet. Ein ganz ähnliches Lichtergewirr mochte sich im Frühsommer dem Weinbauern darbieten, wenn er in der Abenddämmerung, zu der Stunde, in der die Fliegen verschwinden und die Mücken hervorkommen, von seiner Arbeit ausruht, ins Tal schaut und sieht, wie sich dort die Glühwürmchen tummeln. Dante vermutete, dass sich die Seelen der Sünder, die hier büßten, innerhalb der Flammen befinden mussten, sodass man nur die Flamme und nicht die Seele selbst sehen konnte. Auch als der Prophet Elia, fiel ihm dabei ein, in einem feurigen Wagen mit feurigen Rossen gen Himmel gefahren war, waren der Wagen und er selbst ganz von Flammen eingehüllt gewesen, sodass sein auf der Erde zurückbleibender Schüler, der Prophet Elisa, lediglich den Flammenwirbel wie eine Wolke aufwärts hatte steigen sehen. Und ihm kam in den Sinn, was die Heilige Schrift von Elisa sonst noch zu berichten weiß, nämlich dass er eine Horde kleiner Kinder, die ihn wegen seiner Kahlköpfigkeit verspottet hatten, im Namen des Herrn verflucht hatte, worauf zwei Bären erschienen waren und zweiundvierzig dieser Kinder in Stücke gerissen hatten.

Um alles genau erkennen zu können, reckte sich Dante hoch auf, wobei er sich an einem Felsblock festhielt, damit er nicht abstürzte. Vergil sah, wie aufmerksam Dante nach unten spähte, und wollte ihm erklären:

„Die Seelen sind in den Flammen verborgen und werden von ihnen verbrannt."

„Danke, Meister", erwiderte Dante. „Wenn ich es nun nochmal aus deinem Mund höre, bin ich mir noch sicherer, dass es sich so verhält, aber ich hatte es mir auch schon selbst so gedacht. Ich wollte dich auch schon etwas fragen, nämlich wer in der Flamme da hinten steckt, die anders als die anderen zwei Spitzen hat. So muss der

Scheiterhaufen ausgesehen haben, auf dem Eteokles und sein Bruder verbrannt wurden!“

Dante spielte hier auf die Geschichte von Ödipus an, dessen Söhne Eteokles und Polyneikes sich derart gehasst hatten, dass ihr Hass sogar im Tod nachgewirkt hatte: Nachdem sie beide im Zweikampf gefallen waren, waren sie auf einen gemeinsamen Scheiterhaufen gelegt worden, aber als er entzündet worden war, hatte sich die Flamme sofort in zwei Teile geteilt.

Vergil antwortete:

„In der doppelten Flamme sind die Seelen des Odysseus und des Diomedes. Sie haben im Leben gemeinsam Böses angerichtet, deshalb werden sie hier gemeinsam bestraft und können ihre schlimmen Taten bereuen: dass sie den Achill mit List dazu brachten, am Krieg teilzunehmen, weshalb die Seele der Deidamia noch heute um ihn weint, dass sie die trojanische Athene raubten und dass sie die Stadt, von der aus Rom gegründet werden sollte, durch das Pferd so heimtückisch zu Fall brachten.“

Mit diesen drei Taten hatte es Folgendes auf sich: Zum einen hatten Odysseus und Diomedes gewusst, dass der Krieg um Troja ohne den größten aller lebenden Helden, Achill, nicht zu gewinnen war. Achills Mutter, die Göttin Thetis, hatte ihren Sohn aber vor dem Kriegstod bewahren wollen und ihn deshalb, als Mädchen verkleidet, am Königshof der Insel Skyros versteckt, wo er die Liebe der Prinzessin Deidamia gewonnen hatte. Als Odysseus erfahren hatte, dass Achill auf Skyros zu finden sein würde, war er dorthin gereist und hatte den jungen Achill durch eine List als Mann enttarnt, worauf seine Teilnahme am Krieg nicht mehr länger hatte verweigert werden können. Vor Troja war er gefallen und hatte Deidamia damit ins Unglück gestürzt. Zweitens hatte es in der Burg von Troja ein heiliges Bild der Göttin Pallas Athene gegeben, das sogenannte Palladium, von dem das Wohl der Stadt abhängig gewesen war. Dieses Standbild hatten Odysseus und Diomedes mit List geraubt und damit Troja angreifbar gemacht. Schließlich waren sie es auch gewesen, die nach zehnjährigem Krieg den tückischen Plan zur Eroberung der Stadt ausgeheckt hatten, den Bau des hölzernen Pferdes, in dessen Innerem sich die Zerstörer Trojas versteckt hatten.

Als Dante gehört hatte, wer sich in der Doppelflamme verbarg, beugte er sich aufgeregt in ihre Richtung und sagte zu Vergil:

„Meister, ich weiß ja nicht, ob die Seelen in den Flammen reden können, aber wenn ja, lass uns bitte so lange hierbleiben, bis die beiden bei uns sind und ich mit ihnen sprechen kann! Ich bitte dich ganz inständig, es ist mir wichtiger als vieles andere!"

„Ich kann deine Wissbegier nur begrüßen", antwortete Vergil, „und erfülle deine Bitte deshalb gern. Aber du selbst solltest dich zurückhalten. Überlass das Gespräch lieber mir! Es könnte sein, dass sie als Griechen Vorbehalte gegen dich haben. Ich weiß schon, wonach du fragen willst."

Als die Flamme näherkam, passte Vergil den günstigsten Augenblick ab, und indem er seinerseits den von ihm vermuteten Vorurteilen der beiden Griechen durch Berufung auf seine „Äneis" die Spitze abzubrechen suchte, rief er sie an:

„Ihr beiden da in der doppelten Flamme! Wenn ich mich durch meine berühmten Verse auch nur ein klein wenig um euer Andenken verdient gemacht habe, so haltet doch bitte ein Weilchen inne! Wir würden gern von dem einen von euch die Geschichte von der Reise hören, die ihn ins Verderben führte."

Das nämlich war, wie Vergil wusste, Dantes dringendes Anliegen: vom unstillbaren Drang des Odysseus nach der Ferne zu hören, von seiner großen Fahrt und seinem Tod. Die Geschichte, die Odysseus nun erzählte, findet sich nur in Dantes Bericht, die Alten schweigen davon. Sie unterscheidet sich von der, die wir kennen und wonach der Held nach dem Ende des Trojanischen Krieges und anschließender langer Irrfahrt über die Meere endlich ins heimatliche Ithaka zurückkehrte.

Die Doppelflamme blieb stehen. Ihre beiden Teile waren unterschiedlich groß. Die größere der beiden Flammen schüttelte sich und rauschte, als ob der Wind in sie gefahren wäre. Dann bewegte sich ihre Spitze wie eine Zunge und begann wie folgt zu sprechen:

„Länger als ein Jahr war ich in Mittelitalien im Bann der Zauberin Circe geblieben, in der Nähe der Stadt, die Äneas später Gaeta nannte. Als ich mich endlich dort losriss, machte mich der Gedanke an die Heimkehr nicht froh. Weder die Aussicht, meinen lieben Sohn Telemach wiederzusehen, noch die Dankbarkeit gegenüber meinem alten Vater Laertes und auch nicht die Liebe, die ich meiner Frau Penelope schuldete, konnten in mir die verzehrende Sehnsucht auslöschen, mehr von der Welt zu sehen, zu neuen Ufern aufzubrechen und Neues zu erfahren über das Dichten und Trachten der Menschen im Guten wie im Bösen. So trat ich denn, als ich von Circe aufbrach, nicht die Heimfahrt nach Griechenland an, sondern nahm mit einem einzigen Schiff und wenigen Getreuen den Weg nach Westen. Wir sahen Sardinien und nach und nach die anderen Inseln des westlichen Mittelmeeres, ebenso die Küstenländer; im Lauf der Zeit wurden uns Nordafrikas Strände ebenso vertraut wie die Südeuropas. Wir passierten Spanien und Marokko, und als endlich auch Sevilla und Ceuta hinter uns lagen und wir an die Straße von Gibraltar kamen, waren wir alt und kraftlos geworden. Links und rechts sahen wir die Säulen des Herkules, die beiden Felsen, die der Halbgott dort seinerzeit aufgestellt hat, um die Meerenge von Gibraltar als äußerste Grenze zu kennzeichnen, die niemand überschreiten und jenseits derer niemand wagen soll, noch nach neuen Ländern und Meeren zu suchen. Ich aber sagte zu meinen Gefährten:

‚Meine Brüder, nun sind wir unter unzähligen Gefahren so weit nach Westen gekommen – wollt ihr wirklich darauf verzichten, die kurze Lebenszeit, die uns noch bleibt, für neue Erfahrungen zu nutzen? Wollt ihr nicht wissen, was es mit der unbewohnten Welt dort drüben auf sich hat und wo die Sonne hingeht, wenn der Tag sich neigt? Bedenkt doch, was ihr seid! Wir sind nicht geschaffen, um wie die Tiere in den Tag hinein zu leben, sondern um tätig zu sein und Erkenntnis zu suchen!‘

Diese kleine Rede begeisterte meine Gefährten so, dass ich sie, wenn ich es mir anders überlegt hätte, kaum mehr hätte zurückhalten können. Wir griffen wieder zu den Rudern, und in tollkühnem Flug ging es weiter westwärts. Als wir die Straße von Gibraltar hinter uns hatten, wandten wir uns nach links in südwestlicher Richtung. Nach einiger Zeit erschienen nachts nicht mehr die uns vertrauten Sterne am Himmel, sondern die der südlichen Halbkugel: Wir hatten den Äquator überquert. Fünf Monate waren wir unterwegs, seit wir die Säulen des Herkules passiert hatten, da tauchte plötzlich in der Ferne ein riesenhafter dunkler Berg aus dem Meer auf. Er erschien mir so ungeheuer hoch, wie auch nicht annähernd irgendein Berg gewesen war, den ich jemals zuvor gesehen hatte. Doch das Glück, Land zu sehen, währte nur kurz, denn nun griff ein Höherer ein. Ein plötzlicher Wirbelsturm ging von dem Berg aus, erfasste unser Schiff und zertrümmerte den Bug. Dreimal wurde es im Strudel um sich selbst gedreht, beim vierten Mal hob sich das Heck, der Bug senkte sich ins Wasser, wir wurden hinabgezogen, und langsam schloss sich das Meer über uns."

So endete die Erzählung des Odysseus. Von dem Berg aber, den er von weitem gesehen hatte, werden wir noch hören.

27. Kapitel

Guido von Montefeltro

Die Flamme war zur Ruhe gekommen und schwieg. Da sagte Vergil zu ihr: „Nun geh nur, ich will nicht weiter in dich dringen!", worauf sie sich entfernte.

Aber schon wurden die beiden Dichter auf eine andere Flamme aufmerksam, die gleich hinter der Doppelflamme auf sie zu kam. Aus ihrer Spitze drangen unverständliche Laute. Offenbar wollte die Seele, die in ihr eingeschlossen war, etwas sagen. Weil ihre Stimme jedoch nicht gleich durch die Glut dringen konnte, nahmen die beiden zunächst nur das knisternde Geräusch des Feuers wahr. Dante kam dabei der sogenannte Stier des Phalaris in den Sinn. Das war ein kupfernes Hinrichtungsgerät gewesen, das der Tyrann Phalaris im sizilianischen Agrigent hatte bauen lassen. Im Inneren dieses künstlichen Tieres waren Menschen zu Tode gebracht worden, indem es bis zur Rotglut erhitzt worden war. Das erste Opfer, an dem Phalaris das neue Folterinstrument erprobt hatte, war übrigens dessen eigener Schöpfer gewesen – gerechterweise, wie Dante fand. Wenn nun ein Mensch darin hingerichtet wurde, schrie er so, dass seine Schreie sich nicht mehr menschlich anhörten, sodass es den Umstehenden erschien, als brüllte der Stier selbst, obwohl er doch aus Kupfer war. So ähnlich war es auch hier: Die Stimme der eingeschlossenen Seele klang zuerst nicht wie die eines Menschen, sondern wie das Zischen des Feuers, das die Seele umgab. Aber schließlich hatten die Worte ihren Weg durch die Flamme gefunden und versetzten deren Spitze wie eine Zunge in Bewegung, sodass die beiden Dichter sie verstehen konnten.

Die Seele wandte sich an Vergil und sagte:

„Du da, ich habe gehört, wie du eben in lombardischer Mundart gesprochen hast! Es wäre schön, wenn du vielleicht auch noch etwas Zeit für ein Gespräch mit mir hättest. Du siehst ja, sogar ich bleibe hier stehen, obwohl mir das wegen der Flamme, in die ich eingeschlossen bin, viel schwerer fällt als dir. Ich nehme an, du bist noch nicht lange in dieser Finsternis? Dann müsstest du doch das Neueste aus unserem schönen Italien wissen! Da komme ich nämlich auch her. Kannst du mir vielleicht sagen, ob in der Romagna gerade Krieg oder Frieden herrscht? Diese Landschaft liegt mir besonders am Herzen, denn sie ist meine Heimat. Ich komme aus dem Bergland zwischen Urbino und der Tiberquelle."

Vergil stieß Dante, der die ganze Zeit aufmerksam zugehört und sich dabei zu der Flamme hinuntergebeugt hatte, leicht in die Seite und sagte:

„Dem antworte du, das ist ein Italiener!"

Und Dante, der über die Lage in der Romagna genau Bescheid wusste, fing sofort an:

„Du versteckte Seele da unten, die Tyrannen in deiner Romagna denken zwar immer an Krieg, aber zur Zeit schweigen die Waffen dort gerade einmal. In Ravenna ist alles beim Alten: Die Familie der Polenta herrscht nach wie vor über die Stadt und hat ihre Hand auch auf dem benachbarten Cervia. Das schwergeprüfte Forlì, das seinerzeit die Franzosen besiegt hat, wird wieder von den Ordelaffi regiert. In Rimini herrschen Willkür und Grausamkeit: Der alte Bluthund Malatesta da Verrucchio und sein Sohn, die den Montagna ermordet haben, den Führer der Kaisertreuen, haben die Stadt in ihrer Gewalt. In Faenza und Imola hat der windige Maghinardo Pagano die Zügel in der Hand, der alle halben Jahre die Partei wechselt, und in Cesena, der Stadt zwischen Tal und Gebirge, wo der Savio fließt, hat ein Statthalter die Macht an sich gerissen, obwohl der Ort eigentlich den Status einer freien Gemeinde hat.

Nun möchte ich aber wissen, wer du bist! Ich kann dir nur empfehlen, mir genauso ausführlich Auskunft zu geben wie ich dir. Ich kann nämlich oben auf der Erde dafür sorgen, dass dein Name nicht in Vergessenheit gerät!"

Die Flamme rauschte ein wenig, bewegte sich nach links und rechts und ließ sich dann wie folgt hören:

„Wenn ich dir glauben würde, dass du jemals in der Lage wärst, auf die Erde zurückzukehren und dort meine Geschichte zu verbreiten, würde ich überhaupt nichts mehr sagen, denn ich will ja nicht, dass alle Welt von meiner Schande erfährt. Aber soviel ich weiß, ist noch nie jemand lebend aus der Hölle entkommen, und deshalb habe ich keine Angst, dir zu antworten.

Ich habe lange Zeit als Kriegsmann zugebracht. Dann bin ich ins Kloster gegangen, weil ich für meine Sünden Buße tun wollte, und sicher wäre mir das zum Heil geraten, aber der große Pfaffe hat mich zum Abfall verleitet. Der Teufel soll ihn holen! Hör nur zu. Ich will dir alles im Einzelnen erzählen."

Die Seele, deren Geschichte Dante nun erfuhr, war die des Grafen Guido von Montefeltro, eines berühmten Staatsmannes und Feldherrn, der in verschiedenen Schlachten die Partei der Ghibellinen angeführt hatte, im Alter dann in den Franziskanerorden eingetreten und zwei Jahre später im Kloster zu Assisi gestorben war. Sein Tod lag zur Zeit von Dantes Jenseitsreise erst zwei Jahre zurück.

Guido erzählte:

„Ich war zeitlebens eher listig wie ein Fuchs als mutig wie ein Löwe. Ich kannte alle Kniffe und Winkelzüge, mit denen man Schlachten schlägt, und war für meine Findigkeit überall berühmt. Aber als ich alt wurde und mein Lebensschiff sich allmählich dem Hafen näherte, bereute ich meinen Lebenswandel, legte eine umfassende Beichte ab und ergab mich Gott. Ach ich Armer! Es hätte alles gut werden können. Aber da kam Papst Bonifaz dazwischen, der oberste aller heutigen Pharisäer. Er stand damals im Krieg, allerdings durchaus nicht mit den Feinden des Christentums. Seine Gegner waren weder Sarazenen noch Juden, es waren nicht Leute, die mit Waffen oder Handelsgeschäften gegen die Sache des Herrn kämpften, nein, seine Hauptfeinde waren seine eigenen Nachbarn im Lateran, die Kardinäle Piero und Iacopo Colonna. Bonifaz also rief mich zu sich, aber er verhielt sich nicht so, wie man es von einem Geweihten, vom Oberhaupt der Christenheit gegenüber einem Mönch erwartet hätte. So wie Kaiser Konstantin seinerzeit den Papst Silvester als Arzt in Anspruch nahm, um von seinem Aussatz geheilt zu werden, so wollte Bonifaz mich als Ratgeber haben, der seiner krankhaften Herrschsucht Befriedigung verschaffen sollte. Die Colonna hatten sich in Palestrina verschanzt, und Bonifaz wollte von mir wissen, was er meiner Meinung nach tun müsse, um sie zu besiegen. Ich antwortete zunächst nicht, weil ich dachte, er sei nicht ganz bei sich. Aber er drang in mich und sagte, ich sollte nur keine Angst haben, denn ganz gleich, welchen Rat ich ihm geben würde, er habe die Macht, mich von meinen Sünden loszusprechen, weil er als Papst die Schlüsselgewalt über den Himmel habe, die sein Vorgänger Cölestin freiwillig aus der Hand gegeben habe. Ich überlegte, was zu tun sei, fand, Schweigen sei die schlechteste Lösung, und sagte ihm endlich, was er hören wollte. Ich würde zwar, sagte ich, eine Sünde begehen, indem ich ihm jetzt zum Meineid riete, aber da er mich davon reinwaschen würde, schlüge ich ihm vor, den Colonna zum Schein Versöhnung anzubieten und anschließend, wenn sie Vertrauen gefasst hätten, den Frieden zu brechen und Palestrina zu zerstören. Dann würde er über seine Feinde triumphieren. So geschah es.

Als ich gestorben war, wollte der heilige Franziskus meine Seele in Empfang nehmen und in den Himmel bringen. Aber ein Teufel trat ihm in den Weg und sagte:

‚Der gehört mir! Seit er dem Papst zum Betrug geraten hat, war ich ihm immer dicht auf den Fersen. Er muss mit mir zu meinen Knechten in die Hölle! Die Absolution, die der Papst ihm erteilt hat, ist ungültig, weil man nur jemanden von Sünden lossprechen kann, der bereut, und bereut hat er nicht, denn keiner kann eine Sünde bewusst begehen wollen und sie gleichzeitig bereuen, das wäre ein Widerspruch in sich!'

Ich Unglücklicher! Was für ein Entsetzen ergriff mich, als der Teufel mich packte! Er sagte zu mir: ‚Du hättest wohl nicht gedacht, dass ich logisch argumentieren kann?' und brachte mich zum Totenrichter Minos. Der schlang achtmal seinen Schwanz um den Leib, um anzuzeigen, wo mein Strafort sein würde, und nachdem er sich vor lauter Empörung über mich in den Schwanz gebissen hatte, sagte er noch: ‚Der muss dahin, wo die Seelen von den Flammen eingeschlossen werden!' Und hier bin ich nun, in Verdammnis und Verzweiflung."

Damit entfernte sich die Flamme, und ihre Spitze krümmte und schüttelte sich vor Schmerz.

Vergil und Dante gingen weiter. Sie stiegen auf der Felsklippe zur anderen Seite hinunter, überquerten den Damm und kletterten dort, wo die Klippe die nächste Brücke bildet, wieder hinauf, bis sie oberhalb des neunten Grabens standen. Dort werden diejenigen bestraft, die sich auf der Erde durch Spalterei und das Säen von Zwietracht schuldig gemacht haben.

28. Kapitel

Der neunte Graben des achten Kreises – Die Zwietrachtstifter – Mohammed – Fra Dolcino – Piero da Medicina – Curio – Mosca – Bertran de Born

Als Dante später erzählen wollte, was er im neunten Graben der Malebolge gesehen hatte, wäre er an dieser Aufgabe fast verzweifelt. Er würde noch so viele Anläufe nehmen können, dachte er, um das Blut und die Wunden angemessen zu schildern, die da zu sehen gewesen waren, es würde ihm nicht gelingen, selbst wenn er beim Erzählen nicht auf Reim und Rhythmus würde Rücksicht nehmen müssen. Nicht nur die Sprache wäre zu schwach, meinte er, sondern er war auch sicher, dass jeder Darstellungsversuch die Vorstellungskraft seiner Leser übersteigen müsse. Es gab nichts Vergleichbares, womit man hätte sinnfällig machen können, wie schrecklich die Körper der Seelen hier zugerichtet waren. Er überlegte, wie es wäre, wenn man zu diesem Zweck alle Krieger mit ihren Wunden und Verstümmelungen an einem Ort hätte versammeln können, die jemals in den südlichen Regionen Italiens ihr Blut vergossen hatten, Landstrichen, die im Lauf der Zeiten besonders stark von den Wechselfällen des Schicksals heimgesucht worden waren. Das wären zum einen die gewesen, die über anderthalb Jahrtausende zuvor in den Kämpfen gegen die Samniten und gegen Tarent ums Leben gekommen waren. Dann wären die Gefallenen der Punischen Kriege dazugekommen, wo schon allein bei der Schlacht von Cannae so viele Römer ums Leben gekommen waren, dass die Karthager mit den goldenen Ringen, die sie den Toten anschließend von den Fingern zogen, mehrere Fässer füllen konnten. So berichtet es der stets zuverlässige Geschichtsschreiber Livius. Es hätten die dabei sein müssen, die nach der letzten Jahrtausendwende im Krieg gegen die Normannen um Robert Guiscard gefallen waren, und schließlich die Toten aus den Kämpfen gegen Karl von Anjou in den jüngst vergangenen Jahrzehnten: aus der Schlacht bei Benevent, wo Karl dank des Verrats der Apulier bei Ceprano den König Manfred hatte besiegen und dadurch Herrscher von Sizilien hatte werden können, und aus der Schlacht bei Tagliacozzo in den Abruzzen, in der Karl dank einer Strategie, die ihm sein alter Ratgeber Alard de Valéry eingeflüstert hatte, über den jungen

Konradin gesiegt hatte, den letzten Staufer. Wenn es also möglich gewesen wäre, meinte Dante, alle Männer zu versammeln, die in diesen Kriegen verwundet worden waren, so wären all ihre blutigen Verletzungen doch nichts gewesen im Vergleich zu dem Entsetzlichen, das er im neunten Graben des achten Höllenkreises gesehen hatte. Er konnte es also allenfalls näherungsweise beschreiben.

Zum Beispiel sah Dante einen, dessen Leib vom Kinn bis zum After aufklaffte. Ein Fass, das die Bodendaube oder das untere Querholz verlöre und deshalb seinen Inhalt nicht mehr bewahren könnte, müsste, so dachte Dante, im Vergleich zu diesem Mann als weniger beschädigt bezeichnet werden. Seine inneren Organe lagen frei, Herz, Leber, Lungen und Milz waren zu sehen, ebenso Magen und Darm. Die Eingeweide hingen ihm zwischen den Beinen. Als er sah, wie Dante ihn anstarrte, riss er sich mit seinen Händen die Brust auf und rief ihm zu:

„Sieh nur, wie verstümmelt ich, Mohammed, bin und wie ich mich auch noch selbst zerfleischen muss! Der dort vor mir geht und jammert, der da, dessen Gesicht vom Kinn bis hinauf zur Stirn aufgerissen ist, ist mein Schwiegersohn Ali. Auch alle anderen, die du hier siehst, haben im Leben Zwietracht und Schisma gesät, deshalb werden ihre Leiber hier gespalten. Wir müssen ständig im Kreis diesen Graben entlanggehen. Unsere Wunden schließen sich immer wieder, werden aber nach jedem Rundgang von einem Teufel mit dem Schwert erneut aufgerissen.

Aber wer bist du, und warum guckst du von dort oben zu? Du versuchst wohl die Strafe noch ein bisschen hinauszuzögern, zu der du verdammt worden bist?“

Da nahm Vergil das Wort und sagte:

„Das ist kein Toter. Er ist auch nicht hier, um für seine Sünden zu büßen, sondern weil er einen unmittelbaren Eindruck von der Hölle bekommen soll, und ich, der ich tot bin, habe die Aufgabe, ihn von Kreis zu Kreis hinunter zu führen. Das ist wirklich wahr! So wahr, wie du mich hier mit dir sprechen siehst!“

Viele Seelen in der Nähe blieben stehen, als sie das hörten, vergaßen für den Augenblick ihre Qualen und starrten Dante ungläubig an. Mohammed aber wandte sich zum Gehen. Er hatte schon die Ferse angehoben, hielt jedoch noch einmal inne und sagte zu Dante:

„Wenn du tatsächlich bald auf die Erde zurück kannst, so richte doch dem Fra Dolcino aus, er soll sich auf seiner Festung mit seinen Leuten ja mit ausreichend Proviant versorgen, wenn er nicht auch bald hier landen will! Im Winter wird's nämlich mit dem Nachschub schwierig, und wenn der Hunger ihn zum Aufgeben zwingt, haben die Belagerer leichtes Spiel."

Und damit setzte er den Fuß auf und ging weiter.

Damals hatte in Italien die Sekte der Apostelbrüder großen Zulauf, eine umstürzlerische christliche Bewegung, die sich gegen die römische Amtskirche wandte und ihrerseits von der Kirche bekämpft und verfolgt wurde. Fra Dolcino war ihr Anführer. Mohammed sah voraus, was mit ihm und seiner Gefolgschaft geschehen würde. Tatsächlich verschanzten sie sich ein paar Jahre nach Dantes Pilgerreise in einer Burg. Dort wurden sie vom Belagerungsheer, den Leuten des Bischofs von Vercelli, ausgehungert und gefangengenommen, und Fra Dolcino wurde mit einigen seiner Anhänger in Novara auf dem Scheiterhaufen verbrannt.

Nun ergriff eine der Seelen das Wort, die auf Vergils Erklärung hin staunend stehengeblieben waren. Es war Piero Cattani aus der Ortschaft Medicina bei Bologna. Er hatte zu Lebzeiten zwischen den vornehmen Familien der Romagna allerlei Zwietracht gesät. Seine Nase und ein Ohr waren ihm abgeschnitten, und er sprach aus seiner durchbohrten, blutenden Kehle, die freilag:

„Du da, der du hier durch die Hölle gehst, obwohl du für gar keine Sünde büßen musst! Wir kennen uns doch – oder du müsstest dem, den ich meine, zum Verwechseln ähnlich sehen! Ich bin doch Piero aus Medicina! Ich habe eine Bitte an dich: Wenn es dich mal wieder in die schöne Poebene verschlagen sollte, so erinnere dich dort an meine Worte und suche in Fano die beiden Edelleute Guido del Cassero und Angiolello da Carignano auf. Falls mich mein prophetischer Sinn nicht täuscht, werden diese beiden dem furchtbarsten Verbrechen zum Opfer fallen, das das Mittelmeer je gesehen hat, furchtbarer als alles, was die Griechen oder irgendwelche Piraten dort jemals begangen haben. Bitte warne sie davor. Ihr Gegner Malatestino, der einäugige Tyrann von Rimini, wird sie nämlich zum Schein zu Friedensverhandlungen einladen, aber wenn er sie dann in seiner Gewalt hat, wird er dafür sorgen, dass sie die Stürme des Meeres nie mehr zu fürchten brauchen, denn er wird sie bei Cattolica in die Adria werfen und ertränken lassen.

Was übrigens Rimini betrifft, so wäre einer meiner Gefährten hier ebenfalls froh, wenn er diese Stadt nie gesehen hätte."

Dante erwiderte:

„Wenn du willst, dass ich deine Botschaft ausrichte, dann sag mir doch, wen du damit meinst!"

Da packte Piero einen seiner Leidensgenossen am Kinn. Es war der Volkstribun Curio, der in den letzten Jahren der römischen Republik aus Rom verbannt worden war, worauf er in Rimini Julius Cäsar aufgesucht und ihm zugeredet hatte, mit seinen Truppen den Grenzfluss Rubikon zu überschreiten und gegen Rom zu marschieren, was zum Bürgerkrieg und schließlich zum Ende der Republik geführt hatte. Piero sperrte Curio, dem die Zunge herausgeschnitten war, den Mund auf und sagte:

„Den hier meine ich! Selbst kann er nicht mehr sprechen. Er sei doch bestens für den Kampf gerüstet, so hat er damals auf Cäsar eingeredet, er solle endlich handeln; wenn er noch lange zögere, schade er sich nur selbst. So überredete er ihn schließlich."

Wie draufgängerisch war Curio mit seinem Drängen damals gewesen, und wie verstört wirkte er jetzt! Aber schon kam wieder ein anderer auf Dante zu. Dem waren beide Hände abgehauen. Er hob seine blutenden Armstümpfe hoch, wodurch er sein Gesicht besudelte, und rief:

„Vergiss auch mich nicht! Ich bin Mosca, ich habe seinerzeit die Familie der Amidei zum Mord angestiftet und damit so viel Elend über die Toskaner gebracht!"

„Und über dein Geschlecht den Tod", ergänzte Dante. Mosca war ein florentinischer Staatsmann und Feldherr gewesen, ein Führer der Ghibellinen. Vierundachtzig Jahre vor Dantes Jenseitsreise hatte er mit seiner Aufwiegelung zum Mord an seinem Landsmann Buondelmonte dei Buondelmonti den jahrzehntelangen Bürgerkrieg in Florenz verursacht, in dessen Verlauf auch seine eigene Familie, die Lamberti, vertrieben und ausgelöscht worden war. Als er so von Dante an das schreckliche Schicksal der Seinen erinnert wurde, geriet er vor Verzweiflung völlig außer sich und lief laut jammernd weiter.

Dante blickte sich weiter in der Schar der Verdammten um und entdeckte einen, der in einem solchen Zustand war, dass er später zögerte, ob er überhaupt davon berichten sollte, denn er fürchtete, man würde ihm vielleicht nicht glauben. Da er aber ein gutes Gewissen hatte – er wusste ja, dass er die Wahrheit schrieb, er sah den Sünder so lebhaft vor seinem geistigen Auge, als hätte er ihn noch immer leibhaftig vor sich –, verschwieg er auch diese Geschichte in seiner Erzählung nicht. Es kam nämlich, mitten zwischen den anderen Seelen, ein menschlicher Rumpf auf ihn zu, dem der Kopf auf den Schultern fehlte. Der Kopf war aber nicht verschwunden, sondern der Rumpf trug ihn wie eine Laterne in seiner Hand, wobei er ihn an den Haaren festhielt. Der Kopf blickte Dante und Vergil an und sagte:

„Weh mir!"

Wie dieses grausige Eins-in-zwei und Zwei-in-eins möglich ist, dass jemand aus sich selbst für sich selbst eine Lampe macht, dachte Dante, weiß Gott allein. Die schauerliche Erscheinung war die Seele des provenzalischen Troubadours Bertran de Born, der hundert Jahre vor Dante gelebt hatte. Bertran war hier, weil er zwischen dem englischen König Heinrich dem Zweiten, dessen Gefolgsmann er gewesen war, und dessen Sohn Heinrich dem Jüngeren Zwietracht gesät hatte. Als er unterhalb der Brücke war, auf der die beiden Dichter standen, hob er den Arm mit dem Kopf hoch, damit sie ihn besser verstehen konnten. Dann sagte der Kopf:

„Du da, du Lebender, der du hier die Toten besuchst! Welches Leid ist wohl dem meinen gleich? Bitte erzähl den Menschen oben auf der Erde von meinem Schicksal! Ich bin Bertran de Born und habe den jungen König gegen seinen Vater aufgehetzt. Ich bin nicht besser als der Ratgeber Ahitophel, der Absalom gegen seinen königlichen Vater David aufgestachelt hat! Dafür büße ich nun so schrecklich. Weil ich Menschen getrennt habe, die miteinander verbunden waren, wurde hier mein Kopf von dem Körper abgetrennt, dem er entstammt. So folgt die Art meiner Bestrafung der höllischen Regel: Die Strafe spiegelt die Tat."

29. Kapitel

Der ungesühnte Mord an Dantes Vetter – Der zehnte Graben des achten Kreises – Die Fälscher – Die beiden Alchimisten

Dantes Augen waren angestrengt und benommen von den vielen schrecklichen Eindrücken. Er hatte das Bedürfnis, sich auszuweinen. Als er auch nach der Begegnung mit Bertran de Born weiterhin unverwandt in den Graben hinunterstarrte, wurde Vergil ungeduldig.

„Was schaust du?", sagte er. „Warum kannst du dich denn gerade von diesem Graben so besonders schlecht losreißen und betrachtest immer wieder die verstümmelten Seelen? Willst du sie vielleicht zählen? Das dürfte dir kaum gelingen, dieser Graben hier hat schließlich einen Umfang von zweiundzwanzig Meilen! Draußen ist Mittag schon vorbei, wir haben hier unten nicht mehr viel Zeit zur Verfügung und noch einiges vor uns!"

Und damit wandte er sich zum Aufbruch. Dante lief ihm hinterher und bemerkte:

„Wenn du darauf achtgegeben hättest, warum ich so eindringlich nach unten geschaut habe, hättest du mir vielleicht noch etwas Zeit gegeben! Ich glaube nämlich, ich habe dort unten einen Blutsverwandten von mir entdeckt, der da seine Schuld fürchterlich büßt."

„Lass ihn", sagte Vergil, „und denk nicht mehr an ihn. Stell du dich wieder auf Neues ein, und er mag da bleiben, wo er ist! Ich habe ihn übrigens schon vor dir gesehen, er stand am Fuß der Brücke, zeigte aufgeregt auf dich und drohte dir heftig mit dem Finger. Deine Aufmerksamkeit war aber so vollständig von Bertran de Born in Beschlag genommen, dass du ihn nicht bemerkt hast. Da ist er schließlich weitergegangen. Ich habe noch gehört, wie irgendjemand ihn bei seinem Namen nannte: Geri del Bello."

Die Großväter von Geri del Bello und Dante waren Brüder gewesen, sie selbst also Vettern zweiten Grades. Im Zuge eines Familienzwists zwischen den Alighieri, zu denen sie beide gehörten, und den Sacchetti, eines Zwists, an dem Geri einigen Anteil hatte, war er selbst von einem Angehörigen der Sacchetti umgebracht worden.

„Mein Führer", sagte Dante, „ich glaube, ich weiß, warum er zornig auf mich ist, und vermute, er wollte gar nicht mit mir sprechen. Er ist wahrscheinlich erbittert, dass noch keiner aus unserer Familie seinen Tod gerächt hat. Er tut mir wirklich leid!"

Unterdessen waren sie auf der Felsklippe weitergegangen und hatten die Brücke bestiegen, die den zehnten und letzten Graben der Malebolge überwölbt. Aus ihm drang Gejammer herauf, so mitleiderregend, dass Dante sich die Ohren zuhielt. Zu dem Geschrei kam ein Gestank wie von eitrigen Wunden; es war, als hätte man im Sommer, wenn die Malaria am schlimmsten wütet, aus allen Spitälern des toskanischen Chiana-Tals mit seiner ungesunden Luft und aus den Sumpfgebieten der Maremma und Sardiniens alle Kranken an einem einzigen Ort versammelt. Die beiden Dichter hatten erwartet, vom höchsten Punkt der Brücke aus den gesamten Graben überblicken zu können, aber es war zu dunkel. Deshalb stiegen sie auf der anderen Seite wieder herunter, wendeten sich nach links, betraten den Damm, den innersten des achten Höllenkreises, und schauten von der Seite in den Graben.

Im zehnten Graben bestraft die göttliche Gerechtigkeit Menschen, die sich im Leben durch Fälschungen aller Art schuldig gemacht haben, also Alchimisten, Falschmünzer, Urkundenfälscher, falsche Zeugen und Leute, die sich für andere ausgegeben haben, als sie wirklich gewesen sind. Die Seelen dort werden von schrecklichen Krankheiten geplagt. Dante kam die alte Geschichte in den Sinn, wonach vor Zeiten die eifersüchtige Göttermutter Juno aus Rache für eine Liebschaft ihres Gatten Jupiter die Insel Ägina mit der Pest geschlagen hatte. Alles, was lebte, war damals der furchbaren Seuche zum Opfer gefallen, außer den Ameisen, und Ägina war nur deshalb bevölkert geblieben, weil Jupiter die Ameisen in Menschen verwandelt hatte, woraus das Volk der Myrmidonen entstanden war. Die alten Dichter berichten diese Geschichte als sichere Gewissheit.

Schlimmer, dachte Dante, kann auch die Pest auf Ägina nicht gewütet haben, als es hier im zehnten Graben zuging! Die Seelen waren zu matt, um sich aufzurichten. Manche lagen durcheinander, einer dem anderen auf dem Bauch oder auf dem Rücken, wie es gerade kam, andere krochen mühsam auf allen vieren durch den Graben. Vergil und Dante gingen langsam und schweigend den Damm entlang, betrachteten die Kranken und hörten ihr Wehklagen.

Zwei Schatten fielen Dante auf, die Rücken an Rücken aneinander lehnten, so wie man auf dem Herd zwei Pfannen zusammenstellt. Sie waren von Kopf bis Fuß mit Schorf bedeckt, der sie unerträglich juckte. Unentwegt schlugen sie sich wie wild die Fingernägel in die Haut und kratzten sich den Grind ab, wie man mit dem Messer einen Fisch schuppt. Kein Stallbursche oder Knecht striegelt ein Pferd mit so hitzigem Eifer, selbst dann nicht, wenn er sich beeilen muss, weil sein Herr ihn erwartet, oder wenn er die Arbeit mitten in der Nacht verrichten muss und eigentlich so schnell wie möglich wieder schlafen gehen möchte.

„Du da", redete Vergil einen der beiden an, „du machst dir ja die Kruste mit den Fingern ab, manchmal machst du eine richtige Zange aus deinen Fingern! Man kann dir nur wünschen, dass deine Fingernägel das in alle Ewigkeit aushalten! Sag mal, gibt es unter euch auch Italiener?"

„Wir beide sind aus Italien", antwortete der Angesprochene jammernd, „und nun in der Verdammnis. Und was machst du hier?"

Vergil antwortete:

„Ich bin im Begriff, diesem Lebenden hier die Hölle zu zeigen, und steige deshalb mit ihm von Kreis zu Kreis immer weiter hinunter."

Die beiden Aussätzigen hielten inne, richteten sich ungläubig auf, fingen an zu zittern und blickten Dante an. Auch andere Seelen, die in der Nähe waren und Vergils Worte gehört hatten, richteten ihre Augen auf ihn. Vergil beugte sich zu seinem Schützling und raunte ihm zu:

„Fang ein Gespräch mit ihnen an, wenn du willst!“

Dante folgte, weil Vergil es wollte, und sprach die beiden an:

„Wenn euer Andenken auf der Erde Bestand haben und man auch nach Jahren noch von euch sprechen soll, dann erzählt mir doch, wer ihr seid und wo ihr herkommt! Und verschweigt auch nicht, mit welchen Taten ihr euch diese elende Strafe eingehandelt habt!“

Da begann der eine, ein gewisser Griffolino, zu erzählen:

„Ich stamme aus Arezzo und wurde vor ungefähr dreißig Jahren auf Betreiben des reichen Albero aus Siena auf dem Scheiterhaufen als Ketzer verbrannt. Ich hatte aus Spaß zu Albero gesagt, ich sei in der Lage, mich wie ein Vogel in die Lüfte zu erheben, und Albero, der ziemlich dumm war, wollte das auch können und forderte mich auf, ihm das Fliegen beizubringen. Aber natürlich war ich nicht fähig, ihn zum Dädalus zu machen, was ihn so erzürnte, dass er mich der Ketzerei bezichtigte und seinen Gönner, den Bischof von Siena, dazu brachte, mich hinrichten zu lassen. Ich bin jedoch nicht wegen der angeblichen Ketzerei hier, denn Minos lässt sich nicht betrügen. Er schickte mich nicht zu den Ketzern, sondern hierher in den zehnten Graben des achten Kreises, weil ich mich oben auf der Erde damit beschäftigt habe, aus unedlen Metallen Gold zu machen.“

Dante wandte sich kopfschüttelnd zu Vergil und sagte:

„Es ist doch kein anderes Volk so beschränkt und aufgeblasen wie die Leute von Siena! Nicht mal die Franzosen!“

Der andere Aussätzige fand das offenbar auch. Als er Dantes Bemerkung hörte, sagte er ironisch, dessen Pauschalurteil über die Sienesen scheinbar einschränkend:

„Aber du wirst doch wenigstens Stricca ausnehmen, der mit seinem Vermögen so großartig haushalten konnte, dass er es ebensogut zum Fenster hätte hinauswerfen können! Oder Niccolo, der für die Küche das exquisite Vergnügen einführte, mit Nelken zu würzen, was in Siena natürlich ein Riesenerfolg wurde! Auch den munteren Klub kannst du nicht meinen, mit dem Caccia von Ascian seine Weinberge und seinen gesamten Grundbesitz verjubelte und den Abbagliato mit seinen Geistesblitzen bei Laune hielt!

Sieh mich mal genau an", fuhr er dann fort, „damit du siehst, wer dir hier mit seinen Auslassungen über die Leute in Siena so die Stange hält! Erkennst du mich nicht? Wir kannten uns doch! Oder bist du nicht der, den ich meine? Ich bin doch Capocchio, der Alchimist, der Metalle fälschte! Du musst dich doch daran erinnern, wie perfekt ich die Natur nachahmen konnte! Als ob ich ein Affe gewesen wäre!"

30. Kapitel

Weitere Fälscher – Gianni Schicchi und Myrrha – Meister Adamo – Die Frau des Potiphar – Zank zwischen Adamo und dem Griechen Sinon

Dann fielen Dante zwei Schatten auf, die in Raserei verfallen waren. Bei ihrem Anblick kamen ihm zwei Geschichten aus alter Zeit in den Sinn, in denen Menschen mit Wahnsinn geschlagen worden waren. Die eine war die Sage von Athamas. Danach hatte sich Jupiter in Semele verliebt, die Tochter des Königs von Theben, und mit ihr den Dionysos oder Bacchus gezeugt, der später als Gott des Weines verehrt wurde, und Semeles Schwester Ino hatte gemeinsam mit ihrem Mann Athamas, dem König der Stadt Orchomenos, den kleinen Neffen bei sich in der Familie aufgenommen. Juno, die Göttermutter, hatte daraufhin in ihrer Eifersucht zunächst ihrer Nebenbuhlerin Semele den Tod gebracht. Dann hatte sie sich an der Familie der Schwester gerächt: Sie hatte Athamas' Verstand verfinstert, sodass er seine Frau Ino und ihre beiden gemeinsamen Söhne nicht mehr erkannt, sondern sie für eine Löwin und ihre Jungen gehalten hatte. Er hatte sie in einem Netz gefangen und das eine der beiden Kinder, Learchus, an einem Felsen zerschmettert, und Ino hatte sich daraufhin aus Verzweiflung mit dem anderen Sohn ins Meer gestürzt. Außerdem musste Dante an Hekuba denken, die leidgeprüfte Königin von Troja. Als Fortuna den Hochmut der Trojaner gestraft hatte und die stolze Stadt mitsamt ihrem König Priamos zugrunde gegangen war, da hatte das Übermaß des Schmerzes den Geist seiner Witwe vernebelt. Die siegreichen Griechen hatten sie gefangengenommen, und in all dem Entsetzen hatte sie es auch noch erleben müssen, wie ihre Tochter Polyxena auf dem Grab des Achill geopfert wurde und ihr letzter Sohn Polydoros ermordet am Meeresstrand lag. Da war sie dem Wahnsinn verfallen und hatte wie ein Hund zu bellen angefangen.

Aber weder Thebaner noch Trojaner und Griechen, fand Dante, hatten derart gegen Tiere oder Menschen gewütet wie die beiden nackten Schatten, die er jetzt hier im zehnten Graben sah. Sie bissen um sich wie Schweine, die aus dem Stall ausgebrochen sind. Der eine ging auf die beiden Alchimisten los, biss Capocchio ins Genick und zerrte ihn über den Boden, sodass sein Bauch von der harten Erde aufgekratzt wurde. Capocchios Gefährte, Griffolino, fing an zu zittern und sagte zu Dante:

„Das ist Gianni Schicchi. Er ist wahnsinnig und fällt unentwegt andere an."

Daraufhin fragte Dante:

„Sagst du mir auch noch, wer die andere Seele ist, bevor sie wieder verschwindet? Ich wünsche dir, dass die nun nicht dir ihre Zähne in den Rücken schlägt!"

Griffolino antwortete:

„Das ist eine Seele aus alter Zeit, die berüchtigte Myrrha. Sie war die Tochter des Königs von Zypern und verliebte sich so heftig in ihren Vater, dass sie in der Dunkelheit zu ihm ging, ihm vorgaukelte, sie sei eine andere, und ihn so zur Blutschande brachte. Auch Gianni Schicchi hat so getan, als wäre er jemand anders, nämlich Buoso Donati, dessen Testament er wegen eines schönen Pferds fälschte. Das falsche Testament ließ er dann für echt erklären."

Gianni Schicchi war ein Florentiner Bürger gewesen. Er hatte das Testament seines verstorbenen Landsmanns Buoso Donati zu seinen eigenen Gunsten und zu denen von Buosos Neffen Simone gefälscht. Simone und Gianni hatten zu diesem Zweck den Tod des Buoso verschwiegen, Gianni hatte sich in dessen Bett gelegt, sich für den kranken Buoso ausgegeben und einem Notar ein neues Testament diktiert, in dem er sich selbst unter anderem ein besonders edles Pferd aus dem Besitz des Toten vermacht hatte.

Gianni Schicchi und Myrrha entfernten sich, und Dante sah ihnen nach. Dann schaute er sich weiter unter den Schatten um, und sein Blick blieb auf einem haften, der durch Wassersucht entstellt war. Weil die Lymphe seinen Körper nicht mehr richtig versorgte, hatte er ein abgemagertes Gesicht und einen dünnen Hals, aber einen aufgeblähten Bauch, so dass er, wenn man sich seine Beine wegdachte, wie eine Laute aussah. Seine Lippen klafften ihm vor Durst auseinander wie einem Schwindsüchtigen. Das war der Meister Adamo aus Brescia, der hier dafür büßte, dass er im Leben Goldmünzen gefälscht hatte. Die Florentiner Gulden aus seiner Werkstatt hätten aus purem, vierundzwanzigkarätigem Gold sein sollen, waren aber nur aus einundzwanzigkarätigem, denn drei Karat hatte Adamo durch schlechtere Metalle ersetzt.

Als Adamo die beiden Wanderer sah, sprach er sie an:

„Ihr beiden da! Ich weiß nicht, warum ihr hier in diesem trostlosen Land seid, wo ihr doch offenbar keinerlei Strafe verbüßen müsst, aber seht mein Elend an! Ich bin der Meister Adamo. Als ich noch lebte, hatte ich alles, was ich nur wollte, und was gäbe ich jetzt für einen einzigen Tropfen Wasser! Ich muss immer an die kühlen Bächlein denken, die im Casentino zum Arno hinabfließen und die weichen, fruchtbaren Wiesen bewässern, und diese Vorstellung quält mich noch mehr als die Wassersucht, die mein Gesicht so entstellt. So bestraft mich die göttliche Gerechtigkeit auch noch damit, dass mir ständig die schöne Landschaft in den Sinn kommt, wo ich meine Sünden begangen habe. Denn auf der Festung Romena im Casentino war es, wo ich meine Fiorini mit dem Bild Johannes des Täufers in minderwertigen Legierungen hergestellt habe. Dafür bin ich lebendig verbrannt worden. Aber wenn ich erleben dürfte, dass die Grafen von Romena hier dafür büßen müssen, Guido, Alessandro und der dritte, würde ich das nicht einmal für die Fontebranda eintauschen, die große Quelle in Siena. Denn die drei Brüder sind schuld, dass ich hier bin, sie haben mich dazu angestachelt, den Wert der Münzen um drei Karat zu vermindern. Graf Guido ist zwar schon tot und schon hier unten – wenn es stimmt, was ich von anderen Seelen erfahren habe –, aber was nützt mir das, wenn ich seine Qualen nicht sehen kann, mit meinen gelähmten Gliedern? Wenn ich mich auch nur ein bisschen bewegen könnte, und wäre es in hundert Jahren nur ein winziger Schritt, so hätte ich mich schon längst aufgemacht, um unter all diesen abscheulichen Leuten hier nach ihm zu suchen, obwohl dieser Graben elf Meilen umfasst und eine halbe Meile breit ist!"

Als Adamo schwieg, fragte ihn Dante:

„Wer sind denn die beiden traurigen Gestalten, die hier rechts neben dir liegen, dicht aneinander gedrängt, und dabei dampfen wie nasse Hände, die man im Winter aus heißem Wasser in die kalte Luft hält?"

„Die lagen schon so da, als ich hier hereingeschneit bin", antwortete Adamo. „Seitdem haben sie sich nicht ein einziges Mal bewegt, und ich glaube, sie werden bis zum jüngsten Tag so liegenbleiben. Das eine ist die Frau des Potiphar, die den Joseph vergeblich zu verführen versucht und ihn dann beschuldigt hat, er habe sie vergewaltigen wollen. Daneben liegt der hinterhältige Grieche Sinon, der mit falschen Vorspiegelungen die Trojaner dazu gebracht hat, das hölzerne Pferd und damit das Verderben in ihre Stadt zu lassen. Die beiden sind mit einer Krankheit geschlagen, die hohes Fieber mit sich bringt und macht, dass sie stinken."

Als Sinon hörte, wie Adamo über ihn sprach, wurde er wütend und schlug ihm die Faust in den prall gespannten Bauch, wovon der Bauch dröhnte wie eine Trommel. Daraufhin versetzte Adamo Sinon mit dem Arm einen harten Schlag ins Gesicht und bemerkte dazu:

„Ich kann zwar sonst kein Glied mehr regen, aber dafür reicht es!"

„Als man dich zum Scheiterhaufen brachte", giftete darauf Sinon, „hatte man ja dafür gesorgt, dass du deine Arme nicht mehr rühren konntest, aber beim Herstellen von falschem Geld waren sie noch ziemlich beweglich!"

„Du bist ja plötzlich so wahrheitsliebend!", erwiderte Adamo. „Als dich damals die Trojaner fragten, was es mit dem Pferd auf sich hat, warst du das keineswegs!"

„Ich habe bloß falsche Dinge gesagt", antwortete Sinon, „aber du hast falsches Geld gemacht! Außerdem bin ich nur wegen einer einzigen Sünde hier, aber du hast mehr auf dem Kerbholz als jeder Teufel!"

„Denk nur mal an das Pferd, du Lügner!", sagte daraufhin Adamo. „Du ärgerst dich bestimmt gewaltig, dass alle Welt die Geschichte kennt!"

„Und du", gab Sinon zurück, „ärgere dich nur richtig über deinen Durst, von dem dir die Zunge platzt, und über die faulen Säfte, von denen dir der Bauch so widerlich angeschwollen ist!"

„Und dir hat deine Bösartigkeit das Maul zerrissen!", rief Adamo. „Du hast's nötig, dich über meinen Durst und meinen aufgeblähten Bauch auszulassen! Du glühst vor Fieber, und außerdem brummt dir immerzu der Kopf! Stimmt's, du würdest selbst gern ein bisschen Wasser schlürfen, was? Ich wette, man müsste dich nicht lange bitten!"

Dante war ganz gefesselt von diesem Wortwechsel und hörte wie gebannt zu. Da drang plötzlich die Stimme Vergils an sein Ohr, der ihm in ärgerlichem Ton zurief:

„Nun sieh mal einer an! Du willst wohl, dass ich mich mit dir streite!"

Dante erschrak bis ins Mark. Er hätte vor Scham auf der Stelle in den Erdboden versinken mögen. ‚Wenn das doch jetzt nicht wahr wäre!', dachte er, wie einer, der etwas Schlimmes träumt und im Traum sehnlich wünscht, es möge doch nur ein Traum sein. Noch Jahre später wurde ihm tief unbehaglich zumute, wenn er an diesen Augenblick zurückdachte. Er wollte irgendetwas zu seiner Entschuldigung stammeln, aber es verschlug ihm regelrecht die Sprache. Da aber gerade seine Verstörtheit und Beschämtheit für ihn sprach, sagte Vergil schließlich:

„Schon gut! So sehr wie du dich offenbar schämst, würde das auch für eine schwerere Verfehlung mehr als ausreichen. Aber wenn du es hier unten noch einmal erleben solltest, dass man sich derart erbärmlich ankeift, dann mach dir bitte klar, dass ich deine Reaktionen mitbekomme. Bei so etwas genüsslich zuhören zu wollen ist unwürdig!"

31. Kapitel

Die Giganten im Schacht zwischen achtem und neuntem Höllenkreis – Nimrod – Ephialtes – Antäus – Vergil und Dante erreichen den Höllengrund

Vergils Einlenken tat Dante wohl. ‚Da hat mich ja', dachte er, ‚die gleiche Zunge geheilt, die mir vorher wehgetan und die Schamröte ins Gesicht getrieben hat! Es ist wie mit der Lanze, die Achill von seinem Vater erbte, die konnte auch mit dem ersten Schlag verwunden und mit dem zweiten heilen, wie man sich erzählt.'

Damit kehrten die beiden Dichter den Malebolge den Rücken und schlugen vom letzten Damm, auf dem sie sich befanden, schweigend die Querrichtung nach innen zu ein. In dem Dämmerlicht konnte man nicht weit sehen. Plötzlich erscholl ein fürchterlicher Hornruf, so laut, dass er jedes Donnerkrachen übertönt hätte. Dante meinte, sogar der Notruf des Ritters Roland, des Gefolgsmanns Karls des Großen, könne nicht derart gewaltig gewesen sein, obwohl dessen Horn, wie im Rolandslied zu lesen ist, dreißig Meilen weit zu hören gewesen war, bevor Roland mit seinen Mannen in der Schlacht fiel. Dante spähte in die Richtung, aus der der Schall gekommen war, und glaubte nach kurzer Zeit ausgemacht zu haben, dass sich da hinten viele hohe Türme in der Dunkelheit erhoben. Er fragte Vergil:

„Meister, was ist denn das dort für eine Stadt?"

Vergil antwortete:

„Da versuchst du nun im Finstern etwas zu erkennen und reimst dir irgendwas zusammen! Du wirst rasch merken, wie sehr sich das Auge aus zu großer Entfernung täuschen kann. Also lauf ein bisschen schneller, damit du bald aus der Nähe siehst, was da in Wirklichkeit ist!"

Aber gleich darauf nahm er ihn freundlich bei der Hand und sagte:

„Aber gut, eh es dir ganz unheimlich wird, will ich dir doch lieber jetzt schon sagen, was dich erwartet. Das da hinten sind nämlich keine Türme, sondern Riesen. Sie stehen im Kreis um den Schacht herum. Vom Nabel an abwärts stehen sie darin und ragen mit den Oberkörpern hier über seinen Rand hinaus in die Höhe."

Die beiden gingen auf die Stelle zu, und je näher sie kamen, umso besser konnte Dante mit den Augen die Dunkelheit durchdringen, wie wenn sich ein Nebel verflüchtigt und die Dinge sichtbar werden, die er verhüllt hat. Sein Irrtum war nun aufgeklärt, aber dafür bekam er es angesichts dessen, was sich hier seinen Augen allmählich auftat, erst richtig mit der Angst zu tun. Es war, wie Vergil gesagt hatte: Vor ihnen lag der Krater, in dem es zum tiefsten Grund der Hölle hinuntergeht, und darin standen gewaltige Riesen, die turmhoch aus der Tiefe emporragten. Dante fühlte sich bei diesem Anblick an die Ortschaft Monteriggioni im Elsa-Tal bei Siena erinnert, die von einem Mauerkreis mit vierzehn mächtigen Türmen umgeben ist. Es waren die Giganten, Kinder der Gäa, der Mutter Erde, die in Urzeiten im Kampf gegen die olympischen Götter unterlegen waren. Jupiter hatte sie am Ende mit dem Donnerkeil zu Boden geschleudert, und noch jetzt spürten sie seine Macht, wenn es donnerte. Im Näherkommen konnte Dante den zunächst stehenden Riesen immer deutlicher erkennen. Sein Gesicht war so lang wie der große bronzene Pinienzapfen, der damals vor der Peterskirche in Rom aufgestellt war und über vier Meter misst, und von entsprechender Größe waren seine Schultern, sein Oberkörper und die gewaltigen Arme, die ihm an den Seiten hinabhingen. Der Schacht verbarg den unteren Teil seines Körpers, aber schon allein sein Rumpf vom Hals bis zum Nabel war dreißigmal länger als eine menschliche Handspanne ist, wenn man Daumen und kleinen Finger nach außen spreizt. Selbst wenn man drei Männer aus Friesland übereinanderstellen würde, dachte Dante, wäre sein Oberkörper immer noch länger! Wie gut, ging es ihm durch den Kopf, dass die Natur es aufgegeben hat, solche Lebewesen zu erschaffen. Großen Tieren wie Elefanten und Walen kann der Mensch seinen Verstand entgegensetzen, jedoch gegen angriffslustige Wesen, die ihm geistig ebenbürtig, aber in ihrer körperlichen Kraft überlegen sind, wäre jeder Kampf aussichtslos.

„Raphèl maí amècche zabí almí!" So schrie der Riese den beiden Wanderern entgegen, in gänzlich rätselhaften Worten, doch schien genau das dem wilden Mund eher angemessen, als es freundlichere Laute gewesen wären.

Vergil rief ihm zu:

„Du dumme, verwirrte Seele, wenn du nicht weißt, wohin mit deiner Erregung und Wut, so tob dich an deinem Horn aus, das dir auf der Brust hängt! Fass dich an den Hals, dann spürst du den Strick, an dem es befestigt ist!"

Dann wandte er sich zu Dante und erklärte ihm:

„Das ist Nimrod, der König von Babylon war und deshalb verantwortlich ist für den Bau des großen Turms. Er ist hier den Giganten zugesellt. Damit, dass er in einer unverständlichen Sprache spricht, klagt er sich selbst an, denn den Menschen wurde ja als Strafe für den frevelhaften Turmbau die Sprache verwirrt. Überlassen wir ihn seinem Schicksal! Mit ihm zu reden ist sinnlos, denn er versteht ebenso wenig irgendeine andere Sprache, wie wir seine verstehen."

Die beiden Wanderer wandten sich nach links, gingen an Nimrod vorbei und im Bogen weiter. Nach einer Weile stand da der nächste Riese. Er war noch um einiges größer und wirkte noch viel wilder als Nimrod. Eine gewaltige Kette fesselte ihm den linken Arm an die Brust und den rechten auf den Rücken. Sie war so lang, dass sie seinen Oberkörper fünfmal umschlang. Dante rätselte, wer wohl in der Lage gewesen sein mochte, ihm diese Kette anzulegen.

„Der hier", erklärte Vergil, „ist Ephialtes. Er war einer von denen, die so vermessen waren, sich mit Jupiter anzulegen. Immerhin jagte er mit seiner Armeskraft sogar den Göttern Angst ein, weshalb seine Arme für immer unbeweglich gemacht worden sind."

Dante sagte:

„Ob ich wohl auch den Giganten Briareus zu sehen bekomme? Er soll so unmäßig groß gewesen sein!"

Vergil antwortete:

„Du wirst stattdessen den Antäus kennenlernen. Er steht hier in der Nähe, während wir zu Briareus viel länger brauchen würden. Außerdem kann Antäus sich bewegen und mit uns sprechen. Wir werden seine Hilfe in Anspruch nehmen, denn er wird es sein, der uns auf dem Höllengrund absetzt. Briareus dagegen ist wie Ephialtes gefesselt und sieht auch nicht anders aus als er, nur noch wilder."

Als Ephialtes hörte, Briareus sehe wilder aus als er, schüttelte er sich, und zwar mit solcher Kraft, dass es schlimmer war als jedes Erdbeben. Dante erschrak furchtbar und meinte sterben zu müssen vor Angst. Er war nur froh, dass Ephialtes gefesselt war, und ging mit Vergil weiter, bis sie zu Antäus kamen.

Antäus ragte, den Kopf nicht mitgerechnet, gut fünf Ellen aus dem Schacht heraus. Er war ebenfalls ein Sohn der Gäa, aber erst nach dem Kampf der Giganten gegen die Götter geboren worden. Auf Erden hatte er in einer Höhle bei dem Fluss Bagrada in Nordafrika gelebt, wo ganz in der Nähe etwa zweihundert Jahre vor dem Erscheinen Christi die Schlacht von Zama stattgefunden hatte, bei der die Römer unter der Führung Scipios des Älteren das karthagische Heer unter Hannibal besiegt hatten. Antäus hatte sich zu Lebzeiten von der Löwenjagd ernährt. Jede Berührung mit seiner Mutter Erde hatte ihm immer wieder neue Kraft gegeben. Am Ende war er aber doch von dem Helden Herkules erwürgt worden, der ihn zu diesem Zweck in die Luft gehalten hatte, um ihn von der Kraftzufuhr durch die Erde abzuschneiden.

Vergil sprach den Riesen mit ausgesuchter Höflichkeit an:

„O du, der du dir nach dem glücklichen Ausgang der Schlacht von Zama zahllose Löwen zur Nahrung erbeutet hast und von dem man, wie es scheint, annehmen darf, dass du deinen Brüdern bei ihrem großen Krieg gegen die Götter zum Sieg verholfen hättest, wenn du denn damals schon dabeigewesen wärst! Es möge dir nicht unter deiner Würde erscheinen, dich zu uns herabzuneigen, uns in die Hand zu nehmen und uns da unten auf dem Grund abzusetzen, wo es so kalt ist, dass die Wasser des Cocytus-Flusses gefrieren. Bitte verzieh dein Gesicht nicht so! Wir möchten uns nur ungern an andere Riesen wie Tityos oder Typhon wenden müssen. Du solltest bedenken, dass der, den ich hier begleite, in der Lage ist, für dein Entgegenkommen später oben auf der Erde vor den Leuten dein Lob zu singen. Das ist doch genau das, was man sich hier unten immer wünscht! Er ist nämlich ein Lebender und hat voraussichtlich noch ein langes Leben vor sich, jedenfalls wenn ihn die höchste Gnade nicht vor der Zeit abberuft."

Antäus gab sich nicht die Mühe, irgendetwas zu antworten. Ehe Vergil sich's versah, hatte der Riese mit seinen kampferprobten Händen bereits nach ihm gegriffen. Vergil reagierte augenblicklich, packte seinerseits mit den Worten „mach dich her, schnell!" seinen Schützling und zog ihn an sich, und schon hob Antäus seine Hand mit den beiden Dichtern darin hoch, bewegte sie über den Rand des Trichters und führte sie im Schacht nach unten. Als Dante so in der Luft schwebte und aus der Hand des Riesen zu dem sich Hinabbeugenden emporsah, wurde ihm schwindlig vor Angst, und er wünschte, es hätte einen anderen Weg gegeben, auf den Höllengrund zu gelangen. Er musste an den Garisenda-Turm in Bologna denken, der so schief gebaut ist, dass man, wenn man an ihm hinaufschaut und eine Wolke darüber hinzieht, das Gefühl hat, der Turm bewege sich und müsse einem im nächsten Augenblick auf den Kopf fallen.

Aber Antäus setzte die beiden sanft tief unten auf dem Grund der Hölle ab, dem Ort, wo Luzifer und Judas zu finden sein würden. Dann erhob er sich sogleich wieder zu voller Größe, wie ein Mastbaum im Schiff.

32. Kapitel

Der neunte Kreis – Die Verräter im Eis – Die Verräter von Verwandten in der Kaina – Die politischen Verräter in der Antenora – Bocca degli Abati

Als Dante Jahre nach seiner Pilgerfahrt mit seiner Erzählung an dieser Stelle angekommen war, beschlich ihn Verzagtheit angesichts dessen, was er nun vor sich hatte. Es war kein Kinderspiel, das traurige Loch zu beschreiben, das den Mittelpunkt der ganzen Welt bildet! Würde er in der Lage sein, eine angemessene Sprache zu finden? Eigentlich hätte sie härter und schroffer sein müssen als die Sprache, die ihm sonst zur Verfügung stand, und so war zu befürchten, dass seine Schilderung nur einen unvollkommenen Eindruck von dem Erlebten geben würde. Deshalb rief er die Musen um Hilfe an. Die hatten es, wie die Alten erzählten, seinerzeit sogar erreicht, dem Lyraspiel des Königs Amphion von Theben einen derart unwiderstehlichen Klang zu verleihen, dass sich die Steine in Bewegung gesetzt und von selbst zu einer Stadtmauer zusammenfügt hatten. Mit ihrem Beistand, so hoffte er, würde es ihm gelingen, eine dem Schrecklichen angemessene Ausdrucksform zu finden. Dann dachte er an die, die dort unten in der tiefsten Hölle büßten. Dieses Pack, so war sein Gedanke, ist schlimmer als alle anderen! Sie sind bereits böse auf die Welt gekommen, meinte er, und wären besser als Tiere geboren worden.

Der neunte Kreis der Hölle, der Höllengrund, liegt im Mittelpunkt der Erde und damit, wie gesagt, des gesamten Alls, denn die Erdkugel ruht im Zentrum des Universums. Der Grund der Hölle ist ein kreisförmiger, zur Mitte hin abfallender Gletscher, der durch das gefrorene Wasser des Flusses Cocytus gebildet wird. In ihm werden die Verräter bestraft. Er besteht aus vier Abteilungen, die jedoch nicht sichtbar voneinander abgegrenzt sind. Die erste ist die Kaina, die nach Kain heißt, dem Sohn von Adam und Eva, der seinen Bruder Abel erschlug, und wo die bestraft werden, die Verwandte verraten haben. In der Antenora, benannt nach dem Trojanerfürsten Antenor, der seinem Volk zugunsten der Griechen die Treue brach, büßen die Vaterlands- und Parteiverräter. Die dritte Abteilung ist die Ptolemea. Dort wird der Verrat an Freunden und Gastfreunden geahndet, wie ihn nach dem Zeugnis der Bibel Ptolemäus, der Statthalter von Jericho, an Simon Makkabäus und seinen Söhnen verübte. Die Judecca schließlich ist der Strafort der ruchlosesten aller Verräter. Sie hat ihren Namen von Judas Ischarioth, dem Jünger, der den Heiland verriet.

Als Antäus die beiden Dichter am Rand des Höllengrunds abgesetzt hatte, schaute Dante noch einmal hinauf. Hoch über sich sah er die Füße der Riesen auf einem Mauersims stehen. Da hörte er eine Stimme, die zu ihm sagte:

„Pass nur auf, dass du nicht auf die Köpfe von uns armen Seelen trittst!“

Dante schaute sich um und bemerkte nun den Eissee, der sich zu seinen Füßen ausbreitete. Die Eisschicht sah aus, als wäre sie aus Glas, und war dicker als selbst nördlich gelegene Flüsse wie die Donau oder der Don sie im Winter bilden. Nicht einmal wenn ein Berg darauffiele, so hoch wie der Tambura oder der Pietrapana in den Apuanischen Alpen, dachte Dante, würde es auch nur am Rande des Eises knacken! Im Eis steckten überall Seelen von Verdammten, bis zum Hals, nur ihre Köpfe ragten heraus. Ihre Gesichter, blaugefroren und rot vor Scham, hatten sie nach unten auf die Eisschicht gerichtet. Dabei weinten sie und klapperten mit den Zähnen. Dante kam dabei in den Sinn, wie es ist, wenn im Sommer die Frösche ihre Mäuler zum Quaken aus dem Wasser halten und der Storch mit klapperndem Schnabel über die Wiese stelzt.

Zwei Seelen sah er direkt vor seinen Füßen. Sie steckten so dicht beieinander, dass ihre Haare miteinander verflochten waren. Dante sprach sie an:

„Wer seid denn ihr? Ihr liegt ja hier so Brust an Brust!"

Als die beiden Dantes Stimme hörten, reckten sie die Hälse nach oben und schauten ihn an. Weil sie aber die Köpfe nun nicht mehr gesenkt hielten, konnten ihre Tränen nicht mehr nach unten fallen und gefroren deshalb im Gesicht. Das Eis haftete auf der Stelle fest an ihren Augen, fester als zwei Holzteile aneinanderhaften, die von einer Metallklammer zusammengehalten werden. Darüber gerieten sie in so wütende Verzweiflung, dass sie wie zwei Ziegenböcke mit ihren Köpfen gegeneinanderstießen.

Statt der beiden antwortete ein Dritter auf Dantes Frage. Ihm waren beide Ohren abgefroren. Er behielt seinen Kopf gesenkt, während er sprach:

„Was guckst du dir so genau unsere Gesichter an, wie sie sich im Eis spiegeln? Die beiden da sind die Brüder Napoleone und Alessandro degli Alberti. Sie haben von ihrem Vater, dem Grafen Alberto, Besitztümer im Bisenzio-Tal bei Prato geerbt und sich im Streit darum gegenseitig den Garaus gemacht. Du wirst in der ganzen Kaina niemanden finden, der würdiger als diese beiden wäre, hier im Eis zu stecken wie in der Gelatine. Dabei haben wir durchaus noch ein paar andere hier, die auch ihr Teil geleistet haben! Da wäre zum Beispiel Mordred, der seinen Vater umbringen wollte, den König Artus, um selbst ans Ruder zu kommen. Der kam ihm aber zuvor und durchbohrte ihn mit seinem Speer. Das Loch, das er dabei in Mordreds Körper stach, war so groß, dass die Sonne durchschien, und an genau der gleichen Stelle unterbrach die Sonne auch den Schatten, den sein toter Körper warf. Das da ist der Verwandtenmörder Focaccia aus Pistoia. Der hier, dessen Kopf ich vor der Nase habe, ist Sassol Mascheroni aus Florenz, der seinen Neffen auf dem Gewissen hat, den er beerben wollte. Wenn du auch aus der Toskana stammst, kennst du die Geschichte ja. Und eh du lange fragst: Ich selbst bin Camiscion dei Pazzi, und mein Vetter Carlin wird sicher auch eines Tages herkommen. Gegen den war ich ein Waisenknabe!"

Camiscione dei Pazzi, der Dante in dieser Weise einige seiner Leidensgenossen vorstellte, war hier, weil er hinterrücks einen Verwandten ermordet hatte, um einige Festungen, die ihnen gemeinsam gehört hatten, allein zu besitzen. Sein Vetter Carlino wiederum würde, wie Camiscione voraussah, demnächst ein Kastell, das von seiner Partei, den Weißen, gehalten wurde, gegen Geld den Schwarzen ausliefern. Es war also zu erwarten, dass er nach seinem Tod zu den politischen Verrätern in die nächste Abteilung des neunten Kreises, die Antenora, kommen würde.

Vergil und Dante gingen weiter, der Mitte des Höllenkraters entgegen. Die Seelen, die sie nun sahen, steckten ebenfalls bis zum Hals im Eis, hatten ihre Köpfe aber erhoben. Überall, wohin Dante blickte, sah er in blau angelaufene Gesichter. Der Anblick widerte ihn so an, dass er gefrorene Pfützen fortan nie mehr ohne Ekel betrachten konnte. Die ganze Zeit zitterte er vor Kälte.

Wie er so zwischen den Köpfen hindurchging, passierte es ihm, dass er einer der Seelen mitten ins Gesicht trat. Später war er sich allerdings nicht mehr ganz sicher, ob das wirklich ein Versehen war oder doch Absicht oder vielleicht Fügung. Die Seele heulte auf und schrie:

„Was trittst du mich? Wenn du nicht meine Strafe wegen der Montaperti-Sache verschärfen sollst, was willst du dann von mir?"

Als Dante das hörte, kam ihm der Verdacht, dass es sich bei der Seele um seinen Landsmann Bocca degli Abati handeln könnte, der vierzig Jahre zuvor die Niederlage seiner eigenen Partei, der Florentiner Guelfen, in der Schlacht von Montaperti verursacht hatte, indem er dem Bannerträger den Arm mit der Fahne abgeschlagen und damit das Zeichen zum Abfall und Verrat gegeben hatte, eine vielberufene und folgenschwere Untat. Dante sagte zu Vergil:

„Meister, bitte warte einen Augenblick! Ich muss mir unbedingt Gewissheit verschaffen, wer das hier ist. Danach kannst du mich antreiben, soviel du willst."

Darauf blieb Vergil stehen, während der Schatten im Eis weiter schimpfte und fluchte. Dante rief ihn an:

„Wer bist denn du, dass du hier so herumbrüllst?"

„Und wer bist du", gab die Seele zurück, „dass du hier einfach durch die Antenora gehst und anderen ins Gesicht trittst? Unter Lebenden wäre das unerhört!"

„Ich *bin* am Leben", erwiderte Dante, „und wenn du auf Ruhm aus bist, sollte es dich freuen, wenn ich in meinem Reisebericht auch dich erwähne."

„Das wäre das letzte, was ich will!", antwortete der Schatten. „Mach dich bloß fort und lass mich in Ruhe! Mit deinen Nettigkeiten bist du hier unten völlig falsch!"

Darauf packte ihn Dante bei den Haaren und fuhr ihn an:

„Entweder sagst du mir, wie du heißt, oder ich reiß dir die Haare aus!"

Die Seele antwortete:

„Und wenn du kein einziges Haar auf meinem Schädel lässt und mir noch so oft auf den Kopf trittst, kriegst du von mir meinen Namen nicht zu hören!"

Da schlang Dante seine Faust um die Haare des Schattens und riss ihm einige Büschel aus. Der zog den Kopf ein und jaulte wie ein Hund. Ein Leidensgenosse rief ihm zu:

„Was ist denn mit dir los, Bocca? Welcher Teufel hat dich denn geritten? Reichts dir nicht, mit den Zähnen zu klappern, musst du auch noch bellen?"

Nun war der Name gefallen, und Dante wusste, dass er tatsächlich den Verräter Bocca vor sich hatte. Er sagte zu ihm:

„Jetzt kannst du von mir aus den Mund halten, du niederträchtiger Schuft! Zu deiner Schande werde ich überall weitererzählen, dass ich dich hier getroffen habe."

„Verschwinde", erwiderte Bocca, „und erzähl meinetwegen, was du willst! Aber dann vergiss auch den hier nicht zu erwähnen, der grade so flott meinen Namen genannt hat. Das ist nämlich Buoso da Duera, der wird hier tiefgekühlt, weil er als ghibellinischer Feldherr seine Leute gegen Geld den Franzosen ans Messer geliefert hat. Und wenn dich die Leute fragen, wen du noch so alles hier unten gesehen hast: Der da neben dir wäre beispielsweise Tesauro dei Beccheria aus Pavia. Der hat als päpstlicher Gesandter mit den Ghibellinen angebandelt, deswegen haben sie ihn in Florenz einen Kopf kürzer gemacht. Außerdem sind hier, glaube ich, noch Gianni de' Soldanieri, der von den Ghibellinen zu den Guelfen übergelaufen ist, und Ganelon von Mainz, durch dessen Hinterhältigkeit die Leute Karls des Großen die Schlacht von Roncesvalles verloren haben, und auch Tebaldello Zambrasi, der heimlich bei Nacht die Tore seiner Heimatstadt Faenza geöffnet und den Feind hineingelassen hat."

Dante und Vergil überließen Bocca seinem Schicksal und gingen weiter. Bald fielen Dante unter den vielen Schatten, die im Eis steckten, zwei weitere auf. Der eine hatte seinen Kopf wie einen Hut auf dem Kopf des anderen, und als hätte er Hunger, biss er von oben seinem Leidensgenossen in den Nacken. Dante musste an die alte Geschichte von den sieben Königen denken, die Theben belagert hatten. Danach war einer von ihnen, Tydeus, von dem Thebaner Menalippus tödlich verletzt worden, hatte es aber noch vor seinem eigenen Tod geschafft, den Angreifer zu köpfen, und dann voller Hass seine Zähne in die Schläfen des abgetrennten Kopfes geschlagen.

Dante sprach den, der seinen Schicksalsgenossen da so schrecklich zurichtete, mit folgenden Worten an:

„Warum zeigst du denn dem da deinen Hass auf so tierische Weise, dass du ihn isst? Ich verspreche dir, dass ich mich dafür erkenntlich zeigen werde, wenn du mir das erzählst! Sag mir, wer ihr beide seid und was er dir getan hat, und wenn du mir glaubhaft machen kannst, dass du ihn mit Recht verabscheust, werde ich den Menschen oben auf der Erde davon berichten, falls mir die Zunge im Mund nicht vorher vertrocknet."

33. Kapitel

Die Erzählung des Grafen Ugolino – Die Verräter von Gastfreunden in der Ptolemea – Bruder Alberigo und Branca Doria

Der so Angesprochene ließ von seinem viehischen Fraß ab, wischte sich seinen Mund mit den Haaren seines Opfers ab, dessen Kopf er verstümmelt hatte, und antwortete wie folgt:

„Du verlangst nichts anderes, als dass ich den rasenden Schmerz erneut in mir hervorrufe, der mir das Herz jedesmal zusammenpresst, wenn ich an meine schrecklichen Erlebnisse denke. Aber wenn ich diesem Verräter hier damit schaden kann, will ich dir davon erzählen, auch wenn es nur unter Tränen gehen wird."

Die Seele, die hier so zu Dante sprach, war die des Grafen Ugolino della Gherardesca. Ugolino war, etwa zur Zeit von Dantes Kindheit, ein mächtiger Mann in Pisa gewesen. Pisa war damals ghibellinisch und auch Ugolino von Haus aus Ghibelline gewesen, doch hatte er zwischen den Parteien laviert und zeitweise mit den guelfischen Feinden gemeinsame Sache gemacht; auch ging die Rede, er habe einige Pisaner Festungen den Feinden überlassen. So büßte er nun als Vaterlandsverräter in der Antenora. Ugolinos engster Vertrauter war lange Zeit der Erzbischof von Pisa gewesen, Ruggieri degli Ubaldini. Doch der hatte ihn dann verraten, sich mit einigen einflussreichen Familien gegen ihn zusammengetan, ihn gefangengenommen und schließlich mit vier seiner Kinder im Turm der Familie Gualandi dem Hungertod preisgegeben.

„Ich weiß weder, wer du bist", fuhr Ugolino fort, „noch wie du hierher gekommen bist, aber du scheinst, deiner Mundart nach zu urteilen, aus Florenz zu sein. Du musst wissen, dass ich der Graf Ugolino bin, und der hier ist der Erzbischof Ruggieri. Dir als Toskaner muss ich die ganze Vorgeschichte wohl nicht erzählen. Ich habe ihm vertraut, und er hat mich verraten und umgebracht, das ist ja bekannt. Aber wie grausam mein Tod war, das kannst du nicht wissen, und das sollst du jetzt erfahren, damit du verstehst, warum ich ihn so hasse.

Es war einige Monate, nachdem ich mit meinen Kindern in den Turm gesperrt worden war, der früher Mauserturm hieß und jetzt Hungerturm genannt wird. Man sollte nie wieder jemanden darin einschließen! Durch einen kleinen Spalt im Mauerwerk konnte ich den Mond zu- und abnehmen sehen, deshalb wusste ich, wieviel Zeit wir dort schon zugebracht hatten. Da hatte ich eines Nachts einen prophetischen Traum. Ich träumte, der Erzbischof Ruggieri würde eine Treibjagd auf einen Wolf und seine Jungen veranstalten und sie zum Monte San Giuliano zwischen Pisa und Lucca hetzen. Mit mageren, gierigen abgerichteten Hündinnen schickte er die Familien der Gualandi, der Sismondi und der Lanfranchi vor. Die Wölfe verließ rasch die Kraft, und die Hunde schlugen ihnen die Zähne in die Seiten. Als ich erwachte – es war noch vor Morgengrauen –, hörte ich die Kinder im Schlaf weinen und nach Brot rufen, und ich ahnte, was uns erwartete.

Wenn dich das nicht erschüttert", unterbrach er seine Erzählung unvermittelt, „erschüttert dich gar nichts! Worüber weinst du denn überhaupt, wenn dich das nicht zum Weinen bringt?

Die Kinder erwachten", fuhr er dann fort. „Auch sie hatten schwer geträumt und waren voller Angst. Um die Zeit, wo uns sonst immer das Essen gebracht wurde, hörte ich unten schwere Hammerschläge. Ich erstarrte und schaute die Kinder wortlos an, denn ich begriff, dass die Eingangstür vernagelt wurde. Die Kinder fingen wieder an zu weinen, und mein Anselmuccio fragte: ‚Wie schaust du denn, Vater? Was hast du?' Ich war unfähig zu antworten, auch weinen konnte ich nicht, und so saß ich stumm den ganzen Tag und die nächste Nacht durch bis zum folgenden Morgen da.

Als die ersten Sonnenstrahlen in den Kerker fielen und ich in den vertrauten Gesichtern der Kinder meine eigenen Züge sah, biss ich mir vor Jammer in die Hände. Die Kinder dachten, ich hätte das aus

Hunger getan, sprangen auf und riefen: ‚Vater, dir verdanken wir unser Fleisch, dir geben wir es gern! Es wäre uns wohler, wenn du von unseren Körpern essen würdest.' Da nahm ich mich ihnen zuliebe zusammen, und wir saßen wieder schweigend da, zwei volle Tage lang. Warum hat sich da nicht die Erde unter uns aufgetan?

Am vierten Tag warf sich mein Gaddo vor mir auf den Boden, rief: ‚Mein Vater, warum hilfst du mir nicht?' und starb. Am fünften und sechsten Tag habe ich, so wie du mich hier siehst, auch die anderen drei sterben sehen, Anselmuccio, Uguiccione und Brigata. Zwei Tage lang tappte ich noch mit blinden Augen auf ihren Körpern herum und rief nach ihnen. Dann aber siegte der Hunger über meinen Schmerz."

Und damit warf er sich mit wild rollenden Augen wieder auf den Erzbischof und schlug ihm wie ein Hund seine Zähne in den Schädel.

„O Pisa!", kommentierte Dante, als er später Ugolinos Geschichte niederschrieb. „Du bist eine Schande für die Bewohner des schönen Italien, wie Theben für das alte Griechenland. Da deine Nachbarn sich nicht zu einem Strafzug gegen dich entschließen können, sollten die umliegenden Inseln wie Capraia und Gorgona ihren Ort im Meer verlassen, sich in Bewegung setzen und die Mündung des Arno verstopfen, damit deine Einwohner bis auf den letzten Mann ertrinken! Denn auch wenn es stimmen sollte, dass Ugolino ein paar Kastelle an den Feind verschachert hat, hättest du doch nie und nimmer die unschuldigen jungen Kinder einer solchen Qual aussetzen dürfen!"

Vergil und Dante gingen weiter und erreichten die Ptolemea. Die Seelen, die nun in ihr Blickfeld kamen, steckten auf dem Rücken liegend im Eis. Ihre Gesichter waren also nach oben gerichtet, und so konnten ihre Tränen nicht abfließen, versperrten einander gefrierend den Weg und stauten sich nach innen ins Auge hinein, wodurch der Schmerz, den diese Seelen empfanden, noch schlimmer war als der, dem die Sünder in den beiden vorigen Abteilungen des neunten Kreises ausgesetzt waren.

Die Kälte hatte Dantes Gesicht ganz gefühllos gemacht, als wäre es mit Hornhaut überzogen gewesen. Trotzdem glaubte er einen leichten Windzug zu verspüren und erkundigte sich bei Vergil:

„Meister, was ist denn das? Ich dachte, hier unten ist jeder Hauch erstorben?"

Vergil antwortete:

„Du wirst bald mit eigenen Augen sehen, woher dieses Wehen kommt."

Plötzlich schrie ein Verdammter aus dem Eis den beiden zu:

„Ihr harten Seelen da! Offenbar müsst ihr ganz nach unten, da entfernt mir doch bitte auf eurem Weg das Eis von den Augen, damit ich mich ein bisschen von meinem Schmerz erholen kann, bevor meine Tränen von neuem gefrieren!"

„Erst musst du mir sagen, wer du bist!", antwortete Dante. „Wenn ich dir dann nicht helfe, will ich bis zum allertiefsten Grund des Eises gehen müssen."

„Ich bin Bruder Alberigo", sagte die Seele darauf, „der mit den mörderischen Früchten. Meine Schuld war schwer, aber die Strafe ist noch schwerer."

Alberigo dei Manfredi aus Faenza, ein Mitglied des Ordens der „Frati gaudenti" oder lustigen Brüder, von denen Dante im sechsten Graben des achten Kreises schon zweien begegnet war, hatte zwei seiner Verwandten, mit denen er im Streit gelegen hatte, heuchlerisch zu einem Versöhnungsmahl geladen und sie dann auf den vereinbarten Ruf „Bringt das Obst!" hin bei Tisch umbringen lassen. Dante war sehr erstaunt, ihn hier unten zu sehen, denn ihm war nicht zu Ohren gekommen, dass Alberigo schon gestorben wäre.

„Aber ich dachte, du lebst noch!", sagte er also.

„Ich habe keine Ahnung, was mein Körper da oben macht", erwiderte Alberigo und fügte sarkastisch hinzu: „Das ist das Schöne an der Ptolemea, dass man schon hierher kommen kann, ehe man überhaupt tot ist!

Damit du mir auch bestimmt hilfst, das Eis von den Augen abzukriegen", sagte er dann, „will ich dir das genauer erklären. Wenn jemand in ähnlicher Weise Verrat übt, wie ich es getan habe, wird der

Körper nämlich auf der Stelle von einem Teufel in Besitz genommen. Der vertreibt die Seele, und die stürzt sofort hier hinunter. Das war bei mir so, und bei dem hier hinter mir, Branca Doria, war es genauso. Als der vor ein paar Jahren hierher ins Eis kam, lebte sein Körper auch noch. Vielleicht lebt er sogar immer noch, das weißt du besser, du kommst ja grade erst von da oben."

„Du willst mich wohl auf den Arm nehmen!", rief Dante. „Branca Doria erfreut sich bester Gesundheit, er isst und trinkt und schläft und trägt Kleider!"

Branca Doria, von dem hier die Rede war, lebte in der Tat noch, auch noch lange nach Dantes Jenseitsfahrt. Er stammte aus Genua und hatte vor einigen Jahren seinen Schwiegervater, Michele Zanche, zu einem Festessen eingeladen und ihn dabei ermordet, um ihn auf seiner Stelle als Statthalter auf Sardinien beerben zu können. Ein Neffe hatte ihm bei dieser Bluttat geholfen. Von Michele Zanche war in dieser Erzählung übrigens bereits die Rede: Er büßte mit anderen Staatsbetrügern und bestechlichen Beamten im Pechsee, im fünften Graben des achten Höllenkreises.

„Der ermordete Michel Zanche", klärte Alberigo Dante auf, „war noch nicht im Pech bei den Malebranche angekommen, als die Dämonen auch schon in die Körper der Mörder, Branca Doria und seines Neffen, fuhren und deren Seelen in den Cocytus stürzten.

Aber jetzt mach mir bitte wie besprochen das Eis von den Augen ab!"

Doch Dante hatte seine Antwort auf Alberigos Bitte absichtlich so formuliert, dass er nicht wortbrüchig wurde, wenn er sie nicht erfüllte. Er dachte nicht daran, diesem Verräter Erleichterung zu verschaffen, sondern hielt es vielmehr für angemessen, schroff mit ihm umzugehen.

Auch über Genua, die Stadt, die Branca Doria hervorgebracht hatte, stieß Dante später, als er in der Verbannung seine Erlebnisse aufschrieb, Verwünschungen aus.

„O ihr Genuesen", schrieb er, „ihr seid doch ohne jede Sitte und voller Laster! Warum hat man euch noch nicht aus der Welt geschafft? Da habe ich nun zwei Verbrecher gesehen, die so Schreckliches begangen haben, dass ihre Seelen bereits in der Hölle gelandet sind, während die Körper auf der Erde sich noch lebendig wähnten, und der eine von ihnen war das schlimmste Scheusal, das die Romagna jemals hervorgebracht hat, und der andere war aus Genua!"

34. Kapitel

Die Judecca – Luzifer – Die Erzverräter Judas, Brutus und Cassius – Überwindung des Erdmittelpunktes und Aufstieg zur südlichen Erdhalbkugel

„Vexilla regis prodeunt", zitierte Vergil, als sie sich nun dem eigentlichen Mittelpunkt der Hölle näherten, „die Banner des Königs rücken vor!" Und er fügte noch ein Wort an und verkehrte die Worte dieses frühmittelalterlichen Christushymnus damit gewissermaßen in ihr Gegenteil: „Vexilla regis prodeunt *inferni*! Die Feldzeichen des *Höllen*fürsten kommen näher! Sieh nach vorn", forderte er Dante auf, „ob du ihn erkennst!"

Dante spähte durchs Zwielicht, wie wenn man bei Nacht und Nebel etwas zu erkennen versucht, und glaubte in der Ferne eine Art Bauwerk auszumachen, vielleicht so etwas wie eine Windmühle. Jedenfalls wehte ein starker Luftzug. Da es keine andere Zufluchtsmöglichkeit gab, suchte er hinter Vergils Rücken Schutz vor dem Wind.

Sie waren nun in der Judecca, der letzten und am tiefsten gelegenen Abteilung der Hölle, wo die schlimmsten aller Verräter ihre Strafe empfangen. Noch nach Jahren, beim Schreiben seines Berichts, überkam Dante wieder die Angst, die er da empfunden hatte. Die Seelen hier waren vollständig von Eis umgeben, tiefgefroren und durchscheinend wie Strohhalme unter Glas. Einige lagen waagerecht in der Eisschicht, andere steckten aufrecht oder kopfüber darin, manche auch bogenförmig, sodass sie das Gesicht zu den Füßen gewendet hatten.

Als sie eine Weile gegangen waren, trat Vergil ein wenig zur Seite, sodass Dante nicht mehr von seinem Rücken geschützt war, forderte ihn auf stehenzubleiben und sagte:

„Jetzt musst du stark sein. Dort ist er, der Dis."

Dante war es, als ob er innerlich vereise. Vor ihm saß der Höllenfürst. Der Leser, wenn er ein wenig Verstand hat, möge versuchen, sich in Dantes Zustand hineinzudenken, für den jedes Wort zu schwach wäre. Er war starr und sprachlos vor Angst und Schrecken und hatte das Gefühl, weder leben noch sterben zu können.

Luzifer, der einst so schöne Engel, der sich gegen Gott aufgelehnt hatte und deshalb vom Himmel in die Tiefe gestürzt worden war, Dis oder Satan, wie er auch genannt wird, ragte von der Brust an aus dem Eis empor. Er war ungeheuer groß. Allein seine Arme waren so gewaltig, dass der Größenabstand von einem Mann wie Dante zu einem Riesen immer noch geringer gewesen wäre als der von einem Riesen zu diesen Armen. Wenn er, dachte Dante, früher wirklich so schön war, wie er jetzt grauenhaft anzusehen ist, und sich dennoch gegen seinen Schöpfer erhoben hat, muss er wirklich der Inbegriff des Bösen sein!

Als ein besonderes Wunder erschien es Dante, dass Luzifer zwar nur einen Kopf, aber drei Gesichter hatte, eins in der Mitte und zwei weitere, die sich über seinen Schultern befanden und sich in Höhe des Scheitels mit dem mittleren vereinigten. Das mittlere Gesicht war rot, das rechte weißlich-gelb und das linke schwarz wie die Hautfarbe der Äthiopier. Luzifer hatte sechs Flügel, zwei unter jedem Gesicht. Sie waren so riesenhaft, wie es seiner Größe angemessen war, gewaltiger als die größten Schiffssegel, die Dante je gesehen hatte, und hatten keine Federn, sondern sahen wie gigantische Fledermausflügel aus. Durch den Flügelschlag entstand nicht nur der stürmische Wind, sondern auch das Eis, das den Höllengrund bedeckte, denn der Lufthauch der Flügel war von solcher Kälte, dass er das Wasser des Cocytus gefrieren machte.

Luzifer weinte aus allen sechs Augen. An den Kinnen seiner drei Gesichter vermischten sich die herabrinnenden Tränen mit blutigem Speichel, denn in jedem seiner drei Mäuler steckte ein Sünder, den er mit den Zähnen zermalmte. Dante musste bei diesem Anblick an die Geräte zum Zerbrechen von Flachsstengeln denken, die man damals in der Landwirtschaft verwendete. Der Sünder in der Mitte hatte seinen Kopf im Rachen des Höllenfürsten. Dem, dachte Dante, dürften Luzifers Krallen, die ihm immer wieder die Haut auf dem Rücken zerfetzen, noch schlimmere Schmerzen bereiten als die Bisse! Den beiden in den seitlichen Mäulern schauten die Köpfe heraus, und Luzifer zerbrach ihnen mit den Zähnen die Beine.

Vergil erklärte seinem Schützling, wer die drei waren, nämlich die Erzverräter an Christus und an Julius Cäsar, das heißt an der göttlichen Macht und an der gottgewollten Weltordnung.

„Der mittlere", sagte er, „leidet die schwerste Pein. Das ist Judas Ischarioth. Von den beiden, die die Köpfe draußen haben, ist der links, der aus dem schwarzen Gesicht heraushängt, Brutus. Sieh nur, wie er sich stumm windet! Der andere, der so starke Glieder hat, ist sein Komplize Cassius.

Wir haben hier unten nun alles gesehen", fuhr er dann fort. „Draußen bricht die Nacht an, und es ist Zeit, dass wir diesen Ort verlassen."

Und er forderte Dante auf, ihm die Arme um den Nacken zu legen. Dann nahm er ihn auf den Rücken, beobachtete Luzifer und wartete den günstigsten Moment ab. Als Luzifers Flügel weit genug geöffnet waren, klammerte er sich an die behaarten Seiten des Höllenfürsten und kletterte dann, immer mit Dante auf dem Rücken, an seinem Körper abwärts, in den Zwischenraum zwischen seinem Fell und der ihn umgebenden Eiskruste hinein, wobei er sich an den Haarbüscheln des Fells festhielt.

Als sie Luzifers Hüften passiert hatten und beim Schenkelansatz ankamen, drehte sich Vergil, angestrengt und schwer atmend, mit seiner Last der Länge nach kopfüber um die eigene Achse, sodass es den Anschein hatte, als ob er am Fell des Teufels wieder hinaufsteigen wolle und es wieder nach oben zurück in die Hölle gehe.

„Halt dich nur gut fest!", sagte er dabei keuchend zu Dante. „Nur auf diese Weise können wir uns vom Reich des Bösen wieder entfernen."

Dann kamen sie an einen Felsspalt. Vergil schlüpfte durch das Loch, setzte Dante am Rand ab und war sofort wieder bei seinem Schützling.

Dante blickte nach oben und erwartete natürlich, Luzifer wieder so zu sehen, wie er ihn verlassen hatte. Wie verwirrt war er, dass der Höllenfürst offenbar die Position gewechselt hatte! Denn nun sah er plötzlich Luzifers Beine in die Höhe ragen, die Füße zuoberst, und jeder, der wie Dante ebenfalls nicht verstanden hätte, welcher Punkt da eben überwunden worden war, wäre ebenso verwirrt gewesen. Auch dass er mit einem Mal kein Eis mehr sah, irritierte ihn.

„Steh auf!“, sagte Vergil zu Dante. „Wir haben einen weiten, beschwerlichen Weg vor uns, und der neue Tag ist schon anderthalb Stunden alt.“

Der Raum, in dem sie sich nun befanden, war nichts weniger als behaglich. Es war eine Art Höhle oder Grotte, von schlechter Bodenbeschaffenheit und ziemlich dunkel.

„Mein Meister“, sagte Dante, „bevor wir aufbrechen, erklär mir doch bitte erst, was hier vor sich geht! Ich verstehe das nicht. Wo ist denn das Eis geblieben, das wir eben noch um uns hatten? Und warum ist der da mit einem Mal kopfüber zu sehen? Und wieso sagst du jetzt plötzlich, draußen habe der Tag begonnen, während du vor kurzem noch erklärt hast, dass gerade die Nacht anbricht?“

Vergil erläuterte ihm:

„Du hast noch nicht begriffen, dass wir jetzt auf der anderen Seite des Erdmittelpunktes sind. Als wir uns am Fell des Bösen festgehalten und den Abstieg begonnen haben, waren wir noch auf der Nordseite. Genau an seiner Hüfte, wo ich mit dir die Richtung gewechselt habe, haben wir den Mittelpunkt passiert. Dazu mussten wir die Schwerkraft überwinden, die in der Mitte der Erde am stärksten ist. Jetzt sind wir unter der südlichen Erdhalbkugel angekommen. Über uns befindet sich also nicht mehr die große Landmasse mit der Stadt, wo der Mensch gekreuzigt wurde, der ohne Sünde war.

Diese Höhle hier ist das Gegenstück zur Judecca. Wenn es dort Abend ist, ist es hier Morgen. Und was den betrifft, an dessen Fell wir uns herabgelassen haben, so steckt er nach wie vor im Eis fest, nur wir sehen ihn jetzt von der anderen Seite.“

Und dann schilderte Vergil, wie es gewesen war, als sich nach Luzifers Sturz die Erde neu gestaltet hatte.

„Als er vor Zeiten vom Himmel gestürzt wurde“, so erzählte er, „kam er auf dieser Seite hier auf. Das Land, das sich hier vorher ausgebreitet hatte, erschrak darüber derart, dass es sich im Meer versteckte und auf unsere Seite floh. Vielleicht wollte auch das Erdinnere die Berührung mit dem Bösen fliehen, jedenfalls ließ es hier einen Hohlraum zurück und trieb oben als Berg empor.“

Der Leser möge sich verdeutlichen: Luzifer stürzte nach seiner gescheiterten Rebellion gegen Gott auf die Erde, bohrte sich hinein und steckt seitdem in ihrem Mittelpunkt fest, mit dem Kopf nach Norden und den Beinen nach Süden. Auf der Oberfläche der südlichen Erdhalbkugel erschrak das Land über den Eindringling so sehr, dass es sich nach Norden zurückzog. Deshalb ist heute nur die Nordhalbkugel bewohnt. Sie reicht im Westen bis Spanien und Marokko und im Osten bis Indien, und genau dazwischen, auf ihrem höchsten Punkt, liegt Jerusalem. Unterhalb von Jerusalem tut sich der Höllenkrater auf, der sich bei Luzifers Eindringen gebildet hat. Er erstreckt sich, sich immer mehr verjüngend, bis zum Erdmittelpunkt.

Die Südhalbkugel ist, da nach Luzifers Auftreffen alles Land von ihr gewichen ist, ausschließlich von Wasser bedeckt. Nur auf ihrem Scheitelpunkt, Jerusalem genau gegenüber, befindet sich eine Insel, und auf der erhebt sich der Läuterungsberg, der Berg des Fegefeuers, der aus der Erde entstanden ist, die aus dem Inneren ausgetrieben wurde. Das Erdinnere ist im Süden im wesentlichen kompakt, jedoch zieht sich eine Art Kanal durch die gesamte Halbkugel, der den Erdmittelpunkt mit der Insel und dem Berg verbindet.

Diesen verborgenen Weg betraten die beiden nun. Man kann ihn nicht sehen, sondern nur das Rauschen eines Bächleins hören, das seinen Lauf bezeichnet. Es hat sich durch die Felsen des Erdinneren seinen Weg gebahnt und schlängelt sich in sanften Windungen von der Insel hinab bis zur Grotte. Die beiden stiegen aufwärts, Vergil vornean und Dante hinter ihm, ohne Rast, so lange, bis sich endlich durch eine runde Öffnung der Himmel auftat. Dort traten sie hinaus und sahen über sich wieder die Sterne.

Fegefeuer

1. Kapitel

Der Sternenhimmel – Cato – Dante wird gereinigt und gegürtet

Zu besseren Wassern, so schreibt Dante zu Beginn des zweiten Teils seines Liedes über seine Pilgerfahrt, werde das Schifflein seines Geistes, das bisher ein so grausames Meer befahren habe, jetzt die Segel richten! Nun wolle er vom zweiten der Jenseitsreiche singen, dem Reich, wo die Seelen der Geretteten gereinigt und damit für den Aufstieg zum Himmel würdig gemacht werden. Und wieder rief Dante Kalliope und die anderen Musen, denen er sich zugehörig wusste, um Hilfe an, damit sie ihn bei seinem Gesang begleiteten und in seinem Werk die versunkene Dichtkunst des Altertums würde wiedererstehen können. Und zuversichtlich dachte er daran, wie die Musen in alter Zeit den Sieg über die Töchter des thessalischen Königs Pieros davongetragen hatten, von denen sie zum Gesangswettstreit herausgefordert worden waren – eine Anmaßung, für die die Königstöchter dann in Elstern verwandelt worden waren.

In morgenländischem Saphirblau wölbte sich der Himmel bis zum Horizont über den Wanderern. Der freundliche Anblick und die reine Luft wirkten wohltuend auf die Seele Dantes, dem von der tödlichen Dunkelheit der Hölle noch der Blick getrübt und das Herz bedrückt war. Die Venus, der schöne Planet der Liebe, ließ den gesamten Osten lachen und überstrahlte das Sternbild der Fische, das mit ihr aufgestiegen war. Bald würde der Tag anbrechen, der Ostersonntag. Es war zwei Stunden vor Sonnenaufgang.

Dante wandte sich nach rechts und blickte nach Süden. Da sah er vier besondere Sterne am Firmament, so viele an Zahl also, wie es die menschlichen Grund- und Haupttugenden sind, Gerechtigkeit, Tapferkeit, Besonnenheit und Weisheit. Seit Adam und Eva hatte kein menschliches Auge diese Sterne mehr gesehen. Der Himmel, so schien es, freute sich über ihren Glanz. O du armer Norden, dachte Dante, wo man sie nicht sehen kann!

Dann löste er sich von ihrem Anblick und schaute nach der anderen Seite. Der Große Wagen, bemerkte er, war dort bereits vom Himmel verschwunden.

Plötzlich sah er einen einsamen alten Mann neben sich. Sein Anblick flößte ihm einen Respekt ein, wie ihn ein Sohn nicht stärker vor seinem Vater haben kann. Der lange Bart des Alten war mit weißen Strähnen durchsetzt, ebenso wie sein Haar, das ihm zu beiden Seiten bis auf die Brust hinabhing. Die heiligen vier Sterne vom Himmel umstrahlten sein Gesicht so hell, dass es war, als beschiene ihn die Sonne. Es war die Seele des großen römischen Staatsmannes und Feldherrn Cato des Jüngeren, der im letzten vorchristlichen Jahrhundert gelebt hatte. Angesichts des unaufhaltsamen Aufstiegs Julius Cäsars hatte er in Utica bei Karthago den Freitod gewählt, um den absehbaren Fall der römischen Republik nicht miterleben zu müssen.

„Wer seid denn ihr", sagte der Alte kopfschüttelnd zu den beiden Neuankömmlingen, „dass ihr dem ewigen Gefängnis entkommen seid, entgegen der Richtung, in die das verborgene Bächlein fließt? Wer hat euch da unten herausgeholfen, und welches Licht hat euch beim Aufstieg aus dem immerwährenden Dunkel des Abgrunds den Weg erhellt? Gelten etwa die Gesetze der Hölle nicht mehr? Gibt es vielleicht eine neue Weisung vom Himmel, sodass die Verdammten herauf an mein Felsufer kommen können?"

Vergil veranlasste Dante mit Worten, Handzeichen und Gebärden, sich vor dem Alten ehrfürchtig zu verneigen und die Augen niederzuschlagen, und antwortete dann wie folgt:

„Was mich betrifft, so bin ich nicht aus eigener Kraft hier. Ich bin durch eine Frau vom Himmel für den, den ich hier begleite, zum Helfer bestimmt worden. Offenbar willst du es aber noch genauer wissen, und da werde ich mir nicht erlauben, dir die Auskunft zu verweigern.

Der hier neben mir ist kein Toter. Seine Tollheit hätte ihn zwar fast ins Grab gebracht – es hätte nicht mehr viel gefehlt –, aber wie gesagt, wurde ich zu ihm geschickt, um ihn zu retten. Das war nur auf einem einzigen Weg möglich: Ich bin mit ihm durch die Hölle gegangen und will ihm nun zeigen, wie die Seelen hier in deinem Reich geläutert werden. Wie ich den Weg bis jetzt geschafft habe, dazu wäre viel zu sagen. Die Kraft, die mir dabei geholfen hat, ihn so weit zu bringen, dass er nun dich hören und sehen kann, kommt von oben. Lass dir seine Ankunft gefallen und heiß ihn willkommen, ich bitte dich! Sein Ziel ist die Freiheit, und was das für ein hohes Gut ist, muss einer wie du, der sie höher stellte als das Leben, am besten wissen. Um ihretwillen hast du ja seinerzeit in Utica den Tod gesucht und das Erdenkleid abgelegt, das dich am Jüngsten Tag verklärt wieder umhüllen wird.

Nein, die ewigen Gesetze werden durch uns nicht außer Kraft gesetzt. Mein Begleiter ist, wie ich sagte, ein Lebender, aber auch ich gehöre nicht zu den Verdammten in der tieferen Hölle, denen vom Totenrichter Minos der Strafort zugewiesen wird. Ich wohne vielmehr in ihrem ersten Kreis, dort, wo auch deine Frau Marzia zu finden ist. Ach, du heiliges Herz! Marzia bewahrt in ihren treuen Augen immer noch das Bild deiner Liebe und wünscht sich, du möchtest sie auch jetzt noch als die Deine ansehen. Wir bitten dich also um ihrer Liebe willen, dich unser anzunehmen. Erlaube uns den Zutritt zu dem siebenfachen Reich, das du bewachst! Ich werde dafür, wenn ich zurückkehre, deine Grüße ausrichten, falls du damit einverstanden bist, dass dein Name in der Hölle genannt wird.“

„Früher“, antwortete Cato, „war ich so verliebt in Marzia, dass ich alles tat, was sie wollte. Aber seit ich mit den anderen Auserwählten aus dem ersten Kreis der Hölle herausgeführt wurde und uns der Acheron trennt, können ihre Wünsche mich nicht mehr bewegen, denn mit denen da unten dürfen wir nichts gemein haben. Aber wenn dich, wie du sagst, eine Frau des Himmels geschickt hat und dir auf deinem Weg beisteht, ist es überflüssig, mich mit einnehmenden Worten zur Hilfe überreden zu wollen. Es genügt vollkommen, dass du dich auf sie berufst.

Und nun geh, nimm deinen Schützling, gürte ihm den Leib mit glatten Binsengräsern und wasch ihm das Gesicht, um ihn von allem Schmutz zu reinigen! Denn es geht nicht an, vor einen aus dem Paradies gesandten Engel zu treten – dem ersten werdet ihr bald begegnen –, wenn einem die Augen noch vom Höllenrauch getrübt sind. Die Binsen findest du ringsum unten am Ufer dieser Insel, da wachsen sie im Morast. Es sind die einzigen Pflanzen, die dort gedeihen können, denn sie sind weich und biegsam und geben den Wellenschlägen nach. Eine härtere Pflanze würde gebrochen werden.

Wenn ihr euch in dieser Weise bereitet habt, sollt ihr nicht hierher zurückkommen, sondern mit dem Aufstieg auf den Berg beginnen. Die Sonne ist gerade im Begriff aufzugehen, also werdet ihr sehen können, wo die Steigung am leichtesten zu bewältigen ist."

Und damit verschwand Cato.

Dante erhob sich schweigend, drängte sich dicht an seinen Führer und sah ihn an. Vergil sagte zu ihm:

„Folge mir, mein Sohn! Gehen wir ein Stück zurück, denn da geht es abwärts und damit offenbar zum Ufer."

Die beiden gingen also durch das verlassene Gelände zurück, wie Wanderer, die sich verirrt haben und zum Überfluss den gleichen Weg noch einmal gehen müssen, um die Ausgangsstelle wiederzufinden. Die Nacht ging hin, und der Tag kündete sich an. In der Ferne sah man schon das Meer in der Morgendämmerung flimmern. An einer schattigen Stelle, wo der Tau noch auf den Gräsern lag, legte Vergil sanft seine Handflächen auf den Boden. Dante verstand und bot ihm seine Wangen dar, und Vergil wusch ihm das Gesicht und befreite es von allen Tränen und vom Rauch und Schmutz der Hölle.

Dann gingen sie weiter, bis sie zum Ufer kamen und das Meer sahen. Noch keiner, dachte Dante, der über dieses Wasser gekommen war, war jemals zurückgekehrt! Keine Menschenseele war zu sehen. Vergil gürtete seinen Schützling mit Binsengras, wie Cato es geboten hatte. Und was für ein Wunder! Jeder Halm, den Vergil abriss, wuchs sofort an der gleichen Stelle wieder nach.

2. Kapitel

Sonnenaufgang – Der Engel und das Schiff mit den Neuankömmlingen – Casella

Am Horizont ging die Sonne auf. In Jerusalem berührte sie zu dieser Stunde den gleichen Horizont im Untergehen, während am Ganges im Zeichen der Waage die Nacht heraufgestiegen war. Erst in einem halben Jahr, zu Herbstbeginn, würde die Waage kein Bote der Nacht mehr sein, weil dann die Sonne in ihr Zeichen eintreten würde.

Die Wangen der Morgenröte vergilbten. Die beiden Dichter wären nun gern zum Berg aufgebrochen, wussten aber nicht, welchen Weg sie einschlagen sollten. So standen sie noch unschlüssig am Ufer, als mit einem Mal ein Licht am Horizont erschien und übers Wasser auf sie zukam. Könnte ich doch, dachte Dante, wenn er sich später daran erinnerte, dieses Licht dereinst wiedersehen! Es sah zunächst aus wie der rötliche Schein des Mars, wenn er am westlichen Himmel, dicht über der Meeresoberfläche, durch den Morgennebel schimmert, wurde aber rasch heller, indem es schneller als im Flug näherkam. Als Dante sich nur kurz zu Vergil wandte und dann gleich wieder in die Richtung blickte, aus der das Licht kam, war es bereits wieder um einiges heller und größer geworden. Dann sah er, dass sich an dem Licht links und rechts etwas Weißes befand, und kurze Zeit später erkannte er darunter ebenfalls etwas Weißes.

Es war, wie man bald ausmachen konnte, eine leuchtende Gestalt in weißem Gewand und mit zwei weißen Flügeln, die in einem schlanken Schiff stand. Vergil hatte der Erscheinung, solange sie nicht richtig zu erkennen gewesen war, wortlos entgegengesehen, nun aber rief er Dante zu:

„Schnell, knie nieder und falte die Hände! Das ist ein Engel Gottes! Diese Himmelsboten werden dir nun öfter begegnen. Schau nur! Er verachtet jedes menschliche Hilfsmittel, braucht weder Ruder noch Segel. Allein mit der Kraft seiner Flügel überwindet er die große Entfernung zwischen den beiden Ufern. Da! Wie er die Flügel erst steil zum Himmel richtet und dann die Luft damit schlägt! Seine Federn bleiben sich ewig gleich, anders als das Haar von Sterblichen."

Je näher der göttliche Vogel kam, umso gleißender wurde das Licht, das von ihm ausging, sodass Dante gezwungen war, die Augen niederzuschlagen. Das Schiff kam ans Ufer. Es war so leicht, dass es auch nicht im geringsten ins Wasser eintauchte. Der Engel, dem Seligkeit ins Gesicht geschrieben war, stand am Heck. In dem Schiff aber saßen viele Menschenseelen und sangen, alle gemeinsam, doch wie mit einer Stimme. „In exitu Israel de Aegypto", so ertönte ihr

Lied. Es war der Psalm von den Wundern, die Gott an den Kindern Israel beim Auszug aus Ägypten getan hatte, denn wie damals das Volk die Knechtschaft hinter sich gelassen hatte, so waren diese Seelen nun befreit von den irdischen Fesseln der Sünde.

Der Engel schlug ein Kreuz, worauf die Seelen eilends das Schiff verließen und sich an den Strand warfen, und gleich darauf entschwand der himmlische Fährmann ebenso schnell wieder, wie er gekommen war.

Inzwischen war es Tag geworden. Die Sonne strahlte hell. Das Sternbild des Steinbocks, das dem Widder um einen Viertelkreis vorausgeht, war schon über die Mitte des Himmels hinweggegangen.

Die Neuankömmlinge blickten sich neugierig um. Es war offensichtlich, dass sie ortsunkundig waren. Als sie Dante und Vergil entdeckten, sprachen sie sie an und baten:

„Zeigt ihr uns doch bitte den Weg zum Berg, falls ihr ihn wisst!"

Aber Vergil antwortete:

„Wenn ihr glaubt, dass wir uns hier auskennen, so irrt ihr euch. Wir sind hier ebenso fremd wie ihr und auch erst kurz vor euch auf dieser Insel angekommen. Aber wir sind auf andere Weise hierhergelangt als ihr. Unser Weg war so wild und beschwerlich, dass uns der Aufstieg jetzt wie ein Kinderspiel vorkommen wird."

Die Seelen hatten inzwischen bemerkt, dass Dante atmete und also ein Lebender war, und waren vor Erstaunen blass geworden. Und wie eine Menschenmenge, die in einem Fremden mit einem Ölzweig einen Boten erkennt und sich, begierig nach Neuigkeiten, zu ihm drängt, so umringten diese guten Seelen nun Dante, starrten ihm ins Gesicht und vergaßen fast, dass sie eigentlich um ihrer Reinigung willen hier waren.

Eine von ihnen kam auf Dante zu, um ihn zu umarmen, so herzlich, dass der die Umarmung erwidern wollte. Aber auch wenn man die Seelen sehen kann, so sind sie doch substanzlose Schatten, und so geschah es Dante, dass er beim dreimaligen Versuch, die Seele mit seinen Armen zu umfassen, dreimal lediglich seine Hände vor die eigene Brust schlug. Das Blut wich ihm vor Verwirrung aus dem Gesicht. Der Schatten trat lächelnd ein wenig zurück. Dante folgte ihm, indem er seinerseits vorwärtsdrängte. Sanft bat ihn der Schatten, stehenzubleiben.

Da erkannte Dante in ihm seinen alten Freund Casella, einen Musiker und Sänger, der vor einiger Zeit gestorben war, und bat ihn, ein wenig stehenzubleiben, damit sie sich unterhalten könnten.

Casella antwortete:

„Gern bleibe ich ein bisschen bei dir, denn auch als körperloser Schatten liebe ich dich immer noch wie zu Lebzeiten. Aber sag mir doch, was führt dich denn an diesen Ort?"

„Mein Casella", erwiderte Dante, „ich mache diese Reise deshalb, damit es meiner Seele dereinst vergönnt ist, noch einmal hierher zu kommen. Aber was ist mit dir? Dein Tod ist doch schon länger her! Warum hat man dir erst jetzt erlaubt, hierher zu kommen?"

„Ich bin nicht ungerecht behandelt worden", sagte Casella darauf. „Der Engel hat mir die Überfahrt zwar ein paar Mal verweigert, aber wenn er nach Gutdünken mitnimmt, wen er will und wann er es will, folgt er damit nur dem allerhöchsten Willen, und der ist immer gerecht. Seit drei Monaten hat er aber jeden, der einsteigen wollte, gern mitgenommen, und so wurde auch ich endlich an der Tibermündung, wo ich wartete, gütig von ihm in sein Schiff gelassen. Dort, in der Nähe von Rom, sammeln sich nämlich immer die Seelen der Toten, sofern sie nicht zur Hölle verdammt sind, von dort werden sie hierher übergesetzt, und dorthin fliegt der Engel, der uns eben hier abgesetzt hat, auch gerade jetzt wieder, um die nächsten Seelen hierher zu bringen."

Offensichtlich, so war Casellas Worten zu entnehmen, hatte der Generalablass für das Jahr 1300, den Papst Bonifaz verkündet hatte, auch für die Toten Gültigkeit, die die Überfahrt zum Berg des Fegefeuers begehrten, denn das Ablassjahr war jetzt, zu Ostern, gerade etwa drei Monate alt. Der Engel hatte also pünktlich mit Beginn des Jubeljahres keine Seele mehr abgewiesen, die die Überfahrt wünschte.

Nun sagte Dante zu Casella:

„Erinnerst du dich noch an den Liebesgesang, der mir immer über allen Kummer hinweggeholfen hat? Ob es wohl an diesem Ort erlaubt ist, ein solches Lied anzustimmen? Ich bitte dich, tröste mir damit ein wenig die Seele in meinem Leib, den ich hier mit mir mitschleppe! Denn ich bin müde und bedrückt von dem langen Weg."

Da begann Casella zu singen, so sanft, dass es Dante immer wieder zart im Inneren nachklang, wenn er daran zurückdachte.

„Amor che ne la mente mi ragiona", sang der Freund, „die Liebe, die im Geiste zu mir redet" – es war eine Kanzone von Dante selbst, die Casella vertont hatte. Vergil, Dante und alle Seelen am Ufer hörten beglückt zu. So hingegeben lauschten sie dem Gesang, dass sie an nichts anderes mehr dachten.

Da erschien plötzlich der wackere alte Cato auf dem Plan und rief:

„Was soll denn das, ihr trägen Seelen? Was ist denn das für eine Saumseligkeit, dass ihr hier einfach stehenbleibt? Macht, dass ihr zum Berg kommt, damit ihr die Erdenreste loswerdet, die euch den Anblick Gottes noch verhüllen!"

Wie ein Schwarm von Tauben, der eben noch, anstatt herumzustolzieren, ruhig seine Körner gepickt hat, dann aber plötzlich durch irgendetwas aufgeschreckt wird, das Futter liegenlässt und davonflattert, so sprangen die Seelen da auf der Stelle auf und stoben davon, und ohne dass sie bewusst die richtige Richtung eingeschlagen hätten, eilten sie geradewegs auf den Berg zu. Auch Dante und Vergil besannen sich nicht lange und liefen los.

3. Kapitel

Der fehlende Schatten Vergils – Im Vorfegefeuer – Die im Kirchenbann Verstorbenen – König Manfred der Staufer

Nach ihrem überstürzten Aufbruch vom Strand zerstreute sich die Schar auf ihrem Weg zum Berg übers Land hin. Dante seinerseits hielt sich dicht bei Vergil. Wie hätte er auch ohne ihn seinen Weg gehen sollen, wer sonst hätte ihn auf den Berg geleiten können! Vergil schien sich Vorwürfe zu machen. Offenbar bedrückte es ihn, dass er sich durch Casellas Gesang von seiner Pflicht hatte ablenken lassen.

Was für ein edles, ungetrübtes Gewissen er hat, dachte Dante, dass er sich schon wegen einer so kleinen Verfehlung derart quält!

Allmählich wurde Vergils Schritt aber wieder gemessener, was sich mit seiner Würde besser vertrug als die Eile, mit der sie aufgebrochen waren, und auch Dante schüttelte eine gewisse Beklommenheit ab und richtete seine Gedanken wieder vorwärts. Er hob den Blick. Vor ihm ragte himmelhoch der Berg aus dem Meer empor. Da die Wanderer Richtung Westen gingen, hatten sie die Sonne, die rötlich schien, im Rücken, sodass ihre Strahlen sich an Dantes Körper brachen und er vor sich auf den Erdboden einen Schatten warf. Doch wie erschrak er, als er bemerkte, dass die Stelle daneben sonnenbeschienen blieb, Vergils Umriss also nicht auf dem Boden zu sehen war! Er dachte, der Meister sei verschwunden, und blickte ängstlich zur Seite. Aber Vergil war nach wie vor bei ihm, wandte sich zu ihm und sagte:

„Warum vertraust du mir nicht? Meinst du, ich würde dich im Stich lassen? Früher, als ich meinen Erdenleib noch hatte, warf ich auch einen Schatten. Aber nachdem ich in Brindisi gestorben war, wurde mein Leib nach Neapel gebracht – wo es jetzt übrigens schon Abend ist –, und dort wurde er begraben und liegt da seitdem.

Dass ich nun keinen Schatten mehr werfe, sollte dich übrigens nicht besonders verwundern. Schließlich sind die Leiber der Toten aus genauso feinem Stoff wie die Himmelssphären, und die lassen ja ebenfalls das Licht durch. Aber wie es sein kann, dass unsere Seelenkörper trotzdem wie die der Lebenden Schmerz, Hitze und Kälte empfinden können – das entzieht sich unserem Verständnis. Die Kraft, die das verursacht, will nicht, dass wir hinter diese Geheimnisse kommen. Wie sollte unsere begrenzte Einsicht auch die ewigen Wege dessen begreifen können, der in *einem* Wesen *drei* Personen vereinigt!

Es sollte euch Menschen genügen, dass es nun einmal ist, wie es ist! Wenn ihr zu voller Erkenntnis befähigt wärt, hätte euer Heiland nicht auf die Welt zu kommen brauchen. Dann hätten auch diejenigen Seelen ihren Frieden, deren Los jetzt ewige, fruchtlose Sehnsucht ist, wie Aristoteles und Platon – und viele andere."

Und Vergil senkte schwermütig den Kopf und schwieg.

Unterdessen waren sie am Fuß des Berges und damit im untersten Bereich des Vorfegefeuers angekommen, nämlich auf dem Rundweg, der sich um den ganzen Berg herum zieht. Der Fels war an dieser Stelle derart steil, dass es unmöglich schien, hier den Aufstieg zu beginnen. Dagegen sind ja die wilden Felsen am ligurischen Meer, dachte Dante, geradezu einladend wie eine bequeme Treppe!

„Jetzt müsste man wissen", meinte Vergil, „wo der Abhang ein bisschen sanfter ist, sodass auch jemand hinaufkommt, der keine Flügel hat!"

Er schaute zu Boden und überlegte, wo man nun am besten langgehen sollte. Dante blickte oben am Felsen entlang. Da entdeckte er in der Ferne eine Schar von Seelen, die sich von links her auf sie zubewegten. Sie gingen aber so langsam, dass sie kaum von der Stelle kamen.

„Sieh mal da, Meister!", rief er. „Da kommen welche, die können sicher helfen, wenn du nicht mehr weiter weißt!"

Vergil blickte auf, sah erfreut die Gruppe in der Ferne und sagte zu Dante:

„Komm, wir gehen ihnen entgegen! Wenn wir warten, bis sie hier sind, dauert es zu lange. Du kannst ganz zuversichtlich sein, mein lieber Sohn!"

Und die beiden Dichter begannen auf die Schar zuzugehen. Als sie, nach etwa tausend Schritten, noch ungefähr einen Steinwurf von ihnen entfernt waren, blieben die Seelen gänzlich stehen, drängten sich ängstlich an den Felsen und schauten den beiden unsicher entgegen.

„Ihr schon erwählten Geister", sprach Vergil sie an, „die ihr in Gottes Gnade gestorben seid, könntet ihr uns vielleicht um des Seelenfriedens willen, den ihr ja wohl alle erwartet, Auskunft geben, ob hier an dem Berg irgendwo eine etwas flachere Stelle ist, sodass man den Aufstieg angehen kann? Wir vertun mit dem Suchen unnütz viel Zeit, und das liebt der Weise überhaupt nicht."

Da setzten sich einige aus der Schar, wenn auch mit scheuem Blick und zögernden Schritten, auf Dante und Vergil zu in Bewegung. Aber als sie sahen, dass Dante zu seiner rechten Seite, also zum Felsen hin, einen Schatten warf, blieben sie erschrocken wieder stehen und wichen etwas zurück, und alle anderen, die ihnen zaghaft zu folgen begonnen hatten, taten das gleiche, ohne dass sie wussten, warum die ersten stehengeblieben waren. Dante musste an eine Schafherde denken. Wenn da ein Schäfchen seinen Stall verlässt, oder auch zwei oder drei, stehen die anderen Schafe zunächst noch kurz scheu im Gehege herum und halten den Kopf gesenkt, aber dann folgen sie alle dem ersten und machen alles nach, was dieses macht, und wenn es stehenbleibt, bleiben sie auch stehen, ohne einen anderen Grund als den, dass das erste Schaf stehengeblieben ist, und drängen sich in aller Einfalt und Stille an ihr Leittier.

„Auch wenn ihr es nicht ausdrücklich sagt", wandte sich Vergil wieder an die Seelen, „seid ihr doch offenbar erstaunt, dass der hier neben mir einen Schatten wirft. Er ist in der Tat noch ein Lebender und hat einen Menschenleib, vor dem sich das Sonnenlicht teilt. Wundert euch nur nicht zu sehr darüber! Glaubt mir, er hat den Himmel auf seiner Seite, sonst würde er nicht wagen, diesen Berg ersteigen zu wollen."

Da endlich sagten die guten Seelen:

„Dreht um und kommt mit uns! Da geht es lang", und zeigten in die Richtung, in der sie unterwegs waren.

Wie sie so zusammen auf dem Rundweg weitergingen, sprach eine der Seelen Dante an:

„Wer auch immer du sein magst, sieh mir doch einmal in die Augen und sag mir, ob du mich nicht vielleicht kennst!"

Dante blickte dem Schatten ins Gesicht. Es war ein schöner Mann, blond und von edler Erscheinung. Eine seiner Augenbrauen war gespalten, offenbar durch einen Hieb. Dante sagte ihm in höflichem Ton, dass er ihm nicht bekannt vorkomme. Daraufhin zeigte ihm der andere mit den Worten: „Schau nur!" eine Wunde, die er oben auf der Brust hatte, lächelte und sagte:

„Ich bin Manfred, ein Enkel der Kaiserin Konstanze. Ich habe eine Bitte an dich. Oben bei den Lebenden wird möglicherweise Falsches über mich behauptet. Deshalb suche doch bitte, wenn du wieder in der Welt der Lebenden bist, meine schöne Tochter auf, deren

Söhne über Sizilien und Aragon herrschen, und erzähl ihr weiter, was ich dir jetzt berichte!"

Manfred, ein unehelicher, später aber legitimierter Sohn Kaiser Friedrichs des Zweiten, war König von Sizilien und Süditalien gewesen. Er hatte mit der Kirche in Streit gelegen, war exkommuniziert worden und schließlich – im Jahr nach Dantes Geburt – bei Benevent in Kampanien im Kampf gegen ein vom Papst angefordertes französisches Heer gefallen. Seine Tochter hieß Konstanze, wie ihre Urgroßmutter.

„Ich habe zwar schreckliche Sünden begangen", fuhr Manfred fort, „aber die unendliche Liebe breitet ihre Arme für jeden weit aus, der sich ihr in Reue hingibt. Als mein Leib schon von zwei tödlichen Streichen getroffen war, habe ich meine Seele unmittelbar vor meinem Tod weinend der verzeihenden Gnade Gottes befohlen, und mein Gebet wurde erhört. Du siehst also: Auch für den, den die Kirche verdammt hat, besteht Hoffnung, dass Gottes Liebe zu ihm zurückkehrt. Wenn der Bischof von Cosenza daran gedacht hätte, dass Gott nicht nur strafen, sondern auch barmherzig sein kann, dann hätte er sich damals sicher nicht von Papst Clemens dazu anstiften lassen, meine Gebeine wie die eines Verdammten aus ihrem Grab unter dem Steinhaufen an der Brücke bei Benevent zu reißen und, zum Zeichen des Bannes bei gelöschten Kerzen, am anderen Ufer des Grenzflusses, auf fremder Erde, auf den nackten Boden zu werfen, wo sie dem Regen und dem Wind ausgesetzt sind!

Wir alle hier in dieser Schar waren bei unserem Tod im Kirchenbann, haben aber noch rechtzeitig bereut und sind deshalb nicht verdammt worden. Wir müssen jedoch zunächst eine Zeitlang außerhalb des Berges bleiben, bis wir weiter dürfen, und zwar dauert für jeden von uns die Wartezeit hier draußen dreißigmal so lange, wie zu seinen Lebzeiten sein Ungehorsam gegen die Kirche gedauert hat.

Diese Wartezeit", schloss Manfred, „lässt sich allerdings dadurch verkürzen, dass unsere Hinterbliebenen Fürbitte für uns halten. Du würdest mir also sehr helfen, wenn du meiner lieben Konstanze von unserer Begegnung und von den hier geltenden Regeln erzählen würdest, die ich dir eben erklärt habe. Die Gebete der Lebenden sind für unser Fortkommen hier wirklich sehr wirkungsvoll."

4. Kapitel

Beginn des Aufstiegs – Die Trägen – Belacqua

Als die Seelen endlich zu den beiden Wanderern sagten, hier sei nun eine Stelle, die zum Aufstieg geeignet sei, blickte Dante zur Sonne und stellte erstaunt fest, dass sie inzwischen ungefähr um fünfzig Grad gestiegen war. Es waren also mittlerweile über drei Stunden verstrichen. Im Gespräch mit Manfred hatte er das Vergehen der Zeit überhaupt nicht bemerkt. Es ist ja oft so, wenn der Mensch von irgendeinem Gegenstand seelisch intensiv in Anspruch genommen wird, wenn er etwa große Freude oder starken Schmerz empfindet, dass dann für andere Regungen in der Seele kein Platz mehr ist. So war es auch Dante ergangen: Dem großen Mann zuzuhören und über sein Schicksal nachzudenken, hatte ihn derart ausschließlich beschäftigt, dass ihm andere Seelenkräfte, also auch der Sinn für das Verstreichen der Zeit, für den Augenblick abhanden gekommen waren. Als er später darüber nachdachte, schien ihm das ein Beweis dafür zu sein, dass der Mensch tatsächlich nur eine einzige Seele hat und nicht mehrere, wie manche Philosophen behaupteten. Andernfalls hätte es ihm möglich gewesen sein müssen, meinte er, mit ganzer Seele Manfred zuzuhören und dennoch das Vergehen der Zeit wahrzunehmen.

Die Seelen der Exkommunizierten trennten sich nun von Vergil und Dante, und die beiden Dichter standen vor einem schmalen Pfad, der in den Fels gehauen war. Er war noch schmaler als die engen Zugänge zu den Weinbergen, die die Winzer zur Zeit der Reife mit der Heugabel mit Dornengestrüpp zustopfen. Der Weg ging sehr steil nach oben. Dante dachte an einige Orte in Italien, die er kannte und zu denen stark ansteigende Wege hinaufführten, etwa an die schwer zugänglichen Bergdörfer San Leo bei Urbino und Bismantova in der Nähe von Modena, an das Städtchen Noli an der ligurischen Küste oder an Cacume in den Lepinischen Bergen, aber wenn man diese Orte, so dachte er, doch immerhin zu Fuß erklimmen konnte, so müsste man hier eigentlich Flügel haben, so steil ging es bergauf. Doch hatte er ja die schnellen Flügel der Sehnsucht, die ihm Kraft gaben! Und mit Hilfe seines Führers, der ihm die Richtung wies, konnte er hoffen, den Aufstieg zu bewältigen.

Die beiden stiegen in dem engen Felsspalt empor, Vergil vornean und Dante hinter ihm. Sie befanden sich damit immer noch im Vorfegefeuer, das zusammen mit dem Außenweg, den sie gerade verlassen hatten, von den unteren Felswänden und Abhängen des Berges gebildet wird. In den Schluchten und Tälern, auf den Wegen und Felsvorsprüngen des Vorfegefeuers müssen die Seelen derjenigen Toten, die ihre Sünden aus verschiedenen Gründen erst allzu kurz vor ihrem Tod bereut haben, nach ihrer Überfahrt die ihnen zugemessene Zeit warten, bis ihnen Einlass ins eigentliche Fegefeuer gewährt wird. Dieses beginnt erst weiter oben, und ein Engel bewacht seine Pforte.

Der Aufstieg war sehr mühsam. Auf beiden Seiten zwängten geborstene Felsen die Wanderer ein, und der Boden war so uneben, dass sie die Hände zu Hilfe nehmen mussten. Als sie den oberen Rand des untersten Felshangs erreicht hatten, wo sich das Gelände weitete, blieb Dante stehen und fragte seinen Führer:

„Wo geht es nun lang, Meister?"

Vergil antwortete im Weitersteigen, ohne sich umzusehen:

„Jedenfalls nicht nach unten! Bleib einfach immer hinter mir, wir steigen erst einmal weiter hinauf, bis wir jemanden finden, der uns den genauen Weg zeigen kann."

Dante blickte am Berg empor. Der Gipfel war so hoch, dass er mit bloßem Auge nicht zu sehen war, und der Anstieg war um einiges näher an der Senkrechten als an der Waagerechten. Dante war erschöpft und sagte zu Vergil:

„Lieber Vater, dreh dich doch bitte wenigstens einmal zu mir um und warte einen Augenblick! Wenn du einfach immer nur weitergehst, muss ich hier allein zurückbleiben."

„Komm nur, mein Sohn", erwiderte Vergil und zeigte auf einen etwas höher gelegenen Felsvorsprung, „wenigstens bis dort schaffst du es noch!"

Derart angespornt, nahm Dante noch einmal alle Kräfte zusammen und kletterte auf allen Vieren hinter Vergil her, bis sie den Sims erreicht hatten, der sich dort terrassenförmig wie ein Gürtel um den gesamten Berg zieht. Dort setzten sie sich nieder und blickten in die Landschaft.

Wie schön ist es, auf einen bewältigten Weg zurückzuschauen! Die beiden Wanderer sahen nach Osten, von wo sie den Aufstieg begonnen hatten. Dante ließ den Blick zuerst hinunter zum Ufer schweifen und hob dann die Augen zum Himmel. Wie verblüfft war er da aber, als er die Sonne zu seiner Linken stehen sah! Da es auf Mittag zuging, hätte er erwartet, sie nach Süden wandern zu sehen, und das wäre rechts von ihm gewesen. Vergil bemerkte, wie erstaunt Dante war, dass die Sonne nach Norden zog, und sagte:

„Wenn jetzt die Sonne schon im Zeichen der Zwillinge stünde und nicht erst in dem des Widders, die Sommersonnenwende also schon kurz bevorstünde, dann würdest du sie sogar noch weiter im Norden sehen – es sei denn", schränkte er lächelnd ein, „sie käme plötzlich auf die Idee, von ihrer seit alter Zeit gewohnten Bahn abzuweichen!

Konzentriere dich mal und bedenke folgendes", erklärte er dann. „Die Stadt Jerusalem und der Berg, auf den wir jetzt gerade steigen wollen, haben zwar den gleichen Horizont, liegen aber auf zwei verschiedenen Erdhalbkugeln. Deshalb verläuft die Sonnenbahn, wenn man sie von hier aus betrachtet, in umgekehrter Richtung wie von Jerusalem aus gesehen. Kannst du folgen?"

„Ja, Meister", antwortete Dante, „jetzt begreife ich das endlich! Bisher hatte ich diese ganze Sache noch nicht richtig verstanden. Mir ist nun auch klar, dass der Äquator sich von hier aus gesehen ebenso weit nördlich befindet wie von Jerusalem aus gesehen südlich.

Nun wüsste ich aber doch zu gern von dir", sagte er dann, „wie weit es noch bis nach oben ist. Ich kann es von hier nicht abschätzen, denn der Gipfel liegt höher als mein Blick reicht."

Vergil antwortete nicht direkt, sondern sagte:

„Dieser Berg ist so beschaffen, dass der Aufstieg zu Beginn am schwersten ist. Je höher man kommt, umso einfacher wird es. Irgendwann wirst du beim Emporsteigen das Gefühl haben, so leicht vorwärtszukommen, als ob du auf einem Schiff stromabwärts fährst. Dann weißt du, dass du gleich am Ziel bist und dich von der Anstrengung ausruhen kannst. Eine genauere Antwort auf deine Frage wirst du von mir nicht bekommen, aber *das* weiß ich."

Da hörten die beiden ganz in der Nähe eine Stimme sagen:

„Es kann aber durchaus sein, dass du dich vorher nochmal hinsetzen musst!"

Dante und Vergil blickten nach links, von wo die Stimme gekommen war, und sahen dort einen großen Felsen, den sie bisher nicht wahrgenommen hatten. Sie standen auf und gingen darauf zu. Im Schatten hinter dem Stein saß eine Gruppe von Seelen untätig beieinander. Einer hatte die Arme um die Knie geschlungen und ließ den Kopf zwischen den Beinen hängen. Offenbar war er sehr müde.

„Lieber Mann, sieh dir doch den an!", sagte Dante im Gehen zu Vergil, als er den Schatten in so schlaffer Haltung dasitzen sah. „Das ist sicher der Trägste von allen! Als ob die Faulheit in Person seine Schwester wäre!"

Als der Schatten das hörte, blickte er die beiden von unten an, wobei er sich kaum die Mühe machte, den Kopf zu heben, und sagte zu Dante:

„Dann geh doch rauf, wenn du so tatkräftig bist!"

Da erkannte Dante in ihm seinen Jugendfreund Belacqua, einen Musikinstrumentenmacher, der in Florenz ganz in seiner Nähe gewohnt hatte und ein ziemlich fauler Charakter gewesen war. Obwohl Dante vom Aufstieg noch etwas außer Atem war, ging er nun freudig die letzten Schritte auf den Freund zu. Der hob ein wenig den Kopf und fragte leicht ironisch:

„Hast du jetzt auch wirklich verstanden, wieso die Sonne hier von links kommt?"

Offenbar hatte er das ganze Gespräch zwischen den beiden Dichtern mit angehört. Dante musste lächeln, über Belacquas träge Bewegungen ebenso wie über seine Bemerkung, und sagte:

„Wie schön, Belacqua, dass ich mir um dich keine Sorgen mehr machen muss! Aber sag mir doch mal bitte: Warum sitzt du denn hier so herum? Wartest du auf Begleitung, oder machst du einfach nur das gleiche weiter wie im Leben?"

Belacqua antwortete:

„Ach Bruder, wozu soll ich weiter hinaufsteigen? Der Engel oben am Tor würde mich ja doch noch nicht zu den Büßern hineinlassen!"

Die Seelen in dieser Gruppe waren im Leben so träge gewesen, dass sie aus purer Faulheit die Reue für ihre Sünden bis kurz vor dem Tod hinausgezögert hatten. Ihre Seelen waren zwar um dieser Reue willen gerettet worden, aber weil sie so sehr spät kam, durften sie noch nicht ins eigentliche Fegefeuer.

„Weil wir die Reue auf den allerletzten Moment verschoben haben", fuhr Belacqua fort, „müssen wir hier draußen noch einmal genau so lange warten, wie unser irdisches Leben gedauert hat. Schneller geht es nur, wenn Lebende für uns Fürbitte halten. Aber auch das hilft natürlich nur dann, wenn diese Gebete von Menschen kommen, die in Gottes Gnade stehen. Was sollte auch eine Fürbitte nützen, die von Gott nicht erhört wird!"

Aber da war Vergil schon wieder im Aufbruch und schickte sich an, den Aufstieg fortzusetzen.

„Komm!", sagte er zu Dante. „Sieh nur, es ist schon Mittag! In Marokko", fügte er hinzu, „am Ende des Weltmeers, geht gerade die Sonne unter."

5. Kapitel

Die gewaltsam ums Leben Gebrachten – Iacopo del Cassero – Buonconte von Montefeltro – Pia de' Tolomei

Dante hatte die Seelen der Trägen verlassen und war Vergil nachgelaufen. Da hörte er, wie einer aus der Schar hinter ihm rief:

„Seht mal, der hintere von den beiden wirft nach links einen Schatten! Überhaupt benimmt er sich, als ob er lebendig wäre!"

Dante drehte sich um und sah, wie eine der Seelen mit dem Finger auf ihn zeigte und die ganze Gruppe fassungslos auf ihn und seinen Schatten starrte. Aber als Vergil bemerkte, dass sein Schützling schon wieder in Verzug geriet, rief er ihn zur Ordnung.

„Warum lässt du dich denn gleich wieder ablenken und gehst langsamer“, fragte er ihn tadelnd, „nur weil da einer irgendetwas ruft? Was kümmert dich, was die Leute tuscheln? Folg mir und lass sie reden! Nimm dir ein Beispiel an den festen Türmen, deren Spitze nicht wankt, auch wenn es stürmt! Wenn man mit seinen Gedanken nicht bei einer Sache bleibt und seinen Sinn immer wieder auf neue Dinge richtet, nimmt einem das die Kraft, die man braucht, um fest das eigentliche Ziel anzustreben.“

Errötend drehte Dante auf diese Zurechtweisung hin den Seelen den Rücken zu und stieg, so schnell es ging, mit den Worten „Ich komme schon!“ wieder hinter Vergil her. Wie hätte er auch sonst reagieren sollen! Er schämte sich, und das macht den Menschen ja manchmal der Verzeihung würdig.

Nun kam eine neue Gruppe von Seelen ins Bild. Sie gingen etwas oberhalb von Vergil und Dante quer zum Abhang am Berg entlang und waren gerade dabei, einen Bußpsalm zu singen. „Miserere mei, Deus!“, sangen sie, „Gott, sei mir gnädig nach deiner Güte und tilge meine Sünden nach deiner großen Barmherzigkeit!“ Aber als sie Dante entdeckten und den Schatten bemerkten, den er warf, mündete ihr Gesang abrupt in ein langgezogenes, heiseres „oooh!“, und gleich darauf liefen zwei von ihnen den beiden Dichtern entgegen und fragten:

„Wer seid denn ihr?“

Vergil antwortete:

„Ich vermute, eure Genossen sind aus Erstaunen stehengeblieben, weil der hier hinter mir einen Schatten wirft, und nun seid ihr vorgeschickt worden, um herauszubekommen warum. Ihr könnt euren Leuten erzählen, dass er tatsächlich aus Fleisch und Blut ist! Übrigens solltet ihr respektvoll mit ihm umgehen. Er kann euch nämlich gute Dienste leisten.“

Schneller als Sternschnuppen oder Blitze an Sommerabenden liefen die beiden wieder zu den anderen Seelen zurück, und kaum hatten sie Bericht erstattet, stürmte auch schon die ganze Schar auf die beiden Dichter zu.

„Das ist ja ein ziemlich großer Haufen!", sagte Vergil zu Dante. „Sie werden dir gleich alle mit ihren Bitten auf den Leib rücken. Du solltest lieber nicht stehenbleiben, sondern im Weitergehen zuhören!"

„Du da", riefen die Seelen Dante im Näherkommen zu, „du Seele mit den lebendigen Gliedern! Du bist doch hier für dein Seelenheil unterwegs! Geh doch bitte etwas langsamer! Sieh uns doch mal an! Vielleicht kennst du ja einen von uns und kannst drüben seinen Lieben eine Nachricht überbringen! Warum gehst du denn immer weiter? Bleib doch mal stehen!

Wir alle", erzählten sie durcheinander, „sind gewaltsam ums Leben gebracht worden und waren bis zur Todesstunde im Stand der Sünde. Aber durch die Gnade des Himmels blieb uns allen noch genug Zeit, im letzten Augenblick unsere Sünden zu bereuen und unseren Feinden zu vergeben, sodass wir versöhnt mit Gott gestorben sind. Nun sind wir voller Sehnsucht, ihn zu sehen."

„So gründlich ich auch eure Gesichter mustere", sagte Dante, „erkenne ich doch niemanden von euch. Aber, ihr so glücklich geretteten Seelen, sagt mir ruhig, was für Anliegen ihr habt! Was ich irgend kann, will ich gern für euch tun, im Blick auf mein Heil, für das ich hier mit Hilfe meines Führers von einem Jenseitsreich zum nächsten wandere."

Da ergriff zunächst die Seele des Staatsmannes Iacopo del Cassero das Wort. Iacopo war Statthalter von Bologna gewesen und hatte sich in diesem Amt den Markgrafen von Ferrara zum Feind gemacht, Azzo von Este, indem er sich dessen Machtgelüsten entgegengestellt hatte. Um sich nicht der Rache des Markgrafen auszusetzen, hatte Iacopo es nach seiner Auseinandersetzung mit ihm immer vermieden, Azzos Herrschaftsbereich zu betreten. Aber das hatte ihm nichts geholfen: Auf einer Reise nach Mailand, auf der er eigens einen Umweg genommen hatte, um nicht ferraresisches Gebiet durchqueren zu müssen, hatten ihn Azzos Häscher auf paduanischem Territorium überfallen und ermordet.

Die Seele dieses Mannes also sagte nun zu Dante:

„Du musst deine gute Absicht nicht weiter beschwören, wir glauben dir und sind sicher, dass du uns helfen wirst, wenn es möglich ist. Ich will dir als erster meine Bitte vortragen: Falls du jemals in die Mark Ancona kommst, so sag doch bitte den Leuten in Fano, dass sie Fürbitte für mich halten sollen, damit ich mich rascher von meinen Sünden reinigen kann! Fano ist nämlich meine Heimatstadt.

Aber umgebracht", erzählte er dann, „wurde ich auf paduanischem Gebiet, wo ich doch besonders sicher zu sein glaubte. Der Graf von Este hat mich auf dem Gewissen, in seinem Hass auf mich übertrat er grob das Recht. Ich hätte lieber zur Burg Mira laufen sollen, als ich in Oriago überfallen wurde! Aber ich bin in die Sumpfgebiete geraten, in Schilf und Schlamm steckengeblieben und hingefallen. So kriegten sie mich, und ich kam blutig ums Leben."

„Wenn du hier unterwegs bist, weil du dein Seelenheil erlangen willst", rief jetzt ein anderer, „dann hilf auch mir dazu! Ich bin Buonconte von Montefeltro, und ich bin sehr bedrückt, denn meine Witwe Giovanna scheint mich vergessen zu haben, und auch sonst gibt es keinen Lebendigen, der für mich Fürbitte halten würde!"

Buonconte war der Sohn des Grafen Guido von Montefeltro, dem Dante im achten Graben des achten Höllenkreises begegnet war. Elf Jahre vor Dantes Jenseitsfahrt hatte Buonconte die Truppen von Arezzo in die Schlacht von Campaldino gegen die Florentiner geführt. Florenz hatte gesiegt und Buonconte war gefallen, doch sein Leichnam war niemals gefunden worden. Dante, der auf Florentiner Seite ebenfalls an dieser Schlacht teilgenommen hatte, fragte ihn nun:

„Wie kommt es eigentlich, dass dein Körper damals einfach verschwunden ist und niemand weiß, wo er begraben liegt?"

Da erzählte Buonconte:

„Schwer verletzt, mit einer Stichverwundung im Hals, schleppte ich mich damals blutend vom Schlachtfeld weg und floh durch die Ebene, bis ich dahin kam, wo der Fluss Archiano in den Arno mündet, nachdem er von seiner Quelle oberhalb der Einsiedelei von Camaldoli im Apennin das Casentino-Tal durchquert hat. Dort wurde mir schwarz vor Augen, meine Stimme brach, mit dem Namen der

Jungfrau Maria auf den Lippen fiel ich hin, und mein Leib blieb entseelt liegen.

Ich will dir wahrheitsgetreu berichten, was dann geschah. Bitte verbreite meine Geschichte unter den Lebenden! Als meine Seele den Leib verließ, wurde sie von einem Engel Gottes ergriffen. Ein Teufel sah das und rief dem Engel zu: ‚Du da vom Himmel! Stiehlst mir einfach von dem hier die Seele, nur wegen der kleinen Reueträne, die er im allerletzten Augenblick zerdrückt hat! Warte, ich will mich wenigstens an seinem Leib schadlos halten!'

Du weißt ja", fuhr Buonconte dann fort, „wie Regen entsteht: In der Luft sammelt sich feuchter Dunst, und wenn er in die kalten Schichten aufsteigt, schlägt er sich als Wasser nieder. Der Teufel, der sich um meine Seele betrogen sah, wandte nun seinen grundsätzlich bösen Willen und seine Geisteskräfte auf die Künste, die er von Natur aus beherrscht, und als die Sonne untergegangen war, bedeckte er den ganzen Casentino vom Gipfel des Pratomagno bis zum Großen Joch mit Nebel und ließ den aufsteigen, bis die so geschwängerte Luft sich in Wasser verwandelte und ein gewaltiges Unwetter niederging. Die Erde konnte die Wassermassen nicht aufnehmen, sie sammelten sich in den Gräben und Flüssen und wälzten sich mit großer Macht in den Arno.

Auch mein erstarrter Leib wurde von den Fluten des Archiano in den Arno getrieben. Meine Arme, die ich in der letzten Not zum Kreuzzeichen zusammengelegt hatte, wurden auseinandergezogen und mein Leib an den Ufern und dann auf dem Grund hin- und hergeworfen, bis er schließlich unter dem Schlamm begraben war."

Dann bat eine dritte Seele Dante um seine Hilfe, eine Frau aus der Sieneser Familie Tolomei, die von ihrem eigenen Mann auf seinem Schloss in der Maremma umgebracht worden war. Sie sagte:

„Denk auch an mich, wenn du wieder unter den Lebenden bist und dich von den Anstrengungen deiner Reise erholt hast! Ich heiße Pia. Zur Welt brachte mich Siena, aus der Welt schaffte mich die Maremma. Der, der mir zur Hochzeit einen kostbaren Ring an den Finger gesteckt hat, weiß es."

6. Kapitel

Weitere gewaltsam ums Leben Gebrachte – Über die Wirksamkeit von Fürbitten – Sordello – Klage über Italiens Not

Schließlich redete die ganze Schar auf Dante ein, und alle beschworen sie ihn, er möge doch nach seiner Heimkehr dafür sorgen, dass jemand von den Lebenden Fürbitte für sie hielte, damit ihre Wartezeit verkürzt würde. Er kam sich vor, als hätte er beim Würfelspiel gewonnen, und nun würde ihm im Weggehen von allen Seiten zugesetzt, weil alle von seinem Gewinn etwas abbekommen wollten. Während der Verlierer in solchen Fällen allein zurückbleibt und sich zu spät den Kopf darüber zermartert, was er alles hätte anders machen müssen, um zu gewinnen, kann der Sieger sich nur mühsam gegen die Zudringlichkeiten wehren und steckt dem einen oder anderen etwas zu, um sich wenigstens ein bisschen Luft zu verschaffen.

Dante ging also weiter, hörte sich aber doch notgedrungen die Erzählungen und Bitten an, mit denen die Seelen ihn bedrängten. Da war zum Beispiel der Richter Benincasa aus Arezzo, der von dem Straßenräuber Ghino di Tacco ermordet worden war, weil er zwei von dessen Spießgesellen hatte hinrichten lassen. Ein anderer, Guccio Tarlati, ebenfalls ein Aretiner, war bei einer Verfolgungsjagd im Arno ertrunken. Auch Federigo Novello aus der gräflichen Familie Guidi bat Dante dringlich, ihm zu helfen – er war von einem Feind ermordet worden –, und ebenso Farinata Scornigiani aus Pisa, der dem Bürgerkrieg in seiner Heimatstadt zum Opfer gefallen war. Dessen Vater Marzucco hatte damals übrigens seine Mitbürger durch seine Charakterstärke sehr beeindruckt: Er hatte nach dem Tod des Sohnes darauf verzichtet, sich an den Mördern zu rächen.

Auch der Graf Orso degli Alberti rückte Dante auf den Leib. Er war von seinem Vetter Alberto ermordet worden, womit eine unselige Blutrache weitergeführt worden war: Schon sein Vater und der Vater seines Mörders, die Brüder Napoleone und Alessandro degli Alberti, hatten sich gegenseitig umgebracht. Dante war ihnen im ewigen Eis der Kaina begegnet. Schließlich kam auch Pierre de la Brosse, ein Franzose, auf den Dichter zu. Er war ein Arzt gewesen, hatte in den Diensten des französischen Königs Philipp des Kühnen gestanden und war auf Betreiben der Königin, Maria von Brabant, gehängt worden. Er beteuerte aber Dante gegenüber, den angeblichen Verrat, wegen dessen er zum Tode verurteilt worden war, nicht begangen zu haben und das unschuldige Opfer von Hass und Neid zu sein. Es stünde der Königin gut an, meinte Dante bei sich, solange sie noch lebte, Buße dafür zu tun, dass sie Pierre auf dem Gewissen hatte, damit sie nicht der ewigen Verdammnis anheimfiele!

Alle flehten sie Dante an, nach seiner Rückkehr zu den Lebenden etwas für sie zu tun. Er versprach Hilfe, einer nach dem anderen ließ wieder von ihm ab, und irgendwann hatte er sich endlich von dem Gedränge befreit.

Nach einer Weile sagte er nachdenklich zu Vergil:

„In deinem Werk gibt es eine Stelle, mit der du, glaube ich, bestreitest, dass der Himmel durch Gebete überhaupt zu einer Änderung seiner Ratschlüsse bewogen werden kann. Um genau solche Gebete geht es denen hier ja aber allen. Sind ihre Hoffnungen also vergebens, oder habe ich nur nicht richtig verstanden, was du da meinst?"

Der Satz, auf den sich Dante mit dieser Frage bezog, steht in der „Äneis" und lautet: „Gib die Hoffnung auf, du könntest durch deine Bitten göttliche Urteile wenden!"

Vergil antwortete seinem Schützling:

„Die Stelle, auf die du anspielst, ist durchaus so gemeint, wie sie dasteht. Trotzdem haben die Seelen hier recht, wenn sie glauben, dass die Fürbitte der Lebenden ihre Buße verkürzen kann. Man muss die Sache nur richtig betrachten. Es ist wahr, die Schuld muss abgetragen, der göttlichen Gerechtigkeit muss Genüge getan werden. Die Wirkung der Fürbitte besteht aber nicht einfach darin, dass Gott sie aus reiner Gnade erhört. Es ist vielmehr so, dass die heiße Liebe, die die Lebenden im Gebet für ihre Toten aufwenden, seine Gerechtigkeit ebenso befriedigt, wie das die Buße der Betroffenen selbst tut. Das Feuer der Liebe vollbringt damit in kurzer Zeit etwas, wofür die Seelen der Verstorbenen selbst viel länger brauchen. Im übrigen musst du bedenken, dass der bewusste Satz in meiner ‚Äneis' zu einem Heiden gesprochen wird. Dessen Gebet konnte gar keine Wirksamkeit entfalten, denn es war ja nicht an den wahren Gott gerichtet.

Ich finde aber, du solltest ein so gewichtiges Problem damit nicht einfach auf sich beruhen lassen, sondern es der Frau vortragen, die deinen Geist mit Wahrheit erleuchten wird. Falls du nicht weißt, wen ich meine: Ich spreche von Beatrice. Denn wenn du auf dem Gipfel dieses Berges angekommen bist, wird sie da sein und dir in ihrer Seligkeit zulächeln."

Darauf sagte Dante:

„Ach Herr, lass uns schneller gehen! Ich merke, dass mich der Aufstieg schon nicht mehr so stark anstrengt wie zu Beginn. Es ist schon spät, sieh nur den Schatten, den der Berg wirft!"

„Wir wandern so weit, wie wir kommen", erwiderte Vergil, „aber bis oben schaffen wir es heute nicht mehr, denn der Weg ist weiter als du denkst. Ja, es ist spät, die Sonne ist schon hinter dem Abhang verschwunden, sodass dein Leib ihre Strahlen nicht mehr unterbricht. Sie wird sich noch mehr als einmal wenden, bis wir am Gipfel sind.

Aber schau mal, die Seele dort!", sagte er dann. „Sie blickt gerade zu uns herüber! Offenbar ist sie ganz allein unterwegs. Fragen wir sie doch, wie wir auf dem kürzesten Weg hinaufkommen!"

Da, wo Vergil hinzeigte, war in der Tat eine einzelne Seele zu sehen. Die beiden Wanderer gingen auf den Fremden zu. Der sah ihnen gelassen entgegen, stolz und hoheitsvoll, mit der Miene eines ruhenden Löwen, sagte dabei kein Wort und bewegte sogar die Augen nur langsam und gemessen. Obwohl er so unnahbar schien, sprach Vergil ihn an und fragte, welchen Weg in die Höhe man denn hier am besten einschlagen könnte.

Der Fremde antwortete nicht auf Vergils Ansinnen und fragte stattdessen die beiden, wo sie denn herkämen und wer sie wären. Vergil schickte sich an, ihm Auskunft zu geben, kam aber über das erste Wort nicht hinaus. Denn kaum hatte er den Namen seiner Heimatstadt Mantua ausgesprochen, gab der andere plötzlich seine vornehme Zurückhaltung auf, ging seinerseits auf Vergil zu und sagte:

„Du bist aus Mantua? Ich auch! Ich bin Sordello!"

Und sie umarmten sich.

Sordello war ein großer Troubadour gewesen, der berühmteste in Italien im jüngst vergangenen Jahrhundert. In seinem bekanntesten

Lied, dem „Klagelied auf den Tod des Herrn Blacaz", war er mit den großen Fürsten seiner Zeit und ihrem Regiment scharf ins Gericht gegangen, von den Herren der Provence über die französischen Könige bis zu Kaiser Friedrich dem Zweiten. Und so brach auch Dante, als er später seinen Bericht niederschrieb, an dieser Stelle in eine große Klage über das politische Elend seines Vaterlandes aus, die in schwere Vorwürfe gegen den römisch-deutschen König und schließlich gegen seine eigene Heimatstadt Florenz mündete.

„Ach Italien!", so beginnt diese Klagerede. „Italien, du versklavtes, jammervolles Land! Wie ein führerloses Schiff treibst du im Sturm. Über deine eigenen Provinzen bist du nicht Herr, es geht im Lande zu wie in einem Hurenhaus. Wie schnell war doch Sordello, die edle Seele, bereit, seinen Mitbürger herzlich zu begrüßen, als ihn der Klang des Heimatnamens berührte! Und wie anders ist es dort jetzt bei den Lebenden. Da führen sie Krieg gegen die eigenen Landsleute, sogar innerhalb der gleichen Stadt vernichten sie sich gegenseitig. An den Küsten und im Inneren des Landes, überall herrscht Krieg. Was nützt es, dass Kaiser Justinian vor Jahrhunderten dem Land durch sein Gesetzeswerk Zügel angelegt hat, wenn kein Herrscher auf dem Sattel sitzt, der diese Zügel in der Hand hielte? Da wünschte man sich, es gäbe gar kein Gesetz, dann wäre die Schande wenigstens nicht so groß! Ach ihr Pfaffenvolk! Anstatt im Gehorsam gegen Gottes Willen den Kaiser im Sattel sitzen zu lassen, habt ihr selbst dem Ross in die Zügel gegriffen, und nun spürt es die feste, bändigende Hand dessen nicht mehr, der es allein lenken könnte, und ist aufsässig geworden.

O du deutscher Albrecht!", richtet sich Dantes Zorn dann gegen König Albrecht von Habsburg, der doch eigentlich „König der Römer" hieß, sich aber nie um den italienischen Teil seines Reiches gekümmert hatte. Später, einige Jahre nach Dantes Reise, war er ermordet worden. „Warum lässt du das Ross im Stich, wo du doch derjenige bist, der den Sattel besteigen müsste? Wild und unbändig ist es geworden ohne Zaum und Zügel! Ein gerechtes Urteil über dich möge aus den Sternen fallen, plötzlich und sichtbar, so dass es alle begreifen und es vor allem für deinen Nachfolger eine Warnung ist!

Du und dein Vater Rudolf, ihr habt es zugelassen, dass Italien verödet ist, der Garten des Reichs, weil ihr nur eure deutschen Machtgelüste im Sinn hattet. Komm und sieh, du Gleichgültiger! Sieh die jämmerlichen Kämpfe in Verona, Cremona, Orvieto und anderswo, sieh all die Montecchi und Capelletti, Monaldi und Filippeschi, besiegt die einen, voller Angst die anderen! Komm und sieh, was deine Lehnsmänner leiden müssen, du Grausamer, und hilf ihnen! Wie Santa Fiora in der Toskana, so verkommen viele ihrer Güter. Komm und sieh deine verwitwete und einsame Stadt Rom, wie sie Tag und Nacht weinend ruft: ‚Mein Kaiser, warum kommst du nicht zu mir?' Komm und sieh, wie es in diesem Volk mit der großen Liebe zwischen den Menschen bestellt ist! Wenn dich schon nicht Mitleid zum Aufbruch treibt, solltest du dich wenigstens um deinen Ruf sorgen!

Und wenn ich es wagen darf, auch dich zu fragen, du höchster Gott", fährt Dante fort, „der du auf der Erde für uns den Kreuzestod erlitten hast: Haben sich deine gerechten Augen von uns gewandt? Oder liegt in all den Bedrängnissen irgendetwas Heilsames, das du nach deinem unerforschlichen Ratschluss für uns vorgesehen hast und das wir noch nicht erkennen können? Es wimmelt von Tyrannen in Italien, jeder dahergelaufene Bauer mischt sich in den allgemeinen Aufruhr und spielt den Konsul Marcellus, der gegen Cäsar kämpft!"

Am Schluss dieses leidenschaftlichen Ausbruchs wendet sich Dante in bitterem Hohn gegen seine Heimatstadt.

„Mein Florenz! Dich muss das alles ja nicht bekümmern, du bist natürlich nicht gemeint! Deine Bevölkerung ist ja berühmt dafür, dass sie sich immer um das Gute bemüht. Anderswo gibt es leider viele Menschen, die zwar eigentlich auf Gerechtigkeit bedacht sind, es sich aber allzu gut überlegen, ehe sie darum kämpfen, und keine Lust haben, sich für das Gemeinwohl mit irgendwelchen Lasten zu behängen. Ihr Florentiner dagegen habt die Gerechtigkeit ständig auf der Zungenspitze, ihr meldet euch mit Freuden schon dann, wenn es noch gar keiner verlangt hat, und schreit: ‚Ich übernehme das!' Florenz, du kannst froh sein! Du bist reich, friedlich und verständig!

Die Ergebnisse der Stadtpolitik beweisen, wie recht ich habe. Florenz, du tust so viel für das Wohl deiner Bürger, dass sogar Athen und Sparta dagegen verblassen, die doch durch ihre Gesetze eine so gute Ordnung schufen! Du bist derart vorausschauend, dass das, was du im Oktober zusammenspinnst, nicht einmal bis Mitte November hält. Du musst nur einmal daran denken", und nun spielt Dante auf die häufigen Herrschaftswechsel und darauffolgenden Gesetzesänderungen und die Verbannungen an, denen die Anhänger der jeweils unterlegenen Partei ausgesetzt waren, „wie oft du deine Verordnungen und Münzen, Ämter und Trachten gewechselt und sogar deine Bürger ausgetauscht hast!

Wenn du das alles bedenkst und bei Licht betrachtest", schließt seine große Klage, „so musst du einsehen: In deiner Unstetigkeit bist du wie eine Kranke, die sich in ihrem Bett unaufhörlich hin und her wälzt und nicht zur Ruhe kommt, weil sie keine Lage finden kann, in der sie ihre Schmerzen los würde."

7. Kapitel

Vergil und Sordello – Das Tal der säumigen Fürsten – Rudolf von Habsburg – Ottokar der Zweite von Böhmen – Philipp der Dritte von Frankreich – Karl von Anjou und andere

Nachdem Sordello und Vergil in ihrer Freude über die gemeinsame Landsmannschaft ein paar würdevolle Umarmungen ausgetauscht hatten, trat Sordello, der bisher von seinem Gegenüber ja nur wusste, dass er ebenfalls aus Mantua stammte, einen Schritt zurück und fragte:

„Und wer seid Ihr?"

Vergil kleidete seine Antwort wie folgt ein:

„Als ich zur Zeit des Kaisers Augustus starb und begraben wurde, war dieser Berg noch nicht zum Läuterungsort bestimmt worden, von dem aus die Seelen zur Seligkeit aufsteigen. Ich bin Vergil. Meine Seele ist aus dem einzigen Grund, dass ich nicht dem wahren Glauben anhing, nicht für würdig befunden worden, in den Himmel einzugehen."

Als Sordello hörte, wen er da vor sich hatte, traute er seinen Ohren kaum. Er schaute sein Gegenüber ungläubig an, stammelte: „Das ist ja … das ist ja nicht zu …“, verneigte sich dann tief, umklammerte demütig Vergils Knie und rief:

„Größter der Lateiner! Du unvergänglicher Ruhm meiner Heimatstadt! Du hast bewiesen, was unsere Sprache vermag! Wie komme ich zu der Ehre, dich von Angesicht zu Angesicht sehen zu dürfen? Bin ich überhaupt wert, dass du das Wort an mich richtest? Dann sag mir doch bitte: Du bist also aus der Hölle hierher aufgestiegen? Aus welchem ihrer Kreise kommst du denn?“

„Um hierher zu gelangen“, erwiderte Vergil, „musste ich die gesamte Hölle durchschreiten. Ich bin dazu durch eine Kraft vom Himmel veranlasst worden, die mich auch auf dem ganzen Weg geleitet hat und weiter bei mir ist.

Ich bin, wie gesagt, nicht wegen irgendwelcher schlimmen Taten in die Hölle gekommen, sondern weil ich im Gegenteil etwas Wesentliches *nicht* getan habe: Ich habe den Gott, dem du entgegenstreben darfst, nicht angebetet, denn ich habe ihn zu Lebzeiten noch nicht gekannt. Der Höllenkreis, wo ich wohne, ist kein Ort der Pein, aber er ist dunkel. Man hört dort keine lauten Schmerzensschreie, aber Seufzer. Zum einen sind dort die Seelen der ungetauft gestorbenen Kinder. Die haben zwar keine persönliche Schuld auf sich geladen, sind aber, eben weil ihnen die Taufe fehlt, nicht von der Erbsünde reingewaschen worden. Zum anderen wohnen dort Seelen wie ich, die zwar keine verdammenswerten Sünden begangen haben und alle weltlichen Tugenden hatten, jedoch zu früh lebten, um auch die heiligen Tugenden zu haben.

Aber genug davon. Kannst du uns nicht sagen, wie wir auf dem schnellsten Weg zu dem Eingang gelangen können, wo das eigentliche Fegefeuer beginnt?“

„Ich kann euch auch gern begleiten“, erwiderte Sordello, „jedenfalls soweit ich gehen darf. Wir Seelen hier im Wartestand sind nicht verpflichtet, an einem bestimmten Ort zu verharren, wir dürfen den Berg umkreisen oder emporsteigen, solange wir nur das Vorfegefeuer nicht verlassen.

Aber sieh nur", fuhr er fort, „der Tag geht zur Neige. Bei Dunkelheit kann man nicht weiter aufsteigen. Deshalb sollten wir uns einen angenehmen Platz suchen, wo wir die Nacht verbringen können. Da drüben, rechter Hand, sitzt abseits eine Gruppe von Seelen, die du bestimmt gern kennenlernen wirst. Wenn du einverstanden bist, gehen wir dorthin."

Aber Vergil fragte zunächst:

„Du sagst, es sei nicht möglich, den Berg bei Nacht zu besteigen. Kannst du das genauer erklären? Wenn man hier im Dunkeln aufwärts steigen wollte: Wer oder was würde einen denn daran hindern? Eine andere Person oder eigenes Unvermögen?"

Sordello zeichnete bergaufwärts vor sich mit dem Finger eine Linie auf die Erde und erklärte:

„Nicht einmal diese Linie könntest du nach Sonnenuntergang überschreiten. Das, was dich hemmen würde, ist die Dunkelheit selbst, sonst niemand. Sie lähmt die Kraft und den Willen zum Aufstieg auf diesen Berg. Nach unten oder seitwärts am Berghang entlang kann man dagegen durchaus auch nachts gehen."

Vergil war ein wenig erstaunt und sagte:

„Nun gut, führ uns also dahin, wo es, wie du sagst, so angenehm ist."

Nach kurzem Weg sahen sie eine Talsenke, wie es sie auch in unseren Gebirgen gibt. Sie war in den Abhang eingebettet und öffnete sich zum Fuß des Berges hin.

„Da!", sagte Sordello. „Dort wollen wir den neuen Tag erwarten."

Ein leicht ansteigender, gewundener Pfad führte die Wanderer bis zum Rand des Tals, der nach den Seiten hin gleichmäßig abfiel. Sie erreichten ihn unterhalb der Mitte und konnten nun in die Senke hineinsehen.

Dort standen Gras und blühende Blumen in einer solchen Farbenpracht, dass Gold und Silber, Scharlachrot und Bleiweiß, indisches Blau, Ebenholz und leuchtend grüner Smaragd davor hätten verblassen müssen. Ein wunderbares Gemisch von süßen, unbekannten Düften lag in der Luft. Inmitten dieser Herrlichkeit aber saßen Seelen im Gras. Von weiter draußen hatte man sie nicht sehen können, aber jetzt, vom Rand aus, sah sie Dante. Sie sangen gemeinsam das „Salve Regina“, den Marienhymnus, der mit den Worten beginnt „Sei gegrüßt, Königin, du Mutter der Barmherzigkeit“ und in dem von der Sehnsucht nach Erlösung aus dem Tal der Tränen die Rede ist.

Diese Seelen waren im Leben Fürsten gewesen, die über ihren Regierungsgeschäften die Sorge um ihr Seelenheil vernachlässigt und die Reue über ihre Sünden deshalb bis kurz vor das Ende ihres Lebens hinausgezögert hatten. Auch Kaiser und Könige waren unter ihnen.

„Lasst uns doch noch so lange hier oben bleiben“, sagte Sordello, „bis die Sonne ganz untergegangen ist! Von hier aus könnt ihr die Gebärden und Mienen der Seelen viel besser beobachten, als wenn wir schon mitten unter ihnen säßen.

Der da erhöht über den anderen sitzt und nicht mit ihnen mitsingt“, erklärte er dann, „ist Rudolf von Habsburg. Er hätte eigentlich der Kaiser über das ganze Reich sein sollen, aber er hat Italiens Elend nicht gewendet und das Land im Stich gelassen, sodass es immer noch auf seinen Retter wartet. Rudolf ist bedrückt, weil er seine Pflicht nicht getan hat. Die Seele neben ihm, die ihn tröstet, ist der böhmische König Ottokar der Zweite. Auf Erden war er Rudolfs Feind. Ottokar war ein besserer Herrscher als sein Sohn, der lüsterne und faule Wenzel der Zweite, der jetzt Böhmen regiert! Schon als kleines Kind taugte der Vater mehr als heute der erwachsene Sohn.

Der mit der kurzen Nase, der sich immerzu die Hände vor die Brust schlägt, ist Philipp der Kühne von Frankreich, der durch seinen missglückten Feldzug gegen Spanien Schande über sein Haus gebracht hat und dann beim Rückzug gestorben ist. Er ist verzweifelt darüber, wie zügellos und tückisch sein Sohn Philipp der Schöne ist, der nun über Frankreich herrscht. Der dicht neben ihm, der so freundlich aussieht und im Gespräch sein Kinn mit der Hand stützt, ist König Heinrich von Navarra. Seine Tochter ist mit Philipp dem Schönen verheiratet, und er grämt sich ebenso wie dessen Vater über das schlimme Leben seines Schwiegersohns.

Die zwei, die dort so harmonisch miteinander singen, der Kräftige und der mit der großen Nase, sind Peter der Dritte von Aragon und Karl der Erste von Anjou. Wie Rudolf und Ottokar waren sie im Leben Feinde. Peter der Dritte hatte alle Tugenden, die man sich nur denken kann, und wenn sein Sohn Alfons, der da hinter ihm sitzt, nicht so früh gestorben wäre, hätten sich diese Tugenden auf dem Thron fortgepflanzt. Stattdessen regieren jetzt Peters jüngere Söhne Jakob und Friedrich über die Reiche ihres Vaters, und die haben leider nichts von seinen guten Eigenschaften geerbt. Rechtschaffenheit und Tüchtigkeit vererben sich selten. So will es der, der sie verleiht, denn wir sollen *ihm* dankbar sein und nicht unseren Vorfahren.

Über Karl von Anjou lässt sich ja keineswegs so Rühmenswertes sagen wie über Peter den Dritten. Aber der gleiche Wertabstand, der diese beiden trennt, trennt Karl nach unten hin noch einmal von seinem missratenen Sohn und Nachfolger, Karl dem Zweiten, der jetzt Süditalien und die Provence beherrscht. Auch Karls Stamm ist also im Niedergang begriffen.

Aber seht ihr den, der dort ganz allein sitzt? Das ist König Heinrich der Dritte von England. Bei dem ist es anders: Er war ein ganz einfältiger Mann, aber nach ihm ging es aufwärts mit dem Geschlecht.

Und der dort, der niedriger als die anderen sitzt und zu ihnen emporschaut, ist der Markgraf Guglielmo von Monferrato. Der hat gegen Alessandria Krieg geführt, aber so unglücklich, dass am Ende seine eigenen Gebiete verwüstet wurden."

8. Kapitel

Abendgebet – Die Schutzengel – Nino Visconti – Die Schlange – Corrado Malaspina

Der Abend brach an, und es breitete sich die wehmütige Stimmung aus, die den Menschen zu dieser Tageszeit ergreift. Denn wenn die Sonne untergeht, packt den Schiffer auf dem Meer, der bei Tageslicht fröhlich aufgebrochen ist, das Heimweh nach seinen Lieben, und den jungen Pilger ergreift die Liebessehnsucht, wenn ihm die fernen Abendglocken gleich einem Totengeläut für den dahingehenden Tag in den Ohren klingen.

Dante hatte Sordello die ganze Zeit interessiert zugehört. Nun aber wurde seine Aufmerksamkeit von einer der Seelen im Tal beansprucht, die aufstand und den anderen mit der Hand ein Zeichen gab, sich zu sammeln. Die Seele faltete ihre Hände und erhob sie gen Osten, in völliger Hingabe an Gott. Dann fing sie an zu singen und stimmte das alte Abendgebet des heiligen Ambrosius an, „Te lucis ante terminum“, „Bevor des Tages Licht vergeht“, in dem Gott um Schutz in der Nacht angefleht wird. Die anderen stimmten ein, und dann sangen alle, den Blick zum Himmel gerichtet, gemeinsam den ganzen Hymnus, so schön und andächtig, dass es Dante die Brust weitete und er das Gefühl hatte, die Begrenzungen seines Geistes hinter sich zu lassen.

Möge der Leser nun gut aufpassen! Die tiefere Bedeutung des Folgenden wird ihm dann nicht verborgen bleiben, denn sie ist mit Händen zu greifen. Nachdem die Seelen ihr Abendlied gesungen hatten, blickten sie schweigend weiter zum Himmel, blass und in demütiger Haltung, als erwarteten sie von dort etwas Bestimmtes. Und da! Zwei Engel erschienen in der Höhe und fuhren zum Tal hinab. Sie hielten flammende Schwerter in den Händen, denen jedoch die Spitzen fehlten. Ihre Gewänder waren ebenso wie ihre Flügel hellgrün wie junges Laub und glitten, vom Schwung des Fluges bewegt, hinter ihnen durch die Luft. Der eine Engel landete etwas oberhalb der Stelle, wo die beiden Wanderer mit Sordello standen, der andere unten auf dem gegenüberliegenden Rand der Senke, sodass das Tal mit den Fürsten zwischen ihnen lag. Dante sah, dass die Engel blondes Haar trugen, scheiterte aber an dem Versuch, ihnen in die Gesichter zu sehen, denn die leuchteten so stark, dass es seine Sehkraft überstieg.

„Diese Engel“, erklärte Sordello den beiden Dichtern, „sendet die Jungfrau Maria hierher. Sie sollen das Tal vor der Schlange schützen, die binnen kurzem hier erscheinen wird.“

Als Dante das hörte, wurde er starr vor Schreck, und da er nicht wusste, aus welcher Richtung die Schlange kommen würde, sah er sich ängstlich nach allen Richtungen um und drängte sich schutzsuchend an Vergil.

„Es ist nun an der Zeit", sagte Sordello. „Gehen wir also hinunter zu diesen hohen Schatten und sprechen wir sie an! Sie werden sich freuen, euch kennenzulernen."

Mit drei Schritten war Dante in der Talsenke. Eine der Seelen sah dem Ankömmling mit einer Miene entgegen, als überlege sie, woher sie ihn kenne. Es war noch nicht völlig dunkel, sodass man aus der Nähe immer noch mehr sehen konnte als vorher bei größerer Helligkeit aus der Entfernung, und so erkannte Dante bald sein Gegenüber. Es war ein Freund von ihm, der edle Nino Visconti. Er war Herr über den Gerichtsbezirk Gallura auf Sardinien gewesen, stammte aber ursprünglich aus Pisa und war mütterlicherseits ein Enkel des Grafen Ugolino della Gherardesca, der Dante im tiefsten Kreis der Hölle von seinem und seiner Söhne Tod im Hungerturm erzählt hatte. Nino hatte nach dem Tod seines Großvaters den Kampf der aus Pisa verbannten Guelfen gegen dessen Mörder angeführt. Wie freute sich Dante, dass der Freund nicht bei den Verdammten war!

Auch Nino hatte Dante bald erkannt, und die beiden kamen aufeinander zu und begrüßten sich herzlich. Dann fragte Nino:

„Wann hast du denn die weite Fahrt übers Meer zu diesem Berg gemacht?"

Dante antwortete:

„Ich bin nicht übers Meer gekommen. Ich habe noch mein irdisches Leben und unternehme diese Reise deshalb, damit ich mir das ewige erwerbe. Seit heute früh bin ich hier. Ich komme direkt aus der Hölle, die ich vorher durchwandert habe."

Diese Antwort hörte auch Sordello, der bisher ja noch gar nicht erfahren hatte, was es mit Vergils Begleiter auf sich hatte. Beide, Nino und Sordello, wichen fassungslos zurück. Sordello sah mit fragender Miene Vergil an, und Nino rief eine andere Seele, die in der Nähe saß, mit den Worten herbei:

„Komm mal her, Corrado! Sieh nur, was Gottes Gnadenwille vermag!"

Dann wandte er sich wieder zu Dante und sagte:

„Gottes Wirken ist doch unergründlich! Ich möchte dich um der Dankbarkeit willen, die du ihm für diese einzigartige Vergünstigung schuldest, um etwas bitten. Sag doch bitte meiner Tochter Giovanna, wenn du wieder bei den Lebenden bist, sie soll für mich beten! Ihre Unschuld wird im Himmel besonderes Gehör finden. Ihre Mutter Beatrice hat ja einen neuen Mann, den Herrscher von Mailand, und liebt mich, glaube ich, nicht mehr, obwohl die Unglückliche diese Ehe noch bitter bereuen wird. Da sieht man wieder mal, wie schnell die Frauen ihre Liebe vergessen, wenn der Geliebte nicht mehr leibhaftig bei ihnen ist! Auf dem Familienwappen ihres zweiten Mannes ist eine Schlange zu sehen. Wenn ich mir vorstelle, dass die eines Tages ihren Grabstein zieren wird! Da hätte sich mein Wappen, der Hahn von Gallura, doch besser ausgenommen."

Man sah ihm an, wie sehr ihn der Gegenstand bewegte, aber er blieb in seinem Eifer doch so maßvoll, wie es einem gerecht denkenden Menschen angemessen ist.

Dante schaute währenddessen mit einem Gefühl von Sehnsucht an den Himmel, zum Zenit, wo sich die Sterne am langsamsten bewegen, so wie ein Rad da die geringste Drehgeschwindigkeit hat, wo es der Nabe am nächsten ist. Vergil fragte ihn, warum er denn immerfort nach oben blicke, und er antwortete:

„Sieh nur die drei Sterne, von denen dieser ganze Pol erglüht!"

„Sie sind an die Stelle der vier hellen Sterne getreten, die du heute früh gesehen hast", erklärte Vergil. „Die vier von der vorigen Nacht sind unterm Horizont verschwunden."

Drei aber ist die Zahl der geistlichen Tugenden: Glaube, Hoffnung und Liebe.

Während Vergil noch sprach, ergriff Sordello seinen Arm, zog ihn zu sich heran, zeigte mit dem Finger in Richtung Bergabhang und sagte:

„Sieh nur, da kommt unser Feind!"

Von dort, wo das Tal sich nach unten hin öffnete, kam eine Schlange durchs Gras. Mag sein, dass es dieselbe war, die Eva im Paradies dazu verleitet hatte, die verbotene Frucht zu essen. Ab und zu wendete das bösartige Tier den Kopf und leckte sich den Rücken, als ob es sich putzen wollte. Da sah Dante auch schon die beiden Engel in der Luft, wie Habichte auf Schlangenjagd. Er hatte gar nicht bemerkt, dass sie sich zum Flug erhoben hatten. Als die Schlange das Rauschen der Flügel hörte, ergriff sie die Flucht, und die Engel flogen wieder zu ihren Plätzen zurück.

Währenddessen hatte der Schatten namens Corrado, den Nino Visconti im ersten Erstaunen über Dantes Eröffnung zu sich gerufen hatte, diesen unverwandt angestarrt. Jetzt sprach er ihn an und sagte:

„Möge das Licht, das dich emporgeleitet, durch deinen Willen so viel Nahrung erhalten, dass du dein Ziel erreichst! Hast du nicht vielleicht irgendwelche Neuigkeiten aus dem Magra-Tal in Ligurien oder einem der Nachbargebiete dort? Ich war da nämlich ein großer Herr. Ich hieß Corrado Malaspina, wie mein Großvater, der Stammvater unseres Geschlechts. Im Leben habe ich mich mit so viel Liebe um die Meinigen gekümmert, dass ich die Sorge um mein Seelenheil vernachlässigt habe. Diese gar zu irdische Liebe wird nun hier geläutert."

„Oh!", antwortete Dante. „Ich war zwar leider nie in der Gegend, von der Ihr sprecht, aber wo in Europa wüsste man nicht von ihr? Euer Haus genießt einen solchen Ruhm, dass der Ruf Eures Landes und seiner Herren auch zu denen gedrungen ist, die noch nie dort waren. Ich schwöre Euch: So wahr ich den Gipfel dieses Berges erreichen will, so wahr erhält sich Eure ehrenhafte Familie weiter in ihrer Freigebigkeit und ihrem Kampfesmut. Sie hat nicht nur Vorrechte durch die Tradition, sondern zeichnet sich auch durch ihre eigene Natur so sehr vor anderen Familien aus, dass sie unbeirrt ihren geraden Weg geht, so sehr auch die Welt um sie herum von bösen Herrschern in die Irre geleitet wird."

„Lass gut sein!", erwiderte Corrado. „Du gibst nur die Erzählungen fremder Leute wieder. Ich versichere dir aber, in weniger als sieben Jahren wirst du dich selbst davon überzeugen können, dass all die Freundlichkeiten, die du da über meine Familie sagst, wirklich stimmen. Gottes Ratschluss müsste schon gebrochen werden, damit es anders käme."

Und in der Tat sollte Dante in der Zeit seines Exils, wenig mehr als sechs Jahre nach seiner Jenseitsfahrt, bei der Familie der Malaspina in der Landschaft Lunigiana, in der Nachbarschaft des Val di Magra, Zuflucht und gastliche Aufnahme finden.

9. Kapitel

Dantes Traum – Lucia trägt Dante empor – Das Tor zum Fegefeuer – Der Pförtnerengel

Die Nacht war hereingebrochen. Der Aufgang des Mondes kündete sich an, der östliche Horizont war wie bei Morgenröte in Dämmerlicht getaucht, und darüber leuchteten gleich glitzernden Perlen die Sterne des Skorpions. Es war in der dritten Stunde nach Sonnenuntergang, und Dante saß mit Vergil, Sordello, Nino Visconti und Corrado Malaspina im Gras, als er, anders als die körperlosen Seelen, die keinen Schlaf brauchten, von Müdigkeit überwältigt wurde. Er sank nieder und schlief ein.

Am Morgen, noch vor Tag, hatte er einen Traum. Es war die Stunde, in der die Schwalbe ihr klagendes Lied anstimmt, als sänge sie von vergangenem Leid, und in der der Schlafende am weitesten entfernt ist von den Begrenzungen seiner irdischen Existenz und seinen Alltagssorgen und am empfänglichsten für Eingebungen von oben, da träumte Dante, am Himmel erschiene ein Adler mit goldenem Gefieder, im Begriff, mit ausgebreiteten Flügeln abwärts zu gleiten. Dante fühlte sich auf den Berg Ida bei Troja zu den Gefährten des Knaben Ganymed versetzt, den Jupiter, in einen Adler verwandelt, dort um seiner Schönheit willen ergriffen und zum Olymp entführt hatte, wie die Alten erzählten. Dante dachte im Traum: ‚Vielleicht jagt er ja aus Gewohnheit immer nur hier und will einfach nirgendwo anders Beute machen', da stieß der Vogel, nachdem er ein paar Kreise gezogen hatte, plötzlich blitzschnell nach unten, packte Dante und flog mit ihm bis hinauf in die Feuersphäre zwischen dem irdischen Luftraum und dem Mondhimmel. Der Adler und Dante fingen Feuer, und von der Hitze der geträumten Glut erwachte der Dichter.

Er schüttelte sich und verscheuchte den Schlaf von den Augen. Aber als er sich umsah, bemerkte er, dass er sich nicht mehr dort befand, wo er eingeschlafen war, und wurde blass und starr vor Schreck. So ähnlich musste dem Helden Achill zumute gewesen sein, als seine Mutter ihn in der vergeblichen Hoffnung, den Sohn vor dem Tod im Krieg zu bewahren, im Schlaf aus der vertrauten Obhut des Zentauren Chiron heimlich auf die Insel Skyros entführt hatte und er an diesem unbekannten Ort erwacht war. Dante sah zwar Vergil an seiner Seite, aber Sordello, Nino und Corrado waren verschwunden, die Sonne stand offenbar schon seit über zwei Stunden am Himmel, und unter sich sah Dante das Meer, das er vom Tal aus nicht gesehen hatte.

Vergil bemerkte die Verwirrung des Erwachten und beruhigte ihn. „Hab keine Angst", sagte er, „und aktiviere deine Kräfte, anstatt sie durch Bedrückung zu lähmen! Wir sind hier ganz an der richtigen Stelle. Siehst du die steile Felswand? Sie umschließt ringsum das Fegefeuer, und dort, wo die Mauer unterbrochen ist, ist der Eingang.

Vorhin", erzählte er dann, „als du unten im Tal zwischen den Blumen geschlafen hast, erschien in der Morgendämmerung eine Frau vom Himmel. Sie sagte zu mir: ‚Ich bin Lucia und will den Schläfer da holen, um ihm den Weg zu erleichtern', und als es hell wurde, nahm sie dich in die Arme und trug dich nach oben, und ich stieg hinterher. Sordello und die anderen Seelen blieben zurück. Als wir hier ankamen, hat sie mir noch mit ihren schönen Augen den Eingang gezeigt, dann hat sie dich abgesetzt, und in dem Augenblick, in dem sie verschwunden ist, bist du aufgewacht."

Als Dante das hörte, kehrten ihm Mut und Zuversicht zurück. Vergil, als er seinen Schützling wieder heiter sah, setzte sich den Hang hinauf in Bewegung, und Dante folgte ihm.

Der Leser bemerkt, wie sich das, wovon dieser Bericht handelt, steigert! Er möge sich daher nicht wundern, sagt Dante an dieser Stelle, wenn er nun auch seine Erzählkunst in größere Höhen treiben werde.

Die beiden erreichten den Eingang. Von unten hatte er einfach wie ein Felsspalt ausgesehen, aber nun sahen die Wanderer, dass es ein Tor war, zu dem drei verschiedenfarbige Stufen hinaufführten. Oben aber saß ein Engel, der bewachte die Pforte, und sein Antlitz leuchtete so stark, dass Dante den Anblick nicht ertrug. In der Hand hielt er ein bloßes Schwert, und auch das strahlte gleißend hell. Dante versuchte vergeblich sein Gesicht so zu wenden, dass er nicht von den Strahlen geblendet wurde.

Der Engel hatte den beiden schweigend entgegengesehen. Nun rief er sie an:

„Was wollt ihr hier, und wer hat euch geleitet? Gebt acht, dass euer Aufstieg euch nicht zum Schaden gereicht!"

„Eine himmlische Frau", entgegnete Vergil, „die die Wege hier kennt, hat uns gerade eben zur Pforte gewiesen!"

„So möge sie euch zu eurem Heil weiter führen", sagte der Engel huldvoll. „Kommt also hinauf!"

Die beiden traten näher. Vergil flüsterte seinem Schützling zu: „Bleib in demütiger Haltung, damit er das Tor öffnet!" und führte ihn die drei Stufen hinauf. Die erste war aus weißem Marmor, so glänzend, dass Dante sich darin spiegeln konnte. Die zweite war aus rauem und trockenem Stein, kreuzförmig längs und quer gespalten und von tief dunkelroter Farbe. Die dritte, feuerrot wie frisches Blut, türmte sich massiv darüber und schien aus Porphyr zu sein. Die Schwelle aber war diamanten, und darauf saß der Engel. Seine Füße standen auf der obersten Stufe, und er trug ein aschgraues Gewand.

Dante warf sich vor dem Engel nieder, schlug sich dreimal an die Brust, flehte ihn um Erbarmen an und bat ihn, die Pforte zum Fegefeuer zu öffnen. Der Engel ergriff sein Schwert, und mit der Spitze schrieb er Dante siebenmal den Buchstaben P auf die Stirn, der stand für das Wort peccatum, das heißt Sünde. Dazu sagte er:

„Trage Sorge, dass du dich dort drinnen von diesen Wunden reinigst!"

Dann zog er zwei Schlüssel aus seinem Gewand hervor, einen aus Gold und einen aus Silber, und wie der Priester zuerst das Gewissen des Sünders erforscht, ehe er ihn losspricht, drehte der Engel erst den silbernen Schlüssel im Schloss, dann den goldenen. Dabei erklärte er den beiden Wanderern:

„Wenn einer dieser beiden Schlüssel sich nicht mühelos drehen lässt, bleibt die Pforte verschlossen."

Aber zu Dantes Freude erwiesen sich beide Schlüssel als tauglich.

„Den silbernen zu handhaben", erläuterte der Engel, „erfordert mehr Geist und Kenntnis, denn er ist es, der die Verstrickungen auflöst. Der wertvollere aber ist der goldene. Der heilige Petrus hat sie mir gegeben, mit der Weisung, das Tor im Zweifel lieber zu öffnen als geschlossen zu lassen, wenn der Einlass Begehrende nur Reue und Bußfertigkeit zeigt."

Und damit stieß er die heilige Pforte auf und sprach:

„Tretet ein! Aber bedenkt: Wer sich wendet und zurückblickt, der muss umkehren und das Reich der Läuterung verlassen."

Das heilige Tor drehte sich schwer in den Angeln, und die starken metallenen Flügel erdröhnten, stärker als seinerzeit die Tür der Schatzkammer auf dem Kapitol zu Rom geächzt hatte, als Cäsar sie gegen den vergeblichen Widerstand des Tribunen Metellus geöffnet hatte, um sich des Staatsschatzes zu bemächtigen. Aber was für Töne waren das! Dante horchte auf und lauschte, denn es war ihm, als hörte er in das Gedröhn der sich öffnenden Tür eine Stimme und süße Klänge sich mischen, die sich zum „Te Deum laudamus" vereinigten, dem alten Hymnus zu Gottes Lob. Doch waren die Worte nur teilweise zu verstehen, wie wenn Gesang und Orgelklang sich vermengen.

10. Kapitel

Eintritt ins Fegefeuer – Der erste Ring – Die Marmorreliefs an der Felswand – Läuterung vom Hochmut

Wie selten wird diese Pforte durchschritten! Denn die Sündhaftigkeit der Menschen ist groß, und die meisten gehen in die Irre und merken es nicht.

Die beiden Dichter überquerten die Schwelle, und eingedenk der Warnung des Engels schaute Dante nicht zurück, als sich die eherne Tür tönend wieder schloss.

Der Weg führte sie nun einen gewundenen Pfad inmitten des Felsmassivs hinauf. Er war sehr schmal, und immer wieder ragten unversehens auf beiden Seiten Felsspitzen vor.

„Hier muss man etwas aufpassen", sagte Vergil, „um dem vorspringenden Gestein rechtzeitig ausweichen zu können." So kamen sie nur langsam vorwärts, und als sie endlich aus dem Felsspalt heraus wieder ins Offene gelangten, war der Mond inzwischen untergegangen. Der Vormittag war fortgeschritten. Es waren etwa zwei Stunden vergangen, seit Dante unterhalb der Pforte erwacht war.

Der Pfad mündete auf einen terrassenartigen Sims, einen Felsabsatz, der dem Berg vorgelagert war. Nirgends war eine Menschenseele zu sehen, es war einsamer als auf einem Wüstenweg. Dante war erschöpft, und die beiden Wanderer wussten nicht, wo es weiterging. So blieben sie stehen und blickten sich um.

Soweit Dante sehen konnte, hatte die Terrasse vom vorderen Rand bis hinten, wo der Felsen aufragte, überall dieselbe Breite, nämlich etwa dreifache Mannslänge. Er vermutete ganz richtig, dass sie in der gleichen Breite ringförmig um den ganzen Berg herumlief.

Es war der erste Ring des Fegefeuers.

Der Felsen hinter der Terrasse war in seinem unteren Teil abgeschrägt, erst weiter oben stieg die Wand senkrecht auf. Der untere Teil bestand aus weißem Marmor und war mit reliefartigen Bildwerken geschmückt. Die waren so herrlich, dass nicht nur ein so großer Bildhauer wie der alte Grieche Polyklet, sondern sogar die Natur selbst sich davor hätte verstecken müssen.

Dantes Blick blieb zunächst an einer Darstellung haften, auf der zu sehen war, wie der Erzengel Gabriel der Jungfrau Maria verkündet, dass sie die Mutter des Heilands werden und damit der so lange schmerzlich herbeigesehnte Friede zwischen Gott und den sündigen Menschen Wirklichkeit werden würde. Der in Marmor gemeißelte Engel sah derart lieblich aus, dass man nicht das Gefühl hatte, lediglich ein totes Bildnis vor sich zu haben. Man hätte geschworen, dass er Maria, die zur Mittlerin zwischen Gott und Menschen werden sollte, gerade grüßte, und ihrer demütigen Haltung schienen die Worte „Siehe, ich bin des Herren Magd, mir geschehe, wie du gesagt hast“, mit denen sie ihm geantwortet hatte, so lebensecht eingeprägt, wie man eine Figur in Wachs prägt.

Vergil, der rechts von Dante stand, ermunterte seinen Schützling: „Sieh dir doch noch mehr von den Bildern an!“, woraufhin Dante seinen Blick weiter schweifen ließ und sich zu einem anderen Relief wandte, das sich hinter der Mariendarstellung am Felsen befand. Er ging an Vergil vorbei und stellte sich davor, um es besser betrachten zu können. Es stellte die Szene dar, wie König David die heilige Bundeslade nach Jerusalem bringt. Bei dieser Überführung hatte, wie in der Schrift zu lesen ist, ein Mann namens Usa die Lade berührt, obwohl er gar kein Priester war, und war dafür von Gott getötet worden, damit die Menschen lernen, dass sich niemand ein Amt anmaßen soll, das ihm nicht zusteht. Doch nicht der Tod des Usa war hier dargestellt. Man sah das Volk, das den Zug geleitete, aufgeteilt in sieben Chöre, und den Rauch der Opferkräuter, und auch wenn Ohr und Nase nichts wahrnahmen, schien es doch dem Auge, als müsste man den Gesang der Chöre hören und den Weihrauch riechen können. Die Lade stand in einem Wagen, der von Rindern gezogen wurde, und an der Spitze des Zuges sah man David, der mit gerafftem Gewand vor der Bundeslade tanzte, demütiger Sänger und Priester in einem, geringer als ein König, aber doch zugleich mehr. Dem Zug gegenüber war ein großer Palast zu sehen. Dort schaute die Königin Michal aus einem Fenster und sah ihren Mann tanzen, und ihre Miene war verachtungsvoll und traurig, weil der König sich so erniedrigte.

Noch ein paar Schritte weiter gab es ein drittes Marmorrelief zu sehen. Es zeigte den römischen Kaiser Trajan, der etwa hundert Jahre nach Christi Geburt regiert hatte, zu Pferde auf einem Kriegszug. Um ihn herum ritten dichtgedrängt seine Männer, und über ihnen flatterten Fahnen, die Adler auf goldenem Grund zeigten. Trajans Pferd aber wurde von einer weinenden Witwe angehalten, und die Darstellung war so lebensecht, dass man zu verstehen glaubte, was der Kaiser und die Frau miteinander sprachen. Ihr Dialog war gleichsam im Bild sichtbar gemacht worden. Auf Erden gibt es so ein Kunstwerk nicht, denn kein menschlicher Künstler könnte so etwas schaffen, aber der Schöpfer dieser Werke war der, der nie etwas sieht, was ihm neu wäre.

Es schien also, als ob die Witwe auf dem Bildwerk zu Trajan sagte:

„Herr, ich bin traurig, weil mein Sohn getötet wurde. Räche du ihn!“

Trajan schien ihr zu antworten:

„Warte, bis ich von meinem Kriegszug zurück bin!"

Die Witwe in ihrem Schmerz fragte eindringlich:

„Und wenn du nun nicht zurückkehrst?"

„Dann wird dir mein Nachfolger Genugtuung verschaffen!", entgegnete der Kaiser.

„Was hilft es dir", gab da die Frau zu bedenken, „wenn ein anderer an deiner Statt Gutes tut?"

Darauf besann sich Trajan und sagte:

„Sei nur ruhig. Ich sehe, ich muss um der Gerechtigkeit willen meine Pflicht an dir erfüllen, ehe ich in den Krieg ziehe. Auch Mitleid mit dir treibt mich dazu."

Dieses Gespräch also konnte man hier förmlich mit Augen sehen. Es wird auch in den Erzählungen über das Leben des Kaisers Trajan überliefert. Ein halbes Jahrtausend nach Trajan war übrigens Papst Gregor der Große, als er die Geschichte von der Witwe hörte, so ergriffen von der Gerechtigkeit dieses Kaisers gewesen, dass er im Gebet inständig um dessen Erlösung aus der Hölle gebetet hatte, und tatsächlich war daraufhin Trajans Seele in die ewige Seligkeit eingegangen, obwohl er doch ein Heide gewesen war.

Wie Dante sich so an den Bildwerken erfreute – umso mehr, als der Höchste selbst sie erschaffen hatte –, flüsterte Vergil ihm plötzlich zu:

„Sieh nur die vielen Menschen dort, die da so langsam auf uns zukommen! Die werden uns sicher sagen können, wo es weiter nach oben geht."

Als Dante hörte, dass es etwas Neues gab, wandte er rasch seinen Blick von den Reliefs ab, um den Ankömmlingen entgegenzusehen.

Möge der Leser, so mahnt der Dichter an dieser Stelle, sich nicht entmutigen und von seinen guten Vorsätzen im Leben abbringen lassen, wenn er nun erfährt, wie schwer die Buße ist, der sich die Seelen zu ihrer Läuterung unterziehen müssen! Er richte sein Augenmerk nicht so sehr auf die Pein, sondern vielmehr auf das Gute, das ihr folgen wird. Spätestens am Tag des großen Gerichts wird die Buße ja zu Ende sein!

„Ich weiß nicht, Meister", sagte Dante, als er in die Richtung sah, in die Vergil gezeigt hatte, „sind das überhaupt menschliche Wesen, die uns da entgegenkommen? Ich bin mir nicht sicher!"

„Mir ging es erst genauso", entgegnete Vergil. „Aber schau doch einmal genau hin! Auf den ersten Blick sieht es aus, als ob sich nur schwere Steine auf uns zu bewegen, aber darunter siehst du menschliche Seelen, die sich unter ihrer Last fast bis zum Boden krümmen. Sieh nur, wie sie sich plagen!"

Im ersten Ring des Fegefeuers wird die Sünde des Hochmuts abgebüßt. Unter drückenden Lasten lernen die Seelen, die Bilder der Demut an den Felswänden über sich, ihre Rücken zu beugen.

„O ihr hoffärtigen Christen!", so richtet sich Dante an dieser Stelle seiner Erzählung an die Adresse der Hochmütigen unter den Lebenden. „Ihr armen geringen Menschen! Wie blind im Geist seid ihr doch, denn ihr merkt nicht, dass euer Weg euch nur vom Ziel weg führt! Seht ihr denn nicht, dass wir hier auf Erden erst im Larvenstadium sind, wie Würmer? Erst später, nach diesem Leben, sollen wir frei werden wie engelhafte Schmetterlinge und uns aufschwingen zu Gottes Gerechtigkeit. Dafür sind wir geboren. Dann wird uns keine der Tarnungen und Verkleidungen mehr umhüllen, mit denen wir uns im Leben panzern. Aber noch seid ihr auf der Stufe der Insekten, im Zustand der Unvollkommenheit wie die Raupe. Worauf also bildet ihr euch etwas ein?"

Dante betrachtete die Büßer genauer. Sie erinnerten ihn an eine bestimmte Art von plastischen Darstellungen menschlicher Körper, die an den Vorbauten oder Dächern mancher Gebäude die tragenden Säulen ersetzen. Diese Körper sind mitunter gänzlich zusammengekrümmt dargestellt, mit bis zur Brust hinaufgezogenen Knien, sodass man beim Betrachten geradezu am eigenen Leib die Schmerzen zu spüren meint, die sich aus einer so verkrampften Haltung ergeben.

Die Lasten, die die Büßer dort zu tragen hatten, waren unterschiedlich schwer, sodass nicht alle gleich stark gebeugt gingen. Aber selbst dem Geduldigsten von ihnen sah Dante an, dass er mit seinen Kräften am Ende war.

11. Kapitel

Das Vaterunser der büßenden Hochmütigen – Umberto Aldobrandesco – Oderisi aus Gubbio – Die Vergänglichkeit irdischen Ruhms – Provenzano Salvani

Unter ihren Lasten aber beteten die Seelen, und ihr Gebet lautete so:

> „Vater unser, der du in den Himmeln bist, aber nicht von ihnen begrenzt wirst, sondern aus besonderer Liebe zu den ersten Werken deiner Schöpfung dort wohnst!
> Deinen Namen und deine Macht lobe jegliches Geschöpf, denn es geziemt sich, dass dir alle für deinen lebenspendenden Atem danken.
> Der Friede deines Reichs komme zu uns, denn mit all unserer Geisteskraft können wir ihn nicht von uns aus erlangen, wenn du ihn nicht sendest.
> So wie dir die Engel mit ihrem Hosiannagesang ihren Willen opfern, so mögen es auch die Menschen tun.
> Unser tägliches Brot vom Himmel gib uns heute, denn ohne dieses Manna würden wir in dieser Wüstenei rückwärts gehen, gerade wenn wir uns am meisten bemühen voranzukommen.
> Und vergib uns nicht nach unserem Verdienst, sondern nach deiner Güte, wie auch wir jedem vergeben, der uns Böses angetan hat.
> Führe unsere unzuverlässige Tugend nicht durch den Teufel in Versuchung, sondern erlöse uns von ihm, der ihr so sehr zusetzt.

Diese letztgenannte Bitte aber, lieber Herr“, fügten sie hinzu, „richten wir nicht mehr für uns selbst an dich, denn wir bedürfen ihrer Erfüllung nicht mehr, sondern wir tun es für die, die wir zurückgelassen haben.“

So beteten sie für sich selbst und für die Lebenden, und wie wir manchmal in Alpträumen von schweren Bürden bedrückt werden, so trugen sie dabei ihre ungleichen Lasten im Kreis um den Berg herum, um sich vom Nebeldunst des Irdischen zu reinigen.

‚Wenn die Seelen im Fegefeuer so für uns bitten', dachte Dante, ‚sollten wir, die Wohlmeinenden unter den Lebenden, uns dann nicht auch unsererseits für sie einsetzen? Wir sollten ihnen dabei helfen, ihre Erdenflecken loszuwerden, damit sie gereinigt und leicht in den Himmel eingehen können!'

Vergil richtete nun das Wort an die Seelen und sagte:

„Mögen Gerechtigkeit und Mitleid euch bald von euren Lasten frei machen und euch gewähren, dass ihr euch in höhere Höhen aufschwingen dürft!

Könnt ihr uns nicht sagen, wie wir den Berg weiter hinauf kommen? Gibt es vielleicht sogar mehrere Möglichkeiten? Und wenn ja, wo wäre denn die am wenigsten steile Stelle? Mein Schützling hier ist nämlich noch ein Lebender, und die Last des Fleisches, das er mit sich herumträgt, hindert ihn daran, so schnell aufwärts zu steigen, wie er es eigentlich gern möchte."

Darauf erwiderte einer der Schatten, wobei Dante nicht genau ausmachen konnte, welcher von ihnen:

„Kommt doch mit uns mit, hier rechts am Abhang entlang! Da gibt es einen Aufgang, der für einen lebendigen Menschen gangbar ist.

Leider", sagte er dann, „drückt mich dieser schwere Felsblock so tief hinunter, dass ich deinem Begleiter, der uns bisher seinen Namen vorenthält, nicht ins Gesicht sehen kann. Ich würde nämlich gern feststellen, ob ich ihn vielleicht kenne und sein Mitgefühl für mich wecken kann.

Ich bin aus Italien und stamme aus einem alten Adelsgeschlecht. Mein Vater war in der Toskana ein großer Herr, er hieß Guglielmo Aldobrandesco. Vielleicht habt ihr seinen Namen ja schon einmal gehört. Ich selbst bin sein Sohn Umberto. Die Abkunft aus einer so vornehmen Familie und die glänzenden Taten meiner Vorfahren machten mich überheblich, sodass ich vergaß, dass wir alle von der Urmutter Eva abstammen, und meine Mitmenschen zu verachten begann. Das wurde mir zum Verhängnis, denn ich machte mir die Menschen zu Feinden und wurde schließlich von Widersachern aus Siena auf meinem Schloss Campagnatico bei Grosseto umgebracht.

Nicht nur auf mir liegt der Fluch des Hochmuts, meine ganze Familie hat er ins Unglück gestürzt.

So muss ich nun hier tun, was ich im Leben versäumte, und meinen stolzen Nacken beugen, bis Gott mich von der Last befreit."

Um besser zuhören zu können, hatte sich Dante zu Umberto hinuntergebeugt. Da sah ihm ein anderer aus der Schar, mühsam unter seiner Last hervorblickend, von unten ins Gesicht, erkannte ihn und schrie überrascht auf.

„Oh", rief Dante, indem er sich diesem zuwandte, „bist du nicht Oderisi? Oderisi aus Gubbio, der große Miniaturenmaler?"

„Ach Bruder", entgegnete der andere, „inzwischen sind die Malereien meines Kollegen Franco aus Bologna berühmter als meine! So fällt auf ihn mittlerweile größerer Glanz als auf mich. Im Leben hätte ich das allerdings nicht so einfach zugeben können, denn ich war von Ehrgeiz und Ruhmsucht zerfressen. Für solchen Hochmut wird man hier bestraft, und selbst bis hier wäre ich nicht gekommen, wenn ich nicht noch rechtzeitig meinen Stolz bereut und mich Gott zugewandt hätte.

Wie vergänglich ist doch der Ruhm, den ein Mensch seinen besonderen Fähigkeiten verdankt! Wenn nicht zufällig danach derart glanzlose Zeiten kommen, dass man sich an einen Lichtblick noch etwas länger erinnert, vergeht er so schnell wie das Grün auf den Wipfeln der Bäume. Cimabue beispielsweise war lange davon überzeugt, der größte aller Maler zu sein, aber nun hat ihm Giotto den Rang abgelaufen. In der Dichtkunst ist es genauso: Heute ist Guido Cavalcantis Ruhm so groß, dass er den seines großen Namensvetters Guido Guinizelli überstrahlt, der doch lange als der größte Dichter galt. Und wer weiß, vielleicht ist ja schon jemand geboren, der noch berühmter sein wird als diese beiden! Der Ruhm der Welt ist wie der Wind, der mit der Richtung seinen Namen ändert. In tausend Jahren weiß keiner mehr von dir, egal ob du nach einem langen Leben gestorben bist oder schon als lallendes Kind. Und wie kurz sind tausend Jahre, gemessen an der Ewigkeit! Kürzer als ein Wimpernschlag, auch wenn man den an einer noch so langen endlichen Zeitspanne misst, und seien es die Zehntausende von Jahren, in denen sich der langsamste der Himmel einmal dreht.

Sieh dir den hier vor mir an, der so langsam geht! Von dem sprach mal die ganze Toskana. Jetzt ist sein Name sogar in Siena kaum noch bekannt. Dabei beherrschte er einmal die Stadt, damals, als das zügellose Florenz gebändigt wurde, dessen Bewohner zu jener Zeit so überheblich waren, wie sie jetzt käuflich sind. Aber der Ruhm ist unbeständig wie das Gras. Dieselbe Sonne, die es grün aus der Erde sprießen lässt, macht auch, dass es welkt und verdorrt."

„Ja, so ist es", sagte Dante. „Ich werde ganz demütig durch das, was du sagst, all mein Dünkel fällt in sich zusammen. Aber sag mir doch, wie heißt denn der da vor dir, von dem du gerade gesprochen hast?"

„Das ist Provenzano Salvani", stellte Oderisi seinen Gefährten vor, der zu Lebzeiten Führer der Sieneser Ghibellinen gewesen war und zu den Siegern der Schlacht von Montaperti gegen die Florentiner Guelfen gehört hatte. „Weil er sich die Alleinherrschaft über Siena anmaßte, stolz bis an den Tod, ist er jetzt hier, ruhelos unter seiner Last, und büßt seine Schuld."

„Das verstehe ich nicht", sagte Dante. „Ich habe gestern gelernt, dass Menschen, die mit ihrer Reue bis zum allerletzten Augenblick warten, für diese Säumigkeit zunächst noch einmal genau so lange im Vorfegefeuer bleiben müssen, wie ihr ganzes irdisches Leben gedauert hat, es sei denn, die Fürbitte ihrer Hinterbliebenen verkürzt diese Wartezeit. Dann erst werden sie zur eigentlichen Läuterung zugelassen, hat man mir erzählt. Provenzan Salvani ist doch aber durchaus noch nicht so lange tot, wie er gelebt hat. Wieso ist er denn dann jetzt schon hier im Fegefeuer?"

„Wegen eines guten Werks, das man ihm angerechnet hat", erwiderte Oderisi. „Ein Freund von ihm war von Karl von Anjou eingekerkert worden. Für die Freilassung verlangte der König ein hohes Lösegeld. Um den Freund zu befreien, machte sich Provenzan freiwillig und alle Scheu überwindend selbst zum Bettler, obwohl er gerade auf dem Höhepunkt seiner Macht war: Er stellte sich auf den großen Platz in Siena und erflehte das Lösegeld von den Vorübergehenden. Alle Adern zitterten ihm dabei. Das wirst du jetzt nicht verstehen können, aber ich prophezeie dir, dass dich deine Landsleute bald in eine Lage bringen werden, in der du dieses Zittern nachvollziehen kannst.

Zum Lohn für diese Selbsterniedrigung ist Provenzan die Wartezeit erlassen worden."

12. Kapitel

Bilder von bestraftem Hochmut – Der Engel der Demut

Dante hatte während dieser Unterhaltung die gleiche Körperhaltung wie sein Gesprächspartner eingenommen. Mit gebeugtem Nacken, wie ein Ochse im Joch, ging er langsam neben Oderisi her, bis Vergil ihn schließlich aufforderte:

„Nun komm. Lass uns weitergehen! Hier sollte jeder versuchen, sein Schifflein mit seinen eigenen Mitteln voranzutreiben."

Da richtete Dante sich wieder auf, um besser gehen zu können, blieb aber in Gedanken in demütiger Haltung. Er trennte sich von Oderisi und lief hinter Vergil her, und beide merkten sie deutlich, dass ihre Schritte leichter geworden waren.

Nach einer Weile sagte Vergil zu ihm:

„Schau doch mal zu Boden und betrachte ihn genauer! Du kannst für deinen Weg hier nur Nutzen daraus ziehen."

Dante folgte und bemerkte, dass auf der Erde vor ihm Bildwerke zu sehen waren, ähnlich den auf manchen Gräbern liegenden Bodenplatten mit lebensechten Darstellungen der Begrabenen, bei deren Betrachtung fromme Gemüter, von Erinnerung überwältigt, zu weinen anzufangen pflegen. Die Bilder hier waren jedoch kunstvoller. Die ganze Terrasse, rund um den Berg herum, war von ihnen bedeckt. Hatten die Bilder an den Felswänden Szenen der Demut gezeigt, so zeigten diese hier Beispiele von bestraftem Hochmut und sollten die Büßer auf ihrem Läuterungsweg anspornen.

Dante begann die Bilder zu betrachten. Auf dem ersten sah er Luzifer dargestellt, wie er, der bis dahin das edelste aller Geschöpfe gewesen war, wegen seiner Auflehnung gegen Gott wie ein Blitz vom Himmel hinunterstürzte.

Das nächste Bild zeigte eine Szene nach der Niederlage der Titanen im Kampf gegen die olympischen Götter. Der Riese Briareus, von Jupiters Geschoss durchbohrt, lag da schwer und kalt auf der Erde, und Apollo, Minerva und Mars standen, noch in Waffen, um den Göttervater herum und betrachteten die verstreuten Glieder der toten Riesen.

Dann war der König Nimrod zu sehen, der Erbauer des Turms von Babel, wie er am Fuß seines Bauwerks stand. Verstört schaute er auf seine Mitmenschen. In kühner Anmaßung hatten sie mit ihm dieses verwegene Werk errichtet, nun waren sie dafür mit der Verwirrung ihrer Sprache bestraft worden.

Wie traurig sah die Königin Niobe auf dem nächsten Bild aus! Links und rechts der Straße, auf der sie stand, lagen die Leichen von je sieben ihrer Kinder. Der Gott Apoll hatte die vierzehn Kinder aus Rache mit seinen Pfeilen getötet, denn Niobe hatte sich seiner göttlichen Mutter Latona gegenüber mit ihrem Kinderreichtum gebrüstet und sie verspottet, weil die Göttin nur zwei Kinder geboren hatte.

Dann sah Dante den wegen seines Ungehorsams von Gott verworfenen König Saul, wie er sich nach der verlorenen Schlacht gegen die Philister in den Bergen von Gilboa in sein eigenes Schwert stürzte. David, der dann sein Nachfolger werden sollte, hatte nach Sauls Tod aus Trauer um ihn das Gebirge Gilboa verflucht, sodass dort fortan Tau und Regen ausblieben.

Auf einem weiteren Bild war die lydische Weberin Arachne dargestellt, die so vermessen gewesen war, die Göttin Minerva zu einem Wettstreit in der Kunst des Teppichwebens herauszufordern. Arachne hatte gesiegt, was die Göttin so erzürnt hatte, dass sie deren Teppich zerrissen und die Konkurrentin in eine Spinne verwandelt hatte. Man sah Arachne während des Vorgangs der Verwandlung, halb schon Spinne, auf den Fetzen ihres unheilvollen Gewebes.

Dann war der König Rehabeam zu sehen, der Nachfolger Salomos, wie er in seinem Wagen vom Norden Israels nach Jerusalem floh. Seine Hoffart gegenüber dem Volk hatte zu einem Aufstand der

Stämme im Norden geführt, und in der Folge war das Reich geteilt in Nord und Süd.

Das nächste Bild zeigte die tote Eriphyle, die Gattin des Sehers Amphiaraos aus Argos. Sie hatte sich mit Schmuck bestechen lassen, ihren Mann zu verraten, was diesen das Leben gekostet hatte. Aber auch Eriphyle war das Geschmeide zum Verhängnis geworden: Alkmäon, der Sohn des Paares, hatte sie erschlagen, um den Tod des Vaters zu rächen.

Dann sah Dante den assyrischen König Sanherib, wie er im Tempel in seinem eigenen Blut lag. Er hatte Hiskia, den König von Juda, angegriffen und in seiner Vermessenheit dessen Gott verhöhnt. Gott hatte daraufhin das assyrische Heer vernichtet, Sanherib war in seine Heimat geflohen und dort, als er zu seinem Gott betete, von seinen eigenen Söhnen umgebracht worden.

Auf dem nächsten Bild war der grausam verunstaltete persische König Kyros der Große mit seinem geschlagenen Heer zu sehen. Er hatte sich die Skythen unterwerfen wollen, doch deren Königin Tomyris hatte ihn besiegt, enthauptet und seinen Kopf mit den Worten „Du wolltest Blut, hier hast du es!" in einen blutgefüllten Schlauch gesteckt.

Weiter waren der tote assyrische Feldherr Holofernes und seine in wilder Flucht begriffenen Soldaten dargestellt. Holofernes hatte frevelhafterweise gegen Israel Krieg geführt, aber Judith, eine schöne jüdische Witwe, hatte ihn, um ihr Volk zu retten, in seinem Zelt aufgesucht, betört und dann mit seinem eigenen Schwert enthauptet.

Schließlich waren auch die Trümmer der einst so stolzen Stadt Troja zu sehen, wie sie nach der Zerstörung durch die Griechen in Schutt und Asche lag.

Hatte es je einen Maler oder Zeichner gegeben, der menschliche Gestalten in ihren Schattierungen und Konturen derart kunstvoll hatte darstellen können, wie es hier zu sehen war, sodass auch der feinsinnigste Kenner nur staunen konnte? Betrachtete man die Toten und Lebenden auf den Bildern, so hatte man den Eindruck, tatsächlich tote oder lebendige Menschen vor Augen zu haben. Selbst für jemanden, der die hier gezeigten Szenen in Wirklichkeit gesehen hätte, hätten sie nicht einprägsamer sein können als für Dante, wie er in gebeugter Haltung diese Bilder anschaute. Mögen die Leute, dachte er bitter, nur weiter aufgeblasen mit hoch erhobenem Kopf durchs Leben gehen, damit sie nicht sehen, auf was für einem bösen Weg sie sind!

Während Dante völlig versunken in die Betrachtung der Bilder war, war Vergil ihm die ganze Zeit wachsam vorangegangen. Schließlich sagte er zu seinem Schützling:

„Nun heb mal wieder den Kopf! Wir haben nicht so viel Zeit, es ist schon Mittag!"

Vergils ständige Mahnungen, ja nicht unnütz Zeit zu verlieren, waren Dante ja inzwischen vertraut und auch verständlich. Er sah von den Bildern auf und bemerkte verwundert, wie hoch die Sonne inzwischen stand. Vom Rundweg um die Ringterrasse hatten sie unversehens ein erhebliches Stück zurückgelegt.

„Sieh nur den Engel dort!", fuhr Vergil fort. „Er wird uns gleich entgegenkommen. Du solltest ihm in Blick und Haltung deine Ehrfurcht zeigen, damit er Freude daran hat, uns den weiteren Weg zu zeigen. Denk daran, einen solchen Tag erlebst du nur einmal!"

Und wirklich, ein schöner Engel kam auf die beiden Wanderer zu. Er trug ein weißes Gewand, und sein Antlitz schimmerte wie der Morgenstern. Er öffnete seine Arme und seine Flügel und sagte:

„Kommt! Hier sind die Stufen, auf denen es weiter aufwärts geht. Der Aufstieg ist leicht. Ach, nur wenige Menschen folgen einer solchen Einladung! Warum stürzt ihr Menschen nur bei jedem Windhauch ab, wo ihr doch zum Flug geboren seid?"

Der Engel führte die beiden Dichter zu einem Felsspalt. Dort berührte er zunächst mit einem Flügel Dantes Stirn. Dann sagte er ihm zu, dass der Weg, den er ihnen wies, sicher gangbar sein würde.

Der Aufstieg, den sie nun vor sich hatten, war steil, wurde aber, wie der Engel angekündigt hatte, durch Stufen erleichtert. Dante musste an die Treppe denken, die in Florenz oberhalb der Rubaconte-Brücke, des späteren Ponte alla Grazie, zur Kirche San Miniato hinaufführt und ebenfalls errichtet worden war, damit man den Höhenunterschied besser bewältigen konnte. Jedoch waren die Stufen hier schmaler, da der Fels sie auf beiden Seiten einzwängte. Als man die Treppe in Florenz baute, dachte Dante, war seine Heimatstadt noch rechtschaffen regiert, und man pflegte noch nicht Prozessakten zu fälschen und beim Handel zu betrügen!

Als sie die Treppe betraten, hörten sie Gesang, so schön, dass es sich nicht beschreiben lässt. Es waren die Worte, mit denen Jesus die Demütigen selig preist: „Beati pauperes spiritu“, „Selig sind die im Geiste Armen, denn ihrer ist das Himmelreich.“ Wie verschieden, dachte Dante, sind doch die Pforten hier von denen der Hölle! Hier tritt man unter Gesängen ein, dort unter wilden Klagen.

Dann stiegen die beiden die heiligen Stufen aufwärts. Dante hatte das Gefühl, viel leichter zu sein als unten auf der Terrasse. Deshalb fragte er Vergil:

„Meister, sag mir doch, was für eine schwere Last ist denn von mir genommen? Es macht mir fast gar keine Mühe, hier emporzusteigen!“

„Der Engel hat das erste der sieben P von deiner Stirn getilgt“, antwortete Vergil. „Noch trägst du die anderen sechs, obwohl auch die schon verblassen. Wenn alle Buchstaben von dir genommen sind, wird dein guter Wille so stark sein, dass er deine Füße mit sich reißen wird. Der Aufstieg wird für sie dann nicht nur völlig mühelos sein, sondern sie werden sogar Freude empfinden, wenn sie nach oben getrieben werden.“

Da man seinen eigenen Kopf ja nicht sehen kann, muss man mit den Händen suchen, wenn man von anderen darauf aufmerksam gemacht wird, dass da irgendetwas anders ist als sonst. Also tastete Dante mit den Fingern seiner rechten Hand nach seinen Schläfen und fand tatsächlich nur noch sechs von den sieben Buchstaben, die ihm der Engel auf die Stirn geschrieben hatte.

Vergil sah ihm dabei zu und lächelte.

13. Kapitel

Der zweite Ring – Worte der Nächstenliebe – Läuterung vom Neid – Sapia aus Siena

Oben an der Treppe angekommen, betraten Vergil und Dante den zweiten Ring des Fegefeuers. Auch er läuft in Form einer Terrasse rund um den Berg herum, hat aber einen geringeren Umfang als der erste, da der Berg nach oben hin schmaler wird. Auf dem zweiten Ring gibt es keine Skulpturen oder Zeichnungen. Der Boden ist glatt und aus gleichförmigem, grauem Gestein, ebenso der Felsabhang hinter der Terrasse.

„Wenn wir darauf setzen", sagte Vergil, „dass wir jetzt irgendwelchen Menschen begegnen, die wir nach dem Weg fragen können, müssen wir wahrscheinlich lange warten."

Dann drehte er sich mit der linken Körperhälfte nach rechts, wobei er den rechten Fuß fest aufstellte, und schaute zur Sonne.

„O holdes Licht!", sagte er, indem er die Sonne fest ansah. „Im Vertrauen auf dich will ich weitergehen. Führe du uns, denn deiner Führung bedürfen wir hier. Du bist es, die die Welt warm und hell macht. Deine Strahlen sollen uns geleiten, wenn nicht wichtige Gründe uns auf andere Wege drängen."

Damit machten sich die beiden auf den Weg. Getrieben von dem Wunsch, rasch vorwärtszukommen, hatten sie schon in recht kurzer Zeit über eine Meile zurückgelegt, da spürten sie, dass dreimal hintereinander unsichtbare Geister an ihnen vorbeiflogen. Im Vorüberschweben riefen sie Worte der Nächstenliebe.

Die erste Stimme rief: „Sie haben keinen Wein mehr!" und flog weiter, wobei sie den Satz noch mehrmals wiederholte. Es waren die Worte, mit denen Maria auf der Hochzeit zu Kana aus Fürsorglichkeit für die Gäste ihren Sohn Jesus zu dem Wunder veranlasst hatte, Wasser in Wein zu verwandeln, als sie bemerkt hatte, dass der Wein zur Neige ging.

Noch ehe diese Stimme verhallt war, war eine zweite zu hören, die rief: „Ich bin Orest!" und flog ebenfalls weiter. Mit diesen Worten hatte der griechische Jüngling Pylades seinen zum Tode verurteilten Freund Orest retten wollen.

„O Vater“, sagte Dante zu Vergil, „was sind denn das für Stimmen?“

Und während er noch fragte, hörten sie eine dritte Stimme, die rief Worte des Heilands: „Liebet eure Feinde!“

Vergil antwortete seinem Schützling:

„Auf diesem Ring wird die Sünde des Neides gebüßt, der Neid aber wird durch sein Gegenteil bekämpft, die mitmenschliche Liebe. Freilich muss man den Menschen auch feste Zügel anlegen, um sie auf den richtigen Weg zu bringen. Das klingt dann anders, und auch das wirst du noch hören, bevor wir diesen Ring verlassen.

Aber sieh mal, da vorn! Dort sitzen Menschen an der Felswand!“

Dante spähte aufmerksam den Weg entlang und sah, noch ein wenig entfernt, tatsächlich menschliche Seelen entlang der Wand sitzen. Sie trugen Mäntel in der gleichen grauen Farbe, die auch der Stein hatte. Die beiden Dichter gingen auf die Seelen zu und konnten nach ein paar Schritten hören, dass diese, um Fürsprache flehend, die Engel und Heiligen des Himmels anriefen. „Maria“, so riefen sie, „Michael, Petrus, ihr Heiligen alle! Bittet für uns!“

Schließlich waren die beiden so nahe herangekommen, dass Dante die Seelen und ihre Mienen und Gebärden gut erkennen konnte. Ihre Kleider waren offenbar aus rauem Tuch. Sie hatten sich alle mit den Rücken an die Felswand angelehnt und stützten einander mit den Schultern. Dante musste an die blinden Bettler denken, die er oft vor den Kirchen hatte stehen und die zur Beichte gehenden Leute ansprechen sehen. Auch die lehnten sich gern aneinander, einer mit dem Kopf an den Schultern des Genossen, denn das Mitleid der Menschen lässt sich nicht nur mit Worten erregen, sondern auch durch den Anblick, den man ihnen bietet.

Dante bemerkte aber auch noch etwas anderes, und das war derart, dass es ihm die Tränen in die Augen trieb. Wohl niemand, der das gesehen hätte, was Dante jetzt sah, hätte den Büßenden sein Mitgefühl versagen können. Die Seelen hier am Felsen konnten das Sonnenlicht nämlich ebensowenig sehen wie die Blinden an den Kirchen, denn die Augen waren ihnen mit Draht vernäht, so wie man es bei wilden Sperbern macht, um sie zu zähmen. Durch die schreckliche Naht hindurch rannen ihre Tränen, sodass ihre Wangen nass waren.

Dante war nicht wohl bei dem Gedanken, dass er die Büßer betrachten konnte, ohne von ihnen gesehen zu werden, und blickte deshalb ratsuchend zu Vergil, der sich, damit sein Schützling nicht hinunterfallen konnte, die ganze Zeit neben ihm auf der Seite hielt, wo die Ringterrasse, von keinem Geländer begrenzt, jäh nach unten abfällt. Vergil erriet auch ohne Worte, was Dante verunsicherte, und empfahl ihm:

„Sprich sie doch an, knapp und präzise!"

Sie waren jetzt auf der Höhe, auf der die Seelen saßen. Dante wandte sich ihnen also zu und begann:

„Ihr, die ihr sicher sein könnt, dereinst das Licht der ewigen Seligkeit zu sehen, nach dem ihr euch sehnt! Möge die göttliche Gnade die Schlacken auf eurem Gewissen bald getilgt haben und der Fluss eures Geistes ungetrübt fließen können! Könnt ihr mir vielleicht sagen, ob es unter euch eine Seele gibt, deren Heimat Italien ist? Ich würde es sehr gern wissen! Wenn ja, könnte es durchaus auch für sie selbst nützlich sein, wenn wir uns kennenlernen."

Eine Stimme aus der Schar antwortete. Sie kam von etwas weiter vorn.

„Mein Bruder", sagte die Stimme, „unser aller wahre Heimat ist woanders! Deine Frage hätte lauten müssen, ob eine von uns Seelen ihre irdische Pilgerzeit in Italien verbracht hat."

Dante ging ein paar Schritte in die Richtung, aus der die Stimme gekommen war. Dort sah er eine Seele, die ihr Kinn nach Art der Blinden etwas emporgezogen hatte, als wartete sie auf etwas.

„Du dort, die du dich hier läuterst, um weiter emporzukommen", sprach Dante die Seele an, „bist du das, die mir eben geantwortet hat? Dann sag mir doch, wer du bist und wo du herkommst!"

„Ich habe in Siena gelebt", antwortete die Seele, „und büße hier mit meinen Genossen in Reue meine Schuld vor dem, auf dessen Liebe wir hoffen.

Mein Name war zwar Sapia, die Weise, aber weise war ich keineswegs, denn ich freute mich immer viel mehr über den Schaden, den andere erlitten, als über mein eigenes Glück. Ich will dir ein schlimmes Beispiel erzählen, damit du es dir vorstellen kannst. Ich hatte schon über die Hälfte meines Lebens hinter mir, als sich meine Sieneser Landsleute bei Colle im Elsa-Tal eine Schlacht mit den Florentinern lieferten. Ich rief zu Gott, er möge die Sieneser ruhig verlieren lassen, und tatsächlich wurden sie geschlagen, denn Gott hatte ihre Niederlage ohnehin beschlossen. Als ich zusehen konnte, wie meine Landsleute flohen und von ihren Gegnern verfolgt wurden, packte mich eine unbändige Schadenfreude, sodass ich mein Gesicht zum Himmel wandte und dreist zu Gott rief: ‚Jetzt fürchte ich dich nicht mehr!' – wie die Amsel, die bei gutem Wetter unbekümmert zwitschert und nicht daran denkt, dass es auch wieder anders kommen kann.

Erst in meiner Todesstunde habe ich meine Sünden bereut. Ich wäre noch längst nicht hier, wenn nicht mein frommer Mitbürger Pier Pettinaio aus Nächstenliebe Fürbitte für mich gehalten hätte.

Aber was ist mit dir? Du kommst hierher, fragst uns aus, hast die Augen offen, wie es scheint, und atmest beim Reden! Wer bist du denn?"

„Mein Augenlicht", sagte Dante darauf, „werde auch ich eines Tages hier einbüßen, aber nur für kurze Zeit, denn durch Neid oder Schadenfreude habe ich nicht viel Schuld auf mich geladen. Viel größere Sorge macht mir der Stolz, der unten im ersten Ring abgebüßt wird, da meine ich jetzt schon die drückende Last auf meinem Rücken zu spüren."

„Du durftest schon in den zweiten Ring", fragte Sapia ungläubig, „obwohl du, wie du sagst, nochmal zurück musst in den ersten? Wer hat dich denn hier heraufgeführt?"

„Mein Führer steht schweigend hier neben mir", erwiderte Dante. „Ich bin noch in meinem irdischen Leben, und wenn du willst, dass ich dort drüben etwas für dich tue, kannst du es mir gern sagen."

„So etwas habe ich noch nie gehört!", sagte Sapia daraufhin staunend. „Das zeigt wirklich, dass Gott dich liebt. So bitte ich dich, hilf mir durch deine Fürbitte bei ihm!

Und noch etwas bitte ich dich, um deiner Seligkeit willen, nach der du strebst: Solltest Du einmal in die Toskana kommen, so stell doch bitte meinen guten Ruf wieder her, indem du meinen Angehörigen und Mitmenschen von unserer Begegnung hier erzählst! Du findest sie in Siena, dieser eitlen Stadt, wo sie gerade wieder riesigen Aufwand betreiben, um das Dorf Talamone zum Seehafen auszubauen. Aber sie werden es nicht schaffen! Die Kapitäne hoffen umsonst drauf. Ihre Gier nach einem Hafen wird die Sieneser noch teurer zu stehen kommen als ihre ewigen Grabungen nach dem unterirdischen Fluss Diana, den es angeblich unter Siena gibt und den sie nie finden."

14. Kapitel

Guido del Duca und Rinieri da Calboli – Guidos Klage über die Bewohner des Arnotals und die Zustände in der Romagna – Beispiele von bestraftem Neid

Etwas weiter rechts wandte sich ein Schatten, der die Unterhaltung zwischen Dante und Sapia mitgehört hatte, zu seinem Nachbarn.

„Wer mag das nur sein", rätselte er, „der hier unseren Berg umrundet, bevor er überhaupt tot ist, und seine Augen zur freien Verfügung hat?"

„Das weiß ich genauso wenig wie du", entgegnete der Angesprochene, „ich habe nur mitbekommen, dass er nicht allein hier ist. Du sitzt näher an ihm dran, also frag du ihn doch! Aber sei freundlich, damit er antwortet."

Die beiden hoben die Köpfe, und der, der zuerst gesprochen hatte, richtete sich mit folgenden Worten an Dante:

„Du dort, der du noch als Lebender eine Reise zum Himmel machst! Wir sind fassungslos vor Staunen über die Gnade, die dir offenbar zuteilgeworden ist. So etwas gab es noch nie! Bitte tu uns doch die Liebe und sag uns, woher du kommst und wer du bist."

Dante antwortete wie folgt:

„Mitten durch die Toskana fließt ein kleiner Fluss. Er entspringt an dem Berg Falterona und ist etwas länger als hundert Meilen. An diesem Fluss liegt meine Heimatstadt. Was mich selbst betrifft, so würde mein Name euch nichts sagen, denn ich bin noch nicht sehr bekannt."

„Verstehe ich dich richtig", folgerte der Schatten, „so sprichst du vom Arno."

Sein Nachbar aber rätselte:

„Warum hat er denn den Fluss so umständlich umschrieben, als ob es sich um etwas ganz Schreckliches handeln würde, das man gar nicht beim Namen nennen will?"

„Das weiß ich auch nicht", antwortete der erste, „aber wenn ich an die Menschen denke, die an seinen Ufern leben, wäre es in der Tat besser, wenn sein Name ausgelöscht würde. Denn sie alle, von seiner Quelle hoch oben im wasserreichen Apennin bis zu seiner Mündung im Meer, hassen die Rechtschaffenheit wie eine Giftschlange. Entweder sind die Sterne der Gegend nicht günstig, oder die Leute dort sind durch Gewohnheit und eigene Schuld immer schlimmer geworden, jedenfalls haben sie ihr Wesen im Lauf der Zeit so verändert, als ob die Zauberin Circe sie in Tiere verwandelt hätte. Die Leute im oberen Casentino, wo der Arno entspringt, sind wie wilde Schweine. Denen würde es besser anstehen, Eicheln zu fressen als menschliche Kost. Die Leute von Arezzo sind wie bellende Köter, die lauter kläffen, als sie Kraft haben, deshalb meidet sie der Arno verächtlich: Er dreht kurz vor der Stadt um und macht einen großen Bogen. Dann strömt der verfluchte Fluss weiter, nimmt immer mehr Nebenflüsse auf und verbreitert sich, und in Florenz sind aus den Hunden Wölfe geworden. Nachdem er ein paar Täler durchflossen hat, erreicht er Pisa mit seinen verschlagenen Füchsen, die im Betrügen so gut sind, dass kein noch so pfiffiger Geist ihnen gewachsen ist.

Was ich jetzt sagen will", fuhr der Schatten fort, „soll der, der hier zu uns gekommen ist, ruhig auch hören, damit er sich später an meine Vorhersagen erinnert.

In einiger Zeit", wandte er sich dann wieder an seinen Nachbarn, „wird dein Enkel unter den Wölfen Furcht und Schrecken verbreiten. Er wird sie jagen und, noch bevor er sie tötet, ihr Fleisch zu Geld machen. Viele wird er ums Leben bringen und sich selbst dabei um die Ehre. Wenn er die Stätte seines Wütens wieder verlässt, wird sie in einem erbärmlichem Zustand sein, wie ein abgeholzter Wald, der nach tausend Jahren noch die Spuren der Verwüstung trägt."

Die gleiche Bestürzung, mit der jedermann reagiert, wenn ihm angekündigt wird, dass ihm irgendwoher Unheil droht, malte sich auch auf der Miene des Angesprochenen, als er das hörte. Wirklich sollte sein Enkel Fulcieri da Calboli, ein Parteigänger der Schwarzen, wenige Jahre später als Statthalter von Florenz ein schreckliches Regiment führen und grausam gegen die Weißen vorgehen.

Dante hatte interessiert dem einen zugehört und die Reaktion des anderen beobachtet. Er wollte nun sehr gern wissen, mit wem er es zu tun hatte, und fragte sie danach. Der, der das Gespräch begonnen hatte, antwortete:

„Ich soll dir also etwas sagen, was du mir in Bezug auf dich verschweigen willst. Aber um der Gnade Gottes willen, die so offensichtlich mit dir ist, will ich dir trotzdem Auskunft geben.

Ich war Guido del Duca. Ich wurde im Leben derart von Neid auf meine Mitmenschen verzehrt, dass ich es nicht ertrug, wenn ich jemand anderen auch nur fröhlich sah. Nun ernte ich hier die Früchte davon. Warum ist der Mensch nur so geartet, dass er sein Herz an Dinge hängt, die man nicht gemeinsam besitzen kann?

Mein Nachbar hier ist Rinieri da Calboli."

Die beiden stammten aus der Romagna und hatten in den vergangenen Jahrzehnten dort hohe Ämter bekleidet und in den Parteienkämpfen wichtige Rollen gespielt.

„Rinieri war der Stolz seines Geschlechts", fuhr Guido del Duca fort, „aber seine Nachkommen haben seine Tugenden leider nicht geerbt. Seine Familie ist nicht die einzige in der Romagna, bei der das so ist. Zwischen dem Po und dem Apennin, dem Adria-Strand und dem Reno ist Wahrhaftigkeit und gute Lebensart nirgends mehr zu finden. Das Land ist verseucht wie mit giftigem Gestrüpp, man käme mit Ausroden und Nachpflanzen nicht nach, selbst wenn man auf der Stelle damit anfangen würde. Wo gibt es in der Romagna heute noch

Edelleute vom Schlage eines Lizio, Arrigo Mainardi, Pier Traversaro oder Guido di Carpigna? Dieses Volk ist entartet! Wird Bologna je wieder einen Mann wie Fabbro Lambertazzi hervorbringen? Oder Faenza jemanden wie Bernadin di Fosco, der von so einfacher Herkunft und doch ein so edler Mann war?

Wundere dich nicht, du Toskaner, mir kommen die Tränen. Wenn ich zum Beispiel an Guido von Prata denke oder an Ugolino von Azzo, der bei uns lebte! Oder an Federigo Tignoso und seine Freunde! Ach, Familien wie die Traversari oder die Anastagi sind ausgestorben. Was gab es früher für edle Frauen und Männer in der Romagna! Mit welcher Liebe und Ritterlichkeit haben wir früher Turniere veranstaltet und Feste gefeiert, und wie bösartig sind die Leute dort inzwischen geworden!

Warum verschwindet Bretinoro nicht vom Erdboden? Sein Herr samt seiner Familie und seine besten Bewohner haben den Ort schon verlassen, weil sie nicht von der um sich greifenden Bosheit angesteckt werden wollten. Die Herren von Bagnacavallo haben es richtig gemacht, die haben gar keine Nachkommen mehr gezeugt. Die Burgherren von Castrocaro machen es schlecht, erst recht die von Conio, die setzen immer wieder neue Grafen in die Welt, die nichts taugen. Der üble Maghinardo Pagano, der Faenza beherrscht, hat zum Glück keine Kinder, sodass die Familie aussterben wird. Aber den Ruf des Hauses hat er dauerhaft ruiniert. Wie gut, dass wenigstens auf das Andenken des edlen Ugolino dei Fantolin kein Schatten mehr fallen kann! Denn der hat keine Nachkommen, die den Namen beschmutzen könnten.

Geh bitte weiter, du Toskaner“, schloss Guido. „Ich möchte nur noch weinen und gar nichts mehr sagen, so sehr bedrückt mich das alles.“

Da setzten die beiden Dichter ihren Weg fort. Guido und Rinieri hörten, wie sie aufbrachen. Die Wanderer konnten sicher sein, die richtige Richtung eingeschlagen zu haben, denn andernfalls hätten die guten Seelen sie sicher zurückgerufen.

Als Vergil und Dante die Büßer hinter sich gelassen hatten und wieder allein waren, kam ihnen plötzlich eine Stimme entgegen.

Scharf wie ein Blitzstrahl zerschnitt sie die Luft und floh dann wieder wie der verhallende Donner, der die Wolke zerreißt. Die Stimme aber rief die Worte, die Kain gesprochen hatte, nachdem er aus Neid seinen Bruder Abel ermordet hatte:

„Wer mir begegnet, der wird mich totschlagen!"

Und kaum war diese Stimme bestraften Neides verklungen, erscholl die nächste, so wie Schlag auf Schlag ein krachender Donner dem anderen folgt:

„Ich bin Aglauros und wurde zu Stein!"

Das waren die Worte der athenischen Königstochter Aglauros, die ihrer Schwester die Liebe des Gottes Merkur missgönnt hatte und deshalb von diesem in einen Stein verwandelt worden war.

Dante bekam es mit der Angst zu tun und drängte sich dicht an Vergil, der wieder rechts von ihm ging. Aber es war schon wieder alles ruhig. Vergil erklärte seinem Schützling:

„Was du gerade gehört hast, sind die abschreckenden Beispiele, von denen ich vorhin gesprochen habe, die festen Zügel, mit denen die Menschen auf den richtigen Weg gebracht werden sollen.

Aber ihr schnappt ja nach jedem Köder, den euch der Teufel hinhält! Dann kann er euch natürlich an seinem Haken zu sich ziehen, da helfen Zügel und Warnungen wenig. Der Himmel verlangt nach euch, er umwirbt euch und dreht sich um euch, immer habt ihr seine unvergängliche Schönheit vor Augen, und was macht ihr? Ihr seht gar nicht hin und heftet euren Blick starrsinnig auf die irdischen Güter. Deshalb züchtigt euch Gott, der alles sieht."

15. Kapitel

Der Engel der Barmherzigkeit – Über den Besitz von irdischem und himmlischem Gut – Der dritte Ring – Dantes Visionen von Beispielen der Milde

Der Abend war nicht mehr sehr weit, in drei Stunden würde die Sonne untergehen. In Italien, dachte Dante, war jetzt Mitternacht. Die beiden Dichter hatten den Berg schon so weit umrundet, dass sie nun in westlicher Richtung gingen, der sinkenden Sonne entgegen. Die Strahlen schienen ihnen mitten ins Gesicht. Dante fühlte sich aber so stark geblendet, dass es mit dem Sonnenschein allein nicht recht zu erklären war, und wunderte sich darüber. Er schirmte die Augen mit den Händen ab, um das starke Leuchten etwas abzumildern, aber vergebens. Es war, als ob das Licht vom Erdboden reflektiert worden wäre und dann sein Gesicht erneut getroffen hätte, ebenso wie Wasser oder Spiegelglas einen Lichtstrahl im gleichen Winkel zurückwirft, in dem er auftrifft, wie man aus Erfahrung und naturwissenschaftlicher Erkenntnis weiß.

Dante wandte also die Augen ab und fragte Vergil:

„Lieber Vater, was ist denn das für ein Licht, gegen dessen Strahlkraft jeder Blendschutz machtlos ist? Es scheint immer näher zu kommen!"

„Es ist ein Engel", antwortete Vergil. „Er wird uns den Weg zum nächsten Ring zeigen. Wundere dich nicht, dass die Engel dich jetzt noch so sehr blenden. Das wird sich bald ändern. Du wirst die himmlischen Boten dann ohne Mühe und mit Freude anschauen können, jedenfalls soweit die Natur dich dazu befähigt hat."

Sie kamen zu dem seligen Engel, und er sagte mit fröhlicher Stimme:

„Tretet hier ein! Die Treppe steigt sanfter an als die vorigen."

Vergil und Dante betraten die Treppe, und als sie hinaufstiegen, hörten sie es hinter sich singen, zuerst mit den Worten Jesu: „Beati misericordes! Selig sind die Barmherzigen, denn sie werden Barmherzigkeit erlangen!" Und dann sang die Stimme noch: „Freue dich, dass du siegst!"

Während sie aufwärts stiegen, ging Dante noch einmal durch den Kopf, was Guido del Duca über den Neid gesagt hatte, und um von Vergils großem Wissen Nutzen zu ziehen, fragte er ihn:

„Der Geist aus der Romagna vorhin hat doch darüber geklagt, dass die Menschen ihr Herz an Dinge hängen, die man nicht gemeinsam besitzen kann. Was meinte er damit denn genau?"

Vergil antwortete zunächst:

„Er klagt, weil er gerade am eigenen Leib erfährt, wie hart der Neid gebüßt wird, und sich deshalb wünschte, es würden weniger Menschen diesem Laster verfallen.

In den Besitz der irdischen Güter“, fuhr er dann fort, „müssen sich die Menschen teilen. Dabei verringern sich für jeden einzelnen die Besitzanteile umso mehr, je mehr Mitmenschen Anteil an diesen Gütern haben. Daraus entsteht Neid. Wer also seine Begierde auf die Güter der Erde richtet, wird zwangsläufig von Neid beherrscht werden.

Wenn ihr Menschen aber aus Liebe euer Begehren zur höchsten Sphäre lenken würdet, wärt ihr frei von Neid. Denn da ist es genau umgekehrt: Je mehr Menschen sich dort das Gut teilen, umso mehr besitzt jeder einzelne, und umso größer wird auch die Liebe, die sie miteinander verbindet.“

„Nach dieser Erklärung“, bemerkte Dante, „bin ich noch weniger zufriedengestellt, als wenn du gar nichts gesagt hättest. Wie kann denn bei einem Gut, das sich auf viele verteilt, der einzelne Besitzer reicher sein als bei einem Gut, das nur wenigen gehört?“

Vergil wies ihn zurecht:

„Du siehst wieder einmal nur auf die irdischen Dinge! Dann kannst du natürlich das wahre Licht nur als Schatten wahrnehmen. Also: Es ist so, dass Gott, der das unendlich und unsagbar Gute ist, sich einer Seele immer nach dem Maß der Liebe hingibt, die er in ihr vorfindet, so wie das Licht einem Körper nur entgegenkommt, wenn er es aufnehmen und reflektieren kann. Je mehr Liebe eine Seele also in sich trägt, umso stärker wirkt Gottes Kraft in ihr.

Die so von Gott beseelte Liebe breitet sich immer weiter aus, denn je mehr Menschen dort oben lieben, umso mehr Liebe rufen sie ihrerseits hervor. Die von der Liebe Ergriffenen geben also die Liebe weiter wie ein Spiegel das Licht, Liebe und Gegenliebe wachsen beständig aneinander, und so vergrößert die Zahl der Besitzer den Schatz.

Wenn dich das immer noch nicht zufriedenstellt, so wirst du ja Beatrice sehen, die dir alle deine Fragen letztgültig beantworten und auch jede andere Sehnsucht stillen wird.

Nun geh aber weiter, damit auch die restlichen fünf P an deiner Stirn gelöscht werden! Von zweien bist du schon frei. Man muss die Sünden, die sie bezeichnen, schmerzvoll empfinden, damit sich die Wunden schließen können."

Dante wollte Vergil gerade versichern, dass dessen Erklärung seinen Wissensdurst nun völlig befriedigt habe, doch da waren sie schon im dritten Ring des Fegefeuers angekommen, und über dem, was er nun erlebte, kam er nicht mehr zum Reden.

Denn er hatte eine Vision. Er sah einen Tempel, darin waren mehrere Menschen, und es trat eine Frau ein, die mit mütterlicher Liebe sagte:

„Mein Sohn, warum hast du uns das getan? Siehe, dein Vater und ich haben dich mit Schmerzen gesucht!"

Die Frau, die er da vor seinen geistigen Augen sah, war Maria, die, nachdem sie lange verzweifelt nach ihrem verschwundenen zwölfjährigen Sohn Jesus gesucht hatte, ihn im Tempel zu Jerusalem endlich gefunden und, anstatt zornig über sein langes Ausbleiben zu werden, mit Milde angesprochen hatte.

Das Bild verschwand, und es erschien ihm eine zweite Frau. Sie weinte vor Zorn. Es war die Frau des athenischen Herrschers Peisistratos, die leidenschaftlich empört darüber war, dass ein junger Athener sich so sehr in ihre Tochter verliebt hatte, dass er sie auf der Straße öffentlich geküsst hatte. Die Mutter, so Dantes Vision, rief ihrem Mann aufgebracht zu:

„Peisistratos, du bist Herr über eine Stadt, über deren Namen sich Götter gestritten haben und von der alle Wissenschaft herkommt! Du musst den Jüngling bestrafen, der es gewagt hat, unserer Tochter zu nahe zu treten!"

Und Dante sah Peisistratos in milder Güte antworten:

„Wenn wir schon die bestrafen, die uns lieben, was sollen wir denn dann mit denen tun, die uns hassen?"

Und in einer dritten Vision sah Dante die Steinigung des heiligen Stephanus, des ersten Märtyrers der Christenheit. Er sah Menschen, die in entfesselter Wut mit dem Ruf „Tötet ihn, tötet ihn!" Steine auf den Jüngling warfen. Das Opfer war schon zu Boden gestürzt, richtete aber seine Augen zum Himmel und flehte trotz seiner schrecklichen Lage mit Blicken und Worten zu Gott, er möge seinen Mördern vergeben.

Als das dritte Gesicht verschwunden war, begann Dante langsam seine Umgebung wieder wahrzunehmen, wie jemand, der aus dem Schlaf erwacht und nur schwer wieder zu sich kommt. Allmählich begriff er, dass sich das, was er gerade gesehen hatte, in seiner eigenen Seele abgespielt hatte.

Vergil hatte seinen Schützling die ganze Zeit beobachtet. Nun sprach er ihn an:

„Was ist denn mit dir los? Schon über eine Meile torkelst du hier mit trüben Augen durch die Gegend, als ob du betrunken oder ein Schlafwandler wärst!"

„Mein lieber Vater", antwortete Dante, „hör mir bitte zu, ich will dir gern erzählen, was ich gesehen habe und warum mir meine Beine nicht mehr gehorcht haben!"

„Selbst wenn du dir hundert Masken vors Gesicht setzen würdest", sagte Vergil da, „bliebe mir doch nicht die kleinste Regung deines Inneren verborgen. Meine Augen haben nicht nur gesehen, dass dein Körper eben scheinbar von allen Geisteskräften verlassen worden ist, sondern sie haben auch wahrgenommen, was deiner Seele dabei widerfahren ist. Wenn ich dich eben gefragt habe, was mit dir los ist, dann nicht, weil ich das nicht selber wüsste, sondern nur um dich wieder auf die Beine zu bringen. Träge Leute, die endlos zum Wachwerden brauchen, muss man nun mal ein bisschen antreiben!

Im übrigen sind dir die Visionen, die du eben gehabt hast, als Beispiele vorbildlicher Milde geschickt worden, damit du dein Herz der von Gott ausströmenden Friedfertigkeit öffnest."

Damit gingen die beiden weiter. Sie blickten aufmerksam vorwärts, soweit die leuchtenden Strahlen der Abendsonne das zuließen. Nach einer Weile bemerkten sie in der Ferne schwarzen Rauch, der allmählich näherkam. Er hüllte nach und nach alles um sie her ein und nahm ihnen die Sicht und die reine Atemluft.

16. Kapitel

Der Rauch – Läuterung vom Zorn – Der Lombarde Marco und seine philosophischen und politischen Betrachtungen

Es wurde noch dunkler als in einer wolkenverhangenen Nacht, in der weder Mond noch Sterne scheinen. Selbst die Finsternis der Hölle, fand Dante, war nicht so undurchdringlich gewesen wie dieser beizende Qualm, der sie nun vollständig umgab. Er kratzte in seinem Gesicht und reizte seine Augen, sodass er sie schließen musste. Vergil bot ihm seine Schulter als Stütze an, und wie ein Blinder seinem Führer folgt, um sich nicht zu verirren oder sich schmerzhaft oder gar tödlich zu verletzen, so hielt Dante sich an den Meister, der ihn immer wieder mahnte: „Pass nur auf, dass du mich nicht verlierst!"

Auf einmal hörte Dante Stimmen. In völliger Harmonie, als wäre es nur eine einzige, sangen sie das „Agnus Dei", das Gebet, in dem Christus als das Lamm Gottes, das die Sünden der Welt trägt, um Erbarmen und Frieden angerufen wird.

„Sind das menschliche Seelen, die ich da höre, Meister?", fragte Dante.

Vergil antwortete:

„So ist es. Sie läutern sich hier vom Laster des Zorns."

Da löste sich eine einzelne Stimme aus dem Gesang, richtete das Wort an Dante und fragte:

„Wer bist denn du, dass du hier beim Gehen den Rauch mit deinem Körper zerteilst und von uns so sprichst, als ob du noch dort lebst, wo man die Zeit nach Wochen und Monaten einteilt?"

Vergil ermunterte Dante:

„Antworte ihm! Und frag ihn gleich, wo es weiter nach oben geht!"

Dante sprach in die Richtung, aus der die Stimme gekommen war:

„Du da, der du dich hier läuterst, um rein zu deinem Schöpfer zurückkehren zu können, wie wäre es denn, wenn du mich ein Stück begleitest? Du sollst wundersame Dinge von mir erfahren!"

„Gern gehe ich mit dir", antwortete die Stimme, „jedenfalls so weit ich darf. Auch wenn wir uns wegen des Rauchs nicht sehen können, können wir einander ja wenigstens hören."

Da begann Dante:

„Ich lebe noch und besteige diesen Berg mit meinem irdischen Leib. Der Weg hierher hat mich schon durch die Hölle geführt. Gottes Gnade mir gegenüber ist so groß, dass ich seinen Thron bereits als Lebender sehen soll, was schon lange niemandem mehr vergönnt gewesen ist.

Aber erzähl mir doch", sagte er dann, „wer du vor deinem Tod warst! Und sag mir auch gleich, ob dieser Weg uns zum nächsten Ring führt, und geleite uns durch deine Worte dorthin!"

„Ich stamme aus der Lombardei", erwiderte die Stimme, „und mein Name war Marco. Ich war ein welterfahrener Edelmann und liebte die ritterlichen Tugenden, die heute völlig verschwunden sind. Ihr seid genau richtig, das hier ist der Weg zum Aufstieg.

Wenn du wieder bei den Lebenden bist", fügte er dann hinzu, „so bete doch dort für mich!"

„Diese Bitte", antwortete Dante, „werde ich dir getreu erfüllen, das verspreche ich dir. Aber ich habe auch eine Bitte. Mich beschäftigt eine bestimmte Frage, und es zerreißt mich förmlich, wenn ich sie nicht löse. Es ist zweifellos so, wie du sagst: Der Welt ist die Tugend gänzlich abhanden gekommen. Sie ist ganz voll von Bosheit. Im vorigen Ring hat sich auch schon eine Seele darüber beklagt, der ich dort begegnet bin, und jetzt bestätigst du es mir noch einmal. Aber damit verdoppelt sich auch meine Ungewissheit, und ich bitte dich inständig, mich aufzuklären, damit ich im Bilde bin und es auch anderen erklären kann. Die einen sagen nämlich, die Verrohung der Welt werde durch ungünstige Himmelskonstellationen hervorgerufen, die anderen meinen, die Menschen selbst seien daran schuld. Wie ist es denn nun wirklich?"

Marco seufzte tief, stieß ein „oje!" hervor und begann:

„Bruder, die Welt da draußen ist blind. Man merkt, dass du von dort kommst. Ihr Lebenden macht für alles die Sterne verantwortlich, als seien sie die einzige Ursache für all und jedes. Wenn das wirklich so wäre, wären die Menschen gar nicht zu freien Willensentscheidungen fähig, und Gott würde ungerecht handeln, wenn er sie für ihre Taten zur Rechenschaft zieht, indem er das Gute belohnt und das Böse bestraft.

Soviel ist richtig: In der Tat sind es vor allem Himmelseinflüsse, die eure angeborenen Anlagen und Triebe bestimmen und das menschliche Handeln überhaupt erst in Gang setzen. Ich will nicht sagen, dass es nicht noch weitere Kräfte gäbe, die die Anlagen der Menschen bedingen. Aber selbst wenn es ausschließlich die Sterne wären, so würde euch das doch nicht von der Verantwortung dafür entbinden, wie ihr mit diesen Anlagen umgeht, denn Gott hat euch sowohl die Fähigkeit, zwischen Gut und Böse zu unterscheiden, als auch Willensfreiheit verliehen. Zugegebenermaßen ist es anfangs schwer, sich gegen ungünstige Gestirnkonstellationen durchzusetzen, aber wenn der freie Wille gut gepflegt und mit den Kräften des Guten gestärkt wird, kann er jedes Mal den Sieg davontragen. Euer von Gott erschaffener Geist, der euch zu vernünftigem Handeln befähigt, unterliegt nicht dem Einfluss der Sterne. Einzig Gott seid ihr unterworfen, und der ist mächtiger und besser als die Gestirne.

Wenn die heutige Welt den Weg des Guten verlassen hat“, fuhr Marco fort, „so ist die Ursache dafür einzig und allein bei euch Menschen selbst zu finden. Ich will dir das genau erklären.

Die menschliche Seele kommt im Stand der Unschuld aus der Hand Gottes, der sie von Ewigkeit her liebt. Sie ist zunächst naiv wie ein Kind, das beim Spiel weint und lacht, und sie weiß nichts als nur das eine, dass sie sich am liebsten den Dingen zuwendet, die ihr Freude bereiten. Diesen Drang hat sie deshalb, weil ihr Schöpfer selbst die vollkommene Freude ist.

Nun kann die unerfahrene Seele nicht zwischen Wertvollem und Wertlosem unterscheiden, deshalb hält sie Nichtigkeiten für große Güter und läuft ihnen nach. Darum ist es nötig, dass sie gelenkt wird. Diesem Zweck dienen zum einen irdische Gesetze. Zum anderen bedürfen die Menschen auf der Erde eines Herrschers, der das wahre Ziel zumindest von Weitem sieht.

Die Gesetze gibt es. Aber wer verschafft ihnen Geltung? Niemand, denn es gibt nur noch das geistliche Oberhaupt, den Papst, und der übt sein Amt nicht so aus, wie er es sollte. Wenn die Menschen sehen, wie ihr einzig verbliebener oberster Hirte nur nach weltlicher Macht und irdischem Besitz giert, ist es da ein Wunder, dass sie selbst auch nach nichts anderem als nach den vergänglichen Gütern der Erde lüstern sind? Daran, dass die Welt so böse geworden ist, ist weder die verdorbene Natur des Menschen schuld noch irgendeine Himmelskonstellation, sondern allein schlechte Führung.

Die gute Ordnung, die wir den Römern verdanken, ist aus dem Gleichgewicht geraten. Damals gab es zwei höchste Gewalten, den Kaiser und den Papst. Der eine hatte die Aufgabe, die Menschen auf ihrem irdischen Weg zu lenken, der andere die, ihnen den Pfad zum Himmel zu weisen. Aber indem der Papst selbst nach der irdischen Herrschaft griff und Hirtenstab und Schwert in seiner Hand vereinigte, geriet die weltliche Gewalt in die falschen Hände. Das konnte nicht gutgehen. Beide Gewalten müssen voneinander getrennt sein, damit sie sich gegenseitig fürchten.

Nehmen wir nur einmal meine Heimat, die Lombardei. Da liegt das Problem ganz deutlich zutage: Früher herrschten da Tugend und gute Sitten. Aber dann kam es zu den Machtkämpfen zwischen Friedrich dem Zweiten und dem Papst, die kaiserliche Macht wurde beschnitten, und heute kann sich dort schamlos jeder Strolch sehen lassen, ohne dass er befürchten muss, auf Ehrenmänner zu treffen. Ich kenne dort überhaupt nur noch drei anständige alte Ritter, die aus besseren Zeiten übriggeblieben sind, und die können es kaum erwarten, dass Gott sie endlich aus dieser Welt abberuft. Das ist zum einen Corrado von Palazzo, dann der gute Gherardo und schließlich Guido von Castello, den die französischen Reisenden den ‚ehrlichen Lombarden' nennen.

Du wirst mir nun zustimmen", schloss Marco, „dass die römische Kirche, indem sie beide Gewalten in sich vereinigte, beide in den Schmutz gezogen hat: sowohl sich selbst mitsamt dem päpstlichen Amt als auch die weltliche Macht, die sie sich übergestülpt hat."

„Mein lieber Marco“, rief Dante, „du argumentierst wirklich hervorragend! Jetzt verstehe ich auch, warum die alten Israeliten den Stamm Levi, der die Priester stellte, vom Grundbesitz ausgeschlossen haben.

Aber sag mir doch bitte noch, welcher Gherardo das sein soll, den du eben als einen der drei Männer genannt hast, die wie ein Vorwurf an die jetzigen sittenlosen Zeiten noch von früher übriggeblieben sind.“

„Ich höre wohl nicht richtig!“, erwiderte Marco. „Du willst mich wohl auf die Probe stellen? Du bist doch offensichtlich Toskaner, wie ich an deiner Mundart höre! Da kann es doch nicht sein, dass du noch nie etwas vom ‚guten Gherardo‘ gehört hast! Ich kenne ihn nur unter diesem Beinamen. Vielleicht weißt du aber besser, wen ich meine, wenn ich dir sage, dass ich von Gaias Vater spreche.“

Der Mann, von dem hier die Rede war, war Gherardo von Camino, damals Generalkapitän von Treviso. Seine Tochter Gaia war für ihre Schönheit und Lebenslust berühmt.

„Gott behüte euch!“, sagte Marco dann. „Weiter kann ich euch nicht begleiten, denn ich darf aus dem Qualm noch nicht heraus. Wie ihr seht, wird der Rauch hier allmählich lichter, und von dort kommt schon der Glanz, den der Engel verbreitet. Ich muss umkehren, bevor er mich sieht.“

Und ehe Dante noch etwas sagen konnte, war Marco verschwunden.

17. Kapitel

Dantes Visionen von bestraftem Zorn – Der Engel der Friedfertigkeit – Aufstieg zum vierten Ring – Die Einteilung des Fegefeuers

Der Leser stelle sich vor, im Gebirge hätte ihn plötzlich eine Nebelwand überrascht, sodass er seine Umgebung nur noch ebenso schemenhaft wahrnehmen könnte wie ein Maulwurf, der, weil seine Augen von Haut überzogen sind, ja nur sehr eingeschränkt sehen kann, aber nach einer gewissen Zeit begänne sich der feuchte, dicke Dunst wieder zu verflüchtigen, und der Sonnenball würde wieder schwach hindurchschimmern. So ähnlich war es, als Dante im Weitergehen allmählich die Sonne wieder durch den sich lichtenden Rauch dringen sah. Sie stand bereits kurz vor dem Untergang.

Endlich verließen die beiden Dichter die Rauchzone, wobei Dante seine Schritte immer im Gleichmaß mit Vergil hielt, und gingen auf die letzten Sonnenstrahlen zu. Das Meeresufer unten lag schon in tiefem Schatten.

Und wieder erlebte Dante drei Visionen. Der Mensch kann ja in solchen Fällen so vollständig von seiner Umgebung abgezogen werden, dass er nicht einmal mehr einen vielstimmigen Posaunenchor rings um sich herum wahrnähme. Wodurch, so überlegte Dante später, wird die menschliche Einbildungskraft da derartig in Bewegung versetzt, ohne dass Sinneseindrücke auf sie einwirken? Und er gab sich die Antwort: Die Ursache ist Licht, das seinen Ursprung im Himmel hat. Es formt sich entweder aus sich selbst heraus oder durch den Willen Gottes zu einem Bild, als das es den Menschen erreicht und eine ekstatische Entrückung hervorruft.

Es waren drei Beispiele von bestraftem Zorn, die Dante in seinem Inneren sah. Als erstes erschien ihm Prokne, die Gattin des thrakischen Königs Tereus, die im Zorn ihren eigenen kleinen Sohn getötet und sein Fleisch ihrem Mann, seinem Vater, zur Speise vorgesetzt hatte. Zur Strafe für diese Untat war sie in eine Nachtigall verwandelt worden. Dantes Geist war von der Erscheinung Proknes so vollständig in Anspruch genommen, dass ihn währenddessen kein äußerer Sinneseindruck erreicht hätte.

In einer zweiten Vision sah er Haman, den Minister des persischen Königs Ahasver, wie er mit verächtlichem und stolzem Ausdruck am Kreuz hing. Die Heilige Schrift erzählt von ihm im Buch Esther. Der Jude Mordechai hatte den Zorn Hamans erregt, worauf dieser den König überredet hatte, die Tötung Mordechais und aller anderen Juden in Persien zu befehlen. Aber ehe es dazu hatte kommen können, war es der Königin, der Jüdin Esther, gelungen, ihren Mann umzustimmen, und anstelle von Mordechai war Haman hingerichtet worden. Um Hamans Kreuz herum standen in Dantes Vision Ahasver,

Esther und Mordechai, der Gerechte, der in allem Reden und Tun so vollkommen gewesen war.

Auch dieses Bild verging, wie eine Blase zerplatzt, wenn das Wasser verschwindet, in dem sie sich gebildet hat, und ein drittes Gesicht entstand in Dantes Geist. Ihm erschien die Prinzessin Lavinia, deren Vater zu der Zeit über das Latium geherrscht hatte, als Äneas nach Italien kam. Sie weinte heftig um ihre Mutter, die Königin Amata, die sich selbst erhängt hatte. Amata war aus Gram darüber in den Tod gegangen, dass der Fürst Turnus, der als Ehemann für ihre Tochter ausersehen war, angeblich gefallen und Lavinia im Begriff war, den Fremdling Äneas zu heiraten.

„Ach Königin!“, so hörte Dante die Prinzessin klagen. „Warum hast du dir im Zorn das Leben genommen? Du hast dich getötet, um mich nicht zu verlieren, aber gerade dadurch hast du mich verloren! Dein Tod schmerzt mich mehr als der Tod des Turnus.“

Auf einmal wurde Dante von einem hellen Licht geblendet. Es leuchtete noch wesentlich stärker als die Sonne. Augenblicklich fiel seine dritte Vision in sich zusammen, wie Lichtstrahlen ja auch einen Schlafenden wecken können, wenn sie plötzlich seine Augen treffen. Als er sich umsah, um die räumliche Orientierung wiederzugewinnen, hörte er eine Stimme sagen:

„Hier geht es hinauf!“

Da fühlte er ein so heftiges Verlangen, den, der gesprochen hatte, mit seinen Augen sehen zu können, dass jeder andere Wunsch verblasste und er meinte, erst wieder zur Ruhe kommen zu können, wenn dieses Bedürfnis gestillt sein würde. Aber es gelang ihm nicht. So wie jeder Versuch zum Scheitern verurteilt ist, am helllichten Tag die Gestalt der Sonne zu erfassen, da das Übermaß des Lichts uns zwingt, die Augen abzuwenden, so versagte vor dieser gleißenden Erscheinung Dantes Sehkraft.

„Das ist ein Engel“, sagte Vergil. „Er verbirgt sich vor uns durch das Licht, das er ausstrahlt. Aber er zeigt uns den Weg nach oben, und zwar ohne dass wir ihn erst darum hätten bitten müssen. So hilfswillig sollten auch die Menschen miteinander sein. Denn wer sieht, dass man seiner Hilfe bedarf, aber erst abwartet, bis man ihn darum bittet, der will im Grunde gar nicht helfen.

Komm, folgen wir seiner Wegweisung und machen wir uns rasch an den Aufstieg! Du weißt ja, wenn es erst einmal dunkel ist, können wir erst morgen wieder weiter."

Die beiden Dichter betraten die Treppe, die ihnen der Engel gezeigt hatte. Kaum waren sie auf der ersten Stufe, als Dante so etwas wie eine Flügelbewegung und einen Luftzug im Gesicht spürte und dazu sagen hörte:

„Beati pacifici! Selig sind die Friedensstifter, die frei von bösem Zorn sind!"

Vergil und Dante hatten das Ende der Treppe erreicht und waren auf dem vierten Ring des Fegefeuers angekommen. Die letzten Sonnenstrahlen standen so hoch, dass schon die ersten Sterne am Himmel zu sehen waren. Da merkte Dante zu seinem Erstaunen, dass tatsächlich aus seinen Beinen die Kraft schwand, sodass er bewegungsunfähig wurde, wie ein Schiff, das vor Anker gegangen ist.

Er lauschte ein wenig, ob in der Nähe vielleicht irgendetwas zu hören wäre. Dann fragte er Vergil:

„Mein lieber Vater, von welcher Sünde wird man denn hier in diesem Ring geläutert? Wenn unsere Füße schon stillstehen müssen, so kannst du doch wenigstens deine Zunge weiter bewegen!"

Vergil antwortete:

„Hier wird die Liebe zum Guten angespornt, wenn sie allzu lau und träge war. Aber ich will dir noch mehr erzählen. Hör nur gut zu, es wird dir auf unserem weiteren Weg nützen."

Und nun erläuterte Vergil seinem Schützling, was es mit den sieben Ringen des Fegefeuers auf sich hat und mit den einzelnen Sünden, die dort abgebüßt werden, und erklärte ihm, aus welcher Quelle die Sünde überhaupt entspringt.

„Triebkraft allen Handelns", begann er, „ist die Liebe. Sie ist eine wesentliche Eigenschaft sowohl des Schöpfers als auch aller seiner Geschöpfe. Nun ist die Fähigkeit zur Liebe, mit der der Mensch geboren wird, zwar ein an sich unschuldiger Naturtrieb, der als solcher nicht fehlgehen kann. Sobald die Liebe aber konkret wird und sich aus freiem Willen auf einen bestimmten Gegenstand richtet, kann sie auf Abwege geraten. Das kann auf verschiedene Weise geschehen. Man kann Böses statt Gutem lieben, man kann zu schwach lieben oder zu stark. Aus der Liebe entspringt also alles, Tugend wie Laster.

Auf dem rechten Weg ist der Mensch dann, wenn er vor allen Dingen am meisten Gott liebt und in seiner Neigung zu zweitrangigen Gütern das rechte Maß hält. Liebt er aber das Böse, oder liebt er Gott zu wenig oder irdische Güter zu sehr, so sündigt er.

Sprechen wir zunächst", fuhr Vergil dann fort, „von der Liebe, die dadurch fehlgeht, dass sie sich auf das Böse richtet statt auf das Gute. Sie äußert sich in dem Bestreben, jemandem Schaden zuzufügen. Auf wen kann sich solch ein Hass richten? Auf die eigene Person, auf Gott, auf den Nächsten? Ersteres offenbar nicht, denn der Liebende will immer das eigene Wohl, so sind die Dinge vor Selbsthass gefeit. Ebenso absurd wäre es, Gott zu hassen, denn von ihm kommen alle Dinge; kein Geschöpf ist vorstellbar, das unabhängig von ihm existiert, und wer ihn hassen würde, würde den eigenen Daseinsgrund hassen. Wenn man aber weder sich selbst noch Gott Schaden zu wünschen imstande ist, so bleibt, wenn ich richtig folgere, als mögliches Hassobjekt nur noch der Mitmensch.

Das Streben danach, dass der Nächste Schaden erleiden möge, kann sich auf dreierlei Weise zeigen. Zum einen gibt es Menschen, die sich eine Herabsetzung eines anderen deshalb wünschen, weil sie sich davon ein stärkeres eigenes Herausragen versprechen. Das nennen wir Hochmut. Andere fürchten, dass sie selbst Macht, Gunst, Ehre und Ruhm verlieren, wenn ein Mitmensch emporsteigt; sie empfinden also Neid. Drittens schließlich zerfrisst manche Menschen das Gefühl, ihnen sei Unrecht getan worden, und sie haben das dringende Bedürfnis, sich an dem Verursacher dieses Unrechts zu rächen. Sie werden also von Zorn beherrscht. Diese drei Arten fehlgehender Liebe werden in den drei untersten Ringen des Fegefeuers gebüßt, die wir bereits durchlaufen haben.

Wie ich vorhin sagte, kann Liebe aber nicht nur irregehen, indem sie sich auf das Falsche richtet, also auf das Böse, sondern auch, indem sie sich zwar den richtigen Dingen zuwendet, aber mit unangemessener Intensität, das heißt: indem man Gott zu wenig liebt oder die irdischen Güter zu sehr.

Wenn der Eifer eines Menschen beim ahnungsvollen Streben nach jenem höchsten Gut, in dem die Seele wahren Frieden findet, also seine Liebe zu Gott, nicht stark genug war, so büßt er dafür hier im vierten Ring, vorausgesetzt, er hat seine Trägheit bereut.

Wenn er aber die weltlichen Güter zu sehr liebte – wo diese Güter doch keine wahre Glückseligkeit verschaffen, nicht aus sich selbst heraus gut sind und weder Quelle noch Frucht alles Guten sind –, so sühnt er das in den drei obersten Ringen des Fegefeuers, denn in drei Erscheinungsformen kann sich diese allzu starke Liebe zum Irdischen äußern.

Welche das aber genau sind", schloss Vergil, „werde ich dir nicht verraten, denn das sollst du selbst herausfinden."

18. Kapitel

Über das Wesen der Liebe und den freien Willen – Läuterung von der Trägheit im vierten Ring – Der Abt Gherardo aus Verona

Vergil schwieg und blickte seinem Schüler prüfend ins Gesicht, um zu sehen, ob er ihn zufriedengestellt hatte. Dante wollte zwar eigentlich noch mehr wissen, traute sich aber nicht, den Meister zu fragen, denn er fürchtete ihm lästig zu fallen. Doch Vergil merkte, dass sein Schützling sich lediglich scheute, den Mund aufzumachen, und ermunterte ihn sich zu äußern. Da sagte Dante:

„Meister, du legst alles derart anschaulich dar, dass ich deinen Gedankengängen und Herleitungen wunderbar folgen kann. Aber, lieber Vater, erklär mir doch bitte noch genauer, was es mit der Liebe auf sich hat. Du meinst also, dass sie allem Handeln zugrundeliege, nicht nur gutem, sondern auch bösem?"

„Hör mir genau zu", antwortete Vergil, „damit du die Irrlehren, die manche zu diesem Thema verbreiten, von der Wahrheit unterscheiden kannst.

Ich sagte“, begann er dann, „dass die Fähigkeit zur Liebe in jeder Seele angelegt ist, dass dieser Trieb jedoch erst tätig wird, wenn die Seele an einer konkreten Sache Gefallen findet. Was dabei aber eigentlich ihre Neigung erweckt, ist ein bestimmtes Vorstellungsbild, das sie sich innerlich von dieser Sache formt. Es ist also die Hinwendung zu diesem abgezogenen Bild, in der sich die dem Menschen mitgegebene natürliche Anlage zur Liebe verwirklicht. Die liebende Seele wird dann von solcher Sehnsucht ergriffen, dass sie erst Ruhe findet, wenn sie sich mit der geliebten Sache vereinigen kann, so wie das Feuer so geartet ist, dass es immer in die Höhe steigen muss, weil dort über der Luft seine Heimat ist, die Feuersphäre.

Nun lehren manche, die Liebe sei prinzipiell und unter allen Umständen gut. Sie meinen das deshalb, weil die angeborene Fähigkeit dazu anscheinend gut ist. Verstehst du, wieso das ein Irrtum ist? Man muss zwischen der potenziellen und der konkret werdenden Liebe unterscheiden! Es ist wie mit gutem Wachs: Daraus kann auch ein schlechtes Siegel werden.“

„Du hast mir nun zwar verständlich erklärt, wie es mit der Liebe bestellt ist“, sagte Dante daraufhin, „aber jetzt stellt sich mir die Frage, wie es in dieser Hinsicht eigentlich mit unserer persönlichen Verantwortung steht. Du sagst selbst, dass wir lediglich einem natürlichen Trieb folgen, wenn wir uns einer Sache zuwenden, die unsere Liebe erweckt hat. Dann entzieht sich dieser Vorgang doch aber unserem Einfluss, und es ist weder unser Verdienst, wenn wir in der Liebe einen guten Weg gehen, noch unsere Schuld, wenn sie uns auf Abwege führt!“

Vergil antwortete:

„Auch dazu will ich dir gern etwas sagen, jedenfalls soweit die Vernunft das kann. Der Rest ist Glaubenssache, dafür musst du auf Beatrice warten.

In der Tat verdienen die natürlichen Anlagen, mit denen ein Mensch zur Welt kommt, weder Lob noch Tadel. Jede Seele hat ja in sich solche speziellen Anlagen, Neigungen und Begabungen, die sich erst bemerkbar machen, wenn die Seele – die übrigens vom Körper unterschieden, aber mit ihm verbunden ist – tätig wird, sich also nur durch ihre Wirkungen zeigen, so wie sich die Lebenskraft einer Pflanze durch ihre grünen Blätter zeigt. Der Mensch ist nicht verantwortlich für seine geistigen Fähigkeiten und Urtriebe, er weiß nicht einmal, aus welchen Quellen sie ihm zufließen – sie sind nun einmal in ihm, so wie der Trieb zum Herstellen von Honig in den Bienen ist.

Der Mensch ist aber mit Urteilskraft und freiem Willen ausgestattet, und deshalb ist er sehr wohl dafür haftbar, in welcher Weise er diesen Trieben folgt. Er hat auch Kriterien zur Hand, an denen er sich bei seinen Entscheidungen orientieren kann, denn die großen Philosophen, die erkannt haben, dass den Menschen die Wahlfreiheit mitgegeben ist, haben zu diesem Zweck ihre Morallehren und Sittengesetze entwickelt. Es ist daher schlüssig, dem Menschen in Bezug auf den Gegenstand seiner Liebe den guten oder schlechten Weg, den er einschlägt, als Verdienst oder Schuld anzurechnen.

Also, um deine Frage zu beantworten", schloss Vergil, „selbst wenn man zugesteht, dass jede Neigung aus Naturnotwendigkeit entsteht, hat der Mensch doch die Macht zu entscheiden, ob er dieser Neigung nachgibt oder nicht. Genau diese edle Fähigkeit meint übrigens Beatrice, wenn sie vom freien Willen spricht. Du solltest dir also das, was ich dir jetzt erklärt habe, ins Gedächtnis zurückrufen, wenn ihre Rede dir gegenüber darauf kommt."

Es war inzwischen fast Mitternacht geworden. Erst jetzt erschien der Mond am Himmel, einem glühenden Tiegel ähnlich, und die Sterne verblassten vor seinem Licht. Da sein monatlicher Lauf von West nach Ost geht, entgegen der Bewegung des Himmels, stand er nun, fünf Tage nach dem ersten Frühjahrsvollmond, im Zeichen des Schützen, wie die Sonne im Spätherbst.

Vergil, der große Mann aus dem kleinen Dorf Pietole – das seinetwegen größeren Ruhm hat als das benachbarte Mantua – hatte seine Darlegungen beendet und schwieg. Dante war seinen Ausführungen und Argumentationen aufmerksam gefolgt, nun aber wurde er schläfrig und gab sich halb träumerischen Gedanken hin.

Aber plötzlich wurde er wieder hellwach, denn er hörte hinter sich Bewegung, und als er sich umschaute, sah er eine Schar von Seelen, die mit großer Geschwindigkeit auf ihn und Vergil zukamen.

In wildem Gedränge stoben sie den Ring entlang, wie in alter Zeit die Thebaner, wenn sie an den Ufern Böotiens in verzückter Raserei das Fest des Bacchus feierten. Nach wenigen Augenblicken waren sie schon auf der Höhe der beiden Dichter. An der Spitze des Zuges liefen zwei Seelen, die unter Tränen sich und die anderen anspornten, indem sie an Beispiele lobenswerten Eifers erinnerten.

„Maria ging eilends ins Gebirge!", rief die eine, des Besuchs eingedenk, den die Mutter des Heilands zur Zeit ihrer Schwangerschaft bei ihrer Verwandten Elisabeth unternommen hatte. Die andere Seele beschwor eine militärische Operation Julius Cäsars während des Bürgerkriegs gegen Pompejus:

„Cäsar bezwang Marseille und eilte dann nach Spanien, wo er bei Ilerda ebenfalls siegte!"

Und auch die übrigen Seelen munterten sich gegenseitig auf und riefen:

„Schnell, schnell! Lasst uns keine Zeit durch zu träge Liebe verlieren! Wenn wir eifrig sind beim Tun des Guten, wird Gott uns seine Gnade zuwenden!"

Vergil sprach die Seelen mit folgenden Worten an:

„Ihr Leute da! Möge euer jetziger Feuereifer die laue Nachlässigkeit ausgleichen, die ihr früher beim Tun des Guten an den Tag gelegt habt! Ich habe eine Bitte. Der hier neben mir ist ein Lebender, der auf diesem Berg weiter hinauf möchte, sobald die Sonne aufgegangen ist. Das stimmt wirklich! Bitte sagt uns doch, wo man hier zum nächsten Ring aufsteigen kann."

Daraufhin ergriff, ohne ihren Lauf zu unterbrechen, eine der Seelen das Wort und erwiderte:

„Ihr müsst uns nur folgen, dann kommt ihr zu der Stelle. Bitte halte mich nicht für unhöflich, weil ich immer weiterlaufe, während ich dir antworte, aber wir hier im vierten Ring sind von solcher Unrast erfüllt, dass es uns nicht möglich ist stehenzubleiben.

Ich war im Leben Abt des Klosters San Zeno in Verona", fuhr die Seele fort, „zur Zeit des gerechten Kaisers Barbarossa, der seinerzeit das aufrührerische Mailand bestraft hat. Es gibt unter den Lebenden einen gewissen Mann, der dieses Kloster und seine eigene Machtfülle noch verfluchen wird, und zwar bald, denn er steht schon mit einem Bein in der Hölle. Er hat nämlich vor einigen Jahren seinen unehelichen Sohn zum Abt von San Zeno gemacht, obwohl der in jeder Hinsicht dazu ungeeignet ist, denn dieser Sohn ist nicht nur ein Bastard, sondern hat auch körperliche Gebrechen und ist noch dazu von schwachem Geist."

Die Seele, die das erzählte, hatte Gherardo geheißen und war der zweite dieses Namens gewesen, der das genannte Kloster als Abt geleitet hatte. Seine Worte bezogen sich auf den Fürsten Alberto della Scala, der zum Zeitpunkt von Dantes Jenseitsfahrt Herrscher von Verona war und im Jahr darauf starb. Alberto hatte in der Tat einige Jahre zuvor unberechtigterweise seinen missratenen Sohn Giuseppe in San Zeno als Abt eingesetzt. Gherardo war während seiner Erzählung ununterbrochen weitergelaufen, sodass Dante seine letzten Worte nur noch schwach aus der Ferne wahrnahm. Möglich, dass der Abt noch mehr sagte, was Dante nicht mehr hörte. Aber das, was er gehört hatte, fand er so beachtenswert, dass er es sich merkte.

Der wilde Zug raste vorüber, und Vergil machte seinen Schützling noch auf die beiden Seelen aufmerksam, die ihn beschlossen. Sie riefen sich und ihren Genossen Fälle von bestrafter Trägheit ins Gedächtnis. Die eine Seele erinnerte daran, dass das Volk Israel nach seinem Auszug aus Ägypten und dem wundersamen Zug durchs Rote Meer vierzig Jahre in der Wüste zugebracht hatte, sodass erst die Nachkommen das Gelobte Land erreichten. Sie rief:

„Das Volk, vor dem sich das Meer zerteilte, starb, und erst seine Kinder sahen den Jordan!"

Und die andere Seele rief:

„Und jenes Volk, das die Beschwerden an der Seite des Äneas nicht mehr aushielt, lebte lieber ruhmlos weiter dahin!"

Damit spielte sie darauf an, dass, als die Trojaner unter Äneas' Führung auf ihrem Zug nach Italien auf Sizilien Station gemacht hatten, einige von ihnen dauerhaft auf dieser Insel geblieben waren, weil sie sich den Unwägbarkeiten der Reise nicht länger hatten aussetzen mögen. So waren sie an der ruhmreichen Eroberung Latiums nicht beteiligt gewesen.

Endlich war die ganze Schar aus Dantes Blickfeld verschwunden. Er gab sich nun ganz seinen Gedanken hin, die schweifend ineinander übergingen und sich schließlich verwirrten. Dann fielen ihm die Augen zu, und er schlief ein.

19. Kapitel

Dantes Traum von der Sirene – Der Engel des Eifers – Aufstieg zum fünften Ring – Läuterung vom Geiz im fünften Ring – Papst Hadrian der Fünfte

Gegen Morgen, etwa eine Stunde vor Sonnenaufgang, als die Mondkälte, vielleicht unter dem Einfluss des Saturn, den letzten Rest von Tageswärme aufgezehrt hatte – am östlichen Himmel war gerade das Sternbild des Wassermanns im Sinken begriffen, und die Fische stiegen empor, ein Bild ähnlich der magischen Figur, die die Zeichendeuter Fortuna Maior nennen –, zu dieser Stunde also hatte Dante einen Traum. Er träumte, er sähe ein blasses Weib auf sich zukommen, und dieses Weib stotterte und schielte und hatte verkrüppelte Gliedmaßen. Aber siehe da – wie er sie so anschaute, da verlor sie unter seinen Blicken zusehends ihre Mängel, so wie die nachtstarren Glieder eines Menschen sich morgens unter der Wärme der Sonne wieder lösen: Ihre Zunge wurde geläufig und ihr Wuchs gerade, und ihr Gesicht nahm eine so frische Farbe an, wie es geschieht, wenn Liebe im Spiel ist.

Kaum dass die Frau richtig sprechen konnte, fing sie auch schon zu singen an, und zwar so betörend, dass Dante große Willenskraft hätte aufbieten müssen, um sich von ihr abzuwenden.

„Ich bin", so sang sie, „die reizende Sirene, die die Schiffer im Meer mit ihrem Gesang bestrickt. Wie erregend ist es, mir zuzuhören! Auch Odysseus habe ich auf seiner Fahrt durch mein Singen angelockt. Kaum einer, der mit mir vertraut wird, will mich wieder lassen, denn der Genuss, den ich biete, ist vollkommen."

Sie hatte ihren Mund noch nicht wieder geschlossen, als, so träumte Dante weiter, in großer Eile eine zweite Frau an seiner Seite erschien, eine Himmlische, und zornig nach seinem Beschützer rief:

„Vergil! Vergil! Wer ist dieses Weib?"

Und sogleich erschien der Gerufene. Er ging auf die Sirene zu und zerriss ihr vorn am Körper das Kleid, sodass ihr nackter Bauch zum Vorschein kam. Dabei hielt er seine Augen die ganze Zeit auf die heilige Frau gerichtet. Von dem Bauch der Sirene aber ging ein solcher Gestank aus, dass Dante davon erwachte.

Er blickte sich um und sah Vergil an seiner Seite, und der gute Meister sagte:

„Ich habe dich schon mindestens dreimal gerufen! Nun steh aber auf und komm! Wir wollen die Stelle suchen, wo es weiter aufwärts geht!"

Da erhob sich Dante, und die beiden Dichter machten sich auf den Weg. Sie hatten die Sonne im Rücken, denn der neue Tag hatte inzwischen begonnen und erfüllte den Berg mit seinem Licht. Dante hatte seine Stirn gedankenschwer in Falten gelegt und ging in gebeugter Haltung hinter Vergil her.

Auf einmal hörte er eine Stimme. Sie klang überirdisch sanft und warm und sagte:

„Kommt, hier geht es hindurch!"

Es war der Engel an der Pforte zum nächsten Aufgang. Er hatte seine Flügel wie ein Schwan geöffnet und zeigte den beiden Wanderern damit einen Weg zwischen zwei Felswänden hinauf, den sie einzuschlagen hatten. Dann berührte er Dante und sang:

„Selig sind die Leidtragenden, denn ihre Seelen sollen getröstet werden!"

Als sie ein paar Schritte hinaufgestiegen waren, sagte Vergil zu seinem Schützling:

„Was hast du denn? Du schaust ja immerfort zu Boden!"

Dante antwortete:

„Ich muss die ganze Zeit an den Traum denken, den ich gerade hatte, und überlege, was er zu bedeuten hat."

„Der", sagte Vergil, „bereitet dich auf die drei obersten Ringe des Fegefeuers vor, die wir nun noch vor uns haben und wo die allzu große Begierde nach den vergänglichen irdischen Gütern gebüßt wird.

Du hast gesehen, wie schön die alte Hexe erscheint, wenn man sie mit Verlangen anblickt, aber auch, wie man sich von ihren Reizen lösen kann.

Damit genug davon. Nun beeil dich doch ein bisschen! Sieh doch nur hinauf, wie der Himmel lockt, wo sich unablässig die Sphären drehen, bewegt vom ewigen König!"

Da richtete sich Dante auf, wie ein Falke, der eben noch seinen Kopf auf seine Krallen gerichtet hatte, sich aber dann, angespornt durch den Ruf seines Herrn und die Begierde nach Beute, in die Lüfte erhebt. Kräftig stieg er nun weiter zwischen den Felsen empor, bis er mit Vergil auf dem fünften Ring des Fegefeuers angekommen war.

Die Menschen, die Dante hier sah, lagen bäuchlings auf der Erde. Dabei riefen sie mit tränenerstickten Stimmen, sodass man sie kaum verstehen konnte, ein Psalmwort: „Adhaesit pavimento anima mea", „meine Seele klebte am Staub!"

„Ihr Auserwählten Gottes", rief Vergil die Seelen an, „deren Leid gemildert wird durch das Wissen darum, dass Gottes Gerechtigkeit in ihm wirksam ist, und durch die Hoffnung auf das Heil! Sagt uns doch bitte, wie wir zur nächsten Aufstiegsstelle kommen!"

Daraufhin hörten sie von etwas weiter vorn eine Stimme antworten:

„Wenn ihr schnell zu der Stelle wollt und nicht wie wir zum Liegen verurteilt seid, so geht einfach hier weiter. Ihr müsst nur darauf achten, dass eure rechte Seite außen ist, dann lauft ihr in die richtige Richtung."

Da alle Seelen mit dem Gesicht nach unten auf dem Boden lagen, hatte Dante zwar nicht sehen können, wer das gesagt hatte, aber er hatte gehört, woher die Stimme kam, und so den Sprecher ausfindig gemacht. Er sah Vergil bittend an, und der gab ihm durch einen freundlichen Blick zu verstehen, dass er die Seele ansprechen dürfe. Da lief Dante zu ihr hin und redete wie folgt von oben auf sie hinab:

„Du Geist, der du Reuetränen weinst, die dich der Zuwendung Gottes näherbringen! Ich bitte dich, dein edles Streben kurz für mich zu unterbrechen, denn ich wüsste gern, wer du früher warst und warum ihr hier alle auf dem Bauch liegen müsst. Vielleicht willst du ja auch, dass ich etwas für deine Seele tue, denn ich bin noch unter den Lebenden und hier nur auf der Reise."

„Warum wir hier mit dem Rücken nach oben liegen", antwortete der Schatten, „sage ich dir gleich. Doch wisse zunächst" – und er verfiel in einen feierlichen Ton, wobei er sich der lateinischen Sprache bediente – „dass ich auf Erden auf dem Stuhle Petri saß!

Ich wurde in Ligurien geboren", erzählte er dann, wieder auf Italienisch. „Die Familie, aus der ich stamme, hat ihren Namen nach einem schönen Flüsschen, das dort zwischen den Küstenorten Sestri und Chiavari fließt.

Das Papstamt hatte ich nicht viel mehr als einen Monat lang inne. In dieser Zeit habe ich erlebt, wie schwer es auf dem lastet, der es rein von Schmutz halten will. Alle anderen Bürden sind im Vergleich damit federleicht."

Es war die Seele des Papstes Hadrian des Fünften. Hadrian stammte aus der genuesischen Familie der Fieschi, die sich nach ihren Ländereien im Tal des von ihm bezeichneten Flusses „Grafen von Lavagna" nannten. Er war ein Vierteljahrhundert vor Dantes Jenseitsfahrt zum Papst gewählt worden, jedoch bereits wenige Wochen nach seinem Amtsantritt gestorben.

„Ich habe erst sehr spät meine Sünden bereut", fuhr Hadrian fort. „Als ich Papst wurde, also so hoch oben angekommen war, wie es im irdischen Leben nur geht, und trotzdem im Herzen immer noch nicht zufrieden war, begriff ich erst, wie trügerisch das Glück ist, das man sich von den Gütern der Welt verspricht, und richtete endlich mein Begehren auf das ewige Leben. Bis dahin war ich eine unglückliche Seele, getrennt von Gott und von Geiz zerfressen, und diese Schuld muss ich nun hier abbüßen.

Denn in diesem Ring werden die Seelen von Geiz und Habsucht gereinigt. Du siehst, auf welche Art das geschieht. Es ist die schwerste Strafe, die auf diesem Berg verhängt wird. Ebenso wie wir im Leben unsere Augen nicht nach oben richteten, sondern nur auf die irdischen Dinge, so liegen wir hier mit dem Blick nach unten festgebannt, gerechterweise. Und wie die Habsucht die Liebe zu den wahren Schätzen und jeden Antrieb zu gutem Tun in uns lähmte, so sind wir auch hier bewegungsunfähig, an Händen und Füßen gebunden, ebenfalls gerechterweise, und werden so lange in dieser Lage bleiben, wie es Gott gefällt."

Während Hadrian so redete, hatte sich Dante auf die Knie niedergelassen und wollte nun in dieser Stellung etwas erwidern. Doch kaum hatte er zu sprechen begonnen, bemerkte Hadrian an der etwas veränderten Richtung, aus der die Stimme seines Gesprächspartners kam, was für eine ehrfurchtsvolle Haltung der inzwischen eingenommen hatte, und fragte ihn:

„Warum neigst du dich denn so zu mir herab?"

„Es ist mir unbehaglich, aufrecht vor Euch zu stehen", antwortete Dante, „denn das verträgt sich nicht mit Eurer Würde."

Da wies ihn Hadrian zurecht:

„Strecke deine Beine und steh auf, Bruder, denn du gehst in die Irre, wenn du vor mir niederkniest! Hier sind du und ich und alle anderen gleich, Knechte ein und derselben Macht. Denk an die Stelle im Evangelium, wo Christus den Sadduzäern sagt, dass man im jenseitigen Leben nicht mehr heiratet, dann verstehst du, was ich meine! Ich bin hier nicht mehr der Bräutigam der Kirche, der ich als Stellvertreter des Herrn war.

Und nun will ich, dass du weitergehst. Denn wenn du noch länger bleibst, hältst du mich von meiner Reue ab, und nur durch die komme ich dem Heil näher, wie du ja vorhin selbst angemerkt hast."

Aber ehe Hadrian gänzlich verstummte, ging er noch auf Dantes Anerbieten ein, sich nach seiner Rückkehr für seine Seele einzusetzen, und nannte ihm eine Familienangehörige, auf deren Fürbitte er hoffte.

„Mir ist", sagte er, „unter den Lebenden nur noch eine Verwandte verblieben, die gut geartet ist. Das ist meine Nichte Alagia. Man kann nur hoffen, dass sie der schlechte Einfluss unserer Familie nicht verdirbt!"

20. Kapitel

Beispiele von Armut und Freigebigkeit – Hugo Capet und seine Klage über sein Geschlecht – Beispiele bestrafter Habgier – Das Erdbeben

Dante hatte Hadrians Worte aufgesogen wie ein Schwamm das Wasser. Als sein Gegenüber das Gespräch so unvermittelt abbrach, kam es ihm daher vor, als würde so ein Schwamm plötzlich und vorzeitig, noch ehe er vollständig durchtränkt wäre, wieder aus dem Wasser herausgezogen. Aber dem Wunsch der Seele, ihre Läuterung wieder aufzunehmen, musste er vor seinem eigenen Bedürfnis nach Fortsetzung der Unterhaltung natürlich Vorrang einräumen, und so lief er wohl oder übel seinem Führer wieder hinterher, ohne durch das Gespräch völlig befriedigt worden zu sein.

Vergil bahnte sich unmittelbar neben dem Felsen seinen Weg, so wie man sich auf einer Mauer eng an den Zinnen hält. Denn weiter nach außen hin lagen auf der Terrasse dicht an dicht, bis zum Rand, die vielen Seelen, die dort mit ihren Reuetränen das weltverderbende Übel des Geizes und der Gier ausweinen.

‚Verflucht sei die alte Wölfin!', dachte Dante angesichts der zahlreichen Büßer. ‚Mehr Beute findet sie als alle anderen Tiere, und doch bleibt sie ewig hungrig! Wann wird der Himmel, der die Geschicke auf der Erde lenkt, endlich den Retter schicken, der diese Bestie besiegt?'

Die beiden kamen nur langsam und mit kleinen Schritten vorwärts. Die umherliegenden Seelen weinten und klagten mitleiderregend. Auf einmal hörte Dante eine von ihnen, mit einem Geschrei wie eine Frau in den Wehen, rufen:

„Holde Maria! Wie arm du warst! So sehr, dass du deinen göttlichen Sohn in einem Stall zur Welt bringen musstest!"

Und weiter pries die Stimme den römischen Konsul Fabricius, weil der die reichen Geschenke zurückgewiesen hatte, mit denen ihn der König Pyrrhus hatte günstig stimmen wollen. „Du aufrechter Fabricius", rief sie, „es war dir lieber, arm und tugendhaft zu bleiben, als durch Laster reich zu werden!"

Dante war sehr berührt von dem, was die Seele da rief, und ging in die Richtung, aus der die Stimme gekommen war. Während er schon auf dem Weg war, hörte er den Schatten noch den Bischof Nikolaus von Myra dafür rühmen, dass er drei armen Schwestern heimlich Geld hatte zukommen lassen, um sie vor Schande zu bewahren, weil sie sonst ihre Körper hätten verkaufen müssen.

„Du“, redete Dante die Seele an, „der du hier von so edlen Dingen redest! Ich würde gern wissen, wer du im Leben warst und warum gerade du als einziger von euch allen von solchen Beispielen der Armut und Tugend sprichst. Wenn du mir antwortest, werde ich mich auch dafür erkenntlich zeigen, sobald ich in das irdische Leben zurückgekehrt bin, das so flüchtig ist. Denn ich bin noch am Leben.“

„Ich will dir Auskunft geben“, erwiderte die Seele, „aber nicht wegen der irdischen Hilfe, die du mir in Aussicht stellst! Wenn ich dir antworte, dann nur deshalb, weil du so offensichtlich in Gottes Gnade stehst, da du als ein noch Lebender hierher reisen darfst.

Ich war Hugo Capet, der Stammvater der französischen Könige. Von mir stammen all die Philipps und Ludwigs ab, die seitdem Frankreich regieren, und so bin ich also die Wurzel schlimmen Übels, denn schwer lastet die Herrschaft meiner Nachkommen auf der Christenheit und bringt böse Frucht, bis hin zum jetzigen König Philipp dem Schönen. Mögen sich doch an dem die Städte Flanderns rächen, die er so heimtückisch an sich gebracht hat, Douai und Lille, Gent und Brügge – ich erflehe es vom Richter der Welt!

Als vor über drei Jahrhunderten das regierende Geschlecht der Karolinger ausstarb – der letzte von ihnen ging ins Kloster –, fielen mir, dem Sohn eines Pariser Metzgers, das Reich und die Macht zu, und ich gewann so viel Unterstützung, dass die Krone auch auf meinen Sohn überging und bei meinen Nachkommen verblieb. Die taugten zwar nicht viel, aber wenigstens taten sie zunächst nichts Schlimmes. Seit sie sich aber im letzten Jahrhundert mit List und Gewalt die Provence einverleibt haben, haben sie jede Scheu vor dem Bösen verloren. Denn ihre Buße für den Raub der Provence sah so aus, dass sie auch noch von England Ponthieu, die Normandie und die Gascogne erbeuteten, unter Karl von Anjou in Italien eindrangen und dort den

König Konradin ermordeten, und schließlich ließ ebendieser Karl sogar Thomas von Aquin vergiften, den großen Kirchenlehrer."

Es war wohl nicht alles, was Hugo Capet hier sagte, für bare Münze zu nehmen. Aber dass die französischen Könige geraubt und gemordet hatten, war gewiss, und nun prophezeite er auch noch einige Ereignisse, die tatsächlich in den Jahren nach Dantes Jenseitsfahrt eintreten sollten. Zuerst sagte er die Invasion Karls von Valois in Florenz, die Dantes Verbannung zur Folge haben sollte, sowie die unwürdige Verheiratung der Tochter Karls des Zweiten von Anjou, des Sohnes des eben von ihm erwähnten Karl des Ersten, voraus. Karl der Zweite war nach der Vertreibung seiner Familie aus Sizilien lange und schmählich auf See in Gefangenschaft gehalten worden.

„Nicht mehr lange", so verkündete Hugo, „dann wird noch ein anderer französischer Fürst namens Karl in Italien einfallen. Man wird ihn kennen und fürchten lernen, ihn und seine Leute! Ein Verräter gleich Judas, wird er Florenz mit seiner Tücke heimsuchen und der Stadt schweres Leid bereiten. Aber Land wird er nicht gewinnen, nur Sünde und Schande davontragen und den Zorn Gottes auf sein Haupt laden, was ihm umso sicherer die Verdammnis bringen wird, als er sie nicht fürchtet.

Dann wird ein Dritter dieses Namens, der, der damals so lange auf dem Schiff gefangen war, gar seine eigene Tochter zur Ehe verschachern und dabei um sie feilschen wie die Piraten um erbeutete Sklavinnen. Schlimmer kann sich Gier nicht äußern, als dass sie sich gegen das eigene Fleisch richtet. Dass das meine Nachkommenschaft betreffen muss!

Aber all diese Untaten", prophezeite Hugo Capet dann weiter, „werden verblassen angesichts der Verbrechen, die König Philipp noch begehen wird. Denn in naher Zukunft wird man in Anagni, unweit von Rom, in seinem Auftrag den Papst Bonifaz gefangennehmen. Es wird sein, als werde, unter der Ägide eines zweiten Pilatus, Christus selbst in seinem Stellvertreter zum zweiten Mal ergriffen, verhöhnt und mit Essig und Galle getränkt, nur dass damals zu Seiten des Heilands zwei Räuber gekreuzigt wurden, während diesmal die Verbrecher mit dem Leben davonkommen werden. Und um das

Maß voll zu machen, wird Philipp am Ende gar noch gewaltsam und gegen alles Recht den Orden der Tempelritter vernichten und seine Güter an sich reißen.

Wann, o Herr“, rief der Schatten aus, „werde ich die Genugtuung haben, von deiner Rache zu erfahren, über die du im Verborgenen Ratschluss hältst und mit der du deinen Zorn besänftigen wirst?

Du hast mich vorhin die Jungfrau Maria preisen hören“, fuhr er dann fort, „des Heiligen Geistes einzige Braut, und mich darauf angesprochen, dass ich hier ihre Armut rühme und die anderer großer Vorbilder. Du musst wissen, dass wir hier den ganzen Tag lang von solchen Beispielen der Armut und Großzügigkeit singen und beten. Wenn dann die Nacht hereinbricht, rufen wir uns Dinge in Erinnerung, die vom Gegenteiligen handeln, nämlich von bestrafter Habgier. Wir erinnern uns dann etwa an Pygmalion, den die Gier nach Gold dazu verleitete, seinen Schwager umzubringen, oder an den lächerlichen König Midas, der den Gott Bacchus darum anflehte, dass alles in seiner Hand zu Gold werden möge, und deshalb fast verhungert wäre, weil man Gold nicht essen kann. Wir denken daran, wie der Israelit Achan mit dem Tode bestraft wurde, weil er nach der Eroberung Jerichos durch Josua einen Teil der Beute gestohlen hatte. Wir rufen uns ins Gedächtnis, wie Saphira und ihren Mann Hananias aus der ersten Christengemeinde der Tod ereilte, als herauskam, dass sie einen Teil ihres Vermögens für sich behalten hatten, anstatt es vollständig der Gemeinschaft zu übergeben. Wir reden von Heliodor, der den Tempel zu Jerusalem seiner Schätze berauben wollte und dafür von einem himmlischen Reiter niedergestreckt wurde. Der ganze Berg hier hallt wider von der Schande des Königs Polymestor, der dem trojanischen Prinzen Polydoros während des Krieges um seine Vaterstadt Zuflucht gewährt hatte, ihn dann aber umbrachte und sich seiner Reichtümer bemächtigte. Und schließlich sprechen wir von dem Römer Crassus und seiner Gier nach Gold, die so groß war, dass der Partherkönig Orodes, nachdem er ihn besiegt und getötet hatte, zum Hohn flüssiges Gold in den Mund seines abgeschlagenen Hauptes füllen ließ. Ob es ihm wohl geschmeckt hat?

Von solcher Art also", schloss Hugo Capet, „sind die Dinge, von denen wir hier reden. Wir alle tun es, du hast dich also vorhin geirrt, als du meintest, ich wäre der einzige. Du hast lediglich die anderen Seelen nicht gehört, weil ich besonders kräftig gerufen habe. Denn manche von uns sprechen etwas lauter und andere leiser, je nachdem wie groß der Eifer ist, der sie antreibt."

Die beiden Dichter hatten Hugo Capet wieder verlassen. Wie sie sich so bemühten, zwischen den vielen Seelen, die ihnen im Weg lagen, weiter vorwärtszukommen, erschütterte mit einem Mal ein gewaltiges Beben den Berg. Es war, als ob irgendetwas einstürzte. Dante überkam ein eisiger Schauer, wie er etwa einen zum Tode Verurteilten packen mag, wenn er seiner Hinrichtung entgegengeht. Selbst die Insel Delos, dachte er, dürfte nicht so stark gebebt haben, als Neptun sie aus dem Meer auftauchen ließ, um der Latona, der Geliebten Jupiters, eine Zuflucht zur Geburt ihrer göttlichen Kinder Apoll und Diana zu bieten!

Kaum hatte der Berg zu beben begonnen, erhob sich auf all seinen Ringen ein lautes Rufen, so gewaltig, dass Vergil sich seinem Schützling mit den Worten zuwandte:

„Solange ich bei dir bin, musst du keine Angst haben!"

Soweit Dante die Seelen in seiner Nähe verstehen konnte, riefen sie: „Gloria in excelsis Deo!", „Ehre sei Gott in der Höhe!" – wie die Engel, als sie seinerzeit den Hirten die Geburt des Herrn verkündeten. Und wie damals die Hirten auf dem Felde, so fürchteten sich auch Vergil und Dante sehr. Starr und ängstlich verharrten sie auf der Stelle, bis das Beben nachließ und endlich verebbte.

Dann nahmen sie ihren Heilsweg wieder auf. Die Seelen am Boden hatten inzwischen schon wieder begonnen, mit ihren Wehklagen fortzufahren. Dante rätselte über die Ursache des Bebens, aber seinen Führer, der nun sehr auf rasches Weiterkommen bedacht war, wagte er nicht zu fragen, und von sich aus konnte er nichts erkennen, was ihm Aufschluss gegeben hätte. Er konnte sich später an keine Situation in seinem Leben erinnern, bei der ihm die Ungewissheit über die Ursache einer Begebenheit noch einmal derart zu schaffen gemacht hätte. Zögernd und grübelnd ging er weiter.

21. Kapitel

Der Dichter Statius schließt sich den Wanderern an

Groß war also Dantes Drang, über den Grund des Erdbebens Aufklärung zu erhalten. Denn der Durst nach Wahrheit quält den Menschen, solange er lebt, und stillen kann ihn letztlich nur der, der nach dem Zeugnis des Johannesevangeliums zu der samaritischen Frau, mit der er am Brunnen ins Gespräch gekommen war, gesagt hat: „Wer von dem Wasser trinken wird, das ich ihm gebe, den wird in Ewigkeit nicht dürsten."

So schnell es eben ging, folgte Dante seinem Führer auf dem Weg, ständig behindert durch die überall herumliegenden Seelen. Dante empfand Mitleid mit ihnen, auch wenn ihm klar war, dass sie eine gerechte Strafe abbüßten.

Und siehe da: Ebenso wie der auferstandene Christus, wie beim Evangelisten Lukas zu lesen ist, auf der Straße von Jerusalem nach Emmaus zwei Jüngern leibhaftig erschienen war, so folgte hier den beiden Wanderern plötzlich ein Schatten, der vorher nicht dagewesen war. Die Aufmerksamkeit der beiden war jedoch so sehr von dem Weg beansprucht, den sie sich zwischen den Seelen hindurch bahnen mussten, dass sie die Gegenwart des Fremden erst bemerkten, als er sie von hinten ansprach.

„Meine Brüder, der Friede Gottes sei mit euch!", hörten sie ihn sagen.

Überrascht drehten sie sich um. Als sie den Schatten sahen, erwiderte Vergil den Gruß zunächst mit einer Friedensgeste und antwortete dann:

„Möge dich der wahrhaftige Gerichtshof, der mich in die ewige Verbannung geschickt hat, in Frieden zur Versammlung der Seligen geleiten!"

Dann nahm er mit Dante eilig seinen Weg wieder auf. Aber der Fremde folgte ihnen, und im Weitergehen sagte er ungläubig:

„Wie? Aber das ist doch gar nicht möglich! Wie könnt ihr denn den Läuterungsberg besteigen, wenn nicht nach Gottes Willen und mit seiner Hilfe?"

„Achte doch mal auf die Buchstaben, die der hier an der Stirn trägt!“, erwiderte Vergil und wies auf Dante. „Die pflegt der Engel zu zeichnen! Daran siehst du, dass zumindest er ein Auserwählter ist. Aber weil die Parze seinen Lebensfaden noch nicht zu Ende gesponnen hat, konnte seine Seele nicht ohne Begleitung hier herauf kommen, denn sie ist zwar unsere Schwester, kann aber die Dinge hier noch nicht in der gleichen Weise wahrnehmen wie wir. Deshalb wurde ich aus dem weiten Höllentrichter geholt, um ihn zu führen und zu begleiten, und das tue ich nun und will es auch weiterhin tun, bis dorthin, wo ich es nicht mehr darf.

Aber auch ich habe eine Frage“, fuhr Vergil dann fort. „Kannst du uns nicht erklären, warum der Berg vorhin so stark erschüttert wurde und dann überall, bis hinunter zum Meeresstrand, so ein lauter Ruf erscholl?“

Mit dieser Frage traf Vergil, wie ein Schneider das Nadelöhr, den unausgesprochenen Wunsch seines Schützlings nun derart zielgenau, dass schon allein die Hoffnung auf die Antwort dessen brennenden Durst nach Aufklärung ein wenig linderte. Und der Fremde holte aus und begann:

„Alles, was auf diesem Berg geschieht, folgt dem hier herrschenden heiligen Gesetz und Brauch. Nichts kann diese Ordnung stören.

Es ist so, dass alle hier stattfindenden Ereignisse ihre Ursachen ausschließlich in den Satzungen haben, die auch für die Himmel gelten. So gibt es hier oben auch kein Witterungsgeschehen, das aus atmosphärischen Veränderungen folgen würde. Das Vorfegefeuer ist solchen Einwirkungen noch unterworfen, aber der Einfluss der Dämpfe, die derartige Veränderungen auslösen, reicht nur bis zur obersten der drei Stufen, wo der Pförtnerengel sitzt und das eigentliche Fegefeuer beginnt. Von dort an bis zur Bergesspitze gibt es, anders als sonst auf der Erde, weder Regen noch Hagel, weder Schnee noch Tau noch Raureif, keine Wolken, dunkle ebenso wenig wie helle, kein Wetterleuchten, keinen Regenbogen und keine Winde, und so gibt es eben auch keine Erdbeben, das heißt: keine, die auf die gleiche Weise entstehen wie anderswo auf der Erde. Dort bebt es ja immer dann, wenn sich Winde, die im Erdinneren eingeschlossen sind, mit Gewalt entladen. Mag sein, dass es aus einem solchen Grund auch unten im Vorfegefeuer dann und wann mehr oder weniger stark bebt, aber bis hier oben reicht ein solches Beben nicht. Warum das so ist, weiß ich nicht – schließlich sind ja der obere und der untere Teil des Berges miteinander verbunden –, aber jedenfalls ist es so.

Wenn hier oben der Berg bebt, dann geschieht es aus einem anderen Grund: nämlich immer dann, wenn eine Seele spürt, dass sie ihre Läuterung bestanden hat und reif ist für den Aufstieg zum Himmel, sodass sie sich von der Buße aufrichtet und ihren Weg nach oben nimmt. Dem Beben antworten die Zurückbleibenden dann mit einem Abschiedsgruß für die aufbrechende Seele, dem ‚Gloria in excelsis', das ihr vorhin gehört habt.

Dass eine Seele wirklich so weit ist, in die Gemeinschaft der Seligen zu wechseln, erweist sich nämlich allein durch den freien und freudigen Willen zum Aufstieg, den sie plötzlich und für sie selbst überraschend empfindet. Den Wunsch dazu fühlt sie zwar auch vorher schon, aber solange sie nicht rein ist, ist das Verlangen nach Erfüllung der göttlichen Gerechtigkeit stärker, so wie es zuvor, im Leben, der Trieb zur Sünde war, und so begehrt sie gleichsam wider Willen zunächst die eigene Buße.

Dass aber gerade eben der Berg bebte", schloss der Schatten, „geschah meinetwegen. Viel Zeit habe ich hier büßend zugebracht, schon allein in diesem Ring waren es zuletzt über fünfhundert Jahre, doch jetzt spürte ich auf einmal den Willen, in bessere Gefilde aufzusteigen. Daher also das Erdbeben, daher auch die Rufe der frommen Seelen überall auf dem Berg. Sie preisen den Herrn in der Hoffnung, dass er auch sie bald emporschicken möge."

Dante war sehr glücklich, dass er des Rätsels Lösung nun endlich erfahren hatte. Je größer der Durst gewesen ist, umso mehr genießt man ja das Trinken.

Jetzt ergriff Vergil wieder das Wort und sagte zu der Seele:

„Wir wissen nun, wie man hier aus den Verstrickungen der Sünde frei wird, was es mit dem Erdbeben auf sich hat und wie sich alle Seelen mitfreuen, wenn einer von euch die Freiheit erlangt. Nun sag uns doch aber auch noch, wer du eigentlich bist und warum du so viele Jahrhunderte auf diesem Berg zubringen musstest!“

Daraufhin stellte sich der Schatten den beiden mit folgenden Worten vor:

„Ich war ein Dichter, gehörte also dem Stand an, in dem man sich den größten und am längsten währenden Ruhm erringen kann. Als der spätere Kaiser Titus mit Gottes Hilfe die Stadt Jerusalem und ihren Tempel zerstörte – eine gerechte Strafe am hebräischen Volk für den Tod des von Judas ausgelieferten Heilands –, war ich bereits berühmt, aber noch kein Christ. Mein Gesang war so lieblich, dass die Römer mich, den Landfremden, in ihre Stadt riefen und zum Dichter krönten. Mein Name war Statius, er ist noch immer bekannt bei den Lebenden. Ich habe ein Epos über die Sagen um Theben geschrieben und ein zweites über den griechischen Helden Achill begonnen, bin aber während der Arbeit an diesem letzten Gedicht gestorben.“

Nun wussten die beiden, wen sie vor sich hatten. Der lateinische Dichter Statius genoss noch zu Dantes Zeit ein lebendiges Andenken als einer der würdigen Nachfolger des etwa hundert Jahre älteren Vergil. Da er zur Zeit der Kaiser Vespasian, Titus und Domitian gelebt hatte, also in der zweiten Hälfte des ersten christlichen Jahrhunderts, hatte seine Seele nun folglich insgesamt zwölf Jahrhunderte auf dem Läuterungsberg zugebracht.

„Mein dichterischer Funke aber“, fuhr er fort, „wurde wie der so vieler anderer Dichter entzündet und genährt durch meine Begeisterung für die göttliche ‚Äneis‘. Ohne das, was ich durch dieses Werk gelernt habe, hätte ich kaum etwas Nennenswertes zustande gebracht. Wenn ich das Glück hätte haben können, zur gleichen Zeit wie Vergil zu leben – ohne zu zögern hätte ich dafür ein zusätzliches Jahr im Fegefeuer in Kauf genommen.“

Vergil sah seinen Schützling bedeutungsvoll an. Dante war klar, was er ihm mit diesem Blick zu verstehen geben wollte: Er möge es bitte für sich behalten, dass der so Redende seinen Leitstern direkt vor sich hatte. Aber wenn die Gefühle zu stark sind, kann man manchmal auch beim besten Willen ein Lachen oder Weinen nicht unterdrücken, vor allem wenn man es nicht gewohnt ist, sich zu verstellen.

Und so konnte Dante es nicht verhindern, dass in seinen Augen ein Lächeln aufblitzte. Im Ausdruck der Augen zeigt sich die Gefühlsregung eines Menschen ja am offensten.

Statius stutzte und musterte Dantes Gesicht. Dann fragte er ihn:

„So wahr ich dir wünsche, dass dein mühsamer Pilgerweg zu einem guten Ende führt – warum hast du denn eben mit deinen Augen gelächelt?"

Jetzt war Dante in der Zwickmühle: Der eine hieß ihn schweigen, der andere bat ihn zu reden. Ratlos stieß er einen Seufzer aus. Da hatte Vergil ein Einsehen und sagte:

„Hab nur keine Angst! Da er es so dringend wünscht, so sag ihm meinetwegen, was er wissen will."

„Du wunderst dich über mein Lächeln, antiker Geist", wandte sich Dante daraufhin zu Statius, „aber du wirst dich noch viel mehr wundern, wenn du seinen Grund erfährst. Denn der da, der mich hier nach oben führt, ist niemand anders als Vergil, von dem du gerade gesagt hast, dass du von ihm gelernt hast, Menschen und Götter dichterisch zu besingen. Aus keinem anderen Grund habe ich gelächelt als deshalb, weil deine Worte, ohne dass du es wusstest, deinem Gegenüber galten."

Als Statius das hörte, fiel er auf die Knie und wollte Vergils Füße umfassen. Aber Vergil verwehrte es ihm mit den Worten:

„Lass das sein, Bruder! Wir sind doch beide nur Schatten."

Da ließ Statius von ihm ab und sagte:

„Da siehst du, wie sehr ich dich liebe! Ich habe in meinem Eifer gar nicht daran gedacht, dass wir keine Körper mehr haben, und wollte mit unseren Schatten tun, was doch nur lebendige Leiber können!"

22. Kapitel

Der Engel der Gerechtigkeit – Aufstieg zum sechsten Ring – Gespräche zwischen Vergil und Statius – Der Baum

Die drei Dichter hatten gemeinsam den fünften Ring verlassen und die Pforte passiert und stiegen nun zum sechsten Ring empor. Der Engel, der ihnen den Weg gewiesen hatte, hatte mit einem Flügelschlag ein weiteres P auf Dantes Stirn gelöscht und, wie schon die anderen Engel, dazu gesungen. „Selig sind, die da dürstet nach der Gerechtigkeit!", hatte er den Wanderern mit auf den Weg gegeben, auch dies ein Wort Jesu; es lautet in Gänze: „Selig sind, die da hungert und dürstet nach der Gerechtigkeit, denn sie sollen satt werden!"

Dante, dem der Aufstieg von Mal zu Mal leichter fiel, folgte den beiden schnellen körperlosen Geistern ohne Mühe nach oben. Während sie so emporstiegen, sagte Vergil zu Statius:

„Mir ist übrigens nicht neu, dass du mich so liebst. Als nämlich einige Zeit nach meinem Eintritt in den ersten Kreis der Hölle der Dichter Juvenal starb und zu uns kam, erzählte er mir schon von deiner Zuneigung zu mir. Nun entzündet ja starke Liebe, wenn sie an den Tag kommt, immer Gegenliebe, und so kann ich sagen, dass auch ich seitdem große Sympathie für dich hege, vermutlich mehr als sie jemals irgendjemand einer Person gegenüber empfunden hat, die er noch nie gesehen hat. In deiner Gesellschaft vergeht mir die Zeit wie im Flug!

Aber verzeih mir als Freund, wenn ich jetzt mit der Frage, die ich auf dem Herzen habe, zu weit gehen sollte. Ich fühle mich unserer wechselseitigen Zuneigung einfach so sicher, dass ich mir diese Frage zu stellen traue. Deshalb sag mir bitte: Du warst doch ein so weiser Mann, und das nur durch deine eigene Anstrengung – wie war es nur möglich, dass neben so viel Weisheit eine so niedrige Regung wie der Geiz in deiner Seele Platz hatte?"

Statius lächelte. Dann antwortete er:

„Jedes deiner Worte beweist mir deine Liebe. Trotzdem irrst du. Man schließt ja oft von irgendetwas auf eine falsche Ursache, weil die wahren Gründe der Erscheinung nicht ohne weiteres ersichtlich sind.

Du glaubst also, offenbar weil ich so lange im fünften Ring gebüßt habe, ich sei ein geiziger Mann gewesen. Das Gegenteil ist richtig, die Sünde des Geizes lag mir fern! Aber sie lag mir sogar ferner als gut ist. Nicht weil ich geizig oder habgierig gewesen wäre, habe ich mehr als fünf Jahrhunderte in diesem Ring zugebracht, sondern weil ich von meinem Besitz allzu großzügigen Gebrauch gemacht habe. Auch Verschwendungssucht führt zu falschem Umgang mit den irdischen Gütern. Irgendwann in meinem Leben las ich dann aber die Stelle in deiner ‚Äneis', wo du, voller Unwillen über die menschliche Natur, darüber klagst, dass der Appetit der Sterblichen nach Gold nie das rechte Maß findet. Hätte ich mir das nicht zu Herzen genommen, wäre ich jetzt im vierten Kreis der Hölle, wo die Geizigen und die Verschwender ewig ihre sinnlosen Lasten gegeneinander wälzen. So aber begriff ich, dass auch ein zu leichtfertiger Umgang mit dem Reichtum verderblich sein kann, und ich bereute meine allzu große Nachlässigkeit, ebenso wie auch meine anderen Sünden, und konnte gerettet werden. Wie gut also, dass ich dein Werk gelesen habe! Wie viele verschleudern ihre Güter nur deshalb so sorglos, weil ihnen gar nicht klar ist, dass es sich dabei um eine Sünde handelt! So können sie diese Neigung nicht bereuen, weder im Leben noch im Augenblick ihres Todes, landen aus purem Nichtwissen in der Verdammnis und werden sich bei der Auferstehung die Haare ausreißen.

Im fünften Ring werden also nicht nur Geiz und Habsucht gebüßt, sondern auch die Verfehlung, die ihr genaues Gegenteil ist. Ich bin unter lauter Geizigen und Gierigen von meiner Verschwendungssucht geläutert worden."

Vergil wollte aber noch etwas anderes von Statius wissen.

„Wenn man deine ‚Thebais' betrachtet", sagte er, „in der du den Schmerz der Königin Iokaste über den Tod ihrer verfeindeten Söhne und so vieles andere besingst und die du offenbar in so vertrautem Einvernehmen mit der Muse Klio geschrieben hast, dann kann man sich nicht recht vorstellen, dass du damals schon dem wahren Glauben angehangen hast. Aber ohne den kann nun einmal auch der, der viel Gutes getan hat, nicht selig werden, und du bist ja errettet worden. Also musst du, wenn ich das richtig sehe, später die Wahrheit erkannt haben. Wer oder was war es denn dann, das dir den Weg zum Christentum gewiesen hat?“

„Gott und du, ihr habt mich erleuchtet!“, erwiderte Statius. „Nicht nur Dichter bin ich durch dich geworden, sondern auch Christ. Freilich hattest du selbst keinen Nutzen davon; du warst wie ein Pfadfinder, der in der Dunkelheit den Weg sucht und dabei hinter sich eine Laterne hält, damit die, die ihm nachfolgen, nicht straucheln.

Ich will dir das erläutern. Es gibt da diese Stelle in deinen Hirtengesängen, wo du prophezeist, dass die Welt sich erneuern und der ursprüngliche Zustand einer paradiesischen Gerechtigkeit wiederhergestellt werden solle, und ein Himmelsspross werde aus den Höhen auf die Erde hinabsteigen. Als nun die Apostel des Herrn den wahren Glauben überall verbreiteten und das ganze Reich schon mit der neuen Lehre schwanger ging, fiel mir auf, wie gut diese Lehre mit deiner Prophezeiung übereinstimmte. So besuchte ich immer häufiger die Gottesdienste der Christen und wurde allmählich zum Anhänger ihres Glaubens, zumal ihr untadeliger Lebenswandel, der von der Verdorbenheit der anderen so deutlich abstach, mich beeindruckte. So kam es, dass ich noch während der Arbeit an meiner ‚Thebais‘ die Taufe empfing.

Damals herrschte jedoch der Kaiser Domitian, unter dem es so furchtbare Christenverfolgungen gab, und deshalb wagte ich es aus Angst lange Zeit nicht, offen zu meinem Glauben zu stehen. Ich weinte zwar mit meinen leidenden Glaubensbrüdern und stand ihnen allezeit mit meiner Hilfe bei, tat aber nach außen hin noch lange so, als ob ich nach wie vor ein Heide wäre. Für diese Feigheit habe ich auf diesem Berg, bevor ich in den fünften Ring kam, über vierhundert Jahre lang im vierten Ring gebüßt, wo die Trägen, allzu Lauen geläutert werden.

Nun aber, Freund, der du mir den Weg zum wahren Glauben geöffnet hast“, sagte Statius dann, „möchte ich meinerseits dich etwas fragen. Kannst du mir vielleicht sagen, was aus unsern anderen großen Dichtern geworden ist, die wie du den Heiland nicht kannten? Weißt du beispielsweise, wo unser alter Terenz jetzt ist oder was mit Cäcilius, Plautus und Varius nach ihrem Tod geschehen ist? Mussten sie alle in die Verdammnis, und wenn ja, in welchem Höllenkreis sind sie? Wir haben ja den größeren Teil unseres Wegs zum nächsten Ring noch vor uns, da kannst du vielleicht, während wir weiter aufsteigen, meine Neugier stillen."

„Das kann ich durchaus", antwortete Vergil. „Wo seit meinem Tod meine Wohnstatt ist, im ersten Kreis der Hölle, befinden sich alle, nach denen du fragst, und noch andere, zum Beispiel Persius. Auch große griechische Dichter sind meine Schicksalsgenossen. So ist Homer einer von uns, der Dichterfürst, den die Musen reicher beschenkten als uns alle anderen. Euripides, Antiphon, Simonides, Agathon und manche anderen sind im ersten Kreis. Oft unterhalten wir uns miteinander über die Dichtkunst, die uns verbindet, und über den Parnass, wo sie entsprang und wo die Musen zu Hause sind. Im ersten Höllenkreis sind aber auch verschiedene Frauen, über die du in deinen Werken geschrieben hast, zum Beispiel Antigone, Deiphile, Argia, die traurige Ismene, die Prinzessin Hypsipyle – die den sieben Königen, die gegen Theben zogen, die Quelle Langia bei Nemea gezeigt hat –, die Tochter des Sehers Tiresias, Achills Mutter Thetis und dessen Geliebte Deidamia mit ihren Schwestern."

Nach diesem Gespräch stiegen die Dichter schweigend weiter zwischen den Felswänden empor und erreichten endlich den sechsten Ring. Auf der Terrasse blieben sie stehen und sahen sich um. Es war die fünfte Stunde nach Tagesanbruch, die Sonne stieg noch.

„Wir sollten uns nun wohl so wenden, dass der äußere Rand rechts von uns ist", meinte Vergil, „und den Berg in der damit vorgegebenen Richtung umrunden, so wie wir es auch schon auf den vorigen Ringterrassen gemacht haben."

So geschah es, und nicht nur die Gewohnheit bestärkte Vergil und Dante in der Zuversicht, den richtigen Weg einzuschlagen, sondern auch die Zustimmung des Statius, der es als eine nunmehr geläuterte Seele wissen musste. Vergil und Statius gingen voran, und Dante folgte ihnen und lauschte der Unterhaltung der beiden Männer, denen er die Anregung zum Dichten verdankte.

Mit einem Mal sahen sie mitten auf dem Weg einen Baum. Er trug liebliche und wohlriechende Früchte. Aber anders als sonst bei Bäumen verjüngten sich seine Zweige nicht von unten nach oben, sondern in umgekehrter Richtung, sodass sie zur Spitze hin immer ausladender wurden. Dante vermutete, damit sollte verhindert werden, dass irgendjemand hinaufstiege. Von der Seite, wo der aufragende Fels den Weg begrenzte, rieselte klares Wasser herab und benetzte den Baum von oben. Als Vergil und Statius sich näherten, hörten sie eine Stimme, die aus dem Laub heraus rief:

„Von dieser Speise werdet ihr nicht kosten!"

Und dann nannte die gleiche Stimme fünf Beispiele vorbildlicher Mäßigkeit beim Essen und Trinken. Sie sagte:

„Als Maria, die jetzt im Himmel für euch Fürbitte hält, zu Kana ihren Sohn dazu veranlasste, für Wein zu sorgen, dachte sie nicht an sich selbst, sondern nur daran, die Hochzeitsgäste zu ehren und es ihnen an nichts fehlen zu lassen!

Die Frauen im alten Rom pflegten den Weingenuss zu verschmähen und gaben sich mit Wasser zufrieden!

Der Prophet Daniel wies üppige Kost zurück und wurde bei einfacher Nahrung weise!

In alter Zeit, im goldenen Zeitalter, machten Hunger und Durst für die Menschen Eicheln und Wasser zu Kostbarkeiten!

Johannes der Täufer ernährte sich in der Wüste ausschließlich von Honig und Heuschrecken, was ihm Ruhm einbrachte und ihn so groß machte, wie es euch das Evangelium überliefert!"

23. Kapitel

Läuterung von der Völlerei im sechsten Ring – Forese Donati

Angestrengt wie ein Vogelfänger, der seine Zeit mit dem Ausspähen von Beute vertut, musterte Dante das Laub des Baumes, um ausfindig zu machen, woher die Stimme kam. Aber Vergil, der väterliche Freund, ermahnte ihn:

„Komm, mein Sohn! Die Zeit, die wir haben, ist begrenzt! Wir müssen sie sinnvoller nutzen."

Da wandte sich Dante rasch von dem Baum ab und lief schnell den beiden Weisen hinterher. Die Freude, ihren Gesprächen lauschen zu können, ließ ihn die Anstrengung des Wegs vergessen.

Plötzlich vernahm er Gesang, gemischt mit Weinen. Es war ebenso beglückend wie bestürzend zu hören. Was er aber hörte, waren Psalmverse: „Domine, labia mea aperies! Herr, tue meine Lippen auf, dass mein Mund deinen Ruhm verkündige!"

„Lieber Vater", fragte er seinen Führer, „was sind denn das für Stimmen, die ich da höre?"

„Das werden wohl Schatten sein", erwiderte Vergil, „die hier ihren Weg gehen und dabei ihre Schuld büßen!"

Und Dante bemerkte eine Schar von Seelen, die hinter ihnen des Wegs kamen. Im Näherkommen verstummten sie, erreichten die drei Dichter und überholten sie. Dabei musterten sie die Unbekannten verwundert und in demütiger Haltung, wie Pilger, die auf ihrem Weg fremde Menschen treffen und sie gedankenversunken betrachten, ohne stehenzubleiben. Die Seelen waren entsetzlich mager, sie schienen nur aus Haut und Knochen zu bestehen. Ihre Wangen waren eingefallen, ihre Augen dunkel und hohl, und ihre tiefen Augenringe sahen aus wie die Einfassungen von Edelsteinen. Dante kam der damals verbreitete Glaube in den Sinn, Gott habe dem menschlichen Gesicht die Buchstaben OMO für homo, Mensch, eingeschrieben: In den Augen sah man die beiden O, das M, in seiner gotischen Form, fand man durch die Augenbrauen und die Nase gebildet. Hätte nun ein Anhänger dieses Glaubens, so sinnierte er, diese Seelen sehen können, so wäre ihm in ihren Gesichtern das M als besonders hervorstechend erschienen. Selbst der thessalische König Erysichthon, der von der Göttin Ceres mit unstillbarem Hunger geschlagen worden war, konnte zu seiner schlimmsten Zeit nicht derart ausgemergelt gewesen sein, dachte Dante. So wie diese Seelen hier mussten die Leute in Jerusalem zur Zeit der Belagerung durch Titus ausgesehen haben, als die Stadt von der Versorgung abgeschnitten war und der Hunger eine Jüdin namens Mirjam so weit trieb, dass sie ihren kleinen Sohn tötete, um sein Fleisch essen zu können!

Es war unerklärlich, dass die Seelen so abgemagert erschienen und ihre Haut derart vertrocknet war. Schließlich brauchten die Abgeschiedenen doch weder Essen noch Trinken!

Wie Dante noch rätselte, was diese Schatten so aussehen ließ, heftete einer von ihnen seine tiefliegenden Augen auf ihn, sah ihn eine Weile forschend an und rief dann plötzlich laut:

„Wie komme ich denn zu dieser Gnade?“

Nie hätte Dante seinen alten Freund und Landsmann Forese Donati, mit dem ihn in der Jugend ein lockerer Lebenswandel verbunden hatte, am Gesicht erkannt, so entstellt wie es war. Doch als er die Stimme hörte, wusste er sofort, wen er vor sich hatte, und langsam konnte er dann auch hinter den Deformierungen die vertrauten Züge seines Jugendfreundes – übrigens eines Verwandten von Dantes Frau Gemma, die ebenfalls dem Geschlecht der Donati entstammte – wieder ausmachen.

„Was machst du denn hier?“, rief Forese aus. „Sieh bitte nicht auf meine trockene und schuppige Haut und nicht auf meine magere Gestalt und sag mir ehrlich, was dich hierher führt und wer deine beiden Begleiter da sind! Aber du bist ja selbst so fassungslos über unsere Begegnung, dass es dir regelrecht die Sprache verschlagen hat!“

„Ich bin entsetzt, dich in solcher Verfassung zu sehen“, erwiderte Dante. „Es schmerzt mich nicht weniger, als es seinerzeit dein Tod tat. Deshalb kläre mich um Gottes willen bitte zuerst darüber auf, warum ihr hier so schrecklich verunstaltet seid! Ich bin nicht imstande, von irgendetwas anderem zu reden, bevor du mir diesen Wunsch erfüllt hast.“

Da erklärte ihm Forese:

„Hier in diesem Ring büßen die Seelen für die Sünde der Völlerei. Dafür, dass sie sich im Leben allzu sehr den Gaumenfreuden hingegeben haben, werden sie hier durch Hunger und Durst geläutert. Das geschieht so: Durch Gottes ewigen Willen ist in dem Baum da hinten und in dem Wasser, das ihn befeuchtet, eine überirdische Kraft am Werk. Sie bewirkt, dass der Duft, den die Früchte und das Wasser verströmen, in uns das Verlangen nach Essen und Trinken erzeugt, und das lässt uns so abmagern. Da es auf diesem Ring mehrere derartige Bäume gibt, empfinden wir die Qual bei jedem Rundgang mehrmals. Aber was heißt Qual! Lieber sollte ich ‚Lust' sagen, denn was uns zu den Bäumen treibt, ist der gleiche Drang nach Erfüllung des göttlichen Willens, der Christus dazu brachte, uns mit dem Ruf ‚Eli!' freudig durch sein Blut zu erlösen."

„Forese", sagte Dante, „es ist noch keine fünf Jahre her, dass du vom irdischen Leben in die bessere Welt hinübergegangen bist, und deine Sünden hast du ja wohl erst in deiner allerletzten Stunde bereut. Wie kommt es denn dann, dass du bereits hier oben bist? Ich hätte eher erwartet, dir im Vorfegefeuer zu begegnen, wo die ohne Reue verbrachte Lebenszeit durch Warten abgegolten wird!"

„Das verdanke ich meiner lieben Nella", antwortete Forese. „Meine zärtliche Witwe hat derart heftig für mich geweint und gebetet, dass mir das Vorfegefeuer und die unteren Ringe erlassen wurden und ich schon nach so kurzer Zeit bei den bitteren und doch hoffnungssüßen Qualen angekommen bin, die man hier oben erleidet. Nellas Fürbitte bei Gott war umso wertvoller, als sie mit ihrer Tugendhaftigkeit in unserer Stadt ja ziemlich allein steht. Gegen die sittenlosen Frauen von Florenz sind ja sogar die im wilden Sardinien die reinsten Tugendbolde!

Ach mein lieber Bruder, was soll ich dir sagen! Ich sehe es kommen, dass man schon in naher Zukunft den Florentinerinnen von der Kanzel herab wird verbieten müssen, ihre Brüste öffentlich zur Schau zu stellen. War es je nötig, die Weiber der Barbaren und Heiden mit geistlicher oder weltlicher Autorität zum Bedecken ihrer Blöße zu zwingen? Aber wenn diese schamlosen Geschöpfe wüssten, was der Himmel für sie vorgesehen hat, würden sie jetzt schon zu heulen anfangen. Denn wenn mich meine Vorausschau nicht trügt, wird bald schweres Leid über sie kommen, noch ehe den Knaben, die jetzt in der Wiege liegen, der erste Flaum gewachsen ist.

Aber nun, Bruder", bat Forese dann, „erzähl mir endlich, was dich hierherführt! Du siehst doch, wie gebannt wir alle auf deinen Schatten starren, der uns verrät, dass du noch lebst!"

„Erinnere dich mal", antwortete Dante, „was wir so alles getrieben haben, als wir noch unsere Zeit zusammen verbrachten! Es ist beschämend, wie liederlich wir waren. Aus diesem Lebensstil hat der da, der dort vor mir geht, mich vor wenigen Tagen herausgeholt, in der Nacht des letzten Vollmonds. Es ist der Dichter Vergil. Er hat mich zunächst durch das Reich der toten Seelen geführt, mit diesem lebendigen Leib bin ich ihm gefolgt. Dann hat er mich hierhergeleitet, wo ihr von euren Seelenschäden geheilt werdet, und gemeinsam sind wir diesen Berg emporgestiegen und haben ihn umrundet. Wie er sagt, wird er mir so lange das Geleit geben, bis ich bei Beatrice bin, dann muss ich ohne ihn weiterkommen.

Der andere ist der, dessentwegen vorhin der ganze Berg gebebt hat. Er hat nämlich gerade seine Läuterungszeit hinter sich und steigt nun zum Himmel hinauf."

24. Kapitel

Bonagiunta aus Lucca – Der „dolce stil nouvo" – Fortsetzung des Gesprächs mit Forese Donati – Der zweite Baum – Der Engel des rechten Maßes

Unter derart angeregtem Gespräch waren Dante und Forese gut vorwärtsgekommen, wie ein von günstigen Winden angetriebenes Schiff. Die Seelen, an denen sie vorbeikamen, blickten dem Fremden voller Erstaunen nach, wenn sie ihn als Lebenden erkannten. Mit ihren tiefen Augenhöhlen sahen sie doppelt wie Tote aus.

Dante fügte noch eine weitere Bemerkung über Statius hinzu:

„Wenn er allein wäre, würde er sich mit dem Aufstieg vermutlich nicht so viel Zeit lassen, aber er genießt offenbar das Zusammensein mit Vergil.

Weißt du eigentlich", fuhr er dann fort, „wo deine Schwester Piccarda ist? Und was mich auch noch interessieren würde: Gibt es unter den Seelen auf diesem Ring, die mich hier so anstarren, vielleicht irgendwelche besonders bemerkenswerten Menschen, und kannst du mir nicht den einen oder anderen von ihnen zeigen?"

„Meine schöne, gute Schwester!", seufzte Forese. „Ich könnte gar nicht sagen, welche dieser beiden Eigenschaften mehr hervorstach, ihre Schönheit oder ihre Güte. Jedenfalls ist sie bereits im Himmel und freut sich an ihrer Seligkeit.

Ja", sagte er dann, „ich kann dir gern ein paar von uns zeigen. Hier bei den Schlemmern ist es ausdrücklich erlaubt, die Schicksalsgenossen mit Namen zu nennen. Es ginge auch gar nicht anders, denn am Gesicht würdest du niemanden mehr erkennen, so entstellt wie wir alle durch das Fasten sind.

Der dort", und er zeigte mit dem Finger auf eine Seele, „ist Bonagiunta, der Dichter aus Lucca. Der da hinter ihm, dessen Gesicht so besonders eingefallen aussieht, ist Papst Martin der Vierte, der vor seiner Zeit als Oberhaupt der Kirche Domherr in Tours war. Der liebte auch gar zu sehr das gute Essen und Trinken! Am besten schmeckten ihm die Aale aus dem Bolsener See, in Vernaccia-Wein zubereitet. Von diesen Leckereien reinigt er sich hier durch Fasten."

Noch verschiedene andere Seelen, die hier von der Sünde der Völlerei geläutert wurden, zeigte Forese seinem alten Freund. Dante hatte nicht den Eindruck, dass das den so Vorgeführten unangenehm gewesen wäre, im Gegenteil schienen sie alle recht zufrieden damit, dem Fremden vorgestellt zu werden. Da war zum Beispiel Ubaldino von Pila aus der Familie Ubaldini, dessen Sohn Ruggieri jener Erzbischof von Pisa war, der den Hungertod des Grafen Ugolino della Gherardesca und seiner Söhne auf dem Gewissen hatte und dafür im tiefsten Kreis der Hölle büßte, wo ihm Dante begegnet war. Ubaldino bewegte unentwegt vergeblich seine Kiefer wie zum Kauen, ebenso Bonifazio Fieschi aus Genua, der auch noch als Erzbischof von Ravenna seinem Hang zur Schlemmerei ohne Hemmungen gefrönt hatte. Forese wies Dante auch auf Marchese degli Argogliosi aus Forlì hin, den Statthalter von Faenza. Der war als unmäßiger Trinker bekannt gewesen.

Aber wie es so ist: Man schaut sich um, und dann interessiert einen dies mehr und jenes weniger, und so blieben Dantes Augen am Ende auf der Seele haften, die ihm der Freund als erste gezeigt hatte, Bonagiunta Orbicciani, dem Dichter und Minnesänger aus Lucca. Als Fachgenosse konnte Dante annehmen, dass der Luccheser Kenntnis von ihm hatte, zumindest eher als seine Leidensgefährten.

Bonagiunta murmelte aus seinem von Hunger und Durst gequälten Mund undeutlich irgendetwas vor sich hin. Dante meinte den Namen „Gentucca" zu vernehmen, war sich aber nicht ganz sicher.

„Was sagst du da?", fragte er deshalb. „Wie es scheint, willst du mir etwas mitteilen. Bitte versuch doch so zu sprechen, dass ich dich verstehe, damit wir beide etwas davon haben!"

Bonagiunta erwiderte mit einer dunklen Prophezeiung.

„Es gibt da eine Frau", sagte er. „Jetzt, wo wir miteinander reden, ist sie noch ein unverheiratetes Mädchen. Aber eines Tages wirst du ihretwegen meine Heimatstadt Lucca liebgewinnen, die doch einen so schlechten Ruf hat. Gib dich mit dieser Aussicht vorerst zufrieden! Wenn du meine Andeutungen nicht ganz richtig verstanden hast, so wird dir ja die Zukunft zeigen, was ich meine."

Dann wechselte er das Thema und sagte:

„Aber sprechen wir doch von der Dichtkunst! Du bist doch der, der auf eine ganz neue Weise zu dichten begonnen hat!" Und er fing an, eine Kanzone seines Gegenübers zu zitieren: „Donne ch'avete intelletto d'amore", „Ihr Frauen, die ihr von der Liebe wisset – ".

Dante bestätigte das, indem er in Worte fasste, was sein Dichten ausmachte, das sich von dem seiner Vorgänger so deutlich unterschied, von der alten sizilianischen Dichterschule, deren Haupt der Notar Giacomo da Lentini gewesen und von der auch Bonagiunta selbst geprägt worden war, ebenso wie von der schulmäßigen Minnelyrik eines Guittone von Arezzo.

„Bei mir ist es so", sagte er, „dass ich schreibe, wenn die Liebe mich inspiriert. Ich mache mich dann daran, genau das, was sie mir eingibt, mit Worten auszudrücken."

„Ach Bruder!", sagte daraufhin Bonagiunta. „Dann begreife ich natürlich, warum der Notar, Guittone und ich nicht zu diesem lieblichen neuen Stil gefunden haben! Ihr Neuen schreibt eben immer aus wahrer Empfindung heraus, ihr folgt einfach dem, was die Liebe euch diktiert. Das haben wir nun freilich nicht getan, und darin und in nichts anderem besteht der Unterschied zwischen neuer Dichtung und herkömmlichem Reimen."

Es ist diese Stelle in Dantes Bericht, durch die sich für den neuartigen lyrischen Stil Dantes und seiner künstlerischen Weggenossen der Begriff „dolce stil nuovo", „lieblicher neuer Stil", als feste Bezeichnung einbürgern sollte.

Bonagiunta schwieg, und man konnte den Eindruck haben, als wäre er froh, zu der so geäußerten Erkenntnis gekommen zu sein. Er wandte sich von seinem Besucher ab und zog wieder seines Wegs, und das gleiche taten auch die anderen Seelen in Dantes Nähe, die dem Gespräch zugehört hatten. Voller Eifer in ihrem Läuterungswillen und behende in ihrer Magerkeit nahmen sie mit beschleunigtem Schritt ihren Gang wieder auf. Es sah aus, wie wenn Kraniche, die zum Überwintern an den Nil ziehen, ihre übliche Schwarmformation aufgeben und plötzlich eine Reihe bilden, um in schnellerem Flug einzeln hintereinander durch die Luft zu gleiten.

Forese Donati dagegen, erschöpft vom schnellen Gehen, hatte seinen Schritt etwas verlangsamt und war ein wenig hinter Dante zurückgefallen. Keuchend und nach Luft ringend ließ er seine Gefährten an sich vorbeiziehen. Dann nahm er von hinten das Gespräch mit seinem alten Freund wieder auf und fragte:

„Wann werde ich dich wohl wiedersehen?"

„Ich weiß natürlich nicht, wie lange ich noch lebe", antwortete Dante, „aber wenn es nach mir ginge, wäre ich lieber heute als morgen schon wieder hier. Denn unsere Heimatstadt wird immer verdorbener, und ihr trauriger Verfall ist offenbar unaufhaltsam."

„Beruhige dich!", sagte Forese. „Der Hauptschuldige am Niedergang von Florenz wird nicht ungestraft bleiben. Am Schwanz eines Tieres wird er zur Hölle geschleift werden. Ich sehe das Tier schon vor mir, wie es immer schneller läuft, bis der Elende seine Seele aushaucht und sein jämmerlich zugerichteter toter Körper liegenbleibt. Leider reicht meine Zeit nicht, um dir das genauer zu erzählen, aber in wenigen Jahren wirst du wissen, wovon ich rede."

Was Forese hier prophezeite, war der Tod seines eigenen Bruders, Corso Donati. Corso war der Anführer der schwarzen Partei in Florenz. Er sollte in den Jahren nach Dantes Jenseitsreise die Macht in der Stadt an sich reißen und durch seine Grausamkeit und Willkür

Furcht und Schrecken verbreiten. Aber schließlich würden ihn seine Gegner umbringen, wobei er, getroffen von der Lanze seines Mörders, vom Pferd fallen und noch ein Stück weit mitgeschleift werden sollte.

„Aber jetzt muss ich weiter“, sagte Forese dann. „Die Zeit hier im Fegefeuer ist kostbar, und wenn ich noch länger so gemächlich mit dir weiterschlendere, vertrödele ich mich allzu sehr.“

Und kaum hatte er das gesagt, machte er sich mit einem Ruck auf und suchte in schnellem Lauf das Weite, wie ein Reiter, der plötzlich in vollem Galopp aus seinem Trupp heraussprengt, um sich die Ehre zu sichern, sich als erster dem Feind entgegengeworfen zu haben.

Dante setzte seinen Weg mit den beiden großen Meistern fort, wobei er Forese sinnend hinterherschaute. Da sah er auf einmal wieder einen Baum auf dem Weg vor sich stehen. Er war so in Gedanken vertieft gewesen, dass er ihn erst wahrnahm, als er ihm schon ziemlich nahe war. Der Baum war groß und, ebenso wie der vorige, schwer beladen mit Früchten. Unter ihm standen Büßerseelen, die ihre Hände laut klagend nach den Zweigen ausstreckten. Es war, wie wenn Kinder einen verlockenden Gegenstand von einem Erwachsenen erbetteln wollen, der aber gar nicht auf ihr Gequengel eingeht und den Gegenstand nur wortlos vor ihnen in die Höhe hält. Als die Seelen endlich begriffen hatten, dass sie sich vergeblich nach den Früchten reckten, gingen sie traurig weiter.

Dante und seine beiden Begleiter traten näher. Da hörten sie aus den Zweigen eine Stimme rufen:

„Geht weiter und kommt diesem Baum nicht zu nahe! Er ist ein Spross des Baumes, von dem Eva die Frucht pflückte und der auf dem Gipfel dieses Berges steht!“

Die drei Dichter wichen erschrocken zurück und wandten sich, dicht aneinandergedrängt, zur inneren Seite der Ringterrasse, um entlang der Felswand weiterzugehen, wobei sie um den Baum einen möglichst großen Bogen machten. Im Weitergehen hörten sie noch, wie die Stimme aus dem Laub ihnen mahnend zwei Beispiele bestrafter Trunksucht hinterherrief:

„Erinnert euch an die Zentauren, die verfluchten wolkengeborenen Zwittergeschöpfe, die betrunken im Kampf gegen Theseus unterlagen! Und denkt daran, wie der Richter Gideon einige Juden vom ruhmreichen Kampf gegen die Midianiter ausschloss, weil sie unmännlich ihrem Durst nachgegeben hatten!“

Schweigend gingen sie weiter. Sie hatten nun den Baum im Rücken und wurden auch nicht mehr von büßenden Seelen behindert, sodass sie auf dem Weg wieder alle drei ausreichend Platz hatten. Eine ganze Weile waren sie schon so gegangen, jeder seinen Gedanken nachhängend, als sie mit einem Mal wieder eine Stimme hörten, die sie mit folgenden Worten anrief:

„Was zieht ihr drei so einsam und sinnend des Wegs?“

Dante zuckte zusammen, wie ein plötzlich aus der Trägheit aufgeschrecktes Tier. Er blickte in die Richtung, aus der die Stimme gekommen war, und sah eine Gestalt vor sich, die leuchtete stärker als Glas oder Metall, das im Schmelzofen glüht. Das Wesen fuhr fort zu sprechen:

„Wenn ihr hinauf zum Ort des Friedens wollt, müsst ihr hier aufsteigen!“

Dante war so geblendet, dass er sich abgewandt hatte, zu seinen Lehrern hin, und den Weg nur nach dem Gehör suchte. Da fühlte er einen sanften Windzug auf der Stirn, wie Maienluft am Morgen, die nach Gras und Blüten duftet, und spürte einen zarten Hauch von Ambrosia und den Flügelschlag des Engels, der den sechsten Buchstaben von ihm nahm.

Und der Engel ergänzte und wandelte in seiner Weise das Wort Jesu, mit dem der Wächter am vorigen Übergang den nach der Gerechtigkeit Dürstenden die Seligkeit verheißen hatte, und sagte:

„Selig sind, die Gottes Gnade so erleuchtet, dass die Genussliebe sie nicht zu sehr beherrscht und sie stets hungern nach rechtem Maß!“

25. Kapitel

Aufstieg zum siebenten Ring – Von der Entstehung der menschlichen Seele und vom Schattenleib – Der siebente Ring – Die Flammenwand – Läuterung von der Wollust

Die zweite Stunde nach Mittag war vergangen. Die Sonne und mit ihr die Sterne des Widders hatten den Zenit schon dem Stier überlassen, so wie auf der Nachtseite die Waage dem Skorpion gewichen war. Die drei Wanderer mussten sich also beeilen, wenn sie noch vor Anbruch der Dunkelheit den nächsten Ring erreichen wollten. So hielten sie sich denn auch nicht lange an der Pforte auf, sondern betraten, getrieben von Sehnsucht nach der Höhe, durch den engen Durchgang hindurch einer nach dem anderen die schmale Treppe zum siebenten Ring.

Dante sann noch darüber nach, wieso die Seelen in dem Ring, den sie gerade verlassen hatten, so schrecklich abgemagert waren. Was Forese ihm dazu erklärt hatte, hatte ihn nicht völlig befriedigt, und so schickte er sich an, seine beiden Begleiter danach zu fragen. Doch als er schon fast zu sprechen angefangen hatte, fürchtete er plötzlich, ihnen lästig zu fallen, und so gab er im letzten Augenblick mit bereits geöffnetem Mund sein Vorhaben wieder auf, wie ein Storchenjunges, das gern fliegen würde, sich aber dann doch nicht aus dem Nest traut und die schon gehobenen Flügel wieder sinken lässt.

Aber Vergil, so sehr er auch mit dem raschem Aufstieg beschäftigt war, hatte den abgebrochenen Redeversuch seines Schützlings bemerkt und ermunterte ihn:

„Nun sag schon! Ich sehe doch, dass du etwas auf dem Herzen hast!"

Das ermutigte Dante, und so sagte er:

„Ich habe immer noch nicht verstanden, wie es sein kann, dass man abmagert, wenn man eigentlich gar kein Essen und Trinken braucht."

„Denk doch mal an die Geschichte von Meleager!", erwiderte Vergil. „Dem war bei seiner Geburt geweissagt worden, dass er sterben würde, wenn ein geheimnisvoll mit seinem Schicksal verbundenes Holzscheit verbrennen würde, und wirklich kam es genau so. Daran siehst du, dass auch aus Gründen, die außerhalb des Körpers liegen, dessen Verfall möglich ist. Oder stell dir vor, du stehst vor dem Spiegel und bewegst dich, dann bewegt sich genau so auch dein Spiegelbild. So ist es auch hier: In den Vorgängen am Schattenleib der Abgeschiedenen spiegeln sich die inneren Seelenzustände.

Offenbar genügt dir das aber noch nicht", meinte er dann. „Also bitten wir doch einmal Statius, dir die Sache erschöpfend auseinanderzusetzen."

„Wie sollte *ich* ihm das Walten der Vorsehung erklären, wo *du* doch da bist!", meinte Statius, als er das hörte. „Nun gut, ich will's tun, aber ich muss mich dafür bei dir entschuldigen. Sieh es mir nach, dass ich außerstande bin, dir eine Bitte abzuschlagen!

Mein Sohn", sagte er dann, zu Dante gewandt, „also hör mir gut zu und merk dir, was ich dir erläutere, dann wirst du hinterher klarer sehen."

Und damit holte er weit aus und begann wie folgt:

„Durch unsere Adern fließt Blut. Von diesem Blut wird nur ein Teil auf seinem Weg aufgesogen und dazu verwendet, den Körper zu versorgen. Der beste Teil des Blutes bleibt erhalten, wie unberührte Speise, die man nach der Mahlzeit wieder von der Tafel fortträgt. Es sammelt sich im Herzen und erhält dort die Kraft, neues Leben hervorzurufen. Umgestaltet zum Zeugungssaft, steigt es hinab in jenes männliche Organ, von dem man gesitteterweise lieber schweigt, und trifft dann im Körper der Frau mit deren Blut zusammen. Das männliche und das weibliche Blut verbinden sich, dieses passiv, jenes schaffend, seiner edlen Herkunft aus dem Herzen gemäß. Dann beginnt der Saft zu wirken. Er gerinnt und erfüllt dann nach und nach das, was durch seine Kraft entstanden ist, mit Leben.

Die Zeugungskraft hat also eine Seele entstehen lassen. In ihrer frühesten Phase gleicht sie der Seele einer Pflanze, mit dem Unterschied, dass die, anders als das Ungeborene im Mutterleib, als solche bereits die Endstufe ihrer Entwicklung erreicht hat. Die nächste Etappe ist eine Art Zwischenstadium zwischen Pflanze und Tier, etwa wie bei einem Seeschwamm. Die Seele beginnt auf einfachste

Art sich zu bewegen und Eindrücke aufzunehmen. Dann entfalten sich nach und nach die Sinnesorgane, schließlich alle Körperorgane und Glieder, bis die Seele einem entwickelten Tier gleicht. All dies geschieht durch die aktive Kraft des zeugenden Blutes.

Aber jetzt kommt der heikelste Punkt: Wie geschieht es, dass das Ungeborene das tierische Stadium hinter sich lässt und zum Menschen wird? An dieser Frage ist schon ein Weiserer als du gescheitert, nämlich Averroes, der große arabische Gelehrte. Der Mensch unterscheidet sich ja vom Tier durch seinen Geist, der ihn zur Erkenntnis befähigt, das heißt, die Menschwerdung der Seele müsste darin bestehen, dass sie Geist erhält. Averroes war nun aber der Meinung, dass der erkennende Geist des Menschen gar kein Teil seiner Seele sei, sondern unabhängig von ihr existiere. Diese Lehre vertrat er deshalb, weil er kein Körperorgan erkennen konnte, das der Erkenntnisfähigkeit zuzuordnen gewesen wäre, wie etwa das Auge dem Gesichtssinn.

In Wahrheit aber ist der Geist sehr wohl ein Teil der Menschenseele, ja, er ist es überhaupt erst, der sie zur vollkommenen Ausbildung bringt. Anders als ihre körperlichen Kräfte kommt er unmittelbar von Gott, der ihn ihr in liebevoller Zuwendung einhaucht, sobald die Ausbildung des Gehirns im Mutterleib abgeschlossen ist. Der neu in die Seele eingetretene Geist verleibt sich nun die vegetativen und sensitiven Kräfte ein, die schon vor seinem Hinzukommen in der Seele des Ungeborenen tätig waren, und von da an gehen alle Lebenskräfte, die körperlichen wie die geistigen, von dieser neuen, einheitlichen, vernunftbegabten Seele aus, die sich schließlich auch, anders als die Tiere, über sich selbst Rechenschaft abzulegen imstande ist, also Selbstbewusstsein entwickelt.

Du siehst also, dass sich in der Seele Elemente natürlichen Ursprungs mit solchen göttlicher Herkunft verbinden. Falls dir das befremdlich vorkommt, so denke daran, dass zum Beispiel auch aus der Verbindung von etwas so Stofflichem wie dem Rebensaft mit etwas so Unstofflichem wie der Sonnenwärme etwas Neues entstehen kann, nämlich Wein.

Wenn der Mensch stirbt“, fuhr Statius dann fort, „trennt sich die Seele vom Körper. Dabei bleiben ihr die Anteile menschlichen Ursprungs ebenso erhalten wie das, was an ihr göttlich ist. Die menschlichen Anteile werden allerdings inaktiv, da die körperbezogenen Kräfte der Organe beraubt sind, durch die sie wirken könnten. Dafür können die Anteile göttlicher Herkunft – Gedächtnis, Verstand, Wille –, befreit von den Fesseln des Körpers, nun intensiver tätig werden.

Nach der Trennung vom Körper begibt sich die Seele entweder ans Ufer des Acheron oder an die Tibermündung bei Rom, je nachdem, ob ihr die Hölle oder das Fegefeuer zugedacht ist. Sie sucht ganz von sich aus den richtigen dieser beiden Orte auf, einem unbewussten inneren Antrieb folgend, der auf wunderbare Weise im Einklang mit dem Willen Gottes steht. Welches Schicksal ihr bevorsteht, dringt erst in ihr Bewusstsein, wenn sie am Ufer des einen oder anderen Flusses steht.

Nun aber wirkt die Gestaltungskraft der Seele erneut, so wie sie schon in den lebendigen Gliedern tätig war. Sie strahlt in die sie umgebende Luft aus und formt aus dieser eine Leibesgestalt, die dem irdischen Leib, mit dem sie verbunden war, nachgebildet ist. Es ist, wie wenn die Sonne aus regengeschwängerter Luft einen Regenbogen entstehen lässt. So wie die Flamme mit jeder Bewegung dem Feuerstoff folgt, aus dem sie gemacht ist, bleibt nun diese neue, aus Luft gebildete Gestalt ständig bei der Seele, der sie ihre Entstehung verdankt. Die neue Gestalt ist körperlos, sie sieht zwar aus wie ein Körper, hat aber weder Substanz noch Gewicht, deshalb nennen wir sie Schatten. Sie ist jedoch imstande, sich alle Sinne zu bilden, selbst den edelsten, das Auge. Deshalb können wir abgeschiedenen Seelen sprechen und lachen, wir können seufzen und weinen, wie du es auf diesem Berg ja oft genug erlebt hast.

Die Begierden und sonstigen Seelenregungen aber, die uns quälen", schloss Statius, „wirken sich auf das Erscheinungsbild des Schattens aus. Das ist der Grund dafür, dass die Seelen auf dem vorigen Ring derart abgemagert aussahen, worüber du dich so gewundert hast."

Damit gelangten die drei Wanderer auf den siebenten Ring, den obersten der Büßerringe des Fegefeuers, und als sie sich nach rechts wandten, taten sich ihnen ganz andere Sorgen auf. Denn aus dem aufragenden Felsen sahen sie eine Flammenwand hervorbrechen. Sie nahm nur deshalb nicht die gesamte Breite der Terrasse ein, weil die Flammen durch einen vom Außenrand zum Felsen hin treibenden Luftzug wieder ein wenig zurückgedrängt wurden. Der gangbare Weg am äußersten Rand der Terrasse war aber sehr schmal, sodass die drei besonders vorsichtig hintereinander gehen mussten und Dante sich nun nach der einen Seite hin vor dem Feuer, nach der anderen vor dem Abgrund fürchtete.

„Pass gut auf, wo du hintrittst!“, meinte Vergil. „Hier kannst du dir nicht die kleinste Unaufmerksamkeit leisten!“

Aus den Flammen aber klangen Stimmen. „Summae Deus clementiae“, so hörte es Dante singen, „o Gott von großer Milde!“ Es war ein alter Hymnus, in dessen Verlauf um Reinigung von der Wollust gefleht wird, um Befreiung von der Knechtung der Seele durch die fleischliche Begierde. Als Dante es wagte, seinen Blick trotz des gefährlichen Wegs wieder zum Feuer zu wenden, sah er, dass die singenden Seelen wirklich mitten durch die Flammen schritten, und vorsichtig richtete er seine Augen nun abwechselnd auf den Weg und auf die Seelen im Feuer.

Als sie den Hymnus beendet hatten, riefen sie laut:

„Virum non cognosco! Ich weiß von keinem Mann!“

Es waren die Worte, die die Jungfrau Maria gesprochen hatte, als der Engel ihr geweissagt hatte, dass sie den Heiland gebären sollte: „Wie soll das zugehen, da ich doch von keinem Manne weiß?“

Dann begannen sie den Hymnus noch einmal leise von vorn zu singen, und anschließend erinnerten sie einander laut daran, wie die jungfräuliche Jagdgöttin Diana eine ihrer Gefährtinnen aus ihrer Nähe vertrieben hatte, die Nymphe Helice oder Kallisto, weil die sich von Jupiter hatte verführen lassen. Und als sie den Hymnus zum dritten Mal gesungen hatten, riefen sie sich als drittes Beispiel der Keuschheit Ehepaare ins Gedächtnis, die einander treu geblieben waren, wie es die Tugend fordert und das Gesetz der Ehe.

Auf solche Weise läuterten sich die Seelen hier davon, dass sie im Leben den Verlockungen der Wollust nachgegeben hatten. Offenbar hielten sie es die ganze Zeit über, die sie in den Flammen zuzubringen hatten, in gleichbleibender Weise: Erst sangen sie den Hymnus, dann ermunterten sie sich gegenseitig, indem sie sich Vorbilder der Tugendhaftigkeit vor Augen führten, dann sangen sie wieder.

Auf diese Weise, meinte Dante, würden die Wunden, die sich die Seelen durch ihre Unkeuschheit zugefügt hatten, gewiss im Lauf der Zeit heilen.

26. Kapitel

Die beiden Gruppen von Wollüstigen – Die Dichter Guido Guinizelli und Arnaut Daniel

Die drei Dichter gingen immer hintereinander am Rand der Ringterrasse entlang. Vergil ermahnte Dante angesichts des gefährlichen Weges fortwährend, nur ja gut achtzugeben.

Der Nachmittag war fortgeschritten. Der zuvor strahlend blaue Himmel verblich allmählich, und die Sonne, die sich schon stark nach Westen neigte, traf Dante von rechts, sodass sein Schatten auf die Flammen fiel und das Feuer an dieser Stelle kräftiger zu glühen schien. Den Seelen in den Flammen blieb das nicht verborgen, und so bemerkten sie einer zum anderen:

„Das sieht aber nicht nach einem Scheinleib aus!"

Und neugierig kamen einige von ihnen etwas näher, wobei sie darauf achteten, dass sie die Flammen nicht verließen. Schließlich rief eine der Seelen Dante mit folgenden Worten an:

„Du da, der du als letzter von euch dreien gehst – wie ich vermute nicht aus Trägheit, sondern aus Ehrfurcht vor den beiden anderen –, bitte beantworte mir, der ich hier brenne, vor Durst und wegen des Feuers, doch eine Frage: Wieso lässt denn dein Körper das Sonnenlicht nicht durch? Es ist ja geradezu, als wärst du ein Lebender! Nicht nur ich wüsste das zu gern, sondern wir alle hier. Wir sind nach deiner Antwort begieriger, als es Inder oder Äthiopier nach frischem Wasser sind!"

Dante wollte eben antworten, als seine Aufmerksamkeit durch eine neue Gruppe von Seelen abgelenkt wurde, die er in den Flammen bemerkte. Sie kamen von rechts, den anderen entgegen, sodass Dante ihre Gesichter sehen konnte. Er betrachtete sie mit großer Anteilnahme.

Die Seelen, die schon vorher dagewesen waren, wandten sich, soweit sie in Dantes Nähe gekommen waren, wieder von ihm ab und gingen auf die Neuankömmlinge zu. Als die beiden Gruppen zusammentrafen, begrüßten sie einander liebevoll und küssten sich, zwar ohne sich lange aufzuhalten, aber offenbar glücklich über den schönen kurzen Augenblick. Dante musste an Ameisen denken, die sich gegenseitig betasten, vielleicht um den richtigen Weg oder eine für irgendein Vorhaben günstige Gelegenheit zu erkunden.

Bevor sie weitergingen, riefen diejenigen, die von rechts gekommen waren, sehr laut:

„Sodom und Gomorrha!"

Und die anderen erinnerten, ebenfalls rufend, an Pasiphae, die Frau des kretischen Königs Minos, die sich eine hölzerne Kuh hatte anfertigen lassen, um in sie hineinkriechen und sich so mit einem Stier vereinigen zu können, in den sie sich verliebt hatte. Es war diese Verbindung gewesen, der dann der Minotaurus entsprossen war, das grässliche Zwitterwesen aus Mensch und Tier, dem Dante als dem Wächter des siebenten Höllenkreises begegnet war.

Dann trennten sich die beiden Gruppen wieder, wie Kraniche sich trennen würden, wenn ein Teil von ihnen nicht mit den anderen in wärmere Gefilde flöge, hin zu südlichen Wüsten, sondern, den Frost suchend, zu den hyperboräischen Bergen im nordöstlichen Europa.

Die erste Gruppe kam wieder auf Dante zu, wobei sie ihre Gesänge und Zurufe wieder aufnahm, und sah ihn von neuem erwartungsvoll an. Nun gab Dante die erwünschte Auskunft:

„Ihr Seelen, die ihr sicher sein könnt, über kurz oder lang in die erwünschte Seligkeit einzugehen! Das ist in der Tat kein Scheinleib, den ihr hier seht. Meine Glieder liegen weder frisch noch vermodert drüben im Grab, sondern mit Fleisch und Blut bin ich hier. Ich steige diesen Berg als Lebender hinauf, um Erkenntnis zu gewinnen, und oben erwartet mich eine Frau, deren Gnade ich es verdanke, dass ich diese Reise zu Lebzeiten machen kann.

Aber, bei eurem Wunsch, möglichst bald im weitesten der Himmel zu sein, wo reine Liebe waltet: Nun sagt ihr mir doch bitte, damit ich's in meinen Reisebericht schreiben kann, was es mit euch auf sich hat und mit denen, die euch entgegengekommen sind und die ihr jetzt im Rücken habt!"

Als die Seelen hörten, dass sie einen Lebenden vor sich hatten, starrten sie Dante fassungslos ins Gesicht, verwirrt und sprachlos wie plumpe Bergbauern, die zum ersten Mal in die Stadt kommen. Aber feinere Naturen gewinnen verlorene Selbstbeherrschung rasch wieder, und so ergriff der, der sich nach dem von Dante geworfenen Schatten erkundigt hatte, bald erneut das Wort.

„Du Glücklicher!", rief er. „Du kannst schon zu Lebzeiten hier Erfahrungen sammeln, die dir beim seligen Sterben helfen werden!

Die Seelen, die uns eben entgegengekommen sind", erklärte er dann, „haben sich im Leben dem Laster hingegeben, wegen dessen Julius Cäsar bei einem seiner Triumphzüge als ‚Königin' verspottet worden ist: Sie haben mit Angehörigen des eigenen Geschlechts der Lust gefrönt. Deshalb rufen sie zur Buße die Namen der lasterhaften Städte Sodom und Gomorrha aus und grämen und schämen sich sehr, was aber heilsam für sie ist, da es ebenso wie das Feuer ihre Läuterung fördert. Was uns andere betrifft, so richtete sich unsere Begierde zwar auf das andere Geschlecht, aber ohne Maß und vernünftige Selbstbeherrschung. Weil wir wie Tiere blind unseren Gelüsten gehorchten, erinnern wir uns zu unserer Schande an Pasiphae, die es in der hölzernen Kuh ebenfalls wie ein Tier trieb.

Jetzt weißt du, warum wir hier sind. Falls du auch noch unsere Namen wissen willst, so haben wir leider nicht so viel Zeit, dass ich sie dir nennen könnte. Ich wüsste sie im übrigen auch gar nicht alle. Aber wenigstens meinen eigenen Namen will ich dir sagen: Ich bin Guido Guinizelli. Wie froh bin ich, dass ich meine Sünden so rechtzeitig vor meinem Tod bereut habe, dass ich nicht erst noch lange Zeit im Vorfegefeuer zubringen muss!"

Als Dante den Namen seines Gegenübers hörte, krampfte sich sein Herz in freudigem Schrecken zusammen, und am liebsten hätte er ihn trotz des Feuers in die Arme geschlossen, so wie in sagenhafter Zeit die Söhne der Hypsipyle auf ihre durch König Lykurg von Nemea zum Tode verurteilte Mutter zugestürzt waren, um sie den Wachen zu entreißen und zu retten. Das wagte er nun zwar nicht, aber er ging lange schweigend an den Flammen entlang und versenkte sich in den Anblick des darin Büßenden. Er konnte sich kaum sattsehen. Denn Guido Guinizelli, im Hauptberuf Richter in Bologna, war einer der größten Lyriker der Jahrzehnte vor Dante gewesen, ein Meister der zarten Liebesdichtung. Er war der Wegbereiter des neuen, beseelten Stils gewesen, der, von den besten Dichtern der nächsten Generation aufgenommen und weiterentwickelt, schließlich in Dantes Kunst seine Vollendung gefunden hatte.

Als sich Dante endlich aus seiner Betrachtung gelöst hatte, fragte er Guido, ob er irgendeinen Wunsch habe. Er werde ihn auch ganz gewiss erfüllen.

„Was du von dir erzählt hast", antwortete Guido, „wird meinem Gedächtnis auf immer eingeprägt sein, und auch wenn ich im Lethefluss bade, wird das die Erinnerung daran nicht auslöschen oder auch nur trüben können.

Aber da du mir so freundlich deine Dienste anbietest, so beantworte mir doch bitte eine Frage: Was ist es denn, das mich dir so wichtig macht? Du zeigst mir ja durch deine Worte und Blicke ganz deutlich deine Liebe!"

„Es ist wegen deiner wunderbaren Gedichte!", antwortete Dante. „Jedes Blatt, das du beschrieben hast, ist ein teures Gut, und das wird auch so bleiben, solange der neue Stil Bestand hat."

„Mein Bruder", erwiderte Guido bescheiden, „der beste Dichter, der überhaupt in der Muttersprache statt auf Latein geschrieben hat, war dieser hier." Damit zeigte er auf eine Seele, die sich etwas weiter vorn in den Flammen befand. „Es gibt niemanden sonst, der so großartige Liebesgedichte und Erzählungen verfasst hätte wie er, auch wenn manche Dummen meinen, Giraut von Bornelh, der provenzalische Troubadour, sei noch besser gewesen. Aber die das sagen, gründen ihre Meinung nicht auf ihren eigenen Kunstverstand, sondern plappern lediglich nach, was andere ihnen erzählen. Genauso war es auch mit Guittone von Arezzo. Auch von dem hieß es immer, er sei der größte Dichter überhaupt, einer redete es dem anderen nach, bis ihm endlich andere den Rang abliefen und sich eine sachlichere Betrachtung seines Werks durchsetzte.

Aber wenn ich dich noch etwas bitten darf: Wenn du wirklich das Privileg hast, zu Christus in den Himmel reisen zu dürfen, so bete dort zu ihm für mich ein Vaterunser – jedenfalls soweit es für uns im Fegefeuer noch von Bedeutung ist. Denn darum, nicht in Versuchung geführt und vom Übel erlöst zu werden, müssen wir nicht mehr bitten."

Und damit, vielleicht um einem Nachbarn Platz zu machen, verschwand er in den Flammen, wie ein Fisch, der ins Wasser eintaucht.

Nun trat Dante etwas näher an den Schatten heran, der sich etwas weiter vorn befand und von Guido eben als bedeutendster aller volkssprachlichen Dichter bezeichnet worden war. Dante sprach ihn an und sagte, er würde so gern seinen Namen in Ehren halten und bäte ihn deshalb, ihn ihm zu sagen. Der Schatten aber war die Seele des großen Troubadours Arnaut Daniel, der etwa hundert Jahre zuvor gelebt hatte. Bereitwillig gab er sich zu erkennen, indem er in seiner provenzalischen Muttersprache antwortete:

„Eure höfliche Bitte freut mich, und so kann und will ich mich vor Euch nicht verhüllen. Ich bin Arnaut, der ich hier weinend und singend durchs Feuer gehe. Mit Reue denke ich an die Torheiten, die ich begangen habe, mit Jubel sehe ich die Freuden vor mir, auf die ich hoffe.

Euch aber bitte ich bei jener Kraft, die Euch beim Aufstieg auf diesen Berg zur Seite steht: Gedenkt zur rechten Zeit an meinen Schmerz!"

Und damit verbarg er sich im läuternden Feuer.

27. Kapitel

Der Engel der Reinheit – Der Gang durchs Feuer – Der Engel am Aufstieg zum Gipfel – Dantes Traum von Lea – Vergil legt die Führung nieder

Der Tag ging zur Neige. In Jerusalem, dachte Dante, ging jetzt die Sonne auf, am Ganges war es hoher Mittag und in Spanien Mitternacht. Dort stand also gerade die Waage im Zenit, die dem Widder, dem Sternbild des Frühlings, gegenüberliegt.

Wie sie so an den Flammen entlanggingen, erschien den Wanderern wieder ein Engel. Er stand am Rand der Ringterrasse, außerhalb des Feuers, und sang freudig und mit einer Stimme, die heller und voller war als Menschenstimmen, Worte des Heilands:

„Beati mundo corde! Selig sind, die reinen Herzens sind!"

Als die drei Dichter näherkamen, sprach er sie an und sagte:

„Euer Weg, ihr seligen Seelen, geht jenseits des Feuers weiter. Ihr müsst es also durchschreiten, um weiterzukommen. Tretet daher ein in die Flammen, und achtet auf den Gesang, den ihr von drüben hören werdet!"

Als Dante das hörte, erschrak er, als sollte er lebendig begraben werden. Entsetzt blickte er ins Feuer, legte seine Hände zusammen und streckte sie abwehrend aus. Lebhaft traten Bilder von brennenden Menschen vor seine Seele, die er in seinem Leben schon gesehen hatte. Seine beiden Begleiter versuchten ihn zu ermutigen. Vergil sagte:

„Mein Sohn, auch wenn diese Flammen Schmerzen verursachen: Glaub mir, töten können sie dich nicht! Sie können dich nicht einmal verletzen. Erinnere dich doch einmal, erinnere dich! Du warst doch sogar in der tiefsten Hölle in meinem Schutz sicher! Denk doch daran, wie uns Geryon durch die Luft hinuntertrug: Da war ich bei dir, und du bliebst unversehrt! Warum sollte dann ausgerechnet jetzt mein Beistand versagen, wo wir doch so viel näher bei Gott sind? Vertrau mir doch! Selbst wenn du tausend Jahre in diesem Feuer bleiben müsstest, würde dir nicht ein Haar auf dem Kopf versengt werden! Aber wenn du meinen Worten nicht recht traust, kannst du dich auch selbst überzeugen. Geh doch zu den Flammen und halte den

Saum deines Kleides hinein. Du wirst sehen, das Kleid bleibt heil. Hab doch keine Angst! Komm schon und betritt die Flammen!“

Dante wusste zwar eigentlich, dass er Vergil vertrauen konnte, war aber dennoch unfähig, sich von der Stelle zu rühren. Da wurde Vergil etwas ungeduldig und sagte:

„Nun mach schon, mein Sohn! Diese Feuerwand ist das einzige, was dich noch von Beatrice trennt!“

Als dieser Name Dantes Ohr traf, der Name, den er die ganze Zeit in der Seele trug, schmolz sein Widerstand augenblicklich dahin, und er sah Vergil mit einem Blick an, wie ihn der babylonische Jüngling Pyramus sterbend seiner Geliebten Thisbe zugeworfen haben mochte, als sein Blut schon die weißen Früchte des Maulbeerbaums rot gefärbt hatte und die Totgeglaubte unversehens vor ihm stand. Vergil schüttelte lächelnd den Kopf, wie man es einem Kind gegenüber tut, wenn man dessen Trotz durch einen süßen Apfel besiegt hat, und sagte:

„Nun? Wollen wir jetzt noch weiter hier stehenbleiben?“

Dann bat er Statius, der den ganzen bisherigen Weg über in der Mitte zwischen Vergil und Dante gegangen war, jetzt Dante vorzulassen und seinerseits als letzter die Flammen zu betreten. Anschließend begab sich Vergil ins Feuer, und die beiden anderen folgten ihm.

Die Flammen brannten so maßlos heiß, dass Dante meinte, im Vergleich damit müsse selbst ein Bad in bis zur Flüssigkeit erhitztem Glas geradezu erfrischend wirken. Vergil redete ihm die ganze Zeit väterlich zu, indem er immerfort von Beatrice sprach: „Mir ist, als könnte ich schon ihre Augen leuchten sehen!“, sagte er, und dergleichen Dinge mehr.

Jenseits des Feuers war eine Stimme zu hören, und die drei nahmen ihren Weg durch die Flammen in die Richtung, aus der sie kam. Als sie endlich aus dem Feuer heraustraten, wurde Dante von einem gleißenden Licht geblendet, sodass er die Augen abwenden musste, und hörte die Stimme singen:

„Venite, benedicti Patris mei! Kommt her, ihr von meinem Vater Gesegneten!“

Und weiter sagte die Stimme:

„Der Abend ist herangekommen, gleich wird die Sonne untergehen. Geht weiter und beschleunigt euren Schritt, ehe es dunkel wird!"

Sie waren genau an der Stelle aus den Flammen herausgekommen, wo der Aufstieg zum höchsten Gipfel beginnt, und betraten nun die Treppe, die geradewegs zwischen den Felswänden Richtung Osten hinaufführt. Sie hatten die Sonne im Rücken, sodass Dante einen langen Schatten vor sich auf die Erde warf. Aber kaum waren sie einige Stufen gegangen, verschwand der Schatten, und die Sonne ging unter. Da entwichen den Wanderern Kraft und Wille zum Weitersteigen, und bevor die Dunkelheit sich völlig ausbreitete und alles einhüllte und der weite Horizont sich gänzlich ihren Augen entzog, legten sie sich nieder, jeder auf eine Stufe.

Wie die Ziegen, die vorher wild über die Berggipfel gesprungen sind, nach der Mahlzeit in der Hitze des Tages still wiederkäuend im Schatten liegen, während der Hirte, auf seinen Stab gestützt, ihre Ruhe beschützt; wie das Vieh nachts im Freien unbehelligt bleibt, weil sein Hüter die wilden Tiere abwehrt: so döste Dante im Schutz der beiden weisen Alten, auf der Treppe zwischen den Felsenwänden liegend, vor sich hin und hing halb dämmernd seinen Gedanken nach. Von der Außenwelt drang nicht viel an sein Auge, nur die Sterne erschienen ihm heller und größer als sonst. Endlich schlief er ein.

Im morgendlichen Schlaf geschieht es ja oft, dass uns ein Ereignis verkündet wird, das ähnlich dann später eintreffen soll, und so hatte auch Dante, als vor Tagesanbruch am östlichen Himmel die Venus aufging, wieder einen Traum. Ihm war, als sähe er Lea, die ältere der beiden Schwestern, die, wie die heilige Schrift berichtet, Gemahlinnen des Erzvaters Jakob gewesen waren. Lea, eine schöne junge Frau, ging in Dantes Traum über eine Wiese, pflückte Blumen, sang dabei und sagte:

„Jeder, der nach meinem Namen fragt, soll wissen, dass ich Lea bin. Ich bin hier, weil ich mir mit meinen schönen Händen aus diesen Blumen einen Kranz flechten will. Ich schmücke mich, damit ich mir im Spiegel gefalle. Meine Schwester Rahel dagegen sitzt den ganzen Tag vor dem Spiegel. Sie liebt es, ihre schönen Augen zu sehen, so wie ich es liebe, mich mit den Händen zu schmücken. Ihre Freude ist das Schauen, meine das Tätigsein."

Am Himmel begannen die ersten Morgenlichter zu schimmern, die dem Wanderer, der auf dem Heimweg Rast hält, als Zeichen zum Aufbruch umso willkommener sind, je näher er der Heimat bereits gekommen ist. Rasch wich die Finsternis nach allen Seiten, und Dante erwachte. Die beiden Meister waren schon aufgestanden. Dante erhob sich ebenfalls von der Stufe, auf der er gelegen hatte, und wurde von Vergil mit folgenden Worten begrüßt:

„Heute ist der Tag, an dem dein Hunger nach jenem kostbaren Gut gestillt werden wird, das die Menschen auf so vielen Wegen zu erlangen versuchen."

Kein Geschenk hätte Dante glücklicher machen können als diese Verheißung. Denn auf dem Gipfel des Läuterungsbergs, oberhalb des siebenten Rings, liegt der Inbegriff aller irdischen Glückseligkeit, der Garten Eden, den Adam und Eva im Anfang von Gott zur Wohnstatt erhalten hatten und aus dem sie nach dem Sündenfall vertrieben worden waren. Von diesem Ort also, dem irdischen Paradies, von dem aus die Seelen der Geläuterten ihren Weg ins himmlische Paradies antreten, trennte die Wanderer nun nur noch eine kurze Wegstrecke, und Dante konnte es kaum mehr erwarten, dorthin zu gelangen. Sie brachen auf, und es kam ihm vor, als ob ihm beim Aufstieg Flügel wüchsen.

Als sie auf der obersten Stufe angekommen waren, hielt Vergil inne, sah Dante fest an und sagte:

„Du hast nun die Hölle mit ihren ewigen Qualen gesehen und das Fegefeuer mit seinen zeitlich begrenzten; der Aufstieg über steile, enge Pfade liegt hinter dir, und wir sind an den Ort gelangt, wo ich mit meiner Kunst am Ende bin. All mein Wissen und Können habe ich eingesetzt, um dich bis hierher zu geleiten, aber nun musst du deinem eigenen Herzen folgen.

Schau, wie dir die Sonne ins Gesicht scheint! Sieh nur, was die Erde hier hervorbringt, sieh die Wiesen, die Blumen, die Büsche! Hier kannst du dich nun hinsetzen oder dich im Grünen ergehen, ganz wie du willst, bis Beatrice bei dir ist mit ihren schönen Augen, wegen derer ich mich auf den Weg zu dir machte, als sie voll Tränen standen. Nun aber werden sie lachen.

Meine Belehrung und Hilfe brauchst du nicht mehr. Dein Wille ist frei, gerade und gesund, und du würdest in die Irre gehen, wenn du dich nicht von ihm leiten ließest. So lege ich also die Führung über dich in deine eigenen Hände. Sei dir nun selbst Kaiser und Papst!"

28. Kapitel

Ankunft im irdischen Paradies – Die schöne Frau – Die Paradiesflüsse Lethe und Eunoë

Und Dante, begierig, den Garten Eden und seine Umgebung zu erforschen, wartete nicht mehr länger und betrat den dichten, lebendigen göttlichen Wald. Behutsam ging er vorwärts. Das Sonnenlicht brach sich im Laub, und die Erde duftete. Er ging in östlicher Richtung, der Sonne entgegen. An der Stirn spürte er einen gleichmäßigen zarten Lufthauch, der die Blätter an den Bäumen ein wenig zittern und sich nach Westen neigen ließ, wohin der Berg seinen morgendlichen Schatten warf. Es war aber ein so sanfter Wind, dass die Vögel unverdrossen auf den Zweigen sitzenblieben und sich nicht in ihrem Gezwitscher stören ließen, und so bildete sein Rauschen den Grundton zu ihrem fröhlichen Morgenlied. Genau so, dachte Dante, klingt es im Pinienwald am Strand von Classe bei Ravenna, wenn dort Äolus, der Gott der Winde, den Schirokko wehen lässt.

Tiefer und tiefer kam er in den alten Wald. Nach einer Weile – die Stelle, wo er ihn betreten hatte, war bereits aus seinem Blickfeld verschwunden – versperrte ihm ein Fluss den Weg und zwang ihn stehenzubleiben. Er schaute ins Wasser. Es war reiner als jedes noch so klare irdische Wasser, strömte aber dunkel dahin, denn der Wald ist dort so dicht, dass weder Sonne noch Mond durch die Zweige dringen. Es floss von rechts nach links, und seine kleinen Wellen plätscherten ans Ufer und bogen das Gras.

Dante blickte zum anderen Ufer hinüber. Die Blumen blühten in verschwenderischer Pracht und Fülle. Wie er so die Augen schweifen ließ, sah er mit einem Mal eine Frau dort drüben ihres Weges gehen. Sie war allein, pflückte immerfort Blumen und sang dabei. Ihr Anblick ließ ihn alles andere vergessen.

„Schöne Frau", rief er sie an, „du von Liebe erwärmte, wenn es denn so ist, dass deine Erscheinung und deine Gebärden Spiegel deines Herzens sind! Komm doch näher ans Ufer, dass ich deine Lieder verstehen kann! So wie du muss Proserpina in ihrer Schönheit ausgesehen haben, als Pluto sie beim Blumenpflücken überraschte, gewaltsam ihrer Mutter Ceres und dem blühenden Frühling entriss und mit sich in die finstere Unterwelt nahm!"

Mit kleinen Schritten, wie eine Tänzerin im Solotanz, die die Füße eng beieinander und die Sohlen dicht am Boden hält, kam die Frau daraufhin zwischen den rot und gelb blühenden Blumen näher, wobei sie wie eine züchtige Jungfrau die Augen niedergeschlagen hielt. Als sie am Ufer, Dante gegenüber, angekommen war und er die Worte, die sie sang, verstehen konnte, sah sie ihn an. Dante fühlte sich beschenkt. Ihre Augen strahlten so hell, dass selbst die Augen der Venus, wie er meinte, nicht derart stark geleuchtet haben konnten, als die Göttin, vom Pfeil ihres Sohnes Amor ungewollt getroffen, in Liebe zu dem Jüngling Adonis entbrannt war.

Die Frau, aufrecht stehend, lachte Dante an, die Hände voll von den bunten Blumen, die dort in Fülle wachsen, ohne dass es eines Samens von außen bedürfte. Der Fluss, der zwischen ihnen lag, war nicht breiter als drei Schritte, aber Dante verwünschte ihn mehr, als der Jüngling Leander in sagenhafter Zeit die Dardanellen verflucht haben mochte, die ihn von seiner Geliebten Hero getrennt hatten, sodass er sie hatte durchschwimmen müssen, um zu ihr zu gelangen. An der gleichen Stelle übrigens wie Leander, zwischen den Städten Sestos und Abydos, hatte dann der Perserkönig Xerxes diese Meerenge von Asien nach Europa überschritten, um Griechenland zu unterwerfen, war aber von den Griechen besiegt worden, was menschlichem Hochmut zur ständigen Mahnung dienen möge.

„Ihr seid neu hier", so sprach die Frau Dante und seine beiden Begleiter an, die ihm gefolgt waren, „und so kommt es euch vielleicht befremdlich vor, dass ich an diesem heiligen Ort, den Gott im Anfang als Wohnsitz für den Menschen erwählt hat, lache. Doch wie sollte die Herrlichkeit der Werke Gottes mich nicht jubeln lassen? Denkt daran, wie es im Psalm heißt: ‚Herr, du lässt mich fröhlich singen von deinen Werken!'

Aber du da vorn, der du mich hergebeten hast, vielleicht willst du ja noch irgendetwas von mir wissen? Ich antworte dir gern ausführlich auf alle deine Fragen, deshalb bin ich ja gekommen."

Da sagte Dante:

„Ich sehe hier diesen Fluss und höre den Wind in den Baumkronen rauschen; dabei habe ich erst vor kurzem gelernt, dass es hier auf dem Läuterungsberg weder Regen noch irgendwelche atmosphärischen Störungen gibt. Wie reimt sich denn das zusammen?"

„Das kann ich dir sagen", erwiderte sie, „und deine Verwunderung zerstreuen. Wind und Wasser entstehen hier nämlich auf ganz eigene Weise."

Zunächst erklärte sie ihm aber noch einmal, wo er sich befand, indem sie sagte:

„Als Gott, das höchste, in sich selbst selige Gut, den Menschen schuf – gut schuf er ihn und für das Gute –, da wies er ihm diesen Garten hier als Wohnstatt zu, als Vorgeschmack des ewigen Friedens. Aber der Mensch sündigte und musste deshalb schon nach kurzer Zeit diesen Ort wieder verlassen, und so wurde ihm durch eigene Schuld sein Lachen und Spielen zu Schmerz und Tränen."

Dann begann sie Dantes Frage zu beantworten.

„Die Dünste aus den Wassern und aus der Erde, die normalerweise Regen und Wind verursachen", sagte sie, „neigen dazu, der Sonne mit ihrer Wärme so nahe wie möglich zu kommen. In der Höhe stoßen sie aber an eine bestimmte Grenze. Damit die Menschen nun in ihrem Paradiesgarten von den Auswirkungen dieser Dünste nicht belästigt würden, hat Gott diesen Berg so hoch emporragen lassen, dass er von der Stelle an, wo sich jetzt die Pforte zum Fegefeuer befindet, in der Tat von solcherart Störungen völlig frei ist.

Nun ist es aber so", fuhr sie fort, „dass sich, verursacht durch die sich nach unten hin fortpflanzende Bewegung der Himmelssphären, die gesamte Erdatmosphäre immer im Kreis dreht, sofern sie nicht auf irgendwelche Widerstände stößt. Der Bergesgipfel, auf dem wir uns befinden, liegt in völlig freier Höhe, und so trifft die kreisende Bewegung der Luft hier oben direkt auf den Berg. Das, und nicht irgendwelche Dünste, ist die Ursache des sanften Windes, den du wahrnimmst und dessen Rauschen du im dichten Laub hörst.

Aus dem Kreisen der Atmosphäre erklärt sich übrigens auch die Entstehung der Vegetation drüben auf der Erde. Die Luft nimmt nämlich die zeugenden Kräfte der Pflanzen, auf die sie hier oben trifft, auf und verbreitet sie durch ihren Kreislauf weiter nach unten, sodass die Erde dort aus diesen Kräften verschiedene Pflanzen hervorbringt, soweit sie aus sich selbst heraus und hinsichtlich der jeweiligen klimatischen Bedingungen dazu fähig ist. Es wäre also nicht einmal verwunderlich, wenn da unten irgendeine Pflanze unversehens Wurzel schlagen würde, ohne dass ein Samen dafür nachweisbar wäre. Dieser Garten hier ist voll von allen nur erdenklichen Samen, und Früchte wachsen hier, die die Erde sonst nicht kennt.

Auch mit diesem Wasser", erklärte die Frau weiter, „verhält es sich anders als mit irdischen Flüssen. Deren Quellen werden ja von feuchten Himmelsdünsten gespeist, die durch Kälte in Regen verwandelt worden sind. So verändert sich ihre Wasserfülle mit dem Wetter, sie können überströmen oder versiegen.

Dieser Fluss hingegen entspringt einer stabilen und sicheren Quelle, und zwar der gleichen wie ein zweiter, den es weiter hinten in diesem Wald noch gibt und der nach der anderen Seite hin fließt. Durch Gottes Willen wird dieser Quelle immer genau so viel Wasser zugeführt, wie erforderlich ist, damit beide Flüsse stetig strömen können. Der Fluss, an dem wir hier stehen, heißt Lethe, das Vergessen. Wer aus ihm trinkt, dem wird die Erinnerung an seine Sünde gelöscht. Der dort drüben heißt Eunoë, Gedächtnis des Guten. Dessen Wasser gibt der Seele die Erinnerung an die guten Taten wieder, die sie im Leben begangen hat, eine Wirkung, die sich aber nur einstellt, wenn man vorher auch von der Lethe getrunken hat. Es gibt nichts, dessen Geschmack dem Wasser dieser beiden Flüsse gleichkäme!

Eigentlich“, sagte die Frau dann, „könnte ich hier aufhören, denn was du wissen wolltest, habe ich dir gesagt. Aber ich will noch kurz von etwas anderem sprechen, was dich berühren dürfte, auch wenn du nicht danach gefragt hast. Du weißt ja, dass die Dichter des Altertums von einem goldenen Zeitalter gesungen haben, das es lange zuvor einmal gegeben habe, einem Zeitalter reinen Glücks. Da könnte es nun sein, dass es eine Ahnung von diesem Ort hier war, die ihren Träumen zugrundelag. Denn hier war der unschuldige Ursprung des Menschen, genau wie im versunkenen Land ihrer Lieder, hier herrscht ewiger Frühling, und es gibt Nektar im Überfluss und alle Früchte, die man sich nur wünschen kann.“

Da wandte sich Dante zu seinen beiden Dichtern um und sah sie lächeln. Dann richtete er den Blick wieder auf die schöne Frau.

29. Kapitel

Der Triumphzug der Kirche

Die Frau war mit ihren Erklärungen am Ende und fing nun wieder an zu singen, gerade so als wäre sie verliebt. Sie sang ein Psalmwort:

„Beati quorum tecta sunt peccata! Selig sind, deren Sünden zugedeckt sind!“

Und damit nahm sie ihre kleinen Schritte wieder auf, wie Nymphen einsam durch belaubten Wald gehen, um die Sonne zu suchen oder den Schatten zu genießen. Sie schlug den Uferweg ein, entgegen der Strömung. Dante setzte sich auf seiner Seite ebenfalls in Bewegung. Er wandte sich nach rechts, sodass er in die gleiche Richtung ging wie die Frau, und passte seinen Schritt dem ihren an. Er hatte kaum fünfzig Schritte getan, als der Fluss eine Linksbiegung machte, womit es wieder Richtung Osten ging.

Kurz danach wandte sich die Frau zu ihm und sagte:

„Mein Bruder, nun sieh und höre!“

Und siehe da: Plötzlich lief ein heller Lichtschein durch den ganzen großen Wald. Zuerst dachte Dante, es wäre ein Blitz, aber das Licht verschwand nicht, sondern strahlte immer heller und heller. ‚Was ist das?‘, dachte er. Zugleich ertönte eine süße Melodie und erfüllte die lichtdurchflutete Luft. Wäre doch die Urmutter Eva, fuhr es Dante da eifernd durch den Sinn, nicht ungehorsam gewesen! Sie, eine einzelne Frau, eben erst erschaffen, wo doch der gesamte Himmel und die Erde gehorsam waren! Wäre sie nicht so vermessen gewesen und hätte es in Demut ertragen, dass ihrer Erkenntnis Grenzen gesetzt waren, so dachte er, hätte er die unsagbaren Freuden, die sich nun ankündigten, schon früher und dauerhafter genießen können.

Ganz hingegeben nahm er die ersten Gaben des ewigen Glücks in sich auf und hoffte auf noch höhere Wonnen. Die Luft schien jetzt wie von Feuer entzündet, und die schöne Melodie war als Gesang zu erkennen.

An dieser Stelle seiner Erzählung rief Dante die Musen um ihren Beistand an. Wenn er jemals, so beschwor er die heiligen Jungfrauen, in ihrem Dienst Hunger, Kälte und Schlaflosigkeit ertragen habe, so wäre nun der Augenblick gekommen, ihn für diese Entbehrungen zu belohnen und ihm aus den Quellen des Helikon, ihrer Wohnstatt, Inspiration zufließen zu lassen für das, was er jetzt zu beschreiben hatte! Namentlich Urania, die Himmelskundige, und ihr Gefolge bat er um Hilfe bei der Aufgabe, das schwer zu Denkende in Verse zu kleiden.

Vor Dantes Augen taten sich in einer gewissen Entfernung sieben gleichartige leuchtende Gegenstände auf. Zunächst hielt er sie für goldene Bäume, aber das war eine partielle Sinnestäuschung, wie sie vorkommen kann, wenn bei der Betrachtung eines Objekts mehrere Sinne zusammenwirken, und die erst bei geringerer Entfernung, wenn der Gegenstand in jeder Hinsicht klar erkennbar ist, kraft der unterscheidenden Vernunft überwunden wird. So sah er, als er näher kam, dass es in Wahrheit goldene Kandelaber waren. Auf ihnen brannten Flammen, die waren noch viel heller als der mitternächtliche Vollmond bei wolkenlosem Himmel. Auch den Gesang vernahm er nun deutlich: „Hosianna!" war es, was die Stimmen sangen.

Er wandte sich in fassungslosem Staunen zu seinem guten Vergil um, aber der blickte ebenso erstaunt zurück. So richtete er seinen Blick wieder auf die erhabenen Kandelaber und sah, dass sie gemessenen Schrittes, noch langsamer als ein Brautzug, auf ihn zukamen.

„Warum schaust du denn immer nur auf die lebendigen Lichter?", ermahnte ihn die Frau. „Achte doch auch auf das, was hinter ihnen kommt!"

Und Dante sah hinter den Kandelabern Menschen in weißen Gewändern einherschreiten, so als wären die Leuchter ihre Führer. Das Weiß ihrer Kleidung war mit keinem irdischen Weiß vergleichbar. Das doch eigentlich so dunkle Wasser zu Dantes linker Seite erglänzte so hell davon, dass er wie in einem Spiegel seine linke Körperhälfte darin betrachten konnte.

Dante ging auf den Zug zu. Als er auf gleicher Höhe mit den Kandelabern war und ihn nur noch der Fluss von ihnen trennte, blieb er stehen, um alles besser betrachten zu können.

Da sah er, dass die sieben Flammen in der Luft farbige Spuren hinter sich herzogen. Sie sahen wie lange Pinselstriche aus und leuchteten in den sieben Farben des Regenbogens oder des Lichthofs, der manchmal den Mond umgibt. Diese bunten Standarten waren so lang, dass Dante ihr Ende nicht sehen konnte. Die beiden äußersten der Streifen waren nach Dantes Schätzung zehn Schritte voneinander entfernt.

Die weißgekleideten Menschen aber, die unter dem Dach der farbigen Streifen den Leuchtern folgten, waren vierundzwanzig Greise. In Zweierreihen und mit Lilien bekränzt schritten sie unter den luftigen Lichtspuren einher und sangen dabei:

„Gesegnet bist du unter den Töchtern Adams, und gesegnet sei in Ewigkeit deine Schönheit!"

Die würdigen Gestalten zogen auf den blühenden Matten vorüber, und wie am Himmel ein Sternbild das andere ablöst, folgte ihnen die nächste Erscheinung.

Es kamen nun vier Tiere. Sie waren mit grünem Laub bekränzt. Jedes Tier hatte sechs Flügel, die waren wie der Riese Argus über und über mit Augen bedeckt. Dante verzichtet in seiner Erzählung darauf, die Tiere noch genauer zu beschreiben, zu sehr drängt es ihn, so schreibt er, von dem zu berichten, was gemeinsam mit ihnen vor seinen Augen vorbeizog. Aber er weist ausdrücklich auf die Heilige Schrift hin, denn sowohl beim Propheten Hesekiel als auch in der Offenbarung des Johannes ist von den vier Tieren die Rede. Genau wie Hesekiel sie schildert, wie sie in Sturm und Wolken und Feuer mit dem kalten Nordwind kamen, so hätten sie ausgesehen, nur nicht in Bezug auf die Zahl ihrer Flügel. Die habe vielmehr mit den Angaben im Buch der Offenbarung übereingestimmt, denn bei Hesekiel ist nur von vier Flügeln je Tier die Rede.

Die Tiere aber flankierten einen Triumphwagen auf zwei Rädern, und ein Greif, halb Adler, halb Löwe, zog den Wagen an seinem Hals. Seine Flügel waren hoch emporgereckt, höher als Dantes Blick reichte. Sie ragten zu beiden Seiten des mittleren der sieben farbigen Luftstreifen gen Himmel, weit über die Streifen hinaus, jedoch ohne diese zu durchqueren oder zu spalten, sodass sie sie in drei, einen und wieder drei unterteilten. Der Vogelkopf und die Flügel des Greifen glänzten golden, sein löwenartiger Unterleib war weiß und rot.

Der Wagen war so prachtvoll, dass nicht nur die Triumphwagen des römischen Reiches davor hätten verblassen müssen, mit denen Männer wie Augustus oder Scipio, der die Karthager unter Hannibal besiegt hatte, geehrt worden waren, sondern selbst der Sonnenwagen wäre im Vergleich mit ihm armselig erschienen. Und Dante dachte an die Erzählung von Phaëton, dem Sohn des Sonnengottes, der sich von seinem Vater die Gunst erbettelt hatte, den gewaltigen Wagen einmal über die Himmelsbahn lenken zu dürfen, dieser Aufgabe aber nicht gewachsen gewesen und deshalb auf die demütige Bitte der Erde hin von Jupiter in gerechtem Ratschluss getötet worden war, damit nicht die ganze Welt in Flammen aufginge.

Neben dem rechten Wagenrad tanzten drei Frauen im Kreis. Die eine war rot wie Feuer, die zweite grün wie Smaragd und die dritte weiß wie frischer Schnee. Bald führte die weiße den Tanz an, bald die rote, aber die rote bestimmte mit ihrem Gesang, wie schnell oder langsam sich die drei bewegten. Auf der linken Wagenseite tanzten vier Frauen. Sie waren in Purpur gekleidet. Eine von ihnen hatte drei Augen im Kopf, und sie war es, die auf dieser Seite den Rhythmus vorgab.

Den Schluss des Zuges, dem Wagen mit den vier Tieren und den sieben Frauen folgend, bildeten wiederum Greise, sieben an der Zahl. Sie waren so weiß gekleidet wie die vierundzwanzig zu Beginn des Zuges, waren aber nicht mit Lilien bekränzt, sondern mit Rosen und anderen roten Blumen, die alle wie Feuer leuchteten. Wer die Greise mit etwas Abstand gesehen hätte, hätte geschworen, dass ihre Köpfe in Flammen standen. Die ersten beiden strahlten Würde und Charakterstärke aus. Ihre Gewänder unterschieden sich voneinander. Der eine war offenbar ein Arzt, wie der große Hippokrates, der uns Menschen, den teuersten Geschöpfen der Natur, zur Heilung von Krankheiten geschickt worden war. Der andere, ganz im Gegensatz zu ihm, trug ein glänzendes, scharfes Schwert, was Dante trotz des trennenden Flusses in Angst versetzte.

Den beiden folgten vier weitere Greise in demütiger Haltung. Am Schluss des Zuges schritt ein einzelner Greis, der schlief, aber sein Gesichtsausdruck war voll Geist.

Der Leser aber, der diese Bilder vor seinem geistigen Auge vorüberziehen lässt, möge bedenken, was es mit ihnen auf sich hat:

Johannes schreibt im Buch der Offenbarung, dass er vor dem Thron Gottes im Himmel sieben Fackeln brennen sah, und nannte sie den siebenfachen Geist Gottes. Und ebenso sind die Gaben des Heiligen Geistes sieben an der Zahl, nämlich Weisheit, Verstand, Rat, Stärke, Erkenntnis, Frömmigkeit und Gottesfurcht.

So wie der zwiegestaltige Greif den Triumphwagen zog, so führt Christus, der Gott und Mensch zugleich ist, seine Kirche. Vierundzwanzig Greise sah Dante vor dem Wagen schreiten, so viele wie das Alte Testament, das der Kirche vorausging, Bücher zählt, vorausgesetzt, man betrachtet die je zwei Bücher Samuel, der Könige und der Chronik, die Bücher Esra und Nehemia sowie die zwölf kleinen Prophetenschriften jeweils als eines. Vier ist die Zahl der Evangelien wie die der Tiere, die den Wagen begleiteten.

Weiß, grün und rot wie die tanzenden Frauen auf der rechten Wagenseite sind die Farben der drei geistlichen Tugenden, Glaube, Hoffnung und Liebe; aber die Liebe, schreibt der Apostel Paulus, ist die größte unter ihnen. Wir haben dieser Tugenden in dieser Erzählung ebenso schon gedacht wie der weltlichen Haupttugenden, deren Zahl wie die der auf der linken Seite des Wagens tanzenden Frauen vier ist: Gerechtigkeit, Tapferkeit, Mäßigung und Klugheit. Die wichtigste von diesen aber ist die Klugheit, denn ohne sie gibt es keine Gerechtigkeit, keine Tapferkeit und keine Mäßigung.

Und so wie die sieben Greise dem Wagen mit den Tieren folgten, so folgen den Evangelien im Neuen Testament noch sieben weitere Bücher, wenn man die Briefe, die den gleichen Verfasser haben, jeweils unter einem zusammenfasst: zuerst die Apostelgeschichte des heiligen Lukas, der von Beruf Arzt war, und die Briefe des Paulus, der das Martyrium durch das Schwert erlitten hat. Ihnen folgen die Briefe des Petrus, des Johannes, des Jakobus und des Judas. Ein einzelner Greis aber, schlafend vom Geist beseelt, beschloss den Zug, so erzählt Dante. Und so wird die heilige Schrift beschlossen vom Buch der Offenbarung, dessen Visionen wie Traumgesichte sind.

Als der Wagen Dante gegenüberstand, ertönte ein lauter Donner, und als hätte man ihnen das Weitergehen verboten, blieben auf dieses Zeichen hin alle auf einmal stehen, von den Kandelabern an der Spitze des Zuges bis zu den sieben würdigen Greisen an seinem Ende.

30. Kapitel

Beatrice – Vergils Verschwinden – Beatrices Strafrede

Sieben Leuchter waren es, die den Zug anführten, und siebenfach ist Gottes Geist, von gleicher Zahl wie die Sterne des Kleinen Wagens am nördlichen Firmament, doch stammt er von höherem Himmel und ist ohne Aufgang und Niedergang. Wegweiser aber sind sie beide, das vergängliche Gestirn und der ewige Geist. Denn jenes zeigt dem Schiffer den Weg zum Hafen, dieser der ganzen Christenheit Ziel und Richtung. Verhüllt aber Nebel das Himmelszelt, kann der Schiffer die Sterne nicht sehen, und so nimmt auch die Seele den ewigen Wegweiser nur wahr, wenn sie nicht von Schuld umtrübt ist.

Als die Kandelaber stillstanden, wandten sich die vierundzwanzig Greise, die ihnen gefolgt waren, zu dem Wagen um, als fänden sie in ihm die Erfüllung aller ihrer Wünsche. Einer von ihnen rief wie ein Himmelsbote dreimal mit den Worten des Hohen Lieds: „Komm vom Libanon, meine Braut!", und die anderen sangen es ihm nach.

Dann erhob sich mit einem Mal eine große Menge von Engeln aus dem göttlichen Wagen und rief:

„Gesegnet seist du, die du da kommst! O streut Lilien aus vollen Händen!"

So ähnlich, dachte Dante, wird es am Jüngsten Tag sein, wenn sich die Seelen der Geretteten aus ihren Gräbern erheben und mit ihren wiedergewonnenen Stimmen den Herrn preisen. Und die Engel warfen Blumen in die Luft und in die Runde, die flogen in die Höhe und fielen wieder in den Wagen und daneben auf den Boden.

Und endlich sah Dante in der Blumenwolke eine Frau erscheinen.

Wenn der Himmel bei Tagesanbruch im Osten rosig leuchtet und sonst heiter und klar ist, ist die aufgehende Sonne manchmal noch so von morgendlichem Dunst umhüllt, dass man sie eine Zeitlang gut betrachten kann, ohne geblendet zu werden. Auch die Frau war verhüllt. Sie trug die Farben des Glaubens, der Hoffnung und der Liebe: einen weißen Schleier, der mit Ölzweigen bekränzt war, und darunter einen grünen Mantel und ein feuerrotes Gewand.

Es war nun zehn Jahre her, dass die geliebte Frau gestorben war. So lange lag es zurück, dass ihre Gegenwart zum letzten Mal Dantes Geist erschüttert und zum Zittern und Staunen gebracht hatte. Zwar war die Frau verschleiert. Als aber die geheimnisvolle Kraft, die von ihr ausging, nun wieder sein Auge traf, diese hohe Kraft, die ihn schon durchdrungen hatte, als er noch ein Knabe gewesen war, erkannte er sie, und es ergriff ihn mit aller Gewalt die große Macht alter Liebe.

Er wandte sich nach links, um bei Vergil Zuflucht zu suchen, wie ein Kind, das sich in Angst oder Traurigkeit zu seiner Mutter flüchtet. „Jeder Blutstropfen in mir bebt!“, wollte er zu ihm sagen, „es ist wieder das gleiche Fieber wie damals!“

Aber Vergil war nicht mehr da. Der geliebte Vater, dem er sich zu seiner Rettung anvertraut hatte, war ohne Abschied verschwunden. Was nützten ihm da die Herrlichkeiten des Paradiesgartens, um die einst Eva das Menschengeschlecht gebracht hatte? Er brach in Tränen aus, sodass seine Wangen, die Vergil mit Tau gewaschen hatte, wieder unrein wurden.

Da hörte er seinen Namen rufen:

„Dante!“

Es ist das einzige Mal in seinem gesamten Reisebericht, dass sein Name fällt, was er sonst durchgehend vermeidet (man bedenke, dass er ja von sich selbst erzählt, während wir seine Geschichte wiedergeben, indem wir *über* ihn berichten). Hier aber war er mit seinem Namen angerufen worden, und da er in seiner Erzählung alles so schildern wollte, wie es sich zugetragen hatte, war er gezwungen, diese Anrede wiederzugeben.

„Dante“, rief die Stimme, „hör auf zu weinen! Es gibt etwas, das viel schwerer wiegt als Vergils Weggehen. Dafür solltest du dir deine Tränen aufheben!“

Dante wandte sich der Stimme zu und sah die eben im Blumenregen der Engel Erschienene auf dem linken Wagenrand stehen. Wie ein Admiral, der vom Heck oder vom Bug aus die Mannschaften seiner Schiffe überwacht und sie zur Arbeit antreibt, stand sie da und sah ihm über den Fluss hin in die Augen, den olivenbekränzten Schleier um den Kopf, der ihre Erscheinung verhüllte. Sie fuhr fort zu sprechen, in königlich stolzer Haltung, wobei sie, wie es rednerische Kunst ist, das Wichtigste, was sie sagen wollte, noch zurückhielt.

„Sieh mich an!“, sagte sie. „Ja, ich bins, ich bin Beatrice. Wie konntest du es wagen, den Gipfel dieses Berges zu besteigen? Wusstest du nicht, dass dies ein Ort der Reinheit und des Glücks ist?“

Dante erstarrte, wie der Schnee auf den Bäumen des Apennin gefriert, wenn der eisige Nordostwind bläst. Seine Tränen versiegten, und unfähig zu weinen oder zu seufzen schlug er in brennender Scham die Augen nieder und schaute in den Fluss. Als er dort sein Spiegelbild sah, ertrug er auch diesen Anblick nicht und sah ins Gras. Liebevolle Sorge kann sich sehr bitter äußern, das erfuhr Dante nun, nicht anders als ein Knabe, der von seiner Mutter hart gescholten wird.

Da fingen die Engel an zu singen. Mit lieblich-sphärischem Klang stimmten sie einen Psalm an: „In te, Domine, speravi! Herr, auf dich traue ich!“, und sangen ihn bis zum neunten Vers. Dante begriff, dass das seinetwegen geschah und sie auf diese Weise, aus Mitleid und Teilnahme für ihn, Beatrice milde stimmen wollten, denn es war ein Gebet um Hilfe im Elend und ein Lied der Erlösungshoffnung und des Vertrauens auf den Beistand des Herrn. Die Erstarrung in seinem Inneren löste sich, wie bei Südwind das Eis schmilzt oder wie eine Kerze unter der Flamme zergeht, und er begann wieder zu weinen und zu schluchzen.

Darauf wandte sich Beatrice, die immer noch auf der linken Wagenseite stand, an die Engel. Sie sagte:

„Ihr wandelt im ewigen Licht, braucht keinen Schlaf, und auch die Nacht kann den Wandel der Welt nicht vor eurem Blick verbergen. Deshalb richtet sich meine Antwort auf euren mitleidigen Gesang auch nicht so sehr an euch, sondern eher an den da drüben, der dort am anderen Ufer steht und weint.

Ich will, dass er den rechten Schmerz über seine Schuld empfindet. Dieser Mann hatte die besten Anlagen. Die Sternkonstellationen waren für ihn die allergünstigsten, und die göttliche Gnade regnete aus jenen Höhen, die uns verborgen sind, ihre Gaben in aller Fülle auf ihn herab. Er hatte also alle Möglichkeiten, Großes zu leisten. Aber auf dem besten und fruchtbarsten Ackerboden wuchert eben auch das Unkraut am leichtesten, wenn man schlechten Samen verwendet und das Land nicht pflegt. Solange ich auf der Erde lebte, wachten meine jungen Augen über ihn, und mein Anblick hielt ihn auf dem rechten Weg. Als ich aber, am Ende meiner Jugend, das fleischliche gegen das geistige Leben eintauschte, schwand seine Liebe zu mir. Ich wuchs in meinem neuen Leben an Schönheit und innerer Kraft, aber er entzog sich mir und gab sich in andere Bindungen, geriet auf Abwege und folgte den Trugbildern, die ein falsches Glück versprechen. Ich flehte für ihn, ich versuchte ihn zur Einsicht zu bringen, indem ich ihm Träume schickte und auf andere Weise, aber es kümmerte ihn nicht. Schließlich hatte er sich so tief in Schuld verstrickt, dass nur noch ein Rettungsmittel blieb: Man musste ihm die Verdammten in der Hölle zeigen, damit er mit eigenen Augen sehen konnte, wohin ihn sein Weg führen würde, wenn er nicht umkehrte. Deshalb stieg ich hinab zur Hölle und bat weinend um Hilfe, woraufhin ihn die Seele, die ich dort ansprach, auch wirklich bis hierher geleitet hat.

Es wäre ein Verbrechen gegen den höchsten göttlichen Willen, diesen Mann hier einfach so den Lethefluss überschreiten und von seinem Wasser trinken zu lassen! Er muss vorher seine Schuld bezahlen, indem er seine Sünden bereut und über sie weint."

31. Kapitel

Beatrices Anklage – Dantes Geständnis, seine Reue und seine Entsühnung im Lethefluss – Beatrice entschleiert sich

Und dann, ohne eine Pause zu machen, redete Beatrice Dante direkt an. Waren ihre Worte bisher schon hart gewesen, so bekamen sie nun eine solche Schärfe, dass es ihm vorkam, als richte sie, nachdem sie ihn zuvor mit der Schneide eines Schwertes bedroht habe, jetzt die Spitze auf ihn.

„Du da am anderen Ufer dieses heiligen Flusses!", rief sie ihm zu. „Sag selbst, ob meine Anschuldigungen wahr sind! Sie sind schließlich sehr schwer, da braucht es dein Geständnis!"

Dante war so erschüttert, dass ihm die Stimme versagte. Er war lediglich in der Lage, seinen Kehlkopf und seine Zunge etwas zu bewegen, bekam aber keinen Ton heraus. Beatrice wartete einen Augenblick, dann sagte sie:

„Nun? Was denkst du? Antworte mir! Du hast noch nicht vom Wasser getrunken, also erinnerst du dich noch an deine Schuld!"

Dante hatte das Gefühl, unter dem allzu harten Druck zusammenzubrechen, so wie bei einer Armbrust übermäßige Spannung dazu führt, dass Sehne und Bogen zerbrechen und der Bolzen mit geringerer Kraft ins Ziel fährt. Die Stimme erstarb ihm im Mund, sodass das schwache „ja", das er verwirrt und ängstlich unter Weinen und Schluchzen mit den Lippen formte, tonlos blieb.

„Was waren denn das für Hindernisse", fuhr Beatrice fort, „die dir plötzlich den Weg versperrten, den du aus Neigung zur mir eingeschlagen hattest, den Weg zu dem höchsten Gut, das man erstreben kann? Und welche Befriedigung oder welche Vorteile hast du dir von anderen versprochen, dass du mit ihnen anbandeln musstest?"

Dante schluchzte noch einmal auf. Doch dann antwortete er auf ihre Anklage. Unter Tränen und obwohl ihm beinahe die Stimme wegblieb, flüsterte er:

„Die trügerische Annehmlichkeit der Dinge, die man sehen und greifen kann, verführte mich und brachte mich auf Abwege, als Euer Anblick mir genommen war."

„Es hätte auch gar keinen Sinn gehabt, zu schweigen oder zu leugnen", sagte Beatrice daraufhin. „Der höchste Richter kennt deine Schuld auch so. Trotzdem ist dein Bekenntnis wichtig, denn dadurch, dass du dich selbst anklagst, besänftigst du seinen Zorn und milderst sein Urteil ab. Es ist aber erforderlich, dass du dich für deine Verirrungen wirklich schämst. Außerdem musst du das nächste Mal stärker sein, wenn die Verlockungen kommen. Deshalb hör mir jetzt gut zu. Beruhige dich und hör auf zu weinen.

Eigentlich hätte dich mein Tod erst recht auf dem richtigen Weg bestärken müssen. Denn mein nun zu Staub zerfallener Leib war doch so schön, dass nichts damit zu vergleichen war, was Natur oder Kunst dir im Leben sonst noch geboten haben! Wie konnte also noch irgendein sterbliches Wesen dein Begehren erwecken, nachdem dir das höchste Glück durch meinen Tod genommen war? Wäre es nicht angezeigt gewesen, die vergängliche Welt, von der ich nun kein Teil mehr war, als trügerisch zu erkennen und mir auf dem Weg zu den ewigen Gütern nachzufolgen? Wie konntest du dich stattdessen durch irgendwelche Mädchen und andere nichtige Reize herabziehen lassen? Es war doch klar, dass das Vergnügen kurz sein würde und die nächsten Schläge folgen mussten! Ein frisch geschlüpftes Küken macht vielleicht zwei oder drei böse Erfahrungen, aber spätestens wenn es ein erwachsener Vogel ist, sollte es doch eigentlich gelernt haben, den Fängern und Fallenstellern zu entgehen!"

Dante stand wortlos da wie ein kleines Kind, das sich schämt. Die ganze Zeit hielt er den Kopf gesenkt und blickte zu Boden. Doch hatte er gut zugehört und erkannte und bereute seine Schuld.

Nun sagte Beatrice:

„Wenn dich schon das schmerzt, was du jetzt gehört hast, so heb nun deinen Bart und schau her, dann wird deine Reue noch größer sein."

Diesen Befehl zu befolgen, wurde ihm unendlich schwer. Dem Nord- oder Südwind, so meinte er, müsse es leichter fallen, eine wetterfeste Eiche zu entwurzeln, als es ihm fiel, trotz seiner Scham den Blick zu heben. Der Spott, mit dem Beatrice von seinem „Bart" sprach, obwohl er gar keinen Bart trug, war ihm eine zusätzliche Demütigung; es mochte darin zugleich ein Hinweis darauf liegen, dass er als nunmehr reifer Mann nicht mehr jugendliche Unerfahrenheit zu seiner Entlastung geltend machen konnte. Aber er folgte trotz seines inneren Widerstandes und hob die Augen.

Mit noch unsicherem, gehemmtem Blick sah er, dass die Engel inzwischen mit dem Blumenstreuen aufgehört hatten. Beatrice stand zu dem Greifen hingewendet, dem Tier, das in einer Person zwei Naturen vereint. Er konnte sie immer noch nicht deutlich erkennen, denn sie war noch verschleiert, außerdem lag ja nach wie vor der Fluss zwischen ihnen. Aber schon jetzt erschien sie ihm noch viel schöner als zu Lebzeiten, ja, es kam ihm so vor, als übertreffe ihre jetzige Schönheit ihre frühere in noch höherem Grad, als damals schon ihr Liebreiz den aller anderen Frauen weit hinter sich gelassen hatte. Da verspürte er eine derart peinigende Reue, dass ihm all die Dinge, die er so verlockend gefunden hatte, plötzlich verabscheuenswert erschienen, und zwar umso mehr, je stärker seine Begierde danach gewesen war. Die Selbsterkenntnis griff ihn so ans Herz, dass er bewusstlos niederfiel, und die, die ihm diese Erkenntnis bereitet hatte, wusste wohl, wie es da um ihn stand.

Als er aus der Ohnmacht erwachte, fand er sich im Wasser wieder. Über sich sah er jene andere schöne Frau, die ihm vor dem Erscheinen des Triumphzugs blumenpflückend und singend am anderen Flussufer erschienen war. Sie hieß, wie sich später herausstellen sollte, Matelda. Sie hatte ihn bis zum Hals in die Lethe getaucht und zog ihn hinter sich her, wobei sie leicht wie ein Weberschiffchen über die Wellen glitt. „Halt dich gut an mir fest!“, rief sie ihm zu.

Kurz bevor sie am anderen, seligen Ufer waren, hörte er so unbeschreiblich lieblichen Gesang, dass es sich nicht denken lässt. Es war der Psalmvers „Asperges me!“, den auch der Priester bei der Absolution spricht: „Entsündige mich mit Ysop, dass ich rein werde; wasche mich, dass ich schneeweiß werde!“

Da streckte Matelda ihre Arme aus, umfasste Dantes Kopf und tauchte ihn unter, sodass er genötigt war, Wasser zu schlucken. Dann zog sie ihn ans Ufer und brachte den Durchnässten zu den vier schönen Frauen in purpurroten Gewändern, die auf der linken Seite des Triumphwagens tanzten. Die Frauen nahmen ihn in ihre Mitte und breiteten die Arme über ihm aus. Dabei sangen sie:

„Hier sind wir Nymphen, am Himmel sind wir Sterne. Wir wurden Beatrice als Dienerinnen zugeteilt, ehe sie zur Erde herabstieg. Wir führen dich nun zu ihr. Unsere drei Schwestern da drüben, die tiefer schauen als wir, werden dich für das himmlische Licht in rechter Weise empfänglich machen, das in Beatrices Augen strahlt.“

Dann geleiteten sie ihn zu Beatrice. Sie stand vor der Brust des Greifen, zu den Ankömmlingen hingewendet, aber nach wie vor unverwandt das Tier ansehend. Während sie auf sie zugingen, sagten die Frauen zu Dante:

„Nun schau mit all deiner Sehkraft hin! Wir haben dich vor die smaragdgrünen Augen gebracht, aus denen dich einst der Pfeil der Liebe getroffen hat.“

Mit brennendem Verlangen sah Dante in Beatrices leuchtende Augen. Der Greif schien darin wider wie die Sonne in einem Spiegel.

Dabei zeigte sich bald die eine, bald die andere Seite seiner Doppelnatur. Man bedenke das Wunder: Das Spiegelbild des Greifen in Beatrices Augen veränderte sich, während das Tier selbst ruhig und unverwandt dastand! Dante sah es voll Staunen und Glück, und was er sah, war Wunscherfüllung und Wunscherweckung zugleich.

Indessen kamen die drei Frauen von der rechten Wagenseite in engelhaftem Tanz herbei. Ihr Auftritt machte deutlich, dass sie von höherem Rang waren als die anderen vier. Im Näherkommen sangen sie:

„Nun wende deine heiligen Augen, Beatrice, zu deinem Getreuen, der so weit gewandert ist, um dich zu sehen! Erweise ihm und uns die Gnade, deinen Mund zu entschleiern, damit er deine Schönheit in ihrer ganzen Fülle sehen kann, die du bis jetzt noch verborgen hast!"

Wer, dachte Dante, als er seinen Bericht schrieb, wer, habe er auch mit noch so viel Eifer und bis zur Erschöpfung die Dichtkunst studiert und betrieben, käme sich nicht behindert und unfähig vor, wenn er vor die Aufgabe gestellt würde, den Glanz des lebendigen ewigen Lichts zu schildern, wie er sich in seiner Harmonie nun hier als ein himmlisches Abbild in der freien Luft enthüllte?

32. Kapitel

Der Baum der Erkenntnis – Verwandlung des Wagens – Not und Verderbnis der Kirche im Lauf der Zeiten

So erfüllt war Dante davon, in Beatrices Anblick nun endlich seine zehn Jahre lang gehegte Sehnsucht stillen zu können, dass er nur noch Augen für sie hatte und nichts mehr wahrnahm, was sonst noch um ihn herum vor sich ging. Ihr heiliges Lächeln übte wieder den alten Zauber auf ihn aus. Nach einer Weile wurde es den drei Frauen jedoch zu viel. Sie packten seinen Kopf und drehten ihn mit Gewalt nach links, wobei sie sagten:

„Du starrst allzu sehr!"

Der Glanz, der von Beatrices Augen ausging, war so strahlend gewesen, dass Dante daraufhin zunächst einmal gar nichts mehr sehen konnte, wie jemand, der in die Sonne geschaut hat. Als sich aber seine Augen wieder an die zwar ebenfalls hell glänzende, aber im Vergleich zu Beatrices Augen weniger leuchtende Umgebung gewöhnt hatten, sah er, dass inzwischen der gesamte Triumphzug eine Wendung nach rechts gemacht hatte und im Begriff war kehrtzumachen, um sich nach Osten zurückzubewegen, woher er gekommen war, der Sonne entgegen, wiederum mit den Leuchtern an der Spitze. Es sah aus wie bei einer Heeresabteilung, die unter ihren Schutzschilden den Rückzug antritt, wobei zunächst die Fahnenträger einschwenken, bevor sich der ganze Trupp um die eigene Achse dreht. Zunächst zogen die Greise vorüber. Dann wendete der Wagen, die Frauen kehrten zu den Rädern zurück, und der Greif zog die ganze gesegnete Last weiter, wobei sich jedoch nicht eine einzige seiner Federn bewegte. Matelda, Statius und Dante folgten dem Wagen hinter dem rechten Rad, blieben also auf der Innenseite der Drehbewegung, die der Zug vollführt hatte. So ging es weiter in den seit der Verführung Evas durch die Schlange menschenleeren Wald hinein, und der Gesang der Engel hielt den Zug mit seinem Rhythmus im gleichen Schritt.

Nachdem sie etwa drei Pfeilschusslängen weit gekommen waren, standen sie vor einem mächtigen Baum, der war so hoch, dass er sogar die gewaltigen Bäume in den indischen Wäldern bei weitem überragt hätte. Seine Krone war so geartet, dass sie sich nach oben hin immer mehr verbreiterte. Jedoch war er völlig kahl, er trug weder Blüten noch Blätter.

Beatrice stieg vom Wagen herab, und alle umringten den Baum, murmelten wie vorwurfsvoll das Wort „Adam!“ und riefen dann dem Greifen zu:

„Selig bist du, dass du nicht von diesem Baum kostest! Denn so süß es schmeckt, so grimmig schmerzt es im Leib.“

Der Greif antwortete:

„So behält der Same der Gerechtigkeit Bestand!“

Dann band er die Deichsel, an der er den Wagen gezogen hatte, unten am Baum fest. Es war aber so, dass sie einst aus dem Holz ebendieses Baums, des Baums der Erkenntnis, gefertigt worden war, und wie der Greif nun so gleiches mit gleichem verband, geschah es, dass der kahle Baum sich mit einem Mal wieder belaubte und rosa-violette Blüten trieb. Es war wie bei uns auf der bewohnten Erde, wenn im Zeichen des Widders die Pflanzen wieder zu schwellen beginnen und die Erde Blumen hervorbringt, sodass alles in weniger als einem Monat wieder grün und bunt ist und in vollem Saft steht.

Da sangen alle einen Hymnus. Dante hatte ihn noch nie gehört, verstand ihn auch nicht und schlief über dem Gesang ein. Dieses Einschlafen zu schildern, wollte ihm später nicht gelingen. Er dachte dann an die Erzählung vom hundertäugigen Riesen Argus, der, als er Jupiters Geliebte Io hatte bewachen sollen, ebenfalls durch ein göttliches Lied in den Schlaf gesungen worden war: Der Götterbote Merkur hatte ihm, wie die Alten erzählten, von der Liebe des Hirtengottes Pan zu der Nymphe Syrinx und von deren Verwandlung in Schilfrohr vorgesungen, worauf ihm seine vielen mitleidlosen Augen eines nach dem anderen zugefallen waren, allerdings zu seinem Verderben, denn als er eingeschlafen war, hatte Merkur ihn erschlagen. Das Einschlafen des Argus, meinte Dante, wäre ein gutes Modell für eine Schilderung dessen, was er selbst da erlebt hatte. Wenn man das angemessen beschreiben könnte! Aber so – solle diesen Vorgang doch selbst nachzeichnen, wer Lust dazu habe!

Ein heller Glanz traf seine Augen und zerriss seinen Schlaf, und eine Stimme rief:

„Steh auf! Was ist mit dir?"

Als er die Augen öffnete und emporschaute, sah er Matelda über sich, sonst aber niemanden. Beatrice schien mit dem übrigen Zug verschwunden zu sein. So etwa mussten sich die Jünger gefühlt haben, die Christi Verklärung miterlebt hatten! Und er dachte an die Schilderung, die die Evangelien von diesem Geschehnis geben. Jesus, so ist da zu lesen, hatte drei seiner Jünger, nämlich Petrus, Johannes und Jakobus, auf einen hohen Berg geführt. Da waren mit einem Mal Mose und Elia neben ihm erschienen, sein Antlitz hatte geleuchtet wie die Sonne, und sein Gewand war so hell geworden wie das Licht. So hatten die Jünger einen Vorgeschmack von seiner himmlischen Herrlichkeit bekommen, die dort oben in all ihrer Fülle strahlt und nach der sich die Engel ständig sehnen. Sie waren überwältigt zu Boden gefallen, aber als sie auf den Anruf dessen hin, dessen Stimme schon Tote erweckt hatte, wieder zu sich gekommen waren, hatte der Meister wieder ausgesehen wie gewohnt, ebenso sein Kleid, und auch Mose und Elia waren nicht mehr da gewesen.

Verwirrt fragte Dante:

„Wo ist Beatrice?"

„Schau doch, dort sitzt sie!", antwortete Matelda, „da auf der Wurzel, unter dem frisch ergrünten Laub! Ihr Gefolge ist noch bei ihr. Die anderen aus dem Zug aber sind auf dem Weg zum Himmel. Der Greif führt sie empor, und die Lieder, die sie nun singen, sind noch seliger und tiefer als das, das du vorhin gehört hast."

Es mag sein, dass Matelda noch mehr sagte, aber Dante nahm es nicht mehr wahr, denn seine ganze Aufmerksamkeit war wieder von Beatrice gefangengenommen. Sie saß auf der bloßen Erde, umgeben nur noch von den sieben Jungfrauen. Die Jungfrauen aber hielten nun die sieben Leuchter, die kein noch so heftiger Wind löschen kann, in ihren Händen. Es schien, als wäre Beatrice als Wache bei dem Wagen zurückgeblieben, den der Greif an dem Baum festgebunden hatte und dem er mitsamt den Greisen und den vier Tieren entschwebt war.

Als Dante Beatrice nun so ansah, richtete sie das Wort an ihn und sagte:

„In diesem Wald wirst du dereinst nur für kurze Zeit noch einmal verweilen. Danach aber wirst du gemeinsam mit mir für immer Bürger des himmlischen Rom sein, jenes ewigen Reiches, dessen erster Bürger Christus ist.

Jetzt aber schau auf den Wagen", fuhr sie dann fort, „und achte auf das, was du da sehen wirst, und wenn du wieder nach drüben zurückgekehrt bist, so beschreibe es, der verirrten Welt zur Mahnung!"

Dante lagerte sich demütig zu ihren Füßen und schaute, wie sie befohlen hatte, aufmerksam zum Wagen hin.

Da stieß ein Adler aus der Höhe herunter, schneller als ein Blitz aus der Wetterwolke niederfährt, wenn es aus hohen Himmelsschichten heraus regnet. Er brach durch den Baum, wobei er die Rinde beschädigte und Blüten und Blätter abbrach, und traf dann mit voller Wucht auf den Wagen, der daraufhin wie ein Schiff bei hohem Wellengang hin und her schwankte.

Dann schlüpfte ein magerer Fuchs, der, wie es schien, nichts Gutes zu fressen gewöhnt war, in das Wageninnere. Beatrice warf ihm böse Vergehen vor, die er sich habe zuschulden kommen lassen, worauf er, so schnell es seine Schwäche eben zuließ, die Flucht ergriff.

Darauf kam der Adler erneut herab, wieder aus der gleichen Richtung wie beim ersten Mal, und stürzte sich in den Wagen. Als er wieder aufflog, war das Gefährt voll von seinen Federn, und eine Stimme kam vom Himmel, die sagte voll Gram:

„Mein Schifflein, was trägst du für eine unselige Last!"

Nun tat sich zwischen den Wagenrädern die Erde auf, und ein Drache brach daraus hervor. Er bohrte seinen Schwanz nach oben hin in den Wagen, wodurch er den Boden zerstörte, und sammelte damit einiges von dem Holz ein. Dann zog er den Schwanz mit seiner Beute wieder ein wie eine Wespe ihren Stachel und suchte befriedigt das Weite.

Was der Drache von dem Wagen übriggelassen hatte, bedeckte sich nun weiter mit Federn wie fruchtbarer Boden mit Unkraut, und ehe man auch nur einen Seufzer hätte tun können, lagen die Federn schon überall, auch auf den Rädern und der Deichsel.

Wie anders sah der heilige Wagen jetzt aus! Und siehe da, nun trieb er plötzlich Köpfe hervor, sieben an der Zahl, einen auf jeder Ecke und drei auf der Deichsel, und aus den Köpfen wuchsen Hörner, jeweils eines aus denen auf den Ecken und zwei aus denen auf der Deichsel, insgesamt zehn. Der Wagen hatte sich in ein Ungeheuer verwandelt. Nie zuvor hatte man ein solches Monstrum gesehen! Obendrauf aber saß, wie ein Schloss auf dem Berge, eine Hure. Sie sah sich herausfordernd um und zeigte keinerlei Scham oder Unsicherheit. Neben ihr saß ein Riese, der offenbar misstrauisch darauf bedacht war, dass sie ihm keiner wegnahm. Die beiden küssten sich ab und zu. Als aber das Weib die Augen weiter schweifen ließ und dabei lüstern auf Dante schaute, packte den Riesen eine derart eifersüchtige Wut, dass er eine Peitsche ergriff und sie damit wild vom Kopf bis zu den Füßen schlug. Dann band er den verwandelten Wagen vom Baum los und zerrte ihn in den Wald, und bald verschwanden die Hure und das Ungeheuer aus Dantes Blickfeld.

Wohin war es mit Christi Kirche im Lauf der Jahrhunderte gekommen! Dante hatte es nun bildhaft vor Augen gesehen. Das römische Reich, dessen Wappenvogel der Adler ist, hatte zunächst, in den Anfängen, die Christen schwer verfolgt und das Schiff der Kirche damit heftig ins Schwanken gebracht. Immer wieder hatte sich die Kirche mit Ketzern und Häretikern auseinandersetzen müssen, die wie listige Füchse die Menschen von der Wahrheit hatten abbringen wollen, von deren guter Speise sie selbst nie gekostet hatten. Kaiser Konstantin hatte die Kirche dann mit weltlicher Macht betraut, was sich aber als verderbliche Last erwiesen hatte, denn so war sie von den ewigen Schätzen abgezogen worden. Spaltungen und das Aufkommen neuer Religionen hatten sie beschädigt und ihren Machtbereich verkleinert, und weitere Fürsten hatten sie mit irdischen Gütern beschenkt, oft in bester Absicht, ihr aber doch zum Unheil.

Und schließlich hatte das Übel vollends die Oberhand gewonnen. Hochmut, Rachsucht, Habgier, Neid, Ausschweifung, Maßlosigkeit und Trägheit des Herzens hatten alle Tugend verdrängt, sodass der Wagen der Kirche am Ende aussah wie das apokalyptische Tier mit den sieben Köpfen und den zehn Hörnern, von dem der Prophet Johannes im Buch der Offenbarung schreibt.

In den Jahren nach Dantes Jenseitsreise aber sollte die Verderbnis der Kirche noch einen weiteren Gipfel erreichen, indem sie sich unter Aufgabe jeder Würde ganz in die Gewalt und Abhängigkeit der französischen Krone geben sollte. Der Papst würde seinen Sitz in Rom verlassen und sich von dem unseligen König Philipp dem Schönen nach Avignon zerren lassen, wo der ihn wie eine Hure gänzlich in seiner Hand haben würde.

33. Kapitel

Beatrices Weissagungen und Ermahnungen – Der Eunoë-Fluss – Bereit zum Sternenflug

„Deus, venerunt gentes in heriditatem tuam!"

So sangen die sieben Jungfrauen unter Tränen angesichts der schrecklichen Wandlungen, die der Wagen der Kirche durchmachte. „Gott, es sind Heiden in dein Erbe eingefallen, die haben deinen heiligen Tempel entweiht!" Die vier rotgekleideten Frauen sangen die Verse des Psalms im Wechsel mit den drei anderen, und Beatrice, die zuhörte, war derart gezeichnet von Schmerz und Mitgefühl, dass es fast aussah wie bei der Mutter Gottes unterm Kreuz. Als die Frauen schwiegen, stand sie auf, feuerrot im Gesicht, und sagte mit den Worten, die Jesus beim Abschied zu seinen Jüngern gesprochen hatte:

„Modicum, et non videbitis me! Meine geliebten Schwestern, noch eine kleine Weile, dann werdet ihr mich nicht mehr sehen; aber nochmals eine kleine Weile, dann werdet ihr mich wieder sehen!"

Dann hieß sie die sieben Frauen vorangehen und winkte Dante, Matelda und Statius, ihr zu folgen.

Sie war noch keine zehn Schritte gegangen, als sie sich umsah, Dante fest in die Augen blickte und ihn ruhig ansprach:

„Geschwind, komm zu mir, damit du hörst, was ich dir sagen will!"

Dante gehorchte, und als er bei ihr war, begann sie:

„Bruder, warum traust du dich denn nicht, mich nach den Dingen zu fragen, die du wissen willst, wo wir doch nun gemeinsam unterwegs sind?"

Dante antwortete in gedämpftem Ton, wie ein Untergebener, der seinem Herrn gegenübersteht und es aus Ehrerbietung nicht wagt, seine Stimme zu normaler Fülle zu erheben:

„Herrin, Ihr kennt meine Fragen auch so und wisst selbst, wie Ihr meine Wissbegier stillen könnt."

Da sagte Beatrice:

„Nun leg doch deine Ängstlichkeit und Schamhaftigkeit ab! Man versteht dich ja kaum, es ist ja, als ob du im Traum redest!"

Und dann sprach sie von der Verderbnis der Kirche, aber auch davon, dass die kaiserlose Zeit, unter der das Reich litt, bald ein Ende haben sollte. In geheimnisvollen Worten prophezeite sie das Kommen eines neuen Herrschers, der das Recht wiederherstellen werde.

„Der heilige Wagen", sagte sie, „den der Drache durchbohrt hat, war einmal. Er existiert nicht mehr. Aber der daran Schuldige wird sich der Rache Gottes nicht entziehen können, denn der Adler, der den Wagen mit Federn beladen und ihn damit zuerst zum Monstrum und dann zur Beute gemacht hat, wird nicht ewig ohne Erben sein. Nah sind schon die Sterne, die die Zeit bringen – kein Hindernis, keine Schranke kann sie aufhalten, ich weiß es gewiss, darum erzähle ich es –, da wird einer kommen, gesandt von Gott, ein *Fünfhundertfünfzehn*, der wird die Hure töten zusammen mit dem Riesen, der mit ihr sündigt. Meine Worte verwirren dich vielleicht, denn sie sind dunkel und nebelhaft nach Art der Weissagungen, wie die Orakelsprüche der Göttin Themis und die Rätselfragen der Sphinx. Aber bald wird meine Prophezeiung eintreffen, und damit wird sich dieses schwere Rätsel lösen, ohne dass dabei, wie im Falle von Themis und der Sphinx, Vieh und Saat Schaden nähmen."

So Beatrices dunkles Seherwort. Schreibt man aber die Zahlen fünfhundert, fünf und zehn in römischen Zeichen, so ergibt sich das Wort DVX, das heißt Führer.

„Merk dir meine Worte gut", fuhr Beatrice fort, „und erzähl sie den Menschen weiter, damit sie ihnen nützen auf ihrem Lauf zum Tod. Und vergiss auch nicht, bei deiner Beschreibung den Baum zu schildern, den du hier gesehen hast und der vor deinen Augen zum zweiten Mal beraubt worden ist! Gott schuf ihn als heilige Pflanze, nur für sich selbst zum Gebrauch, und deshalb macht sich jeder, der ihn plündert oder beschädigt, tätiger Gotteslästerung schuldig. Adam musste über fünftausend Jahre in Pein und Sehnsucht verbringen, weil er von diesem Baum gekostet hatte, bis endlich der erschien, der die Sühne dafür auf sich nahm.

Dass du nicht von selbst verstehst", sagte sie dann, „aus welchem einzigartigen Grund dieser Baum so besonders hoch gewachsen ist und warum sich seine Krone, anders als die anderer Bäume, nach oben hin verbreitert, ist ein Zeichen dafür, dass dein Geist eingeschlafen ist. Deine Freude an den Nichtigkeiten, mit denen du dich so lange abgegeben hast, hat ihn verändert, deshalb ist er dem Wesentlichen nicht mehr ohne weiteres zugänglich. Es ist ihm ergangen wie einem Gegenstand, den man ins kalkhaltige Wasser der Elsa in der Toskana taucht, sodass er verkrustet, oder wie den Früchten des Maulbeerbaums, die ihre Farbe geändert haben, weil das Blut des sterbenden Pyramus auf sie spritzte. Wenn dein Geist klar wäre, hättest du schon angesichts der Besonderheiten dieses Baums verstanden, was es mit ihm, moralisch betrachtet, auf sich hat und dass sich in dem Verbot, von seinen Früchten zu essen, an ihm Gottes Gerechtigkeit zeigt.

Aber wie ich sehe, blendet dich das Licht meiner Worte, weil dein Geist so verhärtet und getrübt ist. Nimm sie wenigstens innerlich mit dir wie ein gemaltes Bild, wenn du sie schon nicht wie geschriebene Worte aufnehmen kannst! Mach es wie der Pilger im Heiligen Land, der seinen Stab mit Palmblättern schmückt, um ein sichtbares Zeichen von seiner Reise mitzunehmen."

Dante antwortete:

„Wie sich ein Siegel im Wachs abdrückt, so unveränderlich trage ich im Gedächtnis, was Ihr mir eingeprägt habt. Aber warum sprecht Ihr denn so, dass es mein Fassungsvermögen derart übersteigt? Je mehr ich mich um Verständnis bemühe, umso weiter fliegen mir Eure Worte davon, nach denen ich mich doch so gesehnt habe!"

„Das tue ich", erwiderte Beatrice, „damit du merkst, wie unzulänglich die Lehren, denen du bisher gefolgt bist, für das Verständnis meiner Worte sind, und damit du begreifst, dass euer Weg so weit von Gottes Wegen entfernt ist wie die Erde vom höchsten, raschesten Himmel."

Darauf sagte Dante:

„Ich kann mich gar nicht erinnern, mich jemals innerlich von Euch entfernt zu haben, und empfinde auch kein Schuldgefühl, das mich darauf hinweisen würde!"

„Wenn das so ist", antwortete Beatrice lächelnd, „dann denk daran, dass du vorhin vom Wasser der Lethe getrunken hast, das die Erinnerung an die eigene Sünde tilgt. Gerade daraus, dass du deine

Schuld vergessen hast, folgt, dass sie existiert hat, so wie man vom Rauch aufs Feuer schließen muss. Dein Vergessen beweist klar, dass du dich schuldhaft von mir entfremdet und deine Wünsche auf andere Dinge gerichtet hast.

Aber von jetzt an", fügte sie hinzu, „werde ich in so schlichten Worten zu dir sprechen, dass du mit deiner noch rohen Einsicht ihnen folgen kannst."

Die Sonne war in den Mittagsmeridian eingetreten, der seine Lage je nach dem Standpunkt des Betrachters ändert. Sie strahlte hell, und wie es immer um Mittag zu beobachten ist, schien sie sich besonders langsam zu bewegen.

Die sieben Frauen, die an der Spitze des Zuges gingen, blieben stehen, so wie ein Pfadfinder stehenbleibt, wenn er etwas Neues oder einen Hinweis darauf entdeckt. Ein schwacher Schatten, wie ihn grünes Laub und dunkles Geäst auf einen Gebirgsbach werfen, war zu sehen, und Dante bemerkte, dass sie vor einer Quelle standen, der zwei Flüsse entsprangen. Es war ihm, als sähe er Euphrat und Tigris aus dieser Quelle fließen und wie Freunde ruhig voneinander Abschied nehmen.

„O du Licht und Ruhm des Menschengeschlechts", fragte er Beatrice, „was hat es denn mit diesem Wasser auf sich, das hier aus einer einzigen Quelle kommt und dann nach zwei Seiten auseinanderfließt?"

Beatrice antwortete:

„Frag Matelda!"

Damit war also der Name der schönen Frau gefallen, den wir vorhin bereits mitgeteilt haben. Matelda, die sich mit dem unausgesprochenen Vorwurf konfrontiert fühlte, eine ihrer Aufgaben nicht wahrgenommen zu haben, wollte sich rechtfertigen und versicherte:

„Ich habe ihm längst darüber Auskunft gegeben, wie auch über manches andere! Wenn er es vergessen hat, kann das nicht an der Lethe liegen, denn die löscht ja lediglich die Erinnerung an die Sünde!"

Aber Beatrice antwortete begütigend:

„Vielleicht haben die großen Dinge, die er inzwischen erlebt hat, sein Gedächtnis für diese Einzelheit verblassen lassen. So etwas kommt ja vor. Aber nun sind wir am Fluss Eunoë, also führ ihn hin und bring seine erstorbene Kraft wieder zum Leben, wie es dein Amt ist!"

Matelda gehorchte bereitwillig, nach Art edler Seelen, die sich den Wunsch eines anderen Menschen anstandslos zu eigen machen, sobald der ihn nur äußert. Sie nahm Dante bei der Hand und lief mit ihm zum Fluss, wobei sie auch Statius mit weiblicher Freundlichkeit ermunterte:

„Komm du auch mit uns!"

Nun, so schreibt Dante an dieser Stelle seines Gedichts, habe er alle Blätter vollgeschrieben, die er für den zweiten Teil seines Reiseberichts vorgesehen habe. Wenn er noch mehr Platz hätte, so schreibt er, hätte er gern noch so gut wie eben möglich versucht zu schildern, wie süß es war, vom Wasser Eunoës zu trinken, diesem Wasser, das nie sättigt. So aber sei seiner Kunst hier nun vorerst eine Grenze gesetzt.

Dante entstieg dem heiligen Wasser und kehrte zu Beatrice zurück, neugeboren wie eine junge Pflanze in frischem Grün, rein und bereit zum Flug in die Sterne.

Paradies

1. Kapitel

Anrufung Apolls – Beginn des Aufstiegs und Flug zur Feuersphäre – Die Ordnung der Himmel und des Weltalls

Die Herrlichkeit dessen, der alle Dinge bewegt, durchdringt das gesamte Universum mit ihrem Glanz. An manchen Orten strahlt das göttliche Licht besonders hell, an anderen gedämpfter. Seine größte Fülle aber breitet es im höchsten aller Himmel aus, wo Gott selbst wohnt. Dorthin sollte Dante am Ende seiner Jenseitsfahrt geführt werden.

Auf dieser Reise sah er Dinge, die im Rückblick wiederzugeben er sich außerstande sah, denn wenn unser Geist sich auf den Weg zu seinem Sehnsuchtsziel begibt, durchmisst er solche Tiefen, dass das Gedächtnis unmöglich Schritt halten kann. Was er aber von dem Geschauten in Erinnerung habe behalten können, so schreibt Dante zu Beginn des dritten Teils seines Reiseberichts, werde nun Gegenstand seines Gedichts sein.

„O guter Apoll!", so rief er den Gott der Dichtkunst an, als er sich daranmachte, von seinem Flug durch die Himmel zu erzählen. „Nun verleih mir für diese letzte Anstrengung so viel Kraft, dass ich der Lorbeerkrone würdig werde! Bisher genügte mir die Hilfe der Musen, deiner Begleiterinnen, aber für das, was jetzt noch zu gestalten ist, bedarf es deines eigenen Beistands. Mit deiner Dichterkraft hast du seinerzeit den Satyr Marsyas im musikalischen Wettstreit besiegt und ihn gehäutet zur Strafe für seine Überhebung. So erfülle mich mit deinem dichterischen Atem! Wenn du, Göttlicher, mich befähigst, auch nur einen Abglanz dessen wiederzugeben, was ich vom Reich der Seligkeit in meinem Geist bewahren konnte, so will ich zum Lorbeerbaum kommen, den du so liebst, und mit seinen Blättern bekränzt werden, dessen würdig gemacht durch den hohen Gegenstand meines Lieds und durch deine Hilfe. Du müsstest dich doch freuen, Vater, wenn jemand so hohen Ruhm erlangen will! Denn nur wenige haben noch das Bedürfnis, wahrhaft Großes zu leisten, sei es als Feldherr oder als Dichter. Schande über die Menschen! Sie versündigen sich mit der Niedrigkeit ihres Strebens. Aber vielleicht spornt ja meine Dichtung andere an, mir nachzufolgen und dich mit noch größerer Kraft anzurufen, als sie mir zur Verfügung steht, so wie aus einem kleinen Funken eine große Flamme werden kann."

Die Sonne geht, von der Erde aus gesehen, je nach Jahreszeit an unterschiedlichen Stellen auf. Als Dantes Himmelsreise begann, trafen an ihrer Aufstiegsstelle vier Himmelskreise zusammen, nämlich der Horizont, an dem sie erscheint, der Äquator, die Ekliptik und der Meridian des Äquinoktialpunkts, sodass sich am Himmel drei Kreuze bildeten. Das ist eine außergewöhnlich günstige Himmelskonstellation, von besonders wohltätigem Einfluss auf die Welt.

Die nördliche Erdhalbkugel war in Dunkel gehüllt, aber hier auf dem Gipfel des Läuterungsbergs war es heller Tag, der siebente, seit Dante zu seiner Jenseitsfahrt aufgebrochen war. Er war vom Fluss zu Beatrice zurückgekehrt. Sie hatte sich nach links gewendet und schaute in die Mittagssonne, wozu sonst nur der Adler fähig ist. Doch kein Adler hatte sich je so tief in dieses Gestirn versenkt wie sie! Und siehe – wie ein Lichtstrahl reflektiert wird, sodass er einen zweiten hervorbringt und das Licht gleich dem heimkehrenden Pilger wieder dahin steigt, wo es herkam, so zog Beatrices Blick den Dantes nach sich, und ihr Tun rief auch bei ihm die Fähigkeit dazu hervor, sodass er plötzlich in der Lage war, in die Sonne zu schauen, und damit die Grenze dessen überschritt, was dem Menschen normalerweise möglich ist. Zu verdanken war das dem besonderen Ort. Denn Gott hatte den Garten Eden für das Menschengeschlecht geschaffen, als es noch im Stand der Unschuld gewesen war, und damals hatte der Mensch noch Fähigkeiten besessen, die ihm mit dem Sündenfall abhanden gekommen waren.

Dante ertrug den Blick in die Sonne zwar nicht besonders lange, aber doch lange genug, um zu bemerken, dass rings um sie herum Funken sprühten wie bei glühendem Eisen, das frisch aus dem Feuer kommt. Dann schien es ihm mit einem Mal, als ob da noch eine weitere Lichtquelle wäre, so als hätte Gott eine zweite Sonne zu der ersten an den Himmel gesetzt.

Er wandte den Blick von der Sonne ab und sah Beatrice an, die ihrerseits unverwandt in den Himmel schaute. Da vollzog sich in seinem Inneren eine Verwandlung, so als lasse sein Wesen die Grenzen der menschlichen Natur hinter oder unter sich. Er fragte sich, ob er in diesem Moment ganz seiner Körperlichkeit ledig wurde und es nur noch seine Seele war, die nun die Reise zum Himmel zu unternehmen sich anschickte – allein Gott in seiner Liebe, der ihn durch sein Licht aufwärts trug, wusste, ob es sich tatsächlich so verhielt. Es lässt sich nicht mit Worten ausdrücken, was mit ihm geschah. Doch möge der Leser, dem eine solche Erfahrung bisher nicht vergönnt gewesen ist, an die alte Erzählung von dem Fischer Glaucus denken, der nach dem Genuss eines wundertätigen Krautes zu einem Meeresgott und den Unsterblichen gleich wurde, so weht ihn vielleicht eine Ahnung von dem an, was Dante hier widerfuhr.

Unerhörte Klänge drangen an sein Ohr. Die Sonne schien den Himmel entzündet zu haben, das Flammenmeer reichte weiter als jeder irdische See, den Regen und Wasserströme jemals bilden können. Noch nie hatte Dante eine derart brennende Sehnsucht empfunden, der Ursache einer Erscheinung auf den Grund zu kommen, wie beim Hören dieser Klänge und angesichts dieses Lichts. Doch ehe er seine Frage äußern konnte, begann Beatrice sie schon zu beantworten, denn ebenso wie zuvor Vergil wusste auch sie alles, was in seinem Inneren vor sich ging.

„Du behinderst dich selbst", sagte sie lächelnd, „indem du an einer falschen Vorstellung festhältst! So siehst du nicht, was du doch sehen könntest, wenn du dich von ihr trennen würdest. Anders als du glaubst, bist du nämlich schon nicht mehr auf der Erde. Unser Flug hat bereits begonnen. Schneller als ein Blitz von seiner Sphäre herab zur Erde fährt, bist du aufgestiegen, deiner wahren Heimat entgegen."

So also verhielt es sich! Schon dass Dante beim Blick in die Sonne eine Verdopplung des Lichts bemerkt hatte, war daher gekommen, dass sie sich der Feuersphäre genähert hatten, die sich oberhalb der Erdatmosphäre an der Grenze zum Mondhimmel, der untersten der Himmelssphären, befindet.

Mit den Himmelssphären hat es folgende Bewandtnis. Es gibt davon neun. Sie sind aus überaus feinem, durchsichtigem Stoff und umkreisen als konzentrisch angeordnete Schalen oder Hohlkugeln die – ihrerseits unbewegte – Erde, und zwar mit umso höherer Geschwindigkeit, je weiter sie von ihr entfernt und je näher sie also der Gottheit sind, denn immerwährende Sehnsucht nach Gott ist es, die sie in Bewegung hält. Bei ihrem Kreisen ertönen Klänge von vollkommener Harmonie, deren Schall und Maß Gott selbst setzt.

Auf den sieben erdnächsten dieser Himmelssphären befinden sich die sieben Planeten, nämlich Mond, Merkur, Venus, Sonne, Mars, Jupiter und Saturn. Um den Saturnhimmel kreist der Fixsternhimmel und darum wiederum als neunte und größte Himmelssphäre der Kristallhimmel, der auch „Primum mobile" heißt, Erstbeweger, weil es seine Bewegung ist, die sich den darunterliegenden Sphären mitteilt. Über dem Kristallhimmel aber wölbt sich die Wohnstätte Gottes. Von dort geht alle Bewegung aus, doch sie selbst ruht, und ihr Name ist Empyreum, Ort im Feuer, denn sie ist pures Licht.

Dante wusste nun also, dass er bereits unterwegs zum Himmel war. Daraus ergab sich für ihn aber gleich die nächste Frage.

„Eure Antwort beruhigt zwar mein Erstaunen über das, was ich sehe und höre", sagte er, „aber nun wundere ich mich darüber, dass ich im Flug durch diese leichten Substanzen dringen kann, als gäbe es keine Schwerkraft."

Beatrice seufzte und blickte Dante an wie eine besorgte Mutter ihr Kind, das im Fieber redet. Dann begann sie wie folgt:

„Alle Dinge sind aufeinander bezogen und bilden ein ausgewogenes Ganzes, womit das Weltall dem Wesen seines Schöpfers entspricht, der es in seiner Ordnung auf sich selbst, Gott, als Endziel hin geschaffen hat. Diejenigen Geschöpfe, die mit Vernunft begabt sind, die Engel und die Menschen, sind in der Lage, in dieser großen Harmonie des Alls sein Walten zu erkennen.

Nach dieser Ordnung sind alle Wesen ausgerichtet, aber auf unterschiedliche Weise und in unterschiedlich großer Nähe zu Gott. Alles Geschaffene strebt dem ihm zugewiesenen Ziel auf seinem eigenen Weg durchs große Ganze zu, dem Instinkt folgend, der ihm mitgegeben ist. Das Feuer folgt diesem Trieb, indem es zu seiner Heimatsphäre unter dem Mond drängt. Alle Lebewesen folgen ihm. Die Erde folgt ihm, wenn sie alle Körper zu sich zieht und so dafür sorgt, dass sie im Inneren zusammenhält. Und nicht nur die unvernünftigen Wesen lassen sich von diesem Urtrieb leiten, sondern auch die, die über Verstand und Liebe verfügen. Uns wird nun diese Kraft, die jedes Wesen zum vorbestimmten Ziel bringt, bis zum Sitz der Vorsehung tragen, die das alles so wunderbar eingerichtet hat, zum Empyreum, das in Gottes Licht ruht und innerhalb dessen der höchste und schnellste der bewegten Himmel kreist.

Freilich kommt es vor, dass ein Geschöpf den Weg verlässt, den sein Instinkt ihm zum guten Ziel weisen müsste, und es in freier Entscheidung, von trügerischen Begierden abgelenkt, Irrwege beschreitet. Auch ein gut angelegtes Kunstwerk kann ja misslingen, wenn das Material zu grob ist; auch der Blitz verlässt die Feuersphäre, seine Heimat, und fährt zur Erde hinunter.

Wenn ich's recht bedenke", schloss sie, „ist es in deinem Fall durchaus nicht verwunderlich, dass du gen Himmel fliegst, ebensowenig wie es zum Verwundern ist, dass ein Bach einen Berg hinabfließt. Denn nun, wo du geläutert und von jedem Hindernis befreit bist, kann dein Instinkt dich nur noch nach oben ziehen. Das Gegenteil wäre vielmehr erstaunlich gewesen, also wenn du dich anstatt aufzusteigen ruhig unten auf der Erde hingesetzt hättest. Auch Feuer bleibt ja nicht unbewegt am Boden, sondern es flammt und flackert und lodert auf."

Und damit wandte sie ihre Augen wieder zum Himmel.

2. Kapitel

Dantes Warnung an die Leser – Der Mondhimmel – Über die Mondflecken und die Prägung der Gestirne durch himmlische Kräfte

An dieser Stelle seines Berichts holt Dante zu einer eindringlichen Warnung an seine Leser aus. Eingehend sollten sie sich prüfen, so fordert er sie auf, ob sie dem, von dem er nun im dritten Teil erzählen werde, geistig auch wirklich gewachsen seien, und andernfalls lieber die Finger von dieser anspruchsvollen Lektüre lassen.

„Wenn ihr", so schreibt er, „dem Schiff meiner Dichtung übers hohe Meer folgen wollt, aber nur ein kleines Boot zur Verfügung habt, so lasst es lieber bleiben, meidet das offene Meer und kehrt an euer gewohntes Ufer zurück! Es könnte sonst sein, dass ihr mir nicht folgen könnt und euch heillos verirrt. Denn die Wasser, zu denen ich segle, hat vor mir noch keiner befahren. Mir schickt Minerva die Winde, Apoll ist mein Steuermann, und die Musen zeigen mir den richtigen Kurs. Ihr wenigen aber, die ihr schon auf Erden von der himmlischen Nahrung gekostet habt, die nie sättigt, ihr könnt es wohl wagen. Doch bleibt immer dicht in meinem Kielwasser, damit ihr meine Spur nicht verliert! Ihr werdet euch über das, was ihr hört und seht, mehr wundern als seinerzeit die Argonauten über ihren Anführer Jason, als sie ihn in Kolchis mit feuerspeienden Stieren im Joch einen Acker pflügen sahen!"

Die der Seele mitgegebene, sie ständig begleitende Sehnsucht nach dem göttlichen Reich trug Beatrice und Dante rasch empor, fast so schnell wie sich die Himmel drehen. Beatrice schaute nach oben, und Dante sah seinerseits Beatrice an. Seit sie ihren Blick wieder hinaufgerichtet hatte, war gerade so viel Zeit vergangen, wie ein Pfeil braucht, um von der Bogensehne bis zum Ziel zu gelangen, als Dantes Aufmerksamkeit auch schon von etwas sehr Verwunderlichem beansprucht wurde. Er hatte den Eindruck, von einer hellen Wolke eingehüllt worden zu sein, die aber dicht, fest und glatt war und wie ein Diamant in der Sonne glänzte. Beatrice, die seine Gedanken lesen konnte, wandte sich in ihrer Schönheit zu ihm und sagte fröhlich:

„Nun richte deinen Sinn dankbar auf Gott! Wir sind im Mond angekommen, im ersten der Himmel."

Was Dante so verwunderte, war, dass das ewige Gestirn sie in sich aufgenommen hatte, ohne sich dabei zu spalten, so wie Wasser einen Lichtstrahl aufnimmt. Auf der Erde, überlegte er später, wäre so etwas unmöglich. Kein Körper könnte in einen anderen eindringen, ohne dessen Stoff zu verdrängen, zwei Körper also niemals an gleicher Stelle existieren. War er denn nun in seiner Körperlichkeit in den Himmeln gewesen oder nicht? Wenn dem so gewesen sein sollte, so konnte die Sehnsucht danach, mit eigenen Augen zu sehen, wie Christus in seiner einen Person zwei Naturen vereinigt, durch ein solches Erlebnis nur gesteigert werden. Als irdische Menschen, dachte Dante, können wir an Christi menschlich-göttliche Doppelnatur nur glauben, aber im Paradies werden wir ihrer selbst ansichtig werden und keines Beweises mehr dafür bedürfen, so wenig wie für die Dinge, die uns hier auf Erden unmittelbar einleuchten.

Dante antwortete seiner Führerin:

„Herrin, in größter Demut danke ich dem, der mich gen Himmel fliegen lässt. Aber sagt mir doch, was hat es denn mit den dunklen Flecken hier auf dem Mond auf sich? Auf der Erde hängen ja manche Leute dem Aberglauben an, sie rührten von Kain her, der nach dem Mord an seinem Bruder hierher verbannt worden sei."

Beatrice verzog den Mund zu einem leisen Lächeln und sagte:

„Du solltest dich nicht allzu sehr darüber wundern, dass die Menschen sich ihren eigenen Reim auf Erscheinungen machen, deren wahre Ursachen sich ihren Sinnen nicht erschließen. Du siehst ja, wie rasch der Verstand an seine Grenzen kommt, wenn er lediglich der Sinneswahrnehmung folgt. Aber sag mir doch erst einmal deine eigene Meinung darüber, woher die Mondflecken kommen!"

„Ich glaube", erwiderte Dante, „es ist die größere oder geringere Dichte der Himmelskörper, die ihre Oberfläche heller oder dunkler erscheinen lässt."

Darauf sagte Beatrice:

„Du wirst rasch begreifen, wie falsch diese Erklärung ist, wenn du meiner Beweisführung aufmerksam folgst. Denk einmal an die zahlreichen, so verschieden strahlenden Sterne am Fixsternhimmel! Wäre deren Vielfältigkeit tatsächlich einzig und allein auf Unterschiede in der Dichte zurückzuführen, so müsste man davon ausgehen, dass in ihnen allen ein und dieselbe Kraft wirkt, lediglich in geringerer oder größerer Stärke. In Wahrheit aber wirken in den Sternen viele verschiedene Kräfte. Es muss also mehrere formende Prinzipien geben, von denen sie geprägt werden.

Aber nehmen wir einmal an, beim Mond wäre es tatsächlich so, wie du sagst, und die dunklen Flecken kämen wirklich daher, dass seine Dichte an den betreffenden Stellen besonders gering ist. Es erhöbe sich dann die Frage, ob das dort jeweils auf die gesamte Tiefe des Mondes oder nur auf einzelne Schichten zutrifft, also ob sich nicht vielleicht dünnere und stärkere Schichten abwechseln, so wie es bei einem Körper fette und magere Stellen gibt. Nehmen wir zunächst an, der Mond wäre an den fraglichen Stellen durchweg von geringerer Dichte. Dann müsste bei einer Sonnenfinsternis, wenn die Sonne direkt hinter dem Mond steht, das Licht, das dünne Körper ja durchdringen kann, an diesen Stellen durch ihn hindurchscheinen. Das tut es aber offensichtlich nicht. Damit bleibt noch die zweite Möglichkeit, also dass sich dort Schichten von verschiedener Stärke abwechseln. Wenn sich auch diese These ausschließen lässt, ist deine Behauptung widerlegt.

Wäre der Mond an den in Rede stehenden Stellen nur schichtweise von geringerer Dichte, würden die Sonnenstrahlen genau dort, wo in seinem Inneren die Dichte wieder zunimmt, reflektiert werden, denn das Licht stößt da ja an eine Grenze. Es wäre wie beim Spiegel, der deshalb Licht zurückwirft, weil seine Rückseite mit Blei verkleidet, also lichtundurchlässig ist. Folglich müsste es an den fraglichen Stellen genauso hell sein wie überall woanders auf der Oberfläche des Mondes auch. Du wirst einwenden: Wenn sich die Reflexion nicht an der Mondoberfläche abspielen würde, sondern weiter innen und damit weiter von der Erde entfernt, wäre es nur folgerichtig, dass das Licht schwächer wäre und uns somit dunkler erschiene. Dagegen wiederum kann dich die Erfahrung eines Besseren belehren, die ja die Quelle aller Künste ist. Also stell dir mal das folgende Experiment vor, vielleicht hast du irgendwann einmal Gelegenheit, es auszuprobieren. Du nimmst drei Spiegel. Zwei davon stellst du so auf, dass sie gleich weit von dir entfernt sind, den dritten etwas weiter weg zwischen die beiden. Hinter deinen Rücken stellst du eine brennende Kerze. Nun postierst du dich so, dass du in die Spiegel siehst und dabei die Kerze nicht verdeckst, sodass du wahrnehmen kannst, wie ihr Licht reflektiert wird. Wäre dein eben von mir formulierter Einwand zutreffend, müsste die Flamme in dem weiter entfernt stehenden Spiegel weniger stark leuchten als in den beiden anderen. Aber dem ist nicht so! Du wirst feststellen, dass sie in dem dritten Spiegel zwar kleiner erscheint als in den näher bei dir befindlichen, aber genauso hell ist."

Nachdem Beatrice auf diese Weise Dantes These über die Mondflecken widerlegt hatte, fuhr sie fort wie folgt:

„Nun bist du befreit von deinen falschen Vorstellungen, so wie die Erde von Schnee und Kälte befreit wird, wenn die warmen Strahlen der Sonne auf sie treffen. Jetzt will ich dir sagen, wie es sich wirklich verhält, und deinen Geist mit so lebendigem Licht erfüllen, dass es dir vor Augen flimmern wird, wenn du es anschaust.

Dem Kristallhimmel, der sich innerhalb des Empyreums dreht, wohnen Kräfte inne, die die Existenzgrundlage für alle in ihm einbeschlossenen Dinge bilden. Diese Kräfte werden an den Fixsternhimmel weitergegeben, der sie an die in ihm befindlichen Sterne verteilt und an die Planetenhimmel weiterfließen lässt, wo sie wiederum den einzelnen Planeten zukommen. Du verstehst also: Das Wirken der Himmel vollzieht sich in Stufen, sie nehmen von oben und geben nach unten weiter. Jetzt gib gut acht, wie ich daraus die Wahrheit über die Mondflecken entwickle, die du so gern wissen möchtest! Du sollst das ja auch später noch nachvollziehen können.

Dass die Himmel kreisen und Kräfte austauschen, geschieht nicht von allein, sowenig wie der Hammer sich ohne den Schmied bewegt, sondern es ist das Werk himmlischer Intelligenzen, der Engel. Engel sind es, die die Himmel drehen, sie sind es, die dabei die Kräfte von Sphäre zu Sphäre weitergeben. Diese himmlischen Kräfte entspringen zwar *einem* Geist, sind aber doch von großer Vielfalt, wie ja auch die menschliche Seele in ihrer vergänglichen Hülle immer die eine bleibt und doch in verschiedenen Körperteilen und Organen zur Entfaltung kommt, die unterschiedlichen Zwecken dienen.

Den Sternen und Planeten wird dabei wie mit einem Siegel eine bestimmte Prägung aufgedrückt. Aber auch von sich aus haben sie ja schon bestimmte Wesenseigenheiten. Sie sind also, wie das Leben im menschlichen Körper, aus verschiedenen Bestandteilen gemischt: Sie setzen sich aus dem – von Stern zu Stern unterschiedlichen – jeweils eigenen Stoff und aus den belebenden himmlischen Kräften zusammen, die bei der Weitergabe an die Sterne und Planeten durch die Engel so gestaltet werden, dass die Wesensart des jeweiligen Himmelskörpers am besten zur Entfaltung kommen kann.

Die Engel sind aber freudige Geschöpfe, und diese Grundeigenschaft geben sie allen Sternen mit, was dadurch sichtbar wird, dass die Sterne leuchten. Auch das ist wieder wie bei den Menschen: Deren Lebensfreude zeigt sich in ihren Augen, in der Bewegung ihrer Pupillen."

Und Beatrice schloss, indem sie die letzte Schlussfolgerung, nämlich die Übertragung des Gesagten von den Sternen auf den Mond, Dante überließ:

„Da jedoch die Mischungen aus Himmelskräften und eigener Substanz, wie gesagt, von Stern zu Stern ganz verschieden sind, strahlen die Himmelskörper auch in ganz unterschiedlicher Stärke und Färbung. Dass ihr Licht hier besonders hell, dort wieder gedämpfter erscheint, liegt also nicht an ihrer unterschiedlich großen Dichte, sondern an der jeweiligen Mischung ihrer Bestandteile."

3. Kapitel

Die Seligen im Mondhimmel – Seelen, die ihre Gelübde nicht eingehalten haben – Piccarda Donati – Die Kaiserin Konstanze

Beatrice, die erste Frau, die Dante in seinem Leben geliebt hatte, die Frau, die ihm wie die Sonne Wärme und Licht gebracht hatte, hatte das Falsche widerlegt, das Richtige bewiesen und das Wahre in all seiner Schönheit vor seinen Augen ausgebreitet. Dante wollte ihr deutlich machen, dass er ihre Argumentation verstanden hatte und sich nun darüber im Klaren war, wie verkehrt seine Meinung über die Mondflecken gewesen war und wie es sich in Wirklichkeit damit verhielt. Er richtete sich deshalb etwas auf, jedenfalls so weit, wie der Respekt es zuließ, und hob ein wenig den Kopf, um zu sprechen.

Aber in diesem Augenblick erschien etwas vor seinen Augen, was ihn so in seinen Bann zog, dass er sein Vorhaben vergaß. Er sah einige menschliche Gesichter vor sich, die offenbar mit ihm sprechen wollten, aber sie wirkten so blass und zart, dass er den Eindruck hatte, gar nicht wirklichen Gesichtern in die Augen zu schauen. Sie sahen eher aus wie die Abbilder, die entstehen, wenn sich Gesichter in geputztem Glas oder in einem ruhigen, klaren, flachen Gewässer spiegeln. Ihre Konturen zeichneten sich nicht stärker und deutlicher ab als die einer weißen Perle auf einer weißen Stirn. Dante drehte sich unwillkürlich um, um die Originale zu den vermeintlichen Spiegelbildern zu sehen, erlag damit aber genau dem entgegengesetzten Irrtum wie einst der schöne Jüngling Narziss, der sein Spiegelbild, als es ihm aus einem Bach entgegenschaute, für einen wirklichen Menschen gehalten und sich deshalb in es verliebt hatte.

Als Dante hinter sich niemanden entdecken konnte, schaute er ratlos wieder zu Beatrice und sah in ihre heiligen, leuchtenden Augen. Beatrice lächelte und sagte:

„Wundere dich nicht, dass ich über dein kindliches Denken lächle! Du bist eben noch nicht vertraut mit der Wahrheit und hängst noch nach alter Gewohnheit Gedankengängen an, die dich in die Irre führen. Was du hier siehst, sind keine Spiegelbilder, sondern reale Wesen.

Hier im untersten Himmel“, fuhr sie dann fort, „siehst du Seelen, die im Leben Gelübde abgelegt, sie dann aber nicht eingehalten haben. Sprich mit ihnen und höre ihnen zu! Du kannst ihnen alles glauben, was sie sagen, denn sie werden vom Licht dessen beschienen, der selbst die Wahrheit ist, und das beseligt sie so, dass sie sich davon unmöglich abwenden können.“

Eine der Seelen schien besonders stark darauf erpicht zu sein, mit Dante zu sprechen. Zu der wandte er sich und sprach sie an, ein wenig verlegen vor Aufregung:

„O du zur Seligkeit berufene Seele, die du das lichte Glück des ewigen Lebens schmeckst, das nur der versteht, der es selbst kostet! Ich würde mich freuen, wenn du mir sagen könntest, wer du bist und was es mit euch hier in diesem Himmel auf sich hat.“

Die Seele erwiderte bereitwillig und mit lächelnden Augen:

„Einem berechtigten Wunsch verschließen wir Seligen uns in unserer wohlwollenden Liebe nicht, denn auch Gott selbst tut das nicht, und der will, dass wir ihm alle in unserem Bestreben nacheifern.

Ich war in meinem Leben eine Nonne, und wenn du dein Gedächtnis ein wenig anstrengst, müsstest Du mich eigentlich wiedererkennen, auch wenn ich heute noch schöner bin als damals. Ich bin Piccarda."

Piccarda Donati war eine junge Frau aus Dantes Heimatstadt Florenz gewesen. Ihrem Bruder, Dantes altem Freund Forese Donati, sind wir im sechsten Ring des Fegefeuers begegnet, wo die Seelen von der Sünde der Völlerei geläutert werden. Von ihm hatte Dante bereits erfahren, dass die Schwester schon in den Himmel aufgenommen worden war. Ihr anderer Bruder, Corso Donati, lebte noch; er war der furchtbare Anführer der Florentiner Schwarzen, der in den kommenden Jahren so viel Leid über die Stadt bringen sollte.

„Ich bin", fuhr Piccarda fort, „ebenso wie die mich hier umgebenden Seelen in diesen langsamsten der Himmel versetzt worden und glücklich damit, denn unsere Wünsche entzünden sich nur an dem, was Gottes Geist will, und wir erfreuen uns daran, im Einklang mit seinen Ordnungen zu sein. Dass unsere Seligkeit sich auf niedriger Stufe zu befinden scheint, liegt daran, dass wir Gelübde, die wir getan haben, vernachlässigten, sodass sie teilweise unerfüllt blieben."

Dante antwortete:

„In euren wundervollen Gesichtern glänzt so etwas, ich weiß nicht recht was, so etwas Göttliches, das euer Aussehen verändert, sodass du nicht mehr ganz dem Bild entsprichst, das ich von dir im Gedächtnis behalten habe. Deshalb habe ich dich nicht gleich erkannt. Jetzt, wo du nachgeholfen hast, kann ich deine Züge wieder ausmachen.

Aber du hast gesagt, dass ihr hier glücklich seid. Wünscht ihr euch nicht doch manchmal in einen höheren Himmel, zu reicherem Schauen und gesteigerter Liebe?"

Piccarda lächelte ein wenig, ebenso auch die anderen Seelen in der Nähe, und dann antwortete sie so fröhlich, als habe die erste Liebe sie gepackt:

„Bruder, die Kraft der Liebe macht, dass wir nur das begehren, was wir haben. Es ist gar nicht möglich, dass wir nach einem höheren Grad der Seligkeit verlangen. Wenn du das Wesen der Liebe recht bedenkst, die uns hier einhüllt, wirst du das selbst einsehen, denn andernfalls würden unsere Wünsche ja nicht mit denen dessen übereinstimmen, der uns unseren Platz hier zugewiesen hat. Es gehört aber wesentlich zu unserer Seligkeit, dass unser Wille ein Teil des göttlichen Willens bleibt. In ihm gehen all unsere verschiedenen Wünsche auf. Alle Seelen hier im Paradies sind mit den Abstufungen in diesem Reich und mit ihrer jeweiligen Stellung darin einverstanden, denn die entsprechen dem Willen des Herrn, und der macht, dass wir wollen, was er will. Unser Friede ruht in seinem Willen. Wie die Flüsse zum Meer streben, so strebt alles zu ihm hin, das unmittelbar von ihm Geschaffene ebenso wie alle Werke der Natur."

Da begriff Dante, dass überall im Himmel Seligkeit herrscht, auch wenn die Gnade nicht auf alle Seelen in gleicher Stärke verteilt wird. Aber obwohl ihn Piccardas Antwort befriedigte, hatte er doch noch nicht alles erfahren, was er von ihr wissen wollte. Es kommt ja manchmal vor, dass uns eine bestimmte Speise zwar sättigt, wir aber trotzdem noch das Bedürfnis nach einer anderen haben. So bedankte sich Dante mit Worten und Gebärden für die Auskunft, wollte dann aber wissen, was es denn mit dem Gelübde auf sich habe, das sie nicht erfüllt habe.

Piccarda antwortete, indem sie zunächst von der heiligen Klara von Assisi sprach, die einige Jahrzehnte zuvor nach dem Vorbild des Franziskanerordens, angeregt durch den heiligen Franziskus selbst, den Orden der Klarissinnen gegründet hatte.

„Es gab da eine Frau", begann sie, „die jetzt hier im Himmel ist, aber auf einer höheren Seligkeitsstufe, wegen ihres vollkommenen Lebenswandels und ihrer großen Verdienste. Diese Frau hat in ihrem Erdenleben einen Orden ins Leben gerufen. Die Frauen, die nach den von ihr festgelegten Regeln leben, kleiden und verschleiern sich in einer bestimmten Weise und verbringen ihr Leben bis zu ihrem Tod Tag und Nacht mit jenem himmlischen Bräutigam, der jedes Gelübde gern annimmt, das aus Liebe abgelegt wird und seinem Willen entspricht. Ihnen wollte ich mich anschließen. Deshalb habe ich mich als junges Mädchen der Welt entzogen, das Nonnenkleid angelegt und gelobt, eine der Ihren zu werden. Aber dann haben mich Männer, in denen das Böse stärker war als das Gute, aus dem geliebten Kloster entführt, und wie mein Leben danach weitergegangen ist, das weiß Gott."

Es war Piccardas eigener Bruder Corso gewesen, der sie zur Ehe mit einem seiner Komplizen gezwungen hatte, sodass sie ihr Nonnengelübde nicht hatte erfüllen können.

„Die leuchtende Seele hier rechts von mir", fuhr Piccarda fort, „deren Glanz über den ganzen Mondhimmel strahlt, hatte übrigens das gleiche Schicksal wie ich. Auch sie trug den Schleier und wurde gegen ihren Willen und gegen alle gute Sitte dazu gezwungen, sich der Welt wieder zuzuwenden. Im Herzen aber blieb sie immer Nonne. Es ist die große Kaiserin Konstanze, Ehefrau und Mutter zweier Kaiser, Heinrichs des Sechsten und Friedrichs des Zweiten, der beiden letzten der drei großen Hohenstaufen, deren Herrschaft wie ein Sturmwind über das Reich gegangen ist."

So sprach Piccarda, und danach verschwand sie allmählich, etwa so wie ein schwerer Gegenstand im Wasser versinkt, wobei sie „Ave Maria" sang. Dante sah ihr nach, und als sie seinen Blicken entschwunden war, wandte er sich mit noch größerem Verlangen wieder zu Beatrice. Als die ihn aber ansah, war in ihren Augen ein solcher Glanz, dass Dante ihren Blick zunächst nicht ertrug und es noch weniger über sich brachte, ihr die Fragen zu stellen, die er auf dem Herzen hatte.

4. Kapitel

Über die Heimat aller Seligen im Empyreum – Über unbedingten und bedingten Willen

Zwei Fragen waren es, die Dante bedrängten, und gern hätte er sie seiner Führerin gestellt, aber er konnte es nicht, und so schwieg er. Er schwieg auch deshalb, weil er nicht wusste, mit welcher der beiden Fragen er hätte beginnen sollen, und das, meinte er später, sei ihm auch gar nicht anzurechnen, weder positiv noch negativ, denn wenn der freie Wille in genau gleicher Stärke nach zwei verschiedenen Seiten hin strebe, führe das notwendigerweise zu völliger Unschlüssigkeit. So wäre auch ein Mensch, der die Wahl zwischen zwei gleich weit von ihm entfernt befindlichen und gleich appetitlichen Speisen hätte, unfähig zur Entscheidung, und er würde eher verhungern als sich einer von den beiden zuwenden. Das jedenfalls behauptete Dante, und ebenso, meinte er, würde es einem Hund zwischen zwei Rehen gehen – oder auch, umgekehrt, einem Lamm zwischen zwei Wölfen, das sich vor beiden gleichermaßen fürchtete und, vor Angst handlungsunfähig, nicht in der Lage wäre, die Flucht anzutreten.

Dante schwieg also, aber seine Zweifel und sein Wunsch nach Aufklärung drückten sich in seiner Mimik viel deutlicher aus, als sie es durch Worte getan hätten, und so wie der Prophet Daniel seinerzeit einen Traum des babylonischen Königs Nebukadnezar erraten und gedeutet hatte – womit er dessen ungerechten Zorn auf die Weisen seines Reichs beschwichtigt hatte, die dazu nicht in der Lage gewesen waren und die der König deshalb fast hätte töten lassen –, so erriet Beatrice seine Fragen.

„Wie ich sehe", sagte sie, „beschäftigen dich zwei Probleme in gleichem Maße, und zwischen denen fühlst du dich so hin- und hergerissen, dass du gar keins von beiden ansprichst.

Du überlegst erstens, wieso es den beiden Seelen, die du eben gesehen hast, eigentlich als Minderung ihres Verdienstes angerechnet wird, dass sie ihre Gelübde nicht erfüllt haben, denn sie seien ja schließlich, so meinst du, guten Willens gewesen und lediglich durch Gewalt an der Einlösung ihres Versprechens gehindert worden. Zweitens denkst du über die Lehre nach, die Platon in seinem ‚Timaios' vertritt, wonach jede Seele ihre wahre Heimat auf einem bestimmten Stern habe, den sie lediglich für das irdische Leben verlasse und zu dem sie nach ihrem Tod zurückkehre. Angesichts dessen, was du hier im Mondhimmel siehst und hörst, fragst du dich, ob Platon nicht vielleicht recht hat.

Diese beiden Zweifelsfragen sind es, die gemeinsam deinen Willen lähmen.

Ich will mich zuerst der zweiten zuwenden, denn die ist die entschieden gefährlichere. Du gehst davon aus, diesen Seelen hier sei nach dem Ende ihres irdischen Lebens der Mondhimmel als ständiger Wohnsitz zugewiesen worden. Aber diese Voraussetzung ist falsch. In Wahrheit wohnen diese Seelen nämlich gar nicht im Mondhimmel, sondern bei Gott im Empyreum. Dort haben *alle* Seligen ihren eigentlichen Sitz, nicht nur der höchste der Seraphim oder so erhabene Seelen wie die des Mose, des Propheten Samuel, Johannes des Täufers, des Evangelisten Johannes oder der Maria, sondern genauso auch die Seelen, die du hier gesehen hast. Sie alle bevölkern den höchsten der Himmel, und zwar ohne irgendwelche zeitliche Begrenzung. Unterschiede im Grad ihrer Seligkeit bestehen lediglich darin, dass sie die Liebe Gottes verschieden stark spüren. Dass dir die Seelen in verschiedenen Himmeln erscheinen, ist nur ein Zugeständnis an deine Verständnisfähigkeit. Auf diese Weise soll dir versinnbildlicht werden, dass sie sich auf verschiedenen Stufen der Seligkeit befinden. Denn ihr Menschen begreift zuerst durch sinnliche Wahrnehmung, euer Geist braucht länger, um zu folgen. Auf ganz ähnliche Weise lässt sich auch die Bibel zu eurem Aufnahmevermögen herab, etwa indem sie gleichnishaft von Gottes Hand spricht oder von seinen Füßen, und auch die heilige Kirche verfährt so, wenn sie euch zum Beispiel die Erzengel Gabriel, Michael und Raphael als sichtbare Wesen in Menschengestalt vorstellt.

Was du hier siehst, bestätigt also keineswegs Platons Lehre von der Sternenheimat der Seele. Platon meint offenbar wirklich genau das, was er schreibt; es scheint nicht, als verwende er im ‚Timaios' lediglich Metaphern, um geistige Dinge zu versinnbildlichen. Aber man sollte sich über seine Thesen trotzdem nicht einfach lustig machen. Irgendwie schwingt da wohl doch eine Bedeutung mit, die sich nicht erschließt, wenn man ihn lediglich im Wortsinn versteht. Denn zumindest stimmt es ja, dass die Seelen der Menschen von den Sternen beeinflusst werden, im Guten wie im Bösen, und so verstanden hätten Platons Behauptungen durchaus einen wahren Kern. Freilich wurde die Lehre vom Einfluss der Sterne auf die Menschen dann gründlich missverstanden und führte fast die ganze Welt auf den Holzweg, sodass man die Sterne schließlich sogar mit den Göttern gleichsetzte, indem man sie Jupiter, Merkur oder Mars nannte.

Nun aber zu der anderen Frage, die dich plagt", fuhr Beatrice fort. „Warum also stehen die Seelen hier auf einer so niedrigen Stufe der Seligkeit, obwohl sie doch, wie du meinst, an der Erfüllung ihrer Gelübde gewaltsam gehindert worden waren und deshalb eigentlich gar nicht für ihr Versäumnis verantwortlich gemacht werden dürften? Diese Frage birgt weniger Zündstoff als die andere, denn das Zweifeln, das darin zum Ausdruck kommt, ist anders als beim vorigen Fall nicht dazu geeignet, dich mir zu entfremden. Wenn die göttliche Gerechtigkeit einem Sterblichen ungerecht erscheint, ist das ja eher ein Beweis für seinen Glaubenseifer als dafür, dass er einer verwerflichen Irrlehre anhängt. Die richtige Antwort auf diese Frage erschließt sich übrigens auch begrenzter Einsicht leicht, und so will ich dir gern darüber Auskunft geben.

Dass man äußerem Zwang unterlegen sei, kann man als Entschuldigung für eine Verfehlung nur dann geltend machen, wenn man diesem Zwang wirklich in keiner Weise willentlich nachgegeben hat. Ist der Wille tatsächlich unbeugsam, so wird er sich der Gewalt immer entschlossen widersetzen, so wie das Feuer immer wieder gen Himmel lodert, auch wenn der Sturm es niederzudrücken versucht. Wenn der Wille nachgibt, und sei es nur ein wenig, beugt er sich der Gewalt. Piccarda und die Kaiserin Konstanze hätten schließlich nach ihrer Entführung in einem unbeobachteten Moment zurück ins Kloster fliehen können. Denk an den heiligen Laurentius, dessen Wille auch dann nicht nachgab, als er auf dem Rost das Martyrium erlitt, oder an den Helden Mucius Scaevola, dessen Wille so stark war, dass er sich die eigene Hand verbrannte, um sie dafür zu bestrafen, dass sie im Krieg einen Schlag nicht richtig ausgeführt hatte! Freilich kommt ein so fester Wille allzu selten vor.

Hoffentlich hast du gut zugehört! Denn damit wäre diese Frage geklärt, die dir sonst mit Sicherheit noch viel Kopfzerbrechen bereitet hätte. Aber aus der Antwort ergibt sich gleich das nächste Problem, das du allein bestimmt nicht lösen könntest, und wenn du bis zur Erschöpfung darüber nachgrübeln würdest. Ich habe dir doch vorhin gesagt, dass die Seligen nicht imstande sind zu lügen, weil sie immer in Gottes Nähe sind, der selbst die Wahrheit ist. Nun hat dir aber Piccarda erzählt, Konstanze sei in ihrem Herzen immer Nonne geblieben, während du von mir eben erfahren hast, sie sei dem Kloster mehr oder weniger freiwillig ferngeblieben. Da scheint es einen Widerspruch zu geben! Wer von uns beiden sagt hier die Wahrheit?

Bruder, wenn Menschen einer Gefahr entgehen wollen, handeln sie ja oft gegen ihren eigentlichen Willen und tun Dinge, die sie besser hätten bleiben lassen. Erinnere dich zum Beispiel an die Geschichte von Alkmäon. Der hatte seine eigene Mutter getötet, weil sein Vater ihm das befohlen hatte und er dessen Zuneigung nicht verlieren wollte. Diese Tat ist jedoch vor Gott auch damit nicht zu entschuldigen, dass Alkmäon unter Zwang gehandelt habe, denn es hätte ihm freigestanden, den Liebesentzug des Vaters in Kauf zu nehmen. Der vom Vater ausgeübte Druck hat also nicht allein, sondern im Verein mit der freien Willensentscheidung des Sohnes zum Tod der Mutter geführt. Unbedingter Wille beugt sich dem Bösen nie, gleich welche Konsequenzen diese Unbeugsamkeit hat. Bedingter Wille ist geneigt, der Gewalt in dem Maße nachzugeben, in dem er die möglicherweise leidvollen Folgen der Unnachgiebigkeit fürchtet. Piccarda hat also vom unbedingten Willen gesprochen, ich vom bedingten, und so widersprechen sich unsere Aussagen nicht, sondern ergänzen sich gegenseitig zur vollständigen Wahrheit."

So sprach Beatrice, aus dem Quell der göttlichen Wahrheit schöpfend, und klärte damit die beiden Zweifelsfragen, die Dante beschäftigt hatten.

„Gottgeliebte, Göttliche“, sagte Dante, „Eure Worte überströmen und erwärmen mich und schaffen neues Leben in mir. Ich bin nicht imstande, Euch für Eure Gnade nach Gebühr zu danken. Möge Gott Euch belohnen! Ich sehe wohl, unser Geist kann nicht satt werden, wenn ihn die göttliche Wahrheit nicht erleuchtet, neben der es keine andere Wahrheit gibt. Erst wenn die ihn erfüllt, kann er in ihr ausruhen, wie ein Tier in seiner Höhle. Und er ist imstande, zur Wahrheit zu gelangen! Sonst wäre ja alles Streben umsonst.

Aus einer erkannten Wahrheit aber sprießt, wie ein Schössling am Fuß eines Baums, wieder neuer Zweifel hervor. So treibt uns die Natur von Stufe zu Stufe empor zum Gipfel der Erkenntnis. Diese Gewissheit ermutigt mich, Herrin, Euch mit allem Respekt eine weitere Frage zu stellen: Ich wüsste gern, ob es möglich ist, die Nichterfüllung eines Gelübdes durch gute Werke auszugleichen, die der Himmel dann bei seinem Richtspruch gegen das Versäumte aufwiegen kann.“

Beatrice sah Dante an, und in ihren Augen leuchtete das Feuer der göttlichen Liebe so stark, dass er es nicht aushielt. Er musste den Blick senken, und es fehlte nicht viel, so wäre er ohnmächtig geworden.

5. Kapitel

Über das Wesen von Gelübden – Aufstieg zum Merkurhimmel

„Wundere dich nicht“, sagte Beatrice, „wenn die Liebesglut meine Augen derart überirdisch leuchten lässt, dass du es nicht erträgst! Das kommt von der Gottesschau. Durch die dringt man immer tiefer in das Wesen des höchsten Gutes ein, und das äußert sich in immer stärkerem Leuchten. Auch in deinem Geist kann ich schon den Widerschein des ewigen Lichtes erkennen! Immer ist dieses Licht die Ursache, wenn der Mensch in Liebe entbrennt, gleich zu welchem Ding. Denn eine Spur davon ist in allem Irdischen, und auch wenn der Mensch auf Abwege gerät und Trügerisches und Vergängliches seine Liebe entfacht, so ist das, was ihn anzieht, doch immer zunächst der Schimmer des Ewigen, der auch im Nichtigen aufscheint.

Du willst also wissen“, fuhr sie ohne Pause fort, „ob es möglich ist, es durch ein gutes Werk zu kompensieren, wenn man ein Gelübde nicht erfüllt hat, sodass die Seele vor der obersten Gerechtigkeit einen Ausgleich geltend machen kann.

Dazu ist folgendes zu sagen: Das größte Geschenk des Schöpfers an die Menschen und das ihm selbst wichtigste ist, dass er sie mit freiem Willen ausstattet. In dieser Gabe zeigt sich seine Güte am deutlichsten. Er ließ und lässt sie allen vernunftbegabten Wesen zuteil werden, und nur diesen. Wenn du das bedenkst, wirst du verstehen, was für einen hohen Wert ein von Gott angenommenes Gelübde hat, denn durch ein solches opfert der Mensch Gott aus eigenem Entschluss den kostbaren Schatz seiner Willensfreiheit, und indem Gott zustimmt, entsteht ein Vertrag zwischen ihm und dem Menschen. Was sollte dafür als Ersatz dienen können? Wenn du deine Willensfreiheit, die du Gott doch geopfert hast, nun dazu verwenden würdest, gute Werke zu vollbringen, so vollbrächtest du diese Werke mit gestohlenem Gut.

Für ein gebrochenes Gelübde kann es also keine Kompensation geben. Andererseits kommt es durchaus vor, dass die heilige Kirche Menschen von gegebenen Gelübden entbindet. Darin scheint ein Widerspruch zu liegen. Das ist schwere Kost, die will verdaut sein! Also hör mir noch etwas zu, nimm meine Erklärungen auf und merk sie dir. Es wird schließlich keine Wissenschaft daraus, wenn man etwas zwar zunächst versteht, dann aber nicht behält.

Zwei Dinge machen das Wesen eines Gelübdes aus. Zum einen ist das sein Gegenstand, also etwa im Falle Piccardas oder Konstanzes die Verpflichtung zu einem Leben als Nonne, zum anderen sein Charakter als Vereinbarung mit Gott. Über letzteres habe ich ja ausführlich gesprochen. Ein Vertrag mit Gott kann grundsätzlich nicht gelöst werden; der Mensch kann ihn nur tilgen, indem er ihn erfüllt. Deshalb waren zum Beispiel die Juden zu ständigem Opfern verpflichtet, denn Gott hatte es ihnen durch das Gesetz des Mose ein für allemal geboten – auch wenn es, wie du weißt, in manchen Fällen möglich war, die Opfergabe gegen eine andere auszutauschen.

Das Gelübde selbst kann also nicht aufgekündigt werden. Sein Gegenstand hingegen kann durchaus in dem einen oder anderen Fall so geartet sein, dass man ihn durch einen anderen ersetzen kann, ohne sich damit einer Sünde schuldig zu machen. Das geht aber nicht einfach so nach Gutdünken. Zum einen muss man dazu die Erlaubnis der Kirche einholen, zum anderen muss der eingetauschte Gegenstand wertvoller sein als der ausgetauschte. Mithin ist jede Kompensation ausgeschlossen, wenn der Gegenstand des Gelübdes von so hohem Wert ist, dass nichts anderes an ihn heranreicht.

Man darf also ein Gelübde nicht auf die leichte Schulter nehmen. Wenn man es abgelegt hat, muss man es auch einhalten. Andererseits sollte man dabei aber auch nicht unbedacht sein. Unbedacht war zum Beispiel der Richter Jephtha, wie in der Schrift zu lesen ist: Der versprach Gott, ihm nach gewonnenem Krieg das erste zu opfern, was ihm aus seinem Haus entgegenkäme, und als das nun just seine einzige Tochter war, gestand er nicht ein, dass er einen unvernünftigen Schwur geleistet hatte, sondern verschlimmerte die Sache, indem er sein leichtfertiges Versprechen tatsächlich erfüllte. Ebenso töricht war der Feldherr Agamemnon, der den Göttern das Schönste zu opfern versprach, das in jenem Jahr geboren werden würde, wenn sie den Griechen günstige Winde für die Fahrt ihrer Schiffe nach Troja schicken würden, und dieses Versprechen durch die Opferung seiner schönen Tochter Iphigenie einlöste. Wie weinten alle um das Mädchen, die Narren genauso wie die Weisen, als sie von diesem Menschenopfer hörten!

So leichtsinnig solltet ihr Christen nicht sein. Überlegt es euch gründlich, ob ihr wirklich ein Gelübde ablegen wollt, und folgt nicht einfach leichtsinnig, wenn euch andere dazu auffordern, als wärt ihr Federn, die sich vom Wind irgendwohin blasen lassen! Die Vergebung der Sünden ist dadurch schließlich auch nicht garantiert, und ihr habt auch so alles, was ihr zur Seligkeit braucht, nämlich das Alte und das Neue Testament und den Hirten der Kirche. Wenn man euch also aus Geldgier zu einem Gelübde überreden will, dann setzt lieber eure Vernunft ein, die den Menschen vom Tier unterscheidet, sonst lachen euch die Juden aus. Macht es nicht wie das Lamm, das aus

Dummheit und Abenteuerlust die Milch seiner Mutter verschmäht und sich seinen eigenen Launen aussetzt!"

So, erzählt Dante, sprach Beatrice zu ihm. Dann schwieg sie und richtete ihren Blick sehnsuchtsvoll hinauf zu den höheren Himmeln. Es sollte also weiter aufwärtsgehen. Dante hielt deshalb die Fragen zurück, die er bereits wieder auf dem Herzen hatte. Die Schönheit von Beatrices Erscheinung steigerte sich erneut, sie wurden emporgehoben, und schnell wie ein Pfeil, der bereits ins Ziel trifft, ehe noch die Sehne stillsteht, erreichten sie den zweiten Himmel.

Beatrices Freude, in dessen Licht angekommen zu sein, teilte sich dem Planeten mit – es war der Merkur –, sodass der schon helle Himmelskörper nochmals an Helligkeit zunahm. Und wie fühlte sich erst Dante neu beseligt, der ja schon aus seiner menschlichen Natur heraus wandelbarer war als die unvergänglichen Sterne!

Er sah zahllose hell glänzende Lichtseelen auf sich und Beatrice zuschnellen, wie Fische in einem ruhigen, klaren Teich zum Ufer schwimmen, wenn sie meinen, dass sich dort jemand anschickt, ihnen Futter ins Wasser zu werfen, und mit Blick auf Dante riefen sie wie aus einem Mund:

„Durch den wird die Kraft unserer Liebe wachsen!"

Und alle erglänzten noch heller vor Freude.

Dante wollte nun unbedingt etwas von den Schicksalen dieser Seelen hören. Wenn man einen Begriff davon bekommen will, wie dringend er das wollte, muss man sich nur einmal vorstellen, die Erzählung bräche hier ab, und sich auszumalen versuchen, wie sehr man dann danach verlangen würde, irgendwie in Erfahrung zu bringen, wie die Geschichte weitergeht!

Da sprach ihn eine der Seelen an.

„Du zum Heil Geborener", so sagte das Licht, „dem Gottes Gnade erlaubt, noch vor dem Ende seines irdischen Kampfes die Throne des ewigen Triumphs zu schauen! Das Licht, das den ganzen Himmel entzündet, erleuchtet auch uns. Wenn du etwas über uns wissen willst, so frage ganz nach deinem Belieben."

Beatrice bekräftigte das, indem sie Dante ermunterte:

„Sprich! Sprich ohne Scheu und glaube ihnen, denn es sind himmlische Wesen!"

Daraufhin sagte Dante zu der Seele, die ihn angeredet hatte:

„Ich sehe wohl, dass du das Licht, in das du dich einspinnst, aus deinen eigenen Augen herausziehst, denn es strahlt in dem Maß, in dem du lachst. Was ich aber nicht weiß, du würdige Seele, ist, wer du bist, und ich weiß auch nicht, warum du just auf dem Stand der Seligkeit bist, auf dem ich dich hier sehe, auf diesem Planeten, der durch die Strahlen der Sonne vor den Blicken der Menschen verborgen ist."

Die Seele leuchtete vor Freude noch heller, sodass Dante geblendet wurde, wie die aufsteigende Sonne den Menschen blendet, sobald die Hitze den um sie liegenden Dunstschleier auflöst, und völlig vom eigenen Licht eingehüllt antwortete die heilige Gestalt wie im folgenden Kapitel zu lesen.

6. Kapitel

Kaiser Justinian – Geschichte des Römischen Reichs – Seelen tätiger Menschen im Merkurhimmel – Romieu von Villeneuve

„Ungefähr zwei Jahrhunderte waren vergangen, seit Kaiser Konstantin die Residenz des römischen Reichs von Rom nach Byzanz verlegt und damit den Reichsadler von West nach Ost versetzt hatte, dem Kreislauf des Himmels entgegen." So begann die Seele in ihrem Lichtmantel. „Von Osten war der Vogel Gottes einst gekommen, in den Händen des Äneas, denn der war seinerzeit von Troja nach Italien gezogen, um dort die Prinzessin Lavinia zu heiraten und der Stammvater des Reichs zu werden. Nun war der Adler in Konstantinopel und also zurück an Europas östlicher Grenze, nicht weit von den trojanischen Bergen, und von dort aus wurde jetzt die Welt unter dem Schatten seiner heiligen Federn regiert. Die Macht war im Lauf dieser zweihundert Jahre von einem Kaiser auf den nächsten übergegangen, bis die Reihe an mich gekommen war, Justinian, der ich im sechsten Jahrhundert nach dem Erscheinen Christi über das Ostreich herrschte.

Ich hing zunächst der monophysitischen Irrlehre an, derzufolge der Heiland ausschließlich göttlichen Wesens und nicht zugleich auch wahrer Mensch gewesen sei. Aber der segensreiche Papst Agapet bekehrte mich zum rechten Glauben an Christi Doppelnatur, und hier erkenne ich jetzt die Wahrheit dieser Lehre so klar, wie du zu erkennen meinst, dass von zwei einander widersprechenden Aussagen nur eine richtig sein könne. Als ich mit den Lehren der Kirche nicht mehr im Widerstreit lag, befähigte mich Gott durch seinen Geist, mein größtes Werk in Angriff zu nehmen, die Reform der Reichsgesetze. Auf den kriegerischen Unternehmungen meines Generals Belisar gegen Vandalen und Goten lag so offensichtlich der Segen des Himmels, dass ich das als Fingerzeig nahm, die Führung meiner Truppen völlig in seine Hände legte und mich ganz meinem Gesetzeswerk widmete, Regeln beseitigte, die sich als überflüssig erwiesen hatten, und neue Gebote einsetzte, wo es notwendig war.

Deine Frage, wer ich bin, wäre damit beantwortet. Ich habe aber", fuhr Justinian fort, „vom Adler gesprochen und damit von der Herrschaft über das Reich. Von ihm will ich dir noch mehr erzählen, damit du begreifst, dass die Ghibellinen, die dieses Banner für sich reklamieren, ebensowenig im Recht sind wie die Guelfen, die sich dagegen wenden.

Wieviel Kraft wurde nicht im Lauf der Jahrhunderte aufgewendet, um das heilige Zeichen der Verehrung würdig zu machen! Den Weg zur Herrschaft bahnte ihm Pallas, der Verbündete des Äneas, durch seinen Tod im Kampf gegen die Latiner. Du weißt, dass der Adler dann über drei Jahrhunderte lang in Alba Longa seinen Sitz hatte, der alten Stadt am Ufer des Albaner Sees, bis er mit dem Sieg der römischen Horatier über die albanischen Curatier in die ewige Stadt wechselte. Du weißt, dass er dann nacheinander auf sieben Könige überging, die Rom regierten und nach und nach die umliegenden Völker unterwarfen, und dass der erste in dieser Reihe Romulus war, unter dem die Sabinerinnen geraubt wurden, und der letzte

Tarquinius Superbus, dessen Sohn sich an der edlen Lucretia verging, was Aufruhr und das Ende des Königtums nach sich zog.

Du weißt, dass dann die Zeit der Republik kam und dass die edlen Römer, die den Adler in dieser Zeit trugen, zahlreiche Kämpfe bestanden, etwa gegen die Gallier unter Brennus oder gegen Pyrrhus von Epirus und ebenso gegen viele andere Fürstentümer und republikanische Länder. Bewahren wir das Gedächtnis derer, die sich damals Ehre erwarben! Da gab es den Torquatus, der die Gallier besiegte, oder den Quintius Cincinnatus mit seiner wilden Haarpracht, der die Äquer unterwarf; es waren Plebejer wie die Decier darunter und Patrizier wie die Fabier. Manche Helden, die die Republik hervorgebracht hat, feierten schon in ihrer Jugend Triumphe, so Scipio, der die Karthager schlug, die in ihrer Vermessenheit die Alpen, wo der Po entspringt, überquert hatten, um gegen Rom zu ziehen, oder Pompejus, der später Fiesole zerstörte, die Mutterstadt deiner Heimat Florenz.

Als nun die Zeit herannahte, da der Heiland zur Welt gesandt werden und der Friede des Himmels auch auf Erden Einzug halten sollte, übernahm Julius Cäsar den Adler, dem Wunsch der Römer folgend. Er vollbrachte in seinem Zeichen zunächst in Gallien zwischen Var und Rhein große Taten, dem Land, wo Isère, Loire und Seine fließen und die Rhône mit ihren Nebenflüssen. Als er dann Ravenna verlassen und den Rubikon überschritten hatte, setzte der Adler zu einem solchen Höhenflug an, dass Zunge und Feder versagen würden beim Versuch, ihm zu folgen. Er führte Cäsars Heer nach Spanien, weiter nach Durazzo in Illyrien und schließlich zur entscheidenden Schlacht des Bürgerkriegs nach Pharsalos in Thessalien, von wo aus der besiegte Gegner Pompejus nach Ägypten floh, um dort im heißen Land am Nil den Tod zu finden. Nach dem Sieg von Pharsalos unternahm Cäsar einen Umweg über Kleinasien, sodass der Adler das Land wiedersah, von wo er einst gekommen war, die Gegend um Troja mit der Stadt Antandros und dem Fluss Simois, an dessen Ufer Hektor begraben liegt. Weiter ging es nach Ägypten, wo König Ptolemäus entmachtet wurde, nach Numidien zum Kampf gegen König Juba und schließlich erneut nach Spanien. Dort wurden die letzten Anhänger der Gegenpartei besiegt.

Von Cäsar ging der Adler auf den späteren Kaiser Augustus über und besiegte in seiner Hand die Mörder Brutus und Cassius, die nun in der Hölle heulen, und unterwarf Modena und Perugia. Die elende Kleopatra floh vor ihm und gab sich den bösen, schnellen Tod durch die giftige Schlange. Ägypten wurde erobert, sodass der Adler bis ans Ufer des Roten Meeres kam, und zum Zeichen, dass das ganze Reich befriedet war, schloss der Janustempel in Rom seine Pforten.

Wenn man aber unvoreingenommen und ruhig bedenkt, was der Adler in den Händen des Tiberius bewirkte, des dritten Kaisers nach Cäsar und Augustus, so verblasst alles, was er davor und danach für das Reich und seine Bewohner getan hat. Denn während dessen Regierungszeit wurde, nach römischem Recht, Christus verurteilt und gekreuzigt. Die ewige lebendige Gerechtigkeit, die auch mich beseelt, hat also dem Adler die Gunst gewährt, unter der Herrschaft des Tiberius als Gottes Vollstrecker die gerechte Strafe für die Erbsünde zu verhängen, die mit Adam in die Welt gekommen war. Doch, so befremdlich und widersinnig dir das vorkommen mag: Auch diese Strafe wurde gerecht bestraft, denn als der Adler ein Menschenalter später in der Hand des Titus Jerusalem zerstörte, war das wiederum die Strafe für den Tod des Heilands."

Und da Justinian über das, was sich in den Jahrhunderten nach Tiberius und Titus ereignet hatte, also über Konstantin und die Versetzung des Kaiseradlers nach Osten sowie über sich selbst, schon gesprochen hatte, schloss er seinen Abriss der Reichsgeschichte mit einem Hinweis auf den ab, der dann das römische Kaisertum im Westen wieder erneuert hatte. Er sagte:

„Und als die Langobarden die heilige Kirche bedrängten, kam Karl der Große ihr unter den Flügeln des Adlers zu Hilfe und siegte."

Dann kam er auf die Gegenwart zu sprechen.

„Urteile nun selbst über die Untaten", sagte er, „durch die die beiden Parteien, von denen ich vorhin sprach, Italien ins Unglück gestürzt haben! Man kann kaum sagen, welche die schlimmere ist. Die Ghibellinen sind falsche Freunde des Kaiseradlers und missbrauchen ihn für ihre eigenen Zwecke. Sollen sie sich doch ein anderes Parteisymbol suchen! Denn wer sich auf den Adler beruft und das nicht im Geist der Gerechtigkeit tut, der treibt Schindluder mit ihm. Aber die Guelfen sind auch nicht besser, denn die trotzen dem Adler, und zwar mit Frankreich im Rücken und dem Lilienbanner in der Hand. Dieser zweite Karl von Anjou und seine Guelfen sollten lieber nicht versuchen, es mit dem Adler aufzunehmen! Karl riskiert, dass seine Schuld an seinen Kindern heimgesucht wird, wie es ja oft geschieht. Er sollte den Adler lieber fürchten, denn der hat schließlich schon ganz andere Gegner besiegt als ihn! Und wenn er glaubt, dass Gott jemals den kaiserlichen Vogel gegen die Lilien austauscht und das Reich an Frankreich fällt, dann irrt er sich gründlich."

Nun beantwortete Justinian Dantes zweite Frage.

„Hier im zweiten Himmel", erzählte er, „auf dem kleinen Merkur, siehst du die Seelen von Menschen, die im Leben tüchtig und tatkräftig gewesen sind, um sich Geltung und Ehre zu erwerben. Wessen Begierden sich aber zu stark auf äußeren Ruhm richten, der verfehlt das eigentliche Ziel und liebt die wahren Güter mit zu geringer Intensität, und deswegen sind wir nur auf dieser verhältnismäßig niedrigen Stufe der Seligkeit. Aber unser Lohn geschieht ja ganz nach Verdienst, und das zu erleben macht einen Teil unserer Freude aus. Die göttliche Gerechtigkeit läutert unsere Gefühle dergestalt, dass wir keinerlei Neid gegen andere Seelen empfinden. So wie Gesang besonders schön klingt, wenn er mehrstimmig ist, so erzeugt auch die Mehrstufigkeit unserer Seligkeit eine besonders liebliche Harmonie zwischen den einzelnen Himmelssphären."

Und schließlich machte Justinian Dante noch auf einen seiner Gefährten aufmerksam, nämlich auf die Seele des Romieu von Villeneuve. Der war in der ersten Hälfte des jüngst vergangenen Jahrhunderts als Pilger an den Hof Raimund Berengars gekommen, des Grafen der Provence, hatte es dort bis zum Minister gebracht und seinem Herrn höchst erfolgreich gedient. Dann aber war er von neidischen Höflingen verleumdet worden und hatte schließlich den Hof als armer Pilger wieder verlassen.

„In dem Licht, das dort leuchtet, ist Romieu", sagte Justinian, „der für sein großes und schönes Tun so schlecht belohnt worden ist. Aber die Leute in der Provence, die ihm so übel mitspielten, hatten nicht lange zu lachen. Wer einem anderen seine guten Taten übel vergilt, erntet eben keinen Segen! Obwohl Raimund Berengar es dem bescheidenen, landfremden Romieu zu verdanken hatte, dass seine vier Töchter allesamt Königinnen wurden und sein Vermögen sich um ein Fünftel vergrößerte, ließ er sich durch böswillige Behauptungen dazu verleiten, Rechenschaft von diesem Gerechten zu fordern, worauf Romieu, schon alt, wieder von dannen zog, so arm wie er gekommen war."

Und Justinian schloss:

„Wenn die Welt etwas davon wüsste, was für ein großes Herz dieser Mann haben musste, um sein Leben als Bettler zu fristen, würde sie ihn sehr loben, mehr als sie es tut!"

7. Kapitel

Über die Zerstörung Jerusalems durch Titus als Strafe für die Kreuzigung Jesu – Das Geheimnis der Erlösungstat Gottes – Über unmittelbar und mittelbar erschaffene Dinge

Nachdem Justinian geendet hatte, stimmte er ein Lied an.

„Osanna, sanctus Deus Sabaoth!", so sang er. „Hosianna, heiliger Gott Zebaoth, der du mit deinem Glanz die Lichter der Seligen in den Himmeln überstrahlst!"

Und Dante sah zwiefaches Licht über ihm, eigenes und himmlisches. Justinian tanzte zu seinem Gesang und mit ihm die anderen Lichtseelen in der Nähe, und tanzend entfernten sie sich, zerstiebenden Funken gleich, rasch aus Dantes Blickfeld.

Eine bestimmte Einzelheit aus Justinians Rede beschäftigte Dante, und er hätte Beatrice das Problem gern vorgetragen. „Frag sie doch!", versuchte er sich selbst zu ermuntern, „frag sie doch, deine Herrin! Sie hat doch schon manche deiner Fragen freundlich beantwortet!"

Aber die Ehrfurcht, die ihn schon beim Gedanken an die bloßen Silben ihres Namens durchschauerte, machte ihn handlungsunfähig wie einen Schlafenden. Beatrice, die in seiner Seele las, sah diesem Zustand jedoch nicht lange zu. Sie blickte ihn mit einem so strahlenden Lächeln an, dass es selbst einen Menschen im Feuer noch glücklich gemacht hätte, und begann wie folgt zu sprechen:

„Ich weiß, dass du darüber nachgrübelst, was Justinian vorhin über Christi Tod und über die Zerstörung Jerusalems gesagt hat, und dich fragst, wie es eine gerechte Strafe für eine gerechte Strafe geben kann. Das will ich dir gleich beantworten. Hör gut zu! Du wirst etwas Wichtiges lernen.

Indem Adam, der von Gott erschaffene erste Mensch, seinen freien Willen nicht zügelte, wie es zu seinem Heil dienlich gewesen wäre, und in Sünde fiel, versetzte er seine gesamte Nachkommenschaft in den Stand der Erbsünde. An diesem Zustand krankte die Menschheit viele Jahrhunderte lang und verharrte in Wahn und Irrtum, bis sich endlich Gott ihrer erbarmte, zur Erde hinabstieg und die ihrem Schöpfer entfremdete menschliche Natur mit sich selbst in einer Person vereinigte, allein aus seiner ewigen Liebe heraus.

Jetzt gib acht: Christus selbst war zwar ohne Sünde, er war kraft seiner menschlich-göttlichen Doppelnatur so rein und gut wie der Mensch vor dem Sündenfall. Sieht man aber einmal von seinem göttlichen Wesen ab, so trug die von ihm freiwillig angenommene menschliche Natur als solche die Entfremdung von Gott mit sich, die zur Vertreibung aus dem Paradies geführt hatte, und damit die Erbsünde. Das heißt: Betrachtet man Christi Kreuzigung unter dem Gesichtspunkt der von ihm angenommenen menschlichen Natur, so war sie die gerechteste Strafe, die möglich war. Sieht man aber auf sein göttliches Wesen, so war nichts frevelhafter als sie. Wegen dieses inneren Widerspruchs hatte Jesu Tod auch ganz unterschiedliche Folgen. Gott freute sich über ihn, aber auch die Juden taten das, aus gänzlich anderen Gründen. Die Erde bebte vor Entsetzen, und gleichzeitig öffnete sich der Himmel zur Seligkeit. Ich denke, du müsstest nun leicht begreifen, wieso man von der Zerstörung Jerusalems als von einer gerechten Strafe für eine gerechte Strafe sprechen muss.

Aber ich sehe, dass dein Geist sich schon wieder vor das nächste Problem gestellt sieht, dessen Klärung er dringend erhofft. Du hast zwar verstanden, was ich dir eben erklärt habe, aber es ist dir rätselhaft, warum Gott, um die Menschen von der Erbsünde zu erlösen, keinen anderen Weg gewählt hat als gerade den, selbst Mensch zu werden und sich zum Opfer zu bringen. Dieses Geheimnis, Bruder, kann niemand durchschauen, dessen Geist nicht in den Flammen der Liebe geläutert worden ist. Schon viele haben darüber nachgegrübelt, und nur wenige haben es verstanden. Ich aber will dir sagen, warum gerade dieser Weg der würdigste zur Erlösung war.

Gott ist über jede niedere Regung erhaben. Er ist pure Liebe. Er brennt beständig in sich selbst, und aus dieser funkelnden Liebesglut heraus entstehen seine Geschöpfe in ihrer Schönheit. Alle Dinge, die auf diese Weise, also unmittelbar von ihm selbst, erschaffen werden, behalten die dabei empfangene Prägung ein für alle Mal bei. Sie haben ewigen Bestand und sind frei von fremden Einwirkungen. Die von ihm selbst erschaffenen Dinge liebt Gott mehr als alle anderen. Sie sind ihm am ähnlichsten, und über sie strahlt sein Licht am hellsten.

Auch der Mensch, als Geschöpf Gottes, hatte ursprünglich all diese Eigenschaften. Adam wurde unsterblich und frei geschaffen und gefiel Gott, da er ihm ähnlich war. Würde ihm aber auch nur eine dieser Gaben abhandenkommen, so würde er seine Vorzugsstellung verlieren, und in der Tat: Er sündigte und wurde daraufhin nicht nur aus dem Paradies vertrieben, sondern wurde unfrei, büßte seine Gottähnlichkeit ein und verlor die Gnade Gottes. Da die Sünde Adams sich vererbte, betraf das das gesamte menschliche Geschlecht. Seine Rückkehr in den vorherigen Stand würde nur möglich sein, wenn die aus der bösen Lust resultierende Sündenschuld in angemessener Weise ausgeglichen würde. Wenn du es recht bedenkst, wirst du einsehen, dass das nur auf zweierlei verschiedene Weisen möglich war: Entweder hätte Gott aus reiner Güte die Sünde verzeihen oder der Mensch aus eigener Kraft den Schaden wiedergutmachen müssen.

Versuche nun, so weit du irgend kannst, Gottes unergründlichen Ratschlüssen nachzuspüren, indem du mir genau zuhörst. Dass der Mensch, so begrenzt wie er ist, Gott von sich aus hätte Genüge tun können, war ganz ausgeschlossen, denn im Sündenfall hatte er sich ihm gegenüber dermaßen überhoben, dass er völlig unfähig gewesen wäre, sich nun in dem für einen Ausgleich erforderlichen gleichen Maß zu demütigen. Also musste Gott selbst euch Menschen zum Heil verhelfen. Das konnte entweder durch Gnade oder durch Gerechtigkeit geschehen – oder aber, drittens, durch beides zugleich, und eben diesen dritten Weg zu gehen, gefiel Gott, sodass er in seinem Heilshandeln Barmherzigkeit und Gerechtigkeit miteinander verband. Etwas Größeres und Herrlicheres als diese Erlösungstat hat es seit dem ersten Schöpfungstag nicht gegeben und wird es bis zum Jüngsten Gericht nicht geben. Indem Gott in seinem Sohn Mensch wurde und sich selbst zum Sühnopfer hingab, hat er, der um so lieber handelt, je mehr von seiner Güte sich in seinem Tun zeigt, den Menschen eine noch viel größere Gnade erwiesen, als wenn er ihnen einfach nur von sich aus ihre Sünden verziehen hätte. Gleichzeitig aber hätte nichts anderes der göttlichen Gerechtigkeit Genugtuung verschaffen können als die Erniedrigung des Gottessohnes zum Menschen.

Weil ich dir nun jeden Wunsch erfüllen will", fuhr Beatrice dann fort, „will ich noch einmal auf etwas zurückkommen, was ich vorhin gesagt habe, denn wie ich sehe, hast du einen bestimmten Punkt noch nicht verstanden. Ich habe ja vorhin gesagt, dass die von Gott geschaffenen Dinge von ewiger Dauer sind. Du aber denkst an die vier Elemente Feuer, Wasser, Luft und Erde, du siehst, dass sie und alles, was aus ihnen entsteht, der Vergänglichkeit unterworfen sind, und grübelst über diesen scheinbaren Widerspruch nach. Bruder, es ist so: Es gibt Dinge, die Gottes unmittelbare Schöpfung sind, und andere, die von bereits Geschaffenem gebildet werden, also nur mittelbar von Gott herrühren. So sind die Engel und die Himmel unmittelbar von Gott erschaffen worden, so wie sie sind, in der ganzen Fülle ihres Wesens. Die Elemente aber, an die du denkst, und die aus ihnen gebildeten Dinge stammen aus zweiter Hand. Zwar ist der Stoff, aus dem sie bestehen, Gottes eigene Schöpfung, aber in welcher Weise sie sich realisieren, verdanken sie den Sternen. Auch die Seelen der Tiere und der Pflanzen werden nicht direkt von Gott erschaffen, sondern durch den Einfluss der Himmel aus der vorhandenen formbaren Materie erzeugt. Die menschliche Seele hingegen gehört zu den Dingen, die Gott selbst erschafft. Deshalb ist sie unsterblich und strebt stets nach der Liebe, der sie entstammt.

Aus dem Gesagten kannst du übrigens folgern“, schloss Beatrice, „dass der Mensch am Jüngsten Tag wirklich leiblich auferstehen wird, denn da das erste Menschenpaar unmittelbar von Gott erschaffen worden ist, ist auch der menschliche Leib unvergänglich.“

8. Kapitel

Der Venushimmel – Die Seelen der Liebenden – Karl Martell von Anjou – Über Vererbung und Himmelseinflüsse

In heidnischen Zeiten, bevor der Erlöser erschien, glaubte man, dass von der dritten Planetenumlaufbahn Einflüsse auf die Menschen ausstrahlen, die die Liebesleidenschaft in ihnen entzünden. Verursacht werde das von der Göttin Venus. Deshalb opferten die alten irrenden Völker der aus Zypern gebürtigen schönen Göttin und beteten zu ihr. Mit ihr verehrten sie auch ihre Mutter Dione und ihren Sohn Cupido – von dem sie erzählten, er habe seinerzeit in Gestalt des Knaben Ascanius, des Sohnes des Äneas, auf dem Schoß der Prinzessin Dido gesessen und mit seinen Zärtlichkeiten in ihr die Liebe zu seinem vermeintlichen Vater entfacht –, und nach ihr benannten sie den Planeten, der auf dieser Umlaufbahn seine Kreise zieht und als Abend- ebenso wie als Morgenstern am Himmel zu sehen ist.

Dante hatte den Aufstieg gar nicht bemerkt. Erst als er sah, dass Beatrice wieder schöner geworden war, wurde ihm klar, dass sie bereits im Venushimmel waren. Wie in brennendem Feuer manchmal einzelne besonders helle Funken aufzucken oder wie sich im Chorgesang um eine feststehende Melodie polyphones Stimmenwerk rankt, so waren hier innerhalb des Himmelslichtes viele kleinere Lichter zu sehen, die sich im Rundtanz drehten, die einen schneller, die anderen langsamer, je nach der Intensität ihrer Gottesschau – ein Tanz, der seinen Ursprung im Kreisen der erhabenen Seraphim hat.

Aber als Beatrice und Dante auf dem Plan erschienen, hörten sie alle auf zu tanzen und schossen, schneller als ein Sturmwind oder ein Blitz aus den Wolken auf die Erde hinunterfährt, auf die Neuankömmlinge zu. Dabei sangen die vordersten von ihnen „Hosianna", und das klang so schön, dass die Sehnsucht, diesen Gesang wieder zu hören, Dante fortan durchs Leben begleitete.

Eine der Seelen kam besonders dicht an ihn heran und begann wie folgt zu sprechen:

„Wir alle sind zur Stelle und wollen dir Freude bereiten. Dieser Himmel hier wird von denjenigen Engeln bewegt, die in der himmlischen Hierarchie ‚Fürstentümer' genannt werden und die du unten besungen hast" – und nun zitierte das Licht tatsächlich eine Kanzone aus Dantes „Convivio": „‚Voi che intendendo il terzo ciel movete', ‚Ihr, die ihr wissend dreht den dritten Himmel…' Mit ihnen gemeinsam kreisen wir hier, im gleichen Rhythmus und mit dem gleichen Verlangen nach Gott. Aber wir sind so voller Liebe, dass wir dir zuliebe unseren Tanz gern ein wenig unterbrechen."

Dante war stark berührt. Nachdem er ehrfurchtsvoll fragend Beatrice angesehen und die ihm mit einem Blick zu verstehen gegeben hatte, dass sie mit der Unterhaltung einverstanden war, fragte er das Licht mit bewegter Stimme:

„Aber wer seid Ihr?"

Das Licht wurde vor Freude noch heller und größer und antwortete:

„Du kannst mich nicht erkennen, weil mich das mich umgebende Freudenlicht vollständig verhüllt, wie der Kokon die Seidenraupe. Aber als ich noch lebte, hast du mich sehr geliebt, und das aus gutem Grund. Ich bin sehr jung gestorben. Hätte ich länger gelebt, so wären viele schlimme Dinge nicht passiert, die seitdem eingetreten sind, und für dich hätte unsere Freundschaft noch manche gute Frucht getragen.

Ich war von königlichem Geblüt", erzählte das Licht, „nicht nur bereits gekrönter König von Ungarn, wo sich die Donau von Deutschland aus hinwendet, sondern auch Anwärter auf die Herrschaft über die Provence und das ganze südliche Italien zwischen Adria und Tyrrhenischem Meer. Nur Sizilien ging unserer Familie verloren, denn die schlechte Regierung meines Großvaters erbitterte dort das Volk, und so kam es in Palermo zu jener Erhebung, bei der die Menge nach dem Blut der herrschenden Franzosen schrie. Sonst hätte ich auch auf diese Insel Anspruch gehabt und später meine Nachkommen, die aber nicht nur – durch mich – dem Haus Anjou, sondern auch durch meine Frau Clemenza dem Haus Habsburg angehören werden. Sizilien! Die schöne dunstverhangene Insel zwischen Pachino und Peloro, wo am Adriatischen Golf der starke Schirokko tobt! Der wird übrigens", merkte der Selige an, „durch Schwefeldünste hervorgerufen und nicht etwa, wie die Leute erzählen, weil angeblich der Riese Typhon unterm Ätna begraben liegt und schnaubt."

Damit hatte sich das Licht vorgestellt, und Dante wusste nun, dass er die Seele des jungen Fürsten Karl Martell von Anjou vor sich hatte, mit dem er befreundet gewesen und der fünf Jahre zuvor, erst vierundzwanzigjährig, gestorben war. Die Anjou herrschten damals über die Provence und über Süditalien, doch war Karl Martells Großvater, Karl der Erste, bei dem Volksaufstand, der als „Sizilianische Vesper" in die Geschichte eingegangen ist, von der Insel Sizilien vertrieben worden. Die Herrschaft über die Gebiete in Italien und Frankreich hatte Karl Martell nicht mehr antreten können, weil er noch vor seinem Vater, Karl dem Zweiten, gestorben war, doch hatte er noch zu Lebzeiten von mütterlicher Seite das Königreich Ungarn geerbt. Über den Süden Italiens sollte später sein Bruder Robert herrschen, aber auch ihm würde es nicht gelingen, Sizilien wiederzugewinnen.

„Mein Bruder", fuhr Karl Martell fort, „sollte sich den Verlust Siziliens zur Warnung dienen lassen! Unser Vater ist großzügiger von Natur, aber Robert ist ein knausriger Mann. Sein Geiz könnte ihm noch schwer schaden und seine ohnehin schon gefährdete Herrschaft noch stärker belasten, wenn er sich nicht noch besinnt oder ihn irgendein anderer von seinen Irrwegen abbringt! Auch gute Beamte und Soldaten brauchte er, bessere als diese habgierigen armen Söldner aus Katalanien, die er jetzt befehligt."

„Mein lieber Herr", erwiderte Dante, „dich sprechen zu hören, ist für mich umso beglückender, als ich glauben darf, dass du meine Freude darüber erkennst, nämlich indem du sie in Gott schaust, der Ursprung und Ziel alles Guten ist.

Was du über deinen Bruder Robert sagst, bewegt mich. Wie kann es nur sein, dass jemand aus einer Familie mit guten Eigenschaften so schlecht gerät?“

Karl Martell antwortete:

„Ich will versuchen, dich darüber aufzuklären. Es ist so: Gott, der von sich aus vollkommen ist und in seiner Güte die Himmel bewegt und beglückt, lässt nach einem genauen Plan den Menschen ihre Anlagen und Eigenschaften angedeihen und alles andere, was zu ihrem Heil notwendig ist. Dabei bedient er sich der Gestirne, indem er deren Einflüsse auf die Menschen wirken lässt. Täte er dies nicht so planvoll, wären die Wirkungen der Himmelseinflüsse auf die Menschen nicht heilsam, sondern zerstörerisch. Aber um die Sterne in Bewegung zu halten, hat er Engel eingesetzt, und die sind unfehlbar, weil Gott selbst unfehlbar ist und sie vollkommen erschaffen hat.

Soll ich dir das noch genauer erläutern?“

„Das ist nicht nötig“, erwiderte Dante. „Mir ist klar, dass die Natur in Bezug auf diejenigen Dinge, die nicht dem Zufall unterliegen, niemals mangelhaft sein kann.“

Darauf fragte Karl Martell:

„Was meinst du: Erginge es den Menschen schlechter, wenn sie ihr Leben nicht im Sinne gedeihlichen Zusammenwirkens gemeinsam organisieren würden?“

„Natürlich“, erwiderte Dante. „Das versteht sich doch von selbst.“

„Und wäre ein solches Zusammenleben möglich“, fragte wiederum Karl Martell, „wenn die Funktionen und Berufe, in denen die einzelnen Menschen der Gemeinschaft dienen, nicht ganz unterschiedlich wären? Es wäre *nicht* möglich, wie schon bei Aristoteles zu lesen ist!“, antwortete er sich selbst auf seine Frage. Als er mit seinen logischen Ableitungen bis hierhin gekommen war, kam er endlich zu folgendem Schluss:

„Dass aber die Menschen in unterschiedlicher Weise in der Gesellschaft wirken können, liegt eben daran, dass sie unterschiedliche Anlagen mitbringen. So wird der eine wie Solon zum Politiker geboren, der andere wie Xerxes zum Feldherrn, wieder ein anderer zum Geistlichen wie Melchisedek, und ein vierter hat das Zeug zum Künstler wie Dädalus, der seinen Sohn beim Flug durch die Lüfte verlor.

Wenn nun die Himmelskräfte die menschlichen Anlagen prägen, was sie in so makelloser Weise tun, berücksichtigen sie dabei nicht im mindesten, in welche Familie jemand hineingeboren wird. Deshalb waren etwa Jakob und Esau so unterschiedlich, obwohl sie Zwillinge waren, und aus dem gleichen Grund konnte jemand von so niedriger Herkunft wie Romulus Fähigkeiten haben, die ihn zum Gründer Roms werden ließen – was die Leute freilich nicht begriffen, sodass die Legende aufkam, er sei in Wahrheit ein Sohn des Mars gewesen. Kurz, ginge es nur nach der natürlichen Vererbung, gliche jedes Kind den Eltern, aber Gottes Vorsehung ist stärker.

Jetzt habe ich dir deine Frage beantwortet. Aber damit du siehst", sprach er weiter, „wie gern ich mich mit dir unterhalte, will ich noch etwas hinzufügen. So wie Pflanzensamen nur auf fruchtbarem Boden gedeihen kann, so muss die Natur eines Menschen mit seinen Lebensumständen harmonieren, sonst führt das zu nichts Gutem. Die Menschen sollten deshalb stärker berücksichtigen, was für Anlagen einer mitbringt, dann könnten sich alle gedeihlicher entfalten. Aber ihr zwingt geborene Kriegsmänner auf die Kanzel und geborene Prediger auf den Königsthron! Damit kommt ihr von den Wegen ab, die die Natur euch vorzeichnet."

9. Kapitel

Cunizza da Romano – Folquet von Marseille – Die Hure Rahab

An dieser Stelle seiner Erzählung wendet sich Dante namentlich an Karl Martells schöne Tochter, die wie ihre Mutter Clemenza hieß. Er berichtet, dass ihr Vater ihm schließlich noch von gewissen Machenschaften erzählt habe, denen sein Sohn Karl Robert, ihr Bruder, in naher Zukunft ausgesetzt sein würde. Doch habe Karl Martell ihm aufgetragen, von diesen Prophezeiungen zu schweigen und die Zeit ihr Werk tun zu lassen. So blieb Dante nur noch übrig, Clemenza zu versichern, dass die gerechte Strafe für das ihrem Bruder angetane Unrecht nicht ausbleiben werde. Und in der Tat: In den Folgejahren sollte Karl Robert, einer der Anwärter auf den Thron des Königreichs Neapel, durch seinen Onkel Robert endgültig um die Thronfolge gebracht werden. Doch auch Robert sollte seine Herrschaft nicht ungetrübt genießen können.

Nach dem Gespräch mit Dante wandte sich Karl Martell wieder der Quelle allen Lichts zu, des einzigen Gutes, dessen man bedarf. ‚Ach ihr verführten, sündhaften Menschen!', dachte Dante. ‚Warum nur wendet ihr eure Herzen von diesem Gut ab und nichtigen Dingen zu?'

Und schon kam ein weiteres Licht auf Dante zu, wobei es zum Zeichen, dass es dem Gast etwas Gutes tun wollte, an Helligkeit zunahm. Auch diesmal gab Beatrice, die ihn die ganze Zeit fest ansah, ihm wieder durch einen liebevollen Wink ihrer Augen zu verstehen, dass sie mit einem Gespräch zwischen ihm und der Seele einverstanden war.

„O seliger Geist", begann daraufhin Dante, der wissen wollte, wer sich in diesem Licht verbarg, „bitte zeig mir, dass sich meine Gedanken in dir widerspiegeln und du sie lesen kannst, indem du mir rasch meinen Wunsch erfüllst!"

Und das Licht, froh darüber, seinem Gegenüber eine Freude machen zu können, begann aus seinem Inneren, aus dem es vorher Hosianna gesungen hatte, wie folgt zu erzählen:

„Im Nordosten des verkommenen Italien, zwischen Venedig und den Quellen der Brenta und des Piave, gibt es einen Hügel, gar nicht besonders hoch, mit einer Burg darauf. Wie eine Fackel ein ganzes Land in Brand setzen kann, so ging durch einen Mann viel Unheil von dieser Burg aus, denn er war der Herrscher des sie umgebenden Gebiets und ein schrecklicher Tyrann. Dieser Mann war mein Bruder, und ich selbst hieß Cunizza und bin hier im Venushimmel zu sehen, weil mein ganzes Leben von der Macht der Liebe geprägt wurde. Das verzeihe ich mir aber ohne Weiteres. Die Leute würden sich vermutlich gewaltig aufregen, wenn sie wüssten, wie gern und heiter ich an die viele Liebe zurückdenke, die ich erlebt habe."

Cunizza war die Schwester des Ezzelino da Romano gewesen, des Markgrafen von Treviso, dessen schwarzen Haarschopf Dante im siebenten Kreis der Hölle gesehen hatte, wo die Gewalttäter in siedendem Blut büßen. Über die zahlreichen Liebesaffären der Schwester sprach man in der ganzen Toskana. Einer ihrer Liebhaber war der berühmte Troubadour Sordello gewesen, mit dem Vergil und Dante im Vorfegefeuer ein Stück Weges gemeinsam gegangen waren.

Cunizza wies auf eine Seele in ihrer unmittelbaren Nähe.

„Dieses Glanzlicht unseres Himmels hier", sagte sie, „hat sich im Leben solchen Ruhm erworben, dass man noch in fünfhundert Jahren von ihm sprechen wird. Der Mensch soll eben danach trachten, im Leben Besonderes zu leisten, damit sein Name auf der Erde weiterlebt! Aber meine Landsleute dort in der Gegend von Treviso denken gar nicht daran, mit ihrem Tun Ehre einzulegen, und auch die Schläge, die sie bekommen, bringen sie nicht zur Einsicht. Doch es wird ihnen schlecht ergehen. Denn schon bald wird sich das Wasser des Bacchiglione vom Blut der pflichtvergessenen Paduaner rot färben. Der hochmütige Stadthauptmann von Treviso wird einer Verschwörung zum Opfer fallen, und den Leuten von Feltre wird der schändliche, andere Untaten an Strafwürdigkeit bei weitem übertreffende Verrat ihres Bischofs an den Flüchtlingen aus Ferrara noch leidtun. So viel ferraresisches Blut passt in kein Fass, wie dieser nette Priester seinen Guelfen zu offerieren bereit sein wird – wirklich das ideale Geschenk für diese Gegend! –, und wer es abwiegen wollte, hätte sich ziemlich viel vorgenommen. Meine Voraussagen sind wahr. Ihre Wahrheit zeigt sich wie in einem Spiegel dort oben in jenen Engeln, die ihr ‚Throne' nennt und in denen das Licht des richtenden Gottes widerscheint."

Tatsächlich sollten sich alle diese Prophezeiungen binnen weniger Jahre erfüllen: Die Ghibellinen von Vicenza würden das guelfische Padua schlagen, der tyrannische Stadtkommandant Rizzardo da Camino würde während eines Schachspiels hinterrücks ermordet werden, und vierzehn Jahre nach Dantes Jenseitsfahrt würden drei

Flüchtlinge aus Ferrara in Feltre Zuflucht suchen, von dem Bischof Alessandro Novello aber in ihre Heimatstadt ausgeliefert werden, wo sie von den dort regierenden Guelfen enthauptet werden würden.

Und Cunizza drehte sich um und reihte sich wieder in den Tanz der seligen Lichter ein, womit sie Dante zu verstehen gab, dass das Gespräch beendet war.

Aber da kam schon das Licht, das sie ihm bereits als die Seele eines berühmten Menschen vorgestellt hatte, auf ihn zu, wobei es wie ein Rubin in der Sonne zu strahlen begann. Denn die Fröhlichkeit, die sich bei uns irdischen Menschen im Lächeln äußert, zeigt sich bei den Seelen im Paradies durch ihr Leuchten, so wie sich umgekehrt die Schatten in der Hölle immer mehr verdüstern, je trauriger sie sind.

„Du seliger Geist!", sprach Dante das Licht an. „Gott sieht alles, und du siehst in Gott, sodass meine Wünsche dir nicht verborgen sein können. Warum also höre ich deine Stimme, die im Verein mit den sechsfach geflügelten heiligen Seraphim den Himmel durch ihren Gesang erfreut, nicht von dem sprechen, was ich so gern wissen möchte? Wenn mir deine Wünsche so offen vor Augen stünden wie dir die meinen, hätte ich schon längst mit der Antwort begonnen!"

Daraufhin begann das Licht zu sprechen. Zunächst beschrieb es seinen Herkunftsort, und zwar auf folgende Weise.

„Ich lebte", sagte es, „an der Küste des – nach dem erdumspannenden Ozean – größten aller Meere, das sich zwischen zwei ungleichen Ufern so weit nach Osten erstreckt, dass an seinem östlichen Ende schon Mittag ist, wenn an seiner Westseite gerade erst die Sonne aufgeht. Genauer gesagt wohnte ich in dem Küstengebiet zwischen den Mündungen des Ebro und der Magra, die in ihrem Unterlauf die Grenze zwischen Ligurien und der Toskana bildet. Die Stadt, deren Einwohner ich war, erlebte einmal ein schreckliches Blutbad und liegt fast auf dem gleichen Längengrad wie Bougie."

Dante begriff: Die Seele kam also vom Mittelmeer, und zwar aus der Provence, und ihr Wohnort war Marseille gewesen, das dem algerischen Bougie ungefähr gegenüberliegt und während des römischen Bürgerkriegs auf Cäsars Befehl von Brutus erobert worden war.

„Wer mich kannte, nannte mich Folco", stellte sich das Licht vor. Es handelte sich um den großen Minnesänger Folquet, der etwa hundert Jahre vor Dante gelebt hatte, nach bewegter Jugend ins Kloster gegangen und schließlich Bischof von Toulouse geworden war, wo er sich als Kämpfer gegen die Ketzerbewegung der Albigenser hervorgetan hatte.

„So wie ich jetzt im Venushimmel leuchte", erzählte Folquet, „so war ich in meinem irdischen Leben von seinem Einfluss geprägt. Als ich jung war, beherrschte mich die Kraft der Liebe ganz und gar. Ich war ihrem Einfluss stärker erlegen als Dido, die von ihrer Leidenschaft zu Äneas weder durch den Gedanken an dessen verstorbene Frau Kreusa noch durch die Erinnerung an ihren eigenen Mann Sichäus abgebracht werden konnte, stärker als Phyllis, die Thrakerin, die sich aus Sehnsucht nach dem Prinzen Demophoon selbst den Tod gab, stärker als Herkules mit seiner unbesiegbaren Begierde nach der schönen Iole. Aber hier oben gibt es keine Reue, sondern nur Lächeln. Dabei ist es nicht die Schuld, über die man sich freut, die ist vergessen, sondern man freut sich über die Ratschlüsse und Wegweisungen Gottes, man freut sich an der Kunst, mit der der Höchste die Menschen zum Heil führt und die imstande ist, aus irdischer Leidenschaft himmlische Liebe zu machen.

Ich will dir aber", fuhr Folquet fort, „alle Fragen beantworten, die sich dir in dieser Himmelssphäre stellen, und deshalb bin ich noch nicht fertig. Du möchtest wissen, wer das Licht hier neben mir ist, das so schön funkelt wie ein Sonnenstrahl in klarem Wasser. Also wisse, das ist Rahab. Sie ist die erste Seele, die überhaupt in den Venushimmel gekommen ist – der übrigens nach Mond und Merkur die letzte der drei Sphären ist, die noch innerhalb des von der Erde geworfenen Schattenkegels liegen und in denen die Seelen deshalb noch einen gewissen Erdenrest tragen –, und sie prägt diesen Himmel mehr als jede andere. Sie wurde gemeinsam mit den großen Seelen der alten Israeliten von Christus nach seinem am Kreuz errungenen Sieg aus der Hölle errettet, denn durch ihre Tat ermöglichte sie Josuas Sieg im Heiligen Land."

Rahab aber, deren Beitrag zur Eroberung Kanaans, ihres eigenen Vaterlandes, durch die Fremden darin bestanden hatte, dass sie in ihrer Heimatstadt Jericho zwei israelitische Kundschafter bei sich versteckt hatte, war, wie im Buch Josua zu lesen ist, eine Hure gewesen.

Kaum hatte er das Heilige Land erwähnt, begann Folquet heftig über die Führer der Kirche zu klagen.

„Wie gleichgültig ist jenes Land heute dem Papst!“, sagte er. „Das einzige, was ihn und seine Kardinäle interessiert, ist das Geld. Und das kommt aus deiner Heimatstadt und wird von ihr aus verbreitet! Denn in Florenz wird der verfluchte Gulden hergestellt, der goldene Florentiner, der die Hirten zu Wölfen macht und die Schafe und Lämmer in die Irre führt. Ach, dem Bösen selbst gehört Florenz, dem ersten der gefallenen Engel, dessen Neid so viel Leid über die Menschen gebracht hat! Die Gier nach dem Geld macht, dass sich Papst und Kurie nicht mehr mit dem Evangelium und mit den großen Lehrern der Kirche beschäftigen, sondern nur noch mit dem Kirchenrecht, was man an den abgenutzten Rändern der Dekretalienbücher sehen kann, mit deren Hilfe sie der Kirche weltliche Güter zuschanzen. Das Land, wo der Erzengel Gabriel der Jungfrau Maria die Geburt des Heilands verkündete, ist ihnen egal.

Aber“, so schloss Folquet, „es wird nicht mehr lange dauern, dann werden der Vatikan und die übrigen heiligen Stätten in Rom, wo Petrus und die ersten Märtyrer der Christenheit begraben liegen, von diesem schändlichen Treiben befreit sein!“

10. Kapitel

Die Schiefe der Ekliptik – Der Sonnenhimmel – Die Seelen der Weisheitslehrer – Thomas von Aquin – Albertus Magnus, König Salomo, Boethius, Siger von Brabant und andere

Der unnennbare Ursprung der Dinge schuf alles, was die Geister bewegt und im Raum kreist, und schaute dabei auf seinen Sohn, mit der Geistesliebe, die in Ewigkeit von beiden ausgeht. Er schuf es aber in einer solchen Ordnung, dass man es nicht ohne Bewunderung betrachten kann. Möge der Leser daher, schreibt Dante, mit ihm den Blick zum Himmel erheben! Er schaue zu jener Stelle, wo sich zur Zeit der Tag-und-Nacht-Gleiche der Tierkreis samt der Ekliptik, auf der die Planetenbahnen liegen, im Sternbild des Widders mit dem Himmelsäquator schneidet. Dort sei sein Ausgangspunkt, um liebevoll das Kunstwerk jenes Meisters zu betrachten, der es selbst so sehr liebt, dass er nie den Blick davon wendet. Geneigt zum Äquator verläuft die Ekliptik, und diese Neigung ist es, die erst die Bedingungen für das Leben auf der Erde schafft. Denn liefen die Bahnen der Planeten nicht schräg zum Äquator, so könnten die Himmel ihre Wirkung auf die Erde kaum entfalten, und viele Möglichkeiten, die den irdischen Dingen innewohnen, blieben unausgeschöpft. Der Winkel zwischen Äquator und Ekliptik dürfte auch nicht größer oder kleiner sein als er ist, denn auch dann wäre vieles an der ewigen Ordnung mangelhaft, im Himmel wie auf der Erde.

Der Leser auf seiner Bank, so sagt Dante, möge dem nachsinnen! Die Freude über das, was er dabei an Erkenntnis gewinnen werde, werde ihn die Anstrengung vergessen machen, die er dafür möglicherweise aufbringen müsse. Er, Dante, habe dem Leser Futter gegeben, doch essen müsse der schon alleine, denn er selbst brauche nun wieder alle Kraft, um seinen Reisebericht weiterzuschreiben.

Wieder hatte Dante fast nicht bemerkt, wie Beatrice mit ihm aufgestiegen war, denn das geschah innerhalb eines Augenblicks, so wie ein Gedanke, kaum dass man ihn kommen spürt, bereits da ist. Sie waren nun im vierten Himmel, dem der Sonne, der größten Wohltäterin der Natur, deren Einfluss auf die Erde stärker ist als der jedes anderen Himmelskörpers und nach deren Licht wir die Zeit messen. Sie stand zur Zeit von Dantes Reise auf ihrer Bahn, auf der sie sich bis zum Beginn des Sommers weiter emporwinden und der Erde von Tag zu Tag früher zeigen würde, gerade auf dem oben bezeichneten Punkt.

Die Lichtseelen, die Dante hier im Sonnenhimmel in der Schau des dreieinigen Gottes, des zeugenden und geisthauchenden, begriffen sah, unterschieden sich farblich nicht von der Sonne, leuchteten aber mit noch größerer Intensität als sie, sodass er sie innerhalb des Gestirns wahrnehmen konnte. Sein Geist, seine Kunstfertigkeit und Erfahrung, schreibt er, seien nicht ausreichend, um ihr Licht so zu beschreiben, dass man es sich vorstellen könne. Man könne das geschilderte Phänomen nur glauben und sich danach sehnen, es dereinst zu sehen. Dass aber die menschliche Phantasie nicht imstande sei, sich ein solches Licht auszumalen, sei kein Wunder, denn schließlich habe noch kein irdisches Auge etwas Helleres als die Sonne gesehen.

„Sage Gott Dank!", forderte Beatrice Dante auf. „Danke ihm, der die Sonne der Engel ist, dass er dir die Gnade gewährt hat, zur sichtbaren Sonne aufzusteigen!"

Diese Worte erfüllten Dante mit solcher Dankbarkeit und Hingabebereitschaft gegenüber Gott, dass er sogar Beatrice für den Augenblick vergaß. Sie aber hatte Wohlgefallen daran und lächelte, und der dadurch gesteigerte Glanz ihrer Augen holte Dantes Aufmerksamkeit zurück zu den Dingen in seinem Gesichtskreis.

Er sah eine Schar von zwölf Seelen um sich und Beatrice herum einen Kreis bilden, so wie sich manchmal bei dunstschwangerer Luft ein gedämpfter Lichtgürtel um den Mond legt. Dabei sangen sie, und ihr Singen war noch wunderbarer als ihr Leuchten. Im Paradies gibt es unendliche Herrlichkeiten, die es sonst nirgendwo gibt, und der Gesang der Lichtseelen war eine davon. Wie er klang, weiß nur, wer sich auf Flügeln zum Himmel erhebt; die anderen mögen die Stummen danach fragen.

Dreimal umkreisten die Seelen singend Beatrice und Dante, langsam wie diejenigen Sterne, die dem Himmelspol am nächsten sind. Dann hielten sie an, jedoch, wie es schien, nicht, um den Reigen zu beenden, sondern nur um ihn zu unterbrechen, wie Frauen, die in einer Musikpause mit Tanzen innehalten und lauschen, wann das nächste Lied erklingt und der Tanz weitergehen kann, und eine der Seelen begann aus ihrem Inneren heraus wie folgt zu Dante zu sprechen:

„Da der Gnadenstrahl der göttlichen Liebe, der selbst Liebe entzündet und durch Liebe wächst, so hell in deinem Inneren widerscheint und dich zu den Himmeln geleitet – von denen nur der herabsteigt, der dereinst wieder zu ihnen aufsteigen wird –, so wäre ich keine freie Seele, wenn ich deinen Wissensdurst nicht stillen wollte. Wie ein Strom wäre ich, der den Weg zum Meer nicht findet.

Du möchtest wissen, wer wir sind, die wir hier im Kreis stehen und liebevoll die schöne Frau ansehen, die dir die Kraft zum Aufstieg gegeben hat. Was mich betrifft, so gehörte ich in meinem irdischen Leben dem Dominikanerorden an, als dessen Mitglied man reiche Nahrung erntet, wenn man nicht vom rechten Weg abweicht. Ich bin Thomas von Aquin. Der hier rechts von mir war mein Lehrer und Ordensbruder Albertus Magnus aus Köln. Wenn du auch von den anderen wissen willst, wer sie sind, so folge mir mit den Augen, während ich sie dir einen nach dem anderen vorstelle.

Die Seele, die dort neben Albertus strahlt, gehörte dem großen Gelehrten Gratian, der als zweite Säule neben dem bürgerlichen Recht das Kirchenrecht entwickelte, was im höchsten Himmel auf Wohlgefallen stieß. Rechts von ihm leuchtet Petrus Lombardus, der seine Sentenzen-Bücher, in denen er die Weisheiten der Kirchenväter bündelte, mit dem Scherflein der Witwe verglich: So wie diese damals, schreibt er im Vorwort zu seinem Werk, ihre bescheidene Barschaft dem Tempel gespendet habe, so wolle er der heiligen Kirche seinen Schatz zur Verfügung stellen."

Waren diese ersten vier allesamt bedeutende Gottesgelehrte gewesen, die in den beiden zuletzt vergangenen Jahrhunderten gelebt und gewirkt hatten – voran Thomas von Aquin selbst, der große Kirchenlehrer, dessen Lehren in Dantes Werk eine wichtige Rolle spielen –, so war die nächste Seele aus ganz anderer Zeit.

„Das fünfte Licht", so stellte Thomas sie vor, „ist das schönste von uns und strahlt besonders viel Liebe aus, auch wenn man sich auf Erden fragt, ob der von diesem Licht Umhüllte wohl in die Verdammnis oder in die Seligkeit eingegangen sein mag. So große Weisheit war ihm gegeben, dass sich kein Zweiter vor oder nach ihm erhoben hat, der von solcher Erkenntnisfülle gewesen wäre, so wahr die Schrift wahr ist."

Es war der König Salomo, der Sohn Davids und Erbauer des ersten Tempels zu Jerusalem, die einzige der zwölf Seelen dieses Kreises, die vor dem Erscheinen des Heilands gelebt hatte.

„Neben Salomo", sagte Thomas, „glänzt Dionysius Areopagita, der so tiefes Wissen über das Wesen der Engel und ihre Hierarchien besaß und darüber schrieb. Das kleinere Licht daneben gehört Paulus Orosius, der mit seinem Werk das Christentum gegen die Heiden verteidigte und so dem heiligen Augustinus Hilfsmittel für seinen Kampf an die Hand gab.

Sicher bist du, da du so von Licht zu Licht im Kreis meinen Lobsprüchen folgst, schon begierig zu hören, was es mit dem achten Licht auf sich hat. Wer das Schicksal dieser Seele teilnahmsvoll betrachtet, kann daraus lernen, wie trügerisch die Welt ist."

Es war der große römische Gelehrte Boethius, der zu Beginn des sechsten christlichen Jahrhunderts am Hof des Ostgotenkönigs Theoderich hohe Ämter bekleidet hatte, dann aber der Verschwörung bezichtigt und hingerichtet worden war.

„Nachdem er Kerker, Marter und Tod erlitten hatte", fuhr Thomas fort, „wurde sein Leib in der Basilika San Pietro in Ciel d'Oro in Pavia zur Ruhe gelegt, seine Seele aber kam an diesen Ort des Friedens.

Die nächsten drei sind die Gottesgelehrten Isidor von Sevilla, Beda Venerabilis und Richard von Sankt Viktor, der Gott tiefer schaute als es Menschen sonst vermögen.

Das letzte Licht endlich, mit dem sich der Kreis schließt, gehört einem Geist, auf dem so schwere Gedanken lasteten, dass er sich den Tod wünschte. Es ist Siger von Brabant, der bei seinen Vorlesungen in der Rue de Fouarre zu Paris mit scharfer Logik seine Wahrheiten entwickelte, was auf viel Neid stieß."

Siger von Brabant, ein Zeitgenosse des Thomas, war ein großer christlicher Gelehrter gewesen und hatte an der Pariser Universität unterrichtet, sich mit seinen Lehren aber in Widerspruch zur Kirche begeben. Wenige Jahre vor Dantes Jenseitsreise war er ermordet worden. Auch Thomas von Aquin selbst hatte zu Lebzeiten Sigers Lehren bekämpft. Nun genossen sie hier gemeinsam ihre Seligkeit.

Und wie eine Glockenuhr, die, wenn ihr Räderwerk morgens in Bewegung gesetzt wird, mit so lieblichen Tönen zum Gebet ruft, dass der Geist in gesteigerter Liebe zu Gott erglüht, so nahmen die zwölf Lichter ihren Reigen wieder auf und drehten sich um Dante und Beatrice, und ihre Stimmen ertönten dabei in so süßer Harmonie, wie es sie nur dort gibt, wo die Freude ewig währt.

11. Kapitel

Thomas von Aquin rühmt den heiligen Franziskus

Wie töricht ist es doch von den Menschen, dachte Dante, sich von ihren Alltagsgeschäften derart herabziehen zu lassen, dass der Geist am Boden haften bleibt, und wie sinnlos ist es, dieses Treiben durch allerlei Begründungen rechtfertigen zu wollen! Als er so herrlich an Beatrices Seite im Sonnenhimmel aufgenommen worden war, da befassten sie sich drunten auf der Erde mit Rechtsstreitereien oder mit ihrer Gesundheit, versuchten einträgliche Priesterämter zu ergattern oder setzten Gewalt und List ein, um Macht zu erlangen. Andere stahlen ihren Mitmenschen ihre Habe, beschäftigten sich mit Politik oder gaben sich sinnlichen Genüssen hin, und manche taten auch überhaupt nichts. Wie anders stand es mit ihm! Wie weit hatte er alles irdische Wesen unter sich gelassen!

Als sich die zwölf Lichtseelen so weit im Kreis gedreht hatten, dass jede wieder ihre Ausgangsposition erreicht hatte, blieben sie stehen und sahen nun wieder aus wie Kerzenlichter, die ruhig auf Leuchtern brennen, wenn auch viel heller. Dann nahm Thomas von Aquin abermals das Wort, wobei sein Licht von neuem freudig aufglühte.

„Da mein Licht ein Abglanz des göttlichen Lichtes ist", sagte er, „kann ich, indem ich Gott schaue, in ihm deine Gedanken lesen. Daher weiß ich, dass du über zwei Dinge nachgrübelst, die du eben von mir gehört hast, und dass du sie gern so klar und erschöpfend erklärt bekämst, wie es deinem Fassungsvermögen angemessen ist. Zum einen ist das meine Bemerkung, dass man als Mitglied des Dominikanerordens reiche Nahrung erntet, wenn man nicht vom rechten Weg abweicht, zum anderen sind es meine Worte über den König Salomo, nämlich dass sich kein Zweiter jemals erhoben hat, der mit einer derartigen Fülle von Weisheit ausgestattet gewesen wäre. Hier will gut unterschieden sein!

Es war zu Beginn des eben vergangenen Jahrhunderts, da begannen auf der Erde zwei große Männer zu wirken, gesandt von der göttlichen Vorsehung, deren Ratschlüssen keine Kreatur je auf den Grund kommt. Sie sollten die Kirche dazu führen, sich in treuerer Liebe und stärkerem Glauben, als sie es tat, ihrem Bräutigam hinzugeben, der sie am Kreuz unter Schmerzensrufen zu seiner angetrauten Braut gemacht hat. Die hohen Engel statteten diese beiden Männer mit ihren Gaben aus: Der eine glühte vom Feuer seraphischer Liebe, der andere strahlte im Licht cherubinischer Weisheit. Wenn ich jetzt von jenem erzähle, ist dieser immer auch mitgemeint, denn man kann gar nicht einen von beiden rühmen, ohne dass das Lob auch auf den anderen ausstrahlt. Beider Taten dienten dem gleichen Ziel."

Und Thomas begann von dem großen Liebenden zu sprechen.

Zunächst beschrieb er den Ort, wo der Gemeinte gelebt hatte.

„In Mittelitalien", sagte er, „liegt der Berg Subasio. Er erhebt sich zwischen den Flusstälern des Tupino und des Chiascio, der seinerseits auf dem Hügel in der Nähe von Gubbio entspringt, wo der selige Ubaldo Baldassini seine Einsiedelei hatte. Westlich vom Subasio, seinem fruchtbaren Abhang gegenüber, liegt das östliche Stadttor von Perugia, die Porta Sole. Der Berg beeinflusst die Stadt mit seiner Witterung, von ihm empfängt sie Hitze und Kälte. Auf seiner anderen Seite befinden sich die Städte Nocera und Gualdo, deren raues Klima ebendieser Lage hinter dem nordöstlichen Abhang geschuldet ist.

An diesem Berg, da, wo seine Neigung am sanftesten ist, kam der zur Welt, von dem ich erzählen will: eine strahlende Sonne, so glühend leuchtend, wie unsere Sonne hier manchmal scheint, wenn sie in Indien aus dem Ganges steigt. Assisi wird sein Geburtsort genannt oder Ascesi, ‚Ort des Aufsteigens', aber man sollte ihn ‚Orient' nennen, um noch eindeutiger auszudrücken, was dort geschah.

Bereits als junger Mann wirkte er segensreich im Lande. Er war noch ein Jüngling, da ergab er sich gegen den Willen seines Vaters einer Frau, der man gewöhnlich ebenso ungern die Tür öffnet wie dem Tod. Vor dem bischöflichen Gericht und in Gegenwart seines Vaters vermählte er sich mit ihr, und seine Liebe zu ihr wuchs mit jedem Tag. Diese Frau war nach dem Tod ihres ersten Gatten über elf Jahrhunderte lang nicht mehr umworben worden, bis der kam, von dem ich spreche. Dabei hatte der Fischer Amyclas, weil er sie an der Seite gehabt hatte, während des römischen Bürgerkriegs ohne Angst dem großen Cäsar die Tür öffnen können, vor dem sich sonst alle Welt fürchtete, und dem Heiland war die Frau standhaft und mutig bis hinauf ans Kreuz gefolgt, wo doch selbst Maria unten an dessen Stamm stehen geblieben war. All das hatte ihr nichts genützt, sie blieb verschmäht.

Aber ich will nicht weiter in Rätseln zu dir sprechen. Die helle Sonne, von der ich spreche, ist der heilige Franziskus, und die Frau, mit der er sich vermählte, ist die Armut, die seit Christi Tod von niemandem mehr geliebt worden war und um derentwillen Franziskus auf das väterliche Erbe verzichtete und dem Vater sogar seine kostbaren Kleider zurückgab. Die Eintracht des Paares, ihre heiteren Mienen, ihr liebendes Entzücken aneinander, ihr sanftes Aussehen brachten auch andere Menschen auf heilige Gedanken. Als erster folgte der verehrungswürdige Bernhard von Quintavalle dem Vorbild des großen Mannes. Er verschenkte seinen Besitz und legte seine Schuhe ab, um sich barfuß dem Heiligen anzuschließen und den Weg zum Seelenfrieden zu gehen, wobei ihn nie das Gefühl verließ, er müsse ihn noch eifriger gehen. Weitere junge Männer folgten, zum Beispiel Ägidius und Silvester. Auch sie zogen ihre Schuhe aus, gürteten sich demütig mit dem Strick des neuen Ordens und wurden zu Gefährten des Franziskus, aus Liebe zur Armut. Ach, dass den Menschen unbekannt ist, welch reichen Segen dieses Gut bringt!

Franziskus begab sich in Gesellschaft der Frau Armut und der jungen Männer, die sich mit ihm verbündet hatten, einem Vater und Meister gleich, nach Rom und trat vor Papst Innozenz den Dritten. Obwohl alle sich verwunderten, dass der Sohn des reichen Kaufmanns Pietro Bernardone in so niedriger Gestalt erschien, schlug er nicht verschämt die Augen nieder, sondern unterbreitete dem Heiligen Vater in königlicher Haltung die Bitte, die strengen Regeln seines Ordens kirchenrechtlich zu besiegeln, was dieser, wenn auch zunächst nur vorläufig, tat.

Besser als ich", meinte Thomas, „würden die Chöre der Engel das Wunderleben dieses geistlichen Hirten besingen! Seine Bruderschaft wuchs schnell an Zahl, sodass der nächste Papst, Honorius der Dritte, inspiriert vom Heiligen Geist, dem Franziskanerorden und seinen Regeln die endgültige kirchliche Anerkennung verlieh. So wurde Franziskus' heiliger Wille zum zweiten Mal gekrönt.

Franziskus unternahm eine Missionsreise in den Orient und predigte in Anwesenheit des stolzen Sultans über Christus und seine Jünger, brennend vor Verlangen, das Martyrium erleiden zu dürfen. Jedoch befand er die Menschen dort als zu unreif für die Bekehrung und kehrte deshalb, um seine Zeit nicht nutzlos zu vergeuden, wieder heim nach Italien, wo seine Bemühungen bessere Frucht trugen. Schließlich zog er sich auf das Bergmassiv Alvernia zwischen Tiber und Arno zurück und empfing dort von Christus selbst das dritte und letzte Siegel, die Stigmata des Gekreuzigten, die er als Wundmale an seinen Händen und Füßen und an seiner Seite für die verbleibenden zwei Jahre seines Lebens trug.

Als nun Gott, der ihn zu so großen Taten auserwählt hatte, sich anschickte, ihn zu sich emporzuziehen und ihm den verdienten himmlischen Lohn für seine Selbsterniedrigung zuteil werden zu lassen, da empfahl Franziskus seinen Brüdern die Frau Armut als rechtmäßige Erbin und befahl ihnen, ihr in treuer Liebe anzuhängen. Für seinen sterbenden Leib wollte er keine andere Bahre als den Schoß dieser seiner liebsten Herrin, und so lag er auf dem nackten Boden, wie er es gewünscht hatte, als seine Seele verklärt emporfuhr in ihr Heimatreich.

Was nun den anderen der beiden Großen betrifft, von denen ich vorhin sprach", fuhr Thomas dann fort, „den heiligen Dominikus, zu dessen Orden ich gehörte, so sorgte auch er sich wie Franziskus darum, das Schiff des Petrus auf stürmischer See auf rechtem Kurs zu halten. Wer ihm also getreulich folgt, der hat gute Ware geladen! Aber die Herde dieses Heiligen ist lüstern nach neuem Futter und läuft zu anderen Weideplätzen. Immer mehr Schafe entfernen sich von ihr, irren umher und kehren leer zurück, ohne dass die rechte Milch sie gesättigt hätte. Es gibt zwar einige unter den Dominikanern, die das Übel fürchten und treu bei ihrem Hirten bleiben, aber es sind so wenige, dass man nicht viel Tuch braucht, um für sie alle Mönchskutten zu schneidern.

Wenn ich mich klar und verständlich ausgedrückt habe", schloss Thomas, „und wenn du gut zugehört hast und dir noch einmal vergegenwärtigst, was ich gesagt habe, so müsstest du nun die Antwort auf deine erste Zweifelsfrage haben. Dir dürfte nun klar sein, dass Spaltung in den Dominikanerorden getragen wurde; du dürftest verstehen, wieso ich gesagt habe, man könne zwar als dessen Mitglied reiche Nahrung ernten, aber nur, wenn man nicht vom rechten Weg abweiche."

12. Kapitel

Der zweite Kreis der Weisheitslehrer – Bonaventuras Lobrede auf den heiligen Dominikus – Der Prophet Nathan, Joachim von Fiore und andere

Thomas von Aquin hatte kaum zu Ende gesprochen, da begannen die zwölf Lichter sich wieder im Kreis zu drehen. Sie hatten ihre Runde noch nicht vollendet, als sie von einem zweiten Kreis umschlossen wurden, der ebenfalls aus zwölf tanzenden und singenden Lichtern bestand, wobei diese neu hinzukommenden Lichter sich in ihrem Drehen und Singen an den ersten Kreis anpassten. Dante kam dabei ein Phänomen in den Sinn, das man manchmal am zart bewölkten Himmel beobachten kann, wenn nämlich der Regenbogen – jenes Himmelszeichen, das, wie die Alten meinten, von der Göttin Iris auf Geheiß Junos ans Firmament gesetzt wird, nach unserer Glaubensgewissheit aber Gottes Bund mit Noah besiegelt, demzufolge keine zweite Sintflut mehr die Erde zerstören soll – zweifach zu sehen ist.

Denn wie hier im Sonnenhimmel der zweite Kreis Ton und Bewegung des ersten aufnahm, so, dachte Dante, ist auch beim doppelten Regenbogen der äußere Bogen ein Widerschein des inneren. Auch an die Sage von der Nymphe Echo musste er denken, die von Liebe zu dem schönen Narziss verzehrt wurde wie Nebel von der Sonne, denn Echo gab, so heißt es, immer die Worte wieder, die zuletzt an sie gerichtet worden waren.

Der Gesang der vierundzwanzig seligen Geister übertraf alles irdische Singen, wie ein Lichtstrahl heller scheint als der Strahl, den er zurückwirft. Im Singen begrüßten sich die beiden Lichtkreise, freudig und zärtlich, indem sie einander Licht an Licht anstrahlten. Dann beendeten sie gleichzeitig und einträchtig ihren Gesang und ihren festlichen Gruß, so wie unsere beiden Augen, wenn wir sie öffnen oder schließen wollen, das immer zugleich tun, und aus dem Inneren eines der Lichter des neu hinzugekommenen Kreises schickte sich eine einzelne Stimme zu sprechen an. Dante wandte sich sofort dorthin, schnell wie die Kompassnadel, wenn sie zum Polarstern schwenkt.

Das Licht begann:

„Getrieben von der Liebe, die mich so schön leuchten lässt, will ich von dem anderen geistlichen Führer reden, um dessentwillen hier über den meinen so viel Gutes gesagt worden ist. Denn wo von diesem die Rede ist, sollte man auch von jenem sprechen. So wie sie gemeinsam gekämpft haben, sollen sie auch ihren Ruhm gemeinsam haben.

Als das Heer Christi, zum kleinen Häuflein geschrumpft, nur noch träge und mutlos hinter dem Kreuzzeichen herzog, da nahm sich jener Kaiser, dessen Herrschaft kein Ende hat, aus Gnade der bedrohten, unwürdigen Streitmacht an. Er bot viel auf, sie wiederzubewaffnen, und schickte ihr, wie eben schon gesagt wurde, zwei besondere Krieger, die mit Rat und Tat dem verirrten Volk seine Handlungsfähigkeit wiedergaben.

In Spanien, wo im März der sanfte Westwind früher als anderswo in Europa die jungen Knospen aufschließt, im Königreich Kastilien, dessen Wappen zweimal einen Turm und einen Löwen zeigt – einmal mit dem Löwen, einmal mit dem Turm zuoberst –, liegt im Norden, nicht weit von der Küste, wo die Sonne nach langem Tageslauf im Ozean vor den Blicken der Menschen entschwindet, der glückliche Ort Caleruega. Dort wurde der Mann geboren, von dem ich erzählen will, der Mann, dessen ganze Leidenschaft dem christlichen Glauben gehörte und der zu den Seinen so gütig und zu den Feinden so schrecklich war. Bereits im Mutterleib entfaltete die neugeschaffene Seele dieses künftigen heiligen Streiters eine derart starke Wirkung, dass sie seiner Mutter prophetische Gaben verlieh, was sich in einem Traum zeigte, in dem sie die Einzigartigkeit ihres ungeborenen Kindes vorhersah. Nachdem das Kind in der Taufe seine Hochzeit mit dem Glauben vollzogen hatte – zum beiderseitigen Heil –, hatte auch seine Taufpatin einen Traum, in dem sie voraussah, was für einzigartige Früchte das Wirken des Täuflings und seiner Nachfolger dereinst tragen würde.

Die Eltern, inspiriert vom Himmel, gaben dem Kind einen Namen, der seine Bestimmung treffend zum Ausdruck brachte: Dominikus, der dem Herrn Gehörende. Ich möchte ihn einen Ackermann nennen, einen Landarbeiter, der von Christus zur Hilfe in seinem Garten erwählt wurde. Schon in seiner frühen Kindheit zeigte sich, dass er ein Gesandter und Diener des Heilands sein musste. Seine Amme, wenn sie nach dem Kleinen sah, stellte nämlich häufig fest, dass er sein weiches Bett mit dem harten Boden vertauscht hatte und dort nun schweigend und wach lag, als wolle er sagen: ‚Dafür bin ich gekommen!', und so folgte er bereits mit der allerersten Neigung, die er erkennen ließ, dem Rat Jesu, demütig, arm und bedürfnislos zu sein. Wie passend waren die Namen seiner Eltern, Felix und Johanna! Denn glücklich und begnadet, so wie es diese Namen sagen, waren sie wirklich, da sie solch einen Sohn hatten.

Die Welt betreibt heute eifrig zweitrangige Wissenschaften. Emsig wälzt sie die Bände Heinrichs von Susa über das Kirchenrecht oder brütet über den medizinischen Schriften des Thaddäus Alderotti. Die Liebe des Dominikus dagegen galt der wahren, himmlischen Geistesnahrung, und so reifte er in kurzer Zeit zu einem großen geistlichen Lehrer heran. Bald schickte er sich an, den durch die Schuld nachlässiger Weinbauern vertrocknenden Weinberg des Herrn neu zu bestellen. Dazu wandte er sich zunächst an den Papst. Er bat ihn nicht etwa darum, in den Genuss der nächsten freiwerdenden Pfründe zu kommen, und er suchte auch nicht um Erlaubnis nach, Zuwendungen an die Armen zu seinen eigenen Gunsten schmälern zu dürfen, etwa den für sie bestimmten Kirchenzehnten selbst zu erhalten – auf dem Stuhl Petri war man damals zu den Gerechten unter den Armen noch barmherziger als heute, wobei es freilich nicht dem Papstamt als solchem anzulasten ist, dass sich das geändert hat, sondern seinen jeweiligen Inhabern. Nein, Dominikus bat Innozenz den Dritten einzig und allein um die Genehmigung, seinen Orden zum Kampf gegen die Ketzerei gründen zu können, damit der Same nicht verdorren möge, aus dem auch die vierundzwanzig Pflanzen stammen, die dich hier umgeben. Ausgerüstet mit dem Segen des apostolischen Amtes machte er sich dann mit all seinem Wissen und mit der Energie eines Sturzbachs daran, den Irrglauben auszurotten, und zwar gerade dort mit der größten Leidenschaft, wo er auf besonders heftigen Widerstand traf. Er gewann Anhänger, sein Orden gründete Unterabteilungen und Klöster, und so bewässert konnten die Bäumchen im weltweiten Garten der Kirche wieder aufblühen.

Von solcher Art also war Dominikus, das eine der beiden treibenden Räder am Streitwagen der heiligen Kirche, mit dem sie den Kampf gegen ihre Feinde gewann.

Wie vortrefflich auch das andere Wagenrad war“, fuhr das Licht fort, „hast du ja vorhin gehört, als Thomas so Freundliches darüber gesagt hat. Aber die Spur, in der sich dieses andere Rad drehte, ist verlassen worden. Es ist wie mit einem Weinfass, das man vernachlässigt hat, das setzt dann keinen Weinstein mehr an, sondern Schimmel. Die Anhänger des Franziskus, die einst so treu ihrem Gründer gefolgt sind, haben die Gegenrichtung eingeschlagen, sodass der früher vorn Laufende nun seinen ehemaligen Hintermann vor sich hat. Doch die Abgeirrten werden ihr Urteil empfangen! Der Acker ist schlecht gepflegt worden, und wenn die Ernte eingefahren wird, wird das Unkraut verworfen, da hilft kein Wehklagen. Sicher, wer das Buch unseres Ordens Seite für Seite durchsehen würde, der fände darin wohl auch heute noch Blätter, auf denen man von treuer Anhängerschaft lesen könnte. Die zwei Richtungen jedoch, in die sich der Franziskanerorden aufgespalten hat, haben alle beide den rechten Weg verlassen. Weder Ubertino da Casale mit seinen Spiritualen noch Matteo d'Acquasparta und seine Konventualen sind den Ordensregeln treu geblieben. Die einen legen sie allzu streng aus, die anderen handhaben sie zu nachlässig."

Und nun stellte sich das Licht endlich selbst vor, nachdem es so lange geredet hatte. Es war der heilige Bonaventura, aus Bagnoregio in der Nähe des Bolsener Sees gebürtig, ein großer Philosoph und Theologe des jüngst vergangenen Jahrhunderts, als Kirchenlehrer „Doctor seraphicus" genannt. In den letzten siebzehn Jahren vor seinem Tod war er General des Franziskanerordens gewesen. So wie der Dominikaner Thomas von Aquin den heiligen Franziskus gerühmt, den Weg, den sein eigener Orden nahm, aber angeprangert hatte, war es nun also ein Franziskaner, der das Lob des Dominikus gesungen und die Irrwege der eigenen Bruderschaft getadelt hatte.

„Ich bin die Seele des Bonaventura aus Bagnoregio", sagte er also, „der ich auch in meinen hohen Ämtern die weltlichen Geschäfte immer den geistlichen Pflichten nachgeordnet habe."

Dann wies er nacheinander auf die anderen Lichter in seinem Kreis und erklärte:

„Diese beiden hier, Illuminatus und Augustinus, gehören zu den frühesten Gefährten des Franziskus. Schon in der allerersten Zeit seines Wirkens legten sie wie er ihre Schuhe ab, gürteten sich mit dem Strick und wurden zu Bettelmönchen, was Gott gefiel. Des weiteren sind hier Hugo von Sankt Viktor, Petrus Comestor und Petrus Hispanus, dessen Licht auf Erden in seinen zwölf Logik-Traktaten leuchtet, der Prophet Nathan, der Metropolit Johannes Chrysostomus, der Erzbischof Anselm von Canterbury, Aelius Donatus, der sich so demütig mit der Kunst der Grammatik beschäftigt hat, und Hrabanus Maurus."

So wie den König Salomo im ersten Kreis gab es also auch hier neben lauter Weisheits- und Glaubenslehrern aus christlicher Zeit eine Seele, die zu den großen Gestalten des Alten Bundes gehörte, den israelitischen Propheten Nathan. Er war der Bußprediger des Königs David gewesen und hatte den Bau des salomonischen Tempels vorhergesagt.

Schließlich stellte Bonaventura noch das zwölfte und letzte Licht dieses Kreises vor.

„Hier neben mir", sagte er, „leuchtet Joachim von Fiore, der in Kalabrien Abt war und prophetische Geistesgaben hatte."

Der große Apokalyptiker Joachim von Fiore, der etwa hundert Jahre vor Dantes Jenseitsfahrt gestorben war, hatte die Lehre vom dritten Zeitalter verkündet, dem Reich des Geistes, das in naher Zukunft kommen werde. Auch seine Rechtgläubigkeit war von der Kirche in Frage gestellt worden, wie die Sigers von Brabant im ersten Kreis. Aber auch hier hatten sich die Widersprüche in der Seligkeit aufgelöst, denn wie die Lichter von Thomas und Siger nun einträchtig vereint waren, so leuchtete auch Joachim neben Bonaventura und wurde von diesem, der seine Lehren zu Lebzeiten durchaus nicht gebilligt hatte, mit ehrenden Worten bedacht.

Bonaventura schloss:

„Was mich inspirierte, den heiligen Streiter Dominikus zu rühmen, war die flammende, edle und fein formulierte Huldigungsrede auf den heiligen Franziskus, die der Bruder Thomas vorhin gehalten hat. Sie war es auch, die meine Gefährten bewogen hat, sich mit mir zum ersten Kreis hinzuzugesellen."

13. Kapitel

Tanz der beiden Lichtkreise – Thomas von Aquin über himmlische und königliche Weisheit – Seine Warnung vor vorschnellem Urteil

Um nachvollziehen zu können, was Dante dort sah, möge der Leser sich das folgende Bild vorstellen und es, während es entwickelt wird, unverwandt in seinem Geist festhalten, so wie man sich an kompaktem Stein festhält. Er denke sich zunächst diejenigen Sterne, deren Strahlkraft so stark ist, dass sie sogar durch Bewölkung und Dunst dringt. Es gibt davon fünfzehn, und sie leuchten in verschiedenen

Regionen des Firmaments. Zu diesen fünfzehn hellsten Sternen des Himmels denke er sich zweitens die sieben Sterne desjenigen Sternbilds dazu, dessen Kreislauf sich in unseren Breiten vollständig innerhalb des für uns sichtbaren Himmels vollzieht, sodass es weder bei Tag noch bei Nacht unter dem Horizont verschwindet, also des Großen Wagens. Drittens nehme er vom Kleinen Wagen – der an den Polarstern grenzt, um den sich der oberste Himmel dreht –, noch die beiden äußersten Sterne hinzu. Dann stelle er sich vor, diese nunmehr vierundzwanzig Sterne würden sich am Himmel zu zwei Kreisen von je zwölf Sternen ordnen, so wie sich nach dem Tod der Prinzessin Ariadne der Kranz auf ihrer Stirn zu einer Sternkonstellation geordnet hatte, weil Theseus, ihr Geliebter, ihn als Sternbild ans Firmament gesetzt hatte. Schließlich male er sich aus, die beiden Formationen würden ihre Strahlen miteinander vereinigen und sich in einander entgegengesetzter Richtung, eine die andere umringend, im Kreis drehen. Wenn der Leser dieses Bild vor sein inneres Auge stellt, bekommt er eine Vorstellung von den beiden Lichtkreisen, die Dante im Sonnenhimmel sah, und von dem Reigen, den sie nun wieder um ihn herum begannen. Aber auch diese Vorstellung wird nur schattenhaft sein, denn das Gesehene unterschied sich so sehr von dem, was wir auf Erden zu sehen gewohnt sind, wie sich die Schnelligkeit, mit der sich der Kristallhimmel dreht, von der Fließgeschwindigkeit des trägen, versumpften toskanischen Flusses Chiana unterscheidet.

Und wieder sangen die beiden Lichtkreise bei ihrem Tanz, und was sie besangen, waren nicht etwa heidnische Gottheiten wie Bacchus oder Apollo, sondern die drei Personen von göttlicher Natur und die Vereinigung dieser Natur mit der menschlichen in der einen dieser drei Personen.

Dann unterbrachen sie ihr Singen und Tanzen wieder, um sich erneut ihren Gästen zu widmen, offenbar glücklich, von einem geliebten Amt zu einem anderen, ihnen ebenfalls am Herzen liegenden wechseln zu können, und Thomas von Aquin, der vorhin vom wunderbaren Leben des Franziskus in gottgefälliger Armut erzählt hatte, ergriff von neuem das Wort.

„Was es mit den Dominikanern auf sich hat", sagte er, „kannst du nun richtig einordnen. Jetzt habe ich das Bedürfnis, mich deiner zweiten Frage zuzuwenden, der nach der Weisheit Salomos.

Wie ich weiß, denkst du an die beiden einzigen Menschen, die Gott jemals unmittelbar selbst erschaffen hat, und glaubst, mehr Weisheit als ihnen könne doch niemals irgendjemand anderem zuteil geworden sein, da sie sie direkt vom Schöpfer hatten. Der erste, aus dessen Brust die schöne Frau kam, deren Verlangen nach dem Apfel so schlimme Folgen hatte, und der andere, dessen Brust von der Lanze durchbohrt wurde und dessen Heilshandeln rück- und vorwärtswirkend jede Schuld aufwiegt, müssten daher deiner Meinung nach das höchste Maß an Erleuchtung auf sich versammelt haben, das die menschliche Natur überhaupt zu fassen vermag. Deshalb wunderst du dich über meine Bemerkung, dass sich kein Zweiter jemals erhoben habe, der an Salomo in seiner Weisheit heranreiche. Wenn du mir aber aufmerksam zuhörst, wirst du sehen, dass das, was ich gesagt habe, ebenso wahr ist wie das, was du glaubst, und dass beide Wahrheiten sich in Übereinstimmung bringen lassen, so wie sich zwei Strahlen im Mittelpunkt eines Kreises treffen können.

Alles Geschaffene", begann er das Problem zu erörtern, „sei es unvergänglich oder vergänglich, ist nur ein Abglanz jener Idee, die Gott liebend aus sich selbst heraus erzeugt. Denn: Als lebendiges Licht vom Licht geht der Sohn vom Vater aus, wobei er untrennbar mit ihm und mit der Geistesliebe in immerwährender Dreiheit verbunden bleibt. Das göttliche Licht strahlt auf die neun Chöre der Engel und die neun Himmel aus, sodass es in ihnen wie in einem Spiegel widerscheint, behält dabei aber ewig seine Einheit. Dann wird es von Stufe zu Stufe nach unten weitergegeben. Dabei aber verliert es zunehmend an Kraft, sodass es am Ende nur noch imstande ist, Geschöpfe niederer Ordnung hervorzubringen, Zufallswesen von kurzer Lebensdauer, die mithin nicht unmittelbar von Gott stammen, sondern eben durch die Bewegung der Himmel entstehen, sei es durch Samen wie die Tiere und Pflanzen oder ohne ihn wie etwa die Mineralien.

Die schaffende Kraft, die diese Wesen hervorbringt, verändert sich also nach unten hin. Ebensowenig bleibt sich das formbare Material, auf das sie trifft, immer gleich. So kommt es, dass die Geschöpfe von dem Ideal, dem sie nachgebildet sind, mehr oder weniger stark abweichen: Von zwei gleichartigen Bäumen bringt der eine bessere Früchte hervor und der andere schlechtere, und auch bei euch Menschen ist es ja so, dass ihr euch in euren Geistesgaben voneinander unterscheidet. Auf vollkommene Weise könnte das prägende Licht nur dann wirken, wenn es selbst auf der Höhe seiner Kraft stünde und zugleich das zu prägende Material von der bestmöglichen Beschaffenheit wäre. Aber die Natur ist unvollkommen. Es ist mit ihr wie mit einem Künstler, der zwar Talent hat, seine Fähigkeiten aber wegen einer zitternden Hand nur mangelhaft entfalten kann.

Wahrhaft makellos kann nur das sein, was der dreieinige Gott selbst liebend, schauend und kraftvoll plant und erschafft, und so wurde die Erde in der Tat nur zweimal eines vollkommenen Lebewesens für würdig befunden, beim ersten Menschen und später noch einmal, als die Jungfrau Maria schwanger wurde. Ich kann dir also nur beipflichten, wenn du meinst, dass die menschliche Natur nie wieder so große Vollkommenheit erreicht hat oder jemals erreichen wird wie in Adam und in Christus.

Würde ich meine Rede hier beenden, so würdest du natürlich fragen, wieso dann aber Salomo so unvergleichlich gewesen sein soll. Damit dir das klarer wird, bedenke doch einmal, welches Amt er innehatte und aus welchem Grund er, als Gott ihn aufforderte, eine Bitte an ihn zu äußern, um Weisheit bat. Du weißt es: Er war ein König, und es war ihm daran gelegen, sein Amt angemessen ausüben zu können."

Salomo hatte Gott also um die besondere Weisheit gebeten, derer ein König bedarf, und Gott hatte, wie in der heiligen Schrift zu lesen ist, geantwortet: „Weil du weder um langes Leben bittest noch um Reichtum noch um deiner Feinde Tod, sondern um Verstand, zu hören und recht zu richten, so tue ich nach deinen Worten und gebe dir ein weises und verständiges Herz, sodass deinesgleichen vor dir nicht gewesen ist und nach dir nicht aufkommen wird." Die hierin enthaltene göttliche Aufzählung der Dinge, um die Salomo lobenswerterweise *nicht* gebeten hatte, erweiterte Thomas nun noch und verdeutlichte jene Art von Wissen, um das es Salomo nicht zu tun gewesen war, an folgenden Beispielen:

„Salomo bat Gott nicht etwa um solche Kenntnisse wie jene, welches die genaue Zahl der Engel im Himmel sei, oder ob sich aus zwei Voraussetzungen, von denen die eine notwendig, die andere aber nur zufällig ist, ein notwendiger Schluss ziehen lasse. Er wollte auch nicht wissen, ob alle Bewegung sich auf eine durch nichts verursachte Urbewegung zurückführen lasse oder ob sich in einen Halbkreis ein Dreieck einzeichnen lasse, das keinen rechten Winkel aufweist. Was ihn so sehr vor anderen auszeichnete, ist, wie gesagt, die Art von praktischer Klugheit, die ein guter Herrscher braucht. Das habe ich vorhin gemeint. Bedenkst du alles, was ich gesagt habe, so wirst du es verstehen. Achte auch darauf, dass ich das Wort ‚erheben' verwendet habe: Ich sagte, kein Zweiter habe sich jemals *erhoben,* der ihm an Weisheit gleichkomme. Das zielt bereits auf seine Würde als König. Selbst wenn es noch andere Menschen von solcher Weisheit gegeben haben sollte, so hat doch keiner von ihnen je einen Königsthron bestiegen. Könige gibt es viele, doch gute sind selten.

Wenn du meine Bemerkung über Salomo so betrachtest, wie ich es gerade erklärt habe, lässt sie sich also, wie du siehst, mit deinem Glauben an die Einzigartigkeit Adams und Christi durchaus vereinbaren.

Du solltest übrigens aus unserem Gespräch lernen", fuhr Thomas dann fort, „bei Dingen, die dir noch nicht völlig klar sind, mit deinem Ja oder Nein vorsichtig und bedächtig zu sein und so langsam zu einem Urteil voranzuschreiten wie ein müder Wanderer zu seinem Ziel. Es zeugt von besonderer Dummheit, ohne genaue Abwägung zu urteilen. Denn oft ergeben sich aus einem vorschnellen Schluss weitere Folgerungen, sodass eine einmal gefasste, liebgewordene Meinung einen in eine völlig falsche Richtung treiben kann. Wer nach der Wahrheit angeln will, ohne zu wissen, wie das anzustellen ist, handelt nicht nur vergeblich, sondern zu seinem Schaden. Dafür gibt es viele Beispiele, etwa Parmenides, Melissos, Bryson und all die anderen, denen selbst nicht klar war, welche Wege sie mit ihren Gedanken einschlugen, oder auch Sabellius, Arius und wie die Dummen alle heißen, die mit ihren Irrlehren die Schrift entstellten, so wie das Schwert ein Menschenantlitz entstellen kann."

Nicht nur Philosophen aus antiker Zeit waren also mit ihren Gedanken in die Irre gegangen, sondern auch christliche Theologen. Von den beiden, die Thomas genannt hatte, hatte der eine, Arius, die Wesensgleichheit des Vaters und des Sohnes geleugnet, der andere, Sabellius, die Trinität.

„Man sollte sich", schloss Thomas, „in seinem Urteil auch deshalb nicht allzu sicher sein, weil man nie weiß, wie sich eine Sache weiterentwickelt. Man kann ja auch den Wert des Getreides auf dem Feld nicht beurteilen, bevor es reif ist. Ich habe schon Dornbüsche gesehen, die den ganzen Winter über wild und unfruchtbar aussahen und dann plötzlich doch noch Rosen hervorbrachten, und umgekehrt durchfahren manche Schiffe sicher und schnell das ganze Meer und kentern am Ende bei der Einfahrt in den Hafen. Wenn die Leute also einen Menschen beim Diebstahl beobachten und einen anderen beim Opfergebet, sollten sie nicht glauben, damit wäre das göttliche Urteil über die beiden bereits klar. Der Dieb kann noch gerettet werden, der Fromme scheitern."

14. Kapitel

Salomo über die Verklärung der Leiber nach der Auferstehung des Fleisches – Aufstieg – Der Marshimmel

Der berühmte Thomas von Aquin schwieg, und Beatrice begann zu sprechen, sodass Dante den Eindruck hatte, das gesprochene Wort schwinge wellenartig von außen zum Mittelpunkt des Lichtkreises hin. Ihm kamen dabei die konzentrischen Wellen in den Sinn, die entstehen, wenn man Wasser in einem runden Gefäß in Bewegung versetzt: Stößt man von außen an den Behälter, bewegen sie sich vom Rand nach innen, wirft man hingegen einen Stein in die Mitte, laufen sie von dort zur Peripherie.

Beatrice wandte sich an die Lichtseelen und sagte:

„Mein Begleiter hier braucht Aufklärung über eine weitere Angelegenheit. Wenn er diesen Wunsch nicht selbst ausspricht, dann deshalb, weil er noch gar nicht in sein Bewusstsein gedrungen ist. Gebt ihm doch bitte darüber Auskunft, ob die Lichtmäntel, die euer Wesen jetzt so verschönen, euch in alle Ewigkeit weiter in der gleichen Weise umhüllen werden, also auch nach dem Jüngsten Gericht, und falls es sich so verhält, so erklärt ihm doch, wie eure leiblichen Augen, die ihr ja mit der Auferstehung des Fleisches wiederbekommt, diese Lichtfülle dann aushalten werden!"

Freude kam über die seligen Geister, als sie diese schnell und bescheiden vorgetragene Bitte hörten. Sie begannen wieder zu singen und zu kreisen, und wie irdische Tänzer manchmal, wenn erhöhte Leidenschaft sie hinreißt, bei ihrem Tanz plötzlich noch lauter jubeln und ungestümer springen als gerade eben noch, so intensivierte sich auch der wunderbare Gesang der Lichtseelen, und sie drehten sich rascher im Reigen als zuvor. Die Geister sangen von dem, der ewig lebt als einer und zwei und drei und immerdar herrscht als drei und zwei und einer, den nichts begrenzt und der alles in sich beschließt. Diesen Hymnus auf den dreieinigen Gott sangen sie alle dreimal, und ihr Gesang war derart, dass es auch für das größte Verdienst eine angemessene Belohnung gewesen wäre, ihm lauschen zu dürfen. Wer darüber klagt, dass man erst auf der Erde sterben muss, um himmlisches Leben zu erwerben, dachte Dante, der kennt die ewige Erquickung dort oben nicht!

Dann ließ sich aus dem inneren Kreis eine Stimme vernehmen, so sanft wie die des Verkündigungsengels gewesen sein mochte, als er zu Maria sprach. Sie kam aus dem hellsten Licht dieses Kreises, dem, in dem sich die Seele des Königs Salomo verbarg.

„Das Licht, das uns umgibt", so beantwortete Salomo den ersten Teil der Frage, „werden wir so lange ausstrahlen, wie die Seligkeit des Paradieses dauert, also bis in alle Ewigkeit.

Es entsteht aus unserer Liebesglut", erläuterte er dann. „Seine Leuchtkraft richtet sich nach der Stärke der Liebe, die wir empfinden, und diese wiederum nach der Intensität unserer Gottesschau. Unsere Fähigkeit zur Gottesschau aber übertrifft das Maß, in dem wir sie aus eigenem Verdienst erworben haben, denn Gott fügt aus Gnade etwas hinzu.

Wenn wir nun unsere Fleischlichkeit in verklärter und geheiligter Form wiederbekommen und also Vollkommenheit gewinnen werden, wird Gott uns noch inniger zugetan sein als jetzt. Deshalb wird er uns noch mehr von der Gnade seiner Erleuchtung zukommen lassen, unsere Fähigkeit, ihn zu schauen, wird weiter wachsen und mit ihr die Glut unserer Liebe, und so wird auch das Licht, das wir ausstrahlen, an Fülle noch zunehmen.

Dennoch wird dieses Licht noch übertroffen werden vom Glanz unserer Leiber selbst, die jetzt noch im Grab liegen. Im Stand der Verklärung, nach der Auferstehung des Fleisches, werden sie stärker leuchten als unsere Lichtmäntel, so wie eine glühende Kohle heller ist als die Flamme, die sie entzündet hat, sodass ihre Form auch im Feuer deutlich erkennbar bleibt. Unseren Sinnesorganen wird dann aber eine derartige Kraft zuwachsen, dass das Licht uns nicht blenden wird und wir in der Lage sein werden, seinen Glanz freudig zu genießen."

Das bekräftigten die Seelen beider Lichtkreise mit einem so inbrünstigen „Amen!", dass Dante deutlich spürte, wie sehr sie sich nach ihren toten Leibern sehnten, die sie auf der Erde zurückgelassen hatten. Vielleicht wünschten sie die Wiedervereinigung von Leib und Seele aber nicht nur für sich selbst, sondern auch für ihre Eltern und alle, die sie sonst im Leben liebgehabt hatten.

Mit einem Mal war es, wie wenn am Firmament der Horizont aufstrahlt. Rings um den äußeren Kreis herum begann es zu leuchten, und Dante kam es vor, als erschienen dort wieder neue Wesen und bildeten einen dritten Kreis. Er war sich dessen aber nicht ganz sicher, so wie man manchmal in der Dämmerung nicht mit Bestimmtheit ausmachen kann, ob man am Abendhimmel bereits die ersten Sterne sieht oder nicht. Plötzlich aber – o wahres Funkeln des heiligen Geistes! – leuchtete die Erscheinung in einer derartigen Stärke auf, dass Dantes Augen ihren Glanz nicht mehr ertrugen.

Da strahlte Beatrice ihn an, in solcher Schönheit, dass er nicht imstande war, das Bild im Gedächtnis zu bewahren, so wie es ihm noch mit manchem anderen Erlebnis auf seiner Himmelsreise ging. Seine Sehkraft stärkte sich wieder, sodass er die Fähigkeit zum weiteren Aufstieg gewann, und unversehens sah er sich mit Beatrice emporgehoben in den fünften Himmel.

Dass er wieder aufgestiegen war, bemerkte er erst am flammenden Lachen des Planeten auf dieser Himmelssphäre, der röter zu leuchten schien als die anderen Himmelskörper. Es war der Mars. Mit glühendem Herzen, in der Sprache der Seele, die allen Menschen gemeinsam ist, brachte Dante Gott innerlich den ihm gebührenden Dank dar. Er wollte ihn auch in Worten zum Ausdruck bringen, aber ehe er dazu kam, stellte sich heraus, dass Gott sein Opfergebet bereits angenommen hatte. Denn vor seinen Augen erschienen zwei Lichtstrahlen – sie waren gleich lang und standen im rechten Winkel zueinander, sodass sie das heilige Zeichen des Kreuzes in seiner griechischen Form bildeten –, und auf denen bewegten sich glänzende Lichter hin und her, die waren von so strahlendem Rot, dass Dante hervorstieß: „O Gott, wie herrlich du sie ausgestattet hast!"

Plötzlich sah er an dem Lichtkreuz das Bild des gekreuzigten Christus aufleuchten. Später, als er seine Erlebnisse aufschrieb, fand es sich, dass seine Erinnerung an diese Vision seine Geisteskraft überstieg, sodass er keine Form fand, sie angemessen zu beschreiben. Wer aber sein Kreuz auf sich nimmt und dem Heiland nachfolgt, meinte er, werde dieser Erscheinung dereinst selbst teilhaftig werden und ihm sein Unvermögen, sie zu schildern, dann wohl nachsehen.

Die Lichtseelen liefen auf den gekreuzten Strahlen unaufhörlich in allen Richtungen hin und her. Dante kam die Milchstraße in den Sinn, die sich zwischen den Himmelspolen erstreckt und über deren Ursprung die Weisen streiten, denn er fühlte sich an die zahllosen kleineren und größeren Sterne erinnert, die nachts auf ihr funkeln. Wenn die Lichter sich begegneten oder überholten, vereinigten sie sich zu besonders starkem Leuchten. Es sah aus, wie wenn auf einem in ein künstlich abgedunkeltes Zimmer fallenden Sonnenstrahl die Sonnenstäubchen flirren und dabei ständig Richtung, Geschwindigkeit, Aussehen und Größe verändern.

Vom Lichtkreuz her drang Gesang an Dantes Ohr. Er konnte die Worte nicht genau verstehen, die die Lichtseelen sangen, aber was er hörte, berückte ihn, so wie das mehrstimmige Spiel auf der Geige oder der Harfe auch für dessen Ohren schön klingt, der die Harmonien nicht im Einzelnen nachvollziehen kann. Aus den Bruchstücken, die er vernahm, konnte er immerhin schließen, dass es sich um einen Lobgesang handelte, in dem von Auferstehung und Sieg die Rede war, aber es gelang ihm nicht, das Gehörte zu einem sinnvollen Ganzen zu verbinden.

Dante war von diesem Gesang hingerissen wie von nichts zuvor in seinem Leben, und auch wenn es ihm ein wenig kühn erschien, räumte er in seinem Bericht sogar ein, dass seine Wirkung auf ihn für den Augenblick selbst diejenige von Beatrices schönen Augen übertroffen habe, deren Anblick doch immer all seine Sehnsucht gestillt habe. Man müsse aber bedenken, rechtfertigte er sich vor dem Leser, dass er Beatrice seit ihrer Ankunft im Marshimmel zu diesem Zeitpunkt noch gar nicht wieder in die Augen geschaut habe; das letzte Mal vor dem hier geschilderten Gesang der Lichtseelen sei das im Sonnenhimmel der Fall gewesen. Die Himmel würden aber mit wachsender Höhe eine beständige Steigerung der Schönheit bewirken, und so müsse man es entschuldigen, dass der Gesang im höheren Himmel ihm größeres Entzücken bereitet habe als der Anblick von Beatrices Augen in einer niedrigeren Sphäre. Denn die heilige Freude an dem, was man mit den Sinnen aufnehmen kann, verliert sich dort oben keineswegs. Sie wird nur im Aufsteigen immer reiner.

15. Kapitel

Dante begegnet seinem Ur-Urgroßvater Cacciaguida – Vom alten Florenz

Der Wille zu freundlicher Zuwendung, den wahre Liebe immer mit sich bringt – so wie sich umgekehrt die Gier nach verderblichem Gut im Hang zum Bösen äußert –, ließ die Lichtseelen, als sie den Gast bemerkten, in ihrem Gesang innehalten, über dessen Tönen oder Schweigen die Rechte Gottes gebietet wie der Musiker über die Saiten seines Instruments. Wenn diese liebevollen Wesen, dachte Dante da, alle auf einmal ihr Singen unterbrachen, nur um ihn zum Reden zu ermuntern, wie sollten sie sich dann wohl frommen Bitten verschließen, die die Menschen auf der Erde an sie richten? Und er schloss, dass es nur gerecht sei, wenn die, die sich von der Begierde nach vergänglicher Habe beherrschen lassen und sich deshalb der echten Liebe nicht zuwenden, zu ewiger Pein verdammt werden.

Plötzlich glitt, von der rechten Seite des Querbalkens her kommend, eine einzelne Lichtseele den Längsbalken des Kreuzes hinunter. Es sah aus, als werde Alabaster von hinten beleuchtet. Das Licht bewegte sich so schnell, dass Dante an am Himmel entlangschießende Sternschnuppen erinnert wurde, wie sie manchmal in ruhigen, klaren Nächten unsere Blicke auf sich ziehen und die man zunächst für Sterne zu halten geneigt wäre, die ihren Platz verändern, wenn man nicht rasch bemerken würde, dass am Ausgangsort einer solchen schnell verlöschenden Erscheinung gar kein Stern fehlt.

Am Fuß des Kreuzes angekommen, wo Dante stand, begrüßte die Seele, ohne den Kreuzbalken zu verlassen, den Ankömmling, und zwar so überschwänglich, wie Anchises seinen Sohn Äneas begrüßt hatte, als der ihn im Elysium besuchte – wenn denn die Geschichte wahr ist, die Vergil in der größten aller Dichtungen erzählt.

„O du mein Blut!", rief die Lichtseele dem Gast auf Latein zu. „O unermessliche Gnade Gottes! Wem wurden jemals wie dir die Himmelspforten zweimal aufgetan?"

Dante sah das Licht erstaunt an und blickte dann zu Beatrice. Aber auch dieser Anblick machte ihn staunen, denn die Augen seiner Herrin lachten so flammend, dass Dante in ihrem Anschauen seiner Seligkeit und seinem Paradiesesglück auf den Grund kommen zu können glaubte.

Die Lichtseele sprach weiter, und so schön es auch war, ihr zuzusehen und zuzuhören, so wenig verstand Dante von dem, was sie nun sagte. Sie drückte sich aber keineswegs absichtlich unverständlich aus. Vielmehr überstiegen die Gedanken, die sie in diesem Augenblick dachte, alles menschliche Verstehen, und das äußerte sich in

Worten von solcher Tiefe, dass deren Sinn dem irdischen Gast notwendigerweise verborgen bleiben musste.

Als die Gefühlsaufwallung der Seele soweit abgeebbt war, dass sich ihre Rede menschlichem Fassungsvermögen wieder anpasste, hörte Dante, nun auf Italienisch, das Folgende:

„Gesegnet seist du, dreieiniger Gott, dass du meinem Samen solche Gnade erweist! Mein Sohn, mit deinem Kommen stillst du in mir eine süße, langgehegte Sehnsucht. Ich erwarte es, seit es sich mir bei meiner Schau in das ewige Buch ankündigte, in dem Gottes unabänderliche Ratschlüsse aufgezeichnet sind. Dank sei der Frau, die dir die Flügel zu deinem Flug verlieh!

Du fragst mich gar nicht“, fuhr das Licht fort, „wer ich bin und warum dein Kommen mich so besonders entzückt, mehr als all die anderen Seelen hier. Offenbar glaubst du, dass ich in Gott schauen kann und mir deine Gedanken folglich ohnehin offen zutage liegen, so wie sich aus der Kenntnis der Eins zwangsläufig die der anderen Zahlen ergibt, und deshalb hältst du es für unnötig, deine Fragen laut zu äußern. Recht hast du! Alle Seelen in den Himmeln, unabhängig vom Grad ihrer Seligkeit, schauen in Gott, und dort spiegeln sich die Gedanken der Menschen, noch ehe sie gedacht werden. Aber damit die heilige Liebe sich noch besser verwirklichen kann, in der ich beständig achtsam auf Gott blicke und die in mir das heiße Verlangen erweckt, dir gefällig zu sein, bitte ich dich: Lass trotzdem deine Stimme erklingen! Sprich deinen Wunsch und dein Begehren frei aus, freudig und ohne Furcht! Ich habe die Antwort schon bereit.“

Dante blickte zu Beatrice hinüber, aber noch ehe er etwas sagen konnte, hatte sie seine Bitte schon erhört und gab ihm lächelnd durch einen Wink die Erlaubnis zu sprechen. Derart ermutigt, richtete er das Wort an die Lichtseele und sagte zunächst:

„Bei euch himmlischen Seelen ist es so, dass ihr, seit ihr die Seligkeit empfangen habt, zur Verstandeserkenntnis in gleichem Maß fähig seid wie zum Empfinden von Liebe. Denn auch bei der göttlichen Sonne selbst, die euch erleuchtet und entflammt hat, halten sich Wärme und Strahlkraft in unvergleichlicher Weise die Waage, sie ist das Gleichgewicht selbst. Bei uns Sterblichen aber kann der Verstand mit dem Gefühl nicht mithalten – ihr wisst, warum. Ich als sterblicher Mensch empfinde diese Ungleichheit nur zu gut, und so kann ich dir für deine väterliche Begrüßung, die mich festlich erhebt, nur mit dem Herzen, aber nicht mit angemessenen Worten danken."

Nach dieser Einleitung sprach er endlich seine Bitte aus, indem er sagte:

„Und nun, du lebendiger Edelstein, der du dieses kostbare Kreuz schmückst: Erfüll mir meinen Wunsch und nenne mir deinen Namen!"

„Du Zweig aus meiner Wurzel", erwiderte die Seele, „mit welcher Freude habe ich dich erwartet!

Ich bin dein Ahnherr", stellte sie sich vor. „Mein Sohn Alighiero war dein Urgroßvater, von ihm hat deine Familie ihren Namen. Er bringt übrigens schon über hundert Jahre im ersten Ring des Fegefeuers zu. Du solltest ihm die lange Wartezeit durch deine Fürbitte verkürzen!"

Und dann begann Dantes Vorfahr zunächst einmal ausführlich von der guten alten Zeit zu erzählen.

„Wie friedlich, bescheiden und sittsam", fing er an, „war Florenz zu der Zeit, als ich zur Welt gekommen bin! Es lag noch vollständig innerhalb des alten Mauerrings, über den es inzwischen hinausgewachsen ist. Die Glocke der Badia-Kirche, die bis heute Tag für Tag die dritte und die neunte Stunde schlägt, zeugt noch von jener fernen Vergangenheit. In ihrer äußeren Pracht stand die Stadt damals noch hinter Rom zurück. Inzwischen hat sie Rom übertrumpft – entsprechend tief wird auch ihr Fall sein!

Damals staffierten sich die Frauen noch nicht mit lauter Ketten, Krönchen, bestickten Röcken, Gürteln und dergleichen Flitter aus, der auffälliger ist als seine Trägerinnen selbst! Väter, denen eine Tochter geboren wurde, mussten nicht schon vom ersten Tag an darüber nachgrübeln, wie sie sie möglichst früh unter die Haube bringen könnten und wo sie die maßlose Mitgift hernehmen sollten, die dabei heute üblich ist. Die Häuser waren noch Stätten des Familienlebens; die sittliche Verderbnis, mit der man's heute in den Kammern so zuchtlos treibt wie im alten Assyrien unter König Sardanapal, gab's damals noch nicht! Selbst ein so mächtiger Mann wie Bellincione Berti gürtete sich bloß mit einem einfachen Lederriemen, zusammengehalten von einer Spange aus Knochen. Nie wäre es seiner Frau eingefallen, sich vor dem Spiegel das Gesicht zu schminken! Auch in hochangesehenen Familien wie den Nerli oder den Vecchietti trugen die Männer gewöhnliche, raue Kittel aus Leder, und die Frauen waren sich nicht zu schade, ihre Zeit mit Spindel und Spinnrocken zu verbringen. Wie glücklich konnten sich die Florentinerinnen damals noch preisen! Sie konnten sicher sein, dass sie einmal in ihrer Heimatstadt begraben werden würden, denn man pflegte politische Gegner noch nicht zu verbannen, und ihre Männer teilten treu mit ihnen Tisch und Bett und suchten nicht irgendwo in Frankreich ihr Glück. Da wiegte eine Frau ihr weinendes Kind und redete beruhigend auf es ein, in der lallenden Sprache, mit der die Kleinen beim Sprechenlernen ihre Eltern entzücken, dort erzählte sich eine andere mit dem Gesinde beim Spinnen die alten Geschichten von Troja und Fiesole und Rom – wäre damals eine so zuchtlose Frau wie eure Cianghella auf der Bildfläche erschienen oder ein so korrupter Politiker wie Lapo Saltarello, der jetzt in der Stadt solchen Einfluss hat, man hätte sie wie Wunder angestarrt, nicht anders als wenn umgekehrt jetzt plötzlich so edle Gestalten aus dem alten Rom wie Cincinnatus oder die tugendhafte Cornelia mitten unter den Florentinern auftauchen würden!

So friedlich und schön war es in Florenz, so rechtschaffen waren seine Bewohner, als mich meine Mutter, unter den Wehen den Schutz Marias erflehend, in unserm trauten Heim zur Welt brachte. In San Giovanni, dem gleichen alten Baptisterium, das ihr noch immer nutzt, wurde ich getauft und erhielt den Namen Cacciaguida.

Ich hatte zwei Brüder, Moronto und Eliseo. Meine Frau stammte aus der Poebene; ihr Familienname ging auf unseren Sohn und damit schließlich auch auf dich über. Ich diente als Krieger unter König Konrad dem Dritten und wurde für meine Tapferkeit von ihm zum Ritter geschlagen. Später folgte ich ihm in den Zweiten Kreuzzug, weil ich gegen die Sarazenen kämpfen wollte und gegen die heidnische Bosheit, mit der sie sich das Land anmaßen, das gerechterweise den Christen zusteht – wobei freilich das Papsttum durch seine Untätigkeit erhebliche Mitschuld an dieser Lage hat. Im Kampf gegen diese ruchlosen Menschen verlor ich mein Leben. Meine Seele verließ die falsche Welt, der so viele Menschen in verderblicher Liebe anhängen, und so kam ich als Märtyrer des Glaubens hierher ins Paradies."

16. Kapitel

Mehr von der guten alten Zeit in Florenz – Die großen Florentiner Familien

Als Dante hörte, dass sein Vorfahr zum Ritter geschlagen worden war, empfand er Stolz, denn das bedeutete, dass er selbst adliger Abkunft war. Wenn ihm, dachte er später, ein so belangloser Umstand sogar im Himmel wichtig erschien, wo doch die Wünsche dort eigentlich nicht mehr durch Unwesentliches von den wahren Gütern abgelenkt werden können, dann kann man sich nicht darüber wundern, dass sich die Menschen auf der Erde erst recht auf ererbten Adel so viel einbilden! Dabei wird der Blutadel, so dachte er, im Lauf der Generationen immer wertloser, wenn die Nachkommen sich nicht durch eigene Leistungen seiner würdig erweisen, so wie ein Mantel mit der Zeit schäbig wird, wenn man ihn nicht immer wieder ausbessert.

Als er nun wieder das Wort ergriff, redete er die Lichtseele auf dem Kreuzbalken nicht mehr mit „Du" an wie zu Beginn ihres Gesprächs, als er noch nicht gewusst hatte, wen er vor sich hatte, sondern mit dem ehrerbietigen „Ihr", einer Anrede, die man erstmals im alten Rom den Cäsaren gegenüber verwendet hatte, die aber zu Dantes Zeit in Italien weitgehend aus der Mode gekommen war. Beatrice, die ein wenig abseits stand, mokierte sich über diese Förmlichkeit, indem sie sich betont räusperte – eine Reaktion, die Dante an die Stelle in dem Roman vom Ritter Lanzelot erinnerte, an der die Dame Malehaut das Liebesgeständnis der Königin Ginevra an den Helden, das sie heimlich belauscht hat, durch ein deutlich vernehmbares Hüsteln quittiert.

„Ihr seid mein Stammvater", begann Dante. „Ihr ermutigt mich, mit Euch zu sprechen, und hebt mich zu solcher Höhe, dass ich über mich selbst hinauswachse. Wie viele Gründe zur Freude! Ich bin begeistert, dass meine Seele dieser Fülle des Glücks gewachsen ist und nicht daran zerbricht. Mein lieber Urahn, beantwortet mir doch folgende Fragen: Wer waren denn wiederum Eure Vorfahren? Wann wurdet Ihr geboren? Wie viele Einwohner hatte Florenz damals, und welches waren die angesehensten und würdigsten Familien?"

Wie Kohlen im Feuer aufglühen, wenn der Wind in die Flammen fährt, so leuchtete das Licht bei den warmen Worten des Nachfahren vor Freude zu noch größerer Schönheit auf, und seine Stimme klang besonders freundlich und sanft, als es – in etwas altmodischerer Sprache, als es Dante später in seinem Bericht wiedergibt – das Wort wieder aufnahm. Zuerst beantwortete es Dantes zweite Frage, und zwar wie folgt:

„Seit dem Tag, an dem Maria die Verkündigung empfing, verband sich dieser Planet hier fünfhundertundachtzig Mal aufs neue mit dem Zeichen des Löwen, dem er verwandt ist, bevor meine selige Mutter von mir entbunden wurde."

Da Dante wusste, wie lange der Mars für einen Umlauf braucht, konnte er sich ausrechnen, wie vielen Erdenjahren die fünfhundertachtzig Marsjahre entsprachen, die nach dieser Angabe vom Erscheinen Christi bis zur Geburt seines Vorfahren vergangen waren, nämlich tausendeinundneunzig. Sein Ur-Urgroßvater war also vor nunmehr zweihundertundneun Jahren geboren worden.

„Meine Vorfahren", fuhr Cacciaguida fort, „lebten von Geburt an ebenso wie ich an dem Punkt der Stadt, an dem bei euren alljährlichen Pferderennen die Reiter den Stadtteil erreichen, in dem dann das Rennen endet."

Auch diese Umschreibung ließ sich leicht entschlüsseln: Der Palio, ein Wettreiten mit ungesattelten Pferden, der zu Dantes Zeit jedes Jahr am Johannistag in Florenz ausgetragen wurde, endete regelmäßig im Stadtteil Porta San Pietro. An dessen innerer Grenze, an der Via degli Speziali, hatten also die Häuser Cacciaguidas und seiner Vorfahren gestanden.

„Das möge dir zu diesem Gegenstand genügen“, fügte Cacciaguida hinzu. „Es ist schicklicher davon zu schweigen, wer meine Vorfahren waren und woher sie kamen, als sich darüber auszubreiten.

Was die Einwohnerzahl von Florenz betrifft“, sagte er dann, „so belief sich die waffenfähige männliche Bevölkerung innerhalb des alten Mauerrings, von der Marsstatue am Ponte Vecchio bis zur Taufkirche San Giovanni, zu meiner Zeit auf ein Fünftel der heutigen Zahl. Jedoch war damals das Volk noch bis zum letzten Handwerker rein florentinischer Herkunft und nicht wie heute mit Leuten aus Campi, Certaldo oder Figline vermischt. Wären diese Leute doch geblieben, wo sie herkamen, und die Grenze zwischen Florentinern und Nichtflorentinern verliefe noch säuberlich bei Galluzzo und Trespiano anstatt mitten in der Stadt! Ihr müsstet dann jetzt nicht solche stinkenden Bauern ertragen wie diesen Baldo aus Aguglione oder den Fazio aus Signa, der schon eifrig auskundschaftet, wie er euch am besten betrügen kann!

Wenn der am meisten entartete Klüngel der Welt, ich meine die Kirchenleute, den Kaiser nicht ständig in seinem Wirken behindert hätte, sondern sich gegen ihn so verhalten hätte, wie es einer rechten Mutter gegenüber ihrem Sohn ansteht, so wäre manch einer von denen, die sich jetzt als Florentiner aufspielen und in der Stadt ihre Handels- und Geldgeschäfte treiben, auf dem Lande geblieben, wo noch die Großväter der Zugewanderten ihr bescheidenes Dasein fristeten. Die Grafen Guidi säßen noch auf ihrer alten Burg Montemurlo, die Cerchi im Pfarrsprengel von Acone und die Buondelmonti vielleicht noch im Greve-Tal. Die Vermischung der Leute ist die Ursache allen Übels in Florenz! Man schadet ja auch seinem Körper, wenn man lauter Speisen zu sich nimmt, die sich nicht miteinander vertragen.

Ein blinder Stier kommt eben schneller zu Fall als ein blindes Lamm“, so umschrieb Cacciaguida den Umstand, dass sich Florenz, als es noch kleiner gewesen war, so guter Verfassung erfreut hatte und nun, auf das Fünffache gewachsen, einen solchen Niedergang erfuhr, „und *ein* Schwert schneidet manchmal besser als fünf“.

Und damit kam er zu Dantes vierter Frage.

„Wenn du bedenkst", sagte er, „dass Städte zugrunde gehen – denk nur an so blühende Ortschaften wie Luni und Orbisaglia, die untergegangen, oder an Chiusi oder Sinigaglia, die im Verfall begriffen sind –, so wird es dich erst recht nicht wundern, dass auch große Geschlechter verschwinden. Alles Irdische muss vergehen. Wenn es dem Menschen mitunter so vorkommt, als hätten manche Dinge auf Erden ewige Dauer, so liegt das lediglich daran, dass sie länger Bestand haben als das kurze Leben, das ihm zugemessen ist.

Auch Florenz ist der Wechselhaftigkeit Fortunas unterworfen, wie die Ufer des Meeres durch die Drehung des Mondhimmels in endlosem Wechsel mit Wasser bedeckt und wieder davon entblößt werden. Es ist also kein Grund zum Erstaunen, dass der Ruhm vieler großer Florentiner Familien aus meiner Zeit inzwischen verweht ist. Aber ich will dir von ihnen erzählen.

Die Ughi, Catellini, Filippi, Greci, Ormanni und Alberichi waren zu meinen Lebzeiten bereits im Niedergang begriffen. Dafür standen andere große und altehrwürdige Familien in voller Blüte, zum Beispiel die Sannelli, Archi, Soldanieri, Ardinghi und Bostichi. In den Häusern an der Porta San Pietro, wo jetzt die Cerchi wohnen und mit Hass und Verrat das Staatsschiff zum Kentern zu bringen drohen, lebten damals die Ravignani, von denen sowohl die Grafen Guidi abstammen als auch der edle Bellincione Berti und alle, die später seinen Namen trugen. Ein Pressa hatte es in den Stadtrat geschafft. Die Galigai hatten schon die Ritterwürde erhalten und stolz die Parierstangen und Griffe ihrer Schwerter vergoldet. Die Pigli mit ihrem Wappen aus Pelzstreifen waren bereits hoch geehrte Leute, ebenso die Sacchetti, Giuochi, Fifanti, Barucci und Galli. Die Chiaramontesi, deren später Abkömmling kürzlich durch seinen Betrug mit einem gefälschten Hohlmaß für Salz so große Schande über die Familie gebracht hat, standen noch in großem Ansehen. Die Calfucci waren schon eine stattliche Familie, und die Sizii und Arrigucci bekleideten höchste Ämter.

Wie mächtig waren in jenen Tagen noch die Uberti! Inzwischen sind sie aus der Stadt vertrieben, ihr eigener Hochmut hat sie zu Fall gebracht. Auch die Lamberti mit ihren goldenen Kugeln, die nun ebenfalls in der Verbannung sind, waren noch überall dabei, wo etwas Großes in Florenz geschah. Sehr um die Stadt verdient gemacht haben sich damals auch die Visdomini und die Tosinghi, deren Nachkommen heute ihre Ämter im geistlichen Rat missbrauchen, indem sie sich an den Bistumseinkünften bereichern, wenn der Bischofssitz vakant ist.

Die Adimari, diese aufgeblasenen Leute, die wie Drachen hinter denen her sind, die Angst vor ihnen haben, aber lammfromm gegenüber denen, die ihnen die Zähne zeigen oder auch die Geldbörse, waren zu meiner Zeit bereits im Aufstieg begriffen. Sie sind von niedriger Abkunft, und es wurmte den vornehmen Ubertino Donati damals sehr, dass sein Schwiegervater eine seiner Töchter mit einem von ihnen verheiratet hatte, sodass die Donati von da an mit diesen Emporkömmlingen verschwägert waren.

Die Caponsacchi waren damals schon von Fiesole nach Florenz hinuntergezogen, und auch die Giudi und die Infangati waren bereits angesehene Leute in der Stadt. Man sollte nicht glauben, dass nach der Familie della Pera sogar ein Stadttor benannt war! Aber so war es, ein Durchlass in der alten Stadtmauer hieß tatsächlich nach diesem Geschlecht ‚Porta Peruzza'. Eine Reihe von Familien verdankte ihren Adelsstand und ihre Vorrechte dem berühmten Markgrafen Hugo von Toskana, dessen Gedenktag jährlich am Tag des heiligen Thomas begangen wird. Dass sich jetzt ein Abkömmling der so Geehrten, Giano della Bella, unter dem Schmuck des alten Banners gegen seine Standesgenossen auf die Seite der Volkspartei geschlagen hat!

In der Vorstadt Borgo Santi Apostoli hatten damals die Gualterotti und die Importuni ihre Häuser. Dort könnte heute noch Frieden herrschen, wenn nicht auch die Amidei dahin gezogen wären. Denn damit fing das Unheil an, auch wenn sie ein sehr ehrenwertes Geschlecht waren: Buondelmonte dei Buondelmonti versprach einem Mädchen aus dieser Familie die Ehe, folgte dann aber dem schlechten Rat, lieber eine andere zu heiraten. Die Amidei entbrannten in Zorn über diese Demütigung, es kam schließlich an der alten Mars-Statue am Ponte Vecchio zum Mord an dem Wortbrüchigen, und damit war der Kreislauf von Hass und Gewalt in Gang gesetzt. Hätte Gott

Buondelmonte doch auf seinem Weg nach Florenz in dem Flüsschen Ema ertrinken lassen! Viele, die seitdem bitteres Leid erlebt haben, könnten sich dann noch unbeschwert ihres Lebens freuen. Aber es sollte wohl sein, dass die verstümmelte Statue des verschmähten alten Stadtpatrons ihr Opfer bekam und der Frieden in der Stadt zu Ende ging.

Zu meiner Zeit aber", schloss Cacciaguida, „herrschte noch Eintracht in Florenz. Man liebte die Gerechtigkeit und erwarb sich Ruhm, nicht nur die großen Familien, von denen ich ein paar genannt habe, sondern das gesamte Stadtvolk. Nie wäre es damals, als noch die weiße Lilie das Stadtbanner war und nicht die rote, blutbefleckte wie später zu Zeiten des Bürgerkriegs, den Feinden gelungen, die Fahnen der Florentiner zu erbeuten und mit dem Wappen nach unten zum Spott durch den Staub zu schleifen!"

17. Kapitel

Cacciaguidas Prophezeiungen über Dantes Zukunft

In sagenhafter Zeit, so wird erzählt, kam Phaëton, der Sohn des Sonnengottes, erregt zu seiner Mutter Klymene und fragte sie, ob der Gott wirklich sein Vater sei, denn genau das habe sein Kamerad Epaphus ihm gegenüber gerade bestritten. Klymene versicherte den Sohn seiner göttlichen Abkunft, worauf Phaëton zu dem Gott eilte, der ihm zum Beweis seiner väterlichen Liebe gewährte, einen Tag lang den Sonnenwagen lenken zu dürfen – mit so unheilvollen Folgen, dass dadurch alle Väter davor gewarnt sein sollten, ihren Söhnen allzu leichtfertig ihre Wünsche zu erfüllen.

So wie die Zweifel über seine Herkunft Phaëton bedrängt hatten, so lag auch Dante die Ungewissheit über einen bestimmten Gegenstand auf der Seele, und er wollte nun endlich sichere Kenntnis darüber haben. Beatrice und Cacciaguida blieb das nicht verborgen, und so sagte Beatrice:

„Lass herausbrechen, was dir so im Inneren glüht! Zwar bedürfen wir deiner Worte nicht, um es zu erfahren, aber du sollst lernen, deinen Wissensdurst zu äußern, wenn er gestillt werden soll."

Derart ermutigt, wandte sich Dante an seinen Ur-Urgroßvater und sagte, wobei er wieder zum Du zurückkehrte:

„Mein lieber Vorfahr, der du dich auf solcher Geisteshöhe befindest, dass du durch dein Schauen in Gott, in dem alle Zeiten gegenwärtig sind, sogar die zufälligen Ereignisse voraussehen kannst, mit der gleichen Sicherheit, mit der unsereins erkennt, dass ein Dreieck nie mehr als einen stumpfen Winkel haben kann! Als ich mit Vergil die Hölle durchwanderte und den Läuterungsberg bestieg, wurden mir verschiedentlich Andeutungen über meine Zukunft gemacht, die mich belasten, obwohl ich mich eigentlich den Schlägen des Schicksals gegenüber durchaus standhaft fühle. Ich hätte deshalb sehr gern von dir Klarheit darüber, was mich im Leben noch erwartet. Ein Pfeil trifft uns ja weniger plötzlich, wenn wir ihn kommen sehen."

Und Cacciaguida, zwar eingehüllt in sein Licht, doch sichtbar durch sein Lächeln, antwortete in väterlicher Liebe, und anders als die zweideutigen Orakelsprüche, mit denen man in alter Zeit, vor dem Erscheinen des Heilands, das dumme Volk zum Narren hielt, war seine Antwort klar und unmissverständlich.

„In der Tat", bestätigte er zunächst, „ist alles, was je geschehen ist, geschieht und geschehen wird, in ewiger Gegenwart in Gottes Angesicht eingeschrieben, auch die Ereignisse der vergänglichen materiellen Welt. Das bedeutet aber nicht, dass diese von Gott hervorgerufen würden! Die Bewegung eines Schiffes, das den Fluss hinabfährt, wird ja auch nicht dadurch verursacht, dass sie sich im Auge eines Betrachters spiegelt. Was sich im Bereich der materiellen Welt ereignet, ist vielmehr, wie du richtig sagst, dem Zufall unterworfen. Es findet nicht statt, weil es in Gottes Auge zu lesen ist, sondern es ist in Gottes Auge zu lesen, weil es stattfindet.

Ich kann also, indem ich ins Auge Gottes schaue, mit meinen eigenen Augen sehen, was die Zukunft für dich bereithält, ganz so wie man mit dem Gehör die Harmonien einer Orgel wahrnehmen kann. So höre: Du wirst Florenz verlassen müssen. Es wird dir gehen wie einst dem Königssohn Hippolyt, der unschuldig aus Athen vertrieben wurde, weil seine verliebte Stiefmutter Phädra ihn böswilligerweise bei seinem Vater Theseus verleumdet hatte. Deine Verbannung wollen nicht nur deine Gegner in Florenz, sondern auch das, was man an höchster Stelle betreibt, in Rom, wo Christus täglich aufs neue verschachert wird, läuft darauf hinaus. Für die Leute werdet ihr die Schuldigen sein, wie ja seit jeher alle Schuld den Besiegten zugeschoben wird. Freilich werden die wirklich Verantwortlichen nicht ohne Strafe davonkommen, sodass endlich doch die Wahrheit siegen wird.

Du aber wirst von allem lassen müssen, was du so innig liebst. Mit diesem Schmerz pflegen die Leiden der Verbannung zu beginnen. Dann wirst du erfahren, wie bitter das Brot in der Fremde schmeckt und wie mühsam es ist, in fremden Häusern treppauf und treppab zu gehen. Am meisten wird es dich aber belasten, mit was für schlechten und törichten Leuten du dein Schicksal teilst. Denn deine Genossen werden sich undankbar, dumm und bösartig gegen dich erweisen und dadurch zeigen, was für rohe Kerle sie sind. Allerdings werden sie sich schon bald blutige Köpfe holen, während du unversehrt bleiben wirst, denn du wirst zum Glück rechtzeitig beschließen, nur noch deine eigene Partei zu sein."

Nun also wusste Dante genau, was ihn erwartete. Bald nach seiner Jenseitsfahrt sollten die Florentiner Schwarzen, im Bunde mit Papst Bonifaz, die Herrschaft in Florenz an sich reißen und die Anhänger der gegnerischen Partei, zu denen er, Dante, gehörte, aus der Stadt vertreiben. Seine Heimatstadt sollte er fortan nicht wiedersehen. Seine Schicksalsgenossen sollten einige Zeit später entgegen seinem Rat den Versuch unternehmen, sich die Rückkehr mit Gewalt zu erzwingen, jedoch blutig geschlagen werden, und Dante würde seiner eigenen Wege gehen.

„Deine erste Zuflucht und Herberge in der Verbannung", fuhr Cacciaguida fort, „wirst du bei dem großmütigen Lombarden finden, dessen Wappen den heiligen Adler auf der Leiter zeigt. Er wird dir sehr freundlich und achtungsvoll begegnen. Ihr werdet nicht miteinander umgehen wie die meisten Leute, sondern einander eure Wünsche bereits erfüllen, ehe sie überhaupt ausgesprochen werden müssen. In dem Haus dieses Mannes wirst du auch den kennenlernen, der dann später dein Wohltäter sein wird. Der wurde bei seiner Geburt so stark von diesem Heldenplaneten hier geprägt, dass er einst Außerordentliches vollbringen wird. Die Menschen sind noch nicht auf ihn aufmerksam geworden, denn jetzt ist er gerade erst neun Jahre alt. Aber die ersten Zeichen seiner Tapferkeit werden sich schon früh zeigen, noch ehe der Gascogner den edlen Heinrich hintergehen wird."

Mit diesen Worten sagte Cacciaguida seinem Nachfahren voraus, dass er nach seiner Verbannung bei der Herrscherfamilie der Scaliger in Verona gastliche Aufnahme finden werde, zunächst bei Bartolommeo della Scala, später bei dessen jüngerem Bruder Cangrande, dem künftigen Reichsvikar Kaiser Heinrichs des Siebenten. Cangrande sollte schon als junger Mann von sich reden machen, noch bevor sich – im zwölften Jahr nach Dantes Jenseitsreise – der aus Frankreich stammende Papst Clemens der Fünfte gegen Heinrich den Siebenten wenden sollte.

„Reichtümer wird er verachten und Mühen nicht scheuen", fuhr Cacciaguida fort, Cangrandes Lob zu singen. „Selbst seine Feinde werden von seiner Großmut erzählen. Er wird vieles verändern, den Reichen wird er nehmen und den Armen geben. Du wirst dich auf ihn und seine Hilfe verlassen können. Ich will dir noch mehr von ihm erzählen, was du dir einprägen, aber nicht weitererzählen sollst."

Und Cacciaguida sagte seinem Ur-Urenkel Dinge über Cangrande, die, so schreibt Dante, selbst denjenigen unglaublich erscheinen sollten, die sie dereinst mit eigenen Augen sehen würden. Dann schloss er wie folgt:

„Jetzt, mein Sohn, bist du im Bilde über das, was du bisher nur andeutungsweise gehört hattest. Du weißt nun, was für ein tückisches Geschick dich in nur wenigen Jahren erwartet. Neidisch auf deine Mitbürger solltest du deshalb aber nicht sein, denn du wirst noch am Leben sein, wenn sie die Strafe für ihre Bosheit längst empfangen haben."

Cacciaguida schwieg und zeigte damit, dass er mit der Beantwortung von Dantes Frage zum Ende gekommen war. Dante hatte aber noch etwas auf dem Herzen, worin er auf den Rat dieses so weisen, rechtschaffenen und liebevollen Mannes hoffte. Er nahm also das Wort wieder auf und sagte:

„Mein Vater, ich weiß nun, dass das Schicksal gegen mich anrennen und mir einen solchen Schlag versetzen wird, dass es einen Verzagten wohl umwerfen würde. Wenn ich es nun aber schon nicht ändern kann, dass ich die geliebte Heimat aufgeben muss: Sollte ich dann nicht wenigstens beim Verfassen meiner Verse so vorsichtig sein, dass ich mir durch sie nicht auch noch die gastliche Aufnahme an anderen Orten verbaue? Ich habe ja auf meiner Reise durch die drei Reiche des Jenseits so allerlei erfahren, das manchen Leuten ziemlich unangenehm sein dürfte, wenn ich davon erzähle. Andererseits: Wenn ich mit der Wahrheit aus Angst hinterm Berg halte, so werden, fürchte ich, kommende Generationen meiner nicht mehr mit Achtung gedenken."

Das Licht leuchtete vor Freude auf, wie ein goldener Spiegel in der Sonne. Dann antwortete Dantes Vorfahr:

„Sicher, wer ein schlechtes Gewissen hat, ob nun durch eigene oder durch fremde Schuld, den werden deine Verse wohl empfindlich treffen. Aber erzähle du trotzdem alles, was du gesehen hast, und bleib bei der Wahrheit! Wenn jemand die Krätze hat, muss er sich eben kratzen, das sollte dich nicht kümmern. Denn auch wenn deine Worte zunächst bitter schmecken werden, so werden sie den Menschen doch, wenn sie verdaut sind, Nahrung fürs Leben bieten. Dass sich deine Mahnungen vor allem an die Mächtigen richten – auch der Sturm schüttelt die höchsten Wipfel am heftigsten –, wird dir sehr zur Ehre gereichen.

Es geschieht im Übrigen ja nicht von ungefähr, dass du hier im Himmel, wie auch schon auf dem Läuterungsberg und unten in der Hölle, die Seelen von lauter bekannten und berühmten Menschen zu Gesicht bekommst. Denn wer eine Wahrheit mit Beispielen belegen will und dazu Personen oder Gegenstände anführt, die die Leute überhaupt nicht kennen, oder irgendwelche anderen Dinge, die ihnen nicht unmittelbar einleuchten, dem glauben sie nicht."

18. Kapitel

Weitere Glaubenskämpfer im Marshimmel, darunter Josua und Karl der Große – Aufstieg zum Jupiterhimmel – Die Schriftzeichen und das Bild des Adlers

Der selige Geist schwieg und freute sich daran, wie sich in seinen Worten die Weisheit Gottes spiegelte. Dante grübelte dem Gehörten nach und versuchte das Bittere gegen das Tröstliche abzuwägen. Nach einer Weile sagte seine Führerin liebevoll ermutigend zu ihm:

„Schüttle doch die Gedanken ab! In meiner Gegenwart bist du doch ganz nah bei dem, der alles Unrecht tragen hilft!“

Dante wandte sich zu ihr und sah ihre heiligen Augen voller Liebe. Er sah sich später nicht in der Lage, diesen Anblick in seinem Bericht zu beschreiben. Selbst wenn er sich zugetraut hätte, die dafür angemessenen Worte zu finden, schien es ihm doch ohne Gottes Hilfe unmöglich, sich ihn überhaupt recht in Erinnerung zu rufen. Eines aber wusste er im Rückblick: dass jeder andere Wunsch in ihm verstummt war, solange er in Beatrices schönes Gesicht geschaut und dort den Widerschein der ewigen göttlichen Freude gesehen hatte.

Endlich sagte sie mit einem überwältigenden Lächeln:

„Wende dich doch wieder deinem Vorfahren zu und höre, was er dir noch sagen will! Das Paradies besteht doch nicht nur aus meinen Augen!“

Dante blickte wieder zu dem Licht, sah, dass es hell aufgeflammt war, und verstand, dass es auf diese Weise sein Verlangen äußerte, das Gespräch noch etwas fortzuführen, so wie sich auch hier auf Erden die Liebesleidenschaft, wenn sie einen Menschen in tiefster Seele ergriffen hat, in seinem Gesicht widerspiegelt.

Und Cacciaguida sagte:

„Die seligen Geister, die du in dieser Sphäre siehst, hier auf dem fünften Rang jenes Baumes, der anders als andere Bäume seine Lebenskraft von oben empfängt, immer Frucht trägt und nie sein Laub verliert, haben sich im Leben durch ihren Kampf für den Glauben Ruhm erworben, in einer Weise, dass es Stoff für viele Dichtungen hergäbe. Ich will dir ein paar von ihnen benennen. Sieh auf die beiden Seitenarme des Lichtkreuzes! Immer, wenn ich eine Seele beim Namen rufen werde, wird sie dort entlanglaufen, schnell wie der Blitz, der aus der Wolke fährt."

So geschah es. Zuerst nannte Cacciaguida den Namen Josuas, der als Nachfolger des Mose die Israeliten ins gelobte Land geführt hatte, und schon sah Dante ein Licht auf dem Kreuz entlanglaufen. Dabei schien es ihm, als ob die Nennung des Namens dem Erscheinen des Lichtes gar nicht vorausgegangen, sondern genau gleichzeitig mit ihm erfolgt sei. Als nächster wurde der Held Judas Makkabäus aufgerufen, der im zweiten Jahrhundert vor dem Erscheinen des Heilands die Juden von der Tyrannei der Seleukiden befreit hatte, und es kam ein zweites Licht, das sich vor Freude um sich selbst drehte. Wie ein Falkner dem fliegenden Falken mit den Augen folgt, so folgte Dantes aufmerksamer Blick dann Karl dem Großen, der die Kirche gegen die Langobarden geschützt hatte, und dessen Gefolgsmann Roland, dem großen Kämpfer gegen die Mauren. Wilhelm von Orange und Rainouart, die gegen die Sarazenen gekämpft hatten, erschienen auf dem Kreuz, ferner Gottfried von Bouillon, der Anführer des ersten Kreuzzuges, und schließlich Robert Guiscard, der nach der Vertreibung der Sarazenen die Normannenherrschaft in Süditalien begründet hatte.

Schließlich mischte sich Cacciaguida wieder unter die anderen Lichter auf dem Kreuz, lief mit ihnen hin und her und stimmte mit großer Kunstfertigkeit wieder in ihren Gesang ein.

Als Dante dann nach rechts zu Beatrice schaute, um zu erfahren, was sie ihm durch Worte oder Gebärden nun befehlen würde, fand er ihre Augen so rein und strahlend, wie er sie noch nie gesehen hatte, auch nicht kurz zuvor, als sie ihm so liebevoll zugeredet hatte. Da wurde ihm bewusst, dass sie im Kreisen der Sphären in den nächsthöheren, nächstweiteren Himmel aufgestiegen waren, den sechsten. Er merkte es am gewachsenen Glanz von Beatrices Augen, so wie der Mensch an der wachsenden Befriedigung, die er aus dem Tun des Guten schöpft, merken kann, dass er von Tag zu Tag an Tugend und Gesittung zunimmt.

Es war der Jupiter, den sie nun erreicht hatten. Sein mildes, helles Leuchten wirkte nach dem roten Schein des Mars auf Dantes Augen wie die Blässe auf den Wangen einer Frau, die nach einigen Augenblicken der Schamröte ihre ursprüngliche weiße Hautfarbe wiedererlangt haben.

Auch hier sah Dante Lichtseelen, die vor Liebe glühten. Singend bewegten sie sich durch den Äther. Dabei ordneten sie sich vor seinen Augen nacheinander zu verschiedenen lateinischen Buchstaben an, ähnlich wie sich Kraniche, die vom Ufer aufgeflogen sind, in der Luft, wie aus Freude über den gefundenen Rast- und Speiseplatz, zu kreisförmigen Gruppen und verschiedenen anderen Formationen zusammenschließen. Immer wenn die heiligen Lichter sich zu einem Buchstaben formiert hatten, hielten sie ein wenig inne, wobei sie auch ihren Gesang unterbrachen. Dann lösten sie die Form auf und bewegten sich wieder singend im Rhythmus weiter, bis sie den nächsten Buchstaben gebildet hatten, und verharrten auch in dieser Aufstellung wieder einen Augenblick. So konnte sich Dante die Buchstaben der Reihe nach einprägen und las auf diese Weise zunächst ein D, dann ein I und dann ein L.

Als er sich später anschickte, diesen Vorgang in seinem Reisebericht zu beschreiben, rief er wieder die Himmlischen um Beistand an.

„Du göttliche Muse", so schrieb er, „die du den Dichtern das gibst, was sie dann ihrerseits mit deiner Hilfe Städten und Reichen verleihen, nämlich Ruhm und langes Leben: Erfülle mich mit deinem Licht, damit ich die Gestalten, die ich im Sinn trage, in rechter Weise darstellen kann! Erweise deine Kraft in meinen gedrängten Versen!"

Die Seelen bildeten weitere Vokale und Konsonanten, insgesamt fünfunddreißig. Dabei ergab sich zunächst ein Verb, dann ein Substantiv, und schließlich hatten sie einen vollständigen Satz geformt. Es war der Satz, mit dem das Buch der Weisheit Salomos beginnt: „DILIGITE IUSTITIAM QUI IUDICATIS TERRAM! Liebt die Gerechtigkeit, die ihr die Erde regiert!" Auf dem letzten Buchstaben, dem M, blieben sie stehen, und die aus lauter Licht bestehende Figur setzte sich wie Gold vom Silber des Planeten ab.

Es kamen weitere Lichtseelen von oben hinzu und setzten sich auf den Scheitelpunkt des Buchstabens, wodurch sich, da die Seelen das

M in seiner gotischen Form gebildet hatten, die Gestalt einer heraldischen Lilie ergab. Dabei sangen sie, und wie es Dante schien, kündete ihr Gesang von dem höchsten Gut, das sie anzog. Dann stoben unzählige dieser Lichter in die Höhe, einige weit nach oben, andere weniger hoch, je nach Gottes Plan. Es sah aus, wie wenn im Kamin Funken in die Luft wirbeln, nachdem man glühende Holzscheite in Bewegung versetzt hat – ein Augenblick, von dem abergläubische Leute meinen, die in diesem Moment gehegten Wünsche gingen in Erfüllung. Als jedes Licht an dem ihm zugedachten Ort stillstand, hatte sich eine neue Form ergeben. Die Figur sah nun wie ein Adlerkopf mit Hals aus.

Der dort gestaltet, dachte Dante, braucht keinen Lehrer! Er selbst ist der Lehrer, alle Gestaltbildung kommt von ihm, und auch in dem Vogel, der sein Nest baut, wirkt seine lebendig formende Kraft.

Schließlich veränderten die anderen Lichtseelen, die zuvor voller Freude das zur Lilie gewordene M gebildet hatten, noch geringfügig ihre Stellung, sodass sich das Bild vollendete und endlich vor Dantes Augen zum heraldischen Adler formte.

„Wie viele edle Seelen“, schreibt Dante in seiner Erzählung, „haben mir auf diese Weise demonstriert, dass sich irdische Gerechtigkeit dem Einfluss des Jupiterhimmels verdankt! So möge doch Gott, von dem jener Himmel seine Bewegung und seine Kraft erhält, sein Augenmerk darauf richten, warum dieser Einfluss nicht mehr ungehindert auf die Erde wirken kann! Dann wird sein Zorn, der schon einmal über das Feilschen und Handeln im Tempel entbrannte, über die Hirten seiner Kirche kommen, dem aus Wunderzeichen und den Opfern der Märtyrer erbauten, nun aber durch Ungerechtigkeit und Schacherei entweihten neuen Tempel. Ihr Streiter des Jupiterhimmels, betet für alle, die sich von dem bösen Beispiel verleiten ließen und vom rechten Weg abgekommen sind!

Früher“, klagt er, „führte man mit Schwertern Krieg, jetzt tut man es, indem man bedenkenlos Menschen vom heiligen Mahl ausschließt, wenn es politisch gerade zweckdienlich erscheint. Dabei versagt der himmlische Vater doch niemandem diese Speise!

Du", redet er dann den zur Zeit der Niederschrift dieser Zeilen regierenden Papst, Johannes den Zweiundzwanzigsten, direkt an, „verhängst den Kirchenbann doch nur, damit du ihn gegen Geld wieder aufheben kannst! Du solltest die Strafe von Petrus und Paulus fürchten, die für den Weinberg, den du verwüstest, ihr Leben gelassen haben!"

Eine Antwort auf diese Vorhaltungen legt Dante dem Papst anschließend voll Bitterkeit selbst in den Mund, gottlose Worte, mit denen er ihn zynisch seine Geldgier bekennen lässt. Denn dass in ihnen von Johannes dem Täufer die Rede ist, jenem Mann, dessen Kopf die Stieftochter des Königs Herodes Antipas von ihrem Stiefvater als Belohnung für ihren Tanz erhalten hatte, ist eine Anspielung auf die florentinischen Goldgulden jener Zeit, denen das Bild dieses Heiligen eingeprägt war.

„Ich", lässt Dante den Papst sagen, „habe eine derartige Vorliebe für den Einsiedler, der wegen ein paar Tanzsprüngen zum Märtyrer wurde, dass mir diese beiden anderen da, der Fischer und der Paul, völlig gleichgültig sind!"

19. Kapitel

Der Adler beginnt zu sprechen – Über die Unerforschlichkeit der göttlichen Gerechtigkeit und den Glauben als Voraussetzung für die Erlösung – Über die Übeltaten christlicher Könige

Dantes Augen bot sich also das schöne Bild eines Adlers mit geöffneten Flügeln dar, jenes Zeichen, in dem die Römer sich Ruhm erworben haben. Die ineinander verschlungenen Lichtseelen, die es in ihrer paradiesischen Seligkeit miteinander formten, funkelten alle wie kleine Rubine in der Sonne, und der Widerschein ihrer Strahlen traf Dantes Augen.

Was nun geschah, hatte noch nie vorher irgendjemand geschildert, weder mündlich noch schriftlich, noch irgendjemandes Phantasie ersonnen. Denn Dante hörte, wie der Adler zu sprechen anfing, und wie aus vielen Kohlen *eine* Glut entsteht, so ging aus den vielen Lichtseelen *eine* Stimme hervor. Obwohl er doch aus zahllosen Einzelwesen bestand, sprach der Adler nicht in der Mehrzahl, sondern in der Einzahl von sich selbst.

„Ich bin“, begann er, „zur Seligkeit gelangt, die höher ist als alles irdische Wünschen und Verlangen, weil ich im irdischen Leben gerecht und barmherzig war. Auf der Erde ist die Erinnerung an meine guten Werke noch so lebendig, dass sogar die bösen Menschen mich ihretwegen rühmen, wenngleich sie meinem Beispiel nicht folgen.“

Da sagte Dante:

„Ihr Blüten, die ihr in ewigem Glück ohne Ende blüht und mich all eure Wohlgerüche in einem einzigen Duft genießen lasst! Stillt mir den Wissenshunger, den ich so lange erleiden musste und den zu stillen ich dort unten keine Speise fand! Ihr wisst ja auch ohne mein Zutun, welche Frage ich schon so lange Zeit auf dem Herzen habe und wie gespannt ich auf eure Antwort bin. Ich weiß wohl, dass sich die göttliche Gerechtigkeit in den Engelschören der Throne spiegelt und von dort auf euch Selige zurückstrahlt, sodass ihr sie unverhüllt schauen und meine Frage beantworten könnt.“

Wie sich ein Falke, wenn ihm die Kappe abgenommen wird, voller Vorfreude auf den Flug und die Jagd schüttelt und aufplustert, den Kopf bewegt und mit den Flügeln schlägt, so zeigte auch der Adler seine Freude über Dantes Anliegen. Zunächst begann er zu singen und pries Gottes Gnade, in Gesängen, wie sie nur die Seligen kennen. Dann sagte er:

„Gott, der die Grenzen des Universums absteckte und die sichtbaren und unsichtbaren Dinge darin schuf, konnte dem All seine Schöpferkraft nicht anders aufprägen als so, dass sein Wort und Ratschluss immer noch unermesslich hoch über alles Erschaffene erhaben blieben. Selbst das vortrefflichste aller Geschöpfe, der Stolze, der erste der Engel, war nicht fähig, aus eigener Kraft zur Vollkommenheit zu gelangen, und weil er nicht warten wollte, bis Gott sie ihm zuteil werden ließ, stürzte er im Stand der Unvollkommenheit aus den Himmeln in die Tiefe. Wie sollten dann erst geringere Wesen aus sich heraus in der Lage sein, jenes Gut ganz in sich aufzunehmen, das unbegrenzt ist und nur an sich selbst gemessen werden kann!

Der Mensch mit seinem schwachen Erkenntnisvermögen, das ja nur ein einzelner Strahl vom alles erfüllenden göttlichen Geist ist, ist von Natur aus nicht in der Lage zu erfassen, wie unermesslich weit Gottes Geist über die Grenzen hinausreicht, bis zu denen er selbst vordringen kann. Er kann Gottes Ratschlüssen gerade so weit folgen wie sein Auge dem Meeresgrund: Der ist vorn am Ufer noch wahrnehmbar, weiter draußen aber verliert er sich für das Auge in der Tiefe. Dennoch ist er da.

Wahres Licht kann nur aus der ewigen Klarheit Gottes kommen. Alles andere ist Finsternis oder Schatten und Gift des Fleisches. Du kannst nun einen Blick hinter den Vorhang werfen, der das Geheimnis bisher vor dir verborgen hat, über das du so oft nachgegrübelt hast, das Geheimnis der göttlichen Gerechtigkeit. Wie, so möchtest du wissen, ist es eigentlich mit einem Menschen bestellt, der in eine heidnische Weltgegend hineingeboren wird und deswegen nie etwas vom Heiland erfährt? Da kommt jemand beispielsweise am Indus zur Welt und führt ein nach allen menschlichen Maßstäben in Worten und Werken untadeliges Leben. Weil es dort aber niemanden gibt, der ihm von Christus erzählen, und kein Buch, in dem er etwas über ihn lesen könnte, stirbt er ohne Taufe und ohne Glauben. Was ist das, so fragst du, für eine Gerechtigkeit, die einen solchen Menschen verdammt? Wie kann er schuldig sein, wenn er gar keine Möglichkeit hatte, zum Glauben zu kommen?"

So fasste der Adler in Worte, was, wie er wusste, sein Gegenüber beschäftigte, und gab dann die folgende Antwort:

„Wer bist du denn, dass du dir anmaßt, auf tausend Meilen Entfernung richten zu wollen, wo du doch bestenfalls eine Fingerspanne weit sehen kannst? Ja, wer ständig über Gottes Gerechtigkeit nachgrübelt, ohne sich an das zu halten, was in der heiligen Schrift steht, der kann sich freilich nur wundern, wie oft ihn der Zweifel beschleicht. O ihr stumpfsinnigen Erdenkreaturen! Der unwandelbare Wille Gottes ist immer gut, er ist das Gute selbst! Alles, was diesem Willen entspricht, ist gerecht, und sonst nichts. Gott ist in seinem

Handeln nicht irgendeinem vorgegebenen Begriff dessen, was gut ist, unterworfen, sondern umgekehrt: Gut ist das, was er aus seiner Kraft heraus bewirkt."

Dann begann der Adler wieder zu singen, getrieben vom Willen der vielen Lichtseelen, aus denen er bestand, und schlug seine Flügel über Dante wie eine Störchin, die ihre Jungen gefüttert hat und nun über dem Nest kreist; und wie das Storchenjunge zu seiner Mutter, so blickte Dante zu ihm auf.

„So wie du jetzt mich nicht verstehst", schloss der Vogel seine Erklärung, „so könnt ihr Sterblichen die Ratschlüsse Gottes nicht verstehen."

Als die Lichtseelen wieder zur Ruhe gekommen waren, nahm der Adler erneut das Wort.

„Keiner ist je zur Seligkeit gekommen", bekräftigte er noch einmal, „der nicht an Christus oder, wenn er vor dessen Erscheinen lebte, an sein Kommen geglaubt hätte.

Aber dennoch", fuhr er dann fort, „werden viele von denen, die Christus ständig im Munde führen, ihm beim Jüngsten Gericht sehr viel weniger nahe sein als manch anderer, der nichts von ihm wusste. Wenn sich die gerichteten Seelen in zwei große Scharen teilen und die einen für immer in die Seligkeit, die anderen in die Verdammnis eingehen werden, werden die, die ihn ohne ihr Verschulden nicht kannten, zu Recht mit Abscheu auf diejenigen sehen, die den Vorzug hatten, von Christus zu wissen, deren Glaube sich aber nicht in einem christlichen Leben bewies.

Was werden die Perser oder die Äthiopier über eure christlichen Könige sagen, wenn das ewige Buch der Gerechtigkeit offenliegen wird, in dem ihre Schandtaten verzeichnet sind? Da wird man von König Albrecht lesen und wie er Böhmen verwüstet, was bald geschehen wird. Da wird man davon lesen, wie Philipp der Schöne – den übrigens eines Tages ein Wildschwein töten wird – das Geld entwertet und damit viel Elend über Frankreich bringt. Da wird man davon lesen, wie Schottland und England sich unaufhörlich gegenseitig mit Krieg überziehen, weil es die Herrscher, halb wahnsinnig vor Stolz und Machtgier, in ihren eigenen Grenzen nicht aushalten.

Man wird von den Ausschweifungen Ferdinands und Wenzels lesen, der verweichlichten Könige von Spanien und Böhmen, die sich nie zu mannhafter Tapferkeit aufraffen konnten und wollten. Man wird verzeichnet sehen, wie bei dem hinkenden König von Jerusalem, dem zweiten Karl von Anjou, auf eine gute Tat tausend schlechte kommen. Man wird vom Geiz und der Feigheit Friedrichs des Zweiten von Aragon lesen, der über das vulkanische Sizilien herrscht, wo einst Äneas' Vater Anchises im hohen Alter starb. Friedrich ist so erbärmlich, dass die Eintragungen über ihn gar nicht in voll ausgeschriebenen Worten zu lesen sein werden, sondern abgekürzt notiert werden müssen, weil allzu viel auf engem Raum zu vermerken ist. Und auch sein Onkel und sein Bruder, Jakob von Mallorca und Jakob der Zweite von Aragon, werden mit ihren üblen Taten, mit denen sie einem altehrwürdigen Geschlecht und zwei Kronen Schande gebracht haben, in dem Buch verzeichnet sein. Auch von den Königen von Portugal und Norwegen wird man dort lesen, und ebenso von Stephan Urosch dem Zweiten von Serbien, der venezianisches Geld gefälscht hat.

Wie glücklich wäre Ungarn, wenn es aufhörte, schlechte Herrscher zu dulden! Und wie glücklich Navarra, wenn es sich hinter seinen Bergen gegen Frankreichs Begehrlichkeiten zur Wehr setzte! Andernfalls wird es ihm gehen wie Zypern, das unter seinem grausamen König Heinrich seufzt und stöhnt, der genauso eine Bestie ist wie all die anderen."

20. Kapitel

Die Seelen gerechter Herrscher als Lichter im Auge des Adlers – König David, Kaiser Konstantin und andere – Kaiser Trajan und der Trojaner Ripheus – Über die Gnadenwahl

Wenn sich auf der Erde der Tag neigt und die Sonne untergeht, dann erscheinen am Himmel statt ihrer plötzlich viele Sterne, die alle von ihr das Licht empfangen. Daran musste Dante denken, als der Adler als *ein* Wesen zu sprechen aufgehört hatte, denn nun fingen die vielen zu seinem Bild vereinigten Lichtseelen zu singen an, wobei sie noch heller funkelten als zuvor. Dante war nicht in der Lage, ihre Lieder im Gedächtnis zu bewahren. Doch wie heiß erschien ihm die Liebesglut, von der die nur von heiligen Gedanken inspirierten Gesänge der Seelen in ihren leuchtenden Freudenmänteln kündeten!

Als die Lichtseelen, die Dante wie kostbare Edelsteine den Jupiterhimmel schmücken sah, ihre himmlischen Gesänge beendet hatten, hörte er ein murmelndes Rauschen wie von einem ergiebigen Bergbach, dessen klares Wasser sich über die Felsen ins Tal ergießt. Es kam aus dem Hals des Adlers und stieg darin aufwärts wie in einer richtigen Kehle, so wie der Ton einer Laute an ihrem Hals geformt wird oder der einer Schalmei durch das Öffnen und Schließen ihrer Grifflöcher. Schließlich wurde das Geräusch zur Stimme, und der Adler begann wieder mit seinem Schnabel zu sprechen und ging auf den nächsten Wunsch ein, den Dante unausgesprochen auf dem Herzen hatte, nämlich einige der Seelen vorgestellt zu bekommen.

„Du musst jetzt", sagte er, „fest jenen Teil von mir anschauen, mit dem sterbliche Adler das Licht der Sonne zu ertragen fähig sind. Von den Lichtseelen, die meine Gestalt formen, befinden sich nämlich diejenigen, die mein Auge bilden, auf dem höchsten Grad der Seligkeit.

Der in der Mitte des Auges leuchtet, ist der Sänger des Heiligen Geistes, der die Bundeslade nach Jerusalem brachte. Jetzt erkennt er an dem gebührenden Lohn, den er hier erntet, wie wertvoll es war, dass er seine Gesänge auch aus eigenem Willen und nicht nur auf göttliche Eingebung hin anstimmte."

Dante verstand, dass dem Adler als Pupille die Seele des Königs David im Auge saß.

„Von den fünf Lichtern, die halbkreisförmig meine Augenbraue bilden", fuhr der Vogel fort, „gehört dasjenige, das meinem Schnabel am nächsten ist, zu dem Mann, der seinerzeit die Witwe über den Tod ihres Sohnes tröstete, indem er dessen Mörder richtete. Jetzt erkennt er, welch schlimme Folgen es hat, kein Christ zu sein, denn bevor er zur Seligkeit kam, hat er zunächst ein halbes Jahrtausend in der Hölle zugebracht."

Der so Beschriebene war der römische Kaiser Trajan.

Die beiden folgenden Lichter, den judäischen König Hiskia und den Kaiser Konstantin, stellte der Adler mit folgenden Worten vor:

„Als der nächste auf dem Halbkreis meiner Braue dem Tod schon nahe war, erreichte er es durch wahre Reue und inbrünstiges Gebet, dass Gott seinem Leben noch fünfzehn weitere Jahre hinzufügte. Jetzt erkennt er, dass ein solcher Aufschub wegen eines aufrichtigen Gebets nicht bedeutet, dass sich Gottes Urteil verändert hätte, denn Gebet und Aufschub sind im göttlichen Ratschluss bereits einberechnet.

Der dann folgt, verlegte in guter Absicht, aber mit schlimmen Folgen den Sitz des römischen Reiches mit seinen Ordnungen und mit mir als Herrschaftszeichen ins griechische Byzanz und überließ Rom dem Papst. Jetzt erkennt er, dass ihm die bösen Auswirkungen dieser Entscheidung nicht zur Last gelegt werden, obwohl sie die Welt ins Unglück gestürzt hat."

Die noch verbleibenden beiden Seelen nannte der Adler direkt mit Namen. Er sagte:

„Das Licht, das an der Stelle leuchtet, wo sich die Augenbraue wieder abwärts neigt, ist Wilhelm der Gute, der als letzter Normannenkönig in Unteritalien herrschte, wo man seiner gerechten Herrschaft immer noch nachtrauert und unter den jetzt regierenden Königen Karl und Friedrich ächzt. Jetzt erkennt er, dass der Himmel gerechte Herrscher liebt, und zeigt durch sein Leuchten, wie sehr er sich seiner Seligkeit freut.

Wer würde wohl unten in der Welt des Irrtums glauben, dass das letzte der fünf heiligen Lichter, die meine Braue bilden, der Trojanerheld Ripheus ist? Der erkennt jetzt von der göttlichen Gnade viel mehr, als die Welt je begreifen wird, obwohl auch er ihr nicht auf den Grund schauen kann."

Und das Adlerbild, geprägt von dem, nach dessen Willen alle Dinge Wesen und Gestalt erhalten, verstummte, glücklich wie die Lerche in der Luft, die ihr Lied gesungen hat und dann, gesättigt vom eigenen Wohlklang, schweigt.

Als aber Dante hörte, dass unter den Seligen zwei Heiden seien, erhob sich in seiner Seele der Zweifel, und obwohl er wusste, dass seine Gedanken für den Adler so klar sichtbar waren wie für uns eine Farbe hinter Glas, hielt er es nicht aus, schweigend die Zeit abzuwarten, sondern stieß hervor, wie es die Schwere des Zweifels aus ihm heraustrieb:

„Was sind denn das für Sachen!"

Die Lichtseelen glühten vor Freude ringsum auf. Das segensreiche Adlerzeichen ließ ihn nicht lange warten und sprach mit heller flammendem Auge:

„Wie ich sehe, glaubst du das, was du gerade gehört hast, nur deshalb, weil ich es gesagt habe, verstehst es aber nicht, sodass dir das Geglaubte rätselhaft bleibt. Dir geht es wie jemandem, der eine Sache zwar benennen kann, ihr Wesen aber nicht begreift, wenn es ihm niemand erklärt.

Heiße Liebe und lebendige Hoffnung", begann er dann das Rätsel zu lösen, „können das Himmelreich bezwingen und Gottes Willen brechen. Sie tun dies jedoch nicht so, wie der Mensch seinesgleichen überwältigt. Vielmehr kann der göttliche Wille nur besiegt werden, weil er besiegt werden *will*, und so, besiegt, siegt er selbst in seiner Güte.

Du wunderst dich, wieso zwei vermeintliche Heiden wie Trajan und Ripheus in die Seligkeit aufgenommen worden sind. Sie sind aber in Wirklichkeit gar nicht, wie du meinst, als Heiden, sondern als Christen gestorben. Beide glaubten zu Ende ihres Lebens an den Erlösungstod des Heilands, der eine an den bereits erfolgten, der andere an den kommenden. Trajan kam zwar nach seinem Tod zunächst in den ersten Kreis der Hölle, und von der Hölle kommt sonst keiner wieder, auch wenn er noch so sehr bereut. Aber ein halbes Jahrtausend später hat Papst Gregor der Große mit lebendiger Hoffnung inständig darum gebetet, Gott möge den Kaiser noch einmal ins irdische Leben zurückkehren lassen, und tatsächlich entfaltete sein Gebet die Kraft, Gottes Willen zu ändern. So konnte Trajan noch einmal für kurze Zeit sein Fleisch annehmen, und in dieser Zeit entzündete sich seine Seele in so brennendem Glaubensfeuer, dass er, als er zum zweiten Mal starb, der Seligkeit würdig war.

Was Ripheus betrifft, so richtete er dank der Gnade, die ihm aus jener tiefen Quelle zufloss, zu deren Ursprung niemand vordringt, sein ganzes irdisches Sinnen und Trachten darauf, in seinem Wandel gerecht zu sein. Dafür erwies ihm Gott noch mehr Gnade und öffnete seine Augen für die künftige Erlösung durch Christus, woraufhin Ripheus den Gestank des Heidentums in seiner Umgebung nicht mehr duldete und die irrgläubigen Leute zurechtwies. So war er in den Besitz der christlichen Tugenden Glaube, Hoffnung und Liebe gekommen, die du als Jungfrauen am rechten Rad des Wagens im irdischen Paradies gesehen hast, und hatte damit etwas der Taufe Gleichwertiges erlangt, tausend Jahre bevor man christlich taufte.

Ach, kein Geschöpf kann der göttlichen Vorsehung auf den Grund schauen, keines in das Geheimnis der Vorherbestimmung dringen! Ihr sterblichen Menschen solltet also euer Urteil darüber zügeln, wo selbst wir Seligen noch nicht wissen, wer alles zu den Erlösten gehören wird. Wir sind in dieser Beschränkung aber vollkommen zufrieden, denn unsere Seligkeit vollendet sich darin, dass unser Wille mit dem göttlichen Willen übereinstimmt."

So sprach das Himmelsbild zu dem Pilger, so wohltätige Arznei reichte es ihm, um seinen engen Blick zu erweitern.

Als Dante dieses Erlebnis später niederschrieb, erinnerte er sich, dass die Lichtseelen von Trajan und Ripheus die Rede des Adlers dadurch begleitet hatten, dass sie vor Freude immer genau im Rhythmus seiner Worte auf- und niedergehüpft waren, so wie sich zwei Augenlider gleichzeitig öffnen und schließen. Es war wie bei einem guten Zitherspieler gewesen, der das Lied eines Sängers exakt im vorgegebenen Takt durch das Zupfen seiner Saiten untermalt und verschönt.

21. Kapitel

Im Saturnhimmel – Petrus Damiani

Dante hatte seine Augen wieder auf Beatrice gerichtet und versenkte sich auch diesmal so tief in ihren Anblick, dass er alles andere um sich herum vergaß. Diesmal aber lächelte Beatrice nicht.

„Würde ich jetzt lächeln", sagte sie, „würdest du zu Asche werden, wie die Königstochter Semele, als Jupiter sich ihr in seiner Herrlichkeit zeigte. Du hast ja gesehen, wie meine Schönheit immer strahlender wird, je höher wir kommen. Wenn ich es zuließe, dass sie sich ungehindert immer weiter steigert, könntest du den Glanz nicht mehr ertragen. Du würdest verbrennen wie das Laub auf dem Baum, wenn der Blitz hineinfährt.

Wir sind im siebenten Himmel", fuhr sie dann fort, „bei dem Planeten, der gerade im Sternbild des Löwen steht und im Verein mit dessen wärmendem Einfluss auf die Erde wirkt. Nun richte dein Augenmerk auf das, was du hier zu sehen bekommst! Schau, welches Bild sich dort vor deinen Augen auftut!"

Sie waren im Saturnhimmel angekommen, dem höchsten der sieben Planetenhimmel. Der Saturn hat seinen Namen vom König des alten Göttergeschlechts, unter dessen Regierung auf der Erde Frieden geherrscht hatte und Bosheit unbekannt gewesen war – ein goldenes Zeitalter, das mit dem Übergang der Weltherrschaft auf Saturns Sohn Jupiter zu Ende gegangen war.

Dantes Eifer, der himmlischen Führerin zu gehorchen, siegte über sein Bedürfnis, sie unverwandt weiter anzuschauen. Er wandte also seine Augen von ihr ab und schaute nach vorn. Da sah er eine lichtdurchflutete goldene Leiter, die sich so weit in die Höhe reckte, dass er ihr mit den Augen nicht bis zum Ende folgen konnte, und auf ihren Sprossen sah er glänzende Lichter herabsteigen, so viele, dass er meinte, auf der Leiter habe sich alles versammelt, was im Himmel überhaupt leuchtet. Waren sie aber auf einer bestimmten Sprosse angekommen, stoben die Lichter in verschiedene Richtungen auseinander, wie die Krähen, die, so wie es ihnen angeboren ist, morgens zunächst gemeinsam ihre Federn regen, um sich aufzuwärmen, und dann unterschiedliche Wege nehmen: Die einen fliegen davon, andere dahin zurück, wo sie die Nacht verbracht haben, wieder andere kreisen auf der Stelle.

Ein Licht kam den beiden Besuchern besonders nahe und leuchtete dabei so hell, dass Dante in Gedanken zu ihm sagte:

‚Ich sehe, dass du mir mit Liebe entgegenkommst. Doch meine Führerin, die mir immer sagt, wie und wann ich reden oder schweigen soll, bleibt stumm, und so stelle ich dir wohl besser keine Fragen, auch wenn ich es eigentlich gern täte.‘

Aber Beatrice las in Gott seine Gedanken und sagte:

„Stille dein heißes Verlangen!“

Da tat Dante den Mund auf und sprach die Seele an.

„Mein eigenes Verdienst ist zu gering“, sagte er, „als dass ich deiner Antwort auf meine Fragen würdig wäre. Deshalb bitte ich dich, du selige Seele, die du vom Glanz deiner Freude eingehüllt bist, mir um derentwillen zu antworten, die mir das Fragen erlaubt hat. Sag mir also: Warum bist du zu mir gekommen? Und warum gibt es hier in diesem Himmel nicht auch so lieblich-fromme Paradiesgesänge wie in den unteren Sphären?“

„Weil es dein Fassungsvermögen übersteigen würde“, antwortete die Lichtseele. „Den Gesängen hier oben wärest du als Sterblicher genauso wenig gewachsen wie dem Lächeln von Beatrice.

Ich bin die Himmelsleiter nur hinabgestiegen“, fuhr die Seele dann fort, „um dich willkommen zu heißen, mit Worten und mit meinem Lichtmantel. Es ist aber nicht so, dass ich größere Liebe hätte als die anderen und etwa deshalb schneller bei dir gewesen wäre als irgendeiner von ihnen. Die Seelen, die sich hier und weiter oben auf der Leiter befinden, brennen in mindestens ebenso starker Liebe wie ich, wie du an ihrem Leuchten erkennen kannst. Aber wie du siehst, weist Gottes Liebe hier jedem seine Aufgabe zu und macht, dass wir willig seinen Ratschluss vollstrecken.“

„Ich sehe wohl“, erwiderte Dante, „du heiliges Licht, dass ihr immer das wollt, was auch Gott will, und dass es daher lediglich eures freien Willens bedarf, um seine Pläne in die Tat umzusetzen. Was ich aber nicht verstehe, ist, warum unter all den vielen Seelen gerade du dazu bestimmt worden bist, mich zu begrüßen."

Dante hatte noch nicht zu Ende gesprochen, da drehte sich die Lichtseele schnell wie ein Mühlrad um sich selbst und sagte dann:

„Das göttliche Licht trifft mich von oben mit seinem Strahl und dringt durch den Lichtmantel hindurch, der mich einhüllt. Im Verein mit meiner eigenen Sehkraft lässt es mich so über mich selbst hinauswachsen, dass ich den schauen kann, in dem es seinen Ursprung hat. Das ist der Grund für meine Fröhlichkeit, und die lässt mich so hell leuchten, wie es meine Kraft erlaubt. Aber selbst die hellste Lichtseele des Himmels und der höchste der Seraphim könnten deine Frage nicht beantworten. Denn was du wissen willst, verbirgt sich so tief im Abgrund des ewigen Gesetzes, dass kein Geschöpf dorthin vordringen kann. Sag das den Menschen, wenn du wieder auf der Erde bist, damit sich keiner mehr untersteht, den unergründlichen Ratschlüssen Gottes nachspüren zu wollen! Wie sollten wohl die Sterblichen dort unten, deren Blick vom Rauch des Irrtums getrübt ist, etwas können, wozu nicht einmal die Seelen hier oben in der Lage sind, die doch ins Paradies erhoben wurden und von Gottes Gnade erleuchtet werden?"

Diese Worte setzten Dantes Neugier eine so klare Grenze, dass er die Frage fallen ließ und sich nun lediglich noch demütig erkundigte, wer sein Gegenüber denn eigentlich sei. Da begann die Seele zum dritten Mal zu sprechen und sagte:

„Zwischen der Ost- und der Westküste Italiens, nicht weit von deiner Heimat entfernt, erstreckt sich ein Gebirge. Seine Gipfel sind noch höher als die Wolken, aus denen der Donner kommt. Inmitten dieser Berge erhebt sich auch der Monte Catria, und an dessen Fuß liegt eine geheiligte, einsame Stätte, die nur für Gebet und Gottesdienst bestimmt ist. Dort festigte ich mich so sehr im Dienst an Gott, dass ich in Hitze und Kälte damit zufrieden war, bei Fastenspeisen aus Olivenöl meinen beschaulichen Gedanken nachzugehen. Unser Kloster hat dem Paradies damals reiche Frucht gebracht. Nun ist es dem Niedergang verfallen, wie sich bald zeigen wird.

Mein Name war Petrus Damiani, meine Briefe aber habe ich mit ‚Petrus Peccator' gezeichnet, Petrus der Sünder."

Der Kirchenlehrer Petrus Damiani, dessen Seele Dante hier vor sich hatte, hatte etwa zweieinhalb Jahrhunderte vor dessen Jenseitsfahrt gelebt. Er hatte dem Kloster, von dem er sprach, der Benediktinerabtei Fonte Avellana am Monte Catria bei Gubbio im Apenninengebirge, als Abt vorgestanden.

„Mein weiterer Weg", fuhr Petrus Damiani fort, „hat mich dann in ein Marienkloster an der Adria geführt. Ein paar Jahre vor meinem Tod habe ich mich noch dazu überreden lassen, den Kardinalshut anzunehmen. Der ist seitdem im Lauf der Zeit auf immer erbärmlichere Köpfe übergegangen! Petrus und Paulus, erfüllt vom Heiligen Geist, sind noch mager und barfuß von Ort zu Ort gezogen und waren in jeder Herberge mit der Kost zufrieden, die man ihnen anbot. Die heutigen Kirchenfürsten aber sind dick und fühlen sich wichtig, links und rechts müssen sie gestützt und geführt werden, einer muss ihre Schleppe tragen, und ihre Mäntel sind so üppig, dass sie außer für sie selbst auch noch für ihr Pferd reichen, sodass immer gleich zwei Bestien unter einer Decke stecken. O himmlische Geduld, was du alles aushältst!"

Während dieser Rede waren viele Lichtseelen die Stufen der Himmelsleiter bis ganz nach unten hinabgestiegen, wobei sie sich im Tanz gedreht hatten und dabei immer schöner geworden waren. Nun scharten sie sich um Petrus Damiani, blieben stehen und quittierten seine Worte, indem sie gemeinsam etwas riefen, und zwar so laut, dass es sich mit keinem wie auch immer gearteten irdischen Geräusch vergleichen ließ. Dante, betäubt vom Lärm, erschrak bis ins Mark. Was sie riefen, verstand er nicht.

22. Kapitel

Der heilige Benedikt – Weitere kontemplative Seelen – Aufstieg zum Fixsternhimmel – Dante blickt zurück

Er war derart erschrocken, dass er zu Beatrice flüchtete, so wie ein kleines Kind bei seiner Mutter Zuflucht sucht, wenn es sich über irgendetwas so entsetzt, dass ihm die Farbe aus dem Gesicht weicht und der Atem stockt. Und wie eine Mutter in solchen Fällen ihr Kind tröstet, so redete Beatrice ihm gut zu.

„Weißt du denn nicht", sagte sie, „dass wir hier im Himmel sind? Und dass der Himmel vollkommen heilig ist und man dort alles aus Leidenschaft und gutem Eifer tut? Wenn dich schon dieser Ruf so sehr erschreckt hat, kannst du dir ausmalen, wie es dir erst ergangen wäre, wenn du hier den Gesang der Seligen gehört oder mein Lächeln gesehen hättest!

Hättest du übrigens verstanden, was die Seelen betend gerufen haben, so wüsstest du, dass es dabei um die verdiente Strafe ging, die die Herren der Kirche empfangen werden, und zwar noch zu deinen Lebzeiten. Gott straft immer zur rechten Zeit – wenngleich freilich ein Mensch, der das göttliche Gericht herbeisehnt, immer das Gefühl haben wird, es komme zu spät, so wie es umgekehrt für die, die sich davor fürchten, stets zu früh kommt.

Aber nun", schloss sie, „schau nur wieder zu den Seligen! Du wirst hochberühmte Geister unter ihnen sehen, wenn du dich ihnen erneut zuwendest."

Dante folgte und sah wieder auf die zahllosen kleinen kugelförmigen Lichter, wie sie sich gegenseitig beleuchteten und dadurch verschönten. Er hatte eine weitere Frage auf dem Herzen, aber da er fürchtete, den Seelen mit seinen vielen Fragen zur Last zu fallen, schwieg er. Da kam das größte und hellste Licht auf ihn zu und erfüllte seinen heimlichen Wunsch, indem es sagte:

„Wenn du wie ich sehen könntest, welch brennende Liebe zwischen uns waltet, dann hättest du schon ausgesprochen, was du auf dem Herzen hast. Aber damit es sich nicht wegen deines Zauderns unnötig verzögert, dass du dein hohes Ziel erreichst, will ich nicht erst abwarten, bis du deine Frage über die Lippen bringst.

Auf dem Gipfel des Berges, an dessen Abhang heute das Kloster Montecassino liegt, stand früher ein heidnischer Tempel, der oft von irrendem, dem Christentum feindlich gesinntem Heidenvolk besucht wurde. Dorthin habe ich als erster den Namen dessen getragen, der die Wahrheit, die uns so erhöht, auf die Erde gebracht hat. Auch die Bewohner der umliegenden Dörfer habe ich durch Gottes Gnade von dem Götzendienst abbringen können, der die Welt damals verführte."

In dem hellen Licht, das so sprach, verbarg sich die Seele des heiligen Benedikt von Nursia, der im sechsten christlichen Jahrhundert gelebt hatte und von dessen zwischen Rom und Neapel gelegener Abtei Montecassino der nach ihm benannte Benediktinerorden ausgegangen war, der älteste Mönchsorden des Westens.

„Auch die anderen Lichtseelen, die du hier siehst", fuhr Benedikt fort, „waren Menschen, die ihr Leben in Kontemplation verbracht haben, entzündet von jenem Feuer, das heilige Blüten treibt und heilige Frucht bringt. Der hier ist Makarius, der dort ist Romuald, und das sind alles Brüder meines Ordens, die immer festen Herzens treu in ihren Klöstern blieben."

Die beiden Seelen, die Benedikt einzeln vorgestellt hatte, waren der heilige Makarius von Alexandrien, ein Eremit aus der Zeit der frühen Christenheit, und der heilige Romualdus aus Ravenna, der Gründer des Kamaldulenserordens.

Dante erwiderte:

„Die Liebe, die du mir erweist, und die Güte, die ich im Leuchten der anderen Lichtseelen erkenne, machen, dass mein Herz sich voller Vertrauen und Zuversicht öffnet, so wie sich die Rose dem Strahl der Sonne öffnet, so weit sie nur irgend kann. Deshalb wage ich die Frage, ob ich der großen Gnade teilhaftig werden darf, deine Gestalt unverhüllt zu sehen."

Darauf antwortete Benedikt, indem er zu ihm vom Empyreum sprach, dem Sitz des dreieinigen Gottes, dem höchsten, unbewegten Himmel oberhalb der neunten Himmelssphäre.

„Bruder", sagte er, „dieser große Wunsch wird sich erst im höchsten aller Himmelskreise erfüllen, wie alle anderen Wünsche auch, samt denen, die ich selbst auf dem Herzen habe. Erst dort kommt alles Ersehnte zur Ruhe, vollständig und in letzter Reife und Vollkommenheit. Alle Dinge bleiben dort für immer an ihrem Ort, denn der höchste Himmel ruht in Ewigkeit, er ist nicht Teil des begrenzten Raums und hat keine Pole, um die er sich drehen würde. Unsere Himmelsleiter reicht bis zu ihm hinauf, deshalb ist ihr Ende deinen Blicken verborgen. Der Erzvater Jakob sah diese Leiter im Traum bis zur Spitze, und er sah Engel auf ihr auf und nieder steigen.

Aber heute", fuhr er dann fort, „will keiner mehr die Leiter frommer Betrachtung besteigen und sich über die irdischen Dinge erheben, sodass es schade um das Papier ist, auf dem meine Ordensregel steht! Mein altes Kloster in seinen Mauern ist zur Räuberhöhle geworden, und die Mönchskutten sind wie Säcke, in denen verfaultes Mehl steckt. Ein besonders krasses Übel ist, dass die Mönche die Klostereinkünfte den Bedürftigen vorenthalten, denen sie zustehen. So wahnsinnig hat die Habgier sie gemacht! Selbst schwerer Wucher ist kein derart schlimmes Vergehen gegen den göttlichen Willen. Denn alle Güter, die die Kirche verwaltet, gehören von Rechts wegen den Armen, die in Gottes Namen darum bitten, und es ist unrecht, sie den eigenen Verwandten zuzustecken oder noch schlimmeren Leuten.

Aber das Fleisch der Sterblichen ist schwach, und ein guter Anfang bedeutet noch nicht, dass ein Baum auch wirklich bis zur Frucht gedeiht. Petrus begann ohne Gold und Silber, ich begann mit Beten und Fasten, Franziskus gründete seinen Orden in Demut, jedoch wenn du dir anschaust, was aus unseren jeweiligen Nachfolgern geworden ist, dann siehst du, dass sich die Tugenden der Anfänge allesamt ins Gegenteil verkehrt haben. Aber Gott hat ja sogar die Wasser des Jordan sich stauen und das Rote Meer zurückweichen lassen vor den Kindern Israel – wie sollte da nicht erst recht hier Abhilfe möglich sein!"

So sprach Benedikt zu Dante. Dann begab er sich wieder zu seinen Genossen, sie vereinigten sich miteinander, und die ganze Schar flog wie ein Wirbelwind in die Höhe.

Es bedurfte nur eines Winks von Beatrice, und Dante, die Grenzen seiner menschlichen Natur überwindend, folgte ihnen im Flug die Himmelsleiter hinauf, schneller als sich jemals irgendetwas auf der Erde, wo Höhenunterschiede auf natürlichem Wege bewältigt werden, bewegt hat. So wahr er, schreibt Dante an dieser Stelle seines Berichts, dereinst wieder zurückkehren wolle ins Reich der Seligkeit – weswegen er immer wieder über seine Sünden weine und sich zerknirscht an die Brust schlage –: Der Leser würde einen Finger, den er versehentlich ins Feuer gehalten habe, nicht so schnell wieder zurückziehen, wie er, Dante, vom Saturnhimmel über die Himmelsleiter in den nächsthöheren, achten Himmel gelangt sei, den Fixsternhimmel.

Er erreichte ihn im Sternbild der Zwillinge, in dessen Zeichen er geboren worden war und dessen Einfluss den Menschen geistige Fähigkeiten verleiht, und dieses Sternbild rief er auch an, als er sich später anschickte, die letzten Stationen seiner Jenseitsreise zu beschreiben.

„O ihr herrlichen Sterne", schreibt er, „ihr Lichter von großer Kraft, denen ich all meinen Geist verdanke, wie auch immer es nun um ihn stehen mag! Mit euch ging die Sonne, die unser sterbliches Leben bescheint, auf und unter, als ich zur Welt kam und das erste Mal toskanische Luft atmete, und als mir die Gnade zuteil wurde, in den Fixsternhimmel eintreten zu dürfen, der euch umkreist, wurde mir bestimmt, ihn in eurem Zeichen zu betreten. Nach eurer Hilfe verlangt nun in Demut meine Seele, dass ihr mir Kraft schenkt für die letzte schwere Wegstrecke, die noch zu bewältigen ist."

„Du bist dem letzten Heil nun so nahe", sagte Beatrice, „dass du jetzt einen klaren und scharfen Blick brauchst. Deshalb, bevor du noch weiter eindringst in die höchste Seligkeit: Wende dich um, schau hinter dich und sieh, wie viel vom Weltall du bereits mit mir durchflogen hast, damit dein Herz bereit wird, fröhlich und nach ganzem Vermögen die siegreiche Schar zu begrüßen, die uns in diesem Himmelskreis strahlend durch den Äther näherkommt!"

Da blickte Dante sich um und sah die sieben Himmelssphären, die sie bisher durchlaufen hatten, und tief unter sich die Erdkugel. Sie sah so winzig aus, dass Dante lächeln musste. Wahrhaftig, dachte er, wer sie geringschätzt, hat recht, und weise ist, wer sich in seinem Sinnen und Trachten von ihr abwendet! Er sah den Mond, hell erleuchtet und ohne jene Flecken, die man von der Erdseite aus sieht und wegen derer er einst gemeint hatte, dieser Himmelskörper müsse an verschiedenen Stellen von unterschiedlicher Dichte sein. Er war in der Lage, mit seinen Augen in die Sonne zu schauen, und sah in ihrer Nähe Merkur und Venus kreisen. Er sah Jupiter, der mildernd und vermittelnd auf seine beiden Nachbarn einwirkt, seinen Sohn, den heißen Mars, und seinen Vater, den kalten Saturn, und er begriff den Lauf der Planeten, die in unaufhörlich sich wandelnden Positionen ihre Bahnen ziehen, und nahm ihre jeweilige Größe und Geschwindigkeit wahr und den Abstand, den sie zueinander haben. Und er sah alles Land der Erde, um das sich die Menschen so erbittert bekriegen, von den Bergesgipfeln bis zu den Wasserquellen.

Dann wandte er seinen Blick wieder zu Beatrices schönen Augen.

23. Kapitel

Christi Siegeszug erscheint im Fixsternhimmel

Beatrice ihrerseits stand hoch aufgerichtet da und blickte zum Zenit empor, in gespannter Erwartung wie ein Vogel, der die Dunkelheit der Nacht im vertrauten Laub am Nest bei seinen lieben Jungen zugebracht hat, nun aber, am frühen Morgen, auf einem freien Zweig sitzt und sehnsüchtig erwartet, dass mit der Morgenröte und der aufgehenden Sonne die Dinge wieder ans Licht kommen und er endlich, alle Beschwernisse willig hinnehmend, auf Nahrungssuche für seine Brut gehen kann. Ihre sehnsüchtige Gespanntheit übertrug sich auf Dante, sodass auch er erwartungsvoll dem offenbar bevorstehenden Ereignis entgegensah und sich an der Hoffnung freute, es werde bald eintreten.

Er musste nicht lange warten. Mit einem Mal sah er den Himmel heller und heller werden, und Beatrice rief:

„Sieh nur die Scharen vom Siegeszug Christi! Sieh nur die volle Ernte aus dem Kreislauf der Himmelssphären!"

Ihr Antlitz stand wie in Feuer, und in ihren Augen war ein unbeschreibliches Strahlen. Dante schaute auf und sah Tausende von Lichtern, und wie in einer hellen Vollmondnacht zwischen den ewigen Sternen, die überall den Himmel schmücken, der Mond scheint, so schien über den vielen Lichtern ein großes Licht, von dem empfingen sie alle ihr eigenes Leuchten wie die Sterne das ihre von der Sonne. Aus dem großen Licht aber strahlte es so gleißend hell, dass Dantes Augen den Anblick nicht ertrugen und er sich abwenden musste, worauf Beatrice, die holde, treue Führerin, sagte:

„Der Kraft, die dich da überwältigt, kann nichts standhalten! Denn er selbst ist es in seiner Weisheit und Macht, der die alte Sehnsucht erfüllt und die verschlossenen Wege zwischen Himmel und Erde wieder geöffnet hat."

Da trat Dantes Geist, der sich angesichts der seligen Lichter immer mehr geweitet hatte, gänzlich aus sich selbst heraus, wie sich das Feuer in der Wolke so sehr ausdehnt, dass es sie sprengt und entgegen seiner emporstrebenden Natur als Blitz auf die Erde hinunterstürzt. Als Beatrices Stimme erneut an sein Ohr drang und er wieder zu sich kam, vermochte er nicht im Gedächtnis festzuhalten, was gerade mit ihm geschehen war. Ihm war zumute wie jemandem, der aus einem Traum erwacht und deutlich die Empfindung spürt, die er während dieses Traums gehabt hat, aber vergebens versucht, sich dessen Inhalt in Erinnerung zu rufen.

„Öffne die Augen", sagte Beatrice, „und sieh mich an! Denn was du eben gesehen hast, hat dir nunmehr die Kraft gegeben, mein Lächeln zu ertragen."

Dass sie ihm da den Anblick ihres Lächelns angetragen habe, befand Dante später, verdiene seine Dankbarkeit in solchem Maß, dass es auf immer im Buch der Erinnerung verzeichnet bleiben werde. Jedoch selbst wenn sich, so meinte er, alle Dichter mit dem Beistand Polyhymnias und aller anderen Musen zu dem Zweck zusammentäten, das heilige Leuchten in Beatrices Augen zu schildern, das er nun sah, so würde diese Schilderung die Wirklichkeit doch nicht einmal zu einem Tausendstel erfassen können. So müsse er in seinem heiligen Gedicht bei der Beschreibung des Paradieses immer wieder dies und jenes überspringen, wie man auf der Wanderung ein Hindernis überspringe. Man möge aber bedenken, schreibt er, wie schwer seine Aufgabe auf seinen sterblichen Schultern laste, dann werde man ihm keinen Vorwurf daraus machen, dass sie ihm zitterten. Der Weg, den der Bug seines Schiffes in so kühner Weise nehme, sei nichts für einen kleinen Kahn und nichts für einen Steuermann, der sich schonen wolle!

„Warum schaust du denn immer nur mit Liebe auf mich", fragte Beatrice endlich, „anstatt dich zu dem schönen Garten zu wenden, der dort unter den Strahlen Christi blüht? Eine dieser Blumen ist die Rose, in der das Wort Fleisch wurde, und unter ihnen sind auch die Lilien, deren Duft den rechten Weg bezeichnet hat!"

So gab Beatrice Dante zu verstehen, dass in der großen Schar der Seligen auch die Jungfrau Maria und die heiligen Apostel erschienen seien. Dante, ganz willig, den Ratschlägen seiner Herrin zu folgen, nahm nochmals den Kampf mit der Lichtfülle auf, an der seine schwachen Augen eben gescheitert waren. Da sah er wieder Schwärme von Licht, überglüht von Strahlenfeuer aus der Höhe, aber den Ursprung der Strahlen, dessen Anblick er nicht ertragen hatte, sah er nicht mehr. Es war, wie wenn man, selbst im Schatten stehend, eine blühende Wiese sieht, auf die ein heller, durch die Wolke brechender Sonnenstrahl trifft.

‚Wie gütig', dachte Dante, ‚ist die Kraft, von der sie alle ihr Licht empfangen, dass sie mein Blickfeld nach oben hin verlassen hat, um meinen überforderten Augen die Schau zu ermöglichen!'

Begierig, das Licht der heiligen Jungfrau zu sehen, zu der er morgens und abends zu beten pflegte, nahm er alle Kraft zusammen und konzentrierte seinen Blick auf das größte der nunmehr verbliebenen Lichter, in dem sich ihm die verhüllte, die im Himmel wie auf Erden Siegerin ist, der Edelstein, der Schmuck des Empyreums. Wie ihr Licht ihm so in seiner Schönheit und Größe, einem lebendigen Stern gleich, in beide Augen strahlte, stieg als kreisförmige Fackel ein Engel durch den Himmel hinunter, bekrönte das Licht und wand sich girlandenartig um es herum. Dabei sang er, und dieser Gesang war so lieblich, dass jede noch so schöne und herzbewegende irdische Melodie dagegen wie Donnergepolter aus einer zerrissenen Wolke geklungen hätte.

„Ich bin Engelsliebe", so sang die Fackel, „und ich umkreise die hohe Seligkeit des Leibes, in dem der Wohnung nahm, der unsere Sehnsucht ist, und ich werde dich weiter umkreisen, Herrin des Himmels, bis du deinem Sohn nachfolgen und den göttlichen Glanz der höchsten Sphäre noch weiter mehren wirst."

Und alle Lichtseelen riefen Marias Namen.

Dann folgte die Jungfrau ihrem Sohn in die Höhe, gekrönt vom Licht des Engels. Dante vermochte ihr nicht mit den Augen zu folgen, da die Unterseite des Kristallhimmels, der majestätischen neunten Sphäre, der hellsten und schnellsten, die die anderen acht umschließt und dem Atem und der Kraft Gottes am nächsten ist, noch außerhalb seines Blickfelds war. Die zurückgebliebenen Lichtseelen in ihrer innigen Liebe zur Himmelskönigin reckten sich sehnsuchtsvoll in die Richtung, in der sie verschwunden war, so wie ein gestilltes Kind, dem Antrieb seines Herzens folgend, die Arme nach seiner Mutter ausstreckt, jedoch blieben sie in Dantes Gesichtskreis. Sie sangen der Aufgefahrenen so lieblich das „Regina coeli" hinterher, dass ihn die Beglückung, die er durch diesen Gesang erfuhr, nie mehr verließ.

‚Welch überquellender Reichtum', dachte er, ‚ist doch in diesen Seelen, die schon auf der Erde so viel gute Saat angehäuft haben! Im babylonischen Exil des Erdenlebens haben sie die irdischen Schätze verachtet und sich damit unter Tränen einen himmlischen Schatz erworben, den sie nun in ewigem Leben genießen.'

Unter den erlösten Seelen des Alten und Neuen Bundes aber, die hier, erleuchtet vom hohen Sohn Gottes und Marias, ihren Triumph feierten, war auch der Apostel Petrus, der die Schlüssel des Himmelreichs in seinen Händen hält.

24. Kapitel

Petrus prüft Dante im Glauben

Beatrice sprach nun die Schar der Seligen an.

„Ihr zum großen Abendmahl des heiligen Lammes Geladenen, das euch so speist, dass ihr nie hungert!", begann sie. „Da Gottes Gnade diesem Mann hier schon zu seinen Lebzeiten etwas von der Speise gönnen will, die bei eurem Mahl abfällt, so labt ihn ein wenig, um der großen Leidenschaft willen, die ihn antreibt. Könnt ihr doch immer aus der Quelle trinken, über die er beständig nachsinnt!"

Die seligen Lichter begannen, kometengleich leuchtend, sich um sich selbst zu drehen, die einen schneller, die anderen langsamer, je nach dem Grad ihrer Seligkeit. Dante musste an die ineinandergreifenden Räder eines Uhrwerks denken, deren Geschwindigkeiten so aufeinander abgestimmt sind, dass das erste für den Betrachter fast stillzustehen, das letzte beinah zu fliegen scheint.

Dann trat aus der schönsten der tanzenden Gruppen ein besonders helles Licht hervor. Kein anderes strahlte stärker. Es drehte sich dreimal um Beatrice und sang dabei derart göttlich, dass Dante sich den Gesang später nicht mehr deutlich in Erinnerung rufen und also auch nicht beschreiben konnte, denn für derart feine Töne und Zwischentöne, wie sie hier zu vernehmen waren, ist das menschliche Vorstellungs- und Ausdrucksvermögen zu grob. So musste er auch diese Einzelheit in seiner Erzählung überspringen.

Als das Licht zur Ruhe gekommen war, wandte es sich zu Beatrice und sagte:

„Meine heilige Schwester, die fromme Bitte, die du mit so inbrünstiger Liebe äußerst, lässt mich meinen schönen Kreis verlassen."

Beatrice antwortete:

„Du ewiges Licht, das du den großen Mann umhüllst, dem unser Herr die Schlüssel des Himmelreichs anvertraut hat, die er auf die Erde brachte, ich bitte dich: Unterziehe doch meinen Begleiter hier einer Prüfung! Dein Glaube war so stark, dass er dich übers Wasser schreiten ließ. So befrage ihn über den Glauben, mit leichteren oder schwereren Fragen, ganz wie es dir beliebt! Du weißt zwar auch so, ob er richtig liebt, hofft und glaubt, weil du dorthin schauen kannst, wo sich alle Dinge spiegeln. Aber weil der rechte Glaube die Voraussetzung dafür ist, Bürger dieses Reiches zu werden, ist es gut für ihn, von diesem Glauben zu sprechen und ihn rühmend zu verherrlichen."

Als Dante Beatrice so sprechen hörte, machte er sich bereit, vor dem großen Prüfer sein Bekenntnis abzulegen, und wappnete sich mit allen möglichen Argumenten, so wie der Bakkalaureus sich bei einer akademischen Prüfung schweigend darauf einstellt, dass der Magister das Wort ergreift und eine Frage formuliert – die der Prüfling dann nicht etwa zu entscheiden, sondern lediglich zu erörtern hat.

„Sprich, guter Christ", begann Petrus, „offenbare dich: Was ist Glaube?"

Dante hob den Kopf und blickte erst zu dem Licht und dann zu Beatrice. Als die ihm durch Zeichen eifrig zu verstehen gab, dass er sprechen solle, sagte er zunächst:

„Die Gnade, die es mir erlaubt, mich vor dem erhabensten Wegbereiter des Glaubens zu bekennen, verhelfe mir auch dazu, meine Gedanken gut zu formulieren!"

Dann fuhr er fort:

„Mein Vater! Wie dein Mitstreiter, der in brüderlicher Gemeinsamkeit mit dir die Römer zum rechten Glauben bekehrt hat und dessen Worte stets wahr sind, in seinem Brief an die Hebräer geschrieben hat, ist der Glaube die Substanz dessen, worauf wir hoffen, und ein beweiskräftiges Argument für das, was wir nicht sehen. Das scheint mir das Wesen des Glaubens auszumachen."

Petrus antwortete:

„Du denkst das Richtige, sofern du dir darüber im Klaren bist, was Paulus damit meint. Warum bezeichnet er den Glauben erst als ‚Substanz', dann aber als ‚Argument'?"

Dante erwiderte:

„Die Geheimnisse, die ich hier im Paradies sehe, sind irdischen Augen normalerweise verborgen. Sie existieren für die Sterblichen lediglich als Objekt jenes Glaubens, der ihre Hoffnung auf die Seligkeit begründet, und wären ohne den Glauben für sie gar nicht vorhanden.

Ihre Substanz besteht für sie also allein im Glauben selbst. Weil es aber keinen sichtbaren Beweis für das Geglaubte gibt, ist das Einzige, woraus auf dessen Existenz geschlossen werden kann, wiederum der Glaube. Damit ist er auch beweiskräftiges Argument."

Darauf sagte Petrus:

„Wenn alle Menschen das, was sie lernen, so gut verstünden wie du, dann gäbe es auf der Erde keine sophistischen Spitzfindigkeiten mehr!"

Weil er aber prüfen wollte, ob Dante den Glauben, über dessen Wesen er so gut Auskunft zu geben verstand, denn auch verinnerlicht habe, fuhr er fort:

„Gut gegossen ist das Geldstück ja, von dem du da sprichst, und das richtige Gewicht hat es auch. Aber hast du's denn auch wirklich in deiner Börse?"

„Jawohl", antwortete Dante, „und es ist so sauber und rund, dass ich an seiner guten Prägung nicht zweifle."

Da fragte Petrus aus der Tiefe des ihn umhüllenden Lichts heraus:

„Woher hast du denn deinen Glauben, dieses edle Kleinod, die Grundlage aller Tugend?"

Dante erwiderte:

„Was der Heilige Geist in solcher Fülle in die Schriften des Alten und des Neuen Testaments hineingegossen hat, erscheint mir als derart schlagender Beweis für das, was ich glaube, dass mir dagegen jede andere Argumentation stumpf vorkommt."

Petrus fragte weiter:

„Aber woraus schließt du, dass das Alte und das Neue Testament, die du für so beweiskräftig hältst, wirklich Gottes Wort sind?"

„Das schließe ich aus den Wundern, die dort geschildert werden", antwortete Dante, „jenen Ereignissen, die sich auf natürliche Weise nicht erklären lassen."

Da entgegnete Petrus:

„Wieso bist du dir denn so sicher, dass sich diese Wunder wirklich zugetragen haben? Du weißt es doch lediglich aus ebendem Buch, dessen Wahrheitswert erst noch zu beweisen wäre!"

„Dass deine Saat im Weinberg der Kirche Frucht getragen hat", erwiderte Dante, „dass das Wirken eines so armen und einflusslosen Mannes, wie du es auf der Erde warst, die Welt zum Christentum bringen konnte, ohne dass dazu ein Wunder nötig gewesen wäre, finde ich über hundertmal wunderbarer als alle in der heiligen Schrift geschilderten Wunder zusammengenommen – auch wenn der Weinberg jetzt dornig und unfruchtbar geworden ist."

Darauf lobten die seligen Seelen alle miteinander Gott, indem sie ein Tedeum anstimmten, nach einer Melodie, wie man sie nur im Paradies singt.

Nachdem der edle Mann Dante bis zu diesem Punkt examiniert hatte, stellte er ihm noch eine letzte Aufgabe.

„Gottes Gnade ist deinem Geist in Liebe zugetan", sagte er. „Sie hat dich sagen lassen, was zu sagen war, und ich billige alles, was du bisher geäußert hast. Nun musst du aber noch erklären, *was* du eigentlich glaubst und aus welcher Quelle du diesen Glauben schöpfst."

„Heiliger Vater", antwortete Dante, „der du jetzt das schaust, woran du auf Erden geglaubt hast – so fest, dass du, nachdem die Kunde vom leeren Grab zu euch gedrungen war, noch vor Johannes zur Gruft Christi kamst, trotz deines höheren Alters –, du willst, dass ich Kern und Ursprung des Glaubens nenne, dem ich willig anhänge. Nun denn: Ich glaube an den einen, einzigen und ewigen Gott, der, selbst unbewegt, kraft seiner Liebe alle Himmel bewegt, die ihrerseits von beständiger Sehnsucht nach ihm angetrieben werden. Beweise für die Wahrheit dieses Glaubens finde ich zum einen in der Natur und im Bereich des Übersinnlichen, zum anderen in den vom Himmel inspirierten heiligen Schriften, also den Büchern des Mose und der Propheten, den Psalmen, den Evangelien und den Episteln, die ihr Apostel geschrieben habt, entflammt von Gottes belebendem Geist.

Ich glaube, dass Gott in einem Wesen drei ewige Personen vereinigt, dergestalt, dass er einer ist und sie dennoch drei sind. In den Evangelien gibt es mehrere Stellen, in denen ich diese tiefgründige Lehre belegt finde.

Das ist der Grund meines Glaubens“, schloss Dante, „das ist der Funke, der mir zur lebendigen Flamme geworden ist und in mir leuchtet, wie die Sterne am Himmel leuchten.“

So wie ein Herr seinen Knecht, wenn der ihm eine gute Nachricht überbracht hat, voll Freude umarmt und beglückwünscht, kaum dass er zu Ende geredet hat, so ließ auch der Apostel seinen Prüfling gerade eben noch aussprechen, bevor er ihn, hochzufrieden mit seinen Antworten, dreimal umkreiste und ihn singend segnete.

25. Kapitel

Jakobus prüft Dante in der Hoffnung – Erscheinung des Apostels Johannes

Nachdem Dante so über den Glauben befragt worden war, würde es nun um die zweite theologische Tugend gehen, die Hoffnung, und so gibt er später an dieser Stelle seiner Erzählung zunächst einer Hoffnung Ausdruck: der nämlich, die schmerzlich vermisste Heimat noch einmal wiederzusehen.

„Wenn der Ruhm dieses heiligen Gedichts“, schreibt er, „an dem Himmel und Erde mitgeschaffen haben und das mich für viele Jahre an die Grenzen meiner Kraft gebracht hat, es bewirken könnte, dass meine Heimatstadt, wo ich friedlich wie ein Lamm im Schafstall lebte bis zum Angriff der feindlichen Wölfe, die grausame Verbannung aufhebt und mich wieder bei sich aufnimmt: Als ein anderer käme ich dann zurück, Gewichtigeres sprechend als früher und mit grauem Haar, und am Becken meiner Taufkirche empfinge ich den Dichterkranz, dort, wo ich zu dem Glauben geführt wurde, an dem Gott die Seinen erkennt und um dessentwillen Petrus mich dreimal freudig umkreist hat.“

Aus dem Lichterreigen, aus dem Petrus hervorgetreten war – dem Kreis der Apostel –, kam ein weiteres Licht heraus. Als Beatrice es sah, sagte sie erfreut zu Dante:

„Sieh nur, das ist der edle Mann, wegen dessen man auf der Erde nach Galicien pilgert!"

Und Dante begriff, dass es der heilige Jakobus war, dessen Grab in Santiago de Compostela verehrt wird.

Petrus begrüßte Jakobus herzlich, so wie eine Taube der anderen ihre Neigung zeigt, indem sie sie umflattert und umgurrt, und dabei lobten beide Apostel die himmlische Geistesspeise, die sie dort oben ernährt. Nachdem sie ihre Willkommensgrüße ausgetauscht hatten, näherten sie sich schweigend Dante und blieben direkt vor ihm stehen. Das Licht, das von ihnen ausging, strahlte so gleißend, dass Dante die Augen abwenden musste.

Beatrice lächelte und sprach Jakobus an:

„Du ehrwürdige Seele, die du in deinem uns in der heiligen Schrift überlieferten Brief rühmst, wie großzügig Gott seine Gnade ausschüttet: Sprich du von der Hoffnung! Du hast doch immer diese Tugend verkörpert, wenn Jesus euch drei Lieblingsjünger zu sich rief, Petrus, Johannes und dich."

Da wandte sich Jakobus zu Dante. Er sagte zunächst:

„Sieh auf und fürchte dich nicht! Was von der vergänglichen Welt zu uns heraufkommt, muss erst an unserem Glanz reifen."

Dante erhob die Augen wieder, und nun sah er sich in der Lage, die beiden großen Seelen, deren Leuchten ihn zuvor geblendet hatte, anzuschauen.

„Weil unser Kaiser", fuhr Jakobus fort, „es in seiner Gnade wünscht, dass du dich noch vor deinem Tod mit seinen Edelleuten im geheimen Ratssaal triffst und die ganze Wahrheit des himmlischen Hofes mit deinen Augen siehst, sodass du in dir und anderen Sterblichen die Hoffnung stärken kannst, die die Liebe zum Guten weckt – sag: Was ist Hoffnung? Wieviel Hoffnung hast du in dir, und woher floss sie dir zu?"

Aber ehe Dante antworten konnte, kam ihm Beatrice zuvor und übernahm die Antwort auf die zweite dieser drei Fragen selbst.

„In der ganzen Kirche auf der Erde gibt es niemanden", sagte sie, „der mehr Hoffnung in sich hätte als dieser hier. Das kannst du in Gottes Angesicht lesen. Deshalb wurde ihm gewährt, vom Erdenexil zum Himmel zu reisen wie die Kinder Israel von Ägypten ins gelobte Land und das himmlische Jerusalem zu sehen, noch bevor sein irdischer Kampf zu Ende ist."

Dann fuhr sie fort:

„Deine anderen beiden Fragen – die du nicht deshalb gestellt hast, weil du die Antwort darauf nicht wüsstest, sondern damit er auf der Erde davon erzählen kann, wie wichtig dir die Tugend der Hoffnung ist – kann er selbst beantworten. Schwerfallen wird es ihm nicht, und anders als die von mir beantwortete Frage geben ihm diese beiden keine Gelegenheit zum Selbstlob. Gottes Gnade helfe ihm!"

Daraufhin ergriff Dante das Wort, und beflissen wie ein Schüler, der die Fragen des Lehrers, sofern sie Gegenstände betreffen, über die er Bescheid weiß, gern und eilfertig beantwortet, damit der Lehrer sieht, wie strebsam er ist, sagte er:

„Hoffnung ist die feste Zuversicht, dass man durch Gottes Gnade und eigenes Verdienst die Seligkeit erwerben wird. Ich schöpfe diese Hoffnung aus verschiedenen Quellen, vor allem aber aus einer Stelle in den Psalmen, die vom größten Sänger des Herrn stammt: ‚Es mögen auf dich hoffen, die deinen Namen kennen', so sagt David in seinem göttlichen Gesang – und wer, der meinen Glauben hat, kennt diesen Namen nicht? Außerdem bestärkt mich der von dir geschriebene Brief im Neuen Testament. Das alles hat mich mit so viel Hoffnung erfüllt, dass ich auch anderen davon weitergeben kann."

Während Dante so sprach, leuchtete es im Inneren des Lichts, das den heiligen Jakobus umhüllte, einige Male jäh auf, so wie ein Blitz aufzuckt. Dann sagte der Apostel:

„Ich habe mein Leben lang, bis zu meinem Martyrium und dem Ende meines Erdenkampfs, so sehr in der Hoffnung gelebt, dass ich diese Tugend auch hier noch liebe, wo ich ihrer gar nicht mehr bedarf. Deshalb und weil ich auch deine Freude an ihr bemerke, will ich dir eine weitere Frage stellen. Sag mir doch: *Worauf* hoffst du?"

Und Dante antwortete, was er in der Seligkeit erwartete:

„Aus den Schriften des Alten und des Neuen Testaments weiß ich, womit die Gott wohlgefälligen Seelen rechnen dürfen. So schreibt der Prophet Jesaja, man werde sie in ihrem Heimatland mit einem doppelten Gewand bekleiden. Ihre Heimat aber ist das Paradies, und hier werden sie einst zwei Gewänder tragen, Leib und Seele. Und noch eindeutiger sagt es dein Bruder Johannes im Buch der Offenbarung, wo von der großen Schar aus allen Nationen die Rede ist, die im Angesicht des Lammes vor dem Thron steht und weiße Kleider trägt."

Da ertönte aus der Höhe eine Stimme und intonierte noch einmal den Psalm, den Dante zuvor zitiert hatte: „Sperent in te qui noverunt nomen tuum", „Es mögen auf dich hoffen, die deinen Namen kennen", und alle Lichterreigen stimmten ein.

Nun trat aus dem Apostelkreis ein drittes Licht heraus, das leuchtete so flammend, dass es, wenn es im Sternbild des Krebses einen derart hellen Stern gäbe, von der Wintersonnenwende an einen ganzen Monat lang taghell wäre, denn dann würde die Erde, ebenso stark wie tagsüber von der Sonne, nachts vom Krebs erleuchtet werden, der in diesem Monat immer dann am Himmel erscheint, wenn die Sonne untergeht.

Das Licht gesellte sich zu den beiden anderen, die sich voll brennender Liebe im Kreis drehten, und fügte sich in den Rhythmus ihres Singens und Tanzens ein. Es war, wie wenn sich eine fröhliche Jungfrau bei einer Hochzeitsfeier plötzlich erhebt und – nur zu Ehren der Braut, nicht etwa aus Eitelkeit – mit den Tanzenden vereint. Beatrice sah die drei Lichter zunächst eine Weile schweigend und unverwandt an wie die Braut die Tanzenden beim Fest. Dann erklärte sie, freilich ohne den Blick von den dreien abzuwenden, ihrem Schützling, wer der neu Hinzugekommene war.

„Das ist der Jünger", sagte sie, „der unserem Herrn beim letzten Abendmahl an der Brust gelegen hat und den Christus vom Kreuz herab in das hohe Amt eingesetzt hat, fortan bei der Gottesmutter die Stelle des Sohnes einzunehmen."

Dante wusste nun, dass sich der Apostel Johannes in dem Licht verbarg, und musterte es genau. Wegen eines rätselhaften Jesusworts, das im Johannesevangelium überliefert ist, glaubten damals nämlich viele, Johannes sei nie gestorben, sondern mit seinem irdischen Leib in den Himmel aufgenommen worden, und nun wollte Dante herausbekommen, ob es sich wirklich so verhielt. Aber wie einer, der eine Sonnenfinsternis beobachten will, strengte er seine Augen dabei so an, dass er schließlich gar nichts mehr sah. Da sagte das Licht:

„Warum versuchst du etwas zu entdecken, das gar nicht da ist, und nimmst dabei in Kauf, dass du dich blendest? Mein Leib ist wie die Leiber aller Sterblichen auf der Erde geblieben und dort zu Erde geworden, und dort wird er auch bleiben bis zum Jüngsten Tag, wenn die Zahl der Seligen sich erfüllen wird, dem ewigen Ratschluss gemäß. Es gibt hier nur zwei Lichter, die mit Seele *und* Leib gen Himmel gefahren sind, Jesus und Maria. Erzähl das den Menschen, wenn du wieder auf der Erde bist!“

Während dieser Rede waren die drei Apostel zum Stillstand gekommen, so wie Ruderer ihre gleichmäßige Bewegung unterbrechen, wenn ihnen ein Pfeifsignal anzeigt, dass es Zeit zum Ausruhen ist oder dass Gefahr droht. Auch ihren wunderbaren dreistimmigen Gesang hatten sie beendet.

Dante wandte sich zu Beatrice, aber obwohl er doch in ihrer Nähe und im Reich der Seligkeit war, konnte er sie nicht sehen, was ihn sehr beunruhigte.

26. Kapitel

Johannes prüft Dante in der Liebe – Adam

Er war in Sorge, das angestrengte Spähen ins Licht könnte ihn auf Dauer seines Sehvermögens beraubt haben. Da hörte er Johannes sagen:

„Bis du deine Sehkraft wiedergewinnst, die du durch das Betrachten meines Lichts eingebüßt hast, solltest du diese Einschränkung durch ein vernünftiges Gespräch wettmachen. Du musst wissen, dass dein Gesichtssinn nur vorübergehend ausgesetzt ist, du hast ihn nicht für immer verloren. Deine Führerin ist in der Lage, mit ihrem Blick das zu bewirken, was der Jünger Hananias in Damaskus mit seiner

Hand tat, indem er sie dem Apostel Paulus auflegte und ihm so das Augenlicht wiedergab.

Fang also an und sag mir: Auf welches Ziel ist deine Seele gerichtet?“

Dante antwortete zunächst:

„Beatrice möge mir so schnell oder langsam, wie es ihr beliebt, Heilung für meine Augen bringen. Waren sie doch die Einfallstore, durch die ihr Liebesfeuer mich traf, von dem ich entbrannte und beständig weiter brenne!

Das A und O meiner Liebesneigung“, ging er dann auf Johannes’ Frage ein, „ist jenes höchste Gut, in dem alle Seligkeit des Paradieses begründet ist. Jede Schrift, die zu mir von Liebe spricht, wie verhalten oder eindringlich auch immer, spricht mir von ihm.“

Doch Johannes nötigte ihn zu weiteren Erörterungen, indem er sagte:

„Das musst du mir noch präziser auseinandersetzen. Was brachte dich denn dazu, deine Liebe auf dieses höchste Gut zu richten?“

Dante erwiderte:

„Dazu haben mich zum einen philosophische Argumente bewogen, zum anderen die Autorität der göttlichen Offenbarung.

Wenn wir das Gute als solches erkennen“, erläuterte er, „werden wir von Liebe zu ihm ergriffen, und zwar von umso größerer, je vollkommener es ist. Nun ist das vortrefflichste aller Güter Gott. Er ist ein so unvergleichliches Gut, dass jedes andere Gut nichts ist als ein Widerschein seines Lichts. Wer diese Wahrheit erkennt, ist also gar nicht fähig, irgend etwas anderes mehr zu lieben als Gott.

Dass Gott dieses höchste Gut ist, wird zunächst durch philosophische Schriften belegt, in denen zu lesen ist, dass alle unsterblichen Geschöpfe vor allem nach ihm streben. Aber auch er selbst lehrt es mich, indem er zu Mose sagt: ‚Ich will dir alles zeigen, was Wert hat‘, und auch du, Johannes, tust das, indem du zu Beginn deiner Schriften so kraftvoll das Geheimnis der Himmel verkündest, noch kraftvoller als die anderen Evangelisten.“

Johannes fasste zusammen:

„Deine stärkste Liebeskraft richtet sich also deshalb auf Gott, weil dich der Verstand und die mit ihm im Einklang stehenden Autoritäten dazu veranlasst haben.

Aber gibt es nicht noch andere Gründe“, forschte er weiter, „aus denen du dich zu Gott hingezogen fühlst? Was lässt denn deine Liebe zur Leidenschaft werden, welche Stacheln sind es, die sie anspornen?“

Da begriff Dante, was für eine Art Bekenntnis Johannes, der adlergleiche, noch von ihm haben wollte, und begann von Neuem:

„Alles, wodurch das Herz nur zu Gott getrieben werden kann, hat an dieser Liebe Anteil: dass es die Welt gibt, dass es mich gibt, dass er um meines Lebens willen den Tod erlitten hat, dass ich wie jeder andere Gläubige auf das ewige Leben hoffen darf – all das hat, im Verein mit der vorhin erläuterten Erkenntnis, dass er das vollkommenste aller Güter ist, zusammengewirkt, um mich von der Begierde nach dem Falschen abzubringen und zur rechten Liebe hinzuführen. Auch meine Nächstenliebe entspringt dieser Gottesliebe, denn alles, was im großen Garten des ewigen Gärtners grünt und blüht, liebe ich umso mehr, je mehr von seiner Güte es in sich trägt.“

Da ertönte ein himmlischer Gesang, und auch Beatrice stimmte ein und rief mit den anderen:

„Heilig, heilig, heilig!“

Mit einem Mal konnte Dante wieder sehen. Wie ein heller Lichtstrahl einen Schlafenden wecken kann, wenn er dessen Lider durchdringt und seinen Gesichtssinn reizt – woraufhin der Erwachte noch nicht sofort bei vollem Bewusstsein ist und die Dinge um ihn herum so lange nicht recht einordnen kann, bis seine Urteilskraft ihm wieder zur Verfügung steht –, so wirkte nun der Glanz von Beatrices Blick, der noch auf tausend Meilen Entfernung wahrzunehmen gewesen wäre, derart auf Dantes Augen, dass er ihm nicht nur sein Sehvermögen wiedergab, sondern sich dieses sogar verstärkte und Dante zu seinem Erstaunen ein viertes Licht neben den drei Aposteln entdeckte, das er zuvor nicht wahrgenommen hatte. Er fragte seine Führerin, was es denn damit auf sich habe.

„In diesem Licht", antwortete Beatrice, „verbirgt sich die erste menschliche Seele, die Gott jemals geschaffen hat, und blickt in Liebe auf ihren Schöpfer."

Als Dante hörte, dass er vor dem Stammvater des Menschengeschlechts stand, war er so fassungslos, dass er zunächst für einen Augenblick in gebückter Haltung erstarrte, wie ein Baum, den der Sturm niederdrückt. Aber so wie sich der Baum aus eigener Kraft wieder aufrichten kann, so erhob sich auch Dante wieder, weil ihn mit großer Dringlichkeit das Bedürfnis überkam, mit Adam ins Gespräch zu kommen.

„Urvater", sprach er ihn an, „der du als einziger Mensch bereits als Mann zur Welt kamst und jeder Braut zugleich Vater und Schwiegervater bist! Ich bitte dich so ehrfürchtig wie ich nur kann, mir die Fragen zu beantworten, deren Klärung ich mir von dir erhoffe. Da du sie durch deine Gottesschau ohnehin kennst, spreche ich sie gar nicht erst aus, damit ich umso schneller in den Genuss deiner Antworten komme."

Adam freute sich, dem Gast einen Wunsch erfüllen zu können. Dante erkannte es am Aufstrahlen der Seele, das er durch die Lichthülle hindurch wahrnehmen konnte, so wie sich einem Beobachter die Gemütsverfassung eines Tieres mitunter auch dann offenbart, wenn es von einer Decke oder einem Sack eingehüllt ist, denn aus den Bewegungen der Umhüllung kann auf die des Tieres geschlossen werden.

„Auch wenn du deine Fragen nicht laut geäußert hast", bestätigte Adam zunächst, „erkenne ich sie doch besser als alles, was du je erkennst, auch wenn du es noch so unfehlbar wahrzunehmen meinst, denn sie erscheinen mir in jenem wahren Spiegel, der alle Dinge so wiedergibt, wie sie sind, seinerseits aber nirgends widergespiegelt wird.

Du hast vier Fragen auf dem Herzen", fuhr er dann fort. „Du möchtest zum einen wissen, vor wie vielen Jahren Gott mich erschaffen und in jenen Garten gesetzt hat, wo deine Begleiterin dich traf und für deinen Himmelsflug bereit machte, zum anderen, wie viel Zeit ich in diesem Garten verbracht habe, drittens, was der wahre Grund für Gottes großen Zorn war, und viertens, welche Sprache ich mir damals ausgedacht und gesprochen habe.

Nun denn, mein lieber Sohn: Der Grund für Gottes Zorn war nicht das Kosten vom Baum als solches. Gott hat mich vielmehr verstoßen, weil ich, indem ich das tat, die von ihm gezogene Grenze missachtet habe."

Dann kam Adam zu Dantes erster Frage, beantwortete sie aber nicht direkt. Er sagte:

„Ich habe während meines Erdenlebens neunhundertdreißig Mal die Sonne den Tierkreis durchlaufen sehen und mich dann nach meinem Tod viertausenddreihundertzwei Jahre im ersten Kreis der Hölle, wo deine Führerin Vergil um Hilfe für dich gebeten hat, nach dem Himmel gesehnt."

Damit ließ sich die gewünschte Zahl errechnen: Addierte man die beiden Zahlen, die Adam genannt hatte, so ergab sich, dass von seiner Erschaffung bis zu seiner Errettung aus der Vorhölle in der Nacht nach Christi Kreuzigung fünftausendzweihundertzweiunddreißig Jahre vergangen waren. Dante musste nun nur noch die tausendzweihundertsechsundsechzig Jahre hinzuzählen, die zwischen Christi Tod und der Gegenwart lagen, um zu erfahren, wie lange die Schöpfung schon bestand: seit nunmehr sechstausendvierhundertachtundneunzig Jahren.

„Was die Sprache betrifft, die ich gespochen habe", fuhr Adam dann fort, „so war sie schon längst erloschen, als man in Babel unter König Nimrod mit dem Bau des Turms begann, der nie vollendet werden konnte. Denn alles Streben der Menschen folgt den wechselnden Gestirnen und ist stetigem Wandel unterworfen, und so war nichts von Dauer, was sie je ersannen.

Die Fähigkeit zu sprechen ist dem Menschen von Natur aus mitgegeben, aber wie er es tut, überlässt die Natur seinem Belieben. Der Gottesname beispielsweise lautete zu meinen Lebzeiten ‚I', später aber wurde der, der das höchste Gut und die Quelle meines Glücks ist, ‚El' genannt. Derartige Sprachwandlungen sind unvermeidlich, denn die Gebräuche der Menschen sind wie die Blätter am Baum, die im Herbst welken und fallen, und im Frühjahr sprießt neues Laub hervor."

Und schließlich beantwortete Adam noch Dantes zweite Frage.

„Im irdischen Paradies, auf dem Gipfel des höchsten Berges der Welt", sagte er, „verbrachte ich, zunächst unschuldig, dann im Stand der Sünde, insgesamt sieben Stunden, von Tagesanbruch bis zur ersten Stunde nach Mittag."

27. Kapitel

Klage des Petrus über die Verderbtheit der Kirche – Dante blickt erneut zurück – Aufstieg zum Kristallhimmel

Als Adam geendet hatte, begannen alle Seligen miteinander das Lob Gottes zu singen:

„Ehre sei dem Vater und dem Sohn und dem Heiligen Geist!"

Die funkelnden Lichter mit ihrem himmlischen Gesang versetzten Dante in einen solchen Begeisterungstaumel, dass er den Eindruck berauscht wie ein Trunkener in sich aufnahm. Es schien ihm, als lache das ganze Universum. O Freude, dachte er, o unsagbarer Jubel! O unzerstörbares Leben in Liebe und Frieden! O sicherer Reichtum ohne Gier!

Vor ihm standen immer noch die gleißenden Lichter Adams und der drei Lieblingsjünger des Herrn. Mit einem Mal aber leuchtete das Licht des Petrus noch stärker auf und begann sich zu verfärben. Es wurde so rot, wie der weiße Jupiter werden würde, wenn er und der Mars Vögel wären und ihre Farben tauschten. Der Chor der Seelen hörte zu singen auf, so wie es die göttliche Vorsehung wollte, die das Tun und Lassen der seligen Schar lenkt, und Petrus sagte zu Dante:

„Wundere dich nicht, dass ich erröte. Auch all die anderen Seelen wirst du während meiner Rede die Farbe wechseln sehen. Denn ich beklage, dass der, der sich auf der Erde meinen Thron widerrechtlich angeeignet hat – meinen Thron, der damit vor Christi Angesicht vakant ist! –, aus Rom, der Stätte meines Grabes, eine stinkende, blutige

Kloake gemacht hat, zur Freude des Bösen da unten, des ersten der gefallenen Engel."

Und tatsächlich sah Dante, wie sich das Leuchten der ganzen Schar eintrübte und in ein Rot überging, wie man es an den Wolken am Morgen- oder Abendhimmel sehen kann, wenn die Strahlen der tiefstehenden Sonne auf sie treffen. Auch Beatrice verfärbte sich, so wie eine tugendhafte Frau, auch wenn sie selbst vor der Versuchung gefeit ist, schamrot wird, wenn sie von der Verfehlung einer anderen auch nur hört. So, dachte Dante, musste es gewesen sein, als sich beim Kreuzestod des Herrn der Himmel verfinstert hatte!

Petrus fuhr fort, und ebenso wie sich sein Äußeres verändert hatte, klang nun auch seine Stimme düsterer:

„Ich und meine frühen Nachfolger, Linus und Anaklet, Sixtus, Pius, Calixtus, Urban, wir alle haben nicht deshalb unter Tränen unser Blut für die Kirche, die Braut Christi, dahingegeben, damit man es dann zum Erwerb von Gold verwendet, sondern um des ewigen Lebens willen. Wir haben es uns nicht so vorgestellt, dass sich unsere Nachfolger einmal anmaßen würden, die Christen nach Parteizugehörigkeit in Auserwählte und Verdammte zu scheiden, oder dass sie einst unter dem Banner der Himmelsschlüssel, die mir der Herr anvertraut hat, gegen Mitchristen zu Felde ziehen würden! Oft werde ich glutrot und sprühe Funken vor Scham und Zorn, weil sie mein Bildnis päpstlichen Urkunden als Siegel aufdrücken, die den Empfängern gegen Geld irgendwelche Vergünstigungen zusichern. Räuberische Wölfe, als Hirten verkleidet, treiben auf den Weiden der Kirche ihr Unwesen, man sieht's von hier oben. O Gott, warum wehrst du ihnen nicht? Und die da aus der Gascogne und aus Cahors kommen werden, sind auch schon lüstern nach Gewinnen aus unserem Blut."

In der Tat sollten in den Jahren nach Dantes Jenseitsreise mit Clemens dem Fünften und Johannes dem Zweiundzwanzigsten, deren Namen wir in dieser Erzählung bereits begegnet sind, zwei Männer aus den genannten Gegenden Frankreichs das Papstamt bekommen und es in unheilvoller Weise ausüben.

„Wie erbärmlich und niedrig ist das geworden“, schloss Petrus, „was so groß und gut begann! Aber Hilfe ist nahe. Ich lese in Gottes Angesicht, dass die hohe Vorsehung, die seinerzeit Scipio gegen Hannibal beistand und so den Ruhm Roms wahrte, bald eingreifen wird.

Du aber, lieber Sohn, der du mit der Last deines sterblichen Leibes noch einmal hinunter auf die Erde musst, sollst dort verkünden, was du jetzt von mir gehört hast.“

Und damit flog die ganze Schar der Apostel und Seligen wieder zu höheren Himmeln empor. Es sah aus, als würden Schneeflocken, so wie sie bei uns auf die Erde hinabwirbeln, wenn die Sonne im Zeichen des Steinbocks steht, die entgegengesetzte Richtung einschlagen und emporstieben. Dante sah ihnen nach, bis sie so weit entfernt waren, dass sie seinem Blickfeld entschwanden.

Als er den Blick wieder von der Höhe gelöst hatte, sagte Beatrice:

„Nun schau hinab und sieh, wie weit du inzwischen mit dem Himmel gekreist bist!“

Seit Dante nach dem Erreichen des Fixsternhimmels das erste Mal hinabgeschaut hatte, waren sechs Stunden vergangen. In dieser Zeit war er mit dem Sternbild der Zwillinge auf der Himmelsbahn um einen Viertelkreis weiter nach Westen gerückt und war damit vom Meridian Jerusalems, dem Scheitelpunkt der nördlichen Erdhalbkugel, zu dem von Cadiz gelangt, dem westlichsten Punkt der bewohnten Welt an der Straße von Gibraltar.

Er schaute hinunter und sah tief unten auf der Erde westlich von Cadiz das Meer, auf dem Odysseus auf seiner tollkühnen Fahrt in unerforschtes Land unterwegs gewesen war. Im Osten reichte sein Blick bis zur phönizischen Küste in Nordafrika, von wo aus Jupiter in Gestalt eines Stieres die Jungfrau Europa entführt hatte, und hätte noch darüber hinaus gereicht, doch lag das weitere Land im Dunkeln, denn die Sonne unter Dante war mittlerweile um mehrere Tierkreiszeichen vorangeschritten.

Aber dann überkam das Verlangen, seiner Führerin wieder in die Augen zu schauen, stärker denn je Dantes Geist, der stets in Liebe auf sie gerichtet war, und er wandte den Blick wieder zu ihr. Da strahlte ihm ihre himmlische Schönheit so herrlich entgegen, dass aller menschliche Liebreiz, den Natur oder Kunst jemals geschaffen haben, um uns Augen und Sinn zu fesseln, im Vergleich mit ihr zu Nichts zusammengeschrumpft wäre, und die Kraft ihrer Augen hob ihn wiederum empor. Sie verließen das Sternbild der Zwillinge und damit den Fixsternhimmel und erreichten die neunte, höchste und schnellste der bewegten Sphären, den Kristallhimmel, das „Primum mobile".

Der Kristallhimmel folgt anderen Gesetzen als die acht vorigen. Er ist von höchster, lebendiger Kraft erfüllt, aber nicht durch Planeten oder Sterne gegliedert, sondern gleichförmig gestaltet, sodass Dante nicht zu sagen gewusst hätte, welche Stelle Beatrice für den Eintritt ausgesucht hatte. Sie sah aber, dass er gern genauer wissen wollte, was es mit dieser Himmelssphäre auf sich hatte, und so erläuterte sie es ihm. Mit einem so strahlenden Lächeln, als zeige sich die Freude Gottes selbst in ihrem Gesicht, begann sie:

„Hier nimmt das Weltgetriebe seinen Ausgang, und hier findet es sein Ziel. So wie dieser Himmel die acht unteren umschließt, mit denen er sich um die ruhende Erde dreht, so wird er seinerseits umschlossen von der lichten Wohnstätte dessen, der die Liebe ist. Wie das zugeht, weiß nur der, der alles umfasst.

Dieser Himmel ist an keinen Raum gebunden, sondern allein an den Geist Gottes, dessen Liebe ihn bewegt und dessen Kraft er nach unten weitergibt. Von hier geht alle Bewegung aus, aus dem Kreisen dieser Sphäre ergibt sich das der unteren Himmel wie die Zehn aus der Fünf und der Zwei. Du verstehst: Zwar messen die Menschen die Zeit nach dem Gang der Gestirne, aber die Stätte, wo sich dieses Maß bestimmt, ist hier. Hier hat die Zeit ihre Wurzeln, in den unteren Himmeln treibt sie ihre Blüten."

Dann brach auch sie in eine Klage über die Verderbtheit der Menschen aus.

„Dass sich doch die Sterblichen", sagte sie, „so tief in den Sumpf der Habgier eintauchen lassen, dass niemand die Kraft aufbringt, sich wieder daraus zu erheben! Auch wenn der Wille zum Guten in den Menschen angelegt ist – inmitten des allgemeinen Elends kann er sich nicht entfalten, so wie ständiger Regen die Frucht verfaulen lässt.

Nur bei kleinen Kindern findet sich noch Treue und Unschuld, aber noch ehe ihnen die ersten Barthaare wachsen, sind auch sie verdorben. Solange die Kinder lallen, fasten sie noch und hängen in gehorsamer Liebe an ihren Müttern, aber sobald sie richtig reden können, stopfen sie zu jeder Jahreszeit alles nur irgend Essbare in sich hinein und wünschen der Mutter den Tod. So entwickeln sich der Einzelne und die Menschheit zum Schlechteren hin. Aber wenn du bedenkst, dass es keinen irdischen Weltherrscher mehr gibt, der die Zügel in der Hand hielte, kannst du dich nicht wundern, dass die Menschen den rechten Weg verlassen haben. Weiße Haut wird ja auch dunkler, wenn man sie schutzlos dem Sonnenlicht aussetzt.

Doch die hohen Himmel werden die langersehnte Schicksalswende bringen, und zwar nicht erst dann, wenn sich die Jahreszeiten wegen eurer unvollkommenen Zeitrechnung, die das Jahr gegenüber dem wirklichen Sonnenumlauf um zwölf Minuten verkürzt, so verschoben haben, dass der Januar in den Frühling fällt! Nein, schon eher wird die Menschheit das Steuer herumreißen, und sie wird umkehren und gute Frucht bringen."

28. Kapitel

Erscheinung der um Gott kreisenden Engelschöre – Die Hierarchien der Engel

Man stelle sich einen Menschen vor, der ohne sein Wissen von hinten angeleuchtet wird und plötzlich vor sich im Spiegel das Bild eines flackernden Leuchters sieht, dessen Original er noch gar nicht wahrgenommen hatte. Dieser Mensch wird sich umdrehen, um zu prüfen, ob der Spiegel ihn nicht täuscht, und wird sehen, dass das Abbild zum Urbild passt wie der Rhythmus zur Melodie.

So, erinnert sich Dante in seiner Erzählung, erging es auch ihm: Als seine Führerin mit ihrer Klage über den erbarmungswürdigen Zustand der Menschheit zu Ende gekommen war, sah er mit einem Mal in ihren schönen Augen, die ihn seinerzeit so in Liebe verstrickt hatten, eine gleißende Lichterscheinung. Er wandte sich um, und vor seinem Blick tat sich jenes Bild auf, das man dort oben immer sieht, wenn man richtig schaut, und das sich in Beatrices Augen gespiegelt hatte.

Er sah einen Punkt, der sandte ein so unvergleichlich durchdringendes Licht aus, dass er gezwungen war, die Augen zu schließen, sonst wären sie in Brand geraten. Der Punkt war ohne jede Ausdehnung; jeder noch so kleine Stern, den wir von der Erde aus am Himmel sehen, wäre im Vergleich mit ihm voll wie der Mond gewesen. Um diesen Punkt aber drehten sich neun Feuerkreise, konzentrisch angeordnet, sodass ihr Umfang nach außen hin immer weiter zunahm. Die Bahn des innersten von ihnen verlief sehr eng um den Punkt herum – etwa so eng wie ein Lichthof, wenn der ihn bildende Dunst besonders dicht ist, den Mond umschließt, von dem er sein Licht empfängt – und drehte sich noch schneller als der Kristallhimmel, der doch der schnellste aller Himmel ist. Nach außen hin nahm die Geschwindigkeit der neun Flammenkreise ab, sodass der äußerste zugleich der langsamste war. Der innerste Kreis hatte nicht nur die höchste Geschwindigkeit, sondern auch die größte Strahlkraft von allen; offenbar durchdrang die Klarheit des reinen Lichtpunkts in der Mitte ihn am intensivsten. Was den Umfang der Kreise betrifft, so hätte bereits den siebenten von ihnen ein zum vollständigen Kreis erweiterter Regenbogen nicht mehr umschließen können.

Dante verlangte brennend danach zu erfahren, was es mit dieser Lichterscheinung auf sich habe, und ohne dass es eines Wortes von ihm bedurft hätte, erklärte Beatrice es ihm.

„Von diesem Punkt“, sagte sie, „hängt der ganze Himmel ab und die gesamte Natur. Sieh auf den innersten der neun Kreise! Er dreht sich deshalb schneller als alle anderen, weil ihn noch höhere Liebesglut treibt als sie.“

Da begriff Dante: In jenem einzigartig hellen Punkt war ihm das Licht Gottes selbst erschienen, flammend umkreist von den neun Hierarchien der Engel. Ihm war klar, dass jede dieser neun Hierarchien einem der neun Himmelskreise zugeordnet ist. Aber damit tat sich ihm auch ein neues Problem auf, und so sagte er:

„Wenn die Ordnung der neun Himmelssphären, die wir inzwischen durchlaufen haben, dem gleichen Prinzip folgen würde, das diese neun Engelskreise hier vorgeben, würde mich deine Erklärung zufriedenstellen. Offensichtlich ist es hier aber genau umgekehrt wie bei den Himmeln. Denn die Himmel kommen, je weiter vom Mittelpunkt entfernt und je größer sie sind, Gott immer näher und drehen sich immer schneller, während bei diesen Feuerkreisen hier der äußerste und größte zugleich der langsamste und von Gott am weitesten entfernte ist. Wenn ich also verstehen soll, was es mit diesem wundersamen, nur von Licht und Liebe begrenzten Engelswesen auf sich hat, so musst du mir erklären, warum das Abbild sich anders verhält als das Vorbild. Ohne deine Hilfe zerbreche ich mir darüber vergebens den Kopf."

„Es ist kein Wunder, dass du das nicht allein herausbekommst", erwiderte Beatrice. „Vor dir hat noch keiner versucht, diese Frage zu beantworten, und ein Knoten, den niemand zu lösen versucht, zieht sich eben immer fester zusammen. Also hör zu und wende all deinen Scharfsinn auf, um mich zu verstehen.

Bei den Himmelssphären ist es in der Tat so, dass sich ihre Größe nach dem Maß an Kraft richtet, das sich auf sie verteilt. Bei gleicher Vollkommenheit ihrer Bestandteile enthalten die größeren Himmel also auch größeres Gut, mit dem sie dann umso stärker in wohltätiger Weise auf die Menschen einwirken können. Da diese Sphäre hier die größte von allen ist, ist sie daher auch die an Himmelsgut und Kraft reichste und entspricht damit demjenigen Engelskreis, der am meisten Liebe und Weisheit hat.

Nun wundert es dich, dass dieser liebe- und weisheitsreichste Engelskreis gerade nicht der größte, sondern im Gegenteil der kleinste der neun Kreise zu sein scheint. Bedenke aber den Unterschied zwischen der gegenständlichen und der geistigen Welt! Da die Engel körperlose Intelligenzen, Geistwesen sind, ist das Maß an Kraft, das ihnen zu eigen ist, völlig unabhängig vom materiellen Umfang der Flammenkreise, in denen sie dir hier erscheinen. Richte dein Augenmerk also nicht auf ihre äußere Erscheinung, sondern nur auf die Kraft, die ihnen innewohnt, dann verliert der scheinbare Widerspruch seine Bedeutung, und die Zuordnung der Himmel zu den Engelschören erweist sich als vollkommen: Der neunte, größte Himmel entspricht dem kraftvollsten Engelschor, der Fixsternhimmel dem zweiten und so fort, bis hin zum Mondhimmel, der dem neunten, hier am weitesten außen erscheinenden Engelskreis zugewiesen ist."

Beatrices klare Antwort vertrieb in Dante die Wolken des Zweifels, so wie der Nordwind, wenn er milder bläst, Nebel und Wolken vertreibt und dafür sorgt, dass das Himmelsrund sich aufklärt, und wie sich dann am gereinigten Himmel wohl ein Stern auftut, so enthüllte sich vor seinen Augen die Wahrheit.

Als Beatrice aber zu Ende gesprochen hatte, begannen sich aus den Flammenkreisen unzählige Funken zu lösen, die sprühten wie glühendes Eisen. Die Funken strahlten jeweils in der gleichen Art wie die Kreise, denen sie entstammten, und ihre Zahl war unvorstellbar groß, größer als die Zahl, die man erhielte, wenn man auf den vierundsechzig Feldern eines Schachbretts, mit der Eins beginnend und von Feld zu Feld fortschreitend, die jeweils erreichte Zahl verdoppeln würde. Dante hörte sie alle Hosianna singen, und der Gesang pflanzte sich fort von Chor zu Chor und stieg auf zu jenem festen Punkt, der ihnen von Anfang an und für alle Zeiten ihren Platz im Universum zugewiesen hat.

Nun gab es bei den Theologen damals unterschiedliche Meinungen über die genaue Rangordnung der himmlischen Intelligenzen, und Dante überlegte, wie es sich wohl wirklich damit verhalten mochte. Beatrice sah auch das und begann ihm diese Frage wie folgt zu beantworten:

„Der ranghöchste Chor sind die Seraphim, ihnen folgen im zweiten Kreis die Cherubim. Diese beiden Ordnungen sind dem Punkt in der Mitte am nächsten, weil sie ihm dank der Intensität ihrer Gottesschau am ähnlichsten sind, so sehr, wie es geschaffenen Wesen nur möglich ist.

Seraphim und Cherubim bilden zusammen mit den Engeln des dritten Kreises, die ‚Throne' heißen vor dem Angesicht Gottes, die erste Dreiheit der Engelshierarchien. Ihr Glück besteht darin, so tief wie möglich in die Schau der göttlichen Wahrheit einzudringen, in der jeder Geist seinen Frieden findet.

Daraus kannst du übrigens ersehen", schob sie ein, „dass die Gottesschau als Voraussetzung für die Seligkeit noch vor der Liebe zu Gott rangiert, denn die Liebe ist erst eine Folge der Schau. Zu welcher Tiefe diese Schau vordringt, hängt wiederum davon ab, welches Maß an Verdienst man sich durch Gottes Gnade und den eigenen guten Willen erworben hat. So folgt eins aus dem anderen.

Der nächste Zweig, der in diesem von keinem Herbst entlaubten ewigen Frühling sprosst", fuhr sie dann fort, „wird von den drei Ordnungen der ‚Herrschaften', ‚Kräfte' und ‚Gewalten' gebildet. Jeder dieser drei Chöre singt sein ewiges Hosianna auf eine jeweils eigene Melodie, die sich mit den beiden anderen in jubelnder Dreistimmigkeit zu vollkommener Harmonie zusammenfindet.

Der drittletzte Chor heißt ‚Fürstentümer', ihnen folgen die Erzengel und schließlich alle übrigen Engel in ihrem ewigen Spiel zu Gottes Ehre.

Alle neun Chöre schauen anbetend empor und reißen die unter ihnen befindlichen mit sich, sodass sie alle geben und empfangen, ziehen und zugleich gezogen werden, hin zu Gott."

Nachdem Beatrice Dante so die Rangordnung der Engel erläutert und dabei noch einige Erklärungen über ihr Wesen und Tun eingeflochten hatte, schloss sie noch ein paar Worte über zwei wichtige Gelehrte an, die sich mit diesem Thema befasst hatten, nämlich Dionysius Areopagita, dessen Lichtseele Dante im Sonnenhimmel gesehen hatte, und Papst Gregor den Großen.

„Dionysius", sagte sie, „hat sich mit so leidenschaftlichem Erkenntnisdrang der Betrachtung der Engelshierarchien hingegeben, dass er ihre Namen und ihre Reihenfolge richtig bezeichnen konnte, nämlich genau so, wie du es jetzt von mir gehört hast. Gregor meinte später, diese Reihenfolge sei nicht ganz korrekt, und glaubte deshalb, die Lehre des Dionysius etwas abändern zu sollen. Als er aber dann nach dem Ende seines irdischen Lebens in diesen Himmel hier kam und sich umschaute, musste er über sich selbst lachen.

Wundere dich übrigens nicht", fügte sie dann noch hinzu, „dass ein sterblicher Mensch fähig gewesen sein soll, das Geheimnis der Engelshierarchien zu lüften, sodass er es auf der Erde verkünden konnte! Vielmehr hatte Dionysius die Kenntnisse darüber von seinem Lehrer, dem Apostel Paulus. Der durfte ja zu Lebzeiten ins Paradies reisen, und was er dort gesehen hat, hat er dann seinem Schüler erzählt."

29. Kapitel

Mehr von den Engeln – Über die Erschaffung der Welt – Scheltrede Beatrices gegen Philosophen und Theologen

Wenn sich die Sonne im Zeichen des Widders befindet und der Vollmond in dem der Waage, sie einander am Himmel also genau gegenüberstehen und jeweils nur halb zu sehen sind, weil der eine Himmelskörper im Aufgehen begriffen ist, der andere aber im Untergehen, braucht es nur wenige Augenblicke, bis sich das Gleichgewicht verschiebt und jener voll sichtbar, dieser aber gänzlich verschwunden ist. Ebenso lange nur dauerte es, bis Beatrice, die nach dem Ende ihrer Rede kurz innegehalten und mit leuchtenden Augen lächelnd jenen Punkt fixiert hatte, von dem Dante so geblendet worden war, erneut zu sprechen begann, und zwar wie folgt.

„Ohne dich erst fragen zu müssen, weiß ich, was du sonst noch von mir wissen willst, denn ich sehe es in dem Punkt, in dem alles Wo und Wann zusammenfinden.

Als der ewige Gott die Engel ins Leben rief, außerhalb von Zeit und Raum, tat er dies nicht, um zu sich selbst zusätzliches Gut hinzuzugewinnen. Das wäre auch gar nicht möglich gewesen, da er bereits vollkommen war und ist. Vielmehr wollte er, dass der Glanz seiner Liebe von sich selbst Zeugnis ablegen möge, und so schuf er ihm einen Widerschein in neuen liebenden Wesen. Man kann nicht sagen, dass er ‚davor' untätig gewesen wäre, entstand doch die Zeit, wie der Raum, erst mit der Schöpfung. Es ist aber auch nicht so, dass er Himmel und Erde erst nach den Engeln gemacht hätte. Vielmehr trat die Welt mit einem Mal aus Gottes liebender Kraft ins Sein, ohne zeitliche Abfolge, so wie ein Lichtstrahl, der auf Glas, Bernstein oder Kristall trifft, nicht erst eine gewisse Zeit braucht, bis er dort zu strahlen beginnt, sondern dies bereits im gleichen Augenblick tut, in dem er auftrifft. Aus diesem Schöpfungsakt ging, vollkommen makellos, dreierlei hervor, wie drei Pfeile aus einem dreisehnigen Bogen: die Form, die Materie und die Verbindung von beidem.

Das Gesamtgefüge bekam Ordnung und Struktur; jedem Bestandteil wurde eine bestimmte Stellung in der Schöpfung zugewiesen. Den höchsten Rang erhielten dabei diejenigen Geschöpfe, die zu reinem Wirken erschaffen worden waren, nämlich die Geistwesen, die Engel. Die rein materielle Welt, die ausschließlich Empfänger solcher Wirkungen sein sollte, wurde unten angesiedelt. Die Zwischenposition in diesem unauflöslichen Komplex wurde den Himmeln zugeteilt, die Einflüsse sowohl von oben erhalten als auch nach unten weitergeben.

Nun widerspricht das der Lehre des Kirchenvaters Hieronymus, der ja meinte, Gott habe die Engel bereits viele Jahrhunderte vor der übrigen Welt geschaffen. Wenn du aber die von Gottes Geist inspirierte heilige Schrift aufmerksam liest, wirst du an mehreren Stellen bestätigt finden, dass es sich in Wahrheit so verhält, wie ich es dir eben dargelegt habe, etwa gleich zu Beginn, wo es heißt, Gott habe ‚im Anfang' Himmel und Erde geschaffen. Auch mit dem Verstand kann man bis zu einem gewissen Grade nachvollziehen, dass zwischen der Erschaffung der Engel und der der anderen Dinge kein derart langer Zeitraum gelegen haben kann, denn es ist ja die Aufgabe der Engel, die Himmel zu bewegen, und es wäre nicht einzusehen, warum Gott sie längere Zeit ohne diese Funktion gelassen haben sollte, die ihrer Existenz erst Sinn und Vollkommenheit verleiht.

Jetzt weißt du", schloss Beatrice diesen Punkt ab, „wo, wann und wie Gott die Engel geschaffen hat, sodass drei deiner Fragen schon einmal beantwortet wären."

Dann ging sie auf eine weitere Frage ein, von der sie wusste, dass sie Dante beschäftigte, nämlich die, wieviel Zeit wohl von der Erschaffung der Engel bis zur Empörung einiger von ihnen gegen ihren Schöpfer verstrichen sein mochte.

„Man kann nicht so schnell bis zwanzig zählen", sagte sie, „wie es dauerte, bis ein Teil der Engel gegen Gott aufbegehrte, woraufhin die Aufrührer aus dem Himmel verbannt wurden und durch ihren Sturz die Erde zum Erzittern brachten. Die Ursache dieses Abfalls war der verfluchte Hochmut dessen, den du da unten, wo die Schwerkraft der Erde am stärksten ist, hast festsitzen sehen.

Die Engel aber, die du hier siehst, blieben treu und begannen alsbald mit ihrem Kreisen und ihrer Gottesschau, was sie so selig macht, dass sie nie davon ablassen. Sie waren so demütig zu erkennen, dass sie ihr Dasein der Güte Gottes zu verdanken haben. Sie verdanken ihm aber auch, dass sie zur Aufnahme dieser Erkenntnis überhaupt bereit waren. So wirkten Gottes lichtbringende Gnade und ihr eigenes Verdienst auch fortan zusammen, ihre Fähigkeit zur Gottesschau steigerte sich, und ihr Wille wurde fest und vollkommen. Daran siehst du – zweifle nicht daran! –, dass Gottes Gnade zu empfangen ein Verdienst darstellt, und zwar insoweit sich das Gemüt dieser Gnade öffnet.

Wenn du dir das alles gut merkst, wirst du durch eigenes Nachdenken, ohne fremde Hilfe, noch mehr über die Engel herausfinden können.

Ich will dir aber noch", fuhr sie dann fort, „zu einem Punkt etwas Klärendes sagen, über den auf der Erde Verwirrung verbreitet wird. In euren Hochschulen lehren sie bei ihren Vorlesungen, die Engel besäßen neben Verstand und Willen auch Gedächtnis. Diese Behauptung verfälscht die Wahrheit! Wie ich schon sagte, sind die Engel derart selig, Gottes Angesicht schauen zu können, dass sie diese Schau seit ihrer Erschaffung niemals unterbrochen haben. Da sie sich aber nie irgendeinem anderen Gegenstand zugewendet haben und in Gottes Angesicht alles sehen, was je geschah, geschieht und geschehen wird, brauchen sie die Fähigkeit gar nicht, sich an etwas Besonderes zu erinnern. Wer also lehrt, die Engel hätten ein dem menschlichen Gedächtnis vergleichbares Erinnerungsvermögen, der träumt mit offenen Augen, ob er nun selbst daran glaubt oder nicht – wobei es natürlich noch schlimmer ist, eine falsche Lehre wider besseres Wissen zu verbreiten, als es aus purer Unwissenheit zu tun. Euer Philosophieren folgt eben keinem geraden Weg! Die Sucht nach dem äußeren Schein lenkt euch ab.

Noch schlimmer findet man es hier im Himmel aber, wenn da unten die heilige Schrift nicht richtig gewürdigt oder ihr Sinn verfälscht wird. Die Leute bedenken nicht, wieviel Blut ihre Verbreitung gekostet hat und wie sehr es Gott gefällt, wenn man in Demut an ihr festhält! Alle wollen nur mit ihrem eigenen Scharfsinn und mit neuen Ideen glänzen, darüber predigen sie dann in aller Breite, und vom Evangelium ist nicht die Rede. Da gibt es zum Beispiel Theologen, die behaupten, die Finsternis, die beim Tode Christi über die ganze Erde kam, sei daher gekommen, dass der Mond auf seiner Bahn zurückgelaufen sei und sich zwischen Erde und Sonne geschoben habe, sodass das Sonnenlicht die Erde nicht mehr habe erreichen können. Sie lügen! In Wirklichkeit hat die Sonne damals von selbst ihre Strahlen zurückgezogen. Andernfalls hätte die Finsternis ja auch örtlich begrenzt bleiben müssen und nicht neben Judäa auch Spanien oder Indien erfassen können.

Aber solche Märchen werden jahraus jahrein überall von den Kanzeln herab erzählt, mehr als in Florenz Leute mit Allerweltsnamen wie Lapi oder Bindi herumlaufen, sodass die einfältigen Schäfchen, wenn sie von der Weide heimkommen, nichts als heiße Luft im Magen haben – wobei es keine Entschuldigung für sie ist, dass sie das Übel gar nicht merken. Christus hat seinen Jüngern nicht aufgetragen: ‚Gehet hin in alle Welt und predigt dummes Zeug!‘, sondern er hat das Fundament der Wahrheit in sie gelegt, und nur die haben sie weiterverbreitet, wobei ihnen das Evangelium im Glaubenskampf als Schild und Schwert diente. Heute dagegen pflegt man allerlei Witzchen und Pointen in die Predigten einzustreuen; wenn dann alles lacht, schwillt dem Prediger die Kapuze vor Eitelkeit, und alle sind zufrieden. Aber die Leute sehen nicht, was für ein böser schwarzer Vogel im Zipfel der Kapuze nistet! So durchschauen sie auch nicht, wie wenig ihnen ein solcher Gottesdienst fürs Seelenheil nützt. Die Dummheit hat sich da unten so weit ausgebreitet, dass die Leute, ohne erst groß Zeugnis und Beweis zu fordern, jedem Versprechen hinterherlaufen. Das Schwein, in dessen Gestalt der Versucher zum heiligen Antonius kam, wird dadurch immer fetter. Und viele Mönche und Kirchenleute sind noch größere Schweine, sie mästen sich auf Kosten der anderen und werfen dem Volk wertlose Münzen dafür hin.

Aber wir sind gründlich abgeschweift! Nun konzentriere dich noch einmal auf unser Thema, damit wir es in Kürze abschließend behandeln und dann unsere letzte Wegstrecke in Angriff nehmen können.

Was die Zahl der Engel betrifft, so nimmt sie nach oben hin stufenweise zu und steigert sich zu einer derartigen Menge, dass es jede menschliche Vorstellungskraft übersteigt. Ihre Gesamtzahl ist so groß, dass es in keiner Sprache ein Wort dafür gibt. Dennoch handelt es sich durchaus um eine bestimmte, feste Zahl; es sind also nicht unendlich viele. Der Prophet Daniel hat das in seiner Himmelsvision durch die Formulierung ausgedrückt, er habe ‚tausendmal Tausende' von Engeln gesehen, die Gott gedient, und ‚zehntausendmal Zehntausende', die vor ihm gestanden hätten.

Jeder Engel nimmt das Licht Gottes, das sie alle bescheint, auf seine eigene Art auf", schloss Beatrice, „und in ebenso vielfältiger Weise empfinden sie das Glück und die Wärme der Liebe zu ihm, denn wie wir gesehen haben, ruft Gottesschau Liebe hervor. Du siehst daraus, wie erhaben und groß die ewige Kraft Gottes ist! Obwohl sie sich so viele Spiegel erschaffen hat, in denen sie sich bricht und in die sie sich zerteilt, bleibt sie dennoch eins in sich selbst wie vor aller Zeit."

30. Kapitel

Beatrices Verklärung – Im Empyreum – Die Himmelsrose – Der Sitz Kaiser Heinrichs des Siebenten bei den Seligen

Kurz vor Sonnenaufgang, wenn die Erde ihren Schatten fast waagerecht nach Westen wirft und allmählich die Morgenröte aufsteigt, wohl sechstausend Meilen entfernt von der Stelle, wo bereits die Mittagssonne scheint, kann man beobachten, wie das Licht der Sterne am hohen Himmel verbleicht und sie einer nach dem anderen am Firmament erlöschen, der schönste und hellste zuletzt.

So etwa war es, als nun die lichten Engelscharen Dantes Blick nach und nach entschwanden. Unentwegt kreisten sie dabei um den durchdringend hellen Punkt, vor dessen Licht Dante die Augen hatte schließen müssen, wobei es ihm schien, als umschlösse in Wahrheit dieser Punkt seinerseits die Engel. Endlich war von der ganzen Erscheinung nichts mehr zu sehen, und Dante wandte sich wieder zu Beatrice, dem Drang seines Herzens folgend.

Was er da aber zu Gesicht bekam, überwältigte ihn derart, dass, selbst wenn man alles in einem einzigen Lob bündeln würde, was bisher in dieser Erzählung über Beatrices Erscheinung gesagt wurde, dies zur Beschreibung nicht mehr ausreichen würde. Ihre Schönheit überstieg nunmehr jedes menschliche Maß; Dante war sich sicher, dass überhaupt nur noch der Schöpfer in der Lage sei, sie in ihrer ganzen Fülle zu würdigen. So erklärte er, als er mit seiner Erzählung an dieser Stelle angekommen war, dass er nun klein beigeben müsse, denn der Aufgabe, das zu beschreiben, was er da gesehen habe, sei er nicht mehr gewachsen. Wie die Sonne dem Auge das Sehvermögen raube, so raube schon die Erinnerung an Beatrices hinreißendes Lächeln ihm seine geistigen Fähigkeiten. Seit er die Geliebte als Kind zum ersten Mal gesehen habe, sei er stets in der Lage gewesen, ihr Lob zu singen, nun aber habe er seine Grenze erreicht und könne sie nicht mehr im Gedicht verherrlichen – wie denn kein Künstler je die letzte Vollendung erreiche. Doch habe keinen Autor, gleich ob einer Komödie oder einer Tragödie, jemals ein derart schwieriges Thema zum Aufgeben gezwungen! Er lasse es dahingestellt sein, ob dereinst ein Größerer fortfahren werde, von Beatrices Herrlichkeit zu künden, er seinerseits müsse nun jedenfalls seine schwere Aufgabe zu Ende führen.

Mit der Miene und der Stimme eines erfahrenen Führers nahm Beatrice von neuem das Wort und sagte:

„Wir haben den Kristallhimmel verlassen und das Empyreum erreicht, jene Stätte, die pures Licht ist, geistiges Licht, die voller Liebe ist, Liebe zum wahren Gut, und voller Freude, einer Freude, die höher ist als jedes andere Glück. Du wirst hier die beiden Scharen des Paradieses sehen, die Engel und die Seligen, und diese wirst du bereits heute in ihrer menschlichen Gestalt schauen, in die sie leiblich erst beim Jüngsten Gericht wieder gekleidet sein werden."

Der Glanz des Empyreums blendete Dante derart, dass er zunächst einmal gar nichts mehr sehen konnte, ähnlich wie ein jäher Blitz das Auge seines Sehvermögens beraubt, sodass es auch sehr starkes Leuchten eine Zeitlang nicht mehr wahrnehmen kann. Beatrice erklärte ihm dazu:

„Die göttliche Liebe, die diesem Himmel Ruhe verleiht, heißt jeden Ankömmling auf diese Weise willkommen, um ihn für das zu stärken, was ihn hier erwartet."

Beatrice hatte diese wenigen Worte kaum beendet, als Dante merkte, dass ihm seine Sehkraft bereits wieder zuwuchs und sich dabei weit über das dem Menschen sonst zugemessene Maß hinaus steigerte, sodass er sich in die Lage versetzt sah, jedes noch so helle Licht ohne Schaden für seine Augen zu ertragen. Er sah einen Fluss, der jedoch nicht aus Wasser, sondern ganz aus Licht bestand und in rötlichem Glanz leuchtete. An beiden Ufern war er mit wundervollen Frühlingsblumen geschmückt. Aus ihm sprühten unentwegt lebendige Funken hervor, die gingen überall auf die Blumen nieder, sodass es glänzte wie von in Gold gefassten Rubinen. Dann, wie trunken vom Blütenduft, tauchten die Funken wieder zurück in den Lichtstrom, und andere kamen dafür heraus, um die Blumen zu schmücken.

„Dein dringender Wunsch zu erfahren, was es mit diesen Erscheinungen auf sich hat", sagte Beatrice, „freut mich um so mehr, je brennender er wird. Aber ehe er dir erfüllt wird, musst du noch von diesem Strom trinken. Denn in dem, was du jetzt siehst, in diesem Fluss, den hin- und hersprühenden Funken und den lachenden Blumen, verhüllt sich das Wesen dieser Erscheinungen erst noch schattenhaft, es ist nur ein Vorbote dessen, was sie wirklich sind. Nicht, dass sie selbst noch unvollkommen wären! Die Unvollkommenheit liegt vielmehr auf deiner Seite. Deine Sehkraft ist noch nicht stark genug, um die wahre Gestalt dieser Dinge zu schauen."

Da beugte sich Dante, schneller als ein Säugling nach ungewohnt spätem Erwachen zur Mutterbrust drängt, hinunter zu dem Strom, um sein Sehvermögen zu stärken. Das Licht hatte kaum seine Wimpern erreicht, als es ihm schien, als ob der Fluss seine Form verändere und kreisförmig werde, und dann, wie wenn maskierte Menschen sich ihrer Verkleidung entledigen, verwandelten sich die Blumen und die Funken vor seinen Augen in noch Herrlicheres, sodass er nun unverhüllt die beiden Heerscharen des Paradieses sah.

Als Dante mit seiner Erzählung bis hierhin gekommen war, rief er Gott um Hilfe an:

„O göttliches Licht, das du mich das Siegesfest des Himmelreichs hast schauen lassen, nun schenke mir die Kraft zu sagen, was ich sah!"

In dem Lichtkreis, den er nun erkannt hatte, so beginnt er seine Beschreibung, wird der Schöpfer für diejenigen seiner Geschöpfe sichtbar, deren Glück darin besteht, ihn zu schauen. Das geschieht dergestalt, dass die Strahlen des göttlichen Lichts aus der Höhe auf die Oberfläche des Kristallhimmels treffen – wobei dieser seinerseits auf diese Weise seine Lebens- und Wirkungskraft erhält – und von dort zum Empyreum zurückgeworfen werden. Das so gespiegelte Licht dehnt sich dort in ebenjene kreisförmige Figur aus, in die sich der Lichtstrom vor Dantes Augen verwandelt hatte. Sie allein ist bereits umfangreicher als der Sonnenhimmel.

Um diesen Innenkreis herum aber breitete sich ringsum nach oben hin, wie eine riesige Rose sich entfaltet, auf über tausend amphitheatralisch aufsteigenden Stufen die Versammlung der Seligen aus, die nach ihrem irdischen Leben ins Paradies heimgekehrt waren und nun hier im Rund saßen. Sie spiegelten sich alle im Licht der Stufen, so wie sich an einer üppig blühenden Uferböschung, als habe der Abhang Freude daran, seine eigene Pracht zu sehen, das Gras und die Blumen im Wasser spiegeln. Wenn schon hier unten, dachte Dante, das Licht von derartiger Fülle ist, wie muss es dann erst auf den höchsten Rängen sein! Und alle ließen sie ihr Lob der Gnadensonne zuströmen, die ewig ist.

Wie er sich weiter umsah, verlor sich Dantes Blick aber nicht in der Weite und Höhe dieser Himmelsrose, vielmehr sah er sich in der Lage, Maß und Beschaffenheit der ganzen himmlischen Seligkeit genau zu erfassen. Weiter entfernt Befindliches nahm er mit der gleichen Deutlichkeit wahr wie die Dinge, die sich in seiner Nähe befanden, denn da, wo Gott seine unmittelbare Herrschaft ausübt, sind die Naturgesetze außer Kraft gesetzt.

Er hätte gern etwas zu seiner Führerin gesagt, tat es aber nicht. Doch Beatrice zog ihrerseits ihren Schützling in den Lichtkreis in der Mitte.

„Sieh nur", sagte sie, „wie groß die Menge der Seligen ist in ihren weißen Kleidern! Sieh, wie weit der Kreis der himmlischen Stadt ist und wie voll besetzt die Stufen schon sind! Nur wenige Auserwählte fehlen noch, um ihre Zahl zu erfüllen.

Der große Sessel, den du dort siehst, der, auf dem bereits eine Krone liegt, ist für den erhabenen Heinrich bestimmt, der Italien zu retten versuchen wird, ehe es dazu bereit ist. Noch bevor du selbst in diesen Kreis aufgenommen wirst, wird er dort Platz nehmen."

Damit prophezeite Beatrice die Regierung des Kaisers Heinrich des Siebenten, von dem schon in dem Gespräch zwischen Dante und seinem Ahnherrn Cacciaguida im Marshimmel die Rede gewesen war, und seine Aufnahme ins Paradies nach seinem Tod. Heinrich, aus Deutschland kommend, sollte im elften Jahr nach Dantes Jenseitsreise nach Italien ziehen, als erster Herrscher seit dem Tod Friedrichs des Zweiten sechs Jahrzehnte zuvor wieder die Kaiserwürde beanspruchen und zur Hoffnung der Menschen werden, die unter den elenden Zuständen im Land und den Machtanmaßungen der Franzosen und der Kirche litten. Doch würde der dann regierende Papst Clemens der Fünfte ihm zahlreiche Steine in den Weg legen, Heinrichs Unternehmungen würde kein Erfolg beschieden sein, und wenige Wochen nach der Kaiserkrönung, im dritten Jahr nach dem Beginn seines Italienzugs, würde eine Krankheit den jungen Kaiser dahinraffen.

„Verblendet von Habgier", fuhr Beatrice fort, „werdet ihr sein wie ein trotziges Kind, das lieber Hungers stirbt, als an der Brust zu trinken, die die Amme ihm darbietet. Und der dann auf dem Stuhl Petri sitzen wird, wird Heinrichs Pläne und Taten teils offen bekämpfen, teils heimlich hintertreiben. Aber Gott wird ihn nach dem Tod des Kaisers nicht mehr lange in dem heiligen Amt dulden. Dann wird er dahin müssen, wo mit dem Zauberer Simon Magus die bestraft werden, die kirchliche Ämter gegen Geld verschachern, und wird den, der zuletzt dorthin gekommen sein wird, den jetzigen Papst Bonifaz, noch weiter nach unten stoßen."

31. Kapitel

Die Engel über der Himmelsrose – Bernhard von Clairvaux – Dantes Dankgebet an Beatrice – Maria im Glorienschein

Wie eine riesengroße weiße Rose bot sich also die Schar der zur Seligkeit erwählten Seelen, die Christus durch sein Blut erlöst und zu seiner Braut gemacht hat, Dantes Blick dar. Zwischen dem Sitz Gottes in der höchsten Höhe und der Himmelsrose aber flogen unentwegt die hin und her, die die andere Schar des Paradieses bilden, die Engel, die stets in Liebe auf die Herrlichkeit ihres Schöpfers schauen und seine Güte besingen. Ihre Gesichter sahen aus wie lebendige Flammen, ihre Flügel waren aus Gold und ihre übrige Erscheinung war weißer als Schnee. Wie die Bienen den Nektar von der Blüte zur Wabe tragen, so holten sie sich oben immer wieder von Neuem etwas von dem Frieden und der Liebesglut Gottes, trugen es hinunter und verteilten es auf den Rängen der Seligen. Obwohl sie aber unaufhörlich in so großer Zahl zwischen oben und unten umherschwirrten, wurde Dantes Blick in die Höhe in keiner Weise behindert, und aller Glanz des Empyreums konnte sich ungetrübt ausbreiten. Denn das göttliche Licht kann nichts hemmen, es durchdringt das ganze All, soweit dieses dessen würdig ist.

Die Schar der Seligen vereint Christen mit den Erlösten des Alten Bundes. Alle hielten sie ihre Augen auf das Ziel ihrer Liebe gerichtet und genossen gemeinsam die sichere Geborgenheit in der Freude des himmlischen Königreichs. O dreifaches göttliches Licht, dachte

Dante, das du den Geretteten zu ihrer Seligkeit als *eines* leuchtest, erbarm dich der Not auf Erden!

Wenn die Barbaren aus jenen rauen Gegenden im Norden, wo der Große und der Kleine Bär nie vom Firmament verschwinden, auf ihren Pilgerfahrten nach Rom den Lateran und all die anderen mächtigen Bauwerke, die alles übrige Menschenwerk in den Schatten stellten, schon so fassungslos zu bestaunen pflegten – man kann sich vorstellen, wie überwältigend es da erst für Dante sein musste, vom vergänglichen Reich der Menschen ins ewige Reich Gottes, vom verkommenen Florenz zu einem Volk von Gerechten und Gesunden zu kommen! Er genoss zunächst ganz einfach dieses Glück und war froh, nichts hören oder sagen zu müssen. Es ging ihm wie einem Pilger, der sein Wallfahrtsziel endlich erreicht hat, sich, indem er alles ausgiebig betrachtet, von den Anstrengungen der Reise erholt und sich dabei schon darauf freut, den Daheimgebliebenen von seinen Reiseerlebnissen zu erzählen. Er schaute sich in Ruhe um, sah hinauf und hinunter und ließ den Blick über die Seligen auf den Stufen wandern. Ihre Gesichter, durchglüht von höherem Licht, strahlten vor Freude und Liebesglut, und Würde war in all ihren Gebärden.

Als Dante, ohne dass sein Blick irgendwo länger haften geblieben wäre, auf diese Weise einen allgemeinen Eindruck von der Gestalt des Empyreums gewonnen hatte, wollte er gern das Gespräch mit Beatrice wieder aufnehmen, um Genaueres von ihr zu erfahren, und wandte sich zu der Seite, wo er sie vermutete. Aber sie war nicht mehr da. An ihrer Stelle sah er einen alten Mann, wie alle Seligen weiß gewandet, mit gütigen Augen und lächelndem Gesicht, der Dante mit der Freundlichkeit eines liebevollen Vaters ansah.

„Wo ist sie?“, stieß Dante rasch hervor, als er den Greis sah.

Der Alte antwortete:

„Beatrice hat mich gebeten, meinen Platz zu verlassen und zu dir zu kommen, damit dir hier auch noch dein letzter und höchster Wunsch erfüllt wird. Wenn du an der Himmelsrose hinaufschaust, kannst du sie auf dem ihr zukommenden Rang, auf der dritthöchsten Stufe, thronen sehen.“

Ohne zu antworten blickte Dante hinauf und sah an dem Platz, den der Greis bezeichnet hatte, Beatrice sitzen. Über ihrem Haupt bildeten die widerscheinenden Strahlen des göttlichen Lichts eine Krone. Obwohl die Entfernung zwischen ihm und ihr größer war als die zwischen der obersten Schicht der Erdatmosphäre, wo der Donner entsteht, und dem tiefsten Grund des Meeres, konnte er sie deutlich sehen, ungetrübt von irgendwelchen Störungen, die den Blick hätten behindern können.

Da richtete er ein Dankgebet an die Verklärte. Er sprach:

> „O Herrin, auf der meine Hoffnung ruht und die du um meines Seelenheils willen bis hinunter zur Hölle gegangen bist!
> Deiner Macht und Güte verdanke ich es, dass mir die Gnade zuteil wurde, dies alles schauen zu dürfen, und dass mir die Kraft zuwuchs, derer ich zu dieser Reise bedurfte.
> Du hast mich aus der Sklaverei in die Freiheit geführt, auf allen Wegen und mit allen Mitteln, die dir dafür zur Verfügung standen.
> Bewahre mir deine Huld, damit meine Seele, die du geheilt hast, gesund und dir wohlgefällig bleibt, bis sie dereinst meinen Leib verlässt!"

Und Beatrice, so fern sie zu sein schien, lächelte und schaute ihn an. Dann wandte sie ihren Blick wieder zur ewigen Quelle.

Nun nahm der Greis wieder das Wort und sagte:

„Damit du deinen Weg ganz vollenden kannst – und dir dazu zu verhelfen bin ich hier, auf Beatrices Bitte und aus eigener Liebesneigung –, durchmiss die gesamte Himmelsrose mit deinen Augen! Das wird deinen Blick stärken für den letzten Gipfel, die Schau des göttlichen Lichts. Die heilige Jungfrau selbst, die Himmelskönigin, wird uns mit ihrer Gnade beistehen, denn ich, Bernhard, bin ihr treuer Diener, der ich ihr in brennender Liebe angehöre."

Als Dante hörte, dass der Greis, der sich seiner in dieser Weise annahm, der heilige Bernhard war – Bernhard von Clairvaux, der berühmte Kirchenlehrer, Prediger und fromme Marienkünder, der etwa anderthalb Jahrhunderte zuvor als Abt jenes von ihm gegründeten Zisterzienserklosters in der Champagne, nach dem man ihn nennt, gestorben war –, konnte er es kaum fassen, dass er diesen großen Mann, der schon auf der Erde durch Betrachtung und Versenkung zu himmlischem Frieden gefunden hatte, wirklich lebendig vor sich sah, und starrte ihn an. Er benahm sich wie ein Pilger, der aus irgendeinem fernen Land, sagen wir aus Kroatien, in die ewige Stadt kommt, um jenes selten gezeigte Tuch zu sehen, das die heilige Veronika seinerzeit dem Heiland auf seinem Weg zur Kreuzigung mitleidig reichte, worauf jener das Bild seines von Schweiß und Blut gezeichneten Antlitzes darauf eindrückte, und der nun endlich vor dem ausgestellten Tuch steht, sich daran nicht sattsehen kann und in Gedanken immer wieder zu sich sagt: ‚Mein Herr Jesus Christus, wahrer Gott, so habt Ihr also ausgesehen!'

„Du Begnadeter", mahnte Bernhard, „du wirst diese Stätte der Seligkeit nicht kennenlernen, wenn dein Blick auf dem haften bleibt, was sich hier am Boden befindet! Hebe also deine Augen auf und lass sie über die Stufen bis ganz nach oben schweifen, so weit, bis du dort die Königin sitzen siehst, der dieses Reich untertan und ergeben ist."

Da hob Dante den Blick, ließ ihn hinaufwandern, wie man vom Tal auf den Bergesgipfel schaut, und sah in der äußersten Höhe einen Bereich, der noch einmal stärker strahlte als alles übrige Licht in der Runde, so wie bei Tagesanbruch der Himmel im Osten den Westen überstrahlt. Und wie das Firmament dort, wo der Feuerkranz der aufgehenden Sonne den Horizont durchbricht, am hellsten glüht, so war auch hier die Strahlkraft des wie ein goldenes Friedensbanner leuchtenden Lichts in der Mitte am größten und schwächte sich nach den Seiten hin ab.

Mit Spiel und Gesang umschwebten dort unzählige Engel mit festlich ausgebreiteten Flügeln, jeder auf seine Weise geartet und geschmückt, die Himmelskönigin, und deren strahlende Schönheit glänzte wider in den lachenden Augen aller anderen Seligen. Dante wagte später nicht den kleinsten Versuch, Marias Schönheit auch nur ansatzweise zu beschreiben. Selbst wenn seine Ausdruckskraft so groß wäre wie sein Vorstellungsvermögen, erklärt er in seiner Erzählung, würde er sich das nicht zutrauen.

Als Bernhard bemerkte, wie fest und innig Dante Maria ansah, richtete er seinerseits seine Augen mit solcher Liebe zu ihr, dass Dante seine Inbrunst beim Emporschauen noch einmal verstärkte.

32. Kapitel

Die Ordnung der Himmelsrose – Die Seligen des Alten und des Neuen Bundes – Die Kinder – Die Großen des Paradieses

Ohne die Augen von dem beglückenden Anblick der Himmelskönigin zu lösen, nahm Bernhard endlich aus freien Stücken das Wort wieder auf, um Dante zu erklären, nach welcher Ordnung die Seligen die Himmelsrose bevölkern.

„Die besonders schöne Frau dort zu Marias Füßen", begann er, „ist die Urmutter Eva, die der Menschheit ebenjene Wunde zugefügt hat, die Maria dann heilen half. Dass darunter auf dem dritten Rang Beatrice sitzt, siehst du ja; die Frau zu ihrer Seite ist Rahel, die Frau des Erzvaters Jakob. Ihnen folgen auf den nächsten vier Rängen, von Stufe zu Stufe absteigend, vier weitere Frauen des Alten Bundes, nämlich Sara und Rebekka, die Gemahlinnen der beiden älteren Erzväter, dann die Heldin Judith und schließlich Ruth, die Urgroßmutter des Königs David, der im Psalm seiner Sünden wegen Gott so reuevoll um Erbarmen anflehte. Nach unten schließen sich noch andere Hebräerinnen an.

Die Sitze dieser Frauen bilden die eine der zwei senkrechten Trennlinien, durch die die beiden großen Halbkreise voneinander abgegrenzt werden, in die sich die Himmelsrose teilt. Das Halbrund hier, das bereits voll besetzt ist, wird von den Seligen des Alten Bundes gebildet, die während ihres Erdenlebens an das Kommen Christi geglaubt haben. Auf der anderen Seite, da wo es noch einige leere Plätze gibt, siehst du die, die erst nach dem Erscheinen des Heilands gelebt und auf die Erlösung durch ihn vertraut haben.

Maria direkt gegenüber, an der Spitze der anderen senkrechten Trennungslinie, sitzt Johannes der Täufer, jener große Mann, der als ein Heiliger lebte, das Leben in der Wüste und das Martyrium ertrug und nach seinem Tod noch zwei Jahre im ersten Kreis der Hölle zubrachte, bis Christus nach seiner Kreuzigung kam und ihn mit sich ins Paradies nahm. Unterhalb von Johannes siehst du die heiligen Ordensgründer Franziskus und Benedikt, den Kirchenvater Augustinus und andere, und so geht es auch dort stufenweise absteigend weiter. Bedenke nun, wie wunderbar die göttliche Vorsehung handelt! Denn wenn die Zahl der Seligen erfüllt sein wird, werden auf der einen Seite der Himmelsrose genauso viele Seelen sitzen wie auf der anderen. Die an den kommenden Christus geglaubt haben, werden also gegenüber den später Geborenen nicht im Nachteil sein.

Auf den unteren Rängen", fuhr Bernhard fort, „also unterhalb der Stufe, die die beiden senkrechten Trennungslinien in halber Höhe waagerecht durchschneidet, sitzen auf beiden Seiten der Himmelsrose ausschließlich kleine Kinder. Du siehst und hörst, wie kindlich ihre Gesichter und Stimmen sind. Sie wurden bereits erlöst, ehe sie zu eigenen freien Entscheidungen fähig gewesen wären, und so hat ihnen nicht eigenes, sondern fremdes Verdienst zur Seligkeit verholfen, was freilich nur unter bestimmten Voraussetzungen möglich ist.

Jetzt gerätst du ins Zweifeln!", unterbrach er sich. „Ich sehe es, auch wenn du schweigst."

In der Tat grübelte Dante darüber nach, wieso einige dieser Kinder weiter oben, andere aber weiter unten saßen. Warum, fragte er sich, befanden sie sich auf unterschiedlichen Stufen der Seligkeit, wo sie sich doch gar nicht durch größeres oder geringeres Verdienst voneinander unterscheiden konnten?

„Ich will dir die Frage beantworten, über die du vergebens so scharf nachdenkst", sagte Bernhard. „Nichts im Paradies geschieht zufällig. Zufall gibt es hier ebensowenig wie Trauer, Hunger oder Durst. Alles, was du hier siehst, ist ewigem Recht und Gesetz angepasst wie der Ring dem Finger. Auch dass sich diese Seelen, die so früh in die Seligkeit kamen, auf verschiedenen Rängen befinden, hat also einen Grund. Er besteht darin, dass Gott – durch den dieses Reich in größerer Liebe und Freude ruht, als selbst der verwegenste Wunsch zu hoffen wagen kann – die Seelen bereits im Augenblick ihrer Erschaffung in unterschiedlichem Maß mit seiner Gnade beschenkt. Dem einen gibt er reichlicher davon, dem anderen weniger. Er tut dies nach seinem Belieben, das muss als Erklärung ausreichen. Dass zum Beispiel die Zwillinge Jakob und Esau, wie die heilige Schrift berichtet, schon im Mutterleib in Streit gerieten, ist ein eindeutiger Beleg für diese Gnadenwahl Gottes. So wie sie sich in der Farbe ihrer Haare voneinander unterschieden, so eben auch darin, dass Gott lediglich einem von ihnen, Jakob, die Fülle seiner Gnade gewährt hatte, und das von Anfang an. Diese Kinder hier befinden sich also nur aufgrund der von Gott getroffenen Unterscheidung auf verschiedenen Rangstufen."

Schließlich erklärte Bernhard seinem Gast noch, unter welchen Voraussetzungen die Kinder in die Seligkeit aufgenommen worden waren.

„Unschuldige Kinder, die vor dem Bundesschluss zwischen Gott und Abraham und damit vor Einführung der Beschneidung lebten", sagte er, „wurden der Seligkeit teilhaftig, wenn ihre Eltern an das Kommen des Heilands geglaubt hatten, Knaben aus den Jahrhunderten zwischen Abraham und Christus nur, wenn sie beschnitten worden waren. Für Kinder aber, die nach dem Erscheinen des Erlösers gelebt haben und nicht getauft sind, gibt es keinen anderen Platz als den Limbus.

Nun aber", forderte Bernhard Dante auf, „sieh der Himmelskönigin ins Gesicht! Kein anderes Antlitz ist dem Christi so ähnlich wie das der Gottesmutter, daher wirst du auf diese Weise die Kraft erwerben, die dich befähigt, Christus selbst zu schauen."

Dante folgte und sah in Marias Antlitz. Die Engel, die geschaffen sind zum Flug in solchen Höhen, ließen eine derartige Fülle göttlicher Freude darauf herabregnen, dass nichts jemals zuvor Gesehenes ihn in solches Staunen versetzt hätte oder ihm derart gottähnlich erschienen wäre.

Einer der Engel sang: „Ave Maria, gratia plena! Sei gegrüßt, Maria, du Begnadete!", und breitete seine Flügel vor ihr aus. Die Scharen des Paradieses antworteten von überallher dem göttlichen Gesang, und alle Augen wurden heller. Da fragte Dante seinen Führer, der von der Gottesmutter Glanz empfing wie der Morgenstern von der Sonne:

„Mein heiliger Vater, der du es um meinetwillen erträgst, dich hier unten aufzuhalten statt an dem seligen Ort, den dir der ewige Ratschluss zugeteilt hat, wer ist denn der Engel dort, der unsere Königin derart besingt und ihr so inbrünstig in die Augen sieht, dass er wie loderndes Feuer erscheint?“

Bernhard antwortete:

„Der hat so viel Mut und Liebreiz, wie Menschen und Engel überhaupt nur haben können und sollten. Als es Gottes Sohn gefiel, Menschengestalt anzunehmen, war er es, der Maria mit dem Palmzweig in der Hand die Kunde brachte, dass sie die Mutter des Heilands werden sollte.“

Nachdem Bernhard so den Erzengel Gabriel bezeichnet hatte, der Maria hier wieder mit dem gleichen Wort gegrüßt hatte wie damals, als er zu ihr herabgestiegen war, fuhr er fort:

„Aber nun folge mit den Augen meinen Worten! Ich will dir auch die großen Väter zeigen, die in diesem Reich der Gerechtigkeit und Frömmigkeit wohnen. Die beiden dort oben, die das Glück haben, unmittelbar neben der Himmelskönigin zu sitzen, sind gewissermaßen die beiden Wurzeln der Himmelsrose: Zu Marias Linken siehst du den Urvater der Menschheit, der durch das Kosten von der verbotenen Frucht soviel Unheil über die Menschen brachte, und zu ihrer Rechten den Urvater der heiligen Kirche, dem Christus die Schlüssel zum Paradies in Obhut gegeben hat. Rechts neben diesem sitzt der Evangelist Johannes, der während seines Erdenlebens die schweren Zeiten voraussah und beschrieb, durch die Christi Braut würde gehen müssen, die Kirche, die sich der Herr durch sein Kreuz vermählt hat. Zur Linken Adams sitzt Mose, der das undankbare und murrende Volk durch die Wüste geführt hat, wo es von Himmelsbrot lebte.

Nun schau zur anderen Seite der Himmelsrose! Dort siehst du direkt gegenüber von Petrus Marias Mutter Anna sitzen, die ihr ganzes Glück darin findet, unverwandt ihre Tochter anzuschauen und dabei Hosianna zu singen. Zur Linken des Täufers aber, gegenüber von Adam, sitzt Lucia, die Beatrice dazu veranlasst hat, dir zu Hilfe zu eilen, als das Unheil dich zu überwältigen drohte.

Doch damit genug! Deine traumgleiche Reise neigt sich dem Ende zu, also lassen wir es nun gut sein. Ein guter Schneider bemisst den Rock nach der Menge des verfügbaren Tuchs! Wir nähern uns dem Moment, wo wir die Augen zur Urliebe selbst erheben, deren Glanz du schauend so weit durchdringen sollst, wie es dir möglich ist. Aber damit du nicht zurücksinkst, während du im Flug vorwärtszukommen meinst, bedarf es höheren Beistands, und deshalb werde ich nun für dich von der Himmelskönigin Gnade erbitten, denn sie hat die Macht, dir zu helfen. Folge du nur immer mit ganzem Herzen meinen Worten!"

Und damit begann Bernhard sein heiliges Gebet.

33. Kapitel

Bernhards Gebet – Dantes Gottesschau

> „O Jungfrau und Mutter, Tochter deines eigenen Sohnes, zugleich demütiger und erhabener als jedes andere Geschöpf, du Auserwählte der ewigen Vorsehung!
> In dir hat sich die menschliche Natur zu solchem Adel erhoben, dass es ihrem Schöpfer gefiel, selbst zu ihrem Geschöpf zu werden.
> In deinem Leib wurde die Liebe neu entfacht, deren Glut diese Himmelsrose in ewigem Frieden erblühen ließ.
> Für uns Himmlische bist du die Liebe, glühend wie die Sonne am Mittag, für die Sterblichen auf der Erde die lebendige Quelle der Hoffnung.
> Herrin, wie groß und mächtig bist du! Wer der Gnade bedarf und sie nicht bei dir sucht, dessen Sehnsucht will ohne Flügel fliegen.

Du stehst in deiner Güte nicht nur dem Bittenden bei, sondern schon ehe er bittet, hilfst du oft dem Bedürftigen.
Voller Barmherzigkeit bist du, voller Mitleid, voller Großmut!
Was die Schöpfung nur an Gutem birgt, in dir ist es vereint.

Schau nun auf diesen hier! Er ist von der tiefsten Tiefe des Alls bis hierher gekommen und hat auf seinem Weg das Leben der geistigen Welt auf allen seinen Stufen gesehen.
Er fleht dich um Gnade an. Er bittet um die Kraft, sich mit seinen Augen noch höher erheben zu können, um auch das letzte Heil zu schauen.
So bringe ich, der ich die Gottesschau für mich selbst nie inbrünstiger begehrt habe als jetzt für ihn, mein Gebet vor dich.
Möge es dir nicht zu matt erscheinen!
Nimm durch deine Fürbitte jeden hinderlichen Erdenrest von ihm, damit sich das höchste Glück vor ihm auftue!
Und ferner bitte ich dich, o Königin, die du alles vermagst, was du willst: Erhalte ihn auch nach all dem Schauen, das ihm zuteil geworden ist, weiterhin bei reiner Seele.
Wache auch künftig über alle Regungen seiner irdischen Wünsche! Sieh, wie Beatrice und all die Seligen zu meinem Gebet die Hände falten und sie zu dir erheben!“

So sprach Bernhard. Während dieses Gebetes hatte die Himmelskönigin die ganze Zeit ihre Augen, die Gott lieb und wert sind, in wohlwollender Güte auf den demütigen Beter gerichtet. Nun aber blickte sie empor zu dem ewigen Licht, das weder Engel noch Menschen in solcher Klarheit zu schauen vermögen wie sie. Dantes Verlangen, so kurz vor dem ihm bestimmten letzten Ziel aller seiner Wünsche, erreichte seinen Gipfel.

Bernhard winkte ihm lächelnd, er möge die Augen nun emporrichten, aber Dante hatte dies schon von sich aus getan, und sein Blick, immer kraftvoller werdend, bahnte sich allmählich seinen Weg hinein in den Glanz des höchsten Lichts, das die göttliche Wahrheit ist.

Was er schaute, überstieg alles, was sich in Worten ausdrücken lässt. So schreibt er nun, da sein Gedicht sich seinem Ende nähert:

„Meine Worte sind dem, was ich sah, nicht gewachsen, und mein Gedächtnis hat die Fülle des Geschauten nicht bewahren können. Es geht mir wie einem, der aus einem Traum erwacht ist und noch ganz erfüllt ist von dem Gefühl, das ihn da beseligte, sich jedoch die Bilder, die er im Traum geschaut hat, nicht mehr in Erinnerung zu rufen imstande ist. Was ich sah, ist fast ganz in mir erloschen, nur das Glücksgefühl von damals hat seine Spuren in meinem Herzen hinterlassen. So schwindet der Schnee in der Sonne, so verwehten die Blätter im Winde, auf die die Sibylle ihre Weissagungen schrieb!

O höchstes Licht, über alles menschliche Begreifen hoch! Verleih meinem Geist, sich noch einmal ein wenig von dem zurückrufen zu können, was ich von dir sah, und gib meiner Sprache die Kraft, kommenden Geschlechtern wenigstens einen Funken deines Glanzes aufscheinen zu lassen! Denn wenn mir auch nur ein Schimmer von meiner Schau ins Gedächtnis zurückkehrt und eine Spur davon in meinen Versen weiterklingt, wird sich den Menschen durch mich etwas mehr von deiner Herrlichkeit offenbaren, die alles andere übertrifft."

Dante blickte unverwandt in den gleißenden Lichtstrahl. Wie er sich später erinnerte, war er sicher, dass er jeden Halt verloren hätte, wenn er seinen Blick von jenem unvergleichlich intensiven Licht wieder abgewendet hätte. Je mehr er eindrang, umso größer wurde sein Mut, ihm standzuhalten. Er empfand es als unfassbare Gnade, dass er es wagen durfte, seine Augen in das ewige Licht zu tauchen, auch wenn sie dadurch bis zum Äußersten gefordert wurden.

Er sah in der Tiefe des göttlichen Lichts alle Dinge, die sonst in der Weite des Universums verstreut sind, durch ein Liebesband miteinander verbunden. Alles Seiende, bestehe es nun für sich selbst oder nur im Zusammenhang mit anderen Dingen, alles Wesentliche, alles Zufällige in seiner Gegensätzlichkeit und in seinen Wechselbeziehungen – alles war hier in einer Weise miteinander verschmolzen, dass Worte nur einen schwachen Abglanz davon vermitteln können. Dante war sicher, die Einheit aller Dinge in ihrer Urform geschaut zu haben. Noch als er seine letzten Verse niederschrieb, spürte er die hohe Freude über die Erkenntnis sich erneuern, die er damals empfunden hatte. Doch war dieses Erlebnis nicht wiederholbar. Der Lebensaugenblick, da er Gott geschaut hatte, war in größerer Tiefe aufgehoben als Dinge, die zweieinhalb Jahrtausende zurücklagen wie die Geschichte von der Fahrt des ersten Schiffes, des Schiffes der Argonauten, das bei seiner Fahrt über die bislang unberührten Gewässer selbst den Meeresgott in Erstaunen versetzt hatte.

Fest und unverwandt, mit aufs höchste gespannter Aufmerksamkeit, schaute Dantes Geist, voller Drang, immer mehr von dem ewigen Licht zu erfassen. Er machte die Erfahrung, dass, wer dieses Licht schaut, sich niemals aus freien Stücken etwas anderem zuwenden wird. Denn in ihm sammelt sich alles Gut, nach dem der Mensch strebt. Nur in ihm ist es wahrhaft vollkommen, außerhalb seiner büßt es seine Makellosigkeit ein.

An das, was nun noch zu erzählen sei, meint Dante, erinnere er sich nur noch bruchstückhaft. Die Worte stünden ihm dafür nicht besser zu Gebote als einem Säugling.

Das Geschaute veränderte sich. Es war jedoch nicht der Gegenstand seines Schauens, der sich änderte; das lebendige Licht Gottes bleibt immer das, was es von jeher war. Vielmehr war es so, dass sich, indem er schaute, seine Sehkraft nochmals verstärkte, und dadurch wandelte sich das Bild in seinen Augen.

In der reinen innersten Wesenstiefe des himmlischen Lichts erschienen ihm drei Kreise. Sie leuchteten in drei verschiedenen Farben, waren jedoch von gleicher Größe. Der zweite schien den ersten widerzuspiegeln wie ein Regenbogen den anderen, und der dritte war wie eine Glut, die von den beiden ersten entfacht wurde.

Von dem einst Geschauten, beklagt Dante hier zu Ende seiner Erzählung noch einmal, war fast nichts in seiner Vorstellung geblieben, sodass das Wort „wenig" dafür noch beschönigend genannt werden müsse. Und wie unvollkommen war zudem die Sprache, wie kümmerlich nur konnte sie selbst diese winzige Spur wiedergeben! „O ewiges dreieiniges Licht", so schrieb er, „allein in dir selbst ruhst du, nur du selbst erkennst dich, nur von dir selbst wirst du erkannt und entflammst in Liebe, indem du dich erkennst!"

Als Dantes Augen ein wenig bei dem zweiten Kreis, der den ersten widerspiegelte, verweilten, war es ihm, als erschiene darauf ein menschliches Antlitz, von gleichem Licht wie der Kreis selbst. Er versenkte sich tief in diesen Anblick und spannte alle seine Geisteskräfte an, um zu ergründen, wie das Menschenantlitz sich in den Kreis einpasste und wie beides miteinander zusammenhing, aber es ging ihm wie einem Mathematiker, der vergebens versucht, hinter das Geheimnis der Quadratur des Kreises zu kommen: Seine eigenen Kräfte reichten nicht aus.

Da erleuchtete mit einem Mal ein Blitz seinen Geist, und seinem Wunsch wurde die Erfüllung zuteil. Im gleichen Augenblick brach seine Vorstellungskraft, und die hohe Schau endete. Doch wie sich ein Rad in der Weise bewegt, in der es angetrieben wird, so war nun all sein Wünschen und Begehren völlig im Einklang mit dem Willen dessen, der die Liebe ist, die Liebe, die die Sonne bewegt und alle Sterne.

Anhang

Dantes Leben und Werk

Das Leben Dante Alighieris ist kaum durch zeitgenössische Dokumente belegt. Zwar finden sich in seinem eigenen Werk, vor allem in der *Göttlichen Komödie,* aber auch etwa in dem Jugendwerk *Das neue Leben,* mancherlei Hinweise auf verschiedene sonst nicht bezeugte Stationen und Ereignisse seines Lebens. Jedoch gehen in diesen Werken Dichtung und Wahrheit eine unlösbare Verbindung ein; es hieße ihren Charakter missverstehen, wollte man sie als sichere autobiographische Quellen betrachten. Auch in der ersten Dante-Biographie, Giovanni Boccaccios einige Jahrzehnte nach dem Tod des Dichters entstandener *Vita di Dante* – einem gleichwohl höchst farbigen und lesenswerten Buch – lassen sich Realität und Legende oft nicht voneinander unterscheiden. Wir müssen also, wenn wir Dantes Leben skizzieren wollen, häufig (wenn auch nicht immer) Mögliches und Wahrscheinliches einsetzen, weil Gewissheiten fehlen.

Auch über Dantes Geburt hat sich kein Zeugnis erhalten. Aus der Kombination verschiedener Angaben in der *Göttlichen Komödie* lässt sich aber schließen, dass er im Jahre 1265 zur Welt kam, und zwar im Sternzeichen der Zwillinge, also etwa zwischen Mitte Mai und Mitte Juni. Möglicherweise gibt die *Komödie* auch einen Hinweis auf das genaue Geburtsdatum: Dante lässt darin zweimal eine Frau vom Himmel namens Lucia als seine Helferin in die Handlung eingreifen, und vielleicht ist damit ja nicht, wie viele Kommentatoren meinen, die heilige Lucia von Syrakus gemeint, sondern die weniger bekannte selige Lucia degli Ubaldini aus Florenz, deren Gedenktag der 30. Mai ist. Der Gedanke hätte einiges für sich, dass Dante die Patronin seines Geburtstags, überdies eine Landsmännin, als seine Schutzherrin auftreten ließe.

Dante war Florentiner, soviel ist sicher, und als sicher gilt auch, dass er am Karsamstag 1266 im Baptisterium San Giovanni zu Florenz getauft wurde. Seine Familie gehörte dem niederen städtischen Adel an. Seine Mutter starb früh, worauf der Vater erneut heiratete. Aus den beiden Ehen des Vaters scheint Dante insgesamt drei Geschwister gehabt zu haben. Noch bevor er das Erwachsenenalter erreicht hatte, starb auch sein Vater.

Als einen seiner Lehrer nennt Dante in der *Göttlichen Komödie* den Florentiner Gelehrten Brunetto Latini, dem er im 15. Gesang der *Hölle* ein ergreifendes Denkmal setzt. Des weiteren verdankte er wahrscheinlich den Schulen der Dominikaner und der Franziskaner in seiner Heimatstadt wichtige Anregungen, studierte eine Zeitlang an der Universität von Bologna und gewann auf diesen oder anderen Wegen umfangreiche philosophische, theologische, historische, literarische und naturwissenschaftliche Kenntnisse.

Viele Jugendjahre hindurch, so schreibt Dante in *Das neue Leben,* habe er leidenschaftlich, wenn auch in entsagender Demut, als „glorreiche Herrin seines Herzens" die schöne Beatrice geliebt, der er bereits als Neunjähriger zum ersten Mal begegnet sei. Sie sei einige Monate jünger gewesen als er und im Jahre 1290 als junge Frau gestorben. Die Gestalt der Beatrice, die dann in der *Göttlichen Komödie* eine so zentrale Rolle spielt, bereitet den Biographen und Kommentatoren bis heute Kopfzerbrechen. Boccaccio identifizierte sie später mit der Florentinerin Beatrice oder Bice Portinari, die mit einem Bankier namens Simone Bardi verheiratet war. Jedoch bezweifeln manche Forscher diese Identität, und einige halten Dantes Beatrice gar lediglich für eine dichterische Fiktion.

Etwa in seinem zwanzigsten Lebensjahr gründete Dante eine Familie, und zwar mit Gemma Donati, die einem der einflussreichsten Geschlechter seiner Vaterstadt entstammte. Aus der Ehe gingen mindestens vier Kinder hervor, nämlich die Söhne Pietro, Giovanni und Iacopo (benannt offenbar nach den drei Lieblingsjüngern Jesu, die später auch in der *Komödie* an wichtiger Stelle auftreten) und die Tochter Antonia. Boccaccio, der den Dichter selbst allerdings nicht mehr kennengelernt hat, stellt dieser Ehe ein schlechtes Zeugnis aus: Gemma habe keinen Sinn für die geistigen Interessen ihres Mannes gehabt. Ob dieses Urteil fundiert ist, muss dahingestellt bleiben. Das gilt auch für Boccaccios anschauliche Passagen über Dantes Persönlichkeit. Wir lesen da beispielsweise, der Dichter sei „im Antlitz stets voller Melancholie und sinnend", „in Speise und Trank höchst bescheiden" und „in all seinem Unglück sehr stark" gewesen. Die Musik habe er geliebt; „jedem", so erfahren wir, „der zu der Zeit ein guter Sänger oder Musiker war, war er freund und stand mit ihm in Verkehr". Dante sei „von wunderbarer Auffassungsgabe und von bestem Gedächtnis und von durchdringendem Verstande" gewesen, aber auch „von recht stolzem und reizbarem Gemüte" und „in Parteisachen unduldsam", wenn nicht gar „gehässig", und zu guter Letzt findet sich auch noch die Mitteilung, dass „die Fleischeslust einen weiten Platz bei ihm" eingenommen habe, und zwar „nicht bloß in den jungen Jahren, sondern auch in den reifen". Das alles ist, wie gesagt, mehr oder weniger mit Vorsicht zu genießen. Allerdings hat Boccaccio immerhin mit Menschen gesprochen, die Dante persönlich begegnet sind. Als schwieriger Charakter wird Dante auch in der *Chronik* des Florentiners Giovanni Villani gezeichnet, die ebenfalls bald nach dem Tod des Dichters entstanden ist.

Italien wurde in jener Zeit von heftigen Parteienkämpfen erschüttert, die blutig ausgetragen wurden und auch in Dantes Leben stark eingriffen. Nach Beginn des 13. Jahrhunderts hatten sich hier zwei Gruppierungen herausgebildet, die sich feindlich gegenüberstanden, die „Ghibellinen" und die „Guelfen". In den Auseinandersetzungen zwischen ihnen spiegelte sich zunächst der Konflikt zwischen Kaisermacht und Papsttum wider, der das europäische Hochmittelalter prägte: Die Ghibellinen standen auf Seiten des staufischen Kaisers, die Guelfen waren die papsttreue Partei. Doch entluden sich in den Kämpfen zwischen diesen beiden Parteien auch erbitterte Familienfehden um Macht und Einfluss innerhalb der Kommunen, die mit dem weltpolitischen Großkonflikt wenig oder nichts zu tun hatten. Auch Florenz war in jahrzehntelange Kämpfe mit wechselndem Ausgang verwickelt, aber schließlich verhalf dort der endgültige Zusammenbruch der Stauferherrschaft in Italien im Jahre 1266 den Guelfen zu nachhaltigem Sieg. So war die Stadt zur Zeit von Dantes Jugend guelfisch beherrscht. Auch er selbst entstammte einer guelfischen Familie.

Im Jahre 1289 nahm Dante an der Schlacht von Campaldino teil, in der die Florentiner das ghibellinisch regierte Arezzo besiegten. Von 1295 bis 1301 beteiligte er sich in verschiedenen Funktionen aktiv am politischen Leben von Florenz, zuletzt auch als „Prior", das heißt als Mitglied des sechsköpfigen höchsten Leitungsgremiums der Stadt. In dieser Zeit entflammte in seiner Heimatstadt der schwelende Parteienhass von neuem: Verbissene Kämpfe zwischen den tonangebenden Familien der allein noch verbliebenen Guelfen führten nun, wie zuvor schon in Pistoia, zur Bildung zweier neuer gegnerischer Gruppierungen, der „Schwarzen" und der „Weißen". Auf diese beiden Parteien übertrug sich teilweise auch, in neuer Form, der alte politische Konflikt: Die „schwarzen" Familien setzten zur Stärkung ihres Einflusses auf Unterstützung durch den Papst, während die Weißen die städtische Unabhängigkeit gegen das päpstlich-französische Machtstreben zu verteidigen versuchten, womit sie sich alten ghibellinischen Positionen annäherten. Dante gehörte zu den Weißen. Auch später, als er sich an den Parteienkämpfen nicht mehr beteiligte, blieb er ein leidenschaftlicher Gegner der päpstlichen Machtpolitik. Gerade in der *Göttlichen Komödie* äußert er immer wieder das dringende Verlangen nach einer Stärkung der Reichsgewalt und prangert die Verweltlichung der römischen Kirche und ihre zunehmende Abhängigkeit von der französischen Krone an. Verschiedentlich ist auch die These vertreten worden, Dante sei zudem – zunächst vielleicht offen, später heimlich – ein Angehöriger des Templerordens gewesen, der dann seit 1307 von König Philipp dem Schönen von Frankreich, unter nur schwach widerstrebender Assistenz Papst Clemens' V., grausam verfolgt wurde.

Zu Beginn des neuen Jahrhunderts erreichten die Parteienkämpfe in Florenz einen blutigen Höhepunkt. Schließlich zog im November 1301 der Bruder Philipps des Schönen, Karl von Valois, den Papst Bonifaz VIII. ins Land geholt hatte und der angeblich die Toskana „befrieden" sollte, mit seinen Truppen in der Stadt ein. Die Schwarzen triumphierten, und es kam zur mörderischen Rache an den Weißen. Dante, der sich zu dieser Zeit vermutlich als Gesandter in Rom aufhielt, verlor seine politischen Ämter und seinen in Florenz verbliebenen Besitz und wurde im März 1302 in Abwesenheit zum Feuertod verurteilt.

Er sah seine Heimatstadt nie wieder. Die verbleibenden zwei Jahrzehnte seines Lebens brachte er im Exil zu. In verschiedenen Städten und Landstrichen Italiens fand er Asyl und Unterstützung bei wohlhabenden Gönnern. Über die Stationen seines Exils finden sich einige Hinweise in der *Göttlichen Komödie.* Zunächst verbrachte er offenbar längere Zeit in Verona am Hofe der Scaliger, und zwar, wie sein Sohn Pietro berichtet, während der Herrschaft des Bartolommeo della Scala, der 1304 verstarb. Danach lebte er vermutlich unter anderem in Padua, Treviso und Lucca sowie in den toskanischen Landschaften Casentino und Lunigiana und kam später erneut nach Verona, wo inzwischen Cangrande della Scala die Herrschaft übernommen hatte, den er dann im 17. Gesang des *Paradies* verherrlicht. Von seinen Exilstationen aus unternahm er zudem wahrscheinlich zahlreiche Reisen innerhalb Italiens. Villani und Boccaccio sprechen auch von einem Aufenthalt Dantes in Paris, wo er seine Studien fortgesetzt oder, so Boccaccio, „disputierend seines Geistes Erhabenheit bewiesen", also vielleicht lehrend an der Universität gewirkt haben soll.

Im Exil löste sich Dante vom Parteienwesen. Seine politischen Hoffnungen gewannen jedoch noch einmal Nahrung, als mit dem Luxemburger Heinrich VII. im Jahre 1310 erstmals seit Jahrzehnten wieder ein römisch-deutscher König nach Italien zog und Anspruch auf die Kaiserwürde erhob. Dante begrüßte ihn begeistert als Retter Italiens, und möglicherweise kam es auch zu einer persönlichen Begegnung zwischen dem jungen König und dem Dichter. Jedoch starb Heinrich bereits 1313, wenige Monate nach seiner Kaiserkrönung, ohne dass sich die mit seiner Person verbundenen Erwartungen erfüllt hätten.

Eine letzte Chance auf Rückkehr in seine Heimatstadt bot sich Dante im Jahre 1315, als ihm die Florentiner Stadtväter die Begnadigung anboten. Die Bedingungen, die mit diesem Angebot verknüpft waren, musste er aber als so entwürdigend empfinden, dass er ablehnte, worauf das Todesurteil gegen ihn erneuert wurde. Diesmal lautete es auf Enthauptung.

Um 1318 fand Dante schließlich bei Guido Novello da Polenta, dem Herrn der Stadt Ravenna, gastliche Aufnahme, und blieb bis zu seinem Tod in dieser Stadt. Von seinen Söhnen, die nach der Verbannung des Vaters ebenfalls Florenz hatten verlassen müssen, nahmen zumindest Pietro und Iacopo gleichfalls ihren Wohnsitz in Ravenna, ebenso eine Tochter, die dort als „Schwester Beatrice" in ein Kloster eingetreten war (es ist unklar, ob es sich dabei um Antonia oder eine etwaige weitere Tochter handelt). Von Dantes Frau Gemma haben wir erst wieder Nachrichten aus der Zeit nach dem Tod ihres Mannes. Offenbar war sie ihm nicht ins Exil gefolgt, sodass die Eheleute sich nach 1301 wohl nicht mehr gesehen haben.

Im Spätsommer 1321 reiste Dante im Auftrag Guidos nach Venedig, um in einem Streit zwischen den beiden Städten die Interessen Ravennas zu vertreten. In Venedig erkrankte der nunmehr Sechsundfünfzigjährige, möglicherweise an der Malaria, und kehrte nach Ravenna zurück, wo er in der Nacht vom 13. auf den 14. September 1321 starb. Seine Gebeine ruhen dort in einer Grabkapelle neben der Kirche der Franziskaner.

* * *

Bereits als junger Mann machte Dante mit Gedichten auf sich aufmerksam, in denen er Töne anschlug, die in der Dichtkunst vorher unbekannt gewesen waren. Mit ihnen begründete er, gemeinsam mit anderen jungen Dichtern seiner Generation wie seinem Freund Guido Cavalcanti, den sogenannten *dolce stil nuovo*, von dem im 24. Gesang des *Fegefeuer* in der *Göttlichen Komödie* die Rede ist. Dantes lyrisches Werk, zumeist Liebesgedichte oder genauer: Gedichte zum Thema Liebe, umfasst Kanzonen, Sonette, Balladen und andere Formen. Etwa achtzig Gedichte, bei denen seine Urheberschaft als gesichert gilt, werden unter der Bezeichnung *Rime (Reime)* zusammengefasst. Weitere Gedichte sind vor allem in den Werken *Vita nova* und *Convivio* enthalten. Bei zwei größeren Dichtungen namens *Il Fiore* und *Detto d'amore* ist Dantes Autorenschaft umstritten, ebenso bei zwei später entstandenen lateinischen Eklogen in Hexameter-Form.

Das Büchlein *Vita nova (Das neue Leben)* vollendete Dante als etwa Dreißigjähriger. Er erzählt darin in Lyrik und Prosa von seiner Liebe zu der schönen Beatrice, von der oben bereits die Rede war. Er verherrlicht sie als Leitstern seines Lebens, stilisiert sie zur Heilsbringerin und schließt das kleine Werk mit der Verheißung, dereinst „von ihr so zu sprechen, wie nie zuvor von einer Frau gesprochen wurde". Dieses Versprechen löste er mit der *Göttlichen Komödie* ein, indem er Beatrice dort als seine Führerin durch die Himmel auftreten und sie einen der höchsten Ränge in der himmlischen Hierarchie einnehmen lässt.

Der Hauptteil des Danteschen Werks entstand im Exil. Der unvollendete *Convivio (Das Gastmahl)* enthält einige Kanzonen Dantes samt Kommentaren, an die sich philosophische Betrachtungen knüpfen. *De vulgari eloquentia (Über die Ausdruckskraft der Volkssprache)* ist ein Essay über die gesprochenen Sprachen seiner Zeit und ihre Verwendung in der Dichtkunst. Dantes wichtigstes philosophisch-staatstheoretisches Werk ist die *Monarchia*, in der er ausführt, dass die Herrschaft über die Welt nach göttlichem Willen dem Kaiser obliege und der Papst sich auf geistliche Belange zu beschränken habe. Auch dreizehn Briefe Dantes und ein am 20. Januar 1320 von ihm in Verona gehaltener naturwissenschaftlicher Vortrag über Lage und Form von Wasser und Erde sind überliefert.

* * *

Dantes Weltruhm und seine einzigartige Bedeutung für die italienische und europäische Literatur sowie für die abendländische Kultur- und Geistesgeschichte gründen jedoch auf seinem *Commedia (Komödie)* oder *Divina Commedia (Göttliche Komödie)* genannten Hauptwerk, seiner in der Volkssprache Italienisch, also nicht in der Gelehrtensprache Latein, verfassten Verserzählung über seine im Frühjahr 1300 angesiedelte fiktive Jenseitsreise.

Boccaccio meint, Dante habe die Arbeit daran bereits in Florenz begonnen, doch geschah dies in Wahrheit sicher erst im Exil, wahrscheinlich um 1306. Ein Autograph der *Göttlichen Komödie* ist nicht erhalten (so wenig wie irgendein anderes Schriftstück von Dantes Hand). Die älteste datierte Abschrift, die die Zeiten überdauert hat, ist fünfzehn Jahre nach Dantes Tod entstanden.

Die Bezeichnung *Commedia* für dieses Werk geht auf Dante selbst zurück, der es im Verlauf des Textes so nennt. Das Wort ist nicht in dem uns geläufigen Sinne zu verstehen; es bedeutet hier: eine

Geschichte, die gut ausgeht. Den Beinamen *divina*, göttlich, hat zuerst Boccaccio dem Werk gegeben, allgemein gebräuchlich wurde der Titel *Divina Commedia* aber erst mit einer Ausgabe aus dem Jahre 1555.

Die drei Teile der *Göttlichen Komödie* nannte Dante *cantiche*, Lieder. Sie heißen im Original *Inferno, Purgatorio* und *Paradiso* und sind ihrerseits in *canti*, Gesänge, untergliedert. (*Purgatorio* bedeutet soviel wie „Ort der Reinigung" oder „Ort der Läuterung"; viele deutsche Übersetzer geben den Titel der zweiten Cantica mit „Läuterungsberg" wieder. Wenn in der vorliegenden Fassung der alte Terminus „Fegefeuer" beibehalten wird, so geschieht es aus Respekt vor einer jahrhundertealten kulturgeschichtlichen Tradition.) Sieht man vom ersten Gesang des *Inferno* einmal ab, der die Funktion einer Einleitung hat, so enthält jeder der drei Teile dreiunddreißig Gesänge, das gesamte Werk also einhundert. Auch sonst spielt die Zahl Drei, Symbol der heiligen Dreifaltigkeit, für den Aufbau des Werks eine große Rolle. So wird Dante durch dreimal dreimal drei Unterabteilungen des Jenseits geführt: Die Zahl der Höllenkreise ist ebenso wie die der Himmelssphären neun, und auch der Läuterungsberg weist mit dem Vorfegefeuer, den sieben Ringen des Fegefeuers und dem irdischen Paradies auf der Bergesspitze neun Bestandteile auf. Umschlossen wird der Weg durch diese siebenundzwanzig Abteilungen vom Anfangs- und vom Endpunkt der Jenseitsreise, der Vorhölle und dem Sitz des dreieinigen Gottes oberhalb des neunten Himmels.

Die *Komödie* ist in Terzinen abgefasst, einer wohl von Dante selbst für dieses Werk entwickelten Versform. Terzinen bestehen aus Gruppen von jeweils drei elfsilbigen Verszeilen. In diesen Verszeilen wechseln unbetonte und betonte Silben regelmäßig ab; da sie auftaktig beginnen, enthalten sie also je sechs unbetonte und fünf betonte Silben. Die Dreiergruppen sind miteinander durch ein kettenförmiges Reimschema verknüpft, das sich durch die Buchstaben aba-bcb-cdc-ded etc. wiedergeben lässt, wobei gleiche Buchstaben gleiche Endreime bedeuten; die zweite Zeile einer Versgruppe reimt sich also immer auf die erste und dritte Zeile der nächsten Gruppe. Auch diese reimweise Drei-in-Eins- oder Eins-in-Drei-Verschränkung lässt sich als symbolische Darstellung der Lehre verstehen, wonach Gott drei „Personen" in sich vereine. Die Gesänge der *Komödie* bestehen aus je etwa fünfzig dreizeiligen Terzinen und schließen regelmäßig mit einer einzeln stehenden Verszeile, die sich auf die zweite Zeile der letzten Dreiergruppe reimt. Die gesamte Dichtung weist damit etwas über vierzehntausend Verszeilen auf.

Um dem Leser einen kleinen Eindruck von der lyrischen Form der *Komödie* zu vermitteln, seien im Folgenden die ersten vier Terzinen des Werks in der Übertragung von Stefan George zitiert, die in Versmaß und Reimschema genau dem Original folgt. (Um des besseren Verständnisses willen werden diese Verse nicht in Georges eigenwilliger Orthographie, sondern in normaler Rechtschreibung wiedergegeben.)

> Es war inmitten unsres Wegs im Leben.
> Ich wandelte dahin durch finstre Bäume,
> da ich die rechte Straße aufgegeben.
>
> Wie schwer ist Reden über diese Räume
> und diesen Wald, den wilden, rauen, herben!
> Sie füllen noch mit Schrecken meine Träume.
>
> So schlimm sind sie, dass wenig mehr ist Sterben.
> Doch schildr' ich alle Dinge, die mir nahten,
> ob jenes Guts, das dort war zu erwerben.
>
> Ich weiß nicht recht mehr, wie ich hingeraten.
> So war ich voller Schlaf um diese Stunde,
> dass sich mir falsche Wege offentaten.

Dürfte die *Hölle* vor dem Italienzug Heinrichs VII. und das *Fegefeuer* vor dessen Tod fertiggestellt worden sein – beide Teile kursierten in Abschriften bereits zu Dantes Lebzeiten –, so vollendete Dante die letzte Cantica, das *Paradies,* erst gegen Ende seines Lebens in Ravenna. Seine Söhne gaben das vollständige Werk nach dem Tod des Vaters in die Öffentlichkeit, und es begann die Wirkungsgeschichte von Dantes opus summum, deren Ende nicht abzusehen ist.

Dante auf Deutsch

Nach Dantes Tod vergingen fast viereinhalb Jahrhunderte, bis die *Göttliche Komödie* erstmals vollständig auf Deutsch vorlag. Diese erste deutsche Übersetzung des Werks, eine Prosafassung, stammt von einem Autor namens Leberecht Bachenschwanz, der im Hauptberuf Jurist war und später als General in der kursächsischen Armee diente. Sie erschien in den Jahren 1767 bis 1769. Bachenschwanz' Arbeit erzielte aber zunächst kaum Breitenwirkung. Es war August Wilhelm von Schlegel, der berühmte Shakespeare-Übersetzer, der dann mit seiner Nachdichtung von Teilen der *Göttlichen Komödie* in Deutschland „der Übersetzung die erste und der historischen Erkenntnis die dauernde Bahn" brach, wie es der Dichter Rudolf Borchardt formuliert hat.

Schlegels Fassung zählt immer noch zu den schönsten deutschen Versübertragungen des Werks, doch „den" deutschen Dante, dessen Stellung etwa mit dem quasi kanonischen Rang der Lutherbibel oder der Schlegel-Tieckschen Shakespeare-Übersetzung vergleichbar wäre, gibt es bis heute nicht. Das hat seine Gründe. Schon die Frage, welche sprachliche Form für eine Übertragung die angemessene ist, lässt sich nicht eindeutig beantworten. Man kann die Übersetzungen der *Komödie* im Wesentlichen in drei Gruppen einteilen: Es gibt zum einen Nachdichtungen, die das Werk in seiner originalen Gestalt wiedergeben, also als Versepos in gereimten Terzinen, zweitens Übertragungen in Blankversen, die zwar das gleiche Metrum aufweisen wie Dantes Terzinen, sich aber nicht reimen, und drittens Übersetzungen in Prosa. Bei jeder dieser drei Varianten tun sich spezielle Probleme auf. Bei einer Wiedergabe in Terzinen zwängt nicht nur das vorgegebene Metrum den Übersetzer in ein enges Korsett, sondern erst recht das besondere Reimschema, das ihn nötigt, fast fünftausend Mal drei Worte zu finden, die jeweils den gleichen Endreim haben und zudem inhaltlich passend sind – „eher eine akrobatische als künstlerische Aufgabe", wie der Romanist Karl Vossler pointiert anmerkt. Ohne Gewalt kann das kaum abgehen. Beim Verzicht auf den Reim unter Beibehaltung des Metrums ergeben sich natürlich wesentlich mehr sprachliche Möglichkeiten, jedoch wird mit dem Terzinenreim, dessen besonderes Dreierschema auch symbolische Bedeutung hat, ein konstitutives Merkmal der *Komödie* aufgegeben. Zudem stellen „das natürliche Gefälle in Dantes Versen, seine unglaubliche Präzision und Knappheit“, wie es der schwedische Schriftsteller Olof Lagercrantz ausdrückt, den Übersetzer auch ohne den Reimzwang noch vor enorme Herausforderungen. Diesem Problem kann man nur durch eine Wiedergabe in Prosa entgehen, bei der freilich der einzigartige lyrisch-epische Doppelcharakter des Werks vollends verloren geht. Man muss also feststellen, dass Einbußen in jedem Fall unvermeidlich sind. Gewiss trifft das für Übersetzungen generell mehr oder weniger zu, aber für Übertragungen der *Göttlichen Komödie* doch in besonderem Maße. Hinzu kommt, dass sich die *Komödie* ohne Erläuterungen kaum erschließt, sodass der Übersetzer entscheiden muss, in welcher Weise und welchem Umfang er seiner Übertragung Kommentare beifügt, und auch dafür gibt es keine allgemein zufriedenstellende Lösung. (Natürlich ist ein großer Teil dessen, was sich in den Übersetzungen an Kommentaren und Anmerkungen findet, italienischen Arbeiten verpflichtet. Dabei sind mitunter früheste Überlieferungen bis heute wirksam. Die Geschichte der Deutung und Kommentierung der *Komödie* kann hier nicht nacherzählt werden; sie beginnt jedenfalls bereits mit der Generation von Dantes Söhnen und erreicht ihren ersten Gipfel mit Boccaccio, der 1373/74 in Florenz eine Art öffentlicher Professur zur Auslegung dieses Werks innehatte.)

Seit den Pionierarbeiten von Bachenschwanz und Schlegel sind eine ganze Reihe höchst respektabler, zum Teil großartiger deutscher Übertragungen der *Komödie* entstanden, insgesamt wohl an die siebzig. Bis zum Ende des 20. Jahrhunderts haben fast alle Übersetzer das Metrum des Originals beibehalten. Unter den Übersetzungen, die die *Komödie* in Terzinen wiedergeben, wären in erster Linie die von Carl Streckfuß, Richard Zoozmann, Alfred Bassermann, August Vezin, Friedrich von Falkenhausen, Wilhelm G. Hertz und Hans Werner Sokop zu nennen, vor allem aber die sprachgewaltige Nachdichtung von Stefan George aus dem Jahre 1909, die allerdings nur Auszüge des Werks umfasst (sie liegt dem Verfasser dieser Nacherzählung, der jugendlicher George-Begeisterung seine erste Begegnung mit der

Welt Dantes verdankt, bis heute besonders am Herzen), und die in einem eigens für diesen Zweck entwickelten, bewusst altertümlichen Deutsch gehaltene Übertragung von Rudolf Borchardt.

Von den Nachdichtungen in Blankversen stammen die bedeutendsten des 19. Jahrhunderts von August Kopisch, König Johann von Sachsen und Karl Witte, die wichtigsten des 20. Jahrhunderts von Hermann Gmelin, Karl Vossler und Ida und Walther von Wartburg. Sieht man einmal von Georges einzigartiger Nachdichtung ab, so kann man vielleicht trotz der oben genannten Einschränkungen sagen, dass die Kompromiss-Form des Blankverses am ehesten geeignet ist, eine Ahnung von der Schönheit der Danteschen Dichtung zu vermitteln, jedenfalls wenn man ihn so meisterhaft handhabt wie etwa Johann von Sachsen oder Vossler. König Johann legte sich für seine Übersetzungstätigkeit den schönen Künstlernamen „Philalethes“ zu, „Freund der Wahrheit“, und man kann dem späteren Dante-Übersetzer Kurt Flasch nur zustimmen, wenn er anmerkt, dass nur „wenige Herrscher Nützlicheres und Dauerhafteres geschaffen“ haben als dieser sächsische Fürst mit seiner Dante-Übertragung.

Die meisten Übersetzungen der *Komödie* sind, wie erwähnt, mehr oder weniger reich kommentiert. Einige begnügen sich mit den nötigsten Erläuterungen am Rand oder am Fuß der jeweiligen Seite, andere enthalten umfangreiche separate Anmerkungs- und Kommentarapparate. Besonders hervorgehoben seien hier die großartige kommentierende Werkeinführung, die Falkenhausen seiner 1937 erschienenen Nachdichtung beigegeben hat, und die sechsbändige, zweisprachige Ausgabe von Gmelin aus dem Jahre 1954, die zur Hälfte aus Kommentar besteht und auch fast sechzig Jahre nach ihrem Erscheinen noch als eines der wichtigsten einschlägigen Standardwerke in deutscher Sprache gelten kann.

In ihrer Art unvergleichlich ist die zu Unrecht kaum bekannte dreibändige, zweisprachige Edition von Georg Hees, die 1995 erschienen ist. Dank ihrer kann der deutschsprachige Leser erstmals exakt nachvollziehen, was wirklich bei Dante steht, denn sie gibt den italienischen Text (unter entsagungsvollem Verzicht auf sprachliche Schönheit) aufs Genaueste wörtlich auf Deutsch wieder. Dazu enthält sie einen erschöpfend umfangreichen Kommentarteil, der vor allem auf den Arbeiten Gmelins und des italienischen Dante-Experten Giovanni Reggio beruht. In seinem Grundverständnis der *Komödie* folgt Hees weitgehend den esoterischen Deutungen von Rudolf Steiner und Robert L. John, was sich jedoch in der Übersetzung gar nicht und im Kommentar nur punktuell niederschlägt. Zudem stellt er an den einschlägigen Stellen im Kommentarteil immer auch ausführlich die abweichenden Meinungen anderer Ausleger dar, sodass das Studium dieser vorzüglichen Publikation auch für den unbedingt gewinnbringend ist, dem nicht alle von Hees bevorzugten Schlüsse und Interpretationen einleuchten.

Seit dem Erscheinen der Arbeit von Hees sind bereits mehrere weitere Übersetzungen entstanden, so die von Hans Schäfer, Georg Peter Landmann, Walter Naumann und Thomas Vormbaum. Zuletzt erschienen die viel beachteten kommentierten Prosafassungen von Hartmut Köhler und Kurt Flasch. Köhlers Ausgabe ist zweisprachig. Flasch hat seiner Übertragung als zweiten Band einen lesenswerten umfangreichen Essay mit dem schönen Titel „Einladung, Dante zu lesen" beigegeben.

Das generelle Rezeptionsproblem aber kann keine Übersetzung aus der Welt schaffen. Dante ist und bleibt schwere Kost, und eine reine Übersetzung kommt ohne Erläuterungen, Veranschaulichungen und Kommentare nicht aus. Mit der vorliegenden nacherzählenden Prosafassung wird nun also ein neuer Weg beschritten. Wer die *Komödie* als Gedicht lesen oder wer möglichst genau den Wortlaut von Dantes Text wissen und ihn erklärt bekommen will, dem stehen weiterhin zahlreiche kommentierte Übersetzungen in Versen oder in Prosa zur Verfügung. Wer aber ein von ständigem „Umschalten" nicht unterbrochenes Leseerlebnis sucht und die Geschichte von Dantes Jenseitsreise wie einen Roman lesen möchte, dem wird mit diesem Buch die Möglichkeit dazu gegeben.

Zeittafel

Diese Übersicht enthält einige in Bezug auf die *Göttliche Komödie* relevante Daten zur Zeit- und Kulturgeschichte der römischen Antike und des europäischen Mittelalters. Die beiden vorangestellten Daten zum biblischen Schöpfungsmythos beruhen auf Berechnungen des spätantiken Kirchenhistorikers Eusebius von Cäsarea, denen Dante fast genau folgt.

Schöpfungsmythos

5200 v. Chr.	Erschaffung der Welt.
	Vertreibung Adams und Evas aus dem Paradies.
4270 v. Chr.	Tod Adams.

Römische Antike

	Sagenhafte Frühgeschichte
ca. 12. Jh. v. Chr.	Der trojanische Held Äneas zieht nach dem Ende des Trojanischen Krieges nach Italien und erobert das Latium.
	Gründung von Alba Longa, der Mutterstadt Roms, durch Äneas' Sohn Ascanius.
753 v. Chr.	Gründung Roms durch Romulus und Remus. Romulus erster König Roms.
nach 753	Raub der Sabinerinnen.
753–510	Die sieben Könige Roms.
510	Sturz des letzten Königs Tarquinius Superbus.
	Geschichte
510–27	Römische Republik. Als erster Konsul gilt Lucius Junius Brutus.
4./3. Jh.	Samnitenkriege.
3./2. Jh.	Punische Kriege gegen Karthago.
202	Sieg der Römer unter Scipio gegen die Karthager unter Hannibal bei Zama.

seit 133	Bürgerkriege.
58–50	Gallische Kriege. Cäsar erobert Gallien.
49	Cäsar überschreitet mit seiner Legion den Rubikon. Bürgerkrieg.
46	Cato der Jüngere nimmt sich in Utica das Leben.
45	Cäsar wird Alleinherrscher.
44	Cäsar wird ermordet.
27	Mit Augustus beginnt die römische Kaiserzeit.
19	Vergil stirbt.
um 4 v. Chr.	Geburt Jesu. (Dante geht noch davon aus, dass die christliche Zeitrechnung exakt mit dem Jahr von Christi Geburt beginnt.)
14 n. Chr.	Augustus stirbt. Tiberius wird Kaiser († 37).
um 30	Kreuzigung Jesu in Jerusalem. (Dante nimmt dafür das Jahr 34 an.)
um 67	Petrus erleidet in Rom das Martyrium.
70	Zerstörung Jerusalems unter dem Oberbefehl des späteren Kaisers Titus.
um 96	Der Dichter Statius stirbt.
98	Trajan wird Kaiser († 117).
313	Kaiser Konstantin der Große († 337) gewährt den Christen freie Religionsausübung. Ende der Christenverfolgungen im Römischen Reich.
317	Angebliche „Konstantinische Schenkung". Die Urkunde, wonach Konstantin den Päpsten Rom und die westliche Hälfte des Römischen Reichs quasi geschenkt haben soll – Grundlage des späteren weltlichen päpstlichen Machtanspruchs –, ist jedoch eine Fälschung aus späterer Zeit. (Dante hielt sie noch für echt.)

330	Konstantin verlegt den Regierungssitz des Römischen Reichs nach Byzanz (Konstantinopel).
380	Das Christentum wird Staatsreligion.
476	Ende des weströmischen Reichs.

Mittelalter

493	Theoderich der Große herrscht über Italien.
seit 528	Kodifikation des Rechts unter dem oströmischen Kaiser Justinian.
529	Der heilige Benedikt gründet das Kloster Montecassino.
590	Gregor I., der Große, wird Papst († 604).
7./8. Jh.	Der Islam breitet sich aus.
800	Kaiserkrönung Karls des Großen in Rom († 814).
987	Hugo Capet, Stammvater aller künftigen französischen Könige, wird König von Frankreich († 996).
1072	Der Kirchenlehrer Petrus Damiani stirbt.
1115	Der heilige Bernhard gründet das Zisterzienserkloster Clairvaux.
um 1148	Dantes Ur-Urgroßvater Cacciaguida fällt im zweiten Kreuzzug.
um 1170	Der arabische Gelehrte Averroes verfasst seine Aristoteles-Kommentare.
um 1185	Joachim von Fiore schreibt die „Concordia novi et veteris testamenti“, in der er die Lehre von den drei Zeitaltern verkündet; das „dritte Reich“, das Reich des Heiligen Geistes, soll demnach 1260 beginnen.
1187	Eroberung Jerusalems durch Saladin.
um 1200	Der Minnesänger Arnaut Daniel stirbt.
um 1210	Franziskus und Dominikus gründen ihre Mönchsorden.

um 1215	In Italien bilden sich die Parteien der Guelfen und der Ghibellinen.
	Der Minnesänger Bertran de Born stirbt.
1220	Kaiserkrönung Friedrichs II. in Rom.
1244	Jerusalem kommt endgültig unter islamische Herrschaft.
	Thomas von Aquin tritt in den Dominikanerorden ein.
1249	Petrus de Vinea, Kanzler Friedrichs II., stirbt in Gefangenschaft.
1250	Kaiser Friedrich II. stirbt.
Mitte des 13. Jh.	Der Dichter Guido Guinizelli tritt in Erscheinung.
	Von Florenz aus verbreiten sich Goldmünzen in Europa.
1257	Bonaventura wird General des Franziskanerordens.
1258	Der Staufer Manfred wird König von Sizilien (d. h. von ganz Süditalien).
1260	Sieg der Ghibellinen unter Führung Farinata degli Ubertis bei Montaperti.
nach 1260	Der florentinische Gelehrte Brunetto Latini, Dantes späterer Lehrer, verfasst im Pariser Exil das enzyklopädische Werk „Trésor“.
1265	*Dante wird in Florenz geboren.*
1266	Schlacht bei Benevent. König Manfred fällt. In der Folge Ende der Stauferherrschaft in Italien. Karl I. von Anjou wird König von Sizilien. Florenz gerät unter guelfische Vorherrschaft.
1273	Rudolf von Habsburg wird römisch-deutscher König († 1291).
1276	Hadrian V. wird Papst und stirbt nach 39 Tagen.
	Der Philosoph Siger von Brabant wird von der französischen Inquisitionsbehörde vor-

geladen und flieht nach Italien, wo er vermutlich ermordet wird.

1277 Nikolaus III. wird Papst († 1280).

um 1280 Giotto wird Schüler von Cimabue in Florenz (?).

1281 Martin IV. wird Papst († 1285).

1282 „Sizilianische Vesper". Vertreibung der Anjou von der Insel Sizilien. Ihnen bleibt der festländische Teil des Königreichs (Königreich Neapel).

1285 Philipp der Schöne wird König von Frankreich († 1314).

Karl I. von Anjou stirbt. Sein Sohn Karl II. wird König von Neapel († 1309).

Francesca von Rimini und Paolo Malatesta werden ermordet.

1289 *Dante nimmt an der Schlacht von Campaldino teil.* Sieg der Florentiner Guelfen gegen Arezzo.

Graf Ugolino della Gherardesca und seine Kinder sterben im Hungerturm zu Pisa.

1290 *Beatrice stirbt* (?).

1291 Ende des letzten Kreuzzugs.

1294 Cölestin V. wird Papst und dankt nach wenigen Monaten im Amt wieder ab. Sein Nachfolger wird Bonifaz VIII.

1295 *Beginn von Dantes politischer Tätigkeit in Florenz.*

Karl Martell von Anjou, Sohn Karls II., stirbt im Alter von 24 Jahren.

1298 Albrecht von Habsburg wird römisch-deutscher König (ermordet 1308).

1300 Erstes Jubel- oder Ablassjahr der Kirche, initiiert von Bonifaz VIII.

März/April: Dantes fiktive Jenseitsreise.

Blutige Auseinandersetzungen zwischen den Familien der Florentiner Guelfen, die sich in „Schwarze“ und „Weiße“ spalten.

Der Dichter Guido Cavalcanti, Dantes Freund, stirbt.

1301 Karl von Valois besetzt Florenz.

Dante verlässt Florenz für immer und lebt fortan im Exil.

1302 *Dante wird in Abwesenheit zum Feuertod verurteilt.*

1303 Philipp der Schöne lässt Papst Bonifaz VIII. in Anagni gefangennehmen. Der Papst kann nach Rom zurückkehren, stirbt aber wenig später.

1304 In Florenz scheitern Einigungsversuche zwischen Schwarzen und Weißen.

Dante bricht mit den Weißen und bleibt von nun an „seine eigene Partei“.

1305 Philipp der Schöne setzt die Wahl des Franzosen Clemens V. zum Papst durch († 1314).

um 1306 *Dante beginnt die Arbeit an der „Göttlichen Komödie“.*

seit 1307 Blutige Verfolgung des Templerordens auf Veranlassung Philipps des Schönen.

1308 Heinrich VII. wird römisch-deutscher König.

In Florenz wird Corso Donati ermordet, der Führer der Schwarzen.

1309 Clemens V. verlegt den Papstsitz nach Avignon.

1310 Beginn des Italienzugs Heinrichs VII.

1311 Cangrande della Scala wird Alleinherrscher in Verona.

1312 Kaiserkrönung Heinrichs VII. in Rom.

1313 Heinrich VII. stirbt.

1314	Der letzte Großmeister des Templerordens, Jacques de Molay, wird auf dem Scheiterhaufen verbrannt.
1316	Johannes XXII., wie sein Vorgänger Clemens V. ein Franzose, wird Papst († 1334).
wohl 1321	*Dante beendet die „Göttliche Komödie“.*
1321	*Dante stirbt in Ravenna.*

Namenregister

In diesem Register sind alle historischen Personen und mythologischen Gestalten aufgelistet, die in der vorliegenden Fassung der *Göttlichen Komödie* erwähnt werden, erstere, soweit bekannt, mit Lebensdaten. Bei geistlichen und weltlichen Herrschern sind in der Regel auch der Herrschaftsbereich und die Regierungsdaten vermerkt.

Es werden jeweils die Kapitel angegeben, in denen die betreffende Person oder Gestalt genannt wird, wobei H Hölle, F Fegefeuer und P Paradies bedeuten. Die Namen von Personen und Gestalten, denen Dante auf seiner Jenseitsreise begegnet, sind kursiv gedruckt, ebenso die Nummern der Kapitel, in denen diese Begegnungen beschrieben werden.

Die diversen Namen und Bezeichnungen für die christliche Gottheit wurden nicht aufgenommen, auch nicht der Name Jesus.

Mehrteilige Namen sind jeweils unter dem Rufnamen zu finden. Bei mehrfach vorkommenden Geschlechternamen wird dort auf die verschiedenen Einzelpersonen dieses Namens verwiesen. Ansonsten wurden keine Gruppenbezeichnungen einbezogen.

Dank

Mein erster Dank geht an meinen Verleger Christoph Dohr, der dieser Arbeit ans Licht verhilft, und an den Verlagsmitarbeiter Christian Vitalis. Dass dieses Buch in einem Verlag erscheint, der sonst in der Regel Musikliteratur und Noten ediert, freut mich als Musiker besonders.

Ein besonderer Dank gilt meiner Tochter Dorothea Nauhaus für die schöne, von der Engelsszene im 2. Kapitel des *Fegefeuer* inspirierte Umschlagzeichnung.

Für wertvolle Hilfe unterschiedlicher Art danke ich sehr herzlich meiner Tochter Constanze Nauhaus jun., meinem Vetter Dr. Gerd Nauhaus, meiner Schwester Ulrike Nauhaus, meinen Freunden Dr. Erdmut Wizisla und Jan Kollwitz, Dr. Irmgard Knechtges-Obrecht, Maria Koettnitz und Prof. Dr. Volker Harlan.

Vor allem danke ich meiner Frau Constanze, die das Entstehen des Manuskripts über mehrere Jahre hin mit stetem Interesse, hilfreichem Rat und viel Geduld begleitet hat. Ihr und unseren beiden Töchtern ist dieses Buch gewidmet.

Berlin, im November 2012
Kilian Nauhaus

Inhaltsverzeichnis

Anhang

Kilian Nauhaus, geboren 1960 in Halle an der Saale, studierte in seiner Heimatstadt evangelische Kirchenmusik. Er ist Kirchenmusikdirektor am Französischen Dom in Berlin und ein international tätiger Konzertorganist.

Als Autor ist Kilian Nauhaus bisher mit etlichen Aufsätzen zu musikalischen und zeitgeschichtlichen Themen in Erscheinung getreten, die in kirchlichen Publikationsorganen erschienen sind. Das vorliegende Buch, Frucht seiner langjährigen Beschäftigung mit Dante und der *Göttlichen Komödie*, ist seine erste große Veröffentlichung.